근대 신춘문예 당선 단편소설
『조선일보』 편

편자
손동호(孫東鎬, Son Dong Ho)_연세대학교 근대한국학연구소 HK연구교수

감수자
고석주(高錫主, Ko Seok Ju)_연세대학교 국어국문학과 교수

자료입력
김소연, 김예진, 김지원, 김지혜, 안지은, 이유진, 조희상
연세대학교 미래캠퍼스 국어국문학과

근대 신춘문예 당선 단편소설 –『조선일보』**편**

초판인쇄 2021년 4월 20일 **초판발행** 2021년 4월 30일
엮은이 손동호 **감수자** 고석주 **펴낸이** 박성모 **펴낸곳** 소명출판 **출판등록** 제13-522호
주소 서울시 서초구 서초중앙로6길 15, 2층
전화 02-585-7840 **팩스** 02-585-7848 **전자우편** somyungbooks@daum.net **홈페이지** www.somyong.co.kr

값 48,000원 ⓒ손동호, 2021
ISBN 979-11-5905-613-0 93810

이 책은 2017년 정부(교육부)의 재원으로 한국연구재단의 지원을 받아 수행된 연구임(NRF-2017S1A6A3A01079581)

연세
근대한국학 HK+
자료총서
008

THE SHORT FICTION COLLECTION OF
THE SPRING LITERARY CONTEST
VOLUME 1 : CHOSUN ILBO, 1929-1940

근대 신춘문예 당선 단편소설
『조선일보』편

손동호 엮음
고석주 감수

일러두기

1. 자료총서는 근대한국어문학 자료의 수집 및 입력작업을 통한 학문후속세대 양성을 목적으로 기획되었다. 이를 위해 연세대학교 미래캠퍼스 국어국문학과와 협력하여 '학부연구'(지도교수 고석주) 수강생이 기초입력을 하였다.
2. 이 책은 1929년부터 1940년까지 『조선일보』에 연재된 신춘문예 당선 단편소설(총 24편) 전문(全文)을 교열·편찬한 것으로서, 입력 작업은 조선일보사에서 제공하는 조선일보 아카이브를 대본으로 하였다.
3. 원문의 형태를 유지하기 위해 문단 구분은 원문을 따랐으며, 속자(俗字)와 고자(古字)도 원문대로 표기하였다.
4. 명백한 오자(誤字) 및 탈자(脫字)인 경우에는 【 】안에 바로잡아 표기하였다.
5. 원문은 띄어쓰기가 되어 있지 않으나, 입력 본문은 가독성을 고려하여 현대 표준어 규정에 맞춰 띄어쓰기를 하였다.
6. 연재 당시 쓰인 구두점 등의 기호 역시 현대의 쓰임에 맞게 고쳐 썼다. 단, 임의의 추가 없이 원문에서 구두점이 쓰인 경우에만 대체하였다.
7. 판독(判讀)이 어려운 글자는 ▣로 표시하였다.
8. 원본 자체가 훼손되어 ▣로 표시한 경우에도, 단행본으로 출간된 작품은 해당 부분을 참고하여 최대한 복원하였다.

차례

해제[*]

손동호

1. 신춘문예의 기원

대표적인 근대 매체 중의 하나인 신문은 단순히 뉴스를 전달하는 데에 그치지 않고, 다양한 문예물을 취급함으로써 문학작품의 주된 발표지면으로 기능하였다. 따라서 근대문학에 대한 연구를 수행하기 위해서는 매체에 대한 연구가 필수적이다. 매체의 성격이나 편집진의 구성 그리고 시기에 따라 매체가 선별한 문학작품의 양상도 변모하므로 이를 고려해야 하기 때문이다. 근대 시기 신문은 독자 확보 차원에서 독자의 매체 참여를 유도하기 위해 다양한 독자참여제도를 경쟁적으로 시행하였다. 독자투고, 현상문예, 신춘문예 등을 예로 들 수 있는데, 이들 독자참여제도는 문학양식의 실험 및 보급, 문학 창작층의 확대, 신인작가의 배출 등 여러 방면에서 근대문학의 발전에 영향을 미쳤다. 이 글에서는 신춘문예를 중심으로 해당 문학제도의 전개 과정과 성과에 대해 정리하고자 한다.

신춘문예는 일반 독자를 대상으로 연말에 모집공고를 내고, 이듬해 신

---

[*] 본 해제는 학술지 『우리문학연구』에 게재한 「식민지 시기 『조선일보』의 신춘문예 연구」 (우리문학회, 『우리문학연구』, 60, 2020, 241~273쪽)를 일부 수정한 것임을 밝힌다.

년호에 당선자를 발표하는 방식으로 진행되었다. 독자투고나 현상문예와 달리 신춘문예는 일 년에 한 번만 시행하였지만 독자를 문인으로 공인하는 등단제도로 발전함으로써 문단의 확대에 직접적인 역할을 하였다. 신춘문예는 당선자에게 큰 액수의 상금을 지급하고 당선 여부에 따라 당선자를 작가로 인정했기 때문에 독자들의 투고열을 자극할 수 있었다. 독자들의 참여가 늘고 경쟁이 치열해지자 주최 측은 모집부문별 응모규정을 강화하고, 선후감을 통해 선발 과정의 공정성과 투명성을 확보하기 위해 노력하였다. 독자들은 선후감에 실린 당선작 선정의 이유, 개별 작품에 대한 평가, 문학 창작 이론 등을 흡수하며 문학 창작 수준을 향상시켜 나아갔다. 그 결과 신춘문예는 신인의 발굴, 문학작품의 생산, 독자들의 문학 참여 확대, 문학 창작 수준 제고 등 근대문학의 발전에 기여할 수 있었다.

선행 연구에 따르면 신춘문예는 기존의 독자참여제도를 계승하여 발전시킨 문학제도이다. 김영철[1]은 1900년대 학회지나 신문, 잡지로부터 현상문예가 초기적 발아를 보였다고 주장하였다. '사조詞藻', '사림詞林', '문원文苑', 문예, 가총 등의 문예란을 설정함으로써 독자들에게 문호를 개방하고, 『대한자강회월보』(1906.11)를 시발로 하여 『태극학보』(1906.12), 『대한흥학보』(1909.11), 『소년』(1908.11) 등으로 이어지는 독자투고가 1910년대 『매일신보』의 현상문예를 거쳐 신춘문예로 정착했다는 설명이다. 김영민[2]은

---

1 김영철은 이 시기의 현상문예가 본격적인 현상제도는 아니지만 개별 장르에 대한 인식이 보이며, 문체에 대한 고심, 문학 인식의 싹이 보인다는 점과 투고에 대해 보상 행위를 한 점 등으로 미루어 현상 문예의 정착을 위한 초기 단계로서 중요한 의의가 있다고 보았다. 이와 관련한 자세한 내용은 김영철, 「신문학 초기의 현상 및 신춘문예제의 정착과정」, 『국어국문학』 제98권, 국어국문학회, 1987, 211~238쪽 참조.
2 김영민, 「한국 근대 신년소설의 위상과 의미」, 『현대문학의 연구』 47, 한국문학연구학회, 2012, 127~158쪽.

『매일신보』 이전 시기의 신문에서 선보였던 '신년소설'에 주목하여 이를 신춘문예와 연결지어 설명하였다. 『만세보』(1907)와 『제국신문』(1909), 그리고 『대한민보』(1910) 등을 통해 간헐적으로 선을 보이던 '신년소설'이 비전문적 작가에 의한 '현상 응모 단편소설'과 결합하고, 그 발표 시기를 신년 초로 확정하면서 정착된 제도가 '신춘문예' 제도라는 설명이다.

선행 연구를 통해 신춘문예의 기원에 대해서는 많은 부분이 밝혀졌다. 1900년대의 학회지, 신문, 잡지 등의 근대 매체가 시도했던 각종 독자참여제도를 계승하여 소수의 전문작가를 배출하는 시스템으로 정착된 구조가 바로 신춘문예라는 것이다. 이 책에서는 신춘문예의 기원에 대한 연구 성과를 수용하여 신춘문예가 등장한 이후인 1920년대부터 1940년까지 전개된 신춘문예에 대해 집중하고자 한다. 1920년대에는 총독부가 문화정책을 시행함에 따라 총독부의 기관지인 『매일신보』 외에 『동아일보』와 『조선일보』 등의 민간지가 창간되었다. 이러한 신매체의 등장으로 독자들의 문예 참여활동은 그 통로가 더욱 확대되었다. 이들 매체는 서로 영향을 주고받으며 본격적으로 신춘문예제도를 정비해 나갔다.[3] 따라서 본

---

3 김춘희, 「한국 근대문단의 형성과 등단제도 연구」, 동국대 석사논문, 2001; 김석봉, 「식민지 시기 『조선일보』 신춘문예의 제도화 양상 연구」, 『한국현대문학연구』 16, 한국현대문학회, 2004, 185~220쪽; 김석봉, 「식민지 시기 『동아일보』 문인 재생산 구조에 관한 연구」, 『민족문학사연구』 32, 민족문학사학회, 2006, 153~180쪽; 전은경, 「1910년대 『매일신보』 소설 독자층의 형성과정 연구」, 『현대소설연구』 29, 한국현대소설학회, 2006, 107~132쪽; 이희정, 「1920년대 『매일신보』의 독자문단 형성과정과 제도화 양상」, 『한국현대문학연구』 33, 한국현대문학회, 2011, 97~133쪽; 이희정, 「1920년대 식민지 동화정책과 『매일신보』 문학연구(1)」, 『어문학』 112, 한국어문학회, 2011, 351~379쪽; 이희정, 「1920년대 식민지 동화정책과 『매일신보』 문학연구(2)」, 『현대소설연구』 48, 한국현대소설학회, 2011, 285~319쪽; 손동호, 『동아일보』 신춘문예 단편소설 연구」, 『근대한국학연구』 21, 연세대 근대한국학연구소, 2016, 73~103쪽; 손동호, 「식민지 시기 『매일신보』의 신년현상문예 연구」, 『한국근대문학연구』 20(2), 한국근대문학회, 2019, 235~270쪽 참조.

문에서는 특정 매체를 중심으로 문학제도의 변화 양상에 초점을 맞춰 논의를 전개하고자 한다. 신춘문예 연구는 매체에 따라 다양한 양상을 보여준다는 점에서 개별 매체에 대한 연구가 필요하기 때문이다.

본문에서는 식민지 시기 대표적인 민간지『조선일보』가 시행한 신춘문예의 전개 과정과 그 특징을 밝히고자 한다.[4]『조선일보』는 1920년 3월에 창간하여 1940년 8월 폐간되기까지 꾸준하게 문학작품을 게재하여 근대문학의 발표지면으로서 중요한 역할을 수행하였다. 신문의 영향력을 가늠할 수 있는 발행부수를 보더라도『조선일보』는 1930년대에 들어 경쟁 매체를 추월할 정도로 경쟁력을 확보하였다.[5] 무엇보다『조선일보』는『매일신보』와『동아일보』에 비해 상대적으로 뒤늦게 신춘문예를 시행하였음에도 불구하고 신인 발굴 성과는 탁월한 편이었다. 단편소설 부문으로만 한정하여도 김유정, 김정한, 박영준, 백석, 백신애, 안회남, 정비석, 현덕 등 한국 문학사에서 비중 있게 다루는 다수의 당선자를 배출하였기 때문이다. 이에 다음 장에서는『조선일보』의 신춘문예 전개 과정을 개괄하고, 후발주자였던『조선일보』가 어떠한 전략을 활용하여 신춘문예를 정착시켜 나갔는지 살펴보고자 한다.

---

4 『조선일보』의 신춘문예에 대해서는 김석봉의 연구(앞의 논문)가 대표적이다. 해당 연구는 조선일보사의 신춘문예 시행 배경을 사회, 문화적 조건의 변화(식민지배의 부당성에 대한 조선인 일반의 각성이 무뎌져 가는 상황)와 신문사 내부의 변화(운영진의 교체로 인한 재정 안정화)로 구분하여 설명하였다. 이후 1930년대에는 신춘문예가 제도 시행의 정례성, 공개성, 동시성 등을 내세워 문인 재생산 제도의 핵심으로 부상했다고 주장하였다. 본 연구는 신춘문예 제도의 기원을 탐색하거나 일반적인 특징을 밝히는 작업에서 벗어나 특정 매체에 집중하여 제도의 변화양상 및 의의를 살펴본다는 점에서 연구의 관점과 대상이 기존 연구와 구별된다.

5 정진석,『한국언론사』, 나남, 1990, 553쪽.『동아일보』의 발행부수는 1933년 49,947부, 1934년 52,383부, 1935년 55,924부, 1936년 31,666부, 1937년 55,783부였으며,『조선일보』의 발행 부수는 1933년 29,341부, 1934년 38,653부, 1935년 43,118부, 1936년 60,626부, 1937년 70,981부였다.

2. 『조선일보』 신춘문예의 전개 과정

창간 초기 『조선일보』는 재정난과 간부들 간의 갈등, 그리고 친일단체의 기관지라는 이유로 극심한 경영난에 시달렸다.[6] 이로 인해 본격적인 현상문예를 시행하기에는 여러 면에서 역부족이었다. 이러한 불리한 여건에도 불구하고 『조선일보』는 '투서란'과 '기서寄書', '개방란' 등의 독자참여제도를 시행하였다. '투서란'은 비실명 투고로 한번에 2~3편의 투서를 모아 3면에 실었으며, 분량은 500~700자 이내였다. 독자들은 주로 생활과 밀접한 관계가 있는 일에 대해 질문을 하거나 간단한 의견을 밝히는 글을 투고하였다. '기서'는 사회문제에 대해 자신의 의견을 논리적으로 개진하는 글을 실었다. '기서'는 '투서란'과 달리 실명으로 투고했으며, 1,000자 이상의 분량으로 4면에 배치하였다. 1921년 9월 17일에는 '기서'의 명칭이 '개방란'으로 바뀌며, 9월 18일부터 '투고환영'이라는 문구가 추가된다. 『조선일보』가 '투서란', '기서', '개방란'을 선택한 이유는 이들 독자투고가 상품이나 상금을 제공하는 현상제도와 달리 별다른 지출 없이 독자들의 참여를 유도할 수 있기 때문이었다.

1921년 4월 8일, 송병준은 조선일보사 판권을 인수하여 남궁훈을 사장

---

6   조선일보80년사편찬실, 『조선일보80년사(상)』, 조선일보사, 2000, 138~156쪽. 『조선일보』는 친일 경제단체인 대정실업친목회가 발행한 매체로, 20만 원의 공칭 자본금을 채우지 못해 5만 원으로 창간호를 발행할 정도로 자금난이 심각하였다. 창간호는 자체 인쇄시설조차 갖추지 못해 『매일신보』의 인쇄시설을 빌려서 발행하였으며, 3호까지만 발행하고 휴간에 들어갔다. 창간 당시 사장은 조진태, 발행인 겸 부사장은 예종석, 인쇄인은 서만순, 편집국장은 최강, 영업국장은 권병하였다. 1920년 6월 12일 발행인 겸 부사장인 예종석의 퇴임을 시작으로, 8월에는 편집부장 최원식이 최강과의 알력으로 사퇴하며, 8월 15일에는 사장 조진태, 12월 2일에는 편집국장 최강이 물러나게 된다.

으로, 편집 겸 발행인은 김용희, 편집국장은 선우일을 내세웠다. 이 시기 조선일보사는 신문 운영의 정상화를 위해 노력하여 어느 정도 자금난에서 벗어날 수 있었다.[7] 이에 따라 1923년에는 『조선일보』 최초의 현상문예가 등장하였다. 현상문예 모집공고[8]에 따르면, 응모 기한은 12월 20일 이내였으며, 신춘을 맞이하여 신년호의 지면을 독자들의 작품으로 장식하기 위해 원고를 모집한다고 시행 취지를 밝혔다. 모집부문은 단편소설을 비롯하여 감상문, 시, 동화, 동요, 만화, 논문, 신년소원문 등 문예물에 집중하였다. 당선자에게는 조선일보 구독권을 상품으로 증정하였다. 당시 『조선일보』의 1개월 선금은 우세를 포함하여 95전이었다. 1등 상품인 3개월 구독권을 상금으로 환산하면 3원에 조금 못 미치는 액수였다. 당선작은 1924년 1월 1일에 발표하였는데, 별도의 선후감은 실리지 않았다. 단편소설 부문 1등은 신필희의 「성연聖戀」, 2등은 이향재의 「고민의 일야一夜」, 김향파의 「고독」이 각각 수상하였다. 신필희는 신시 부문에서 「창조의 항로」가 2등을, 「바람아!」가 가작으로 중복 당선되었다. 이를 통해 당시에는 모집부문에 상관없이 중복 투고 및 중복 당선이 가능했음을 알 수 있다.

---

7 조선일보80년사편찬실, 앞의 책, 173~180쪽.

8 『조선일보』 1923년 12월 9일 석간 3면에 실린 사고에 의하면 해당 모집은 특별한 명칭 없이 독자들의 원고를 모집하였다. 寄稿歡迎 / 新春을 迎하는 本報 新年號의 紙面을 江湖僉位의 美文傑筆로써 華飾하기 爲하야 左開條項에 依하야 寄稿를 歡迎하나이다 / 一, 文藝欄 / 短篇小說(十五字詰一行一百五十行 以內) / 感想文(十五字詰 一行一百二十行 以內) / 詩(新舊와 長短 隨意) / 一, 幼年欄 / 童話(十五字詰一行一百三十行 以內) / 童謠(長短 隨意) / 漫畵 / 一, 婦人欄 / 新舊家庭의 制度와 習慣에 對한 婦人의 論文(十五字詰一行一百三十行 以內) / 治産, 育兒에 關하야 經驗及方針에 對한 婦人의 論文(上同) / 一, 新年所願文(十五字詰一行一百二十行 以內) / 以上種類에 對하야 本社에셔 考試한 後 一二三等에 當選揭載한 時는 左記 賞格이 有함 / 一等 本報 三個月 贈呈 / 二等 同 二個月 贈呈 / 三等 同 一個月 贈呈 / 但 一人이 各等에 入選된 時는 그 等級에 依하야 그와 相當한 朔數로 本報를 贈呈함 / 一, 募集期限 本月二十日 以內 / 朝鮮日報社 謹告.

해당 현상문예의 특징은 모집부문을 문예란, 유년란, 부인란으로 구분한 것이다. 문예란은 단편소설, 감상문, 시, 유년란은 동화, 동요, 만화, 부인란은 가정제도와 치산 그리고 육아에 대한 논문을 요구하였다. 이는 독자를 연령이나 성별에 따라 구분하고, 독자의 층위에 따라 문학장르를 선택적으로 제시했음을 의미한다. 이러한 구분은 1922년 12월부터 매주 일요일에 시행한 '일요가뎡'에서도 찾아볼 수 있다. 해당란은 '가뎡에서 쥬의할 여자 교육'을 시작으로 여성 관련 기사와 동화를 주로 연재하였다. 독자의 층위를 구분했던 방식은 1924년말에 실제 지면의 분리로 이어졌다. 그리고 신춘문예의 모집방식에도 영향을 주어 일반, 학생, 아동(소년) 등으로 독자를 구분하여 작품을 모집하게 된다. 『조선일보』는 이러한 전통을 이후 잡지 발간에까지 적용한다. 일반 독자를 대상으로 한 『조광』을 비롯하여, 여성을 대상으로 한 『여성』, 청소년을 대상으로 한 『소년』, 유년을 대상으로 한 『유년』이 대표적인 사례이다.

『조선일보』는 1924년, 고위 간부를 비롯하여 편집 진용을 개편하고, 지면혁신을 단행하였다.[9] 지면혁신의 핵심은 조석간제를 실시하여 지면을 확장하는 데 있었다. 그 결과 부인가정란이 신설되고, 학예란이 독립하였으며 독자투고란이 확대되었다.[10] 1924년에는 '신년문예 현상'이라는 명

---

9 조선일보80년사편찬실, 앞의 책, 228~236쪽. 송병준의 재력과 남궁훈의 신문 제작에도 조선일보사는 경영난을 벗어나지 못했다. 이에 따라 『조선일보』의 판권은 1924년 9월 13일 신석우에게 넘어갔다. 신석우는 10월 3일 이상재를 사장으로 추대하고, 자신은 부사장을 맡았다. 그리고 발행 겸 편집인은 김동성, 주필 안재홍, 고문 이상협, 인쇄인 김형원, 편집국장은 민태원, 영업국장은 홍증식, 공장장은 최선익을 각각 임명하였다. 진영 개편에 영향력을 행사한 이들은 이상협, 김동성, 홍증식으로 동아일보사에서 편집인, 상무취체역, 영업국장을 지낸 경력자였다.

10 「본보지면의 확장과 조석간발행에 대하야」, 『조선일보』, 1924.11.24, 사설.

칭으로 현상문예를 시행하였다.[11] 이로 미루어 볼 때 독자투고와 현상문예는 배타적 관계라기보다 상호보완적인 관계를 유지하며 동시에 시행하였음을 알 수 있다. 당시 현상문예의 모집부문은 단편소설, 신시, 동화, 감상문, 자유화였다. 1923년과 비교할 때 동요, 만화, 논문, 신년소원문이 제외된 대신 자유화가 포함되었다. 응모규정의 경우, 원고 마감일과 분량 외에 문체 규정이 새롭게 추가되었다. 그리고 당선자에게는 상품 대신에 상금을 지급하였다. 당선작은 1925년 1월 1일 발표되었는데, 단편소설 부문 1등은 허윤許允의 「쫓겨가는 이들」, 2등은 최태원崔泰元의 「물」과 김정숙金貞淑의 「소년의 비애」였다.[12]

1926년과 1927년에는 호랑이 해와 토끼 해를 맞이하여 각각 '호랑이 이야기'[13]와 '토끼 이야기'[14]만 모집하였다. 기존의 현상문예에 비해 모집부

11 「新年文藝懸賞募集」, 『조선일보』, 1924.12.11 석간, 3면. 新年文藝懸賞募集 / 應募期限 十二月十五日以內 / 短篇小說 題隨意, 文體純國文, 十四字一二百行以內 / 賞, 一等 十圓 一人, 二等 三圓 二人 / 新詩 題隨意, / 賞, 一等 三圓 一人, 二等 二圓 二人 / 童話 文體純國文, 十四字百行內外 / 賞, 一等 三圓 一人, 二等 二圓 二人 / 感想文 文體國漢文, 十四字五十行內外 / 賞, 一等 三圓 一人, 二等 二圓 二人 / 自由畵 題隨意, 應募者資格普通學校 男女生徒에 限함(要學校證明添付) / 賞, 一等 三圓 一人, 二等 二圓 二人 / 注意 (投稿皮封에는 (朝鮮日報新年文藝係)라 明記할 事, 投稿者住所氏名을 明記할 事 / 賞金은 發表 後 十日以內發送.
12 조선일보80년사편찬실의 앞의 책 250쪽에 당선작 목록이 실려 있다. 조선일보사에서 제공하는 아카이브에는 신년호 其5에 실린 것으로 되어 있으나 해당 지면이 누락되어 원본의 확인은 불가능하다.
13 「懸賞」, 『조선일보』, 1925.11.22 석간, 3면. 호랑이이야기현상모집 / 호랑이이야기를 무엇이던지 적어보내주시오 / 그중에서 자미잇는 이야기를 쏩아서 좌긔와 가티 상품을 들이겟습니다 / 一等 金拾圓 二等 金參圓 三等 金貳圓 / 投稿期限 十二月十日 / (주의) 이야기는 아모조록 자세하게 적으시고 실되로 잇는 일은 디명과 근경을 자세 적으시오 / 조선일보사.
14 「懸賞」, 『조선일보』, 1926.12.2 석간, 1면. 「토기」이야기 / 톡기이약이는 무엇이던지 적어보내주십시오 그중에서 자미잇는 이약이를 쏩아서 좌긔와 가티 상을 드리겟습니다 / 一等 一篇 拾圓 二等 二篇 各 五圓 投稿期限 十二月十五日 / (주의) 一, 이야기는 아모쪼록 자세하고 간결하게 적어보내주시고 실되로 잇는 일이면 디명과 그 정경도 자세히 써보내주시옵 / 二, 投稿封皮에는 『톡기이약이』原稿라 朱書하시옵 / 조선일보사.

문이 대폭 축소된 것은 현상문예를 주관할 편집진의 부재와 잦은 인사교체 때문이었다. 『조선일보』는 1925년 9월 8일 석간에, 소련의 힘을 빌려 조선의 독립을 쟁취하자는 취지의 「조선과 노국과의 정치적 관계」라는 논설을 실어 3차 정간을 당한다. 총독부는 3차 정간의 해제 조건으로 불령선인 언론인 17명의 축출을 요구하였으며, 경영상의 타격을 우려한 조선일보사는 총독부의 요구를 받아들였다. 이 일로 논설 집필자인 신일용을 비롯하여 김형원, 유광렬, 서범석, 손영극, 박헌영, 김단야, 임원근 등 편집국 기자 17명이 한번에 해임되었다. 게다가 조선일보사는 고문제도를 폐지해 이상협, 신구범, 장두현도 퇴사하게 하였다. 이러한 편집진의 공백으로 인해 1926년 현상문예는 축소 운영된 것으로 보인다. 1926년 9월 11일에는 편집 겸 발행인인 김동성이 사임한다. 그 후임으로 안재홍이 발행인, 민태원이 편집인을 맡게 되나 민태원은 두 달도 채 되지 않은 10월 30일에 『중외일보』로 옮겨간다. 후임 편집인으로는 백관수가 기용된다.[15] 이처럼 1926년에는 편집진의 잦은 교체로 인해 현상문예 시행에 차질을 빚은 것으로 보인다.

『조선일보』는 1928년에야 비로소 신춘문예를 시행한다. 이는 1919년에 최초로 신춘문예를 시행한 『매일신보』나 1925년부터 신춘문예를 시행한 『동아일보』에 비해 상대적으로 뒤늦은 출발이었다.[16] 『조선일보』가 다른 매체들과 달리 신춘문예를 뒤늦게 시행할 수밖에 없었던 이유는 창간 초기의 극심한 운영난 때문이었다. 하지만 『조선일보』는 경영상의 어

15　조선일보80년사편찬실, 앞의 책, 258~272쪽.
16　당시 『동아일보』는 현상문예와 신춘문예를 구분하여 시행하였지만 『매일신보』와 『조선일보』는 그 구별이 명확하지 않았다. 이 글에서는 '신춘문예'를 표제로 내세운 시점을 기준으로 기술하였음을 밝혀둔다.

려움에도 불구하고 독자투고와 현상문예를 지속적으로 시도함으로써 독자들과 소통하는 한편, 신춘문예 시행을 위한 기반을 다져나갔다. 그 결과 『조선일보』는 1928년부터 1940년 폐간에 이르기까지 한 해도 거르지 않고 신춘문예를 시행할 수 있었다. 신춘문예의 시작은 비교적 늦었지만 제도 시행의 정례성만큼은 경쟁 매체를 앞선 것이다. 『조선일보』가 시행한 신춘문예의 모집 현황은 다음 〈표 1〉과 같다.

〈표 1〉『조선일보』 신춘문예 모집 현황

명칭	원고 마감일	모집 부문
신춘문예	1927.12.20	한 사람 이상을 위하야 싸워 본 이야기, 용의 이야기
신춘문예현상	1928.12.17	학생작품 : 시가, 수필, 콩트, 서화 아동작품 : 동요, 일기, 동화, 자유화 일반작품 : 단편소설, 전설
신년문예현상	1929.12.20	단편소설, 시가, 동화, 동요, 말의 전설
신춘문예와 한글歌 /신춘현상문예	1930.12.20	단편소설, 시(신시, 시조), 양의 전설(고향의 전설), 만화, 만문, 문자보급가, 한글기념가, 학생문예(작문), 소년문예(동화, 동요)
신춘문예현상	1931.12.15	일막희곡, 콩트, 시가(자유시, 시조, 민요, 동요)
신춘현상문예	1932.12.20	단편소설, 문예평론, 일막희곡, 콩트(장편소설), 아동작품(작문, 자유화)
신춘문예현상	1933.12.15	논문 : 문예평론 창작 : 단편소설, 희곡, 시가(신시, 민요, 시조), 유행가 아동작품 : 동화, 동요, 아동자유화
신춘문예현상	1934.12.10	논문 : 조선문학의 나아갈 길 창작 : 단편소설, 희곡 시가 : 신시, 시조, 민요 아동작품 : 동화, 동요, 아동자유화
신춘현상문예	1935.12.15	창작소설, 희곡, 시, 시조, 민요, 동화, 동요
신춘현상문예	1936.12.15	창작단편, 희곡, 시, 시조, 민요, 동화, 동요, 야담, 전설, 실화
신춘현상문예	1937.12.15	단편소설, 희곡, 시, 시조, 동화, 동요, 실화, 아동작품(자유화, 습자, 작문)
신춘현상문예	1938.12.15	단편소설, 희곡, 문예평론, 시, 시조, 동화, 동요, 실화, 아동작품(자유화, 습자, 작문)
신춘현상문예	1939.12.10	단편소설, 희곡, 시나리오, 시, 시조, 한시, 동화, 동요, 문예평론(신세대의 정신)

『조선일보』는 '신춘문예현상' 또는 '신춘현상문예'라는 명칭으로 신춘
문예를 시행하였다. 모집공고에 따르면 원고의 모집과 당선작 선정, 그리
고 당선작 발표에 이르기까지 신춘문예의 운영은 학예부가 전담하였다.
학예부는 편집국의 하위부서로, 해당 기간 편집국장은 한기악(1928), 안재
홍(1931), 주요한(1932), 김형원(1934), 함상훈(1938) 등이 맡았다. 신춘문예
의 원고는 11월 중순에서 12월 초에 모집공고를 내고, 심사 기간을 고려
하여 12월 10일에서 20일 정도에 원고 마감이 이루어졌다.

『조선일보』신춘문예의 모집분야는 고정적이지 않았다. 단편소설, 희
곡, 시, 시조, 동화, 동요 등을 기본으로 수필, 콩트, 서화, 일기, 자유화, 전
설, 만화, 만문, 민요, 평론, 유행가, 야담, 실화, 습자, 시나리오 등 다양한
장르를 시도하였다. 특히 아동과 학생의 경우, 글씨, 그림, 노래 등을 모집
하여 독자들의 신춘문예 진입장벽을 낮추는 동시에 해당 장르의 대중적
확산에 크게 기여하였다. 이와 같이 『조선일보』는 모집부문에 변화를 줌
으로써 다양한 문학장르를 실험하고 독자들의 참여를 유도하고자 노력
하였다.

1928년의 신춘문예는 '한 사람 이상을 위하야 싸워 본 이야기'와 '용의
이야기'를 모집하였다.[17] 이러한 모집은 같은 시기 『동아일보』가 단편소

---

17 「新春文藝募集」, 『조선일보』 1927.12.1 3면. □ 우리는 어머님의 배에서 나오는 날부터 싸
화왔습니다. □ 그것은 자긔 일신을 위한다거나 자긔의 집안을 위한다거나 리웃을 위한다
거나 사회를 위한다거나 나라를 위한다거나 기타 모-든 인류를 위하야 싸와왓습니다. □
그러나 여긔 이 모-든 싸홈에 끼지 못한 사람이 만약 한 사람이라도 잇다면 그것은 백치며
인간이 안인 동시에 아모것도 아닐 것입니다 □ 그런데 이러한 싸홈에 익인 사람이 잇는 째
에는 모-든 희생을 당한 무리가 잇고 또한 희생이 잇는 반면에는 한편에서는 큰 즐거움을
엇게 됩니다 □ 그러나 이 모-든 싸홈에 영원히 익이는 사람이 잇다 하면 그것은 정의(正義)
를 위하야 싸왓다 할 것이요 불의의 싸홈에 익인 자는 그 익인 것에 몃만 배에 큰 랑패가 오
는 것입니다 □ 그러면 여러분은 얼마나 만흔 싸홈에 얼마나 힘차게 익여 너머틀렷습니까?

설, 창작가요, 한시, 창작동화, 용의 전설, 아동작품(작문, 가요, 서한, 일기, 자유화, 글씨)을 모집한 것에 견주어 볼 때 매우 대조적이다. 모집부문의 특이성으로 봤을 때, 기존 매체와의 차별성을 강조함으로써 독자들의 관심을 유도하고자 했던 것으로 보인다. 특히 한 사람 이상을 위해 싸워 본 이야기를 모집하며 "만텬하 독자-원한과 울분과 격분에 찬 흰옷 입은 동무들이 힘찬 형세로 싸홈터에 나아갈 수 잇는 데에 큰 도음이 되게 하십시요"라는 문구를 사용한 것으로 보아 민족 정서에 호소하는 전략을 취했음을 알 수 있다. 1928년의 신춘문예에 '한 사람 이상을 위하야 싸워 본 이야기'를 모집한 것은 신간회와의 연관성과도 무관하지 않은 것으로 보인다. 실제로 『조선일보』는 1927년 12월 8일자 사설을 통해 신간회로의 '민족적 총역량 집중'론을 제기하며 전 민족적인 정치투쟁을 선언하였다.[18] 1928

당신 자신만을 위함이 아니고 한 사람 이상을 위하야 말씀입니다 그것을 한번 긔록해두시라는 말이올시다 □ 긔록해두시지만 말고 만텬하 독자-원한과 울분과 격분에 찬 흰옷 입은 동무들이 힘찬 형세로 싸홈터에 나아갈 수 잇는 데에 큰 도음이 되게 하십시요 □ 몃번이고 싸호고서도 패한 긔록도 좃습니다 그것은 우리가 싸화나아가는 데에 큰 참고가 될 것이니까요 그런데 이것을 소설톄(小說體)로나 희곡톄(戲曲體)나 일긔톄(日記體)로나 기타 시톄(詩體)로 쓰시되 ×자(字)를 질늘 만한 문구(文句)는 될 수 잇는 대로 달리 피(避)하기를 바랍니다 / ◇ 詳細事項 ◇ / 一, 一行 十四字로 二百行 以內 / 一, 純우리글로 쓸 일 / 一, 住所와 氏名을 明記하시고 皮封에는 新春文藝係라고 朱書할 일 / 一, 期限은 十二月 二十日까지 / 一, 한번 投稿한 바에는 取捨를 物論하고 絶對로 返還치 안슴니다 / 一, 當選된 분에게는 薄謝進呈합니다(等選은 廢止함) / ◇ 投稿期限 十二月 二十日까지 ◇ / ◇ 朝鮮日報學藝部新春文藝係 ◇ 이후 12월 7일 3면에 실린 공고에는 '한 사람 이상을 위하야 싸워 본 이야기' 외에 '용의 이야기'를 추가하여 모집하였다.

18 「총역량집중문제」, 『조선일보』 1927.12.8 석간, 1면. 해당 논설에서는 신간회 중심의 민족 단일정당 수립을 촉구하며, 기성세력을 망라하여 전 민족적 정치투쟁을 주장하였다. 신간회는 1920년대 초반에 사회주의 사조가 유입되면서 민족주의 세력과 대립, 분열 현상을 보이자 항일 민족 단일전선을 형성하기 위해 1927년 창립된 단체이다. 신간회 간부 중 언론인이 15명이었는데 그중 조선일보사 관계자가 12명이었다. 이로 인해 『조선일보』는 신간회 기관지라는 말을 들을 정도였다. 『조선일보』와 신간회와의 관계에 대한 논의는 박용규, 「1920년대 중반의 신문과 민족운동 : 민족주의 좌파의 활동을 중심으로」, 『언론과학연구』 31, 한국지역언론학회, 2009, 277~312쪽; 한상구, 「1926~28년 민족주의 세력의 운동론과 신간

년 1월 1일 신년호 其3의 2면에는 해당 부문의 당선작을 발표하며 싸움은
진보발전의 어머니라며 우리의 환경에서 싸움은 장연한 정의의 분투임
을 밝히고 있다. 이어 싸움에는 여러 종류가 있으나 "徐徐히 合法的으로
하는 싸홈"을 지향한다고 언급하여 신간회와의 관련성에 대한 개연성을
높이고 있다. 모집공고에 "X자(字)를 질늘 만한 문구(文句)는 될 수 잇는
대로 달리 피(避)해 달라고 요구할 정도로 검열을 의식하였으나, 1928년 1
월 1일 신년호 其3 2면과 3면에 실린 '신춘현상문예발표'에는 '한 사람 이
상을 위하야 싸워 본 이야기' 당선작 일부와 시가 부문 당선작 일부가 삭
제되었다.[19]

　1931년의 신춘문예 역시 기존의 문예물 외에 '한글歌'를 추가 모집하였
다.[20] 모집부문은 '문자보급가'와 '한글기념가'였다. '문자보급가'는 조선일

19　확인 가능한 해당 모집부문의 당선작은 유재형의 「무산아동의 야학교수로 부호와 격투하든
　　쾌극」, 우성규의 「구 가정부인 문맹퇴치와 무뢰배와 부절한 싸홈」이다. 그리고 신년호 其3의
　　3면에는 '당선시가발표'가 이어지는데, 입선작은 8편, 선외가작은 16편이었다. 장지영의 「새
　　해의 선언」은 2행을 제외하고 모두 삭제되었다. 이밖에 '용의 이야기'는 현응팔의 「용의 속담
　　일속」, 김성도의 「왕화상과 독룡」 등 당선작 두 편이 게재되었다.
20　「新春文藝와 한글歌」, 『조선일보』 1930.12.5 석간, 4면. 新春文藝와 한글歌 / 投稿期限 十二
　　月十五日 / 短篇小說 五回 以內(每回 一行 十四字 百五十行) 賞金 一等 三十圓 二等 二十圓 三
　　等 拾圓 / 詩 新詩 時調 賞金 一等 十圓 二等 五圓 三等 三個月分 本報 購讀券 / 羊의 傳說(故鄕
　　의 傳說) 賞金 詩賞과 同一(興味津津하고도 簡明하게) / 漫畵 漫文 (一九三0年의 回顧거나 三
　　一年의 展望이거나 時事時代風潮를 題材로 하되 文은 一行 十四字五十行 以內) 賞金 詩賞과
　　同一 / 文字普及歌(本社文字普及班生徒에게 合唱시킬 것으로 節數는 만하야 三節로 하고 반
　　듯이 後斂이 잇슬 일(作曲添附는 隨意) 賞金 一等 三十圓 二等 二十圓 三等 十圓 / 한글紀念歌
　　(每年 十月二十八日(從來 陰曆 九月 二十九日을 明年부터 改正) 訓民正音 頒布紀念日에 널리
　　부를 것(規程 同上) 【賞金同上】 / 學生文藝 作文 題『除夜』『새해의 새決心』(兩題中 隨意로
　　一題에 限함 一行十四字百行 以內) 賞金 一等 五圓 二等 三個月本報購讀券 三等 同上 一個月
　　分 / 少年文藝 (1) 童話 (2) 童謠(規定 小說과 同一) / 賞金 (1)은 詩賞과 同一 (2)는 學生文藝賞
　　와 同一 / ◇ 皮封에 『新春文藝』 或은 『한글歌』라 朱書할 事 / 조선일보 학예부.

보사 문자보급반 생도에게 합창시킬 노래를 모집한 것이며, '한글기념가'
는 훈민정음 반포기념일에 부를 노래를 모집한 것이다. 『조선일보』는
1927년 1월 1일 '한글란'을 신설하여 일찍부터 한글 교육에 앞장섰으며,[21]
1929년부터는 하기 방학을 이용하여 '귀향 남여학생 문자보급반 사업'을
추진하는 등 한글보급운동을 전개하였다.[22] 이 밖에 1930년 3월 18일부터
6월 17일까지 '한글철자법 강좌'를 연재하는 등 한글 교육에 큰 관심을 쏟
았다.[23] '한글歌'의 모집은 이러한 배경에서 시행된 것으로 보이며, 조선일
보사가 추진하는 문화사업과 신춘문예가 연동하여 작동했음을 보여준다.

이외에도 『조선일보』는 다양한 문학장르를 실험하였다. 1932년에는
단편소설이 모집부문에서 제외되는 대신 희곡과 민요를 처음으로 모집
하였다. 그리고 1933년에는 문예평론, 1934년에는 논문과 유행가를 처음
시도하였다. 1935년부터는 단편소설, 희곡, 시, 시조, 민요, 동화, 동요를
기본으로 하여 매년 새로운 모집부문을 추가하며 신춘문예를 시행하였
다. 1928년의 '한 사람 이상을 위하야 싸워 본 이야기'와 '용의 이야기' 모

---

21 「『한글』欄 新設」, 『조선일보』 1926. 12. 25 석간, 3면. "새해부터 새로히 『한글』欄을 두기로 하
   엿습니다 朝鮮사람이면서 朝鮮글인 『한글』의 智識이 퍽 完全치 못한 것이 무엇보다도 큰 붓
   그러움이라 아니 할 수 업고 오늘날의 여러 가지 事情은 어른된 이나 더욱히 어린이들이나
   쏙바른 『한글』의 用法을 배워 알을 機會가 썩 적다고 할밧게 업습니다 이 點에 살핀 바가 잇서
   서 새해부터 우리 新聞에 『한글』欄을 두고 자미스럽고도 有益한 여러 가지 글을 싹듯한 『한
   글』의 用法대로 써서 여러분이 자미부터 보시는 동안에 어느듯 훌륭한 『한글』學者이나 질
   배 업는 분이 되시도록 하려 합니다 朝鮮日報社".
22 「귀향학생 문자보급반」, 『조선일보』 1929. 7. 14 석간, 1면. 「하기방학의 봉사사업 제2회 귀향
   남여학생 문자보급반」, 『조선일보』 1930. 6. 24 석간, 2면. 「하기휴가의 봉사사업 제3회 귀향
   남여학생 문자보급반」, 『조선일보』 1931. 6. 19 석간, 2면.
23 한글철자법에 대한 관심과 요구는 신춘문예 모집공고에서도 찾아볼 수 있다. 단편소설의
   문체규정은 순조선문체였다. 기타 응모규정으로는 1929년에 순조선문으로 평이한 문장을
   써 달라고 요구한 것을 비롯하여, 1935년에는 순조선문으로 쓰되 어휘에 주의할 것을 요청
   하였다. 1936년에는 글씨를 똑똑히 정하게 써 달라고 하였으며, 1937년과 1938년 역시 띄어
   쓰기에 대한 당부를 하였다.

집이나, 1931년의 '한글歌' 모집 등에서 확인할 수 있듯이 『조선일보』는 기존의 신춘문예를 계승하는 한편 신문사의 정책에 따라 새로운 변화를 꾀하며 신춘문예를 지속적으로 시행해 나갔다.

3. 『조선일보』의 신춘문예 전략

지금까지 『조선일보』가 시행한 신춘문예의 전개 과정을 살펴보았다. 이를 통해 『조선일보』가 기존의 독자투고와 현상문예 시행 경험을 바탕으로 신춘문예를 시도하였으며, 끊임 없이 제도를 보완하고 발전시켜 왔음을 확인할 수 있었다. 이 장에서는 신춘문예가 거둔 대표적 성과를 확인하고, 신춘문예 후발주자인 『조선일보』가 제도 안착을 위해 어떠한 시도를 했는지 규명하고자 한다. 신춘문예는 신인을 발굴하기 위해 시행했다는 점에서 다른 독자참여제도와 변별된다. 따라서 신춘문예의 성과를 확인하기 위해서는 당선자 및 당선작에 대한 정리가 선행되어야 한다. 아래 〈표 2〉는 1920년부터 1943년까지 각 매체의 신춘문예 단편소설 당선자(작) 현황이다.

〈표 2〉 신춘문예 단편소설 부문 당선자(작) 현황

연도	매일신보	동아일보	조선일보
1920	1등 정렬모, 동요(動搖) 2등 이서구, 고독에 우는 모녀 3등 주요섭, 임의 떠난 어린 벗	신춘문예 미시행	신춘문예 미시행
1921	한경식, 방황	신춘문예 미시행	신춘문예 미시행
1922	단편소설 모집 제외	신춘문예 미시행	신춘문예 미시행
1923	단편소설 모집 제외	신춘문예 미시행	신춘문예 미시행
1924	2등 김영팔, 해고사령장 2등 최영희, 노파 2등 백호범인, 사랑채의 죽엄	신춘문예 미시행	신춘문예 미시행
1925	2등 김숙정, 기아 3등 박장순, 어머님 뵈오리	2등 최자영, 옵바의 이혼사건 3등 최풍, 방랑의 광인 선외 이영근, 출교 가정소설 3등 이문옥, 쇠집사리 가정소설 선외 유민성, 의문의 P人자	신춘문예 미시행
1926	단편소설 모집 제외 신년소설로 대체	신춘문예 미시행	신춘문예 미시행
1927	단편소설 모집 제외 신년소설로 대체	1등 김남주, 소작인 김첨지 2등 이문, 짓밟힌 이의 우슴 2등 김덕혜, 그릇된 동경	신춘문예 미시행
1928	신춘문예 미시행	입선 한형종, 홍수 입선 채봉석, 가정교사	단편소설 모집 제외
1929	현상논문모집만 시행 신년소설로 대체	1등 이석신, 인정 2등 이일광, 세모편경 3등 박남조, 젊은 개척자	1등 박계화(백신애), 나의어머니 2등 전춘호, 자기의 길
1930	단편소설 모집 제외 신년소설로 대체	방휴남, 감스돌 김명수, 두 전차 인스팩터	김용송, 과민증 정순정, 어머니와 나 백석, 그 모와 아들
1931	1등 김종학, 방황하는 풍경 2등 위종철, 유산 3등 이백조, 전도부인과 황소쌀	단편소설 모집 제외	2등 이영근, 희생 2등 송내순, 비오는 날 2등 김현홍, 누님을 뭇는날 3등 안필승, 발(髮) 선외가작 우석, 재출발
1932	1등 이백선, 설야애곡 2등 안필승, 애정의 비애	당선 문성훈, 명랑한 전망 가작 김현홍, 국화	단편소설 모집 제외
1933	1등 유재형, 귀농 2등 약산학인, 우정	단편소설 모집 제외	당선 석산(석인해), 아들의 소식 가작 감낙형, 굶주린 사람들
1934	입선 광류, 토정나루 환상	당선 최인준, 황소	박영준, 모범경작생

연도	매일신보	동아일보	조선일보
	선외 채봉석, 젊은 농군	가작 운향, 입원 가작 방휴남, 외투	강수선, 분이
1935	단편소설 모집 제외	당선 김경운(현경준), 격랑 선외 김정혁, 이민열차	1등 김유정, 소낙비 최술(최선숙), 혼을 일흔 사람들 이경근, 차에서 맛난 여자
1936	입선 김일평, 기오와 소녀 2석 윤용순, 김진사와 족보	당선 김동리, 산화 가작 정비석, 졸곡제	김정한, 사하촌 차자명, 전락
1937	입선 허민, 구룡산 가작1 조풍연, 젊은 예술가군상 가작2 이진화, 地域記	무기정간	1등 정비석, 성황당 김정한, 항진기
1938	당선 김문학, 임우 선외 박승렬, 음용산 선외 김형준, 강촌사람들 선외 최인욱, 시드른마을	당선 천지인(곽하신), 실락원	1등 현덕, 남생이
1939	당선 김동규, 박과부 선외 최인욱, 산신령	당선 김몽, 만세환	1등 김영수, 소복
1940	당선 김사영, 춘풍 선외 박예강, 정조	당선 강형구, 봉두메	김만선, 홍수
1941	1석 박찬모, 전설	폐간	폐간
1942	당선 김문학, 앵속화 3석 차월훈, 지하매장	폐간	폐간
1943	2석 이성표, 산협 2석 이곡토, 오리숲	폐간	폐간

위 표에 의하면 『매일신보』는 가장 오랜 기간 신춘문예를 시행하였으며, 가장 많은 당선자를 배출하였다. 하지만 외형적인 성과에 비해 우리 문학사에서 주목할 만한 작가[24]가 드물다는 점을 눈여겨보아야 한다.[25]

24 조윤제의 『한국문학사』(탐구당, 2003, 535~537쪽)에는 중요작가 중의 하나로 정비석을 언급하였다. 김윤식과 김현의 『한국문학사』(민음사, 2001, 320~323쪽)에서는 '김유정 혹은 농촌의 궁핍화 현상'에서 김유정을 다루었다. 김재용 외 『한국근대민족문학사』(한길사, 2000, 691~697쪽)에서는 '신인들의 등장과 단편소설의 새로움'이라는 제목으로 이근영, 현덕, 김유정, 현경준 등을 언급하였다.

25 이와 관련하여 손동호(「식민지 시기 『매일신보』의 신년현상문예 연구」, 『한국근대문학연구』 20(2), 한국근대문학회, 2019, 262~263쪽)는 『매일신보』가 총독부 기관지였다는 점과

『매일신보』와 달리『동아일보』는 김동리와 정비석을 비롯한 다수의 작가를 배출하여 작가의 발굴에는 성공하였다. 하지만 그들의 당선작까지 고려한다면 그 성과가 미흡하다고 평가할 수 있다. 반면『조선일보』는 김유정, 김정한, 박영준, 백석, 백신애, 정비석, 현덕 등 다수의 작가를 배출했을 뿐만 아니라, 「남생이」, 「모범경작생」, 「사하촌」, 「성황당」, 「소낙비」 등 우리 문학사에서 주목할 만한 작품까지 발굴하였다. 이에 본 장에서는 『조선일보』가 어떠한 전략으로 이러한 성과를 달성할 수 있었는지 분석해 보고자 한다.

1) 상금 인상을 통한 경쟁력 확보

『조선일보』는 신춘문예 시행 초기부터 신인의 발굴이라는 목적에 충실하였다. 1929년 단편소설 부문의 심사위원이었던 박영희는 "文藝界에 잇는 사람들로써는 큰 注意와 만혼 期待를 가지고 생각하게 된다 그것은 다른 까닭이 아니라 文藝界에 잇어서 새로운 사람들을 마지하게 되는 까닭이다"[26]라며 신인에 대한 기대감을 드러냈다. 1936년 신춘문예 모집공고에는 "新人을 招請한다!!"[27]며 신인들의 참여를 호소하였으며, 선후감에는 "本社에서는 이러한 不遇의 新人에게 그 出世할 機會를 주기 위해서 해마다 新春懸賞文藝를 募集한 것이 인제는 한 개의 年中行事"[28]가 되었다며 신

1920년대 민간지의 발행으로 독자들의 매체 선택 폭이 확대된 점을 고려해야 한다고 주장하였다. 또한 당선자에 대한 대우와 사후관리의 여부도 따져야 한다고 하였다. 결국 『매일신보』는 경쟁지가 없던 1910년대에는 제도적 정비가 미흡했음에도 불구하고 실질적인 등용문으로 기능한 반면, 1920년대 이후에는 제도적으로는 많은 개선을 이루었지만 실질적인 등용문으로서의 역할은 다른 민간지에 넘긴 것으로 볼 수 있다.

26 박영희, 「현상단편선후감 일반경향(1)」, 『조선일보』, 1929.1.1 신년호 其六, 4면.
27 「신춘현상문예작품모집」, 『조선일보』, 1935.12.1 석간, 4면.

춘문예의 시행 의도를 직접 밝히기도 하였다. 신춘문예의 목적, 즉 신인을 발굴하기 위해서는 먼저 신인들의 투고열을 자극하여 그들의 참여를 유도해야만 했다. 이에 신춘문예 후발주자였던 『조선일보』는 경쟁 매체보다 큰 액수의 상금을 지급함으로써 신인들의 참여를 독려하는 방식을 활용하였다. 아래의 표는 식민지 시기 신춘문예 단편소설 부문의 상금 현황이다. 상금을 비교하기 위해 『조선일보』를 비롯하여 경쟁 매체인 『매일신보』와 『동아일보』의 상금 현황을 함께 정리하였다.

〈표 3〉 신춘문예 단편소설 부문 상금 현황

연도	매일신보	동아일보	조선일보
1920	1등 10원, 2등 5원, 3등 3원	신춘문예 미시행	신춘문예 미시행
1921	상금 정보 누락	신춘문예 미시행	신춘문예 미시행
1922	단편소설 모집 제외	신춘문예 미시행	신춘문예 미시행
1923	단편소설 모집 제외	신춘문예 미시행	신춘문예 미시행
1924	1등 10원, 2등 5원	신춘문예 미시행	신춘문예 미시행
1925	1등 15원, 2등 5원	1등 50원, 2등 25원, 3등 10원 / 가정소설 1등 50원, 2등 25원	신춘문예 미시행
1926	단편소설 모집 제외	신춘문예 미시행	신춘문예 미시행
1927	단편소설 모집 제외	1등 50원, 2등 30원	신춘문예 미시행
1928	신춘문예 미시행	50원(당선 각편에 평균분배, 선외가작 박사진정)	상금 정보 누락
1929	현상논문모집만 시행	1등 30원, 2등 20원, 3등 10원	1등 60원, 2등 30원
1930	단편소설 모집 제외	상금 정보 누락	상금 정보 누락
1931	1등 30원, 2등 20원, 3등 10원	단편소설 모집 제외	1등 30원, 2등 20원, 3등 10원
1932	1등 30원, 2등 20원, 3등 10원	50원	단편소설 모집 제외
1933	1등 30원, 2등 20원	단편소설 모집 제외	입선 20원, 가작 박사진정

28 학예부, 「신춘현상 문예고선경과」, 『조선일보』, 1936.1.3 신년호 其16, 2면. 1937년에도 "本 社가 創業以來로 해마다 新春을 契機로 해서 널리 新人의 作品을 懸賞으로 募集하는 것은 그 것 스사로가 인제는 한개의 歷史的 意義를 가지고 잇다"며 우수한 작가를 발탁하기 위해 신춘 문예를 시행하였다고 밝혔다.(一記者, 「신춘현상문예 고선의 경과」, 『조선일보』, 1937.1.1. 신년호 其9, 1면)

연도	매일신보	동아일보	조선일보
1934	입선 50원, 선외가작 박사진정	50원 (가작 약간편 본사규정의 고료 진정)	갑 50원, 을 20원
1935	단편소설 모집 제외	50원 (가작 약간편 본사규정의 고료 진정)	갑 50원, 을 20원
1936	입선 50원, 선외 10원	50원 (가작 약간편 본사규정의 고료 진정)	수석 50원, 차석 30원
1937	입선 50원, 선외 10원	무기정간	1등 50원, 2등 30원
1938	입선 50원, 선외 10원	50원	1등 50원, 2등 30원
1939	입선 50원, 가작 20원	50원	1등 100원, 2등 50원
1940	입선 100원	50원	1등 100원, 2등 50원
1941	일석 200원	폐간	폐간
1942	일석 300원	폐간	폐간
1943	입선 제일석 300원	폐간	폐간

　　높은 액수의 상금을 제시하여 독자들의 참여를 유도했던 방식은 『동아일보』가 먼저 시도하였다. 1925년 『동아일보』는 당시 유일한 경쟁 매체였던 『매일신보』에 대항하기 위해 단편소설과 가정소설의 1등 상금을 50원으로 책정하였다. 이는 『매일신보』의 단편소설 1등 상금인 15원에 비해 3배나 많은 액수였다. 그 결과 응모한 원고가 너무 많아 당선작 발표를 연기할 정도로 큰 성공을 거두었다.[29] 『조선일보』는 이러한 『동아일보』의 선례를 참고하여 신춘문예의 상금을 인상함으로써 경쟁력을 확보하고자 하였다. 1928년의 경우에는 신춘문예 모집공고에 상금액이 제시되지 않았으며, 당선자 발표 역시 검열로 인해 삭제되어 정확한 상금 액

29　「예고」, 『동아일보』 1925. 2. 16 부록 3면. "本社에서 募集한 新春文藝는 江湖諸位의 만흔 玉稿를 엇어 깃버하기말지 아니함니다만은 넘우도 原稿數가 만하 만흔 時日이 걸리게 됨니다 하야 不得已 同 文藝作品의 當選은 오는 三月 二日 文藝欄에 發表하게 되엿슴니다 東亞日報社文藝欄"(강조는 인용자).

수를 확인할 수 없다. 하지만 1929년 신춘문예는 상금 액수를 명시하였는데 『조선일보』의 단편소설 부문 1등 상금은 60원이었다. 이는 『동아일보』의 1등 상금인 30원에 비해 2배나 많은 액수였다. 『조선일보』 역시 상금 인상 전략의 효과를 보았다. 당시 단편소설 부문 응모편수가 500편에 달했기 때문이다.[30] 이후 『조선일보』는 다른 매체의 상금과 비슷한 수준으로 유지하다가 1939년에 상금을 또 인상하였다. 상금을 50원에서 100원으로 인상한 결과, 신춘문예 전체 응모 수가 4,535편에서 5,362편으로 800편 이상 증가하였다.

『조선일보』 신춘문예의 응모 수는 1935년 2,390편,[31] 1936년 3,153편,[32] 1937년 3,658편,[33] 1938년 4,535편,[34] 1939년 5,362편[35]으로 꾸준히 증가하

---

30 『조선일보』의 선후감과 고선경과 등을 확인한 결과, 1929년 단편소설의 응모 편수는 500편이었다. 1930년에는 4~50편, 1931년에는 150편, 1933년에는 273편, 1935년에는 462편, 1936년에는 486편이었다. 이러한 결과를 통해 상금액과 응모 수가 매우 밀접한 관련이 있었음을 확인할 수 있다. 반면 당시 경쟁매체인 『매일신보』와 『동아일보』는 신춘문예 응모 편수에 대한 정확한 정보를 제공하지 않아 비교가 어렵다. 『동아일보』는 일부 정보를 제공하였는데 현재까지 확인한 바로는 1932년 단편소설은 400편, 동화는 150편 응모하였으며, 1935년 단편소설은 400여 편, 희곡 100여 편, 1936년 희곡 50여 편, 실화 40여 편, 만문 20여 편, 동화 150여 편, 1938년 단편소설 232편이다.

31 일선자(一選者), 「신춘문예현상후감」, 『조선일보』, 1935.1.1 신년호 其7, 3면. "今番 本社의 新春文藝懸賞募集에 對하야 應募하신 분은 論文 五十人 短篇小說 四百六十二人 콩트 二百三十一人 劇本 二百八十人 新詩 四百七十人 時調 二百三人 民謠 一百九十四人 童謠 一百八十七人 兒童自由畵 六十二人으로 全部 合하야 二千三百九十人이다"(강조는 인용자).

32 학예부, 「신춘현상 문예고선경과」, 『조선일보』, 1936.1.3 신년호 其16, 2면. "今年에도 應募된 作品數를 드러 보면 小說 四百八十六篇, 戲曲 二百四十篇, 詩 一千二百九十六篇 民謠 二百六十一篇 童謠 三百九十篇 童話 二百七十六篇 時調 二百四篇 合해서 三千一百五十三篇이라는 實로 空前의 厖大한 數字를 보엿다."(강조는 인용자).

33 일기자(一記者), 「신춘현상문예 고선의 경과」, 『조선일보』, 1937.1.1 신년호 其9 1면. "今年만 해도 應募된 作品 總數 三千六百五十八篇"(강조는 인용자).

34 일기자(一記者), 「신춘문예선후감」, 『조선일보』, 1938.1.7 석간, 5면. "今年度 新春懸賞文藝의 應募作品數는 總計 四千五百三十五篇이엇다."(강조는 인용자)

35 일기자(一記者), 「신춘문예선후감」, 『조선일보』, 1939.1.10 석간, 5면. "今年만 하더라도 應募作品 總數 五千三百六十二篇中에서 一等 세 분과 次席 다섯 분과 其他 兒童作品 다섯 점을

였다. 이러한 응모 수의 증가 역시 상금 인상과 밀접한 관련이 있다. 1934년부터 1938년까지 『조선일보』의 1등 상금은 다른 매체와 동일한 50원이었다. 하지만 경쟁 매체가 1등만 상금을 지급하고 가작의 경우에는 구체적인 금액을 명시하지 않은 반면에 『조선일보』는 2등 상금으로 20원을 지급하였다. 1936년 『매일신보』가 선외작에 대해서도 상금 10원을 지급하기로 하자, 『조선일보』는 2등 상금을 30원으로 인상하며 대응한다. 이처럼 상금 인상은 독자들의 투고열을 자극하는 데에 분명한 효과가 있었고, 『조선일보』는 상금 인상을 통해 다른 매체와 경쟁하였다. 하지만 응모 수의 양적 확대가 곧 작품의 질적 수준을 보장하는 것은 아니었다.[36] 이에 따라 『조선일보』는 상금 인상 외에 다른 방법을 시도하게 된다.

2) 신인에게 발표지면 제공

『조선일보』는 신춘문예 당선자에게 발표지면을 제공하여 신인의 창작 활동을 지원하였다. 1935년 1등 수상자인 김유정은 같은 해 『조선일보』에 「만무방」(1935.7.17~1935.7.31)을 발표하였다. 1936년에 이어 1937년에도 수상한 김정한은 1936년에 「옥심이」(1936.6.18~1936.6.30)를 발표하고, 1937년에는 「항진기抗進記」(1937.2.2~1937.2.11)를 발표하였다. 1938년 1등 수상자

뽑앗다"(강조는 인용자).

36 이러한 문제의식은 "今年에도 懸賞詩의 應募는 例年보다 못지 안케 만히 들어와 實로 七百篇 內外를 헤이게 되엿다 그러나 해마다 하는 말이지만은 그 量이 豊富한 대신에 그 質은 매우 貧弱하엿다"(「현상작품선후감」, 『조선일보』, 1931.1.5 석간, 7면. 강조는 인용자)라는 언급을 통해 확인할 수 있다. 그리고 "二百七十三篇의 短篇小說과 百六十九篇의 『콩트』는 短時日에 應募된 量으로써 決코 적지 안타 그러나 質에 잇서서는 遺憾이나마 水準을 바라보는 作品이 거의 업섯다"(최독견, 「단편소설과 콩트 선후감」, 『조선일보』, 1933.1.2, 7면)는 언급으로 볼 때, 응모작들의 수준문제는 지속적으로 제기된 문제였던 것으로 보인다.(강조는 인용자)

인 현덕은 「녹성좌綠星座」(1939.6.16~1939.7.26)를 발표하였으며, 신춘문예 당선 후 『조선일보』에 다수의 동화를 연재하였다. 1939년 1등 수상자인 김영수는 중편소설 「새벽바람」(1940.6.4~1940.8.11)을 발표하였다.

신춘문예 당선자에게 발표지면을 제공하는 것 외에도 1938년에는 자사 신춘문예의 당선자를 위한 '본보 당선작가 단편 리레'라는 특집을 마련하기도 하였다.

> 本報 當選 作家 短篇 리레—
>
> 『驚蟄』玄德 作/『題未定』鄭飛石 作/『섬달밤』車自鳴 作/『題未定』金廷漢 作
>
> 文壇 不振說이 여기저기서 말성이 되면서도 終始 이러타 할 만한 打開策이 樹立되지 못한 것은 오로지 新進作家의 活潑한 活動을 보지 못하는 때문이다. 그리고 新進作家의 活動을 볼 수 업는 것은 또한 發表機關의 狹窄한 탓으로 거의 그 進路가 杜塞된 때문이라고 아니할 수 업슬 것이다. 이에 本社에서는 우리 有爲한 新進作家에게 自由스러운 活動의 舞台를 提供하려고 우선 三年間 本報 新春文藝에 當選된 네 作家의 短篇리레—를 始作한 것이다. 이 네 作家의 短篇的 力量이란 이미 發表된 作品에서 旣成作家를 肉迫한다는 定評이 잇섯지마는 그동안에 모두 精進에 精進을 거급해서 이제 各各 力作한 편식을 가지고 登場하게 되엿스니 이 聖스럽고도 興味잇는 競演을 우리 讀者는 기쁘게 期待하리라고 밋는다./來十日附 夕刊부터 連載[37]

위 인용에 따르면 해당 특집은 발표기관이 없어 진로가 막힌 신진작가를

---

37 「본보 당선 작가 단편 리레—」, 『조선일보』, 1938.4.8 석간, 5면.

위해 시행하였다고 한다. 신인에게 활동무대를 제공함으로써 창작활동을 하지 못하는 신인에게는 창작의 기회를 주고, 문단 부진의 타개책도 수립하고자 하는 의도에서 시도한 특집이었던 것이다. 이를 위해 최근 3년 간 『조선일보』 신춘문예에 당선된 네 명의 작가를 선발하여 작품의 발표지면을 제공하였다. 이 특집을 통해 현덕의 「경칩驚蟄」(1938.4.10~1938.4.23), 정비석의 「애증도愛憎道」(1938.4.24~1938.5.13), 차자명의 「청담晴曇」(1938.5.14~1938.6.1), 김정한의 「기로岐路」(1938.6.2~1938.6.22) 등이 연재되었다. '본보 당선작가 단편 리레'를 마치자마자 『조선일보』는 '여류단편'을 시행하여 백신애의 「광인수기狂人手記」(1938.6.25~1938.7.7)를 연재하였다. 백신애는 1929년 『조선일보』 신춘문예의 단편소설 부문 1등 수상자였다.[38]

『조선일보』는 계속해서 '신인단편'을 기획하여 신인에게 작품 발표의 기회를 제공하였다. 이는 지금까지 제대로 된 신인 대우를 하지 않았다는 문제의식에서 비롯되었으며, 신인들의 진로를 열어 줄 목적으로 시행하였다.[39] 해당 특집을 통해 허준의 「야한기」(1938.9.3~1938.11.11), 박노갑의 「이랑이」(1938.11.13~1938.12.6), 김동리의 「여잉설」(1938.12.8~1938.12.24), 최명익의 「폐어인」(1939.2.5~1939.2.25)이 연재되었다. 앞서 시행한 '본보 당선작가 단편 리레'가 조선일보사 출신의 신인을 위주로 시행했다면, '신인단편'은 전 문단의 신인을 대상으로 범위를 확대하여 시행했다는 점에 의미가 있다.

조선일보사는 1935년 11월, 잡지 『조광』을 발행하였다. 『조광』의 발행

---

38 '여류단편'은 창작적 진용을 확대 강화하기 위해 시행하였으며, 해당 특집을 통해 최정희의 「穀象」(1938.7.8~1938.7.22), 이선희의 「臙脂」(1938.7.24~1938.8.11), 장덕조의 「閑夜月」(1938.8.12~1938.8.25)이 연재되었다.

39 「신인단편연재」, 『조선일보』, 1938.9.1 석간, 3면. "우리文壇에서 新人 優待의 외우침은 노팟스나 아직 한번도 實際로 그네들의 進路를 열어주고 精進을 勸勉한 적이 업섯다"

으로 신인들의 발표지면은 더욱 확대되었다. 22명의 신춘문예 단편소설 부문 당선자 중에서『조광』에 작품을 연재한 작가는 김영수, 김유정, 김정한, 박영준, 백석, 백신애, 석인해, 안필승, 정비석, 현덕 등 10명이었다. 김영수는 「벽壁」(5권 4호), 「생리生理 上」(5권 9호), 「생리 下」(5권 10호)를 발표하였다. 김유정은 「따라지」(3권 2호), 「동백꽃」(2권 5호), 「봄봄」(1권 2호), 「야앵夜櫻」(2권 7호), 「정조貞操」(2권 10호), 「정분」(3권 6호), 「잃어진 보석」(3권 6호~11호)을 발표하였다. 김정한은 「그러한 남편」(5권 6호), 「낙일홍 上」(6권 4호), 「낙일홍 下」(6권 5호)를 발표하였으며, 박영준은 「임정호」(4권 2호)를 발표하였다. 백석은 단편소설 부문에서 수상하였으나『조광』에는 「여우난 곬족」(4권 10호)을 비롯한 다수의 시를 발표하였다. 그리고 번역소설 「밀림유정」(8권 12호~9권 2호)과 「식인호食人虎」(8권 2호)도 발표하였다. 백신애는 「소독부小毒婦」(4권 7호), 「혼명混冥에서」(5권 5호), 석인해는 「방황」(6권 8호), 「애원경愛怨境」(5권 7호), 「칠석」(5권 9호), 「표류기」(8권 1호), 「할경割耕」(7권 8호), 안필승은 「고향」(2권 3호), 「기계」(5권 6호), 「그날밤에 생긴 일」(4권 4호), 「기차」(4권 10호), 「늑대」(9권 8호), 「명상瞑想」(3권 1호), 「소년」(6권 10호), 「장미」(2권 8호), 「풍속 1」(9권 12호), 「풍속 2」(10권 1호), 「풍속 3」(10권 2호), 정비석은 「개척전사」(9권 10호), 「거문고」(3권 8호), 「금단의 유역流域」(5권 7~12호), 「동경憧憬」(4권 6호), 「이 분위기」(5권 1호), 「제3의 우정」(6권 5호), 「조춘早春」(8권 5호), 현덕은 「골목」(5권 3호), 「두꺼비가 먹은 돈」(4권 7호)을 발표하였다.[40]

이처럼 자사의 지면뿐만 아니라 자매지인『조광』까지 활용하여 신인들에게 발표지면을 제공했기 때문에 본격적인 창작에 뜻을 둔 신인들이『조선

---

40 『조광』에 실린 작품은 하동호의 「〈조광〉 서지분석」(『동양학』 16, 단국대 동양학연구원, 1986, 176~204쪽)에 실린 목록을 참조하였다.

일보』 신춘문예에 다수 응모한 것으로 보인다.[41]

3) 고선考選 방침의 차별화

선후감은 신춘문예의 공정성과 투명성을 담보하는 중요한 장치이다. 선후감에는 응모 현황, 선자選者의 소감, 고선의 방침, 각 부문별 당선작 선정 이유, 응모자에 대한 당부 등이 담겨 있다. 신춘문예의 고선考選은 대체로 해당 방면의 전문가와 본사 학예부원이 함께 진행하였다.[42] 대부분의 경우 선자에 대한 정보를 밝히지 않았으나, 1929년에는 박영희와 최독견이 고선에 참여하였다고 밝혔다. 1931년은 부문별로 고선하였다. 단편소설 염상섭, 시 김려수, 시조 이은상, 동요와 동화 그리고 학생작문 염상섭, 안석영, 박팔양, 김려수, 이홍직, 문자보급가와 한글기념가는 염상섭이 각각 고선을 맡았다. 1933년에는 희곡 함대훈, 단편소설과 콩트는 최독견이 고선하였다. 1934년에는 동요와 동화 부문의 선후감만 확인 가능하며, 당시 선자는 이종수였다. 1940년에는 신춘문예 모집공고에 심사위

---

41 『매일신보』는 별도의 자매지가 없었을 뿐만 아니라 당선자에 대한 사후관리를 전혀 시도하지 않았다. 이는 애초 신진작가 발굴을 전면에 내세우며 신춘문예를 시행한 『동아일보』나 『조선일보』와 달리 『매일신보』는 신인 발굴에 대한 의지가 약했기 때문이다. 이는 『매일신보』가 신춘문예를 거르거나 단편소설을 모집부문에서 제외하는 대신 전문작가에게 작품을 의뢰하는 '신년소설'을 시행한 것을 통해서도 알 수 있다. 이와 관련된 논의는 손동호, 「식민지 시기 『매일신보』의 신년현상문예 연구」, 『한국근대문학연구』 20(2), 한국근대문학회, 2019, 235~270쪽 참조. 반면 『동아일보』는 자매지를 발행했을 뿐만 아니라 '신인문학콩쿨' 등을 기획하여 신인에 대한 사후관리를 실시하였다. 이와 관련된 논의는 손동호, 「1930년대 『동아일보』 신인문단 연구 - '신인문학콩쿨'을 중심으로」, 『인문논총』 73, 서울대 인문학연구원, 2016, 253~285쪽 참조.

42 「현상단편선후감」, 『조선일보』, 1929.1.1 신년호 其4, 4면. "今年에 本社에서 募集한 短篇小說은 實로 應募篇數만 하야도 五百篇이나 갓가운 놀나운 數일 뿐만 아니라 또한 그 內容이나 모든 것에 잇서서도 愼重 쏘 公正히 選擇할 必要가 잇엇으로 本社에서는 이에 이 方面의 名士 諸氏로 하야금 本社 見【學】藝部員과 힘을 아울러 嚴正히 考選케 한 後 左記 兩氏로 하야금 考選者 全體를 代表하야 選後感을 發表케 하는 바이다"(강조는 인용자).

원을 공개하였다.[43] 공고문에 따르면 단편소설은 이태준, 이기영, 이원조, 문예평론은 최재서, 박치우, 시는 정지용, 임화, 김기림, 시나리오는 안석영, 서광제, 시조는 박종화, 한시는 이승규, 동요는 윤석중, 희곡과 동화는 이헌구와 김영수가 각각 고선을 담당하였다.

1935년, 신춘문예 당선작 선정의 책임을 맡은 선자들은 고선의 방침에 대해 고민하였다. 고선 방침의 핵심문제는 당선 수준을 어느 선으로 정하는가 하는 문제와, 작품을 볼 때 작가의 사상경향과 역량 중에서 무엇에 중점을 두느냐 하는 문제였다. 선자들은 협의 끝에 첫 번째 문제는 가능한 한 입선을 시키도록 하되 부득이한 경우에는 결선缺選도 가능하도록 하였다. 그리고 두 번째 문제에 대해서는 작가의 사상경향을 중시하되 역량도 고려하기로 결정하였다.[44] 1936년에는 앞서 제기된 문제에 대해 고선 방침의 전면 개편을 근본적인 해결책으로 제시하였다.

過去의 例를 보면 新春文藝에 考選의 水準이라는 것이 全혀 업서서 全部 應募된 種類 中에서 그중에 제일 나은 것이면 의례히 一等으로 入選을 식히니까 해마다 文藝의 各部門에서 새로 登場하는 新人이 몟사람식 생기지마는 이네들이 하나도 뒤이어서 作品을 쓰는 作家로 出世한 사람은 업섯다. 그것은 곳 年中行事라는 習慣的인 通弊로서 考選에 對한 客觀的 水準이 업섯는 데서 由來한 것이엿다. 그럼으로 今番에는 처음부터 考選方針을 定하는 데에 밀리부터 一定한 考選水準을 세운 것이엿다. 다시 말하면 한 作品을 어느 級次로나 入選을 식힐 때는 그作品이 비록 完璧은 못되드래도 이만하면 現文

---

43 「신춘현상문예모집」, 『조선일보』, 1939.12.2 석간, 3면.
44 일선자(一選者), 「신춘문예선후감」, 『조선일보』, 1935.1.1 신년호 其7, 3면.

壇의 水準에 그다지 떠러지지 안는다는 것과 또 하나는 이만한 力量을 가젓 스면 얼마 안되여서 作家로 行世할 수 잇다는 것을 考選의 水準으로 한 것이 다. 그러니까 이것은 例年의 慣例로 보면 넘우나 苛酷한 嚴選이라고 할는지 모르겟스나 우리는 본래부터 한 개의 完璧에 갓가운 作品이나 한 사람의 有 望한 新人을 發見하는 것이 目的이지 決코 되나 안 되나 그중에 제일 낫다는 것을 뽑을 必要는 업섯는 때문이다.[45]

위 글은 지금까지 신춘문예의 고선이 객관적 기준 없이 응모된 작품 중에서 제일 나은 작품을 선발하는 방식으로 진행되어 왔다고 지적하였다. 이른바 작품 추수적인 1등 나열주의를 채용한 탓에 지금껏 수많은 당선자를 배출하였지만 이들 당선자 중에서 작가로 성장한 이가 드물다고 진단한 것이다. 신춘문예의 시행 목적이 유망한 신인이나 완벽에 가까운 작품을 발굴하는 데 있으므로 일정한 고선기준을 세워야 한다는 것이 위 인용문의 핵심 주장이다. 선자가 제시한 고선기준은, '얼마 안 되어 작가로 행세할 수 있을 정도의 역량 있는 신인', '비록 완벽하지는 않지만 현 문단의 수준에 비해 떨어지지 않는 작품' 등이었다.

현 문단의 수준을 기준으로 해당 기준에 근접하는 작가와 작품을 선발하는 고선 방침에 대해 독자들은 너무 가혹하다며 비난하였다. 하지만 『조선일보』는 고선 방침을 바꾸지 않고 엄선嚴選을 고집하였다. 천 편의 태작駄作을 우대하기보다 한 편의 가작佳作을 형수享受하겠다는 의지를 보인 것이다. 이러한 방침을 고수한 결과, 1938년의 목표는 '신춘문예의 당

---

45 학예부, 「신춘현상 문예고선경과」, 『조선일보』, 1936.1.3 신년호 其16, 2면.

선이 사실상 문단 진출의 '등용문'이 되도록 만드는 것이었다. 1939년에는 이러한 엄선주의로 인해 희곡, 문예평론, 시조, 동화, 실화 부문에서 한 편의 입선작도 내지 못하였다. 그럼에도 선자는 이러한 도태작용은 피할 수 없으며 오히려 입선된 작품이야말로 정금미옥精金美玉이어서 천하의 대방가大方家 앞에 내놓아도 조금도 부끄러울 것이 없을 것이라며 자신하였다.[46] 『조선일보』 신춘문예가 우리 문학사에서 주목할 만한 작가와 작품을 발굴할 수 있었던 것은 고선 방침을 강화함으로써 지속적으로 우수한 작가와 작품을 발굴한 결과였다.

4. 『조선일보』 신춘문예의 성과

『조선일보』는 창간 초기의 극심한 운영난으로 인해 『매일신보』나 『동아일보』에 비해 상대적으로 뒤늦게 신춘문예를 시행하였다. 『조선일보』는 경영상의 어려움에도 불구하고 독자투고와 현상문예를 지속적으로 시도함으로써 독자들과 소통하며, 신춘문예 시행을 위한 기반을 다져나갔다. 그 결과 『조선일보』는 1928년부터 1940년 폐간에 이르기까지 한 해도 거르지 않고 신춘문예를 시행할 수 있었다. 조선일보사는 신춘문예를 시행하면서 다른 매체에서는 찾아볼 수 없는 새로운 시도를 하기도 하였으며, 끊임없이 제도를 보완하고 발전시켜 나아갔다.

---

46 일기자(一記者), 「신춘문예선후감」, 『조선일보』, 1939.1.10 석간, 5면.

『조선일보』 신춘문예가 거둔 가장 큰 성과는 김유정의 「소낙비」, 김정한의 「사하촌」, 박영준의 「모범경작생」, 현덕의 「남생이」 등 우리 문학사에서 주목할 만한 작가와 작품을 배출한 것이다. 이러한 성과를 거둘 수 있었던 것은 『조선일보』가 채택한 세 가지 전략 덕분이었다.

첫째, 경쟁 매체에 비해 상금을 인상하여 경쟁력을 확보하였다. 신춘문예 후발주자인 『조선일보』는 큰 액수의 상금을 지급하고 계속해서 상금을 인상함으로써 독자들의 투고열을 자극하고 신춘문예 응모를 유도하였다.

둘째, 신춘문예 당선자에게 발표지면을 제공하여 신인들의 창작활동을 지원하였다. 자사의 지면뿐만 아니라 자매지인 『조광』까지 활용하여 신인들에게 발표지면을 제공했기 때문에 본격적인 창작에 뜻을 둔 신인들을 유인할 수 있었다.

셋째, 고선 방침을 강화하여 우수한 작가와 작품을 선별하였다. 이전까지의 일등 나열주의에서 벗어나 높은 수준의 당선 기준을 요구했기 때문에 우리 문학사에서 주목할 만한 작가와 작품을 발굴할 수 있었다.

『조선일보』가 시행한 신춘문예의 전개 양상을 통시적으로 고찰한 결과, 『조선일보』가 다른 매체와 경쟁하며 지속적으로 제도 개선을 진행해왔음을 확인할 수 있었다. 이를 통해 제도의 기원을 탐색하는 작업만큼 제도의 변화 양상을 추적하는 작업 또한 중요하다는 점을 확인하였다. 작품 선별 방식의 변화야말로 매체의 성향을 고스란히 보여줄 뿐만 아니라 직접적으로 당선작의 선정에 영향을 미치기 때문이다. 이 지점에서 다른 매체들의 당선작과의 비교가 요구된다. 이 자료집은 우선 『조선일보』 신춘문예의 성과를 실질적으로 발굴하여 집대성한 것으로, 앞으로 근대 시기 다른 매체의 성과에 대해서도 순차적으로 정리할 예정이다.

『조선일보』 신춘문예 당선 단편소설 목록

연도	당선자	작품명	연재일자
1929	1등 박계화(백신애)	나의 어머니(4회, 완)	1929.1.1~1929.1.6
	2등 전춘호	자기의 길(7회, 완)	1929.1.8~1929.1.15
1930	김용송	과민증(4회, 완)	1930.1.16~1930.1.19
	정순정	어머니와 나(5회, 완)	1930.1.21~1930.1.25
	백석	그 모(母)와 아들(6회, 완)	1930.1.26~1930.2.4
1931	2등 송내순	비 오는 날(2회, 완)	1931.1.20~1931.1.21
	2등 이영근	희생(5회, 완)	1931.1.21~1931.1.25
	2등 김현홍	누님을 뭇는 날(6회, 완)	1931.1.28~1931.2.2
	3등 안필승	발(髮)(5회, 완)	1931.2.4~1931.2.10
	선외가작 우석	재출발(6회, 완)	1931.2.6~1931.2.13
1933	당선 석산(석인해)	아들의 소식(4회, 완)	1933.1.15~1933.1.19
	가작 김낙형	굼주린 사람들(2회, 미완)	1933.1.22~1933.1.24
1934	박영준	모범경작생(10회, 완)	1934.1.10~1934.1.23
	강수선	분이(10회, 완)	1934.1.25~1934.2.4
1935	최술(최선숙)	혼을 일흔 사람들(4회, 완)	1935.1.8~1935.1.11
	이경근	차에서 맛난 여자(13회, 완)	1935.1.13~1935.1.27
	1등 김유정	소낙비(6회, 완)	1935.1.29~1935.2.3
1936	김정한	사하촌(14회, 완)	1936.1.8~1936.1.23
	차자명	전락(24회, 완)	1936.1.24~1936.2.22
1937	1등 정비석	성황당(11회, 완)	1937.1.14~1937.1.26
	김정한	항진기(14회, 완)	1937.1.27~1937.2.11
1938	1등 현덕	남생이(15회, 완)	1938.1.8~1938.1.25
1939	1등 김영수	소복(18회, 완)	1939.1.7~1939.2.4
1940	김만선	홍수(13회, 완)	1940.1.10~1940.1.27

『조선일보』 신춘문예 당선
단편소설 원문

나의 어머니 1929.1.1~1929.1.6

박계화

1929년 1월 1일(화) 신년호 其六 4면

당선소설 1등 나의 어머니(1), ◇경북 영천읍 박계화

××청년회 회관을 건추【축】하기 위하야 회원끼리 소인극(素人劇)을 하게 되엇다 문예부(文藝部)에 책임을 지고 잇는 나는 이번 연극에도 물론 책임을 지지 안흘 수가 업게 되엇다 시골인만큼 녀배우(女優)가 끼이우면 인긔를 만히 끄을 수가 잇다고들 생각한 청년회 간부들은 여자인 내가 연극에 대한 책임을 질 것 가트면 다른 녀자를 쓰러내기가 편리하다고 긔어히 나에게 전책임은 맛기고야 만다 그러니 나의 소임을【은】 출연할 녀배우를 쐬여드리는 것이 가장 중한 것이엇섯다 그러나 아즉 '트레머리'가 사오인에 불과하는 이 시골이라 아모리 쓰러내여도 남자들과 가티 연극을 하기는 죽기보담 더 붓그러워서 못하겟다는 둥 쏘는 해도 관계 업지만 부모가 야단을 하는 까닭에 못한【하】겟다는 둥 온갖 리유가 다―만허서 결국은 녀자라고는 아―모도 출연(出演)할 사람이 업시 되고 부득이 남자들끼리 하는 수밧게 업섯다 그래서 우리들은 밤마다 밤마다 ××학교 비인 교실을 비러서 연극 연습을 시작하게 되엇섯다 런습을 식히고 잇는 나는 아즉

예전 그대로의 완고한 시골인만큼 일반에게 비란을 밧지나 안흘가?……하는 여러 가지로 완고한 시골에서 신녀성(新女性)들의 취하기 어려운 행동에 대한 고려(考慮)를 하지 안흘 수 업서서 다른 위원들과 가티 여러번 토론도 하여 보앗스나 내가 업스면 연극을 하지 못하게 되는 수밧게 업다는 다른 위원들의 간청도 잇서서 나는 끗까지 주저하면서도 끗까지 일을 보는 수밧게 업섯다 오늘은 그 공연(公演)을 이틀 압둔 날이다 학교 사무실 시계가 열한 시를 치는 소리를 듯고야 우리는 열【연】습을 끗치엿다

　××

쌀자식은 의례히 싀집갈 쌔까지 친정에서 먹여주는 것이 예부려【터】해오든 습관이라면 나도 아즉 싀집가지 안흔 어머니의 한낫 쌀이니 놀고 먹어도 아모럿치도 안흘 것이엇마는 옵바가 ××사건으로 감옥에 들어가고 보통학교 교원으로 잇든 내가 여자청년회를 조직하엿싸는 리유로 학교 당국으로부터 일조에 권고사직(勸告辭職)을 당하고 나서는 그대로 할닐이 업스니 부득이 놀 수밧게 업시 되엇다 그래서 날마다 먹고는 식구가 단출한 얼마 안 되는 집안일이 끗나면 우리 어머니의 말슴맛다나 빈둥 빈둥 놀아대인다 엇던 쌔는 회관에도 나가고 쏘 엇던 쌔는 갓가운 곳으로 단이며 녀성단톄(女性團體)를 조직하기에 애를 쓰기도 하고 그러치 안흐면 하로종일 쏘는 밤이 새이도록 책상 압헤서 책과 씨름을 하는 것쑨이다 한 푼도 벌러들이지는 못하지마는 엇전지 나는 나대로 조금도 놀지 안는 것 갓기도 하엿다 그러나 우리 어머니는 종종 "앗가운 재조를 놀니기만 하면 엇지느냐!"고 버리 업는 것을 한탄하시기도 한다 버리를 하지 안흐면 앗가운 재조가 쓸대업는 것이라는 것이 우리 어머니의 생각이다 그러면 나는 "아이구 밧버 죽겟는데……" 하고 싼천을 드리댄다 "쓸째업시 남의 일

만 하고 단이면서 밧부기는 무엇이 밧버!" 하며 나를 빈정대이신다

내가 밤낫 남의 일만 하고 단이는지 쏘는 내 할 일을 내가 하고 단이는지 그것은 둘재로 하고라도 나의 거동(擧動)은 언제든지 놀고 잇는 것 가태 보이는 것도 무리가 아니라고 생각되다

오날은 ××에서 여자××회를 발긔(發起)하니 좀 와서 도아다고…… 하니 거절할 수 업고 ― 오날은 쏘 ××가 저의 집이 조용하다니 그곳에도 가서 할랴든 이야기를 해주어야겟고 ― 오날은 쏘 ××회로 모히는 날이니 내가 싸지면 아니될 것 ― 동무가 보내준 책이 몃 권이나 잇는대 그것도 읽어야겟고 ― 여러 곳에서 편지가 왓스니 쏙 답을 해주어야겟고 이것이 모다 나에게는 밧버 못견댈만치 밧부고 모다가 해야만 할 일가티 생각된다 그러나 남의 눈에는 한푼도 수입이 업스니 나는 날마다 놀기만 하는 것가티 보히는 것이 무리가 아니다 더욱이 우리 어머 어머니에게는……

1929년 1월 4일(금) 5면
당선소설 1등 나의 어머니(2) ◇영천읍 박계화

하로나 잇흘이 아니고 몃해든지 작고 나 혼자만 밧부고 남의 눈에는 "앗가운 재조"를 놀니기만 하면서 먹기가 좀 어색하게 생각되지 안흘 수가 업섯다

열닐곱 살 째부터 교원으로서 얼마 안 되는 월급이나마 밧아서 쏙쏙 어먹니 살림에 보태여 들일 째는 내 마듬【음】대로 무슨 일이든지 하고 십흔대로 햇섯고 쏘 마음으로는 하고 십허도 그만 참고 잇스면 어머니가 척척 다 ― 해주시기도 햇섯다 말하자면 어머니는 엇더케든지 내 마음에 맛도록 해주실야고 애를 쓰시든 것이엇다

그러나 이제는 의례 해야 할 말도 하기가 미안하고 아모리 마음에 맞지 안는 것이라도 불평을 말할 수가 업서젓다 심지어 몸이 압흘 째도 어듸가 압흐다는 말조차 하기가 미안하여진다 병원! 약갑! 이것이 런상되는 까닭이다 그리고 째째로

"사람이 오륙인식이나 모다 장녕의 밥을 먹으면서 일년 내내 한푼도 버리라고는 하는 인간이 업구나!" 하며 어머니의 얼골이 죷치 안허지면 나는 말할 수 업는 미안스러움과 죄송스러운 감정에 북밧치고 만다 그러면서도 어머니가 넘우 심하게 구시면 엇던 째는

"아이구 어머니도 내가 벌지 안흐면 굶머 죽는가베 아즉은 그래도 먹을 것이 잇는데!" 하는 야속스런 생각도 난다 그러나 이 생각도 감옥에 들어 계시는 옵바를 위하야 차입을 한다 사식을 대인다 바득바득 애를 쓰는 어머니 모양을 생각하면 그만 가슴이 어두워지고 만다

××

오날도 집으로 돌아오는 길에서 "대문을 닷첫스면 엇더케 하나 면어머니가 아즉 주무시지 안호시¹ 엇질가!" 하는 걱정과 함께 "지금 나에게도 무슨 돈이 월급처럼 쏙쏙 나오는 데가 잇섯스면……" 하는 엉터리 업는 공상을 하기도 하엿다 싸러안지 안는 뒤숭숭한 가슴으로 조심히 대문을 밀엇다 의외로 대문은 소리 업시 열리엿다

"올타 되엇다" 나는 소리 업시 살며시 — 대문 안에 들어서서 도적놈처럼 안방 동정을 살피엇다 안방에는 등잔불이 감스릿하게 낫추어 잇섯다

"어머니가 발서 주무시는구나……" 하는 반가웁고 안심되는 생각에 갑작

---

1 '어머니가 아즉 주무지시 안호시면'의 오기.

이 가벼워진 몸으로 감안히 대문을 잠그고 들어스력【려】니까 안방 창문에 검으스름한 어머니 그림자가 마치 지나가는 구름처럼 얼는하더니 재써리에 담배새를 함부로 탁탁 째리는 소리와 함께 길 — 게 한숨을 하더니

"아이구 애아 글세 지금이 어느 째냐"

하는 어머니의 꾸지람이라는 이보다 알른 소리가 흘러나왔다

"아이구머니 아즉 안 주무섯구나"【하】는 생각이 번쩍하자 나도 썰리는 한숨이 길게 나왓다 방문 열고 들어서는한숨니【들어서니】 아즉 이불도 펴지 안코 어머니는 밀창² 압해 쪼그리고 안저서 지금까지 애쑤즌 담배만 피우며 나를 기다리신 모양이다

무거웁든 가슴이 쓰씀! 하여졋다 이러한 경우는 교원을 그만두게 된 후로는 수업시 당하는 것이지만 그래도 그대로 들어가 모르는 척하고 누어 잘 수는 업섯다

그럿타고 내 가삼에 밧치여 그대로 엉엉 마음 풀닐 째까지 울지도 못할 것이다

나는 문턱에 걸치고 들여다 보든 반신(半身)을 막 방안에 들어노흐며 어머니 압해 털석 주저안저서 하하 우섯다 그러나 그 순간 뒤에 나는 울고 십흐니만치 괴로웟다 내가 바라보는 어머니의 표정은 넘우도 침울하얏든 짜닭이다

"이런…… 어머니 어듸 갓다오섯서요? 발서 열 시가 되어 오는대……"

나는 열두 시가 갓가워오는 것을 다행히 조금이라도 어머니의 로긔를 덜고저 일부러 열 시라고 했다

---

2   밀창 : '미닫이'의 방언(강원, 경상, 전남, 제주, 충청, 평안, 함경).

물그럼히 등잔만 치여다보든 거칠어진 어머니의 얼골에 두 눈이 휘둥
글하여지며

"열 시?" 하며 나에게 반문하엿다 나는 또 가삼이 쓰쉼하여젓다

"열 시? 열 시가 무어시냐? 열 시? 열 시라니! 열한 시 친 지가 언제라
고…… 발서 닭 울 째가 되엇단다"

나즉하게 목을 쌔여 어한이 막힌다는 듯이 나를 바라보며 핀잔을 주기
시작하섯다

나는 그만 왼몸의 피가 쓰거워지는 것 갓더니 그 피가 일제히 머리를
향하야 달음질처서 올러오는 것 가타서 진작 입이 써러지지를 안헛다

"글세 지금이 어느 쌔라고! 네가 밋첫늬? 지금까지 어듸를 갓다오노……
말이다"

그 말소리는 어머니다운 애정과 애닯음과 노여움이 한대 엉킨 일종 처
참한 음됴에 썰리는 그것이엇다

1929년 1월 5일(토) 5면

당선소설 1등 나의 어머니(3) ◇영천읍 박계화

어리광으로 어머니의 로긔를 풀랴고 하하 웃고 시작한 나는 어머니의
이 말소리에 몸을 엇더케 지탱할 수가 업서서 벌덕 널어나 책상에다 머리
를 내여던지며 주저안젓다

"남붓그운【남붓그러운】줄도 엇지면 그럿케도 몰으늬? 이 밤중에 어듸
를 갓다오느냐 말이다 네가 지금 몃살이니? 웅 차라리 나를 이 자리에서
당장 죽여나 주든지!"

"가기는 어듸를 가요? 연극 련습한다고 그러지 안엇서요? 거긔 갓섯서

요!" 나의 이 대답에 어머니는 긔가 맥힌다는 듯이 입을 벌린 그대로 얼골이 풀어젓다

"연극하는 데라니? 아이그 이 애 좀 보게 그곳이 글세 네가 갈 데이냐! 아모리 상것의 소생이라도 계집애가 그런 데 가는 것을 본 적이 잇늬? 모히는 자식들이란 모다 제 아비 제 어미는 몰은다 하고 사회니 지랄이니 하고 쫏차단니는 텬하 상놈들만 벅적이는데……"

"어머니 잘못햇서요 남의 말은 하면 무엇해요 저도 잘 알고 잇지 안습니까! 그만 주므서요"

나는 덥허노코 어머니를 재우려 햇다 나는 엇지하든지 어머니와는 도모지 말다툼을 하지 안으려 햇다 아모리 설명을 하고 리해를 식혀도 점점 어머니의 로긔만 더할 쑨인 것을 나는 잘 안다 이싸금 어머니가 심심하실 째에 이야기를 하라고 하시면 녯이야이 긋헤 성인(聖人)도 시속³을 싸르란 말이 잇지요" 하며 이야기쓰리를 멀리 물리여서 나의 입장과 행동을 변명도 하고 될 수 잇는 뎡도까지 어머니를 쌔우랴고 애를 쓴다 그리면 그째는 나에게 감복이나 한 드시

"너는 엇더케 그런 유식한 것을 다 아느냐" 하고 엄청나게 감복하시며 긔특하고도 귀엽다는 드시 바라보신다 그째만은 나도 어머니의 싸쓧한 사랑 속에서 숨을 쉬이는 듯한 행복을 늣진다【느낀다】

그러나 그것도 잠간이다 나면서부터 완고한 녯 도덕과 인습에 폭 싸힌 어머니이라 그만 씻서 바린드시 이저바리고 다시 자기의 주관으로 드러간다 그런 싸닭에 나는 어머니와는 입다툼은 하지 안는다 억지로라도 어

---

3 시속(時俗) : 그 시대의 풍속.

머니를 누어 재우랴고 겨우 책상에서 머리를 들엇다

"아이그 어머니! 글세 그만 주무서요 정 그렷코 제가 잘못햇거든 래일 아츰이 또 잇지 안어요 그만 주무서요 네?"

어머니는 휙 돌아안저 담배만 작고 피우신다 그 입술은 여전히 노여움에 썰리고 잇섯다

"어머니 잘못해서요 참 잘못햇습니다 잘못한 것만 야단을 하시면 엇더케 해요 이제부터 그리지 말라고 하섯스면 그만이지! 네로나! 주무서요 웨 저를 사내자식으로 나시지 안으섯서요 이러케 잠도 못 주무시고 하실 것이 잇슴니까?"

억지로 어리광을 펑우는【피우는】 내 눈에는 눈물이 펜—돌앗다 나는 얼는 닥가 감초려 하엿스나 차듸찬 널판자 우에서 긋업시 썰고 잇슬 옵바의 쓰린 상각【생각】이 문득 나며 등다러【덩달아】 소사오르는 눈물을 것잡을 수가 업섯다

"어머니! 참 우수워 죽을 번 햇서요 리 주사 아들이 녀자가 되어서 꼭 녀자처럼 엇더케 잘하는지 우수워서 배ㅅ살이 곳을 번 햇서요 모레부터는 돈 밧고 연극을 합니다 그째는 저녁마다 어머니는 공구경⁴을 식혀들이겟슴니다 참 잘해요"

아모리 나는 애를 써도 어머니의 로긔는 풀리지도 안엇다 오히려 점점 로긔가 놉하가는 것 갓헛다

---

4 공구경(空구경) : 거저 하는 구경.

당선소설 1등 나의 어머니(4) ◇영천읍 박계화

어머니 무릎에 손을 걸엇다

"글세 왜 이러느냐 내야 잘 째 되면 어련히 잘라구…… 보기 실타 내 눈 압헤서 업서져라 계집아이가 무슨 리유로 남자들과 가티 야단이냐 이런 긔맥힐 창피한 꼴이 쏘 어듸 잇서"

어머니가 어듸까지든지 늦게 온 나를 이상하게 의심하야 자긔 마음대로 긔막힌 상상을 하여가며 나를 더러웁게 말하는 것이 말할 수 업시 가슴이 터저오르나 그래도 니를 바둑바둑 갈면서

"어머니 잡시다!" 하고 썰치는 손을 다시 어머니의 무릎에 걸엇다

"팔자가 사나우려니까 텬하 제일이라고 칭찬이 비 오듯 하든 자식들이…… 아이구 내 팔자도…… 너 보는대 죳데 죳타하니 내내 그리는 줄 아늬? 그래도 제 집에 돌아가면 다 — 욕한단다 네 오라비도 그렷케 열이 나게들 쏫차단이고 엇저구 하드니 한번 잡혀간 뒤로는 그만이드구나 너도 쏘 축여내다가 네 오라비처럼 감옥 속에나 보내지 별 수 잇슬 줄 아늬?"

나는 그만 도로 책상에 와 업드럿다 자신의 편함과 혈육(血肉)을 사랑하는 것밧게 아모것도 모르고 도덕과 인습에 사모친 저 어머니의 자긔의 생명가티 키워 노혼 단 두 오누(男妹)로 말미암아 오늘에 밧는 그 고통을 생각할 쌔 나는 가슴이 다시금 찌르르하고 쓰리어젓다

"저 어머니가 무엇을 알늬? 차라리 쑤지럼이라도 실컷 들어두자" 하는 가이업는 생각에 죽은 드시 업드려 잇섯가【잇섯다】

방안에 공긔가 쌀쌀하게도 움즉이드니 납을 녹여 붓는 드시 무겁게 까라안는다

"이애 밥 안 먹겟늬?"

어머니의 로긔는 턱업시 올라가다가도 풀리기도 잘한다 그것은 마음이 약하신 어머니는 모든 싸증과 괴롬에 문득 속이 상하시다가도 그 속풀이를 하는 곳이 언제든지 얼토당토 안는 데 마조치고 말엇는 것을 쌔달으면 곳 눈물로 변하야저서 살어지고 만다

언제든지 밤참을 쏙쏙 잡수시는 어머다 내가 돌아오기를 기다려 지금까지 잡숫지 안혼 모양이다 나는 새삼스럽게 가슴이 차게 놀랫다 갑작히 엇더케 대답을 해야 조홀지를 몰랏다

"안 먹겟서요"

연극 련습을 하든 쌔는 어느 정도까지 시장함을 늣겻섯스나 지금은 목아지까지 무엇이 쏙 찬 것 갓탓다 뒤밋처 "먹지 안어? 왜 안 먹어!" 머머니【어머니】는 조금 불쾌한 어조로 다시 권하섯다 잇다러 숟가락이 쇠그릇에 칼칼스럽게 마조치는 소리가 낫다 얼마 후에 쏘다시

"이애 밥 먹어라 네 오라비는 저러케 썰고 잇스런마는 그래도 나는 이러케 나는 먹는다 제 나오는 것을 보고 죽을려고 목메인 한숨과 함께 숫가락을 집어던진다

나는 지금까지 참엇든 설음이 와락 치밧처 전신이 혼들렷다

이윽고 다시 담배를 넛키 시작하든 어머니가 지금까지의 것은 모다 이저버린 것 가튼 부드러운 말소리로 다시 권하섯다

"배고프지! 좀 먹으렴【"】나는 감격에 밧처 다시 가슴이 찌르르하야젓다

나 싸닭에 썩는 속을 옵바를 생각하야 눌러 버리고 옵바를 생각하야 애쓰는 간장을 그나마 조금 편히 겨테 안치운 나를 위하야 억제하려는 가슴슨 어머니 나는 그 어머니의 가슴을 잘 안다 그 괴로움을 숨쉴 쌔마다 늣

긴다 기어히 몸은 이르켜 다만 한 숫가락이라도 먹어보이고 십흐리만티 내 감정은 서글펏다

천천이 마루로 나가시든 어머니가 얼마 후에 손에 식케 한 그릇을 써가지고 들어오서서 내엽헤 갓다 노흐시며

"밥 먹기 실커든 이게나 좀 먹어라" 나는 가슴이 터저라! 하고 큰 소리로 외치고 십헛다

가엽슨 어머니! 가엽슨 쌀! 담배 한 대를 쏘 피우고 난 어머니는 허리를 재이며 자리로 누으섯다 내가 이 식케를 먹지 안흐면 어머니 속이 얼마나 압흐시랴! 옵바 생각에 넘어가지 안는 음식이라도 내가 먹지 안흐까 해서 【않을까 해서】 일부러 만히 먹는 척하시는 가엽슨 어머니가 얼마나 슬퍼하실싸?

나는 한입에다 그 감주를 죄다 삼켜바리고 크게 웃어서 어머니를 안심하시게 하고 십흔 감정에 쫙찻스나 전신은 돌과 가치 여물어젓다

석유石油가 달을가 하야 등잔불을 쓰고 자리에 누엇다 이웃집 시게가 새로 한 시를 쌩! 첫다 어머니가 후— 한숨을 쉬섯다

"아! 어머니! 가엽슨 어머니! 지금 어머니는 내가 안타가운 어머니의 속을 알지 못하고 야속한 어머니로만 역이는 줄 아시고 그다지 괴로워하심니싸 이 몸을 어머니가 말슴하신 그 김(金) 가에게 밧치어 깃버하는 어머니의 얼골을 잠시라도 보고 십흘만치 이 쌀의 가슴은 죄송함에 썰고 잇슴니다 엇터케 하면 이 세상에서 어머니를 마음 편케 모실 수가 잇슬까요! 내가 사랑하는 장내 나의 남편이 되기를 어머니 몰으게 허락한 ××—그도 나와 가튼 우름을 우는 불행과 저주에 해매는 가난한 신세이외다 그러면 나는 무엇으로 어머니를 편케 할가요! 그러나 아! 그러나 나의 어머니

여 나는 어머니가 조화하시는 김 가에게도 이 몸을 밧치지 안흘 것입니다 쏘 래일밤도 쌔지지 안코 가야 합니다

　가엽슨 나의 어머니여"

　　쯧

자기의 길 1929.1.8~1929.1.15

전춘호

1929년 1월 8일(화) 3면

2등 당선소설 자기의 길(1) 평양 관후리(館後里) 전춘호

삼 년의 형기(刑期)를 다 맛치고 감옥문을 나서는 동일(東一)은 말할 수 업시 깃벗다 자유의 턴디에 첫 발길을 내어 드듸며 샛파란 십월(十月)의 하늘을 치어다 볼 째 그는 상쾌함과 즐거움을 금할 수 업섯다 더욱이 마종 나온 여러 동지들의 반가운 얼골을 대할 째 다만 그는 깃쁠 쑨이엇다

산들산들한 바람이 파리한 그의 얼골을 슷치고 지나갈 째 싸스한 가을의 태양이 그에게 다정한 빗을 던질 째 그는 캄캄한 죽엄에서 소생한 사람처럼 자연에 대한 감사와 경이(驚異)에 얼마동안 황홀하엿다

"아 나는 이 길로 고향에 가리라"

새 세상의 맑은 공긔를 마음껏 마시며 그는 이럿케 중얼거렷다

삼 년 동안에 세상은 무한한 변천을 한 듯하엿다 보는 것 듯는 것의 모도가 새로운 듯하엿다

"여보게 엇재 다 변한 듯하네 그려" 이런 말을 하면서 그들은 도라갓다

그날 밤 동일은 사오인의 친구와 함께 엇던 카페에 마조안졋다 밤이 점

점 깁허갓다 지나간 일 쏘는 압헤 올 일은 순서도 업시 그들은 짓거리고 잇섯다

"L은 아즉 오 년 잇네 그려"

"오 년? 그동안에 우리가 쏘 드러갈지 아나 자우간 오늘밤은 유쾌히 먹어라 이것은 동일 군의 환영회지만은 누가 쏘 곳 드러갈지 아나! 그러면 이것은 전별회다 하하"

노래, 박수, 환호, 그들은 오날밤을 마음껏 즐기고저 하엿다

"그런데 동일 군" 하고 동일과 마조안졋든 한 사람이 말하엿다

"아모래도 촌으로 가겟다는 말인가?"

지금까지의 웃든 얼골을 변하야 쏙바로 동일을 치어다보면서 말하엿다 동일은 대답하기에 좀 궁한 듯이 쌘쌘이 싹근 샛파란 머리를 손으로 만지며 얼골을 붉히엇다

"글세 앗가도 말하엿거니와 내가 이곳에서 동무들과 가티 일하기 실혀서 그러는 것이 아니라 내 몸이 넘우 약해진 싸닭에 얼마동안이라도 촌에 가 잇스면 회복될 듯 십허서 말일세 하기는 ××를 위하야 일한다는 놈이 몸을 생각하는 것은 좀 우습지만은! 그러나 몸이 약해서야 무슨 일이고 할 수가 잇서야지! 쏘 내가 촌으로 간다고 해도 가서 놀 것은 아니닛가 위선 가서 농민 야학 가튼 것이라도 설립하고 차차 여러 가지 긔관을 조직하야 할 수 잇는 대로 그들을 지도하려고 하는데 내 생각 갓해서는 엇던 의미로 보아 그것이 더욱 필요한 일인 줄로 아네"

동일은 혼자서 흥분하야 말하엿다

"그것은 자네가 몰으는 말이야 농촌에서 일할 사람은 자네 아니라도 잇슬 터이닛가 그럿케 생각하는 것은 군의 사상의 타락일세 타락이야" K는

동일의 말을 막엇다

二

동일의 탄 긔차가 점점 ○역으로 갓가워갈 째 그의 가슴은 형언할 수 업
는 깃붐과 쏘한 일종 서러운 생각에 쮜놀기 시작하엿다

그는 차창을 열엇다 그것은 오 년 전 녯날과 조금도 다름이 업섯다 모
도가 다 낫익은 반가운 것이엿다

만달봉은 의연이 소사 잇고 세멘트 공장의 놉흔 연돌은 동일로 하여금
녯날의 생각을 더욱 분명케 하엿다 눈압헤 전개되는 기림(岐林)의 넓은 벌
도 기억 새로운 녯날의 형상 그대로이엿다 다만 그째에는 밧이든 것이 지
금은 다 논으로 변하야 무루익은 벼가 가을바람에 흐늑이고 잇섯다

1929년 1월 9일(수) 3면
2등 당선소설 자기의 길(2) 전춘호

동일은 다시 머리를 들어 멀리 압흘 바라보앗다 거기에는 그가 잇지 못
할 강물이 소리 업시 흘러가고 잇섯다 강물, 그리고 쏘 한 언덕 ― 버들나
무 길게 느러선 강언덕 ― 그 우에 푸른 솔나무 성한 뫼 아 그곳에는 동일
의 반가운 고향이 나타나 뵈엿다 그는 빙그레 우섯다 무슨 말이 가슴 속
에서 터저 나올 듯하엿다 무엇이라고 소리라도 치고 십헛다 륙 년 갓가히
보지 못한 자긔의 고향이 바로 눈압헤 나타날 째 그의 가슴은 깃붐에 쮜
놀지 안을 수 업섯다 그러나 그다음 순간 다시 그는 구름가티 써오르는
쓸쓸한 생각을 금할 수가 업섯다

"아 나는 누구를 보려 이곳을 오는가!"

그가 ○역에 나릴 째는 해가 이미 기우러진 어둑한 황혼이엿다 저녁째

의 가을바람이 그에게는얼마큼 싸늘하엿다 살낭살낭 하는 벼이삭 소리가 고즈락한 벌 우에 고요히 써돌앗다

세 사람이 그와 가티 나리엿스나 그들은 다 다른 곳으로 가 버리고 그만 홀로 강변을 향하야 고향을을【고향을】 바라보며 어두운 들 가운데를 것고 잇다 그의 머리 속에는 천사만념[1] 수만은【수많은】 생각이 싯흘 니어서 니러낫다 자긔가 어려슬 쌔 동모들과 가티 이 들 가운데서 쮜여 놀든 일 그쌔부터 지금 출옥한 잇흔날 초라한 쏠을 하고 도라오는 오날까지의 일을 반겨줄 이도 업는 곳을 허덕허덕 차저오는 자긔의 모양을 생각해 보앗다

"아 그는 지금 엇더케나 되엇나?"

생각에 잠겨서 쯧 업시 발길을 옴기고 잇든 그는 다시 문둑 이런 말을 중얼거럿다 자긔가 밋고 차저가는 다만 한 사람의 그가 엇더케나 되엿나 그는 다시 한번 생각하지 안을 수가 업섯다

이런 생각을 하는 그는 자긔가 벌서 강변까지 다다른 것을 알엇다 길고도 넓은 모래밧이 어두운 가운데 오히려 그를 맛는 듯이 하─얏케 뵈엿다 소리는 업슬망정 낫익은 강물이 그의 발 압흘 흘러가고 잇섯다 그 강을 건너서는 조고마한 불들이 이 집 저 집에서 깜박이고 잇섯다 잇다금 개들의 짓는 소리가 물을 건너서 들리여왓다

"아 다 왓구나 이곳이구나"

동일은 혼자서 부르지젓다 그럿타 그는 와야 할 곳까지 왓다 자긔가 목덕하고 차저오든 고향의 반가운 쌍이 지금 바로 눈압헤 노엿다 만흔 동지

---

1 천사만념(千思萬念) : 여러 가지로 생각함. 또는 그런 생각.

들의 권고도 듯지 안코 종래는 비난까지 바드면서 큰 희망과 깃붐이 잇는 듯이 륙백여 리를 차저 나러온 고향의 쌍이 바로 강을 격하야 잇지 안은 가? 큰소리로 사공을 불러 급히 이 강을 건너야 할 것이다 쮜여서라도 건느고 십홀 것이다

1929년 1월 10일(목) 3면
2등 당선소설 자기의 길(3) 전춘호

그러나 엇지한 까닭인지 갑작이 아름다운 쑴에서 쌔여난 사람처럼 쏘처가든 그림자를 일허바린 사람처럼 그는 문득 발을 멈추고 망연이 서서 바라볼 쑨이엇다 고향의 물 고향의 언덕 고향의 그림자 동경하여 차저오든 고향이 바로 압헤 나타날 쌔 지금까지 가지고 잇든 아릿다운생각이 웬일인지 무참히 쌔어지는 듯하였다

"나는 과연 누구를 보려 오는고!"

동일은 그 자리에 힘업시 주저안졋다 그는 하늘을 치어다 보앗다 캄캄한 하늘에는 별들만 반짝반짝 무슨 말을 속삭이는 듯이 빗나고 잇섯다

"광주(光珠)는 엇더케나 되엿나! 내가 차저오는 광주는! 아직도 나를 기다리고 그양 잇는가?그럿치도 안흐면 다른 사나히에게로 시집을 갓는가? 삼 년이나 소식이 업섯스니 그양 잇슬 리가 업다 그러면 그는 다른 사람의 안해가 되엿는가? 나의 사랑하든 그 아름다운 광주가?"

그는 자긔 스스로도 참엇든 말을 중얼거리기 시작하엿다 강 하나를 건너서는 고향이요 그리고그 가운데서 광주가 살고 잇다고 생각할 쌔에는 지금까지의 바라든 희망은 무참히 사라지는 동시에 불안과 환멸(幻滅)의 서러운 생각이 새삼스러히 니러나는 것이엿다

그럴 것이다 그가 이곳을 차저오는 까닭은 그의 부모가 잇는 것도 아니다 그의 집이 잇는 것도 아니다 친척이 잇는 것도 아니다 홀로 게시든 어머니는 그가 서울서 감옥에 드러간 첫해에 죽오버렷다【죽어버렷다】그때에 어머니의 죽음을 엇던 친구가 알리워 주엇슬 째 그는 자긔의 남은 오막사리를 파라서 장비로 하여 달라고 부탁하엿섯스니까 지금은 아모것도 남은 것이 업슬 것이다

1929년 1월 11일(금) 3면
2등 당선소설 자기의 길(4) 전춘호

집도 업시 부모도 친척도 또한 다정한 친구도 업시 그가 이곳을 차저오는 까닭은 한 사람의 처녀(그째에는 처녀이엿다)의 닛지 못할 아릿다운 기억 까닭이다 고향을 생각하는 모든 마음은 다만 그곳에 광주가 잇다고 생각한 까닭이엿다 소식이 업스면 업슬사록 그를 생각하는 연연한 마음이 더욱 깁허가는 것이엿다

"좌우간 내가 나가면 고향으로 가서 광주를 보리라 만일 그가 그냥 잇스면 나는 그와 결혼 하리라 만일 그럿치 안으면 모든 것을 단념하고 다시 상경하리라 아―그전에는 나는 ××일이고 무엇이고 나의 마음은 너머나 괴로웁다"

쓸쓸한 감방 속에서 삼 년의 긴 세월을 보내며 바람부는 아침 비 오는 저녁째마다 생각나는 것이 오직 고향에 남겨둔 광주요 그럴 째마다 그는 이러케 부르지젓다

그리하여 그는 출옥하는 날 밤 간절한 동지들의 권고도 듯지 안코 농촌 사업을 핑게로 밝는날 아츰 고향을 향하야 서울을 써낫다

힘업시 하늘을 치여다 보고 잇는 그는 넷날의 향기로운 기억의 폐지를 하나하나 뒷치기 시작하엿다 그것으로나마 지나간 날의 애달픈 즐거움을 찾고저 하엿다―그 어느날 밤인가 바로 내가 평양 ○중학으로 드러가기 몃 날 전 밤 나는 광주와 이곳에 가즈런이 안졋다

"내가 이제 열심으로 공부하야 큰사람이 되면 너도 좃치 안켓니" 하고 내가 물을 쌔 그는 얼골을 붉히며(밤이엿스니까 뵈이지는 안엇스나 내가 잡은 그의 손의 피가 힘잇게 쮜엿스니 얼골도 붉엇슬 것이다)

"내가 웨 행복되여?" 하고 나즉이 반문하엿다 그 말이 너머 사랑스러워서 나는 그의 쌤에 힘잇게 키쓰하엿다

아 그쌔야말로 행복스럽지 안엇는가! 그것을 닛지 못하야 내가 이곳을 차저왓구나! 지금은 죽엇는지 살엇는지 그나마 알 수 업는 사람을 이곳까지 차저왓구나

"엇잿튼 이 강을 건느자―【"】

그는 결심한 듯이 벌덕 닐어섯다 물 깃는 녀자들의 물동이 박아지 소리가 "동동" 하고 고요한 수면을 건너올 쌔에

"저것이 광주나 아닐가" 하엿다 그러나 어두운 밤엿다 넓은 강이 가로막혀 잇섯다

1929년 1월 12일(토) 3면

2등 당선소설 자기의 길(5) 전춘호

三

밤중의 촌거리는 고요하엿다 집집에서 흘러나오는 불빗이 히미하게 길 우에 빗치엿스나 거긔에는 불의의 침입자를 발견한 개들은 소리를 갓

치하야 짓기 시작하엿다

싯업시 쓸쓸한 거리 짓는 개들의 소리 이 모든 것은 동일에게 불안과 적막함만을 늣기게 하엿다 만일 그의 마음어【이】 그다지 울렁거리지 안 엇드면 그는 아마 자긔의 살든 곳 아니 그보다는 광주의 집부터 가보앗스 리라 할 수 업시 그는 강변에서 멀지 안은 넷날에 그중 친에게【친하게】 지내든 영호(永浩)의 집으로 차저갓다

오 년 만에 맛나는 두 사람은 깃벗다 그러나 동일은 영호의 얼골을 보 고 놀래지 안을 수가 업섯다 감옥에서 나온 자긔보다도 수척한 그의 얼골 을 볼 쌔 명상할 수 업는 동정의 눈물이 흘럿다

그러나 두 사람은 즐겁게 짓거리엇다 그들만은 넷날과 다름이 업섯다 지나간 쌔의 고생을 즐겁게 니야기하엿다 그러나 동일의 어머니의 죽음 을 이야기할 쌔 두 사람은 울지 안을 수 업섯다 마지막 숨이 너머가는 순 간까지 "동일아 동일아" 하고 부르드란 말을 들을 쌔의 동일은 새로운 눈 물을 먹음엇다

"그만두게 다 지나간 일을 지금 되푸리하면 무엇하나!"

동일은 나오는 설음을 참고저 하야 이러케 말하엿다 참을 쑨만 안니라 사실 그가 이곳을 차저온 까닭은 울고저 함이 아니요 새로운 희망 새깃붐 을 찾고저 함이엿다

그러나 그는 광주의 말을 물어볼 수가 업섯다 가장 알고 십흔 일이기 까닭에 용이히 입이 버러지지 안엇다 무엇이라고 말을 시작할는지 알 수 업섯다

"아참 H는 엇더케 되엿나? 지금 무엇을 하고 잇나?"

이런 말을 동일은 물엇다

"H? 순사 단인다네 아마 작년부터 단닌다지"

"순사? 엇재 순사를 단니나?"

"순사도 곱게 단니면 상관잇겟나만은 허 자식이 여간 못되지를 안어서 일전에 M 자네 M 알지?"

"응 알고말고 참 M은 무엇하나"

"무엇하긴 무엇해 자기 집에 먹을 것이 잇스니가 놀고 먹지 그러나 야학회를 위해서는 대단한 열심이라네 모든 경비를 혼자 담당하야 지금 학생이 한 오십 명이나 된다네"

1929년 1월 13일(일) 3면
2등 당선소설 자기의 길(6) 전춘호

【"】그것은 반가운 일일세 감사한 일이야'

동일은 참으로 감격한 드시 말하엿다 그러나 만일 그가 참으로 M의 말을 자세히 들엇드면과연 그는 감사하다는 말을 하엿슬는지! 광주 남편인 M을 칭찬하엿슬는지!

"그런데 말이야" 영호는 말을 니엇다 "일전에 H가 아모 말도 업시 야학을 한다고 M을 주재소에 잡어갓섯네그려"

"그런 법도 잇나 낫분 자식"

동일은 영호가 행여나 광주의 말을 하엿스면 하고 기다렷다 아직도 출가하지 안엇다는 반가운소식을 듯고 십헛다 그러나 다시 그는 영호가 광주의 말을 하지 안엇스면 하엿다 그것은 그째에 무참이 째여질 자긔의 희망을 생각한 째닭이엇다

다음 날 아침 동일은 고향의 쌍 하늘 길, 들과 집 그 속에 사는 사람들을

밝은 아침에 보고저 하야 일즉이 니러낫다

잠 업는 늙은이들이 일도 업시 새벽거리를 거닐고 잇섯다 동일은 이러한 로인들과 서로 맛낫다 그는 그들의 압흐로 나아가 머리를 숙이여 공손이 인사하엿다 그러나 그들은 동일을 알어보지 못하엿다 그는 그것이 얼마큼 서러웠다 할 수 업시 그는

"저 이곳에 살든 동일이올시다" 하고 자기를 설명하엿다 그러나 그들은 그양 쌔닷지 못하는 듯이 머리를 기웃거리다가

"응 참 징역한다드니 언제 나왓노?" 하고 그쌔에야 안 듯이 싯덕이엇다

동일은 그 '징역'이란 말이 몹시 불쾌하엿다 그들의 말하는 태도가 랭정조소 그 이상 경멸과도 가티 들렷다 아모리 감정이 업는 로인이라 하여도 넘어나 무정하지 안혼가? 얼마나 고생을햇느냐고 한마듸의 위로는 하지 안코 "응 징역" 하고 쓸쓸히 써나가는 것을 볼 쌔 그는 서럽지 안흘 수가 업섯다

"그러면 내가 잘못하엿는가? 내가 한 일이 이 사람들에게 경멸과 조소를 바들 그러한 못된일이엇는가? 아! 이 싸【쌍】의 모든 사람이 나와 가튼 사람을 그럿케 대접하는가?"

생각할 쌔 동일은 원통한 마음과 함쎄 다시금 어머니를 생각하는 마음이 간절하여젓다

"어머니만 살어 계섯드면 그들이 이러케까지는 나를 대접하지 안흐리라"

　×

멧 사람의 어린아이들이 길 우에서 쌀을 가지고 노는 것을 보앗다 동일은 그들의 얼골을 볼 쌔 반가웟다 비록 그들의 대부분이 알지 못할 아희요 동일 자긔는 안다 하여도 그들은 그의 얼골을 알어보는 이 업섯건만

그는 "아 장래 만혼 사랑하는 어린이여" 하고 그들에게로 갓가히 갓다 그러나 그들은 이리저리 피하야 그를 흘금흘금 돌아보면서 다라나 버리고 말엇다

"난다 오까시이야쯔다네"[2]

"기지까이까시라"[3]

"세이요—고지씨미다이네"[4]

이러한 말을 하면서 그들은 다라나 버렷다 동일의 마음은 찌르는 듯이 압헛다 늙은이들의 말은 아모리 섭섭하다 하여도 그럿케까지 가슴이 압흐고 실망함은 업섯스나 지금 이 어린이들에게서 이런 말을 들을 쌔 그는 락망하지 안흘 수가 업섯다

"그들에게까지 나는 잘못한 사람인가? 서양 거지? 그럴 것이다 내 모양은 분명이 서양 거지와 가틀 것이다 그러나 그것도 저히들을 위하야서가 아닌가?—"

"하기는 그들이 알지 못하는 까닭이다 아즉 어린 까닭이다 아—그러나 아—그러나 그 류창한 일본말!"

그의 마음은 캄캄하여젓다

1929년 1월 15일(화) 3면

2등 당선소설 자기의 길(7) 전춘호

고향의 얼골은 볼사록 그에게 랑망【낙망】과 비애만을 더하여주엇다 그

2　"何だ,可笑しい奴だね"(뭐냐, 이상한 놈이군.)
3　"気狂いかしら"(미친놈인가?)
4　"西洋乞食みだいね"(서양 거지 같네.)

러나 그가 아즉도 가지고 잇는 한 줄기의 희망은 광주의 소식이엇다

그러나 그것도 결국은 듯고야 말엇다 그리고 보앗다 자긔의 눈으로 친히

동일이가 멧 사람의 친구와 가티 이야기하고 섯슬 째 어린 아기를 업고

례배당으로 올라가는 광주를 보앗다

"아─광주"

동일은 급히 부르지젓다 그러나 이 말은 입 밧게 나오지 못하고 그의

입술만이 부르르 썰리엇다

"광주 광주인가? 나는 너를 보러 이곳까지 왓다 동일이가 왓다 동일이가"

동일은 나아가면서 말하고저 하엿스나 광주는 자긔를 무심히 쳐다보고

쓸쓸히 외면하엿다 자긔를 잘못보지나 안헛나 하고 다시 말하고저 하얏스

나 그의 쌀쌀한 얼골보다는 그와 가티 가는 거의 모양이 그의 온 몸을 쏨작

못 하게 하얏다 그것을 부부이라고 생각하기에 아모 의심이 업섯다

두 사람은 손을 잡엇스나 동일의 마음은 터지듯이 압헛다 그는 그 자리

에 쓰러저 죽고라도 십헛다 쌍이라도 써젓스면 하엿다

답답한 마음을 풀기 위하야 동일은 어머니의 무덤을 차저갓다 거기서

그는 하로 종일 울엇다

"용서하십시요 어머니 이 불효자식을 용서해 주십시요 제가 이곳을 차

저올 째 어머니를 차저 오지 못하고 한 개의 계집을 생각하고 왓섯나이다

지금은 어머니 모든 것을 뉘웃칩니다 내가 처음 목덕하엿든 길로 다시 나

아가겟습니다 그것이 나의 길인 줄 아오며 나는 그것을 위하야 생명을 밧

치겟습니다 그러면 어머니……"

저녁째이엇다

동일은 영호에게서 이러한 말을 들엇다

"M의 말이 지금부터 자긔는 사정상 야학회의 일을 볼 수 업스며 또 따라서 일절의 관계를 끈는다고 하니 무슨 까닭일가?"

"응 다 아네" 동일은 말하엿다

"그럴 것이야 그러나 내가 이곳을 써나면 그런 일은 다 해결될 터이닛가 별로히 근심할 것은 업네【"】

동일은 자긔가 아모래도 이곳을 써나야 할 것을 알엇다 자긔와는 이미 아모 상관도 업는 곳이요 그리고 자긔가 잇스면 만흔 사람에게 해가 됨이 만흘 줄 알엇다

그는 광주를 원망하지도 안헛다 슬퍼하지도 안헛다 다만 그럴 것이라고 생각하는 동시에 자긔의 약한 마음을 혼자서 책망하고 붓그러워하얏다

"그러타 농촌사업이니 몸이 약하거니 하고 내가 이곳을 차저온 것은 L의 말과 가티 분명한내 사상의 타락이엇다 나는 이곳을 써나자 다시 서울로 가자 나의 길은 역시 따로 잇는 것이다

×

그 이튿날 새벽

새벽 서리 어리운 고즈낙한 길을 밟으며 영원이 이곳을 다시 밟지 안흐려고 맹세하는 사람은 동일이엇다

오 년 동안이나 그리든 고향을 이틀 만에 써나건만 그는 섭섭지 안헛다

함께 배를 건너온 영호와 마즈막 작별을 고하고 그는 지난날에 밟으며 오든 길로 다시 발거름을 쌜리하얏다

"아 ― 나는 나의 길을 차저 가자"

붉은 해가 만달봉 우에 장엄한 빗을 던지어 소사 올랏다

생명의 새날이 밝엇다 그리하야 그의 마음에도 생명의 희망이 빗낫다(쯧)

과민증 1930.1.16~1930.1.19

김용송

1930년 1월 16일(목) 4면

신춘독자문예당선소설 과민증(1) 김용송

"아— 여보 밤낫 집에만 드러 안젓지 말고 오늘은 좀 박게 나가 보구려" 하면서 나가던 안해의 말은 아모리 선의로 해석해 봐도 무심히 한 말은 아니엇다 재수가 그 안해에게서 이런 말을 듯는 것은 물론 이번이 첫번은 아니엇다 그러나 오늘 아츰에는 다른 쌔와는 좀 다른 안색으로 그런 말을 하고 나가는 안해를 다시 불러드려다가

"지금 한 말을 한번 더 해 보구려" 하면서 지금 와서 웨 새삼스러히 그런 말을 하엿는가 하는 속쯧을 싸저도 보고 십헛스나

"에—라 그만 두어라 젊은 놈이 계집의 신세에 살자는 것이 당초부터 틀린 수작이지" 하면서 가삼에서 불숙 올러오는 분을 어루만지며 주저안젓다 재수는 불도 변변히 쌔지 못한 음침한 방에 혼자 드러누어 잇다 뒤숭숭한 생각을 될 수 잇는 대로는 피하려고 이책 저책을 뒤적어리엇스나 눈만 글자를 더듬을 쑨이요 마음은 역시 오늘 아침에 심상치 아니한 그 안해의 말을 이저버리지 못하엿다

"발서 그의 밥을 어더 먹은 지가 일 년이로구나" 하고 자긔가 서대문형무소에서 나온 후 벌서 일 년이나 되는 오늘까지 아모 직업도 잡지 못하고 그 안해의 몟 닙 안 되는 수입으로 근근히 사라온 과거를 도라다보고 한숨을 금치 못하엿다

"그도 한참 젊은 째니 어느 정도까지의 허영심도 잇슬 테지? 남편에게 대한 적지 아니한 긔대와 행복도 쑴꾸엇슬 터이지? 아니 그쑨인가 자긔 수입의 대부분은 하잘 것 업는 사치심의 만족에 충당하지 안코는 맘을 노치 못하는 요새 직업부인들의 자유조차 허락되지 못하고 도로혀 사나이를 먹여 살리기에 급급한 배 되엿스니 불평인들 웨 업스며 무능한 남편을 원망인들 웨 안 하랴……"

재수는 이러케 자긔 안해에게 만일 불평이 잇다면 그는 당연한 것이라고 긍정하고 십헛스나 얼마 되지 아니하는 월급으로 두 식구가 사러가기도 쯤직한데 각금 지여오는 약갑 잇짜금 사드리는 서적갑 담배갑 긔타 소소한 비용까지도 전부 그 안해가 지지해 온 것을 생각하면 눈물겨웁게 고마웟다 재수가 일즉 엇던 신문사에 잇슬 째엿다 그 안해에게 녀교원 생활을 그만두라고 권한 일이 잇섯다

"원 별말슴을 다 하시는구려 바람 압헤 등불 가튼 우리 살림에 어느 째에 무슨 풍파가 이러날지 아라요? 둘중에 하나이나 일시 사라갈 도리를 해야지요"

그 안해가 예언자의 선견의명이 잇다기보다 자긔의 처디가 엇던 곳에 노혀 잇는 것을 잘 리해하여 준 것이 고마웟고 또 지금의 현실은 이미 각오한 바 잇섯슴이라고 생각될 째에 재수는 속으로 "역시 세상을 역행하려는 자의 배우자로다" 하면서 은연히 그 안해에게 경의를 표한 일까지 잇

섯다 그럼으로 안해가 출근하면서 말리는 것도 듯지 아니하고 부엌 설거지며 엇던 때에는 자긔 손으로 물을 기러다가 저녁밥까지 짓는 일도 잇섯스며 심지어 안해의 양말까지 쌔는 일이 잇스면서도 재수는 조금치도 자긔의 궁경[1]을 의심하지 안엇고 응당 자긔의 썻썻한 의무라고까지 생각하여 왓다 이째까지는 이런 생각을 계속해 온 재수의 마음은 비교적 평화스러웟고 안온하엿다 짜라서 이즈막은 가뎡이 그야말로 사랑의 보금자리엇다 재수는 출옥 후 무슨 직업을 다시 어더 보려고도 애를 써보아스나 그것은 현대가 허락지 아니하엿다 별로 누구를 차저갈 친구도 그러케 만치는 안햇지만은 잠간이라도 어데 단여 오면 어데 가서 누구를 만나보고 왓스며 또 무슨 일로 무슨 말을 하엿느냐고 미주아리 쇠주아리 성이 가시게 구는 친구가 잇는 것과 또 한번은 고향 친구로 어느 관청에 목이 달려서 다섯 가족을 살려가는 사람을 두서너 번 차저본 것이 원인되어 "전과자"인 불온분자와 상종한다는 리유로 면직 당한 일도 잇섯다

감옥에서 생긴 륵막염은 날로 더하여서 차차 쇠약해가는 건강상태로 인함인지 생의 권태(生의 倦怠)를 늣기게 된 재수는 지난 녀름부터는 일절 문외 출입을 하지 안헛다 차저 오는 손님이래야 우에 말한 그 지긋지긋한 친구 ×××서 K형사가 각금 와서 씩둑거리는[2] 외에 남의 눈을 피하여서 한 달에 두어번 식 와서 그 안해에게도 비밀히 하는 무슨 긴장한 의론을 하고 가는 ××청년이 단여가는 외에는 재수를 찾는 객은 업섯다

---

1 궁경(窮境) : 생활이 몹시 어려운 지경. 매우 곤란하고 어려운 일을 당한 처지.
2 씩둑거리다 : 쓸데없는 말을 수다스럽게 자꾸 지껄이다.

신춘독자문예당선소설 과민증(2) 김용송

재수는 삼복더위가 사람을 녹일 듯한 녀름날에도 바람 맑고 달 밝은 가을저녁에도 이 평화로운 사랑의 보금자리를 써나지 안이하엿다 간혹가다가 그 안해가 남편의 초최한 꼴을 동정해서

"우리 박게 좀 시원히 나가서 바람이나 쏘이고 드러오지 안흘나우 좀 나갑시다" 하며 위로 삼아 권고하면 재수는 의례히

"나는 실소 혼자 나가보시구려【"】하고 간단한 대답으로 거절하엿다 이런 권고는 물론 한두 번이 아니엇다 그러나 재수는 안해의 호의는 긍정하면서도 그의 권하는 말을 실행한 적은 업섯다 이런 생각을 뒤푸리한 재수는 오날 아츰에 한 그 말도 필경에는 자긔를 위해서 한 말이지 하등의 짠 의미를 품은 말이 안일 것을 미드려 하엿다

"무심코 한 말은 안일 테지" 하는 생각으로 착한 안해를 의심함이 도리혀 큰 죄악이라는 생각으로 안해에게 일종의 의혹을 품엇던 자긔를 욕하고 될 수 잇는 대로는 자긔 안해는 보통 평범한 녀성이 아니라는 것을 주장하고 십헛다 재수는 자긔의 막연한 계획을 생각해보고는 가사 그가 특별한 리해를 가지고 잇다 하더래도 마음으로 솟는 동정과 미안을 금할 수 업섯다

　　×

이 겨울 들어서 첫눈 인간의 모든 추와 악을 뒤덥허 바릴 듯이 꼿송이 가티 탐스러운 눈이 펄펄 쏘다진다 어제밤부터 시작한 대로 그냥 계속하야 내린다 재수는 들창을 열고 한참이나 눈 오는 외경을 바라보다가 다시 책상에 의지하야 아모 생각 업시 안젓다가 권연을 한 개 피우려고 성냥을

차즈랴고 다시 니러섯다

책상 왼편에 조금 치이처 노힌 조금한 책장 우에 노힌 성냥갑을 집으려고 하다고【하다가】바로 그 우에 걸린 거울에 자긔로도 자긔 얼골이라고 인정할 수 업는 유령 가튼 자긔의 얼골을 발견하엿다 재수는 최면술에 걸린 사람 모양으로 한참 동안은 우둑허니 그 꼴사나운 자긔의 모양을 드려다 보앗다 전일의 면영은 한 조각도 남지 안이하고 변한 자긔를 인식하게 된 재수의 마음은 저윽히 슯헛다 그 피ㅅ긔 업는 눈 광대뼈만 쑥 나온 얼골 재수는 무의식중에

"사람이 엇저면 요러케도 몰낙된담" 하며 비통한 탄식을 하고야 말엇다 이 겨울 접어들어서는 이상하게도 혈색이 조와가고 얼골이 아름다워 가는 젊은 안해의 환영이 직각적으로 재수의 머리에 써올낫다 날로 여위어가는 자긔와 정반대로 마치 익어가는 앵도빗 가튼 포동포동한 두 쌤이며 팽팽한 탄력에 찬 그의 육체와 건강이 무슨 얄구진 대조이며 심술 사나운 량개의 존재일가 재수의 머리는 이 불균형(不均衡)을 생각하면 할수록 머리는 복잡해지는 것이며 가삼이 답답하고 일종 금할 수 업는 질투심을 이기지 못하엿다 당당한 일개의 남성 아니 미모의 안해를 가진 남편으로의 자긔를 인정하는 동시에 손톱만큼이라도 남에게 지지 안흐랴는 자존심을 의식하면 할사록 이 불균형의 현격이 점점 더 심해 가고 그것이 더 심해지면 질사록 질투심은 그 정비례로 커지는 것이엇다 재수는 쏘다시 안해에게 대한 의혹이 타올르고야 말엇다

"이 미욱한 자식아 계집의 밥을 어더 먹는다고 그럭케야 정신이 팔렷단 말이냐?"

재수의 귀에는 마치 누가 이러케 일러주는 듯이 들렷다 재수도 무슨 큰

의혹을 째친 듸이【듯이】"하……하 올타! 그러타!" 하며 혼자서 이러케 부르지것다

오늘 아침의ㅅ 말도 결국은 한편은 시드러가고 한편은 그 반대로 왕성해가는 불균형으로 생긴 필연적의 폭발이라고 생각하엿다

"아 ─ 여보 밤낫 집구석에만 드러안졋지 말구……"라고 한 말은 반드시 "아 여보 글세 젊은 산애가 엇저면 그저 드러안저서 꼼작 안이하고 살겟단 말이오? 박게 나가서 좀 버러야 하지 안켓소? 답답하구려!" ─이런 불평이 안이면 "흥 경제적으로 무능한 인간 그뿐이라 완전한 건강을 소유한 녀성의 남편된 자격까지 업는 자로서 생존의 무슨 애착이 잇는가?"라고 하는 조소일 것이라고 하엿다 생각이 이러케 든 재수는 자긔의 지금과 가튼 현실이 안탑기도 하고 슯흐기도 한 일편으로 쏘 그 안해에게는 모닥불처럼 타올라 오는 맹렬한 적대심을 금치 못하엿다 그런 줄을 모르고 모든 것을 호의로 해석해 온 자긔의 어리석엇슴을 후회하엿다

"그도 역시 평범한 보통 녀성이엿구나"를 소리처 부르지것다

최근에 이르러서는 아침에 출근하기 전에 경대 압헤 섯는 시간이 전보다 기러진 것이라던지 의복도 모양내기에 주의하는 눈치라든지 저녁에 늦게 도라오는 도수가 만흔 것이라던지 모도가 지금 재수의 품고 잇는 의심을 굿게 하기에 충분한 조건들이엇다

1930년 1월 18일(토) 4면
신춘독자문예당선소설 과민증(3) 김용송
"아 ─ 사람으로 당치 못할 모욕이다 넘우 심한 폭언이다"

이런 모욕을 당하면서도 부터서 먹겟다는 씨긋씨긋한 사람이 안이라

고 재수는 생각하엿다 이 울분한 생각을 일시도 진정할 수 업는 재수는 어서 속히 그 안해가 오기를 기대렷다 그러나 아직 오정도 불지 안헛스니 저녁 다섯 시나 되어야 오는 안해를 기대리자면 쌈앗타 그야말로 일각이 여삼추다 조급증은 점점 더 하야 갓다 그전 가트면 재수는 그의 본래 성격으로 보아서 가사 그 안해가 지금 자긔가 생각하는 그대로의 태도를 가진다 할지라도

"흥 그럼은 엇저나 할 수 업는 일이 안인가" 하고 배ㅅ심 조케 벗대일 사람이엇지만은 할 수 업는 일이다 모 사건의 관계자로 검거되엇다가 출옥하기까지 이 개년 반이란 철창생활에서 어든 불건강과 또 지금과 가튼 생활환경에서 그만 이 재수는 폐인(廢人) 지경에 이르고 만 것이다

××

다른 째보다는 좀 늦게 오후 다섯 시 사십 분쯤해서야 그 안해는 도라왓다

"오늘은 어데 좀 단겨오느라고 느졋지요 아마 퍽으나 기대리섯지요?"

늦게 도라온 변명 겸해 하는 안해의 말은 부드럽고도 다정스러윗다 재수는 아모 대답도 안이하고 드러누은 대로 니러나려고도 안이햇다 혜경이는 무엔지 싸가지고 온 보싸리를 책상 우에 올려 노코 '만도'를 버서 벽에다가 걸고는 남편의 머리마테 폴삭 주저안즈면서

"웨 신색이 퍽 못해섯는데 어듸가 편찬으세요?"

안해는 근심스러운 듯이 무럿스나 재수는 다만 "안이요" 할 쑨이엇다

"그럼 내가 늦게 왓다고 노하섯나봐? 그러지 마르시고 어서 이러나세요 내가 조혼 것을 드릴게"

혜경이는 다정한 표정으로 용서나 구하는 듯이 햇죽 웃어 보인다 재수

는 너무 표변한[3] 태도를 보이는 것은 오히려 남자의 권위를 일는 것이라는 자존심으로

"내가 혜경이에게 대해서 노할 무슨 리유가 잇서야지"

자긔 싼은 아조 평범한 보통 어조로 한다는 말이엿스나 혜경이 귀에는 매우 부자연스럽게 들렷슬 것이다 그러나 지금 엇던 긔회를 엿보아서 선전(宣戰)의 첫화살을 쏘을지 아지 못하는 남편의 흉중을 짐작 못하는 혜경은 그저 단순히 자긔가 늦게 옴으로 저녁밥이 늦게 되엿다는 적은 노여움이거니 하는 이외에는 아모 생각도 업섯다 책상에 잇는 보짜리를 헤처서 자긔가 늦게 도라온 리유를 물적으로 실제 변명을 하려다가 "에그 참 시장하시겟네 어서 밥을 지어야지" 하고 안해는 헤치려든 쑤럼이를 그대로 책상 우에 올려 노코 부엌으로 나갈 준비를 하엿다

머리 우에 써려젓든 눈은 실내의 미온에 녹아 흘너나려서 혜경의 니마에는 두서너 개의 물방울이 맷첫스니 아참 이슬을 바든 백합의 자태와도 가티 아름다워 보엿다 재수는 지금 부엌에서 분주히 저녁 준비를 하는 혜경의 그 아름다운 얼골을 생각하면 할사록 그의 태도가 거즛쑨인 것 갓고 또 녀자의 여튼 수작으로 사내를 롱락하려는 듯한 눈치도 잇서 보엿다 아모래도 쌔여지고 말 부부의 관계인 이상 저편의 요구나 혹은 제의를 기대리는 것보다 자긔가 먼저 선손을 거는 것이 남자의 위신을 일치 안는 방법이라고 생각하엿다 재수는 엇던 비장한 결심을 한 사람 모양으로 그 신경은 몹시도 긴장되엇다

"혜경이 그만하고 이리 좀 드러오우" 재수는 마츰내 그 안해를 불러드렷다

---

3   표변(豹變)하다 : 마음, 행동 따위가 갑작스럽게 달라지다. 또는 마음, 행동 따위를 갑작스럽게 바꾸다.

"네" 하고 얼는 드러와서 재수의 압헤 무릅을 쓸코 안젓다 행주치마에 손을 씨스면서 남편을 처다보고 방그시 웃는다

"혜경이 난 내일 어듸 좀 가야겟소"

이러케 말긋을 끈헛다 혜경이는 전에 놀란 경험이 잇슴으로 처음에는 그 말을 듯자 곳 가슴이 두근거리엇다

"가시다니 별안간 어듸로 가세요"

"아모데나 가지요"

"아모데라니요? 대관절 무슨 일인데요?"

혜경이는 반신반의한 태도로 물엇다

"일이 무슨 일이 잇겟소 그저 밤낫 집구석에만 드러안젓슬 수가 업스니깐 그러지요【"】

혜경이는 그 남편이 두문불출로 스스로 유폐한 생활을 하는 것이 엽헤서 보기에도 민망하니 그 당장의 고통이야 여복할가 하는 동정심으로 어듸든지 시원히 소풍겸 단긔간 려행이나 혹은 온천 가튼 데라도 얼마동안 가 잇서 보라고 권하고 십흐는 터이라 그 남편이 집을 쩌나자는 의견에는 별로 주저업시 무조건으로 찬성하엿다

"글세 그랫스면 여복 좃켓소 나는 발서부터 그러시라고 권하고 십헛답니다"

재수는 속으로 올치 자긔의 본 심정을 토해 버리고 마는구나 물론 내가 하로밥비【하루바삐】집 쩌나기를 바랫슬 테지 "이 요염한 계집 가트니!" 이러케 마음으로 부르지젓다 첫 번에 발사한 제 일시가 의외의 주공(奏功)[4]

---

[4]   주공(奏功) : 공을 들인 보람이 드러남. 일이 이루어짐.

을 한 것이 일편 깃부기도 하엿다

"나는 물론 혜경이가 조와할 줄은 아랏소 내가 좀 더 일즉이 남의 조와할 일을 못해준 것이 퍽도 미안하오"

재수의 말씃은 차츰 비쏘으기 시작한다 그러나 모든 것을 선의로 아니 타협적으로 듯는 혜경이는

"원 그런 말슴을 하시우 내야 빈방을 직히기가 무엇이 그다지 좃켓습니까만은 그저 당신의 건강이 속히 회복되기를 바라는 생각쑌이지요"

혜경이는 말을 씃치자말자 앗가 그 보짜리를 헤처서 부사견[5] 와이샤쓰 한 벌 넥타이 한 개와 쏘프트칼라 두 개를 씃내서 재수의 압헤다가 놋는다

1930년 1월 19일(일) 4면
신춘독자문예당선소설 과민증(3)【(4)】김용송

"에구 글세 내가 참 용하지요 당신이 래일 길 써날 줄 알고 이것을 그동안 다—작만해 온 것을 보면……"

혜경이는 한번 상긋하여 보인다 그럴사록 재수의 가슴에서는 모닥불이 이글이글 타올라 올 쑌이엇다 진정으로 우러나는 혜경의 정성은 도리혀 이 불길을 부채질할 쑌이엇다

"무슨 수단으로서라도 자긔를 내쏘츠려는 원곡한 계획을 숨이는 가증한 계집"이라고 재수는 분한 마음을 참을 수가 업섯다

남편의 얼굴에 도모지 화색이 써돌지 안은 것을 자못 의심적게 생각한 혜경이는 마츰내

---

5 부사견 : 명주실로 짠 옷감의 일종. 보드랍고 따뜻하여 겉옷 감과 속옷 감으로 널리 쓰인다.

"아—우 아모리 산아기로 그러케도 쌀쌀스럽소 좀 우서보구려 이 넥타이 빗갈이 엇대요? 점잔코 쏘 주의자답지 안어요?" 하면서 자긔 손으로 집어다가 남편의 목에다가 대여 본다 재수는 참다 못하야 자긔 목에다가 넥타이를 대여 보는 바른손을 획 집어 던졋다

"그만둬요 누가 그짜위ㅅ 것으로 마쳐될 사람이 업서요"

혜경이는 의외의 태도에 놀랏다

"아—니 여보세요 마쳐라니 그게 무슨 말슴이예요"

"내게 다 뭇지 말고 자긔 량심에 무러보구려……"

재수의 음성은 차차 놉하가며 썰리엇다 이와 반대로 혜경의 태도는 조금치도 랭정을 일치 안엇다

"나로서는 량심에 무러볼 말이 업스니 내가 무엇을 잘못햇다고 시원하게 말삼을 하세요"

"남의 신세에 사는 사람이 그저 어더먹기만도 미안한데 누구의 잘못을 운운할 권리는 업슬 것이요"

"글세 이게 무슨 망녕이시우 누가 무에라고 해요?"

혜경이의 두눈에는 눈물이 어리윗다

"코 흘리는 아해들처럼 무엇을 주면서 달내지 안트래도 그만한 눈치며 쏘 지각은 잇는 사람이니 임자가 발서부터 소원하든 대로 내가 이 집을 써나리라 그러거든 어듸 마음대로……"

저윽히 상긔된 혜경이는 남편의 말이 채 끗도 나기 전에

"그래 마음대로 하라니 무엇을 마음대로 하란 말이예요?"

혜경의 두 눈에서는 구슬 가튼 눈물이 쏘다진다

재수는 독성이 씨인 듯한 우슴을 입모습에 나타내면서 "흥 넘우 조와서

그러우? 나 하나의 존재가 업서지는 것이 혜경이에게는 얼마나 다행한 일이겟소?"

재수는 와이샤쓰와 넥타이를 한데 집어서【집어서】 혜경의 압헤 탁 집어던지면서 "이싸위 것은 누가 원하는 사람이 업스니 가저가시오 사람을 시시하게 아러도 분수가 잇지 그럴 법이 어듸 잇단 말이오"

혜경은 흑흑 늣기며 운다 원망스러운 듯이 그 남편을 처다보면서 "에구 참 넘우도 하시우 당신의 속을 다 드려다 보앗소 엇저면 남자가 그러케도 속이 맥헛소 남의 심정을 오해해도 분수가 잇지"

남편을 쥐여쓷고라도 십흔 혜경은 재수의 겻헤 밧삭 닥어 안는다 "어리석은 남성을 정복하는 그 계집의 눈물 거즛쌘으로 사나히를 희롱하는 그 얄미운 울음 나는 발서 그런 마술(魔術)적 무긔에는 정복 당할 사나희가 아니니 그저 조커든 그저 조타고 해요" 재수의 말은 거의 미친 사람의 말에 각가윗다 일이 이에 미침에 혜경은 울음이 악으로 변하엿다

"이 못난 남자여 사람을 의심해도 정도 문제이지 그래 지금 당신이 정말 당신의 정신을 가지고 하는 말이오 에구 맙시사………… 사랑하는 사람 사히에는 비밀도 업고 쏘 사랑하는 사람을 의심하는 것처럼 큰 죄가 업스며 천하를 다 의심하더라도 혜경이 하나만은 밋는다고는 누구의 입으로 한 말인가요? 좀 대답을 해보세요"

재수는 아모 대답도 아니한다

"웨 대답을 못하세요 입이 업나요 그 커다란 입으로 엿태까지 사람의 고기를 글거내든 말을 넙적넙적 잘하든 그 입으로 좀 어듸 말을 좀 해요 외 글세 말을 못해요 나는 큰 일을 위해 신명을 바친 사람이니 혜경이는 그런 각오를 니저서는 안 된다고 아마 당신이 말햇지요 참 큰 일을 위하

는 이가 다르기는 다르구려 공연한 일을 가지고 사람을 들복그며 야단이니 자— 어서 흑백을 가립시다 요강 쑤경에 물 써먹은 것처럼 가삼에 불쾌한 감정과 쏘 의심만을 품야【품어야】어듸 살 수가 잇겟소 어서 당신부터 속에 잇는 말을 그대로 공개합시다" 혜경이는 넘우 흥분된 남어지에 남편의 무릎에 쓰러저서 흑흑 늣겨 울기를 시작한다 이쌔에 부억에서 밥 타는 냄새가 지독스럽게 코를 찌르는 것을 재수가 먼저 쌔달엇다

"여보 여보 혜경이 저 부억에서 밥이 다 타는구려 그만 울고 니러나 안저요 내가 내려가 볼게 하고 자긔 무릎 우에 쓰러저 우는 안해를 잡아 이르킨 재수는 얼는 부억으로 쒸어 나갓다

창박게 밤눈은 여전히 쏘다진다 이 혜경이와 재수의 적은 보금자리는 싸히는 눈 속에서도 다스하고 평화로운 하로밤을 새엿다 우리는 이 폐인(廢人)의 과민증이 언제 쏘다시 발작할 것을 모른다『쯧』

어머니와 나 1930.1.21~1930.1.25

정순정

1930년 1월 21일(화) 4면

신춘독자문예당선소설 어머니와 나(1) 정순정 작

어머니는 나를 밋는 것으로써 그의 마지막 희망을 삼엇다 이 희망이라는 것이야말로 어머니의 최후의 정력(精力)이엇다 어머니에게서 만약 이 정력까지 제거(除去)하도록 그의 대상(對象)이 허무하다고 할 것 가트면 어머니는 절망의 밋바닥으로 쌔저들어가다 못해 그 표표한 성질에 자살까지라도 감행할는지 모를 것이다

그럿케 말하고 보면 실로 나라는 몸이야말로 어머니의 마지막 희망의 대상이요 짜라서 어머니의 생명을 연장식혀 주는 유일한 '힘'이라고 보게 될 것이다 어머니가 이럿케 나에게 희망을 붓치고 잇다는 것은 근래의 일이다 그 이전에는 나 이외에 여러 사람이 잇섯다 최초에는 큰형이엇다 어머니는 큰형에게 당초부터 축재(財財【蓄財】) 가튼 것은 바라지도 안햇다 그저 잇는 재산을 람비[1]나 말고 현상을 유지해 주기만 바랏다 그리하야 짠

---

1 람비(濫費) : '낭비'의 북한어.

길을 밟지 말고 충실하게 가업을 계승해 주기를 바랏다 이것이 어머니가 큰형에게 최초에 가지든 희망이엇다 그러나 큰형은 어머니의 이 희망을 여지 업시 짓밟아 버리고 말엇다 그는 잇는 재산을 유지 못하고 막우 람비하엿다 그리고 그는 가업(家業)을 계승(繼承)해야 할 장자로서의 정당한 길을 밟지 못하고 이단(異端)의 길을 밟엇스니 투긔사업(投機事業)으로 화류항(花柳巷)으로―이럿케 타락의 길을 밟고 잇섯든 것이엇다 이것까지는 오히려 어머니의 그 희망을 짓밟기에 부족한 것이엇다 회개하면 된다는 새로운 희망이 어머니의 가슴 속에서 움돗고 잇기 째문이엇다 그러나 큰형은 람비를 끈치지 아니하야 우리 가정으로 하여금 파산이라는 어두운 구렁텅이로 쌔치고 말엇다 그리하야 도저히 원상회복이 가능치 못하게 됨을 싸라서 큰형이 소용하고 십흔 돈이 이전과 가티 마음대로 륭통이 되지를 안엇다 이것은 큰형으로 하여금 크다란 비관이 안일 수 업섯다 우리 가정이 급각도로 빈곤을 향하고 다름질 치면 칠스록 큰형의 비관하는 정도는 더욱더 도를 놉혀가는 것이엇다

어느 날 큰형은 유서 한 장을 남겨 노코 창해에 그 몸을 던저 자살하엿다 그 유서는 물론 그로 하여금 염세자살이라는 것으로 밋고 남는 바가 잇게 하엿다 우리 가정의 파산의 비운과 한가지로 큰형의 자살은 어머니에게 크나큰 절망이엿다 건지기 어려운 절망이엿다 이째에 어머니로서는 살자기에는 참으로 비통한 일이요 죽자기에는 아직 간엷은 희망이나마 잇섯든 것이다 이 진퇴의 량난에서 어머니는 몃칠간을 머리를 싸매고 누어서 괴로운 번민을 계속하엿다 맛침내 삶으로써 당하게 된 비통과 죽기에는 아직은 간엷은당 희망과를 상실식혀 본다면 그 남은 희망이 어머니로 하여금 삶으로 익그러 드리려는 그 무슨 힘을 어머니는 발견하엿다

그 다음으로 어머니는 둘재 형에게 희망을 붓치려 하엿다 그러나 어머니는 희망을 붓치기 전에 절망이 압서는 것은 엇절 수 업는 일이엿다 그것은 둘재 형이 생활긔능에 잇서서 거의 불구에 갓가운 까닭이엿다 다시 말하자면 생활전선에서 고투하기에는 넘우나 힘이 업는 사람이엿든 까닭이다 어느 회사나 관청의 서긔생활을 하기에는 그의 지식 정도가 넘우도 천박하엿고 그럿타고 육톄로동을 하기에는 그의 소섁두조아적【소부르주아적】근성과 그의 섬약한 톄질이 용서치를 안엇다 이러케 둘재 형에게서 밧는 어머니의 그 절망은 물론 큰형에게서 밧는 절망 그것과는 비교할 것이 아니엿다 오히려 절망이라기보다도 가엽슨 단넘(斷念)이엇다 이에 어머니의 희망은 셋재 형에게로 올마갓다 셋재 형이야말로 어머니의 그 가엽슨 희망을 어느 정도까지나 살려 드리기 위하야 노력할 것인가? 하는 것이 어머니의 조바심하는 마음의 긔대엿섯다 한데 어머니가 셋재 형에게가지는 희망은 큰형의 그것보다 한층 더 무거운 것이엇다 그것은 이미 우리 가정이 파산에 쌔저 들어가자 빈곤이 날로날로 급박하야 옴을 쌀서 가정도덕(家庭道德)이 부패하야 가규(家規)² 가 엉킨 머리칼과 가티 어지러워지고 가족 간에 질시와 알륵³ 이 심하야 조고만치도 단란(團欒)한 맛이 업는 이 가정적 현상을 만회(挽回)식히지 안으면 안이되는 것이 그것이엇다 이러케 크나큰 책임을 셋재 형은 과연 일이 분이라도 다하고 잇섯는가? 안이 그보다도 자긔의 이 큰 책임을 인식(認識)이나 하고 잇섯는가? 그러나 셋재 형은 일개의 조그마한 가뎡에 붓잡혀서 그 가정의 파멸을 만회하기에만 정력(精力)을 소비한다기에는 그의 리상(理想)이 넘우나 컷섯

---

2 가규(家規) : 집안의 규율이나 예법.
3 알륵 : 알력(軋轢)의 비표준어로, 의견이나 입장이 맞지 않아 충돌하는 것을 의미.

다 열(熱)이 넘우도 놉헛다 그는 대우주(大宇宙)를 바라보고 우는 사람이엿다 웃는 사람이엿다 그가 대우주를 위하는 일이라면 무진장으로 정력을 쏩아냇다 열을 불어냇다 세상 사람이 그를 가르켜 가련한 "똔. 키호—테"라고 비웃는 것도 모르고서—

1930년 1월 22일(수) 4면

신춘독자문예당선소설 어머니와 나(2) 정순정 작

여긔까지는 어머니의 그 희망을 완전히 짓밟지는 안헛다 싀긔(時期) 문제로서 어느 째든지 반드시 쌔다를 째가 잇스리라 그째에 가서는 자긔의 희망을 그래도 단 몃 분이라도 살려 주리라는 새로운 희망이 잇섯기 째문이다 그러나 어머니는 그 후 얼마가 가지 안히하야 그 새로운 희망이라는 것이 망상이라고 쌔닷게 되엇다 말할 것도 업시 셋재 형이 ××사건으로 령오【영어】(囹圄)⁴의 몸이 된 이후이엇다 어머니의 이 세 번재의 절망이야 말로 어머니로 하여금 죽엄보다도 암담한 구렁텅이로 차넛코야 말엇다 이럿케 죽엄보다도 더 암담한 절망은 마츰내 어머니에게 생리적 장해(生理的障害)까지 주게 되엿스나 병상에서 신음하는 몸을 맨든 것이 그것이다 어머니는 병상의 몸이 되면서부터 극단으로 비관하게까지 되엿다 애처러운 운명론자(運命論者)가 되고 말엇다 그는 째째로 한숨을 쉬엿다 눈물을 흘렷다 그리고 죽엄이 차저와 주기를 바랏다 그는 약을 마시다가 힘업시 약병을 썰어트린 일이 잇섯다 죽을 먹다가 죽그릇을 업지른 일도 잇서다 이토록 어머니는 넉일흔 얼쌔진 사람이 되엿다

---

4 영어(囹圄): 죄인을 가두어 두는 곳. '영어의 몸이 되다'는 감옥에 갇혔음을 의미.

어머니의 이러한 정상을 볼 째에 나의 마음은 얼마나 쓰라리엿는지 몰랏다 동시에 큰형이 얼마나 원망스러윗스며 둘재 형이 얼마나 싹해 뵈는지 몰랏다 그리고 셋재 형이 또 얼마나 싹한지 몰랏다 이째에 나는 굿게 굿게 결심치 안코는 마지안헛다 큰형과 가티 방종한 인물이 되지 말자 둘재 형과 가티 무능한 인물이 되지 말자 셋재 형과 가티 어리석은 "돈키호—테"가 되지 말자 그리하하야【그리하야】 어머니의 그 가엽슨 희망을 단 멧 분일지라도 살려 드리자 그래서 어머니의 진실된 아들이 되자 이러케 나는 결심치 안코는 마지안헛다 그런데 나에게는 커다란 난관 하나가 목전에 가로노혀 잇는 것은 엇쩔 수 업는 일이엿다 엇잿든 어머니가 나에게 희망을 부처 주기만 한다면 그 희망을 살려 드리기 위하야 분투할 것이지만 어머니는 나에게 희망을 가지지 안는다 희망을 가지기에는 과거에 경험한 절망이 넘우나도 만코 컷기 째문이다 이에 그 난관이라는 것은 어머니로 하여금 위선 나에게 희망을 가지도록 하는 것이엿다 이러케 희망을 가지도록 하려면 엇더케 하여야 하겟는가?

"육톄의 피로가 정신의 피로를 주는 것과 맛찬가지로 정신의 피로가 또한 육톄의 피로를 주는 경우가 잇다"——이 말은 어머니의 현재의 병세를 설명하는 말이다 이에 어머니의 그 크나큰 정신의 상처부터 곤쳐 드려야 한다 그러면 자연히 육톄의 피로도 거두게 되리라

나는 어머니를 백방으로 위로해 드렷다 위로 중에도 어머니 마음 속을 깃부게 하는 것은 어머니의 그 희망을 나만은 엇써 하든지 살려들일 자신이 잇다는 것을 여러 가지 거짓말을 석거서 한 것이 그것이엇다 나의 이러한 위로가 십분의 효과를 어더서 어머니는 그 후 얼마 가지 안이하야 병상에서 일어낫다 그리하야 나에게 가지는 새로운 희망에 마음도 차차

평온해지기 시작하엿다

이제로부터 나에게 급한 문제는 취직문제(就職問題)엿다 취직만이 어머니의 그 희망을 살려 드리는 제일 갓가운 길이기 째문이엿다 물론 몃 십 원의 월급을 밧는대야 그것이 몰락하여 가는 중산계급을 원상 그대로 회복식히기에는 불가능하다기보다도 망상에 갓가운 생각이지만 위선 어머니의 그 희망의 단 몟 분이라도 살리는 데는 첩경(捷徑)이라고 할 것이다 어머니의 나에게 가지는 그 희망이 나의 행동을 싸러단이면서 동정을 보면 볼수록 나의 행동은 직업을 위하야서만 움지기지 안홀 수 업게 되는 것이엿다 내가 만약 불쾌한 안색을 가지고 집에를 들어가면 어머니도 짤어서 가벼운 실망의 빗을 씬 얼골로써 나를 썬—히 처다보는 것이요 그 반대로 만약 유쾌한 안색을 가지고 집에를 들어가면 어머니도 짤아서 깃부신 듯이 나에게 말을 건이는 것이엿다 내가 직업을 구하기로 결심한 이후에 소위 면분이나 잇는 사회 유지를 럴심을 다하야 력방한 것은 물론이엿다 내 성품이 넘우나도 강직(强直)한 탓으로 남에게 구구한 말하기를 질겨하지 안는 것이지만 어머니의 그 가엽슨 희망을 기어코 살려드리고야 말겟다는 결심은 나의 선천적(先天的)으로 타고난 그 강직한 성품까지 짓밟고야 말엇다

"의뢰(依賴)에는 겸손이 싸를 겸손은 쪽쪽한 사람을 바보로 만든다"는 사실을 나는 그들에게 직업을 의뢰하면서부터 절실히 쌔다럿다

바보에 갓가운 겸손을 다하야 모처럼 그들에게 직업을 간원하면 그들은 아모러한 성의도 차저볼 수 업는 극히 평범한 어조로

"참 취직난이 여간 심해야지"

"취직을 의뢰하는 사람도 넘우 만흐니싸 어데 그 사람들을 다 만족식혀

줄 수가 잇서야지"

1930년 1월 23일(목) 4면
신춘독자문예당선소설 어머니와 나(3) 정순정 작

그리고 그들은 마지못해 하는 수작으로 고려(考慮)해 본다는 것이요 주선해 본다는 것이다 그들은 말씃마다 입맛을 썩썩 다시기도 하고 공연히 몸짓을 하기도 하야 보기에도 민망하리만큼 불안한 빗을 보이는 것이다

"물에 쌔진 사람이 낙시줄에도 의뢰하고 십다"는 것도 역시 취직 운동에서 엇은 철리(哲理)[5]다 그들의 이와 가튼 미지근한 대답에도 행혀 수를 바라고 잇는 나 자신이 이 철리를 실천(實踐)하고 잇는 것이엇다 그러나 취직은 그러케 손쉽게 되는 것은 아니엿다 소위 그들이 말하는 바 고려한다 주선한다 하는 말이 그들이 그 즉석(卽席)만 회피하자는 림시처변의 소리요 참으로 고려해 보고 주선해 본다는 것이 아니라는 것은 그 후에 곳 쌔다를 수가 잇는 것이엿다 그것은 결국에 가서 그들이 나에게 아무리 주선해도 쯧과 가티 되지 안는다는 마지막의 섭섭한 선고(宣告)를 나리거나 나의 방문(訪問)을 어쩐 구실(口實) 아래서 거절하거나 하는 그들의 최후의 태도로써 알 수가 잇는 것이엿다 그들이 고려해 본다 주선해 본다 하고 나에게 극히 미미하나마 희망을 가지게 하면서부터 아모리 주선해도 쯧과 가티 되지 안는다는 등 나의 방문을 어쩐 구실 아래 거절한다는──그동안은 벌서 이삼 개월이라는 세월을 허비해 노코야 마는 것이엿다 이 이삼 개월 동안은 물론 그들이 나를 긔만(欺瞞)하는 것으로써 허비하게 되는 것

---

5   철리(哲理) : 아주 깊고 오묘한 이치.

이엿다 말하자면 아직 밧버서 말해 보지 못햇다는 것이요 누구누구를 차저 보앗스나 적당한 자리만 잇스면 채용하겟다고 한다는——이런 종류의 거짓말이엿다

나는 그들이 나를 속이는 그 이상으로 나는 어머니를 속엿다 과장(誇張)과 허세(虛勢)를 의미하는 것이니 나는 참으로 량심에 북그러우리만치 어머니에게 과장과 허세를 게을리하지 안엇다 말하자면 몃칠 후이면 어느 회사가 될 듯하고 어썬 유력한 사람은 나의 뒤를 희생적으로 도라보아 준다는 등——이러한 종류의 과장이요 허세이엿다 이럴 째마다 어머니는 여간 깃버하는 것이 안이엿다 닭이 천 마리면 봉이 한 마리 나는 법이라고까지 나에게 과분한 찬사를 주엇다 이러케 어머니가 깃버한다는 것은 동시에 나의 깃붐이엿다

세 번이나 절망에 절망을 거듭한 싯헤 마지막으로 나에게 보내는 어머니의 희망을 나조차 깃밟기에는 넘우나도 괴로웟다 압헛다 이곳에 나에게 과장과 허세가 나오게 된 것이다

그러나 아모리 나의 과장과 허세가 교묘하다고 할지라도 이미 취직 운동을 시작한 지 이삼 개월이라는 세월이 훌썩 넘어가도록 이러타 하는 깃분 소식을 듯지 못하는 어머니로서는 저윽이 실망의 빗을 아니 가질 수 업는 것이엿다 어머니가 나의 그 과장과 허세를 헛풍으로는 알지 안는다 할이라도 그러케 나의 말에 이전과 가티 탐탁하게 녁이지 안는 것은 사실이엿다 이것이 나는 얼마나 괴롭고 슯헛는지 몰랏다 이러케 나의 말에 탐탁히 녁이지 안는다는 것은 어머니 스스로 절망으로 쌔저들어가는 것을 의미하는 까닭이엿다

나는 취직 운동을 시작한 당초부터 그러케 취직이 일조일석에 손쉽게

될 것이 안이라는 것만은 이미 각오하고 잇섯든 바이다 육체로동자는 말할 것도 업거니와 년년히 홍수가티 밀려 나오는 수만흔 지식 계급을 이루 다 수용할 곳이 업스리라는 것을 잘 알고 잇는 나로서 물론 난관에 난관을 버서나지 안흐면 취직은 용이치 안흐리라 아니 결국에 애서【애써】운동한 보람도 업시 모—든 것이 수포에 돌아가면 엇지 될 것인가? 하는 생각도 업지 안엇다 그러나 어머니는 나와 가티 그러한 생각은 가지지 안엇든 것이다 물론 그도 취직이 어렵다는 것만은 알고 잇엇스나 그러케 몇 달식 끌어 나갈 것이라고는 생각지 안엇다 그저 몇칠 후이나 늘어잡고 한 달쯤이면 될 것이라고 밋든 것이다 그것은 나의 과장과 허세가 어머니로 하여금 그러케 밋게 만들엇든 것이오 한편으로 우리의 풍전등화(風前燈火) 가튼 가정적 현상(家庭的 現狀)이 그러케 밋지 안코는 마지 안케 하엿다

우리의 가정적 현상— 그것은 참으로 싹한 것이엿다 의식족이지례절(衣食足以知禮節)[6]이라는 말은 몰락하여 가는 우리 가정에서 절실히 쌔다른 철리(哲理)엿다

그 크나큰 곡간에 오곡이 갓득하야 먹고 십흔 째 먹고 쓰고 십흔 째 쓰든…… 그러케 부유하든 우리 가뎡이 오늘은 입쌀이 써러젓느니 오늘은 팟이 썰어젓느니 이러케 급변하야 빈곤을 체험하고 보니 가규(家規)의 어지러움은 이루 어듸 비교할 것이 아니엿다 가정 안에 상하(上下)가 잇슬 배 업고 선후(先後)를 가려볼 배 업게까지 되엿다 이 모든 것이 어머니를 여간 괴롭게 한 것이 아니엿다

---

6   의식족이지예절(衣食足以知禮節): 입을 것과 먹을 것이 넉넉해야 예절을 안다.

신춘독자문예당선소설 어머니와 나(4) 정순정 작

그보다도 더한층 어머니의 마음을 괴롭게 한 것이 잇스니 그것은 우리 가정에 대한 외부의 비평이 넘우도 지독하엿기 째문이다 우리 가정은 '산 송장'만 모인 집안이라는 것이 그 지독한 비평 중에 하나이엇다 물론 이 비평이 지독하기는 하지만 사실에 어그러지는 비평은 아니엇섯다 어느 한 사람 생산자(生産者) 하나 업고 그저 열이면 열 스물이면 스므 식구가 그대로 잇는 것만 파먹고 늘 안젓스니 '산송장'이라는 비평을 듯게까지 되는 것이엇다 이에 어머니가 아모조록은 나의 취직이 쌜리 되기만 바라게 될 것이엇고 쏘 바라지 안코는 마지안케 하엿든것이다

내가 어머니의 그 가엽슨 희망을 살려 드리기 위하야 취직에 렬승하야 백방으로 애를 써보앗지만 결국 애쓴 보람이 업서지고 어머니에게 절망하지 안케 하기 위하야 지금까지 교묘히 어머니를 속여왓지만 이것도 어느 정도까지에 하는 말이다 시일이 경과하여 가면 갈사록 어머니도 나의 그짓말에 속을 배도 업슬 것이지만 그보다도 내가 어머니를 속일 만한 정력이 차차 줄고 마는 것이엿다 그리하야 나의 얼골에는 침울이 써날 길이 업섯다 나는 쌔쌔로 어머니의 뭇는 말슴에 대답을 하지 안은 일이 잇섯다 아니 어머니와 마조안기를 피하는 일까지 잇섯다 나의 이러한 태도를 보면 볼수록 어머니는 더욱더 절망에 쌔져들어가는 것이엿다 나는 엇썬 날 밤 어머니가 잠을 이루지 못하고 일어나 안저서 한숨을 길게 쉬든 쯧헤 눈물이 그렁그렁한 것을 보앗다 이째에 나의 마음은 칼로 어여내는 것 가텃다

궁여의 일책으로 나는 강원도를 가 보기로 결심하엿다 그곳 도지사는

이전부터 잘 알고 잇섯기 째문이엿다 그러나 그곳을 가기만 하면 반드시 엇써한 직업이 하나 생기리라는 확실한 자신은 업섯다 그저 이곳서는 아모리 애를 쓴다 하여도 불가능하고 어머니의 절망이 점점 심하여 감을 내 눈으로 보기에 참으로 괴로운 까닭이엿다

나는 강원도로 가면서 나를 내 스스로 웃지 안코는 마지 안햇다 더욱히 취직난으로 뒤쓸는 오늘에 잇서서 저마다 나와 쪽가튼 난경을 당하게 될 것이라는 것을 생각하면 할수록 세상이원통 희비극화하는 것 갓기만 하엿다

그곳 도지사를 방문하기는 려로의 피로도 쉬일 시간이 업시 자동차에서 나리자 불과 한 시간도 못 된 어느 날 해점으러 가는 오후이엿다

화려한 응접실에서 갑갑하게 기다린 지 한 시간 뒤쯤 하야 막 저녁 식사를 필한 듯한 대감이(나는 도지사를 대감이라고 부르기로 한다) 니를 쑤시면서 들어온다

"아! 이 사람 이게 웬일인가?" 하고 대감은 깜짝 놀란 듯한 표정을 보인다 나는 대감께 공손히 인사를 한 후에 이번의 래의를 대강 이야기하엿다

"이 사람 취직 이야기 가튼 것은 말도 말게" 하고 대감은 나의 말을 다 듯고 난 뒤에 이럿케 잡아쎄엿다

"우리 오래간만에 맛낫는데 조혼 이야기나 하게 그려" 하고 대감은 말머리를 돌리려고 하엿다 나는 대감의 말에 저윽히 놀나지 안코는 마지안햇다 설마 고려한다 주선한다 하는 그 흔한 말씀이야 해주지 안흐랴 하엿다 아니 그이로서야 되나 안 되나 주선쯤이야 아니 해주랴 하고 미덧섯다 한데 나는 이 경우에 대감의 말과 가티 조혼 이야기나 하고 안젓슬 마음의 여유를 가지지 못햇다

절망 속으로 작고작고 째저 들어가는 어머니를 구해내기 위하야 나는 모든 것이 생소한 천 여 리 길을 차저 오지 안헛는가 이곳에는 물론 대감 하나만 밋고 온 것이 아니엿든가? 그런데 대감이 이처럼 나를 잡어 쩨면 나는 장차 엇써케 할 것인가? 하는 싹한 생각을 아니 가질 수 업섯다 그리 하야 나는 엇썩케 하든지 이곳서 끗장을 보자는 듯이 지근지근히 졸랏다 내가 조급히 간청을 하면 할스록 대감은 그 태도가 점점 누긋누긋하여지는 것이엿다

이튼날 나는 대감의 소개장 한 장을 어더 가지고 다시 고향으로 도라왓다 그 소개장이라는 것은 도(道)의 도지사에게 가는 것이엿다 이것이 물론 현장만 회피하자는 대감의 약은 쇠인 줄은 알엇스나 알면서 아니 속을 수 업는 것이엿다

이 소개장이 직업 하나를 선선히 내여주리만큼 유력한 것이 못 될 줄은 나도 각오하고 잇섯든 바이지만 그래도 점점 절망의 심연 속으로 째저 들어가는 어머니를 당분간이라도 위로를 식히는 데는 효과가 잇는 것이엿다 어머니는 내가 대감의 소개장 하나를 손에 쥐고 집에 도라 오는 것을 보고서는 과거 보려 갓든 자식이 알상급제[7]나 하고 도라온 듯 십히 안심과 깃붐의 빗이 얼굴 력력하엿섯다

집에 도라오든 그 이튼날 나는 그 소개장을 가지고 도지사를 차저갓다 그러나 첫날에는 대감(나는 w도 도지사도 대감이라고 부른다)께서 어느 연회에 나가시고 안 게시다 하야 그저 돌아왓다 다시 그 이튼날에 차저갓스나 그 날은 몸이 편치 안흐시다 하야 보지 못하엿다

---

7 알상급제(謁聖及第) : 조선 시대에, 임금이 성균관 문묘에 참배한 뒤 보이는 과거 시험에 합격하던 일.

신춘독자문예당선소설 어머니와 나(5) 정순정 작

또 그 이튿날은 다른 손님들 째문에 헛거름을 첫다 겨우 닷새 되는 날에야 만나 보게 되엇다 그리하여 고려한다는 말을 듯고 서둘러 나오게 되엇다 그 후 대감은 나를 대할 째마다 당분만 더 기다리라는 말로써 물리치곤 하엿다 흐르는 것은 세월이라 그러한 지도 어느듯 이삼 개월이라는 세월이 훌쩍 넘어가 버리고 말엇다 날이 가고 달이 갈스록 나의 마음의 초조도 초조려니와 어머니의 마음이 점점 어두워 가는 것이엿다 요지음에는 어머니 얼골이 여한 침울한 중에 잇는 것이 아니엿다 나의 마음을 못살게 괴롭게 구는 것은 어머니의 컴컴한 침울 그것이엿다

나는 어느 날 어머니에게 ××사에 취직이 되엇다고 깃붐을 못 참는 듯이 말하엿다 이째에 어머니의 깃붐 — 그것은 이로 어대다 비교할 곳이 업섯다 과거에 싸이고 싸인 세 번의 절망 그것을 깨끗이 씨서 버리고도 그 깃붐은 오히려 남엇섯다 어머니는 보는 사람에게마다 깃붐을 참지 못하는 듯이 자랑을 하엿다 이러케 어머니가 깃버하면 깃버할스록 나의 마음은 점점 괴로워가는 것이엿다

이러케 어머니의 깃붐이 나날히 더하여가고 나의 괴로움이 나날히 더하여 가는 사이에 어느듯 한 달이라는 세월이 또 흘러갓다 어머니가 깃붐의 결정(結晶)을 보고저 하는 날 나의 괴로움이 폭발될 날은 닥처오고야 말엇다 그것은 월급날이엇다 어머니는 내가 월급을 쥐고 도라올 그 날을 여간한 깃붐으로 기다린 것이 아니엇다 나는 월급 중에서 단 얼마간이라도 어머니를 드리지 안흐면 안이 될 형편이엿다 그것은 어머니가 나의 취직 운동에 빗을 어더서 대여준 돈이 잇기 째문이엿다 그러나 월급은 무슨 월

급이랴? 무슨 돈으로써 어머니를 드리랴?

첫달은 어머니에게 가벼운 실망은 주엇지만 그럭저럭 넘길 수가 잇는 것이엇다 취직된 깃붐과 또 동무들의 성화에 못 이겨서 한턱을 하야 한 푼의 여유도 업다는 것으로서 어머니를 한 번 더 속일 수가 잇섯기 째문이다

그러나 두 달재는 어쩐 핑계로써 가엽슨 로모(老母)를 속일 것이랴? 원수의 세월은 또 흘러서 어느듯 그 날은 또 왓다 태산이 가로막힌 듯이 답답한 이날은 왓다 "월급은 타서 다 무엇하느냐?" 하고 약간 상긔된 듯한 어머니의 얼골을 바라보면서 나는 묵묵히 안이 괴롭게 안젓는 수박게 별 도리가 업섯다

이날 밤에 나는 공교스럽게 어느 동무와 술을 만히 먹은 일이 잇섯다 내가 월급을 타서 돈의 용처를 모르고 잇든 어머니는 이제야 깨다랏다는 듯이 여간 절망의 빗을 씌우지 안엇다 나를 주색(酒色)에 타락한 것으로만 알엇든 것이다

어머니의 이 네 번재의 절망—다시 건지기 어려운 이 마지막 절망은 어머머나로 하여금 또다시 병상에 신음하는 몸을 만들고야 말엇다

어머니는 병석에 힘업시 누어서 나를 원망하엿다 나는 세상을 저주치 안코는 마지 안햇다 내가 직업을 구하엿드면 어머니는 이 가엽슨 쯜이 되지 안헛슬 것이요 세상이 나에게 직업을 주엇드면 나는 어머니에게 그 쯜을 만들지 안헛슬 것이다

어머니의 병은 날이 갈사록 점점 더하여갓다 의식까지 몽롱하여지도록 병세는 위중하여젓다 그러나 절망에서 생긴 병 마음의 괴로움에서 어든 병을 무엇으로써 치료하야 낫게 할 것이랴? 오직 절망의 어둠 속에서 어머

니를 구해낼 것이요 그리하야 그 괴로운 마음을 깨끗이 씨서주는 데 잇슬 것이다 그러나 어머니로 하여금 절망 속에서 구해낼 만한 그 무엇 ― 직업 이 당장에 생길 것이냐? 설사 직업이 생긴다고한들 어머니는 이미 의식까 지 흐리도록 병세가 위중치 안은가? 쌔는 이미 느저간다 아니 느젓다

어썬 날 그것은 황량한 삼라(森羅)의 만상(萬象) 그 우에 모진 바람이 휘 쓸고 지나가는 김혼 겨울의 해점으로려가는 오후이엇다

마치 거츠른 겨울의 그것과도 가튼 지나간 날의 파란 만코 곡절 만튼 그 운명을 거두려는 듯이 어머니는 그 징조(徵兆)를 나의 눈에 력력히 보여 주엇다

힘업시 쓴 눈에 구슬가티 매친 한 방울의 눈물 그것은 확실히 어머니의 최후를 상징하는 것이 안이고 무엇이엇스랴?

이째이엿다 한 장의 편지가 나의 눈압헤 써러졋다 그것은 나를 놀내게 한(오늘 안으로) 와 달라는 대감의 취직이 되엇다는 통지엿다 나는 깃붐에 못 니겨 밋친 듯이 어머니를 불럿다 그러나 어머니는 대답이 업섯다 "아! 어머니 어머니!" ― 그러나 어머니는 여전히 대답이 업섯다

"아! 이것이 나의 어머니를 죽엿고나 깃붐에서 절망으로 어머니를 쓰러 너은 것도 이것이요 다시 죽음으로 차너은 것도 이것이로구나 아! 이것이 하루 전에만 왓드라도 어머니는 살엇슬 것이다 깃붐 중에 살엇슬 것이다 어머니 업는 이 세상에 이것은 잇서 무엇하랴" ― 나는 그 편지를 동댕이 를 치고서 어머니의 싸늘한 가슴 우에 업드려 울엇다 목 노코 울엇다(쯧)

그 母와 아들 1930.1.26~1930.2.4

백석

1930년 1월 26일(일) 6면

신춘독자문예당선소설 그 母와 아들(1) 백석 작

동리 움물터에선 이런 소문이 돌기 비롯하엿다

"아—니 데집 대감이 엄매레 좀 다릇티? 바람이 낫대—"

"늣바람이구만"

"건 쏘 누구하구"

"아— 와 그전부터 그런 말이 잇지 안헛소 양고새 말이야"

"젊어선 젊은 갑시지만 이젠 늙은 거이 무슨—원!"

"과부론 못 살겟는 게지"

"만날 쌈이래두만 그집에서"

"누구하구"

"아— 그 로친네하구 그러지"

"그 로친네두 불상하지"

"그러게 아들 생각이 더 난대"

"안 나겟소 대감은 가만 잇나"

"에미 그러는 것을 엇더케 하겟소"

"대감이두 야단이야 그러지 말구 싀집을 탁 가 버리지"

"그러게 그 로친네가 화가 나면 싀집가라구 그래두 그건 안 간대는데 쏘 더— 성이 나서 해보잔대"

"그건 쌍송화로군"

"매— 장(場) 장터에 셋습데다그려"

"아— 그러아 낫내지"

"맨젯번【먼젓번】 장에두 광목을 반 통이나 싄허 오드랩데다"

"그거 돈이 용쿠만 돈이 어데서 낫노"

"돈 나는 데 다 잇지"

"나는 한번 못 그랫지 내레 민주야 아니 그런 돈을 나는 한번 못 바다 봣지 하…… 하 아이구 원"

"둥둥의 엄맨 한번 못 그래 봣소"

"아이구 나 가튼 민준 원광목이 어더케 생겻는지"

동리 움물에 저녁물을 길러 와서는 집에 갈 생각도 업시 팔장들을 끼고 이러케 한바탕씩 벌려 노콘 하엿다 이래야 마음이 시원하엿다 한바탕 웃고 나면 물동이를 닐 긔운이 업서졋다

이야기거리가 싄허저 가든 동리엔 새로운 이야기거리가 생겨 와자하엿다 젊은 사내들이 밤에 말도리터로 모히면 쏘 이야기가 버러졋다 엇던 흉측한 사람은

"나두 엿이나 한 가락 사줄까부다" 하고 우섯다

"좀 작히 그리지 안아두 건넌 말 경세관(경세라는 사람과는) 맨 첫 번 장날 (場日) 장길에서 조루드래두만" 하고 말하는 이도 잇섯다

"그래 어더켓답당아" 하고 궁금해서 뭇는 이도 잇섯다

"경세 고 깍쟁이레 제 돈을 색에" 하면

"날과 그러지난 안케녕(엿커녕) 산삼두 사주겟슴메"

썰썰대고 흉측한 소리 잘하는 사람의 소리엿다

"거젱이 살앗슬 적보다 그 에미넨 입성 잘 입습데"

"상판두 밴둥밴둥 젊어갑데"

이러케 서로 주고밧고 하얏다

"양고새두 안된 놈이지 아들이 당발한 과부를 건멀가지고 그러노" 엇던 사람은 점잔을 쎄고 이럿케 말해 버렷다

"아들이야 잇건 업건 도왓스면 조핫스면 됏지"

긴긴 겨울밤을 닭 울 쌔까지 담배ㅅ내 속에서 이런 이야기로 헤여질 줄을 몰랏다

다른 엇던 말보다도 이런 말감은 더욱 재미잇는 말이기 쌔문이다

"과부 아 나믄(아이 나면) 데 거 어디 싸갓소"

동려첩 정 령감이 걱정 비슷이 숭굴기리며 니야기하면

"아 안 낫는 법이 잇관다" 하는 것은 오초시엿다 이러케 동리는 이 과부 하나로 법석이엇다

나히 열여덜 된 썩거머리 총각 키가 구척이나 될 듯한 투실투실한 대감이란 아들을 이 과부는 두엇다 그아래로 쌀 둘 아들 하나 사 남매나 되엿다 대감은 이런 말을 들을 쌔마다 얼골이 붉어졋다 어미를 쌔려 죽이지도 못하고 속으로 싱싱 알엇다 농사라고 두어 섬직이를 어더 부치는 것도 근년에 와서는 대감이 어린 누이들하고 다만 셋이서 부쳣다 과부는 김 멜 생각도 아니하엿다 집에 잇는 쩍보다 업는 쩍이 만핫다 실상은 과부가 집

에 잇는 것보다 동리에서 이런 소문을 안 듯는 것보다 대감의 집 형편은 퍽 살기가 누구러워젓다 밧 갈고 재내는 긴긴 해 삼사월에도 전에 업는 덤심을 먹게 되고 쌀이 떨어질 째가 업시 그득하니 채워지곤 하엿다 옷감도 각금 싣허드렷다

이것도 다 제 어미의 덕인 줄을 대감도 몰으는 바가 안이엿다 그러나 슬그먼히 알고 잇는 대감의 가슴은 천 갈래 만 갈래 머저 고요할 줄을 몰랏다

1930년 1월 28일(화) 6면
신춘독자문예당선소설 그 母와 아들(2) 백석 작

아비를 생각하는 마음 어미에게 대한 미움 이것은 그를 전 업시 파리파리 말리게 하는 연유이다

다른 길을 취하야 꼴 늘【놀】리는 것을 안 보자 하나 늙은 할머니와 어린 동생이 잇다 이런 대감은 어미의 하는 짓을 가만이 모르는 체 할 수밧게 업섯다 대감의 아비는 대감이 열다섯 째 죽엇다 교탕부증으로 사 년 동안을 고생하다가 죽엇다

대감의 어미는 남편이 죽은 뒤로 어느 날 하로 평안한 기색을 가질 쩍이 업섯다 성이 통통히 나서는 공연히 늙은 싀어머니에게 화푸리를 하엿다 대감의 한머니는 아무 소리가 업섯다 홀로 남 안 보는 곳에서 분함을 먹음고 죽은 아들의 생각을 하고는 울 쑌이엿다 그쑌 아니라 과부ㅅ댁은 누가 조금만 엇더케 쌀쌀한 말을 해도 샘을 할 듯이 달려 붓고 하엿다

대감의 한머니가 참다 못하야 소리를 놉혀

한 마듸 대답만 하면 과부는 울며 불며 죽이라고 달려들엇다 이럿케 과

부된 설음에 못된 생각을 가진 대감의 어미는 점점 더 요망스러워갓다 엇던 째는 가장 정절이나 잇는 듯이 남편 생각에 죽는다고 야단을 치기도 하얏다 대감의 어미는 나희 설흔다섯 살이니 아즉 그리 늙엇다고는 못할 것이다 그러나 째로는 과부된 정말 설음이 메여 나왓다 개가를 꿈꾸기도 하얏다 그러나 이것도 아니다 하고는 엇더타 말할 수 업는 원한과 울분을 안고 쓸어지고 하얏다

대감의 어미가 양고새를 알아 흉측한 소문을 노케 된 것은 대감의 아비가 죽은 뒤 잇해가 지난 겨을【겨울】부터이다

양고새는 쌀장사하는 사람이엇다 돈냥이나 잇는 것을 가지고 남의 집 며누리를 둘이나 바려 주고 이곳으로 이사 온 지 일 년이 겨우 되엇다 고새는 이 과부에게 눈결이 갓섯다

과부 쪼한 사내를 실허하지 안는 터이다 맛나면 남달리 마조보고 얼굴이 쭈러질 듯이 처다보고 하얏다 양고새가 집을 이 동리에 두고 오 리나 되는 영성장에서 장을 보고 하얏다

이사 온 후로 가장 살뜰히 양고새의 집을 단인 사람은 대감의 어미엿다 고새의 마누라는 고새보다 칠 년이나 우이엇다 그리하야 고새를 보고 그 마누라를 보면 어미 색기 가탓다 고새에게는 쌀 둘밧게 업섯다 고새는 노란 수염이 난 개름한 사람이엿다 나히 서른다섯 먹은 것이 잇는 사람이라 늙어 보이지 안엇다

대감의 어미는 고새 마누라와 조화하얏다 일도 도아주엇다 고새는 과부 단니는 것을 실혀하지 안엇다 쌀래 가튼 것이라도 그 마누라를 보고

"쌀래는 것년집 사람보구 좀 해달내지" 할 적이 만헛다 마누나를 생각하는 것보다 대감의 어미가 자조 단이는 것이 퍽 조화ㅅ다 올 적마다 이

과부는 수건 하나이남아 바로 쓰고 왓다 고새는 과부를 볼 적마다 슬금슬 금 웃는 빗을 뵈엿다 과부는 다른 동리 사람이 맛지 못하는 좁쌀을 그냥 마터 갓다 대감의 한마니는 젊은 과부며누리가 낫설은 집에 자조 단이는 것을 자미 업시 알엇다 그러나 품파리한다고 쇠장스럽게 대답하는 며누 리를 엇더케 할 수 업섯다 이째부터 동리에선 이 과부를 유심히 보앗다 과부는 이런 줄도 몰으고 고새의 집에 자조 출입하엿다 동리 엇던 령감은 미리부터 고새란 간악한 놈인 것을 알고

"젊은 과부가 일이 날까보다" 하엿다 염성장은 하로엿새에 섯다 고새는 일흔 아츰 장에 가면 의례히 뒤를 쌀아 간 것은 과부엿다 장에 가면 쌀을 고르는 핑계를 하고 말도 하고 웃기도 하고 정이 들 대로 들엇섯다 동리 장군은 미리부터 이런 꼴을 보고 수군수군 웃고 싱글거렷다

고새가 이 동리로 이사 올 적에 그 마누라는 배가 불러왓섯다 이사 온 지 석 달이 되어 마누라가 몸을 풀게 되엇슬 째 고새는 의례히 과부를 청 햇다 산모의 뒤를 몃츨 좀 보아달라고 부탁하엿다

고새가 부탁하지 안아도 나서서 일을 해주고 십허 하든 과부는 마음이 긋득하엿다

고새는 동리 사람들이 자긔나 과부에게 대하야 엇더케 생각하는지 모 든 것을 잘 알고 잇섯다 그러나 계집이란 마음이 한곳으로 쏠리면 의례히 달은 곳은 돌보지 안는 법이다

이 과부는 아직 동리 사람들이 수군대는 눈치를 눈치도 못채엿다 언제 인가 싀어머니가

"굶어도 집에 잇자 놈들 시비 듯기 실타"고 말하고는 며누리가 성 내는 꼴이 보기 실허서 훌적 나가 버렷다 그 뒤로 대감이

“벌어야 몃 닙 벌겟소 정참 집에 좀 잇수” 이러케 권하얏다 과부는 성이 통통 나서 대감을 잡어 먹을 듯이 악을 썻다

“응— 이놈 아색기 너 잘 군다 집에 잇스라구 에미 밥술도 못 먹게 할 테냐 이놈 아색기야”

1930년 1월 30일(목) 6면

신춘독자문예당선소설 그 母와 아들(3) 백석 작

대감은 미리 이럴 줄은 알엇다 그러나 얼골을 들 수 업시 망신을 당하는 것을 생각하면 어미를 노끈으로 잡어 매두고 십헛다 대감은 어미가 금방 불덩어리가치 미는 듯이 펄펄 날쒸는 것을 보고는 훌쩍 나가 버렷다 과부는 더욱 분이 나서 저 혼자 악을 썻다 성난 김이라 할 말 못할 말 되는 대로 분을 풀려 하얏다

그러나 누구라 듯는 사람이 업섯다 근처 집에서는 과부의 야단치는 소리에 “쎠 데 과부 성이 낫다” 하고 서로 비웃는 판이다 과부는 성이 좀 풀린 뒤에 싀어미와 대감의 말을 생각해 보앗다 엿태것 저는 그러리라고는 생각치도 안엇든 남의 시비란 소리에 가슴이 찔렷다 그러나 이 찔리운 것이 오쐴 갈 수가 업섯다 이 소리는 이미 들은 고새의 정에는 그 힘이 미츨 수 업섯다 “어린 것 데리고 살아가느라면 시비 들을 적도 잇지 내 몸이나 바두 가졋스면 되지” 하는 것이 과부의 생각이다 스스로 제 몸을 용서하는 과부의 마음은 무엇에나 조금도 눌리울 것이 업시 뵈엇다 그러나 양고새를 보고 서로 눈짓을 하며 웃든 것과 그 언제인가 고새가 제 손목을 잡든 것과 제가 이쌔ㅅ것 생각하여 온 것과 모든 것이 이 얼골에 내둣치는 텬연한 그것과는 맛지 안엇다 그는 곳 기운이 업서지는 듯하얏다 그러나

량심도 시비도 다정에는 항복하고 마는 것이 이 과부엿다

과부는 더욱더욱 그 행동이 흔골어저 갓다 이럴 적마다 동리 시비는 더 커갓다 그러나 이 과부를 바로 잡을 시비는 못 되엇다 그런 힘을 가지지 못하얏섯다 대감의 할머니는 제 며누리 꼴이 틀러가는 것을 보고는 일절 며누리와 말을 하지 안엇다 대감도 제 어미더러 이러타 저러타니 말이 업섯다 과부는 그 꼴이 오늘과 내일이 달려젓다 녜전 대감의 어미는 아니엿다 거젱이 살앗슬 째의 대감의 어미는 아니엿다 점점 남의 사내하고 막롱우【우롱】을 하엿다

동리에서는 "이제야 팔난봉인데 난봉이야"

"삼십 과부 난봉 나면 야단이지"

이런 소리로 과부의 상판에 춤을 ■■■[1]이 놀럇다 흉축한 사내들은 이 과부의 궁둥이를 쌀어 단이게 되엿다 과부는 저도 내노흔 난봉인 것을 알게 되엿다 이럭저럭 내노흔 걸음을 돌이킬 힘을 엇지 못햇다 고새의 마누라는 쪼 쌀을 나헛다 고새는 마음이 조흘 리 업섯다 이번 해산에는 한번도 들어다 보지 안은 것만해도 고새가 좃치 안엇든 것을 알 수 잇다 고새는 슬그먼히 아들 업시 죽을 생각을 하면 더욱히 과부를 생각하엿다 쌀을 셋이나 본 고새는 아들 볼 생각이 와락와락 낫섯다

아들 볼 생각에 풀어지지 안는 것은 과부엿다 이러한 고새는 드듸여 마음을 정하엿다 이 과부를 후려 넘기기에는 아모 힘도 들 것이 업슬 것을 알은 고새가 하지 못할 말을 입에 내여 쯧을 과부에게 알리운 것은 고새

1　"뱉을 듯"『조선일보』에 게재된 해당 부분의 원문이 훼손되어 단행본을 참고하였다. 참고한 단행본은 다음과 같다. 김재용 엮음, 개정증보판『백석전집』, 실천문학사, 2011(3판 1쇄), 179쪽.

마누라가 몸푼 지 사흘재 되는 날 밤이엿섯다 고새는 이런 일에 능숙한 사람이라 죗 가튼 젊은 색시를 홀여 넘기든 고새는 이 제게 맘을 두고 단니는 과부 한아 가튼 것은 아모 것 힘들 것이 업섯다

고새 마누라가 즌 자리에서 잠든 틈을 타서 이 일을 저즐더로【저질러】 노앗다 물론 과부는 조금도 꺼리게는 멋이 업섯다 맛당히 할 짓을 하는 듯이 그는 태연하엿다 그들은 하지 못할 즛을 일우어 노코도 텬연하엿다 고새는 과부에게 그의 마음에 잇는 것은 모— 다 이야기해 주엇다 과부의 마음이 더 고새에게 들도록 함이엇다 아들 한아만 나아 주면 논을 베어준 다거니 조흔 집을 지어준다거니 대감의 먹을 것도 넉넉히 주고 집이 넉넉 히 살도록 해준다거니 여러 말을 다 하엿다 과부는 이런 말을 듯고 나서 는 텬하나 어든 듯이 조화하엿다 사람이란 먹고만 사는 동물이라면 이 옹 에서 더 조흔 것이 이 과부에게는 업슬 것이엿다 이날 밤에 서로가 그러 한 일을 해 노흔 뒤로는 본부 본처 그와 가티 그들은 사흘이 멀다하고 한 자리에서 즐겨하엿다 고새 마누라가 눈치를 채지 못할 한도에서 그들은 즘생가티 작난을 하엿다 과부에게는 그럴 것이엿다 대감의 아비가 죽은 지 삼 년이 되엇슴에 그동안 널어나는 성욕의 충동은 그야말로 생명을 가 라먹는 듯이 안타가운 적이 만엿다

1930년 1월 31일(금) 6면

신춘독자문예당선소설 그 母와 아들(4) 백석 작

삼 년 동안이나 사내 맛을 모르든 과부는 한번 허락한 것이라 남이 잇 는 거 업는 거 가리지 안코 불을 본 풍덩이가티 덤벼 이 성덕 만족을 차젓 다 고새도 남의 젊은 과부를 다리고 그러는 것이 얼마큼 그에게는 향락을

주엇다 아들 보자는 그 생각보다도 형락【향락】이 더 큰 목덕이엇다 고새와 이 과부에게는 이런 긔회는 만엇다만은 것보다 긔여낼 수가 얼마든지 잇섯다 고새 마누라가 이것을 알면 큰일이엇다 그러나 이것은 몰낫섯다 고 새마누라는 이런 것을 알랴고 할 사람이 아니엇다 안다 해도 그대로 보고 지낼 사람이엇다 더욱이 쌀을 셋이나 낫코부터는 고새를 볼 낫이 업는 듯이 그는 더어 숙어졋다 저도 이제는 어린애 날 째는 다 된 듯이 생각되어 남편의 일에 아모 말을 할 사람이 아니엇다 동리에서는 이런 일이 잇스리라고는 짐작햇겟지만 정말로 이런 일을 알아 들추어 내인 사람은 업섯다 전부터이라도 동리에서는 과부를 고새의 작은마누라 격으로 생각 안 한 것이 아니엇스나 고새의 마누라가 해산할 적에 진자리를 츠려 이 과부가 닷새나 고새의 집에서 자고 먹고 하얏다는 말을 듯고는 그들은 더욱이 이 과부를 달리 보앗다 어드런 경험 잇는 사람의 눈으로 본다면 이 과부에게 엇던 전과 다른 변화가 잇섯슬는지도 몰랐다

　과부도 처음 고새에게 그 몸을 허락할 째만 하여도 이 일을 엇더타고 하고 어이할 바를 몰라 한 적이 한두 번 아니엇다 그리고 처음에 잇서서는 퍽 마음의 가책도 잇섯다 남들을 생각하야 문득 자긔 행동이 죄 되는 줄도 몰음이 아니엇다 고새를 자긔의 정절을 쌔틀인 사내를 미웁게 생각한 적도 업지 안엇다 그러나 이것도를 거듭【거듭】함에 점점 식어갓다 동리에서는 이 과부 하나를 두고 그 우수수 쩌들음이 여간이 아니엇다 이러는 안에서도 과부와 고새의 향락을 위한 그들의 모임은 끈치지 안엇다 고새는 이 과부를 두고 생각한 것이 잇섯다 이것은 벌서 과부의 몸에 제 씨가 들어갓슬 것을 미리 짐작한 것이엇다 그리하야 이 과부를 어느 남 모르는 다른 곳으로 보내고 먹을 것을 당해주는 것이다 그러나 고새의 생각

에는 이 과부를 결코 첩으로나 살리자고는 한 것이 아니엇다 고새는 녕리한 사람이다 리 되고 해 되는 것을 다 알고 잇는 사람이엇다

고새와 과부와의 새에 그들의 부둥켜 안음이 비롯된 후로 넉 달이 지낼 쌔에는 과부는 과부가 아닌 것을 저 스스로도 알엇다

이쌔까지라도 그들은 그들의 남 모르는 자미를 계속하야 왓든 것이엇다 대감이와 대감이의 할머니도 제 메누리가 제 어미가 벌서 집에 과부 어미 과부 며누리로 잇지 못할 것을 짐작하얏다 그리고는 남이 숭하다 하고 그들은 한탄할 쑨이엇다 더 엇더케 할 재조를 알 수 업섯다 어서 하로라도 이 과부가 집을 써나 숫재 남의 종이 되든 첩이 되든 제 아비 제 아들의 죽은 일홈을 들추지 안키를 바랏섯다 과부는 입맛이 달라진 것을 남이 알가보아 두려워하얏다 그 박게도 제 몸에 한아식 둘식 닐어나는 변화를 남이 알가봐 두려워하얏다

이런 일은 남모르게 지나갓스면 조흐련만 세상이란 그런 것이 아니엇다 동리에서는 벌서 눈치를 밝이고 어느 누가 몬저 말햇는지 알 수도 업시 만히 써도는 구름가티

"저 집 과부는 아희 가젓다더라" 하는 소문이 써돌기 시작하얏다 고새도 과부도 대감이도 대감의 할머니도 다 이 말을 한번이라도 들엇을 것이엇다 그러나

"이놈들아 누구레 어드래 아가리에 쏭 들어간다"

소리를 칠 사람들이 못된 것은 곡절이 숨엇섯다 고새는 령리한 사람이다 오랜 일을 쓰러가지고 움줄거리는 것보다 하로밧비 세상에 알리는 것이 나흔 줄을 알엇다 이런 소문이 돌기 시작한 쌔 고새는 종용한 틈을 타서

1930년 2월 1일(토)

6면 신춘독자문예당선소설 그 母와 아들(4)【(5)】 백석 작

"이제 여기 잇지 말구 개천다리 내 집을 하나 어더두엇스니 거기 가 잇게 하지" 하엿다 과부는 다 안다는 데에는 가슴이 능큼 쒸엿다 과부는 혼자 생각에는 "세상 사람들이 다 알겟지" 하엿스나 고새의 입에서 이런 말이 나오고 제가 하여온 일을 사람 압헤 내여 놋케 된 것을 생각함에 놀라지 안을 수 업섯다 놀래는 것보다도 무섭고 진저리가 끼첫다 살작 업서지는 재간이 잇섯스면 하엿다 그러나 인제는 내노혼 판에 할 수가 업섯다

"그러케 합세다 그려 아이—구"

그는 한숨을 쉬엿다

"내 한당거리에 쌀이나 한 말식 갓다주지 그러케 하구"

말을 못 맷고 그만두엇다

과부도 더 할 말이 업섯다

이런 소문은 과부와 고새와 대감이와 대감이의 한머니를 머리를 못 들게 하엿다 그들은 마치 죽으러 가는 양 모양으로 세상에 고개를 들고 잇지 못하엿다 그래도 고새만은 쌘동쌘동하니 구럿다 이런 소문이 동리에 퍼진 지 열흘이 못 되야 그리고 고새새가【고새가】 과부다러 개천 다리로 가라는 말을 한 지 닷새가 될락말락하야 과부는 이 동리를 써나 버렷다 남 하나 아는 사람 업시 제 집 인간들도 모르게 이 동리를 써나 버렷다

고새를 내노코는 몃칠 동안을 그가 죽엇는지 살엇는지도 몰랏다 동리에서는

"과부레 도망갓대" 이런 소문이 뒤를 니엿다 대감이도 과부 어미를 차즐랴고 하지 안헛다 잇는 것이 업는 것만 못하엿다 헴이 들은 대감이가

제 어미의 그 더러운 시비를 듯는 것보다 차라리 쌔끗이 업서진 것이 나엇섯다

한 가지는 이런 소문이 돌자 고새 마누라의 귀에도 이 말이 가지 안흘 수 업섯다

고새 마누라는 아모 말이 업섯다 계집의 마음으로는 말다톰이라도 하엿슬 것이다 그러나 누가 이 고새 마누라의 말성 놉히는 것을 들은 사람이 업섯다 동리는 흥에 겨워 시비하든 말쩌리가 우숭숭한 수수걱기가 되여 버렷다

과부가 달아난 지 엿새가 되어 동리 한사람이 과부를 보앗다는 말을 하엿다 이 말은 동리사람의 귀를 그울게 하엿다 대감이네도 이런 말을 듯게 되엿다 동리 사람들은 한아둘 건너가 과부가 개천 다리에 잇다는 것을 다 알게 되엇다 개천 다리는 이 동리에서 이십 리 나가면 잇는 장모임하는 족으마한 거리엿다 고새가 이곳에 과부를 갓다 두엇섯다

그 후론 동리사람들이 하나둘 과부를 보고 와서는

"배는 압 남산만 합데" 더러는 "아들이나 낫켓나" 또 엇던 사람은 "고새게 아들이 태우나" 고새를 미워하는 사람도 잇섯다 동리 녀편네들이 무명이나 장소물을 가지고 개천 다리 장에 갓다가 와서는

"과부 봣지 바루 입성두 잘 입엇습데" 하고 자랑삼아 말하엿다 엇던 로친네는 "드러가 봣슴마" 하고 빙긋이 물엇다 "암마 동지달쯤은 막달이 되겟습데다【"】 이러케 그들은 과부의 말을 입에 나리우지 안헛다

이럴 쌔는 녀름이엿다 전가트면 대감이 잇스나 업스나 한 자리에서 가티 밥을 먹든 어미가 살아 리별을 햇거니 하면 누구에게 도리켜야 될지 알 수 업는 원통한 것과 울분한 것이 치밀어 슬그면이 눈물이 괴이곤 하

엿다 대감의 한머니도 아들 생각 그리고 집 생각 뒤석겨나는 생각의 비애에 울어 늙은 얼골이 부은 적이 한두 번이 아니엇다 대감이 아래로 어린 것들이 울고불고하엿슬 것도 말할 것이 업섯다 대감의 아래로 누의 둘이 잇서서 밥은 지엿다

과부는 개천 다리로 온 뒤부터는 늘 울엇다 안 나는 전 남편 거젱이 생각이 나고 집안 생각이 나고 맛 못 본 비애가 복밧처 그리 시연한 살림을 못했다 밥도 혼자 잠도 혼자 남한데 손구락질 — 이 모든 것은 과부의 살을 나리게 하엿다 이상한 것은 고새가 이곳 온 뒤로 하로밤이라도 온 적이 업섯다 먹을 것은 주엇다 그러나 와서 가티 밥 먹은 적이 업섯다

과부는 녀름 더운 째에 쌈을 붓다가도 집에 돌아가 싀어머니하고 아들 덜 대리고 롱사하고 김매면 얼마나 좃겟소 하고 생각한 적이 한두 번이 안이엿다 고새도 과부가 이미 지은 죄를 텃처 버리고는 제게 달려 잇지 안흘 것을 알앗다

1930년 2월 4일(화) 6면
신춘독자문예당선소설 그 母와 아들(5)【(6)】백석 작

과부는 동지달 바로 — 초하룻날…… 몸을 풀엇다 고새도 알리지 안코 엽집 한멈을 겻테 두고 그는 그 죄를 텃처 버렷다 애기를 난 지 하로를 지나서야 고새를 청하여 왓다 고새를 섭섭하게 맨든 것은 이 죄를 쓰고 나온 애기가 계집애엇던 것이다 이 애기가 아들이엇더면 고새는 엽대 가슴을 알턴 후회도 조금 줄어질 것이 그만 더 도다 노핫다 과부는 안고 잇던 죄뭉치를 토해 노왓스나 더욱 그는 헤골가티 상해 들어갓섯다

"국이나 잘먹지" 고새는 과부에게 이 말 한마듸하엿다 고새는 사흘 동

안 과부의 엽헤서 지냇다 남을 위하야 죄를 낫케한 사람인 고새는 그 헌 신작 버리듯 써날 수가 어려윗든 이엿다

동리에서는 고새가 개천 다리로 간 것과 쌔가 동지달 과부의 막달인 것을 알고 짐작하엿다 고새 마누라의 입으로 과부가 쌀 낫다는 말이 나왓다 동리에선 벅작고앗다

대감이도 이 말을 못 들을 리가 업섯다

그 후 한 달이 되야 과부는 고새에게 어린 쌀을 주엇다 고새도 더 과부를 다리고 잇스려 하지 안엇다 고새 마누라는 조흘 리가 업섯다 제 색기도 아닌 것을 귀찬케 시종을 서게 되엿섯다 고새는 양녓으로 이 과부의 쌀을 길르려 하엿다

"내 팔자에 아들이" 하고 과부를 생각하고 과부의 쌀을 생각하고 상을 씹흐리군 하엿다 이 과부의 쌀 일홈을 행렬에 쌀아 숙녀라는 아름답은 이름을 부처주고 곱비라고 불럿다

과부는 개천 다리에서 쏘 알 수 업는 곳으로 가버렷다

그 후론 동리에서 이 과부나 고새나 대감에 대한 소문을 말하는 이 업섯고 듯고저 하는 이도 업섯다 곱비를 볼 적에 과부를 생각하곤 하엿다

그 후론 일 년이 지나

대감이는 이 동리에서 사십 리나 써러저 잇는 마다리에 이사를 갓섯다 과부는 도로 들어와 과부 어미가 되엿다 두르 별별 것을 다 지나본 과부는 녜전 과부는 안이엿다 싀어머니에게 아들에게 그는 며누리요 어미가 되엿섯다 이곳은 해변이다 농막에서 생각지 안튼 은윽한 살림을 하는 그들은 지나간 녯일을 제각금 생각하고는 마음을 언잔해 하엿다 대감의 혼잣말이 늘어나고 갓난이 싀집터이 생겻섯다

고새는 이런 말을 벌서 듯고

"흥!" 웃을 쌘이엿다

동리에서는 한긋만 가보고 한긋 딘증스러워

"제 어미 제 색기 다릇슴"

"다르쿠 말구 그것도 에마【에미】라구"

"그러게 색기가 조태디"

"그러케 에미 구실을 하구두 넘치 잇나"

"제 에미 제 색기 무슨 일 잇갓게"

"대감이두 머리가 큰 것이 그 에미 안이면 못 살겟기에 그르케 망신을 하구두 쏘 가티 잇나"

"그 노친네는 어드른대노"

"아이 ―구 말 마루 넘우 도와서"

"말도 안 하든 며누릴……"

"전과는 다릇대니쎄네 일을 잘해두 어방 업시 잘한대 쏘 대답이 업대"

"화가 복 됏군"

"별 변두 다 잇디"

"그 과부 난봉날 적에야 누구레 저럴 줄 알앗겟소"

"글세 말이지"

"고새가 드르면……"

"왜 모를고 그 곱비를 보고는 한탄을 한대"

"안 그러겟소 고새두……"

【"】과부나 고새두 팔자지"

"그 과부 팔자두 무던해"

"그런 팔자가 또 어듸 잇겟게"

"이제 잘 살면 쏘 팔자야"

"팔자구 말구! 넷말하겟수다【"】

"과부례 곱비 생각이 나겟지 암마?"

"색기 생각이 안 나겟소"

"대례다 기르지 그걸"

"아―니 여보 그걸 어써케 하갓소"

"노친네 대감이⋯⋯아―니 아덜이 점직해서⋯⋯원⋯"

"에미 색기 팔자두 쏘 무―던해"

이럿케 동리에선 쏘 쓴어젓든 과부의 헛소문이 터젓다 그러나 과부와 대감의 귀에는 이런 소문이 들릴 리가 업섯다

그들은 그 후론 오즉 농막에서 자고 쌔고 할 쑌이엿다 과부의 헛소문도 슬슬 녹아 버리고 과부나 고새나 오즉 곱비―그 어린 것을 새에 둔―슾혼 팔자를 서로 호올로 한숨으로 되엿슬 것이다

(一九二九, 十二, 十)

비 오는 날 1931.1.20~1931.1.21

송내순

1931년 1월 20일(화) 4면

신춘문예당선단편 其一 비오는 날(1) 2등 송내순

일은 봄

한울은 씨무듯이 흐리엇다 그러고 잇다금식 한 방울 한 방울 비 듯는 시원치 못한 날세 우중충한 날세 이러한 날세가 대엿새를 내려 싀을엇다 쌀어서 모든 것은 음산한 맛 깁흔 속에서 싸고 돌앗다

바울도 그 음산한 날세에 지배를 밧지 안홀 수가 업섯다 남달은 처지에서 욱박여 잘아난 그인만큼 언제 맑은 마음을 진여보앗스랴만 그날의 날세는 갓득이나 한 그의 마음에 우울과 까닭 몰을 외로움을 더대기하얏다

지난날은 그러려니 하고 밍밍이 지내든 일도 그날은 그럴 수가 업섯다 가장 적은 일이지만도 그의 마음을 압흐게 흔들엇다

그는 어둑어둑하여 가는 방 안에 파뭇처 잇섯다 싄임업시 써올으는 생각을 실타 하지도 안헛다 그러나 마침내는 머리가 씽하여짐을 쌔달엇다 숙엿든 고개를 무겁게 들면서 좌우로 천천이 흔들엇다

"그럿툿 보잘 것 업슬 적은 일이 이다지도 괴롭히노"

"그러나 모든 것은 가장 적은 것으로부터 비롯하지 안느냐"

바울은 저녁을 쓰다가 마음을 닷첫다 그것은 밥 가운데에 뭇친 커다란 조밥 덩어리를 보앗슴으로서이다 이러한 일이 처음이 아니오 또 이밥 조밥 그것이 몸을 키우는 데 잇서서 별한 큰 관계를 생각하여서가 아니라 그 조밥덩이를 모든 이의 마음씨 그로부터 련달어 생각키우는 자긔 신세가 그날에는 새삼스러이 그의 마음에 걸리엇든 것이다 그는 밥그릇에서 놀안 밥덩이가 불숙 고개를 내밀 째 긔계적으로 맛상해서만 안진 동생의 밥그릇을 들여다 보앗다 들여다보는 순간에 상긔가 되엇다 그러고는 또다시 숫갈질을 할 수가 업섯다 자긔 밥에 조밥을 석겻스면 동생의 밥에도 석거야 맛당할 일이엇다 그 맛당할 일을 버서난 것이 그날에 바울의 마음을 닷처논 것이다

언으듯 책상 머리에 늘어진 전등에 불이 들어왓다 아직까지 어둑—하든 방안은 갑작이 환하여젓다 찬 긔운이 감돌든 방안은 유달리 싸늘해진 것 갓핫다 쌀쌀한 불빗은 신경의 매듸매듸를 콕콕 찔으는 듯하얏다 그러고 그의 마음의 구석구석을 샃샃치 뒤지는 듯만 하얏다 그는 곳 불쾌를 늣기엇다 두 번도 전등을 치어다 보지 안코 우산을 들고 문밧그로 나섯다

"어데로 갈고"

그는 동무의 집을 생각해 보앗다 그러나 그다지 마음에 착 달려붓는 동무도 업써다 그는 발길을 채하동(彩霞洞)으로 옴기엇다 채하동은 그가 마음의 텅비임과 우울을 늣길 째 차저가는 오직 한아인 그의 동산이엇다 그날도 그곳이 가장 마음에 당기엿다

질음한 길바닥 우에서는 전등빗이 희롱거리엇다 가다오다 우산에 부

듸치는 비ㅅ방울소리는 유달리 애쓴엇다 그는 채하동에서도 깁숙한 곳으로 들어갓다 이상히도 무서움을 몰낫섯다

"아버지도 젊으시니까 홀몸으로 지내실 수가 업스니까 또다시 취처를 하신 것이겟지 그러나 전실의 자식이란 의례 학대하는 법은 아니겟지?"

바울은 리해하기가 어려웟다 생각이 헷갈리엇다 그 헷갈린 속에서나마 그는 계모에게 쏠린 아버지에게 대한 불만을 새삼스럽게 또 늣겻다

그의 머리에는 교당에서 설교하는 아버지의 모습이 써올러 왓다 그의 부친은 목사엿다

련다라 그의 생각이 어렷슬 째로 달릴 째 그의 머리에는 한을한을하는 휘차리가 써올랏다 팔앗케 핏집이 쪽쪽 그어진 어린 종아리가 또렷이 써올랏다 그는 머리가 앗질하얏다 그대로 축축한 잔듸에 주저안젓다

바울이 다시 얼을 차리게 된 째는 열 시가 지난 째엿다 응뎅이로 물이 배어올라서 온몸이 썰리엇다 몸에 추위가 배어들자 그래도 자긔집이 그리워젓다 장안은 넓다 하야도 자긔를 마저줄 집은 그래도 바울이 아직까지 자라난 그집이엇다 아버지를 원망하든 생각은 쇠리조차 감초아 버렷다 그는 집으로 향하얏다 고요한 밤동산에 샘물 흐르는 소리만을 뒤에 남기고

"쪼르륵! 쑬쑬! 쪼르륵! 쑬쑬"

집까지 온 바울은 새로운 커다란 불안에 사로잡히엇다 동리는 쥐 죽을 듯하얏다 필시 아홉 시가 지난 모양이엇다 의례 바울의 집에서는 밤 아홉 시가 지나면 대문을 아주 닷치엇다

바울은 문을 열어달나고 소리칠 용긔가 업섯다 웨? 그는 "엇재서 무엇 하노라고 인제야 드러오느냐"고 콜콜이 캐는 아버지의 잣말이 죽기보다 듯기 실혓기 째문이다

언제인가 여름날 밤에 그째도 문이 닷처서 집에서 자지 못하고 그의 집 갓가히 잇는 교회 긔숙사 담박게 부튼 쪽마루에서 자든 일이 머리로 지나 첫다 일은 봄이라 그날은 그럿케 할 수도 업섯다 추위는 점점 몸을 파먹 어 들엇다 그는 자긔방 뒤장 덧문이 열린 것에 얼이 들엇다 사방을 조심 이 돌아본 뒤에 뒤창으로 기어 올랏다

그가 긴 한숨을 내쉬인 째는 방에 들어와서 이불을 뒤집어 쓰고 누엇슬 째엇다 비로소 뒤창을 기어올으던 제 꼴을 머리에 그보니 불쾌하기 짝업 섯다 그 흉측한 꼴을 지은 것이 자긔엇고나! 하니 제 스스로도 자긔가 가 엽섯다 가엽다는 늣김은 뵈기 실은 것으로 밧귀엇다 쏘다시 뵈기 실타는 것은 더러운 것으로 변하얏다

"사람은 이럿케 해서라도 살어야만 하는가"

바울은 자긔 가심에서 쪽쪽! 하고 약하게 쉬는 소리를 들엇다 그 소리 에 맛추어서 낙수 덧는 소리는 "쌀싹쏙! 찔싹쏙!" 하얏다

이튼날 아침

바울 아버지의 낫은 죳치 못하얏다

"바울아! 너 지난밤에 언제 드러왓늬"

바울은 이러한 아버지의 물음이 잇스리라는 것을 예긔 못햇든 배 아니 엇스나 엇전지 넌큼 대답하이가【대답하기가】 거북하얏다

"대체 어데 갓다가 그리 느젓늬"

"놀러요"

바울은 쏘 가만히 잇슬 수가 업서 아모럿케나 대답하얏다

"그런데 대문은 누가 열어 주든"

바울은 무겁게 고개 숙으리는 것으로 대답을 대신하얏다 쌘이 알고 못

는 것이 쑤렷할 새 구구히 이랫느니 저랫느니 하는 것이 오히려 부지럽슨 짓이라고 생각하얏기 째문이다

"글세 이 자식아! 네 눈깔엔 뒷창이 대문으로 뵈드냐 온! 집안이 망하랴 니까! 그러고 쏘 어데 가서 술이 취햇더냐 저 쑹무니에 진흙은 웬 진흙이냐"

아버지의 말소리는 저윽히 놉핫다 바울은 더 오래 믁믁히 잇기가 어려 윗다 슬적 도라서랴 하얏다

1931년 1월 21일(수) 4면

신춘문예당선단편 其一 비오는 날(완) 2등 송내순

그러자

"이자식!" 하고

그는 아들의 쌤을 힘잇게 갈겻다 쌤에 와닷는 손을 바울은 붓잡엇다 쏘 다시 아버지가 웬팔을 들어 갈기랴 하는 것을 마저 꼭 쥐엇다

"이놈이 버릇업시 애비를…"

그는 두손을 썍리치고 쏜살가티 부엌으로 들어가서 굵다란 나무쌔피 를 들고 나왓다 바울은 몸을 문밧그로 피하얏다 그의 아버지는 달음질로 씨어 나왓다 바울도 달음질첫다 창피 여부도 업시 얼마를 달음질햇든지 한참 만에 뒤를 도라보니 여전히 나무쌔피를 들고 딸엇다 그는 더욱 몹시 쉬엇다 다시 뒤도 도라보지 안코 아랫 동리 S의 집으로 들어갓다 S의 집에 는 S의 형만이 잇섯다 밧분 거름으로 쉬어 들어오는 바울을 보고 웬일인 지를 몰라서 얼이둥절하얏다

"웬일이오"

바울은 아모 대답 업섯다

S의 형은 지난봄에 ㅎ전문학교를 맛치엇다 그러나 취직을 못 하고 오로지 집에 잇서 직업 업는 젊은이로서의 쓰림을 맛볼 대로 맛보앗다 그럼으로 고등보통학교 맛치고 역시 집에서 놀고 잇는 바울을 마음 속으로 깁히 동정하얏다 아니 그런 리유만으로가 아니라 바울이 자긔 동생 S와 동창이오 쏘한 그다지 멀지 안흔 동무라는 것과 어붓【의붓】어머니 슬하에서 가엽이 자라낫다는 것을 대강 들은 것이 잇기 째문이엇다

바울이 진정된 것을 보고 S의 형은 웬 셈인지를 재차 물엇다 "말하기에는 넘우나 창피한 일입니다" 하면서 바울은 숨김 업시 그러나 침통한 말로 압뒤일을 대강 말하얏다 S의 형은 아모 말 업시 그러나 긴장한 얼골로 바울을 바라볼 쑨이엇다 바울은 말하얏다

"그러한 일이 잇슬 째마다 몸을 피해서 도망치는 것은 아마 내의 곳치지 못할 성질이 되엇는가 보아요 어렷슬 적부터 그럿케 버릇이 된 것이니까요"

오후 일곱 시에 서울서 S가 왓다 S는 서울 ㅊㅂ전문학교에 긔차통학을 하얏다 그는 쾌활하게 바울을 마젓다

"웬일로 이럿케 고맙게 차저왓나"

"이제는 집도 하직일세"

"응?"

그날 밤은 S와 그의 형은 바울을 위로해 주면서 함께 잣다.

이튼날 낮에 S의 아버지는 S의 형을 불럿다

"대체 건 누구인데 하로나 묵엇스면 그만이지 멧칠식 묵을 작정으로 안 가고 잇냐"

"................."

"이루 밥 해내기도 어렵잔으냐 거…… 오늘은 보내도록 해라"

S의 형은 아모 말대답도 못하얏다 실상 자긔도 하는 것 업시 밥만 쌔려 죽이고 잇다는 소리를 듯는 지경이니까 그우에 남의 사정 이야기를 할 용긔는 나서지 안헛다 그럿타고 바울을 보고 가라고 할 수도 없는 처지이엇다 그는 중툭에 끼어서 엇지할 바를 몰랏다 마침내는 가장 성의 업는 해결자 '시간'에게 맛겨 버리기로 하얏다

방안에서 잡지 부스레기를 뒤지고 잇든 바울이 S의 바버지【아버지】가 하는 말을 들엇다 쏘렷이는 못 들엇슬망정 "멧칠식 묵을……"이라는 말귀와 "오늘은 보내도록 해라" 하는 말만은 유달리 분명히 귀에 들렷다 그러면서도 그는 이상타 하얏다 "언제 내가 멧칠식 묵엇기에……"

"멧칠식…" 그는 쏘다시 뇌어 보앗다

"으음! 내가 쏘 잘못이야 이 집에도 이럿케 잇슬 것이 아니엿는데……"

바울은 S의 책상 설압에 잇는 긔차 시간표를 드려다 보앗다 그리고 속으로 작정하얏다

"일곱 시 차로!"

"그러나 어데로"

그는 알지 못하게도 눈물이 핑 도는 것을 쌔다럿다

S의 형에게는 아모 말도 안 하고 바울은 정거장으로 나아갓다 서울에서 오는 차가 푸래트폼에 닷자 만은 사람 틈에 끼어 S도 차에서 나렷다 S는 바울을 보앗다

"웬일인가"

"갈 사람은 가야지"

"갈 사람은 가?"

"으음!"

"어데로?"

바울은 눈을 깔고 묵묵히 서 잇섯다

가느다케 나리는 비는 두 젊은이의 웃【옷】을 적시엇다 푸래트폼 한편 구석에서 "째르릉!" 하고 쎌이 울엇다

"S야! 잘잇스라"

이 한마듸를 남기고 바울은 차에 올랏다 S는 무엇이라고 인사의 말은 해야 할텐데 하면서도 머뭇머뭇해질 쑨 말은 안 나왓다 답답한 가슴으로 힘차게 굴러가는 기차가 사라질까지지【사라질 때까지】 그대로 서 잇엇다 모자 챙에서는 비ㅅ물이 한방울 한방울 써어지엇다

S는 흥분되야서 집으로 돌아왓다

"형님! 엇재 보냇서요"

"누구를?"

"바울을 말야요"

"바울?"

S는 그의 책상 우에서 바울이 남기고 간 글쪽각에 눈이 씌엇다

"S야! 나는 이제부터 모든 불상한 사람들을 위하야 남아지 목숨을 다하랸다

바울 씀"

S와 그의 형은 서로 멋업시 치어다 볼 쑨이엇다 (끝)

희생 1931.1.21~1931.1.25

이영근

1931년 1월 21일(수) 4면

신춘문예당선단편 其二 희생(1) 2등 이영근

조선 총독부의 식민지 정책에 하나로 엄지손가락을 꼽는 산미증식 계획의 음덕은 이 조고마한 무명촌인 K지방 B촌에 사는 무리들에게도 흡족히 밋치여 왓다

색다른 백성 — 이 B촌 근방에 토지를 제일 만히 소유한 — 두세 사람과 돈이라면 물불을 헤아리지 안는 김의관의 발긔로 소위 B토지개량계(土地改良契)라는 것이 조직되엇다

자긔네끼리 모혀 안즈면 제각기 세상 물정과 사리에 밝은 듯이 덤벙거리는 이 백성들도 색다른 백성들 압헤 갓다 노흐면 천치가티 어리석은 백성들이요 죽으라면 죽지 못하여도 죽는 신용이라도 내고야 마는 무리들이라 처음 토지개량계를 조직하랴고 발긔할 째에는 맛치 금방 쌍이나 쌔앗기는 것처럼 무서워 썰며 숙은숙은 반대(?)하든 무리들도 멧멧 업지 안헛스나 여호색기 가튼 김의관의 말솜씨 잇는 설명 멧 마듸에 마츰내 그들은 서로 다투어 가며 계 설치 인가원과 토지개량 시행인가 신청 첨부 서

류인 동의서에 날인을 하게 되엿고 짜라서 자긔가 가장 세상 사리와 물정에 밝은 듯이 가장 대세를 잘 아는 듯이 미더 의심치 안는 이 이들 가운대는 발 벗고 나서서 큰 수나 난 듯이 도라다니며 그래도 날인하기를 씌리는 이들을 반위협 혹은 반강제로 날인을 식히여 불과 사흘 안짝에 군에 인가를 마틀 계 설치 인가 서류와 도당국에 제출할 토지개량 인가 신청 서류는 정비되여 완전히 계는 조직되고 말엇다 그 가운대는 씃씃내 반대하는 경환의 일파도 두세 명가량 업지 안헛지만 다행히 토지개량이라는 절대 위력을 가진 법률의 힘을 그까짓 두세 명쯤의 반대쯤은 문제삼을 것도 업섯다

　김의관의 권유 강령은 이러하엿다

　현재 B촌 부근의 논이라는 것은 하나도 갑나가는 것이 아니다 물이 흔한 쌔면 그야 남 못하지 안케 농사를 짓지마는 근년 가튼 해에는 三분지 一이 될가 말가 하게 겨우 종자낫이나 거두엇스니 이래서는 도저히 우리의 생활 곤난을 면할 수 업다는 것 그러키 까닭에 월파제를 완권하게 개축을 하여야 된다는 것 세계각국 유명한 학자들의 말을 들으면 비는 점점 적어저 간다는 것과 현재 월파제에 저수가 불충분하기 째문에 지질은 조치만은 지가(地價)가 겨우 매 평에 七전으로부터 한것 비싸야 十五전이 될가 말가하고 짜라서 쌍갑이 싸지만은 토지개량을 하여 저수지를 잘 만들어 물 걱정이 업스면 대人바람에 쌍갑이 올라가고 법정지가도 놉하지리라는 것 온 해 동안을 감으러도【가물어도】조곰도 걱정이 업다는 것 지금 밧이라도 전부 논을 풀 수가 잇고 논을 풀면 지가가 몃 배씩 올라가고 짜라서 헐가로 팔아도 현재 쌍갑의 四五배는 바들 수 잇다는 것이엿섯다

　이런 말들을 어리석은 사람의 집 기둥쌕리 쌔기에 앗가운 청춘을 다 늙

혀 버리고 이런 속내에는 구미호가 다 된 김의관의 청산류수 가튼 말솜씨로 주서 넘길 쌔에 철 업고 지식 업고 문견 업고 비판력이 결핍한 이 백성 눈들은 말긋마다 사리에 그럴 쓷하다고 머리를 쓰덕거리다가 말긋을 맷고 득의양양하게 좌중을 둘러보는 김의관의 시선이 자긔네게로 올마올 쌔마다 그들은

"그것 참 그럴 쓷해요"

"이 사람아 글세 그럴 쓷하지 안혼가?" 하며 입이 싹 버러저서 대번에 멧 만 석 부자나 되는 듯하여 이구동성으로 대찬동을 하엿다

경환이밧게 멧 사람이 반대를 하고 세계에 대세를 들어 재계상항을 들어 현빈구내각의 정책을 들어 저저히 반대하엿지만은 평소에 잇서서는 경환이의 말이라면 나희는 비록 젊다 하드라도 그런 줄 알고 밋고 은근히 존경을 하든 이들이나 지금에 와서는 부자가 된 자긔네들은 거지색기나 만들랴는 것처럼 데굴데굴 굴러들어오는 복덩어리를 횡령이나 하랴는 미친 놈으로밧게는 밋지 안헛다 경환이의 반대가 심할스록 그들이 경환이에게 대한 마음은 정비례로 커갓다 맛츰내는 원수가티 사갈가티 생각하는 무리도 업지 안헛다 지금에 와서는 경환이의 말이라면 코웃음치고 외고개 틀리만큼 되요 버렷다 멧멧 평의원 ― 일본인 지주 세 사람과 김의관 그의 륙촌과 그밧게 한 사람 ― 의 솜씨로 작성된 설계서로 토지개량인가 신청을 한 지 한 달이 채 못 되여 K도로부터 인가 지령이 나왓다 멧 가지 설계의 개정을 조건부로 인가되엿스나 총공비에 잇서는 돈 천 원이나 증가된밧게 별로 변경된 것이 업섯다

총경비 분부 내용을 보면 이러하엿다 총공사비 ― 사무비 잡비 합하여 ― 는 四만 八천원으로서 가운데 二만 一천원은 국고보조를 밧기로 하고

남아지 二만 七천원은 각 지주가 부담하기로 되엿다 부담률은 一등지 一
단보 一삼백 평一 五十一원 二등지 一단보에는 四十五원 삼등지 일단보
에는 二十一원이엿다 一등지라는 것은 현재 논으로 잇스나 수리가 불완전
한 것과 현재 밧으로 잇는 것이엿고 二등지라는 것은 역시 一등지와 비슷
하나 비교적 개간하기가 쉽고 물에 소비 분량이 적다는 것 三등지라는 것
은 자긔네 소위 현재 수리안전담이라는 것으로 대부분이 평의원들의 소
유엿섯다

1931년 1월 22일(목) 4면
희생(2) 2등 이영근

그러나 그러틋이 대찬성을 하든 백성들이엿지만은 부담금은 금년 양
력 六월 말일내로 내여야 된다는 것 매 평에 十七전 혹은 十五전의 부담을
하여야 된다는 데는 맘이 씻부듯하고 돈 낼 걱정이 업는 것이 아니엿다
맨 처음에 당장 부자가 되는 줄 알고 도장을 무엇에 찍는 줄도 몰으고 아
니 알아 보랴고도 아니하고 쓱쓱 찍어주든 째에는 무슨 그리 큰돈이 드지
안코 대졸부가 되는 줄 알엇다가 부담금이 그러케 만타는 소리를 들을 째
에는 몸이 움칠하지 안홀 수가 업섯다 一하기는 벌서 승락서에 도장을 찍
엇고 지금에 와서는 한설명 통지에 지나지 안헛섯다 더구나 六월 말일이
라야 다섯 달밧게 남지 안혼 터에 예산 밧게 대금을 생각할 째에는 아모
래도 뒤가 켱기우지 안홀 수가 업섯다 그러나 그러타고 품에 들어왓든 복
덩어리를 행여나 노칠세라 은근히 걱정들이 되여 쑬 먹은 벙어리 모양으
로 각긔 입만 서로 처다볼 싸름이엿다

그러나 긔민하고 눈치 쌔른 천병만마가 뒤끌는 판에서라도 자긔의 쑥

심만은 일치 안흔 일본인과 김의관은 이 긔히를 놋치지 안흐랴는 듯이 언제 그리 배ㅅ장이 마젓든지 이구동성으로 그 우에 돈 모흘 줄 아는 작자들의 일류 궤변으로 이 난관 ― 실상은 난관도 아나엿지 ― 을 평탄하게 넘기여 노앗다

"아무것도 걱정할 것이 업지요 당신네들이 승낙만 하고 도색만 내게 맛기면 식은 죽 먹기입니다 저당권 설정을 하고 은행에 잡힌 뒤에 저리 자금을 십 년 년부로 내이면 아 ― 십 년 년부라는 것은 돈을 한꺼번에 가저온 뒤에 그 돈을 십 년 동안에 조곰씩 갑는단 말이요 언제 갑하버리는지 모르게 갑하버리고 쌍만 조흔 쌍을 갓게 될 터이니 쌍을 공 엇는 것이나 맛찬가지요 저리 자금이라는 것은 나라ㅅ돈을 백성들 잘 살라고 아주 싼 리자 ― 일 년에 한 푼변도 안 되는 칠리 리자로 취하여 주는 것이요 쏘 엇지하다가 정 안 되면 내게도 멧 만 원쯤 낼 힘은 잇스니 리자는 싸게 저리 자금과 가티 해줄 터이요 내가 다 못 대면 이등 씨가 쏘 취하여 줄 터이고 그러면 가을에 가서 나락 멧 섬 안 팔아서 갑흘 것 아니요" 하고 김의관이 한참 주서섬기는 것을 듯든 이 어리석은 백성들은 그럴 듯이 귀가 솔깃하여

"하 ― 하 거참 리자가 엇재 그리 싼 돈이 잇단 말인고……한 푼변도 안 되다니……참 문명한 나라가 다르기는 한 게야……"

놈팽이들의 음흉한 배ㅅ속내를 아지 못하는 이 순진한 백성들 좀 싹가 말하지면 어리석고 무지한 백성들은 이 저리 자금이란 얼마나 싸다라운 것이며 엇선 경로를 밟아 수속을 지나 자긔네들 손에 들어오는 것인지를 알 길이 업섯다 해마다 농회에서 대부하는 비료! 콩쌔묵과 안모니아를 사서 무담보 ― 그들은 그러케 알엇다 ― 로 내여 주는 것을 써 본 이 백성……그 돈이 저리 자금이라는 소리를 어느 귀ㅅ결에 들어두엇든 이 백

성들은 역시 비료 사주는 것 맛찬가지로 쉽사리 자긔네 손에 들어올 줄 알엇다 더구나 토지를 저당한다는 데에는 미더 의심치 안헛다

물론 경환의 일파야 역시 이 일이라고 반대하지 안는 바 아니요 저리 자금이란 그리 쉽게 되는 것이 아니라는 것 설혹 된다 하여도 지가(地價)가 될락 말락 하리라는 것 그도 밧 가튼 것은 안 잡고 잡는다 하여도 지가의 반액도 줄까 말까 하다는 것 이것을 구실 삼아 저당권 설정을 하여 혹은 계약을 하여쥐고 우물쑤물하다가 나중에는 음흉한 작자들이 그대로 집어 삼킬 맘이 십중팔구라는 것을 인신공격에 관한 일이라 비록 로골적으로는 김의관과 그밧게 일당의 실사를 폭로식히지 못하나 조금이라도 귀가 터저 알쓸히 듯는 사람이면 넉넉히 알어들을 만큼 그 무리의 배ㅅ장을 빗치여 주엇섯지마는 경환이의 말이라면 지금에 와서는 콩으로 메주를 쑨다 해도 고지 듯지 안홀 처지이라 하나도 신청하는 이가 업슬 쑨더러 심한 사람은 경환이의 입바른 말 한 수 더 보는 수작이엿지만 고지 듯기는커녕 마치 자긔네 복덩어리를 쌔아스랴는 심술구진 원수처럼이나 넉여주지 말엇스면 오히려 다행한 일이엿섯다

멧칠 되지 안허 소위 지주 명색을 씌인 백성들의 피쌈을 글거모아 작만하여 노핫든 쌍조각에 대한 권리는 맛츰내 김의관 일파의 손에 거두어지고 말엇다 이리하여 모든 일은 순조로 진섭되여 정월 초열흘날 B토지개량계의 월파제(月波堤) 개축 공사는 서울 잇는 야촌조의 손에 四만 四천 여 원에 락찰되고 말엇다

 ✕

공사가 시작된 지 만 八개월 만에 토지개량계의 월파제 준공식은 동농 무과장 군수서장 각 면장 이하 귀빈들 참석하에 성대히 거행되엿다 연회

비로 三百원이라는 데는 반봉사 못하지 안흔 지주 멧멧이 그래도 무슨 제 쌘은 짠 쑥심이 잇섯든지 "나락(벼) 한 섬에 五원이 채 못되는이째에 연회비 三百원은 넘우 과하지 안흐냐?"고 제법 그럴 듯이 반대(?) 의견을 발표하여 보앗스나

"글세 나인들 그런 생각 업섯겟소 할 수 잇는 대로 절약을 하여 남는 것이 잇스면 각 지주에게 평균 분배하여 한푼이라도 부담금을 덜어주랴 하엿지마는 애초에 예산이 三百 원이엿슬 쑌 아니라 이 일이 군 당국의 감독을 밧는 일이라 일전에 군수를 차저 뵙고 의론을 하여 보앗드니 군수 말슴도 역시 동감으로 할 수 잇도록은 백성의 부담을 덜어주엇스면 조켓지만 나 혼자쑌 아니라 도의 손님도 두셋이 올 모양이요 서장 이라【이하】 그밧게 유지들도 다수 참석할 모양이니 三百원 안 가지고야 엇더케 일을 치르겟소 쏘 거긔서 절약을 하여 부담금을 경감하여 주기로 멧 푼 도라가겟소 넘우 약소하여서는 돌이어 준공식을 안 하는 것만 갓지 못할 것이니 그대로 하여보오 하시기에 마지 못해 그대로 하랴는 것이니 이 점만은 량해(?)하여 주어야 하겟소"

하고 자긔네들의 발쌤을 한 뒤에는 반강압적 수단을 쓰는 통에 다시는 입을 쩨는 이가 업시 무사히 원예산대로 결정되엿든 것이다

연회가 긋나자 C역에서 가시끼리(貸切)¹하여 온 네 대의 자동차로 농무과장 수행기사 군수 경찰서장 각 면장들은 다 도라가고 겨울날에 짧은 해가 영성산 중머리에 반쯤 걸첫슬 째에 군권업계 김 주사 립회 하에 제삼회 지주총회가 열리엿다

---

1   대절 : 전세(傳貰)의 옛 이름.

희생(3) 2등 이영근

중요한 의제는 부담금 징수엿섯다 지금까지에 쓴 돈과 돈의 출처와 부담금은 스무날 뒤인 양력 十二월 말일 내로 밧처야 한다는 것과 저리 자금 째문에 도(道)로 은행으로 세네 번 쪼차 단엿스나 재계 불항으로 융통할 수 업섯다는 것과 막부득이하여 二만 여 원을 개인에게서 년 一할 리자로 차입하엿다는 것들을 계장 김의관으로부터 설명하엿다 이 말을 들은 장주들 가운대 부담금을 장변이라도 어더내인 지주들은 나는 볼 일 업다는 듯이 쓸쓸히 도라가고 남은 지주래야 三十명 죽을 수도 없고 살 수도 업는 곤경에 쌔진 부담금 내이지 못한 지주쑌이엿섯다 김의관은 또다시 이들 가련한 지주(?)들에게 스무날 내로 부담금을 내야 할 리유를 재차 뇌어 주엇다 그 리유는 이러하여다 저리 자금은 유통하지 못하고 공사청부자에게 내여 줄 도금 三만八백원 외에 여러 가지 비용은 박부득이 잇서야 하겟스나 부담금은 내이지 안코 해서 졸리다 못하여 못 내인 사람들의 토지를 잡히고 三천 여 원 보조금지령을 담보로 하고 二만원 가량을 내엿는대 긔 한은 양 十二월까지요 못 내면 토지를 넘겨 주기로 하엿다는 것이다

그동안에 멧 차례 부담금 내라는 독촉이 잇서 저리 자금만을 태산가티 밋고 잇든 이 일부 지주(?)들은 엇전 영문인지를 몰으는 듯이 내라는 리유를 물엇스나 아직 저리 자금 유통이 안 되여서 그런다고 하면서 나종에 자세한 이야기를 하마고 덥허 노코 부담금만 내라고 하엿섯다 그러나 이들은 "김의관이 하는 일이니 잘 되겟지!" 이러틋 막연한 김의관에 대한 미듬성을 가지고 지나 왓다 엽집 사람이 졸리다 못하여 장변을 내여 갓다 밧첫다는 말을 들으면 "그래도 낼 힘이 잇길래 그러치 우리 싸위야 엇절

수가 잇서야지" 하고 지나가는 일처럼 중얼거리기만 하얏든 것이다 동리
ㅅ집 사랑방에 모혀 안저서 일 밧불 째라 모힌 일도 별로 업지만—처음
말대로 하나도 시행되는 것이 업다고 김의관에게 속앗다고 험담을 하는
이가 잇스면 "설마 우리를 속일라고 잘 안되니깐 그러켓지 나종에 형편
보아서 저리 자금을 내여 주도록 한다는데" 하고 아직도 김의관을 구주처
럼 밋고 잇는 이도 적지 안헛다 쑨만 아니라 한편으로는 "이러나 저러니
해도 명년 정이월쯤만 되면 그래도 지금 쌍갑보다 배야 되겟지?" 하고 쌍
갑이 올 것을 미러【믿어】 의심치 안는 이들도 만헛다

그러툿이 밋는 김의관의 입에서 부담금 갑에 쌍을 쌔앗는다는 말이 나
올 째 하늘이 문허저도 소사날 구멍이 잇다고 진리가티 밋는 이 사람들노
실로 청천벽력이엿다

"내가 잘못 듯지나 안헛는가" 하고 자긔의 귀를 의심하는 공자님도 업
지 안헛다 그러나 그것이 조금도 착오 업는 진정임을 쌔다를 째에 도야지
가티 둔하고 양가티 순한 이 이들의 눈에도 두 눈에 쌍심지가 타올으는
듯하엿다

"정말이란 말이요"

"무엇이?"

"아니 스무날 안에 돈 안 내면 쌍 쌔앗긴단 말이 정말이얘요?"

"흥— 정말이지 그래 내가 언제 거짓말하든가요?"

김의관은 역정을 내며 툭명스럽게 내던지듯이 한마듸하여 버리고는
김 주사를 슬적 바라보앗다 이 동리 등원이 패를 멸시와 조소에 갓가운
우슴을 씌우고 저희끼리 무엇이라고 숙은거린다

"그럼 웨 진작 저리 자금이 안 되면 안 된다고 하지 그랫드면 개량인지

고량인지를 안 할 것이 아니요 웨 무엇 째문에 우리를 속엿단 말이요?"

이들 가슴에는 불길이 타올으는 듯하엿다 압피 캄캄하고 갈 길이 아득하엿다 경원【경환】이의 말이 참인 것을 정말이든 것을 쌔다를 쌔에 밋고 존경하든 김의관의 존재는 마치 자긔네 피를 쌜아먹는 아귀와 가티 보엿다

"속이다니 응—해괴한 수작을 다 듯겟고나 그래 누가 자네들을 속인단 말이냐 아니 내가 저리 자금을 어더 쏙 내주겟다고 맹세를 하드냐 다짐을 두드냐 할 수 잇스면 해보고 안 되면 그만큼 싼 변을 어더가지고 할 터이니 가을에 나락을 팔아 갑흐라 하지 안트냐 그래 내가 속인 것이 무엇이란 말이냐 예씨 해괴한 것들 가트니라고!"

맛츰내 김의관의 입에서는 이런 욕설이 나오고 량반의 교활한 아니 간악한 배ㅅ속을 숨김 업시 나타내엿다

"여보 글세 싹하지 안소 어듸 김의관인들 당신네 망치랴고 이 일을 시작하엿스며 저리 자금인들 내지 안흐랴 하엿는가요 아모조록 잘하여 보랴든 것이 쯧대로 안 되여 그러코 하늘이 그러케 망처 노흐니 그런 것 아니요 예이 답답한 사람들⋯⋯"

엽헤 안젓는 김 주사가 맛츰내 말참견을 하엿다

1931년 1월 24일(토) 4면
희생(4) 2등 이영근

아아 피와 쌈을 모두고 싸하서 밧 마직이 논 마직이나 작만하엿든 것을 일조일석에 쌔앗기고 래일부터는 밥박아지를 차고 나서지 안흘 수 업는 일을 생각할 쌔에 늙은 부모와 어린 처자들을 생각할 쌔에 엇지 눈에서 피눈물이 나오지 안흘 것이랴

"김의관 엇재 무슨 방책이 업겟소? 그것을 쌔앗기면 래일부터는 거지 늙은 부모와 어린 자식들을 엇지하란 말슴이요 우리야 엇지되든……"

말끗을 흐리는 이 순진하고 무능한 백성들의 눈에서는 쌔를 글거내는 듯한 압흠과 원통함에 하염업시 피눈물이 철철 흘러나렷다 정드린 싸 죽어도 가티 죽고 살어도 가티 살자는 이 싸 남들 보기에는 피ㅅ천반푼 가치가 업서 보이는 것이라도 이들이게 잇서서는 주옥보다도 더 귀엽고 갑 가고 사랑하든 쌍덩어리를 잠간 동안에 욕심이 나흔 무지가 나흔 결과가 말도 통치 못하는 사람들이나 간악한 김의관의 압헤 고히 갓다 밧치지 안흘 수 업는 악착스러운 결과를 나하버리고 말엇다

애원을 하여도 발악을 하여도 도라오는 것이란 그들에게 무지를 폭로식히는—조소와 멸시를 가저 오는—이밧게는 아무것도 업섯다

경환이의 충고를 새삼스러히 다시금 색여보며 터질 듯한 가슴을 움켜잡고 문밧글 나슬 째에

"하늘이 무섭지 안흘가?" 하고 빈소리처럼 중얼거렷다 간악한 악독한 짓을 하면 천벌을 밧는다는 녯날 요순 썩 백성들이 법률 삼아 신조 삼아 외우든 이 말을 희미하나마 긔억하고 잇는 이들은 신명의 천벌이 김의관을 징계하여 줄는지도 알 수 업슬 쯧하여 이런 소리를 하는 것이엿섯는지도 모른다

써러진 고무신짝이 무겁게 끌리는 소리가 어둠 속에서 들릴락 말락 할 째에 지금까지 말업시 조소와 멸시로 허덕이며 나가는 절망한 무리들의 힘업는 뒤ㅅ모양을 바라보든 피 업는 무리들은

"저런 것들이 그래도 살겟다고" 하는 듯이 일시에 픽—웃엇다 뒤동산 솔숩 새에서는 부흥이 울음만 고지낙한 산골짝이를 울릴 싸름이엿다

××

밤이 이우러 서편 미다지에 열여드레 느진 달빗이 푸르게 드려 빗치울 째에야 허공을 잡으랴다 실망한 얼쌔진 친구들은 도라갓다 초저녁부터 지절대는 말이란 매일 저녁가티 김의관에게 대한 욕설과 경환이에게 대한 후회와 돈구처하여 볼 궁리엿섯다 그러고 긋헤는 반드시 긴 한숨과 함께 오랫동안 침묵이 계속되엿고 그 뒤에는

"별 수가 잇서야지 밥박아지 차고 나서는 게지!"

이런 힘업는 소리들을 남겨 노코 돌아갓다

"별 수가 잇서야지 밥박아지 차고 나서는 게지!"

아무ㅅ 대ㅅ꾸도 안 하고 물ㅅ럼히 절망한 무리들의 고생사리에 시들린 무리들의 송장 가튼 얼골들을 유심히 바라다보고 안젓든 경환이는 그들 다 돌아간 뒤에 그들의 말버릇 삼아 하든 이런 말을 가슴 압흔 듯이 혼자 뇌우고 잇섯다 양력 세말도 닷새만 지나면 그 간악한 무리들의 손에 양가티 유순한 무리들의 밥줄인 쌍 조각 멧대기와 피와 쌈으로 모두아 노흔 밧 조각들은 하나도 남김 업시 넘어가고야 말 것이엿다 무능한 무리들 힘 업는 무리들 무지한 이 무리들은 생길 것 업는 것에 남의 음모를 조와하고 남의 험담을 식은 죽 먹기보다도 더 말하는 이 무리들은 그 간악한 무리들이 몽둥이로 쑤드려주어도 즉석에서는 입 한번 못 버릴 이 무리들은 과연 힘업는 무리들이엿다 원통하나 하소연할 곳이 업고 가슴이 터지나 싸매여 줄 이가 업는 이 짜 우에 가장 불상한 무리들이엿다 닷새만 지나면 이들은 쓴 써러진 망석중이가 되고 말 무리들이다 그쐔이랴 김의관 일파의 간악한 솜씨는 쌍갑이 헐하여 부담금이 안 된다고 집간까지라도 쌔앗스랴 멧칠 전에는 지불 명령까지 노핫다 날이 싸쓰하여지면 혹시 집

짜지라도 쌔앗고 눈에 거슬리면 내여쫏차 버릴지도 몰랏다

보ㅅ다리를 걸머지고 어린 자식들과 늙은 부모의 손목을 잡고 빌어 먹으러 나가는 꼴이 소가티 쌍을 긁으며 한울을 향하여 통곡하는 꼴이 눈압헤 넉넉히 나타나 보이는 것 가탯다

누가 이 불상한 무리들을 건저주랴 누가 이들의 처지를 말 한마디로남아 충정으로 울어나는 동정을 하여 주는 이가 잇슬 것이랴 안저서 굶어 죽을밧게 별 도리가 업는 이들을 생각할 째에

"어이고 박 주사 엇더케 좀 살리여 주구려 전날에는 죽을 혼이 씨어서 박 주사 말을 안 들엇지만 이제 후회하면 무얼하며 책망한들 무엇하오 죽으랴니 죽을 수도 업고……"

머리를 숙으리며 경환이의 압헤 복걸을 할 째에는 한편으로는 눈물이 나게 측은한 생각이 안 나는 바도 아니엿스나 한편으로는 쾌심한 생각도 업지 안허

"자작얼을 누에게 한탄할 것 잇소 내 역시 당신네 아다십히 쌍이 잇소 돈이 잇소 일개 성명 업는 미미한 면서긔가 아무리 생각을 하기로 엇지한단 말이요" 하고 툭명스럽게 박차는 수작을 하엿지마는 속으로는 자긔 하나쯤의 목숨을 버리는 한이 잇드래도 할 수 잇기만 하면 이들의 살 길을 열어 주고 맘들을 쌔워 주고 정신을 차리게 하야 줄 만한 방도가 잇다면 힘 자라는 데까지는 사양치 안흐리라고 생각하엿다 아버지와 어머니를 일즉이 여히고 사고무친한 곳에 자라나 고학으로 중학까지 맛친 경환이로서 무슨 일에나 거리낄일 것은 업섯다 비록 아직 자긔의 가야할 길을 찻지 못하여 면서긔라든 반관청에 봉직을 하고 잇기는 하지만은 어느 째나 그것이 자긔의 할 일이 아니요 가야 할 길이 아니요 자긔에게 잇서는

바른 길이 아닌 것을 절실히 깨닷고 잇는 경환이는 이 불상한 백성들을 구렁에서 건지여주고 깁흔 잠 속에 코굴고 잇는 백성들을 깨워주고――살아갈 방도를 가르처 줄 수 잇다면 그리고 그 수단 방법은 물론하고 자긔의 힘이 밋친다고 하면 피를 흘려도 하여 보리라고 감안히 맘속으로 맹세를 하여 왓섯다

그러나 닷새 동안에 삼천 여 원! 몸을 팔아서라도 이 돈을 만들 수 잇다면 조곰도 주저치는 안켓지만 아무리 애써보아도 이 난관을 벗어나갈 서광이 보이지 안흘 째에 그이 역시 약자의 표시인 한숨을 쉬지 안흘 수가 업섯다 "모든 것이 절망인가? 전혀 실패인가?" 지난 보름 동안에 애쓰든 모든 일을 도라다 보니 가슴 압흔 듯이 중얼거리엿다

1931년 1월 25일(일) 4면
희생(5) 2등 이영근

이틀밧게 남지 안흔 二十九일 점심 째쯤 하야 경환이의 당황한 그림자는 B토지개량계 사무실 안에 나타낫다 인사를 하는 둥 마는 둥 하게 치워버리고는 허리에서 조고만한 보ㅅ짐을 쓸러 책상에 나려 노앗다 사무원과 란로 압헤 불을 쏘이고 잇든 김의관은 의아한 듯이 무엇인고 십허 멀거니 바라다보고 잇섯다 경환이는 말업시 보ㅅ을 풀엇다 그리고 책보 한 귀를 잡아 축켜들 째에 두루루 굴러 나오는 것은 하얀 조희로 둥굴엇케 싸매힌 무슨 조희 뭉치 가탓다

"그게 무엇인가"

갑갑한 듯이 김의관은 이러케 뭇고야 말엇다 돈푼이나 가진 부자가트면 돈이로고나 하고 직각하엿슬 터이지만 경환인지라 그들은 그것이 무

엇인가 하고 수수꺽기가티 녁엇든 것이다 경환이는 말업시 조희 조각을
쓸러버리엿다 푸른빗 붉은빗 나는 지페! 김의관은 쌈작 놀랏다

"자 당신이 애틋이 기다리든 부담금이요 三천八백원! 지금까지 미수된
부담금 전부이요【"】

"아―아니 어듸서 그것을 구하여 왓단 말인가" 김의관은 어안이 벙벙
하여 혀긋이 올케 돌아가지를 안는 것 가탓다

"돈에 출처야 알어 무엇하우 정 알고 십거든 가리켜 드리지요 S읍 김호
철에게서 취하여 온 것이요"

김의관은 얼골이 확근하엿다 김호철이랜 돈 잘 쓰고 호협한 청년인 줄
은 알앗지만 당장 눈압헤 실증이 나타날 째에 김의관은 자긔 맘에 빗치워
얼골이 쓰거워짐을 쌔닷지 안을 수 업섯다 그러나 그 순간 그것이 진정일
가 참말일가 아니 아무리 돈 잘 쓰는 김호철이기로 이 불경긔 전무후무한
이 전황한 시절에 四천원 돈을 담보도 업시 더구나 경환이를 보고 서슴업
시 주엇슬까 사실일까 그의 속에는 이런 의문이 중출하엿다

"참말이란 말인가 그래 김호철이가 그 돈을…… 담보도 업시 그 돈을 주
엇다는 것이……"

"령감 누구를 어린애로 아십니까 설마 도적질 해 온 돈은 아닐 것이니
까 넘려야 업겟지요 그러지 안하도 물건을 그리 넘길 수속을 곳 해야 할
터이니 어서 돈만 바드시고 문권계약서 인감위임장들을 내노흐시지요
그리고 령수증도……"

경환의 여윈 얼골에는 위엄과 날카로움이 잇섯다 큰일을 하는 이의 얼
골 거룩한 생각과 경건한 사람만이 가질 수 잇는 일종 존귀한 위엄과 사
람을 나려누르는 날카로움이 잇섯다 일즉이 경환이의 얼골에서 이런 위

엄과 엄숙하고 거룩한 표정을 본 일이 잇섯든가 아니 현대 조선에서 이러 틋 존귀한 위엄과 희생에 불타는 얼골을—경건한 모양을 본 이가 잇는가

김의관은 이 존귀한 위엄성 잇는 경환의 얼골을 바라다볼 째에 그에 마음에는 붓그러움이 불길가티 자긔의 몸을 태울 듯이 니러나는 것을 째달 엇다

三十 분 가량이나 지나서 경환이는 三十여 명의 생명인 서류를 바다 쥐고 사무실 문밧글 나섯다 마음이 시원하다는 것보다 상쾌하다는 것보다 풀이 죽어 저당권 설정까지 하여 노앗든 서류를 쥐고 나오는 김의관의 쓸악선이를 먹엇다 삼키켜엿다 토하여 놋는 김의관의 괴로운 쓸과 조곰도 다름 업는 김의관의 힘업는 걸음을 바라다볼 째에 차라리 경환이의 마음은 일즉이 맛보지 못한 통쾌를 늣끼엿다

령수증과 모두 문서를 三十여 명 불상한 어리석은 무리들에게 난호아 줄 째에 경환이는 눈물 석거 부탁이라는 것보다는 명령을 하엿다

"죽어도 이 문권을 짱 조각을 벼개 삼아 죽을 결심을 하시요 무엇이라 도 한 푼 버리가 되면 적다 말고 하시요 조금이라도 놀기를 쇠하는 이가 잇다면 이 경환니의 목아지를 당신들 손으로 쓴는 것으로 아시요 그러고 우리들에게 고무신이 무엇이며 나까오리[2]가 무엇이오 광목 비단이 무엇 이요 잘못하면 우리는 이보다 더한 악착한 쓸을 당합니다 이 돈은 내가 구처하여 너혼 것이니 十년 동안 조금씩 저축을 하여 갑흘 도리를 하시요 나는 몃 해 뒤에 쏘다시 여러분을 뵈일지 알 수 업소이다 다시 뵈올 째에 여러분은 비단옷을 닙든지 나까오리 고무신 이 짜위를 신고 닙고 썻스면

---

2   나까오리 : '중절모자(中折帽子)'의 경북 방언.

나는 아주 죽는 사람이요"

말을 맛추자 경환이는 눈물을 흘렷다 여윈 쌤 우에 눈물이 줄을 그릴 쌔에 완악하고 무지하고 목이 곳고 어리석은 이 백성들도 울엇다 얼마 동안 못 보리라 다시 맛날 쌔가 잇스리라 하는 말을 들을 쌔에 무슨 까닭으로인지는 모르나 이 동리에 얼마 동안은 잇지 안홀 것만은 알엇다

"웨 어대로 가랴시오" 하고 중늙은이가 무를 쌔에

"에! 잠간 어대를 갓다 올 터이요 부듸 이 경환이의 맘이나 죽을 쌔까지 닛지 말고 저바리지 말어주엇스면 나의 원을 풀어구는 것일 것이요"

하고 경환이는 그들을 작별하고 총총히 이 촌을 떠나왓다 올림시하여 그는 자긔를 갓가히 하는 두 젊은이에게 자긔 업는 동안 이 백성들의 갈 길을 할 일들을 가리처주고 잘 지도하여 주기를 부탁하엿다 그들이 웨 어듸 가려느냐고 걱정스러히 천연하게 무를 쌔에 경환이는 역시 좀 잇스면 알리라 하엿다

돌구지 산머리를 돌아들 쌔에 경환이는 도라서서 저녁 연긔에 자욱해진 B촌을 물스럼히 바라다보앗다 생긔 업는 죽은 듯한 식컴은 오막사리를 바라보는 경환이의 눈에서는 쓰거운 눈물이 용소슴을 첫다

사흘을 지난 뒤에 동리 구장은 놀라운 소식을 이 촌 백성들에게 들려주엇다

경환이가 부담금 三천八백여 원을 갓다 밧친 것은 면에서 저리 자금―비료대금으로서 군에 갓다 밧칠 것을 횡령하엿다는 것과 그것 쌔문에 경찰서에 붓들려 갓다는 것과 김의관이 경환이의 보증인이 되엿기 쌔문에 물어너케 되엿다는 것과 아무래도 그 전부터 경찰서의 주의 밧든 인물이라 겸하여 잇해 징역은 면치 못하리라는 것이엿다

이 말을 듯든 촌백성들은 울지 안흘 수 업섯다 엇던 로인은 감격과 흥분에 주먹을 쑤드리며 통곡하는 이도 잇섯다(쯧)

누님을 뭇는 날 1931.1.28~1931.2.2

김현홍

1931년 1월 28일(수) 4면

신춘현상문예 2등 누님을 뭇는 날(1) 현홍

나는 그날 서울서 나려오는 길로 페병으로 알아누은 둘재 누님 집에를 차저갓다 어둑컴컴한 조그만 방에서 그 악취 나는 이불을 쓰고 혼자 들어누어 잇는 누님을 보앗슬 째 나의 가슴에는 울음이 복밧치여 올라왓다

"요새는 좀 엇더하십니까"

"그저 그래" 하고 누님은 나를 처다보앗다 나는 참아 누님의 얼골을 마조보지 못하엿다

이러한 사람을 두고도 가볼 것이 업다고 말리든 서모의 소위를 생각할 째 나의 눈에는 눈물이 핑 도랏다

○

어머니가 살아 계시엿드면 이치는 안엇슬 걸 — 나의 가슴에는 이러한 애수가 써올라 왓다

"그래 서울 일은 잘되엿나" 하고 누님은 내가 서울로 입학시험을 칠너 갓든 일을 물엇다 나는 누님이 엇덕케 내가 서울 갓든 줄을 아나 하고

"그건 엇덕해 아십니까" 하고 대처 물엇다

"엇니한테 들엇지 어서 그 학교에나 들어가 공부를 맛치고 생도을【를】 붓잡엇스면 조켓다 아버님은 작고 늙어가시고 그래도 아버님이 살아 계서서 무슨 생도든지 붓잡아야지" 하면서 누님은 나의 손을 꼭 쥐엿다

나는 한참이나 그대로 아모 말이 업시 안젓다

그동안 나의 머리 속에는 여러 가지 집안 사정이 혜성(慧星)과 가티 쇠리를 치고 휙 지나갓다

"그래 잡수시는 것은 무엇을 잡스십니까"

"먹으면 멀 허니 그냥 그대로 내려가 버리는 것을 요새는 미음을 죽음식 먹는다만 그것도 입맛이 업서서 이전 가티는 못 먹는다"

"약은 엇던 것을 쓰심니까"

"약야 이루 말할 수 업지 오늘도 시아버님이 약 네 첩을 윤의원에게서 지어다가 대리시곤 지금도 또 무슨 상약을 구해보신다고 나가섯단다 참 시아버님이 놀라우시지 우리 시아버님가트신 니가 또 어데 계시다든"

"그래 다른 덴 아무럿치도 아느십니까"

"이것 좀 보아라 어제부텀 임몸이 압흐드니 오늘은 뎅뎅 부엇고나 아마 너리가 먹는게야 큰누님도 작년 봄에 이래서 병원에서 약을 갓다 먹고 나시엿다는데 어듸 누가 약 가질러 갈 사람은 잇늬"

"그까짓 거야 저라도 곳 갓다 드리겟지만 쏘 다른 무슨 소용되실 물건은 업스심니까"

"저 뒤를 볼 째마마 걸네를 갓다대니까 어듸 이루 당할 수가 잇의 그 병원에서 쓰는 변긔(便器)을【를】 하나 사왓스면 조켓는데 그것도 일전에 어머니가 왓슬 째 말은 하엿지만 들엇는지 말앗는지 몰느지"

"그 변긔하고 약하고는 지금 곳 제가 갓다 드리리다요" 하고 나는 일어섯다

"아냐 네가 또 내려올 것은 업다 저녁엔 아마 아제가 올 쯧하니 그새에 가티 보내려무나"

"그럼 그러지요 그럼 요다음 다시 와서 뵙겟슴니다" 하고 나는 이러서서 나오다가 문고리를 잡은 채 한참이나 누님을 도라다 보앗다 이것이 고만이로구나 하는 생각이 날 째 들어누어 잇는 누님의 쌤에도 눈물이 주루루 흘느는 것을 보앗다

그날 밤에 집에 도라와 자리에 누엇슬 째 나의 머리 속에는 누님이 죽는다 하는 생각만이 쑤려시 낫타낫다 이러한 의식(意識)이 또한 나의 누선(淚腺)을 자극식혓다

누님이 병원에서 엇절 수 업시 퇴원하시게 되엿슬 째도 나는 누님이 결코 죽지 안는다고 여러 사람에게 말하엿다 그러나 거긔에는 무슨 근거가 잇섯든 것도 아니엿다 단지 나의 마음에 —누님은 결코 죽지 안는다— 하고 굿게 미더지는 까닭이엿섯다

그런데 오늘 누님의 얼골을 보고는 락망치 아늘 수 업섯다 그 햇숙하게 여윈 얼골에는 피긔가 하나도 업고 오즉 두 눈만이 유난히 정정하엿다

나는 그 눈에서 죽을 사람의 정긔를 보앗다 집안 사람들이 정신만은 쌔 씃하다는 것이 이 눈을 보고 하는 말이로구나 하고 나는 마음에 쌔다랏다

누님의 말소리도 퍽 쪽쪽하엿다 그러나 거긔서도 나는 누님의 죽엄을 감각하엿다

사람이 들어가도 일러나지도 못하고 반드시 들어누어서 두 눈으로만 반가운 표정을 하여 주는 누님 누님은 언제든지 그 눈으로 천장만을 쳐다

보며 이제 내병이나 나며는 하고 이런 쓸데업는 생각만 하고 잇겟지 이럭
케 말하면 말이지 누님은 죽는 날까지라도 내가 죽으리라고는 결코 생각
지 안흘 것이다

그 캄캄한 방 남편도 버리고 철모르는 쌀자식도 버리고 시어머니도 버
리고 시아버지도 버리고 자긔 아버지도 버리고 서모도 버리고 오라버니
도 버리고 형도 버린 그 방 안에서 누님은 꼼작도 못하고 반드시 드러누
어 잇다 그러면서도 누님은 자긔가 회복할 날을 기다리고 잇겟지

이러한 사람을 가 보지 말라는 서모

방이 드럽다고 드러와 보지도 안는 남편 누이가 알아도 차저가 보지도
안는 형님 어머니가 알아도 철업시 문박게 나와 흙장란을 하고 노는 쌀
그리고 마음만이 살아잇는 이 동생

등지고 배만지는 서모는 서모다

1931년 1월 29일(목) 4면
신춘현상문예 2등 누님을 뭇는 날(2) 현홍

남편 — 언젠가 한번 마지못하여 방문을 부시시 열고 "좀 어쎗소" 하고
무럿슬 째 대답도 안 햇다는 누님를 형 피를 나논 형이다 이러한 생각이
쏘 난다

그날 우리 삼형제는 큰집에서 바롬을 발으고 잇섯다 그째에 누님이 차
저와서

"어린 아이 양복을 하나 흴 텐데 오라버님 아는 전에서 하도 잘한다니
이것을 좀 막겨 주실 수 업서요" 하고 가지고 온 일감을 내노앗다 그째 큰
형님은

"그건 지금 왜 가지고 와서 그리늬" 하고 탁 쏘앗다

누님은 아모 말을 안 하고 도라서서 새로 발은 방을 휘휘 돌라보고 잇섯다 누님이 무엇을 하고 잇는지 나는 알엇다 그리곤 마음에 측은하엿다 누님이 도라간 째이다 형님은 점심을 먹다 — 홍공전을 쏘 물려 먹으려고 — 이것이 형님의 말이엿다

내가 어렷슬 째 어머니를 닐코 젓을 달라고 울면은 나의 손을 쥐고 마조 우러주엇싸는 — 아니 그쌔로부터 이십 년 후의 형님의 말이엿다

동생 — 나다 이러한 일을 쌔저시 알면서도 약 한 병을 갓다줄 수 업는 나다

누님이 싀집을 가기는 열세 살 쩍이라고 하엿다

오늘까지 열아홉 해 동안 남달리 어려운 시어머니 압헤서 그리고 금실조차 탄탄치 안는 남편의 압헤서 주림과 괴로움과 피로와 불안과 슬흠과 고적하고 억울한 씨그러진 반생을 다 보내고 지금 와선 폐병 나는 이러한 시의 한 토막이 생각난다

누님의 나히 열세 살

내가 어머니를 여힌 지 두 돌 만에

누님은 시집을 가섯다오

설거지하다 접시 하날 쌔트리곤 분대에 못니기여 울고 오든 시집이라오

기여 논 버선 속에 바눌이 꼿첫다곤 얼골이 푸르러서 쫏겨 오든 시집이라오

그러나 그 다음은 더 생각이 나지를 안엇다

그날 밤에 나는 놀라 갓다가 우연히 일즉이 돌아 왓다 우연이 아니라 의식(意識)하엿든 것이다

"낫서부텀 누님이 졸린다" 이 한마듸가 나의 머리 속에 박혀 잇섯든 것이다

밤 아홉 시 이째가 누님이 세상을 써나간 째이다

한 만코 원 만흔 이 세상에서 그래도 다시 한번 사라 보려고 애를 쓰다가 "우리 명옥이를 잘 길러 주서요" 이 한 마듸를 남기여 놋콘 영원히 저 나라로 가버린 째이다

나는 아주머님과 두리서 총총히 사둔네 집이를 차저 갓다 그러나 그째는 발서 염을 드린 째이다

누님이 계시든 방에는 문이 쏙 닷치고 어렴푸시 켜 논 람포붓 밋테 사량에 퍼 논 공석만이 무섬게 내 눈을 찔럿다

사람이 들어오는 발잣취를 알고는 갑작히 방 안에서 낭자한 곡성이 니러낫다

나는 사랑에 올나서서 나오지 안는 어이 소리를 "어이 어이" 질럿다 나는 나외【나의】 엽헤서 우는 아주머님의 우름소리를 들엇다 나의 등 뒤에서 우는 서모의 우름소리를 들엇다 시아버지의 우름소리를 들엇다 시어머니의 우름소리를 들엇다 매부의 우름소리도 들엇다 그의 아우의 우름소리도 들엇다

그러나 나의 눈에서는 눈물이 한 방울도 나오지를 안엇다

왜 이럴까 그러나 그러한 생각을 할 사히 업시 나의 오른편 팔을 누가 툭 치는 것을 쌔랏다다【깨달앗다】 나는 돌아다 보앗다 그것은 서모엿다

방으로 들어와서 그째야 츠음으로 나는 시아버지 되는 사람을 쏙쏙히 보앗다

나는 마음 속으로 엇덕헤 인사를 하엿스면 조흘가 하고 더듬어 보앗다

그러나 인사할 말이 나오지를 안엇다 그리자

"그여 일을 당하고야 말앗다네" 하고 시아버지 되는 사람이 먼첨 입을 열엇다

"……사를 말슴이 업슴니다"

"나는 갑작히 이러케 될 줄은 몰랏네" 이것은 매부의 소리엿다 그리고 는 다시 아모도 말이 업섯다 묵어운 침묵이 갓득이나 침울한 방안을 쏙 채웟다

웃방에서는 녀인들이 무엇이라고 소군소군 이약이하는 소리가 난다

나는 멀거니 방안에 켜 논 초ㅅ불을 바라보고 잇섯다

그리자 간을 막은 새장지가 방그시 열리며 명옥이의 웃는 얼골이 나를 바라다보앗다

"아저씨!"

"그래 이리 오너라"

"시려" 하며 그는 머리를 썰레썰레 흔들엇다

그리자 누가 웃방에서

"너머가 보렴으나" 하는 소리에 그는 한참이나 망설거리다 비틀비틀하 고 나의 겻트로 걸어왓다 참아 나의 입에서는 엄마 어듸 갓니 하는 소리 가 나오지를 안엇다

그를 무릅 우에다 올려 안치며 나는 이십 년 전의 나를 생각하여 보앗다

"아저씨 오늘 아버지가 사탕을 사다 주엇서"

"그래 맛잇든"

"그럼 그리구 엄만 죽엇서 그래도 난 보구 십지 안어"

"그럼 아버지가 잇는데"

"저 — 자근엄마가 지금 내 새옷 만든다우 그리고 낼은 썩해주매" 나는 이 말에 더 대답할 수가 업섯다

나는 그의 얼골을 물그럼이 내려다 보앗다

그 말쏭말쏭한 눈 — 나는 거기서 죽은 누님을 생각햇다

그리고 툭부드러진 이마 — 나는 거기에서도 죽은 누님을 생각햇다

"자 인전 어서가서 자거라" 하고 나는 명옥이를 무릅에서 가마니 내려 노앗다

"그래 어서 할머니하고 가서 자거라" 하고 할아버지도 말햇다

"그리고 자네도 지금은 올라가보게"

"멀요 좀 안젓다 가지요"

"더 안지엿스면 무얼 하나 내일은 어두어서 신체를 내갈 테니 다섯 시 쯤 해서 나려오게"

"네" 하고 나는 무의식하게 모자를 집어 들엇다 그러나 이러슬 생각은 업섯다

갈 곳 업는 시선이 다시 초ㅅ불을 바라다보앗다

그리곤 아모도 업는 빈소방에 훤이 켜 잇슬 초ㅅ불을 생각하엿다

나는 한참이나 그대로 안젓섯다

그리다 웃방에서 어머니와 아제가 일어스는 기척을 듯고는 나도 짤아 일어섯다

"그럼 저는 고만 올라가 보겟습니다"

"응 어서 잘 올라가게"

말우【마루】에 나슨 나의 눈에는 헛간에 색기로 중등을 묵거 논 솜이불

이 눈에 씌윗다

1931년 1월 30일(금) 4면
신춘현상문예 2등 누님을 뭇는 날(3) 현홍

집으로 돌아와서 자리를 펴고 드러누어서도 나는 잠이 오지을【를】 안헛다 아니 자려고도 하지 안헛다

멀건히 천장을 치어다 볼 쌔 나는 다시 누님의 눈 생각이낫다

그 눈을 가지고 싀어머니을【를】 치어다 보앗겟지 그 눈을 가지고 어린 쌀자식을 차저겟지 그러나 지금 누님의 눈을 들치고 본다며는 거긔에는 식검언 천장이 박혀 잇슬 것이다

살자 살자허고 애를 박박 쓰든 누님 식검언 죽음의 흑수(黑手)가 닥처와도 그래도 살려고 애를 쓰다못해 "어머님 우리 명옥이를 잘 길러 주서요" 하고 눈을 싹 감어 버린 누님 가기 실은 길을 억지로 쓸려 가는 누님의 모양이 나의 눈에는 선히 보인다 그러나 나는 엇덕케 할 수가 업다

아니 그가 살앗슬 째도 나는 약 한 병을 갓다 줄 수 업든 나이엿다

누님이 병원에 입원하엿슬 째 멧칠에 한번식 차저가면서도 자실 것 하나를 갓다 드리지 못하든 나이엿다

그날은 내 족하의 혼사날이엿다

나는 여러 사람의 눈을 피하여 가면서 배와 능금과 과자를 모앗다 오늘가티 이 질거운 날에도 누님만은 병원에서 홀로 알코 드러누어 잇는 것을 생각할 째 나는 그러케 아니 할 수 업섯다

조희 봉지에다 그것을 모아서 낼 아츰에는 갓다 드리리라 하고 집에다가 갓다 두엇섯다

그날 아츰에 내가 벽장문을 열고 어제 둔 물건을 끄내려 하엿슬 째 거기에는 과자도 업고 조희 봉지도 업시 다만 능금 두 개만이 노혀 잇섯다

"여긔 둔 조희 봉지는 엇덕하엿슴니짜"

"내가 치웟다 그건 멀 하런"

"누님을 갓다 주려고 모앗든 것인데요"

"병인을 그러케 만히 갓다 주어! 하나나 둣만 갓다 주어도 족하지 그 나머지는 내가 아버지 자시라고 저긔 두엇다"

"…………"

"그리고 넌 맨손 들고 그냥 가도 관계찬타 그건 내가 잇다 올라갈 째 갓다 주겟다" 하고 어머니는 거들떠 보지도 안헛다

들업다 그까짓 것을 쎄서다 생색을 내려고 하는 서모의 마음 사람의 맘은 그러케도 들어운가 어린 동생이 누님을 생각하고 몰내 주어다 모아둔 것을 쎄서서 아버지를 듸린다고 알쓸한 서모 아버지가 이것을 알고도 그것을 자시엇슬까 그날 누님은 이 능금 두 개에 얼마나 서모를 고마웁게 생각하엿슬까 그러나 누님은 그것도 몰을 것이다

돈은 업고 마음은 잇스나 누님을 보면 짯쯧한 말 한마듸을【를】 못하든 나다

누님이 병석에 쏨작도 못하고 들어누어 잇는 것을 번연히 알면서도 대수(代數) 문제에 머리를 썩이든 나이다

어머니의 제사을【를】 지내면서도 싀어머님 말슴이 무서워서 그날 밤을 자지도 못하고 가든 누님

남의 눈에는 얌전헌 새서방이고 으젓한 사람이지만 안해에게 대하여서는 남에게 하지 못할 짓을 하여 논 남편 이러한 살림에 누님은 무엇이

그리 안탁가워서 이 세상에 그러케 애착심을 가젓든가

누님이 유언을 하고 죽은 어린 자식은 외삼촌의 무릅 우에서 아버지가 사탕을 사다 주엇다고 조와하며 눈물이 맷친 상복(喪服) 짓는 것을 보고도 새외투를 마른다고 조와한다

공석 헛간에 팽개처 잇는 이불…… 그리다 나는 문득 아까 아주머님이 걸어 오면서 하든 이야기가 생각난다

젊어서 죽으면 말을 일린다고 숨이 채 너머가기도 전에 쇠ㅅ조각을 갓다 입에다 물리고 그도 못맛당하여서 밀썩을 비저 눈을 트러막고 귀를 트러막고 코을【를】 트러막고 입을 트러막고 얼골에다 청보을【를】 탁 뒤지버 씨윗다는 싀어머니! 이것이 그래도 죽을 째까지 바라고 밋든 "어머님 우리 명옥이을 잘 길러 주서요" 허고 유언까지 한 싀어머니의 소위엿다

철도 들기 전에 싀집을 와서 죽도록 그의 말이라면 억임이 업시 시중을 들고 그 성미 패룬냉정한 남편에게 이러탄 말 한마듸가 업시 그저 복종으로만 죽도록 뒤을【를】 써밧치엿다

정말이지 누님은 죽엇다 아조 일호도 틀림업시 죽기까지엿다 이러한 며누리가 죽을 째 아니 채 숨도 너머가기 전에 쇠조각을 갓다 물리고 밀썩을 비저서 구녁이라는 구녁은 다 트러막고 청보까지 뒤집어 싼 이가 그의 싀어머니엿다

누님이 그러케 무서워허고 앙바틔든 죽엄 ─그 죽엄의 사제가 바로 그의 철석가티 밋든 그 싀어머니엿다

누님이 세상에 갓 낫슬 째는 아버지도 잇섯고 어머니도 잇섯고 형도 잇섯고 오라버니도 잇섯다 그런데 그가 가기 실은 길을 억지로 도라가게 된 째애는 그의 엽헤는 이 싀어머니와 돈을 주고 산 두 늙은 시종군이 잇섯

슬 샏이엿다

그리곤 며누리가 죽엇다고 우는 싀어미니의 우름소래 안해 죽엇다고
우는 매부의 우름소래 전실 쌀이 죽엇다고 우는 서모의 우름소래 나는 아
즉까지 말쑝말쑝히 쓴 두 눈에서 이제야 비로소 쓰거운 눈물이 확 쏘다지
기을【를】 시작하엿다

신춘현상문예 2등 누님을 뭇는 날(4) 현홍

"참아 간정 그것은 못할 노릇이야요"

아주머님의 울든 생각

오—하느라고 그짓을 내가 그러케 속히 내려 갓건만 벌서 염을 드렷섯
고나 그리곤 다시

"오—걱정마라" 하고 누님의 유언을 바드며 눈을 쓰러주엇다고 제 입
으로 그리든 싀어머니의 생각 늙어서 이런 참사을【를】 본다고 한탄을 하
든 늙은 아버지의 생각

"그것도 다 제 복 업서 그런 탓이지요" 하든 서모의 생각

남편이 남편 노릇도 못하며 아버지가 아버지의 노릇도 못하면서 그래
도 남의 눈에는 얌전하다고 보이는 매부의 생각

색시가 죽으럴 째 숨 넘어가기 전에 그 집에 들어가서 가운데 기둥을
집흐며는 새색시를 대일 째엔 그에게 독차례가 온다고 누님이 채 운명도
하기 전에 차저왓섯다는 젊은 중매의 생각

자긔 며누리보다도 족하며 누리가 더 낫다고 하엿다는 누님의 싀삼촌
댁 생각

사흘이 못가서 엄마을【를】 차즐 명옥이의 생각

이 모양으로 눈물에 펑하게 저즌 벼개 우에서 나의 머리속에는 씃업시 애달푼 생각이 작고 써올라왓다

시계가 쌩, 쌩, 쌩, 쌩, 다섯 시를 칠 째 하여간 가보자 하고 나는 집을 나섯다

아즉도 밝지 못한 이른봄의 동틀 녁은 갓득이나 수심에 찬 나의 가슴을 싸늘하게 식혓다

내가 동부 큰 행길을 다 걸어서 누님의 싀집이 잇는 빈테움물을 도라들 째 나의 발은 문득 싹 부텃다

요란스런 곡성이 나의 귀에 들리어 온다

저 우름소래 그 속에는 가지가지의 마음이 숨어 잇다

그러나 저 속에 참된 우름소래가 멧치나 되랴 나는 한울을 처다 보앗다

곡성이 슨첫슬 째 내 발은 다시 걸엇다

누님네 문 아페는 벌서 상두군들이 와서 모닥불을 노코 얼은 발을 쬐고 잇섯다 나는 물그럼히 그 모양을 보고 섯다가 안으로 쑥 드러갓다

"어서 오게"

"느젓지요"

"아니 상식을 막 지금 드리고 나는 길일세"

"네" 하며 나는 안방으로 들어갓다

알에ㅅ목에는 철모르는 아이가 하얀 소복을 입고 이런 소란 가운데서 도 잠을 콜콜 자고 잇다

명옥이다 그의 얼골에는 아무러한 수심도 업다 엄마의 죽엄이란 그의 얼골에서 차저볼 수가 업섯다

"자 이건 자네 핼세" 하며 매부가 복두루매기와 건과 행전을 준다

그의 눈은 퉁퉁 부엇섯다 저 눈이 잠을 못 자 부은 눈인지 울어서 부은 눈인지 — 나는 복두루맥이를 입으면서 이럭케 생각하엿다

조금 잇다 조상군들이 와 — 하고 몰려 드러왓다 매부가 나가 잇는 전(廛) 사람들분이엿다 그중에는 낫모를 사람들도 멧 석겨섯다

나는 그 사람들에게 열두 번 쪽가튼 조상을 밧고 열두 번 쪽가튼 인사를 하엿다

조금 잇다 밥상이 들어와서 갓득이나 좁은 방은 빈틈이 업시 되엿다

나는 매부와 맛상을 하여서 수ㅅ가락을 붓잡고도 밥이 들어가지를 안헛다

"어서 밥을 잔쯕 먹게 산에 가면 치울 테니까" 하는 매부의 소리에 나는 억지로 수ㅅ가락을 세우면서 밥을 먹엇다

솔발소리가 문밧게서 쌀랑쌀랑 들릴 째 나의 가슴은 선쯧하엿다 등쓸에 소름이 쪽 씨치며 죽엄을 솔발소래 — 하고 죽엄이라는 것이 새삼스러히 그리고 급속히 나의 머리에 써올나 왓다 그러나 그러한 생각을 할 새도 업시

"내다 모시겟습니다" 하고 억세인 상두군의 소리가 나의 고막을 칠 째 두 번재 나의 가슴은 선쯧하헛다

그리고 그 소리에 쌀아 방 부억 헛간 헐 것 업시 여긔저긔서 우름소래가 일시에 와 — 이러낫다

그러나 나 혼자만은 울지를 안헛다

상두군들이 신발을 신은 채 장지문을 홱 열고 누님의 빈소방으로 들어갈 째 저것이 사람을 잡아가는 사제다 — 하는 생각이 살가티 머리속을 지나가며 지극히 짧은 동안 나의 눈은 쪽 감기여지엇섯다

결관승(結棺繩)로【으로】 묵긴 허연 관이 나의 눈압헤 나타낫다 나는 관을 쌀아 문밧그로 나왓다

우름소래는 요란히 낫다 그러나 상두군들은 그런 곳에 아무런 관심(關心)이 업시 누님의 관을 상여 바랑 우에다 올려 노코는 거침업시 상여를 쑴엇다

맨 나종으로 싯벌건 바랑에 "유인 김해 김 씨 봉님지구"(孺人金海金氏鳳林之柩)라 하고 ○분으로 쪽쪽히 쓴 명정이 상여 한모퉁이에 서 잇섯다

"자 인젠 다 되엇습니다" 하고 요령 든 사람이 쌀랑쌀랑하고 솔발을 한 번 울리고는

"어―허―" 하고 상여군 소리를 먹이기 시작하엿다

1931년 2월 1일(일) 4면

신춘현상문예 2등 누님을 뭇는 날(5) 현홍

그째 비로소 나의 눈에는 쓰거운 눈눌이 핑 돌며 압길이 탁 막켜지엇다

짝큰하고 오지그릇 깨지는 소리 나는 엇덕해 인력거에 올라 탓는지도 몰랏다

지금까지 요란히 들리든 곡성이 희미해지며

쌀랑쌀랑하는 솔발소리와

"어야어야" 하는 상여소리만이 들릴 째 내 눈에는 비로소 희미하게 매부의 두건 쓴 뒤ㅅ모냥이 보혓다

어느덧 먼동이 훤히 튼 행길에는 아즉도 사람의 그림자는 보이지 안헛다

펄렁펄렁하는 천개(天蓋) 쌍으로 달린 용대강이에 갑사초롱 달린 것이 매부의 억개넘어로 보혓다

내 눈은 다시 말쏭말쏭하여지엇다 그러나 훤히 사람 하나도 업는 넓은 길에 상여소리와 솔발소리만이 번가라 울릴 째 나의 눈에서는 다시 한 방울 한 방울식 더운 눈물이 복두루맥이에 써러지는 것을 깨다랏다

이것이 누님이 발아든【바라든】 길이엿나 상제도 업고 복제기도 업시 아니 상제도 하나 복제도 하나씩은 잇다

사라 생전에 쌋쌋한 말 한마듸 아니 들려주든 상제도 잇고

다시 와서 뵈옵다고 한마듸을【를】 던저 노콘 그 다음은 그림자도 보이지 안튼 복제기도 잇다

이것이 누님이 발아든【바라든】 길이엿든가

은전도 업고 금전도 업고 쏫도 업고 만수향도 업고 만장도 업고 향자도 업시 네 방망이 상여에 실려 나가는 이것이 누님의 발아든【바라든】 길이엿든가

나의 마음에는 작고 이러케 반복이 된다

누님 이것이 우리집 가는 길입니다 십 년 전에 내가 누님과 가티 보스다리을【를】 지고 가든 길이 이 길입니다 십오 년 전에 내가 누님의 등 뒤에 업펴 단이든 길입니다 누님과 나와 손목을 맛붓잡고 외ㅅ집엘 가든 길입니다

나는 마음 속으로 누님이 듯지도 못할 소리를 작고 외엿다

그러나 그럴 사이도 업시 누님을 실은 상여는 벌서 큰 행길을 다 지나와 다리을【를】 근너【건너】 철로쑥을 넘엇다

쇠불쇠불한 공동묘 가는 길 아니 이것이 천당 가는 길이다

나는 산고개 밋헤서 인력거에서 나렷다

산고개을【를】 넘어섯슬 째 벌서 마진 산에서는 누님의 광중을 파느라고 해토식히는 등겨불 피는 쏫얀 연긔가 공중으로 올르고 잇섯다

누님의 상여가 드듸여 산소 자리에 다 왓슬 째 채일과 거적으로 만드러 논 빈소ㅅ자리에 누님의 관을 나리여 노코는 모든 사람은 춥다고 모다 고직이네 집으로 몰려 드러갓다

뒤에 남은 사람은 매부와 나쑨이엇다

"자네 춥겟네 어서 드러가 보게"

"아냐요 나는 괜찬습니다 형님이나 어서 드러가 보십시요"

"춥 텐데 웨 그래 드러가지"

"아냐요"

"그럼 내 드러가서 발을 노기고 나옴세"

매부까지 써나 갓다

누님의 엽헤 남은 사람은 나 하나쑨이다

나는 향로에 불을 다려 노앗다 그리고는 누님의 압헤 가서 펄석 주저안젓다

그러면은 전일에는 반가히 마저 주든 누님이다 이러나지을【를】 못할 째도 두 눈으로만은 반가운 빗을 쯰웟섯다

"너 오는" 하면서 그 희미적게 웃는 입 그 입이 지금 밀썩으로 붓치여 잇다

나는 최후로 누님에게 사랏슬 째와 가티 이야기하고 십헛다

발 알에 깔린 한 줌의 흙이나 엉성한 버드나무나 그 나무가지에 안진 이름도 몰을 조그만 새를 가지고도 이야기하고 십헛다

그러나 누님의 귀에는 밀썩이 막히여 잇다

이 아우가 피는 향내도 맛지 못하는 누님이다

악마 악마 누님이 밋든 사람은 악마엿습니다

신춘현상문예 2등 누님을 뭇는 날(완) 현홍

누님이 병원에서 갓 나려 왓슬 째 우리집에 와서 단 두밤을 자든 째

"글세 저 아이가 여긔서 드러누어 버리면 엇덕해요"

"저러다 죽으면 엇덕해요" 허고 보는 사람마다 붓들고 그 이야기을 헌 서모도……서모의 악쓰는 걸 누님 누님이 매일가티 물을 깃든 그 빈테 움 물에서 누님을 아는 모든 사람이 얌전헌 집 색시가 죽엇다고 눈물을 흘리 드랩니다

누님 누님이 일생을 두고 싸와 오든 것이 이 얌전허단 색시란 한마듸엿 섯습니다그려 누님 누님 누님의 압헤는 아우가 잇습니다

"나를 좀 보아주서요" 허고 나는 압흘 보앗다

그러나 거긔에는 허연 나무관이 국다란 베에 동혀매잇슬 뿐이엿다

나는 관짝을 쓰더러비고 십헛다 얼골에 씨운 청보를 벡기고 트러막은 밀썩을 쓰더버리고 누님의 얼골을 다시 보고 십헛다

누님이 관 속에서 발을 벗티고 니러스랴는 모냥이 선히 보인다 누님 이 운명을 헐 째 그의 겻테서 어린 딸자식을 차지려든 모냥이 선히 보힌다

해가 오정을 넘고 하관시가 닥치여 왓슬 째 누님이 드러갈 광중도 숫치 낫다

"자—지금은 모시게" 허고 상두군들이 누님의 관을 처들 째 나는 향로 를 들고 누님의 뒤을【를】 쌀앗다

내 눈은 말쏭말쏭하엿다

그리면서도 가슴 속으로는 누님 누님 허고 작고 누님을 불럿다

누님의 하얀 관이 드듸여 광중 속으로 안치가 되고 매부의 들이는 현훈 도 숫치 낫슬 째 삿토쟁이의 갓다 덥는 횡대의 한 조각 한 조각이 누님의

관을 가려갓다 그는 조각조각이 덥혀갈 쌔 나의 창자는 한 토막 한 토막식 쓰너저 내리는 것 가티 압핫다

다섯 조각이 다 덥혓슬 쌔 누님의 발이 쌔처 잇슬 알에편 관 한쪽마저 보이지을【를】 안헛다

나의 눈에는 관 속에서 니러나려고 애을【를】 쓰다 턱 쓰러지는 누님의 모양이 쪽쪽히 보힌다

"누님" 헐 사히도 업시 삿토쟁이의 덥는 한삽반의 흙이 누님의 얼골을 가리엿다

나의 눈은 앗득하엿다

그러나 귀에는 유난히 삿토쟁이의 흙덥는 소리가 쪽쪽히 들린다

눈물도 나오지 안헛다

흙이다 흙

누님은 흙으로 비저나왓다 흙으로도 다시 도라간다

아니 누님의 얼골에 덥힌 청보는 누님의 몸둥아리을【를】 흙으로 다시 돌아가지 못하게 하는 청보다

나는 나의 엽헤서 슬어저갓게 우는 늙근 아버지의 얼골을 처다보앗다

그리고 그 엽헤 섯는 매부의 얼골을 처다보앗다

그리고 점점 커저가는 누님의 무덤을 보앗슬 쌔 아즉까지도 참고 참아 오든 나의 우름줄은 탁 터지엿다

쓰거운 눈물이 누님의 무덤을 탁 가릴 쌔 나의 귀에는 아버지의 우름소래도 삿토쟁이의 달구질 소리도 아모것도 들리지을【를】 안헛다 ―(씃)―

부기 ─ 전자(前著) 선외감 중 작자 현홍 군에 대하야 실재인물이 수모(誰某)인지 의아타 한 바 잇섯더니 그후 판명되엇다. 그 본씨명의 발표를 기피하는 모양이기에는 공개치 안는다.

또 한마대할 것은, 당선자 중 상세한 개평(個評)을 요구하는 분도 잇고 낙선자로서도 원고의 환송과 평언을 요청하야 오는 분이 만흐나 시간이 불허하야 수성(遂誠)치 못함을 양해하야 주기 간망(懇望)하며 쏘 원고 환송도 사규상 불허함인 즉 심량(深諒)하심를【을】바라는 바이다 ─ (想涉)

발(髮) 1931.2.4~1931.2.10

안필승

1931년 2월 4일(수) 4면

신춘현상문예 3등 발(髮)(1) 안필승

졸업을 앞두고 오 학년생들은 일제히 머리 길으기를 시작하얏다 지긋
지긋하게 쫓아단이며 감시를 하든 체조 선생님도 인제는 방관하는 모양
이였다

ABCDE 누구 하나 빼놓지 않고 그들의 머리는 제일히 덥수룩하였다

"너 머리 많이 자랐구나?"

"뭘?"

"정말이야"

"그래!"

이것이 요새 와서 그들이 서로히 맞나기만 하면 의례히 내놓는 첫인사
였다

쌓이고 쌓엿든 눈도 다 녹았다 날마다 따스워지는 해ㅅ살에 학교 앞뜰
잔듸들도 새로운 생긔를 띄이기 시작했다 그 우에 그들은 병아리 떼같이
모여들 앉어 떠드는 것이다

"어떻게 길을가?"

"글새!"

"갚어붙일까?"

"뒤로 넘기는 게 어때?"

그들의 가슴은 머리를 잘 갚어서 아름답게 갚어붙이고 뒤로 넘기는 희망으로 가득하였든 것이다

"【'】놈바랙티노' 멋쟁이지"

"얘 사진에 보니 '끼빠이론' 말이다 참 좋더라"

유명한 활동사진배우며 시인 소설가들이 그들의 머리 길으는 '문텔'로 당선되는 영광을 얻었다 하나 나종판에 가서는 자긔네들의 선생님들까지를 끌어내오는 것이다

"박 선생님 머리 어때?"

"틀렸서"

"체조는?"

"영어 선생님이 됐지 '올빽'에다가 새모테가 어울리거든"

그들은 껄껄대고 웃엇다 그러나 졸업식날 아츰 —

"만세! 만세!"

"졸업생 만세!"

"모교 만세!"

넓은 운동장에서는 만세 소리가 진동하였다 그들은 오래동안 정드린 학교 선생님 그리고 여러 동무들을 리별하는 식을 맞혔다 다 — 같이 찌여진 고구라복에 다 — 같이 덮수룩한 더벙머리로 교문을 나섰다 지금까지 쓰고 있든 모자를 서로들 뺏어서 찌저버리며 자긔네들의 앞길을 서로히

축복하고 맹서하며 헤여저 갔다

　　××

졸업하기 전—학교에서 담임 선생님이 조회쪽을 논아주시며 다 각각 졸업 후의 희망을 적으라고 했을 때 A는 연필로다가 "취직 희망"………이 넉자를 썼다 물론 다른 동무들과 같이 "상급학교"라고 쓰고 싶었으나 그의 집 가세로는 이것은 엄두좇아 못내여 볼 어림도 없는 형편이었든 것이다 다 쓰러저가는 오막사리 속에 누어서 그는 학교에서 통지 오기만 일심으로 기다렸다 하나 하로 이틀 사흘 나흘 닷새

날이 갈스록 그의 마음은 조급하여지고 우울하여졌다

기다리는 통지는 도모지 막연하였고 만 삼 년 동안을 병상에 누어 이제는 아조 폐인이 되다싶이 한 처참한 아버님의 형상 고생사리 병간호에 쪼들린 어머님의 얼골 쇠집사리도 못하고 소박을 맞여 쫓겨온 누님의 꼴 아모리 생각하여도 할 수 없는 생활의 핍박…… 이것들이 그의 마음을 믲이 게 맨들었다 그는 엊그적에 리별한 학교의 운동장 같이 날뛰든 동무들이 무한 그리웠다 인저는 꽤 잘아난 머리를 양쪽으로 갈었다 뒤로 넘겼다 하며 석경을 드려다 보고 있을 때 젊은이들의 "우아—" 하는 소리가 그의 귀에는 들려오는 듯하였으며 운동장 동편의 잔듸 우에서 함부로 궁글러 내리든 것이 그의 눈에는 선하였든 것이다 들고 있는 석경을 놓고 우둑하니 천정을 처다보고 앉었으면 아버님의 "끙끙—" 신음하는 소리가 들렸다

A는 문을 열고 밖으로 나왔다 하날을 처다보고 뒷ㅅ동산을 처다보았다 온 천지에는 새로운 긔운이 퍼저 흘으고 있었으니 그것은 봄긔운이였다

어느날— 그는 참다 참다 못하여 교장 선생님을 차저갔다

"선생님 여러 사람 속에서도 저는 특별한 사정이오니 어떠케 얼는 좀

주선해 주십쇼"

선생님은 팔짱을 끼고 앉아서 묵묵히 듣고 있다가

"글세 ― 자네도 잘 짐작하겠지마는 금년같이 취직난이 심한 해는 없네 경향을 통틀어 은행 회사 조합 등 모조리 조회를 했으나 아즉 하나도 성공한 것이 없네그려 ―"

"선생님 큰일났읍니다그려"

A는 "후 ―" 하고 한숨을 내쉬였다 젊은 사람에게는 당치도 않은 청승맞은 짓이였다

"그리고 당초에 중학 졸업의 신분은 아무리 하급사원이라 해도 얼골을 들고 추천을 못할 판일세그려 전문학교 대학생들이 푹푹 밀리는 판이니까……"

한참 동안이나 두 사람은 말 한마듸 없고 방 안은 고요하였다 선생님은 말을 할까 말까 하는 표정이다가 엄숙하게 입을 열었다

"세상이 세상이고 시대가 시대인만큼 자네는 커다란 자각과 각오가 없으면 안 될 겔세 사람에게는 무어나 정신적 로동만이 신성하고 고귀하다는 법은 없으니까…… 육테적 로동이라도 회피하면 안 될 겔세……"

A의 얼골빛을 살피며 말을 잇는다

"그저 구루마도 끌고 땅도 파게 어떻게 해서든지 사는 게 지금에는 제일이니까"

교장 선생님의 주름살 잡힌 얼골은 몹시도 엄숙하였다 길다코 길단 훈계가 계속하였다 물론 A는 고맙게 들었다 또 선생님의 말슴은 하나 빼놓지 않고 옳은 것과 자기가 한 로동자라도 되리라고 결심하기는커냥 그 고리탑탑한 '사라리' 생활보다는 당당하게 로동계급으로 나서서 힘찬 투쟁

적 생활을 하는 것이 얼마나 좋은가까지를 몇곱땅이나 오늘날까지 되푸리하였든 것이다 그러나 이 선생님의 실제적 경험은 없고 무슨 아름다운 렴원이나 꿈꾸는 어조로 말하는 데는 그는 내심으로 웃었다 그래서 조용히 얼골을 들며

"선생님 물론 저는 로동자라도 되겠음니다 내일부터라도요 그러면 내일 어데로 가서 무슨 로동을 어떻게 착수할까요?"

이렇게 아조 물샐 틈 없이 박어들었다

"…………"

선생님은 아모 대답도 못했다 A는 겸손하는 뜻으로 다시 고개를 숙였다 한참이나 있다가

"글세 자네보구 그것을 내일부터 꼭 실행하라는 말은 아닐세! 그런 마음을 속에다 가지라는 말이지……"

1931년 2월 5일(목) 4면
신춘현상문예 3등 발(髮)(2) 안필승

××

봄!

따뜻하고 꽃피고 서울의 장안이 술과 계집으로 흥청거리는 오월의 봄이다

유탕한 남녀들이 몰아 타고 절간과 요리집으로 들락어리는 일 원짜리 자동차 '택시'들은 밀가루 퍼붓든 먼지를 날리며 달어난다

"이런 염병을 할 놈의 것"

늙은이 젊은이 사나희 안악네 누구나 할 것 없이 자동차 꽁문이에다 대

고 욕을 퍼붓는다

"그래 이놈의 대가 사람 사는 대람" A도 참다 못하여 이렇게 한마듸를 쏘아붙였다 그의 모자도 버슨 더벙머리와 엿해것 버서 놓지 못한 교복 우로는 구름장 같은 먼지가 갈아앉고 있었다

"A —"

하고 불으는 소리가 그의 귀에 시쳤다 그는 먼지 털든 손을 쉬이고 고개를 들어 목소리의 주인을 차젔다

"야 — B냐?"

"이 얼마 만인가?"

"글세 그래 그동안 —"

A와 B는 서로 달겨들어 굳게 악수를 하였다

순간 — A의 얼굴을 확 붉어지고야 말었다 상급학교 교표가 번쩍이는 B의 사각모자와 또 그의 회색 스푸링 코 — 트! 자긔의 남루한 꼴에 비하여서는 넘우나 호화로운 동창생의 자태였든 것이다 그러나 무엇이 부끄러우냐? A는 이렇게 자책을 하며 마음을 굳게 먹었다

"그래 어델 가는 길이냐?"

"집으로 —"

B는 우둑하니 A의 얼골을 바라보고 섰드니 빙그레 웃으며 달겨 들어 A의 머리를 쓰다듬는다

"아주 많이 자랐구나!"

A는 갓득이나 부끄러운데 미안하고도 어처구니가 없어

"하 하 하 하·········" 하고 웃어댓다

"너는 행복이다"

"어째서?"

B는 두 눈을 똥그랗게 떴다

"그리고 앞날에 희망이 많않고"

"어째서 상급학교엘 다닌다고?"

B는 사각모자를 벗으며 여전히 빙그레 웃었다

"좋냐?"

그의 머리는 빤들하게 '포마드' 칠을 해서 뒤로 넘겼다

"넘겼구나? 좋다!"

"그럼 넘겨야지 양쪽으로 갈어봐라 젊은 놈이 늙은 놈같이 되지"

그러나 A는 오날에 와서는 아조 머리에 대한 흥미는 잃고 말었든 것이다 젊은 놈 머리 같든 늙은 놈 머리 같든─

"BI 하여간 너는 행복이요 또 앞길에 희망이 많은 사람이야"

그들은 두■■악수를 했다

"자─ A 우리집엘 꼭 한번 찾여와"

B는 간곡히 부탁을 했다

큰길 바닥으로 가면 자동차 먼지도 지긋지긋하다 그리고 학교에서 파해 나오는 동모들도 이 꼴로는 맛날까 무섭다 A는 으슥한 골목길로 들어서서 푹 고개를 숙이고 생각을 하며 터덕터덕 걸어갔다

"B는 졸업 후 제일 처음 맞난 동무다 그리고 우리가 같이 학교를 나온 후 단 두 달이 아니냐 한데 널과 날과는 서로 그 얼마나 달러젓는냐?"

××

집주인과 경관 한 명이 A의 집 대문을 박차고 두 눈을 불알이며 들어왔다 창틈으로 내다 보든 A의 어머니와 누나의 얼골은 백지장같이 되어 바

르르 떤다

"에구 어쩌나?"

집주인은 조고마한 가방을 들었고 아직것 때ㅅ국이 졸으르 흐으는 외투에다가 고양이 털모자를 썼다 그러나 그는 집주인은 아니였고 집주인의 충실한 대리인이였든 것이다 호긔 좋게 안마당으로 성큼성큼 들어스며

"이리 오너라"

"이리 오너라"

방 안에서는 아모 대답도 없다 보아서 집주인의 무도한 폭행이 아무리 그 정도를 벗어나드라도 가엾은 A의 가족들은 조금도 대항치를 않을 것 같었다 고양이 털모자는 입맛을 "짝짝" 다시더니

"여보 좀 나와서 보구려"

하고 소리를 짚었다 그래도 방안에서는 아모 대답이 없고 다만 병인의 신음하는 소리만이 엄살을 피우는 것 같이 점점 높아갔다

"여보 여보"

"여보 여보"

이번에는 하는 수 없이 옆에 섰든 순사가 가장 엄숙한 목소리로 수고를 썼다 이것이 효과가 있었다 그제서야 방문이 부시시 열리며 풀긔 하나 없는 A의 모친이 나왔다

"대관절 사람이 불으는데 대답도 않는 것은 무슨 까닭이요"

"…………"

"그러구 저러구 오늘은 집을 내놓게 되겠오"

집주인의 노한 눈알맹이가 점점 적어졌다

"염체는 없음니다마는…… 조금만 더 참어주십쇼……"

간곡히 정성껏 말하는 늙은 녀인의 목소리였다 방안에서 듯고 있는 A
의 누님은 몸서리를 쳤다

"아이구 어찌나 될려나"

하는 안타까운 불안이 두 녀인네의 가슴을 똑같이 엄습하고 있었든 것이다

"아―니 대관절 여보!"

고양이 털모자는 한숨을 "휘―" 하고 내쉬었다

"양심들이 있는 사람이요 남의 집엘 일 년 동안이나 거저 들었으면 인
제 무던하지 안소"

"당신 아들이 졸업을 하면 밀린 집세도 내놓고 이사를 가겠으니 그때까
지만 기달려 달라구 하지 않었소"

"집세는 고만두 하니 오날은 대신 긔어코 집을 내놓슈"

A의 모친은 아모 대답도 못 했다 다만 애원하는 표정 ― ■■었다

1931년 2월 6일(금) 4면
신춘현상문예 3등 발(髮) (3) 안필승

A의 누님도 문을 열고 나왔다 두 눈에 눈물이 글성글성하여 가지고는
절을 하다싶이 쪼그리고 앉으며 "참 염체는 없습니다 그러나 어떻게 합니
까 이왕 참어주시는 김이니 몇일만 참어주실 수밖에 없음이나 그러면 더
【어】떻게 해서든지 더 페를 않 끼치겠습니다" "안 될 말이오 내가 이렇게
몇 번이나 속았는지 아우"

"그럼 어쩝니까 저런 병인을 다리고……"

"아―니 내가 그 병자를 아랑곳 있오!"

집주인은 한바탕 함부로 야단을 쳤다 그리고 나종에 가서는 가방을 열

고 서약서(誓約書)라고 끄내 놓으며

"그러면 여긔다 도장을 치슈 꼭 한 달만 연긔해 주리다 자—여긔 경관 나리께서도 게시니까 한 달 후면은 내가 당신을 몰아좇여도 말 못한다는 맹서요"

집주인은 긔엏고 도장을 받고 말었다 그리해 그는 정말 이 집주인인 듯 싶이 의긔양양하야 대문 밖을 나셨다 집주인 대리인과 순사가 나가자 어머니와 딸은 우름이 복밫이는 것을 서로 참고 앉었다

　　××

"내 만일 사회에 나슨다면 담박에 세상이 우르러 보는 위대한 인물이 될 것이다 소설을 쓰면 '톨스토이'만 한 문호는 될 것이고 또 시를 쓴다면 유명한 '빠이론'쯤이야 념려 없겠지 세상 사람들은 나의 인물을과 재조를 우르러보고 칭찬하겠지 —"

어릴 때 몽상 시긔에 있어서는 누구나 이렇게 생각을 하며 자긔의 장래를 마음것 화려하게 꿈인다【A】도 그러하얐다

"응 너 내가 이렇게 가난하게 지낸다고 비웃니? 이 세상에서 손꼽는 위대한 인물들의 누구든지 그의 어릴 때의 전긔를 읽어봐라 대개는 다 고생사리를 햇다 얼는 례를 들자면 '꼴키'를 봐라 그가 어렷슬 때 얼마나 비참한 생활 속에서 허덕어렷다 응 그러니까 나도 봐라 금방 봐라"

A는 이런 생각도 한 때가 있었다 그러나 오날날의【A】는 모든 것을 단념하여 버렸다 '톨스토이'도 '빠이론'도 다—자긔의 마음 속에서 청산해 버렸다 비단 위대한 인물뿐이 아니라 월급쟁이도 월급쟁이의 풍채를 홀륭하게 맨들 머리도 갚으고 넘기는 것도 A는 단념한 지 오래였든 것이다 그는 어느날 인사 상담소(人事相談所)엘 갔다 못 먹고 못 입고 하는 무리들

가운데 그도 한목 꼈다 손바닥만 한 마당에 빽빽히 모혀 서서 서로 부비대며 눈알이 샛뻘개 가지고 그들은 다투는 것이었다

"나의 소지한 로동력을 팔어다구"

그들은 다 같이 초조하고 성미가 급한 집단이었다

어듸 일자리가 낫는지 운수 좋게 사무원은 A를 붙었다 그는 앞으로 나섰다 A는 사무원의 뭇는 대로 모든 대답을 잘했으나

"자전거 탈 줄 아나?"

하는 말에는 그는 아모 대답도 못 하였다

"응! 그러면 안 될걸 지금 세상에 음식점 고용사리를 하자면은 자전거를 못 타서는 안 돼!"

"밥은 질 줄 알까?"

"⋯⋯⋯⋯"

조고마한 닛켈 테안경을 코ㅅ잔등이에 걸은 사무원이 고개를 양쪽으로 흔들자 옆에 꼬여든 구직자들의 조소하는 우슴소리가 "와 —" 하고 일어낫다 A의 얼골빛은 홍당무같이 새뻘개졌다

몇일이나 몇일이나 두고 입술을 꽉 깨물고 거리로 방황하는 A의 표정은 참으로 침통하였다

그는 이제와서는 완전히 절망 상태에 빠지고 말었다

계급사회가 나아 논 사생아! 시대적으로 천대받는 서자! 오오! 그것은 오늘날의 무산 인텔리켄챠다!

그의 참담한 체험은 그로 하야금 이렇게 불으짓게 하였다 먹고 살 수 없으면 로동자가 될 수 있는 것인가 자본가에게 자기의 로동력을 착취 당하면서라도 생명을 이어갈 수 있는 이 사실까지도 A에게 한하여서만은

이 사회 전체가 허락지 않는 것이었다 공장의 직공이 되랴 해도 어려서부터 견습공이 되어 학교를 졸업하듯 어떠한 시긔를 맞이지 않고는 도저히 바랄 수 없는 것을 알고 절망했을 때—자유 로동자라도 되랴고

"나도 오날부터는 당신네들과 같이 일을 좀 합시다"

하고 그들의 모힌 곧에 가서 애원도 하였으나

"여보 요새 같은 세상에서는 나도 판판히 놀고 있오" 하고

눈알을 불알이며 빈중대는 퉁명스러운 거절을 받고 절망을 했을 때—A는 불으지졌다

"비참한 로동자의 생활보다도 더 비참한 것은 무산 인텔리겐챠다!"고

1931년 2월 8일(일) 4면

신춘현상문예 3등 발(髮)(4) 안필승

X

어느 날—

지치고 지친 A가 풀긔 하나 없이 혹시 무슨 구인광고나 있을가 하고 X X신문사 게시판 앞에 섯슬 때 그는 참으로 참으로 의외의 긔사를 읽었다 그것은 자긔의 동창이요 친한 벗 C가 금속을 당하엿다는 보도였다

XX사건으로 XX회 위원인 C가 금속을 당하였다는 자세한 전말을 그는 조심스럽게 내려읽었다 말할 수 없는 장엄한 홍분이 A의 가슴을 엄습하였다

XX사건—

금속—

C—

그는 어둡기 시작하는 저녁의 재ㅅ빛 거리를 터덕터덕 걸어가며 모든 복잡한 생각을 계속하였다

"아— C가 그러한 인물이였든가!"

지나간 학교에서의 일도 A의 피곤한 머리 속에 다시 한번 나타났다

그러나 그는 가장 흥미있게 지난 번에 맞난 B와 이 C를 그리고 또 자긔를 비교해 보았다 B는 그때도 자긔가 말했거니와 행복자요 앞길에 희망이 많은 청년이다 그의 아버지는 재산가요 은행의 중역이다 그는 아무 근심 없이 놀고 향락하고 또 공부한다 그렇게 팔ㅅ자 좋게 몇 년만 지내면은 그는 지금 다니고 있는 전문학교 상과(商科)를 무사히 맞이겠지 그리고 외국으로 유학을 갈 수도 있다 그의 '포—마드' 칠을 해서 빤질으하게 뒤로 넘긴 머리는 점점 빛나고 청년 신사의 풍채는 점점 훌륭해지리라 그의 아버지가 은행 중역인만큼 그 은행에는 그가 소유한 주(株)도 물론 많겠지 그렇다 B는 장래의 훌륭한 실업가다 은행의 중역이다 재산가다 그가 아무리 못난 저능하다라고 가증을 해도!

무의의하고 평범한 한 개의 재산 상속자가 될 B에게 비하야 C를 생각할 때 그 얼마나 큰 감격과 존경에 A는 고개가 숙여졌을가 더욱히 B보다도 자긔 자신 A라는 무능자에 비하야…… 오늘날 우리가 당연히 의식하고 우리의 모든 것을 밧어 나아갈 길을 누구보다도 앞장에 서서 시행하고 있는 C— 그는 그 얼마나 귀여운 우리의 젊은이냐

A는 다음으로 다같이 한자리에서 공부를 하고 다같이 손목을 쥐고 나온 동무들—DE…… 이들을 생각해 보앗다 물론! 그중에서도 몇몇의 A가 있고 B가 있고 C가 있겠지…………

A가 자긔집 대문엘 들어섰을 때 언제나 참담하고 쓸쓸하든 자긔네 집

방에서도 오날밤은 의외로 우슴소리가 흙어 나왔다 그는 얼빠진 사람 모양으로 우둑허니 서서 환하게 등불이 빛인 방문을 바러보고 있었다 아버지의 자미스럽게 이야기하는 소리도 들렀다 A에게는 아름다운 꿈이였다 그는 의아하여서 가만히 가서 문을 열었다 다 죽어 가는 아버님이 아조 화색이 만면하여서 일어앉어서는

"너 — 인제 들어오니 후 —"

하고 제일 먼저 말을 건는다 어머니는 안즐 자리를 만드러 주고 누나는 밥상을 갓다 놓았다 A가 저녁을 먹고 있는 동안에도 아버지는 이야기를 했다

"마누라 내 안 죽소 안 죽어 흥 모두들 남겨 두고 내가 죽으면은 어떻게 되게………"

"내가 오날 밤에는 고얀니 이렇게 긔운이 난단 말이야 흥 인제 아조 일어나겠지 가슴도 거북지 않고 숨도 그리는 값으지 않은데………"

하며 병인은 소매를 걷어 읋이고 가느다란 장작개비같이 말는 자긔의 팔을 쓱쓱 쓰다듬으며 신긔가 좋아햤다

"응 — 자 — 내가 일어나면 곳 집안 형편도 필 테란 말이야 고얀한 고생들을 이쌔것 했지들………"

"아이구 그리면 여북 좋겠오 나는 재들이 가엽서 죽겠오그려 아모쪼록 일어나슈 일어나"

어머니는 길게 "후 —" 하고 한숨을 내쉬였다 A의 가슴 속에서는 형용할 수 없는 희망과 용긔가 용소슴쳤다 아버지 어머니 아들과 딸들은 서로히 딸어 웃었다

— 아버지 얼는 병환이 나세요 그리고 당신 말슴같이 우리를 좀 구원해

주세요 어머니도 오늘부터는 웃고 지내시게

아— 그리고 불상한 누나—당신도 긔운을 차립시다 그까짓 부랑자
놈의 남편— 모든 악몽을 깨처 버립시다 아—그러면 나도—나도 그 얼
마나 씩씩해지고 사나이다운 사업을 경영할 것이냐?

A는 속으로 이렇게 불으지졌다 그의 두 눈에서는 눈물이 핑돌았다

"아— 나도 이 세상에서 한 개의 사나이로 의당히 책임질 가장 고귀한
사업을 위하야 마음놓고 나의 힘을 밧처보다!"

1931년 2월 10일(화) 4면

신춘현상문예 3등 발(髮)(완) 안필승

×

아—무수한 무산대중(無産大衆)은 긔아선상(飢餓線上)에서 슬어저 가고
있다 이것을 목도하고도 오히려 눈물과 의분이 없는 자는 천치냐? 악한이
냐? 둘 중에 하나일 것이다 그렇지 안흐면은 천치고 악한이거나⋯⋯

A는 모든 것을 알었다!

어느 날 밤의 일이다 그는 몹시 홍분이 되였다 넘어나 홍분이 되였다
두 주먹을 부르쥐고 밤거리를 정처 없이 헤매이다가 간신히 자긔의 마음
을 안정식혀 가지고 리발소로 들어갔다 커다란 체경 앞 의자에 그는 걸어
앉었다

"어떻게 깎으실압니까?"

하얀 보재기로 A의 전신을 싸고서 리발사는 물었다

"아무렇게나 깎어 줍쇼!"

"아무렇게나요?"

"네 — 그냥 밧삭 밀어 주십시요"

체경 A의 앞에 환하게 모든 것을 빛어주는 체경은 그의 머리 우에서 뭉게뭉게 떨어지는 머리털과 변하여 가는 그의 자태를 보여 주었다 A는 감개무량하였다 하나 그는 지금의 이 현재를 보고 생각하는 것은 아니라 앞으로 장래일 — 그것을 바라보고 있는 것이다 지금것 시달리고 짓밟힌 한 청춘혼(靑春魂)의 호랑이같이 날뛰고 있는 장면을! 유린 당하고 있는 온 무리를 위하야 신출괴몰【신출귀몰】한 젊은이의 활동하는 그림을! 순식간에 이발긔는 A의 더벙머리를 게 눈 감추듯 집어 먹고 말었다

A는 홀낭 깎어 버린 자긔의 머리를 두 손으로 쓰다듬으며 시적시적 보도 우를 걸어갔다

어느새 봄도 가고 여름이다 사방에서는 상쾌한 여름밤의 바람이 시원스럽게 불어와서 A의 알대강이를 얼으만지며 달어났다 그는 픽도 시원하였다 요새같이 더운 일긔에 땀을 흘이면서도 믲은놈 머리같이 길다라케 느리고 다니든 지긋지긋한 그 머리를 깎어 벌린 것이……

하나 그는 모든 것을 차근차근하게 되푸리하였을 때에는 몹시 답답하고 우울하여지고 말었다 그의 두 눈에서는 구슬 같은 눈물 방울이 뚝뚝 떨어졌다 그는 주먹으로 씻어 벌였다 또한 아무리 해도 그는 아버님이 넘녀가 되였다

"그때 그렇게 떠드시든 것이 병이 더하시느라고 그런 게야"

속으로 이렇게 중얼걸였다 그 후로 병이 붓적 더하신 아버지 그 아버지는 잘해야 금년밖에 더 사시지 못할 것이다

"아 — 그러면 없어노!"

그는 "후 —" 하고 길게 한숨을 내뿜으며 길옆 가로수(街路樹)에 기대여 섰다

전등 달어나는 자동차 신사 숙녀 인력거 타고 가는 기생의 뒷모양 즐비한 상점 화려하게 꿈여 논 창 녀름 밤의 종로거리는 꿈같이 아름다운 풍경이였다

"아—그러나 얼마나 고약한 놈의 세상이냐 이 갈리는 현실이냐 나를 밎이게 맨드는……【"】

"응 마음것 밎이마!"

A는 눈을 부르뜨고 입술을 꽉 담울었다 그리고 가많이 서서 자긔의 마음을 맹세하였다

그렇다! A의 침묵—그것은 이 세생【세상】을 우둑허니 내려다 보고 있는 조물주의 침묵 그것인 것이다(끝【끝】)

재출발 1931.2.6~1931.2.13

우석

1931년 2월 6일(금) 5면

선외가작 재출발(1) 우석(愚石)

選外佳作

懸賞作品에 몟 篇 佳作 中 이 一篇은 內容이 別無하나 將來를 囑望하야 發表하거니와 從此로도 數 篇 더 發表할 듯하다 —— (記者)

◇

고학생 ××회 팔주년 긔념식날 밤이엿다

철호는 그날의 회장(會場)인 천도교 긔념관 문간에 서서 들어오는 사람들의 표를 밧고 잇섯다

구경 오는 사람의 대부분은 학생이나 그러치 안흐면 학생모를 갓 버서 논 사람들이엿다 물론 그밧게도 형형색색의 사람이 만앗지만 무슨 대회이니 결혼식이니 하든 째보다는 훨신 달은 점이 만히 잇섯다

팔굽과 물읍팍이 다 쑤러진 학생복을 입은 학생들이며 그보다도 칼돕 만주상자 메기에 억개가 다 물러난 고학생과 양복저고리에 단검정 조선

바지를 입은 학생들을 만이 볼 수 잇는 것이 이날 밤의 한 특색이엿다

그리고 얌전히 차린 사람보다도 벌벌이 가추어 입은 사람보다도 이러한 헐굿게 차린 사람들이 더 활긔가 잇서보이고 제가 주인이라고 호긔를 쓰는 것 갓했다

물질로도 남에게 뒤에 밀리고 권세로도 짜불려 지나든 사람일지라도 제법 주인자리에 안게 되면 제 할일을 능히 하고 제 서슬을 넉넉히 부릴 수 잇다는 듯한 긔분을 이날의 회장에서 엇을 수가 잇섯다

철호는 다 씨그러저 가는 테불 뒤에서 들어오는 사람들의 표를 밧으며 각금 밀려들어오는 사람들을 유심히 골라보군 하엿다

구경ㅅ군이 만히 왓스면 표가 만히 팔렷스면 하는 이외에 그에게는 별다른 두근그리고 간지러운 긔대가 잇섯든 것이다

남자보다도 여자——녀학생이 얼는그리는 곳으로 그의 시선은 자조 슬려갓다 한참 먼히 살펴 보다가는 긔대에 어그러진 드시 고개를 숙엿하고 다시 들어오는 사람들의 표를 밧어서 테불 우에 노인 표 곳는 못에다가 쏘자 노쿤 한다

"오긴 올 것 가튼데"

개회 시간이 갓가와 올수록 이런 생각이 자자 갓다 입장권을 한 장도 아니요 두 장씩 우편으로 보내엿스니까 동무와 싹을 지어서 오려니 하엿다 그러나 좀처럼 속히 와주지를 안앗다

"안 오나?"

그는 이런 의심도 하여보앗다 그러케 생각하면 근래의 은숙의 태도는 퍽 이상한 곳이 만앗다

한째의 그 표정은 몸과 마음을 모다 철호에게 맛긴다는 암시로 찻섯는

데 근래는 점점 식어가서 자긔는 평생 독신으로 지내더니 아즉 아즉 이성 문제 가튼 것은 생각해 본 일이 업너니 하는 말을 하게 되엿다

그는 안타까웟다 언제까지든지 표를 밧고 섯슬 자긔가 아니엿다

원악 오늘 회에는 그가 개회사를 해야 하고 또 여러 가지 절차에 그가 꼭 끼여야 하는 것인 데다 만한 가지의 긔대가 잇섯기 째문에 표 밧는 사람 중에 끼여서 잠시 문간에 섯든 것이다

사랑하는 사람——은숙이가 입장하는 것을 보고 또는 그가 입장하야 어느 만큼 가서 안는 것을 보고 뒤로 들어가 버리자는 것이엿다

"인제 자네는 들어가게 시간이 다 돼가네"

겻헤 섯든 친구의 이런 말을 듯고 그는 하는 수 업시 표밧기를 그만두랴 하엿스나 마츰 그째에 그의 발을 다시 멈추게 하는 한 그림자가 그의 눈에 빗첫다

"오 — 은숙이다 왓구나!"

그는 무거운 짐을 내려 논 드시 한숨이 나왓다 이마에서 쌕직하며 무엇이 손는 것 가텃다

은숙이가 막 문간에 들어서랴 할 쌔에 그는 바로 그의 압흘 서서 들어오는 은숙의 옵쌔벌 되는 인수와 또 한 사람의 사각모 쓴 학생을 발견하엿다 사각모가 석 장의 표를 내미는 것을 보아서 세 사람이 동행인 것을 의심할 수 업섯다

그는 은숙의 시선이 제게로 한번 와주기를 바랏다 그러나 그는 겻눈도 안 팔고 사각모가 표 내는 것을 보면서 인수의 뒷에 짜라서서 얌전히 들어간다

몃칠을 두고 야단스럽게 공상하든 찰나의 '러브씬'이 이러케도 무미하

게 쏘는 의외의 광경으로 변하고 만 것을 생각할 째에 그 마음은 퍽으나 서굽헛다

사각모가 업섯든 들 그는 은숙의 행동을 단순히 수집고 얌전한 처녀의 태로 보앗슬 것이다 쏘는 사각모가 자긔와 가티 헐긋게 차리고 검으테테하니 못생긴 사람이엿다면 그는 그다지 마음에 걸리지도 안앗슬 것이다

사각모는 얼는 보아도 자긔와 가튼 처지의 사람은 아니엿다 수수히 차렷서도 어덴지 모르게 기름끼가 돌앗다 평안한 생활 쩌릿김 업는 생활 속에서 늣늣이 피여난 키 크고 희멀씀한 호남자엿다

1931년 2월 7일(토) 5면

선외가작 재출발(2) 우석(愚石)

사각모가 표를 내밀 째 은숙이가 쌘니 그 손만 눈역여 보든 것과 사각모가 표를 내고 은숙에게 들어오라는 드시 눈을 주든 것을 생각하니 아모려나 심상히 보아 넘굴 수가 업섯다

더욱 인수가 은숙이와 그와의 사이를 희미하게나마 알아채고 늘 경계하는 것을 잘 아는 그는 시긔에 갓가운 불안과 공포를 늣기지 안홀 수가 업섯다

그러나 그는 아직도 은숙이를 밋는 마음이 더 컷다 사랑하는 마음이 업서지기 전에는 그를 아조 의심해 버릴 수는 업섯다

다만 틔쓸 하나이라도 자긔들의 사이를 흐리게 하는 것이 업기를 바라는 젊은 그의 맘이 이외의 경우를 당하게 되야 쓰린 사랑의 반면을 잠간 늣기엿든 것이다 그러나 그것은 은숙이에게 대한 사랑을 더 모질게 하엿다

그는 문득 자긔가 바로 지금 청중을 향하야 양양한 포부를 웨칠 것을

생각하엿다 물론 은숙이도 들을 것이다 은숙이를 감동식힐 것이다

이런 생각을 하니 새삼스럽게 긔운이 낫다

그는 은숙이가 관중의 사이에 끼여 안는 것을 닛고는 곳 무대 뒤으로 들어갓다 그리며 바야흐로 청중을 향하야 웨칠 말을 생각하엿다 몸이 움실그려지며 제절로 입속에서 중얼거려젓다

"……눈서리 찬 밤에 갈돕만주를 웨치고는 고학생들의 모임이 근 십 년이라는 짤지 안은 세월을 가즌 세상 풍정과 싸우며 이만큼 자라난 데 대하야 여러분은 놀라실 것입니다 우리는 우리가 밟바온 경험으로 보아서 더욱 압흐로 악착한 모든 환경과 싸와야 할 것을 깨달앗습니다 못된 놈 잘되는 세상이라고 결코 우리의 처지를 비관하고 퇴락해서는 안 될 것을 알앗습니다 여러분! 그럼 우리는 나날이 조곰식이라도 진전하면서 왓습니다 위대한 힘은 쉬지 안코 진전하는 가운데서 생기는 것입니다 그리고 진전은 무엇으로써 가능한가 오직 모임과 꾸준한 투쟁으로서만 어들 수 잇는 것입니다 여러분! 우리의 모임은 인제………"

×

회는 열리엿다 청중은 쫙 들어찻다

철호의 개회사는 간간이 탈선되는가 청중으로 하여금 이차차차한 생각을 가지게 하는 대목이 만앗다 긔운만은 장하엿으나 청중을 움지기는 효과는 이 째문에 도리혀 덜려진 듯하엿다

그는 연단에서 각금은 숙이 잇는 편으로 머리를 돌리랴다가는 그만 어색한 드시 다시 짠데로 향하야 웨치군 하얏다 그럴 째마다 약간 목청이 썰려지고 말의 순서가 헛갈려저서 그만 저도 모르게 함부로 말이 과격하여지군 하엿다

그리하야 마츰내 미리 생각하엿든 바를 다 말하지 못한 곳도 잇고 또 생으로 집어너은 곳도 잇서서 동이닷지[1] 안는 데가 각금 잇섯다

자긔로도 그것을 쌔닷고 그는 그 결점을 쑤며메랴는 드시 얼는 말을 맷지 못하고 좀더 청중을 은숙이를 감동식힐 말을 생각하노라고 한참식 노리고 잇기도 햇다

그리하야 단을 물러선 그는 무엔지 모르게 스스로 역증 비슷한 생각까지 낫다

자긔의 말을 듯는 청중의 감상이 엇더하엿슬가 은숙의 감상은 또 엇더하엿슬가 하는 생각이 낫다

인수와 사각모가 일부러 비웃지나 안엇슬가

"무슨 허황한 소리냐 동이다아야지"

조혼 긔회나 만난 드시 이러케 일부러 은숙이를 보면서 빈정그리지나 안엇슬가 은숙이가 싸라서 그러타는 드시 웃지나 안엇슬가

철호는 이마에서 선쌈이 솟는 것을 쌔달앗다 얼는 그것을 씨서 버리며 그는 구지 그런 생각을 눌러 버리려하엿다

"아니다 그럴 리치가 업다"

그리며 그는 소위 녯날 연설쟁이가 고은 목청과 조리 잇는 말을 쑵아놋는 그것보다도 로동복 입은 더벅머리가 투탁탁 연단에 쒸여올라서 무슨 단결이니 투쟁이니 하는 말을 웨칠 쌔에 우박 가튼 박수 소리가 터지는 것을 생각하엿다 그는 다소간 맘이 튼튼하여젓다 그래서 연단에 나설 쌔마다 더 긔운을 쑵아 웨치군 하엿다

---

1 동이닷다 : 조리가 맞다.

×

회를 마치고 십 분간 휴식한 후 곳 여흥이 열리엿다 고학생 생활을 주제로 한 촌극(寸劇) 이외에 멧멧 가지 노름이 잇슨 후 철호는 다시 연단에 나섯다

"여러분 중에서 누구던지 우리회를 축하하는 의미로 무슨 재조던지 사양하지 말고 나와서 해주섯스면 고맙겟습니다 우슴이던지 울음이던지 가치하자는 의미에서 또는 무슨 회합이던지 우리의 모임은 대중이 업시는 존재의 의의가 업다는 의미에서 여러분도 우리와 가티 무엇이든지 해주섯스면 더욱 고맙겟습니다 특별한 조건은 업습니다 우슴깨던지 독창이든지 긔악이든지 무엇이든지 좃습니다"

철호가 단에 물러스자 관중의 사이에서 수근거리는 패가 생기게 되엿다

1931년 2월 8일(일) 5면
선외가작 재출발(3) 우석(愚石)

그리하야 하 — 모니카 단소 가튼 것을 부는 이도 잇섯고 또 류행창가를 부르는 이도 잇섯다 장님노름을 하는 이도 잇서서 우슴소리가 요란하기도 하엿다

그리고 여흥도 그만 마처버리랴 할 째에 맨 낭중으로 성큼성큼 연단에 쒸여올은 사람이 잇섯다 그는 은숙이와 가티 들어오든 사각모엿섯다 보기 조케 늣늣이 쌔진 키꼴과 해연 낫반댁이가 위선 관중의 시선을 쓸엇다 거진 써러저가는 사각모를 함부로 잡아버스며 굽실하고 인사하는 품이 웍카에 얼근해진 아인(俄人)의 거동가티 텀텀하고 장쾌해 보엿다 그런 중에서 피차 싼 의미에서엿지만 은숙이와 철호의 시선은 제일 만이 그에게

로 슬니엿섯다

철호는 은숙이 잇는 곳을 아니 살펴볼 수가 업섯다 쪽쪽히 뵈지는 안호
나 은숙이는 고개를 느리고 사각모를 주시하고 잇는 것만 가탯다

그쌔에 사각모의 특특하고 우렁찬 독창이 시작되엿다 청중은 물 쑤린
드시 고요하여젓다 독창이 긋낫다 긋나자 사각모는 굽실하고 도망가드
시 막 뒤로 들어가버럿다 박수 소리와 환호의 소리가 요란히 터젓다

"재청이다 재청이다"

"노서아 민요를 해라"

이런 소리가 긋칠 줄을 몰낫다 사각모는 다시 나오고야 말앗다 그리하
야 웍카에 취하야 북해의 어름ㅅ장을 무대로 웨치는 야수의 소리에 갓가
운 로서아의 민요가 울여나왓다

청중은 흥분되엿다 소위 일음난 음악가의 독창보다도 더 만흔 환영을
바닷다

그리하야 사각모는 세 번 거듭 슬여나왓다 막이 내리고 관중이 헤여지
기 시작했서도 한번 더 들어볼가 박수를 울니는 패도 잇섯고 그의 얼굴이
라도 보고가랴고 고개를 느리고 섯는 이도 잇섯다

관중이 헤여지기 시작하자 철호는 얼는 문간에 나섯다 은숙이를 만나
보자는 것이엿다

그쌔 발서 사각모는 인수 외 몃 친구에게 싸여서 문밧그로 나갓섯다 그
통에 은숙이는 좀 뒤써러젓다

"은숙 씨!"

철호는 용긔를 가다듬어가지고 불너보앗다 "은숙 씨!"

" ── 수고하섯습니다"

은숙은 훌씀 처다보며 점잔케 인사를 하엿다

"표까지 보내주서서 ——"

"뭐 천만에 ——"

철수의 가슴은 좀 두근그렷다 은숙이가 곳 나가랴고 하는 듯하엿기 째문이다 쏘 그를 조곰이라도 더 섯게 할 말거리가 생각나지 안아서 그저 조급해만 낫다

은숙이는 급히 나가랴는 드시 — 마치 사각모를 차자나가랴는 드시 그의 눈에는 비첫다 그럴 수록 할 말은 더욱 생각나지 안앗다

"도라가시겟습니까?"

"네 안녕히 즈무십시요"

은숙이는 인사를 하자 곳 나가 버렷다 알음소리에 갓가운 북관 처녀의 애교가 짓구지 그의 귀에서 사라지지 안앗다

철호는 세 사람의 그림자가 사라질 째까지 아니 사라진 지가 오래도록 문간에 서서 먼리 그 편을 바라보고 잇섯다

회장을 정돈하고 차듸찬 숙소로 돌아올 째까지 그 세 그림자는 그의 머리에서 언쯧언쯧하엿다 은숙이가 문人간을 나서서 사각모에게 애교를 부리든 그 잔상(殘像)이 아직도 사라지지 안앗다

"수고하섯습니다 참말 잘하시던데…… 저도 모르게 생내 처음 박수를 다 햇답니다"

은숙이는 철호도 일즉 바다보지 못한 다정한 태도로 사각모를 찬양하엿다 원악 은숙이는 성질이 쾌활하고 남성적이여 말에도 그다지 간드라진 애교가 업는 편이엿스나 그째의 그 말만은 분명히 사랑하는 사람을 대하는 말소리엿다 너무 간드러지게 하노라고 알음소리에 갓가운 코人소리

가 석기여 나왓섯다

"천만에········은숙 씨를 한번 쓰러내랴다가 시간이 다 돼서 그대신 주인
집에 도라가서 하기로 할가요"

사각모의 말소리도 예사롭게 들니지 안앗다

이러한 그들의 말수작이 다시금 생각해지고 쏘 그들이 길을 걸어 가면
서 쏘는 주인집에 모아 안자서 주고밧고 할 여러 가지 광경까지도 그의
머리에서 환영과 가티 써돌앗다

대회를 치르고 쏘 이러한 광경까지를 격근 과민한 철호의 신경은 좀처
럼 안취되지를 안앗다

그는 잔는지 말앗는지 얼쩔쩔하니 한밤을 새엿다

1931년 2월 10일(화) 5면

선외가작 재출발(4) 우석(愚石)

×

××사건으로 그 얼마 후에 철호는 철창의 몸이 되엿다

제정신도 못 차리든 그러한 시긔는 그럭저럭 격거보내고 인제 구두 소
리만 듯고도 어느 간수인지를 알아마칠만치 신경이 예민해젓다 이런 생
각 저런 생각이 하염업시 써돌앗다

감옥도 사람이 사는 곳이니만치 생활이 잇고 거긔 짜른 생각이 쏘한 잇
다 자긔가 저즈른 일에 대하야는 임의 각오하는 바가 잇스니까 별로 부지
럽는 걱정을 할 필요가 업섯다 되는 대로밧게 안 되리라 하엿슬 쑨이다

그러나 새벽의 새소리를 들을 쌔에나 눈보라 찬바람이 옷깃을 시칠 쌔
에는 이상하게 신경이 날카로워지고 쏘 장쾌한 생각도 낫다 그만치 감옥

이란 곳은 자극이 그리웟다 사과의 소식이 안탓갑게 궁금하엿다

밤이면 이즈랴고 이즈랴고 이를 악물고 맹서한 은숙의 생각이 다시금 살아난다 세상에 잇슬 째보다도 그 정도는 더 심하엿다 콩밥일지라도 먹을 것은 잇다 친구도 잇다 다만 이성 —— 은순이는 얼굴만이라도 대할 수 업다 그는 면회도 와주지 안코 편지 한 장 업다 밧게서 들어오는 소식은 그가 사각모와 얼리게 되엿다는 것이다 그는 괴로웟다 압핫다

"은숙이를 니저야 한다 그는 나를 버린 계집이다 아니 업는 사람을 업수히 녁이는 고약한 년이다"

그의 리성은 항상 이러케 부르지젓다 "아니 은숙이쁜 아니라 이성에 대한 생각을 죽이자"

이러케까지 극도로 생각하엿다 그러나 그는 아조 절망하거나 비관하지는 안앗다 보다 더 큰 긔대가 잇섯든 것이다

—— 내게는 짜로 할 일이 잇다 보다 위대한 일을 하자 민족을 위하고 계급을 위하고 —— 그러타 그것이 나의 쩟쩟한 의무요 권리다

—— 이러케 위대한 일을 하면 나아가 사랑도 이성도 자연히 짜라오는 문제다 은숙이가 내 압헤 업듸여서 애걸하는 날이 잇스리라

—— 은숙이는 밋을 만한 사람이 아니다 그리고 나는 사랑을 어들 만한 사람이 못 된다 그는 돈 업는 나를 배반하고 살진 새 주인을 차저갓다 결국 업는 놈에게는 사랑이 업다 안 될 일은 사내답게 니저버리자

—— 사랑은 인생의 전체가 아니다 그것은 인생 생활의 조고만 일부분임에 끈친다 사랑보다 더 거룩한 일이 얼마나 만흐랴 그 거룩한 일을 하자

이러케 생각함애 금시 은숙이가 제 압헤 쑬어안저 사죄하는 양이 그리워젓다

선외가작 재출발(5) 우석(愚石)

"철호 씨! 용서하서요"

그는 이 말을 꼭 듯고야 말리라 햇다 "철호 씨! 나는 거룩한 일쑨인 당신을 사랑합니다 저의 죄를 용서하시고 다시 저를 사랑해 주서요"

그는 이러한 장래를 속히 맨들어보구 십헛다

그는 감옥에 들어오기 전부터도 이런 생각을 하엿다 이러한 생각이 ××사건의 첫코를 하고 나선 동긔의 하나이엿든 것도 사실이다

물론 전부터도 그러한 사건에 관계될 만한 소질을 가지고 잇섯지만 그 생각을 현실하는 데에 잇서서 은숙의 행동은 한 큰 자극이 됏다 그는 은숙이를 미워도 하고 불상히도 생각했다

"살진 주인을 찾는 강아지!"

그러나 이러제【케】 하면서도 아조 그를 이즐 수 없섯든 것만도 사실이다 미움이겟든 분함이겟든 그에게 대한 생각을 아조 버릴 수 업는 날까지는 그를 짠 사람가티 이저버릴 수가 업섯다 그러며 각금 넷날 무더운 녀름날 노돌강변으로 가티 단니든 생각과 눈싸청니량리 일대로 거닐든 일을 회상하군 하엿다 잠든 거리로 "만주노호야호――"를 부르며 단일지라도 은숙이를 생각하고 장래를 그려 불【볼】 째에는 "이놈들 보아라" 하는 엄청난 긔대에 젊은 가슴이 쒸엿섯다

×

더욱이 철창에 억매인 지 넉 달 만에 그는 우연히 은숙의 편지를 밧고는 그에 대한 생각이 다시금 새로워젓다 그는 대숨에 세 번 거듭 그 편지를 내려 읽엇다 외짜로 흰니 머리에 써오를 만치 잘 긔억됏다

"……의 저 잘못을 용서하소서 철호 씨가 나를 꾸짓는 이상으로 나는 나 자신을 꾸짓고 잇습니다 그러나 나는 과감히 나의 잘못을 청산햇습니다 무엇보다도 힘잇는 사죄의 실증(實證)을 보여 올닐 날이 잇슬 것을 맹서합니다"

이런 구절을 생각할 째에 그의 주먹은 쥐여젓다 깃벗다 그러나 녯사랑을 다시 지금 늣긴 것은 어니다 하지만 도리혀 녯사랑을 다시 차즌 것보다도 더 깃븐 무엇이 잇섯다

"그럴 것이다 나의 예상은 틀리지 안엇다"

그는 밤을 자지 못햇다 를이달썻다 긔운이 낫다 희망이 소삿다

그러나 그로부터 한 이십 일 만에는 그보다도 놀납고 깃븐 소식을 들엇다 그것은 즉 은숙의 입감 소식이엿다 작고 뒤를 니어 들어오는 학생들에게서 이것을 자서히 들엇다 사각모는 학생 스파이로 돌여서 은숙이와 충돌되여 마츰내 사이가 터지고 은숙이는 단연 녀학생의 선두에 나서게 되엿다는 말을 뒤미처 들어오는 사람들에게 자서히 들엇다

그는 다시금 은숙의 편지를 생각하엿다 그리하야 그의 이번 일을

"무엇보다 힘잇는 사죄의 실중【증】"이라든 그의 편지 사연과 서루 관련된 것이나 안인가 생각햇다

그는 맘 밋으로 슬어오르는 승리감(勝利感)을 스스로 억젤 할 수가 업섯다

×

철호가 근 일 년 만에 다시 세상으로 나오기 조곰 전에 은숙이는 넉달의 형긔를 마치고 먼저 나왓섯다

철호가 출옥하든 날 감옥 눈압헤서는 그의 멧멧 친구가 그의 나오기를 고대하고 잇섯다 그중에 은숙이도 씨여 잇섯다 그들은 첫새벽부터 감옥 문압흘 써나지 안코 기다리고 잇섯다

철호는 전긔불이 써질 째에야 출옥하엿다

"야—수고햇네 몸은 튼튼한가?"

"살이 젓네그려"

"그런데 피부가 웨 그 모양인가 얼녹이 쭉쭉 백혓스니………"

친구들은 억개가 물녀가도록 악수를 밧구엇다

"고마우이 그새 밧게서들 고생만 햇지"

"아니……… 그런데 지난 밤 열두 시까지라는데 웨 지금이야 내놋나?"

"여덜 시간은 공중역을 살엇서 훌륭한 불법이지……… 무슨 서류를 한다고 엽째 들이지도 안는 소리를 주어치데………"

철호는 깃붐을 억제할 수 업섯다 뭐니 뭐니 해도 늘 살든 세상이 조앗다 그러며 은숙이가 새삼스럽게 정답게 그럽게 그의 시선을 쯔럿다

"참 은숙 씨! 그새 퍽 만히 고생하섯지요? 한 쓸 안에 살면서도 녀자들이 엇더케 지나는지 퍽 궁금햇는데"

"아니요 별로 괴로운 줄을 몰낫서요 여러분이 고생하실 것을 생각하니까………"

은숙의 태도는 훨신 철저하여진 것 갓햇다 더 침착해지고 더 쪽쪽해진 것 갓햇다

"그래요 생각한 것보다는 아모 것도 아니야 누구던지 삼 년은 살아보아야 할 생활이라고 생각햇서"

철호는 여러 친구들 골고로 도라다보며 감상을 말햇다

"이 사람 감옥사리 못 해 본 사람이 붓그럽네 자랑 말게"

일동은 쌀쌀 우섯다 그러나 은숙이는 별안간 고개를 숙엿고 구두코으로 모래알을 굴니고 잇섯다 미안스러워 하고 붓그러워하는 드시 철호

의 눈에는 빗첫다 남들이 써들성하고 우서들 대일 째에 그는 참회의 침묵을 직히는 것 갓기도 하엿다

X

그 잇흔날 밤이엿다 철호와 은숙이는 마조 안즌 지 십 분이 넘도록 서로 먼저 입을 열지 못하엿다 무거운 침묵이 두 사람의 몸을 눌느고 잇섯다 그러나 침묵하기 위하야의 재회(再會)는 아니엿다 그리고 쏘 죄죄한 청년남녀와 가티 침묵이나 울음 가튼 소극적 방법으로 애타는 하소연을 하구 잇슬 그들도 아니엿다

"은숙 씨!"

철호가 마츰내 선코를 그엿다

"내가 이러케 차저온 데 하야 오해하지는 마십시요"

그래도 은숙이는 대답이 업섯다

1931년 2월 13일(금) 5면
선외기작 재출발(6) 우석(愚石)

"나는 은숙 씨가 나를 감옥까지 마주어 준 것 가티 동지로서 은숙 씨를 차자왓슬 쑨입니다 이런 의미에"서 은숙 씨가 보다 반가운 낫으로 대해줄 줄 알앗는데………나는 등【동】지로서까지도 자격이 업습니까? 그것까지도 은숙 씨는 주저하십니까?"

"고맙습니다만 저 가튼 것이야 말로 무슨 동지될 자격이 잇겟습니까"

은숙이는 너무도 짜릿한 자극을 바닷든 탓인지 도리혀 말소리가 녀물어갓다

"은숙 씨 글세 말이 엇재 작구 이상하게 갑니다만 물론 소소한 감정에

구속될 우리라면 다시 서로 만나지도 안앗슬 것입니다만 그런 것은 인제 불질러 버리기로 합시다"

"저는 아모 말도 할 말이 업습니다 그러나 저는………"

"네 말치 안어도 알겟습니다 로골적으로 말하면 남녀관계란 맘대로 못 하는 것이니까 내가 무슨 조혼 긔회나 만난 드시 억지로 다시 무얼하자는 야심은 아닙니다……… 그것만은………"

이러케 말하고는 너무도 답답한 드시 은숙이는 말을 더 잇지 못하엿다 그리며 그의 고개는 점점 수그러저갓다

"은숙 씨!"

그래도 대답이 업다

"은숙 씨!"

"네"

그는 애오라지 모긔소리를 내엿다

"결코 지금 우리는 우리 자신의 일을 말하는 것이라고 생각하지 맙시다 세상 형편을 이야기하는 것이라고 치시고 의견을 얼마던지 말슴하시는 것이 조치 안아요"

"말슴해 주서요 고맙게 듯겟습니다"

"웨 은숙 씨는 말슴하시지 안습니까? 그러케 이얘기할 상대도 못된다는 말슴입니까"

"아니올시다 철호 씨 이얘기해 주서요 저 가튼 의리 업는 계집이라도 용서하시고 이얘기해 주서요"

"은숙 씨 나는 결코 당신의 자유를 막으려 온 게 안입니다 그리고 안 될 일을 애걸하자는 것도 아닙니다 그것만 알아주신다면 지금 은숙 씨가 괴

로워하고 이얘기좃차 써릴 것이 업지 안아요"

"은숙 씨! 나는 깨달앗습니다 나의 처지를 잘 알앗습니다 사랑이니 뭐니 주제 넘은 짓은 다시 안 하겟습니다 그것은 첫재 돈이 잇서야 하고 둘재도 셋재도 모다 돈이고 그 담에 지위 명망이 ─ 이따위가 잇스면 더할 나위 업고…… 하니까 은숙 씨가 잘된다면 ── 즉 밧구어 말하면 돈도 만코 그댐 조건도 구비한 데로 가신다면 나는 축복해 올리지요 발서 가섯는지도……"

철호는 홍분되엿다 분햇다 설엇다 압하낫다 "맨주먹만 가진 놈이 이걸로 안 되는 일을 꿈꾸어 멋하겟습니까 죽도록 죽도록 애써봐야 소용이 업스니까요 나는 내 그릇된 생각을 억지로 잘나버리겟습니다 그래야 은숙 씨는 행복한 길을 차즐 것입니다 용감히 그 길을 가십시오 죽어도!【"】

철호는 별안간 말을 툭 끈엇다 선쌈이 붓적 소스리 만치 그는 놀낫다 은숙이가 까무라치드시 그 자리에 쓰러진 까닭이다

"은숙 씨!"

그는 은숙의 몸을 붓잡아 흔들엇다 사시나무 썰드시 그의 몸은 썰렷다 그 짜릿한 자극이 철호의 손을 통하야 가슴에 울렷다 "은숙 씨 은숙 씨! 이것 보서요"

은숙의 가슴에 압착되엿든 울음은 끈끈내 터지고야 말앗다

"은숙 씨! 끈치서요 내가 울어야 할 상면인데……"

은숙의 울음은 더욱 놉하갓다

"은숙 씨! 나도 이러케 웃고 잇는데…… 정말 인제 당신도 우슬 이얘기를 하지요 이러나서요"

철호는 그의 몸을 붓잡아 일구랴 하엿다 그러나 그는 더욱 얼굴을 박앗

다 그리며

"가만 두어주서요"

그는 구슯흐면서도 녀무지게

"얘기를 계속하여주서요"

"인제 다햇습니다 인제부터는 은숙 씨 하실 차례입니다 얼는 일어나서요"

"제게는 할 말이 업습니다 저는 용서하지 못할 죄인입니다 아하"

"죄인이라니요? 그러타면 나도 죄인이지요 은숙 씨를 한째라도 괴롭혓스니싸"

철호는 너무 지나가지 안는가 하며 말을 싣엇다 은숙은 조곰 울음을 멈추엇다 그러나 아직도 울음이 남아 잇서서 몸은 가늘게 썰리엇다

"철호 씨!·········· 잘 알겟습니다 영원히 다시는 저 가튼 년을 용서 안하실 것도 잘 알겟습니다 맛당한·········"

그리더니 은숙은 별안간 쏘 울음이 북바처 올라서 목을 노아 울엇다 자긔로도 그것이 얼마나 애달픈 울음소리인지를 깨달앗다

울수록 더욱 을음이 소삿다

"웨 발서 그런 말슴을 못해주섯서요? 저를 웨 그 그릇된 길에 싸지게 하엿서요?········ 아 — 인제는 너무 느젓슬가요 네?"

그는 한층더 흐덕흐덕 늣겨 울엇다 "철호 씨? 인제는 제는······· 참말 너무 느젓슬가요?"

참스러운 그의 울슴【음】소리는 철호까지를 설읍게 하엿다 그도 부지중 눈에 매치는 것이 잇섯다

"은숙 씨!"

그 찰라에 두 사람의 손은 꼭 맛잡혀젓다 두 사람 다 — 새 출발(出發)을

의식하는 반가운 눈물이 흘럿다 괴롬과 설음을 쏠코 나오는 깃붐과 희망
이 소삿다

새 날을 고하는 닭의 울음소리가 길게 새롭게 들리여왓다

(一九三〇, 一二, 一八)

아들의 소식 1933.1.15~1933.1.19

석산

1933년 1월 15일(일) 4면

당선소설 아들의 소식(1) 석산(石山)

가도가도 가없는 광막(廣漠)한 벌 우에 오날도 바람은 고함치고 처량한 달빗은 눈 우에 바사진다 피비린내 나는 살풍경(殺風景)한 아우성을 실고 불안(不安)과 공포(恐怖)에 찢어질 듯 긴장된 분위긔(雰圍氣) 속으로 들리나니 총 소래 콩을 복는 듯한 긔관총 소래 굉연(轟然)한 대포 소래 푸로페라 소래 붉은 피가 즈벅이는 나무 밋헤 가슴 쥐고 참혹하게 쓰러지는 젊은이의 비명 소색(蕭索)한 공산에 백골을 타고 안자 춤을 추는 가마귀의 서글픈 우름 소래…… 소래 소래…… 긔절(氣絶)에 갓가운 처참한 아우성…… 이는 만주(滿洲)벌 우에 명일(明日)의 건설(建設)을 짜내이는 씨와 날의 가닥가닥이다

"압흐로!"

검은 연막(煙幕)을 헤치고 름름(凜)한 청년(靑年)이 쇡처나와 긔(旗)ㅅ발을 휘둘럿다 웨치는 소래에 조화(調和)되는 전률(戰慄)할 표정 뒤니여 화산(火山)의 불길가른 아우성……

"영일(英一)아!"

×

　김참봉(金參奉)은 아득한 꿈속에서 소스라처 깨첫다 그는 아직도 꿈인지 생시인지 확실이 분별치 못할 환상(幻像)에 사로잡혀 독와사(獨瓦斯)에 고통 밧는 군인(軍人)가티 고민하얏다 앙상한 소나무 등걸 가튼 그의 얼골에는 일종 움즉이지 아니하는 죽엄의 빗치 써돈다 째로 반마른 진흙 가튼 입설이 조곰식 경련(痙攣)에 썰 쑨이다 그는 애써 커다란 눈을 힘업시 써서 집안을 삷혓다 사위는 정적(靜寂)에 죽은 듯이 고요한데 거긔는 몸을 쇠부리고 안자 자비와 동정에 가득찬 눈으로 그를 살히고 안젓는 "정주 어멈"이 잇섯다

　"정주 어멈 영일이를 보앗소 장교(將校)복 입고 지휘하는 영일이를 보앗소"

　참봉은 다시 눈을 스르르 감으며 신열(身熱)에 사로잡혀 몽유병자(夢遊病者)처럼 중얼거렷다

　"꿈이라도 웬 군말슴을 그리 하시는지……"

　정주 어멈은 닭알 째 앉은 이불을 다려 참봉의 몸을 가려주며

　"얼마나 자식이 그립길레…… 눈만 감으면 영일이니……" 혼잣말이 목으로 밀려 나오기가 밧부게 코와 입살의 근육이 실룩거렷다

　"그놈이 정녕 불에 맞아 죽엇지 죽엇서 그 란리에 피하는 도리가 잇다구……"

　참봉은 쌍이 꺼질 듯한 한숨을 치쉬고 나리쉬며 몽롱한 생각에 달리는 마음을 수습하노라고 애를 썻다 그러나 불안에 잠긴 감정(感情)이 언제까지나 까라안즐 줄을 몰라 흐린 웅뎅이 가튼 우묵이 쌔진 눈 속으로 "까스"에 질색되여 가는 초불 가튼 공포에 젓은 눈만이 씀벅이고 잇다

　병풍에 그린 닭이 우는 긔적이 잇대도 돌아올 듯 십지 못한 천애지각(天

涯地角) 어느 구름장 밋헤 흘려구는지 아지 못하는 자식을 눈이 싸지게 기다리는 어버이의 우둔한 마음이 정주 어멈에게는 안타까웁게 보엿다 정주 어멈은 참봉의 정신을 깨우치노라 이불 밋으로 자라등 가튼 손을 너허 참봉의 다리와 발을 주물럿다 어멈은 면도날 가튼 소름이 끼첫다 발은 유지 가튼 피부를 쑬코 금시 튀여날 듯 십혼 굵은 쎄 지극한 침묵(沈默)에 잠긴 처참한 참봉의 얼골이 한 만은 서름을 혼자 울엇스며 수만혼 불행과 싸웠음을 낫낫이 말하고도 남으나 대롭실하듯 하는 갑분 숨결이 건성에 붓허 시각을 다토아 죽엄을 재촉하는 그 순간에도 인생으로 가장 마음 쑤시는 자식에 대한 괴로움을 밧지 안으면 아니되는 참봉의 신세가 넘우나 가여워 보엿다 정주 어멈은 웬일인지 참을 수 업시 슯헛다

"자식이란 쓸데업소 정주 어멈이야 이런 군(空) 걱정이야 잇슬라구……"

맹목(盲目)인 자식에 대한 사랑에 미적지근한 반항가트나 말하는 리면에 얼마나 애상(哀傷)의 고충(苦衷)이 숨어 잇는가? 정주 어멈은 이 늙은이를 위로식힐 말을 미처 생각하지 못하얏다 그저 지극한 감격과 침통에 마음이 사로잡혀 무한한 어둠과 침묵 속에 싸러저 잇다 그러나 그들의 머리 속으로 얼마나 착잡(錯雜)한 의식이 명멸(明滅)하는가

"산다는 게 무섭구러 그놈은 기다러 무엇 하우…… 시(時)를 못 잡아 못 죽는 목숨이 ―다 쓸데업는 일이지― " 참봉은 가래가 끌어올라 괴로운 생각을 잇으랴 기츰을 년겁어 한다

"야숙한 게 인정되 그럽지 나간 제야 메실라구 날러 그런 걱정을 잇고 일어나 낙(樂)을 보시다 없으야시지 년세 륙십이 만아서……"

정주 어멈은 겨우 입을 열어 비비 쏘이는 말을 내엿다

"팔자는 밧구지 못하는 법인가보 그저 늙으면 죽게 마련 잘됏지"

참봉의 말마듸마다 얼마나 아득한 현실의 괴로운 정에 움즉이지 아느라는가를 정주 어멈도 넉넉히 볼 수 잇섯다

참봉의 마음의 귀착점은 인제 한 가지밧게 업엇다 "하로라도 속히 세상을 바리자는 것박게"

사회에서 배반을 당하고 고향에는 몰리우고 자식이란 게 탈출을 하고 안해는 방분(放奔【放奔】)[1]이 되얏다 하로라도 더 살면 그만큼 괴롭은 자자간다 그는 귀치아는 남의 신세에 모진 목숨을 부지하기가 그만큼 거북하얏다

정주 어멈도 참봉에게는 아모런 인척 관게도 아니다 그저 사고무친(四顧無親)한 불행한 인간이란 피차의 동정 밋에 서탑(西塔) 박 S촌으로 몰러드자 자별한 사이가 되고 마랏다

정주 어멈은 본시 자식을 나하 보지도 못하고 남편은 되놈의 등살에 북간도(北間島) 어대서 죽고마자 '집씨'가치 곳곳에 전전하다 이마즉 조고만 오막사리를 삼아가지고 지금은 참봉의 간호를 친동생갓치 극진히 하며 지낸다 그의 본향은 정주(定州)다 그럼으로 정주 어멈이라 부른다

1933년 1월 17일(화) 4면

당선소설 아들의 소식(2) 석산

"정주 어멈 늙으면 허는 수 업구려! 서울 어미까지 싯내 가고 마는 겐지…… 생각하면 적막한 일이오"

"글세 말이 낫스니 말이지 엇저면 젊은 안악네가 탈중에 게신 어른을

---

1 방분(放奔) : 제멋대로 나아가 거침이 없다.

노코 주착 업시 구는지 원 생각하면 신물이 도두만도 그 되(淸人)들이 무섭지도 아너라! 그래 서탑으로 사람을 보내 볼가 하는데요!"

"아야 그만 버려 두시오 저 될대로 되라지 내 원 그런 꼴을 늘 볼 게 아니니……"

참봉은 다시 골돌한 생각에 잠겻다 영일이로 인해 갓득이나 쓰라린 그의 머리에 서울 어미가 써오를 째 그의 가슴은 납덩이를 삼킨 듯 넘우나 답답하얏다 서울 어미란 참봉의 후처다 세상 풍운이 부산해지고 참봉이 심뢰로 자리에 눕게 되자 안절부절 몸을 못 두고 시름 업시 서탑 출입이 자자젓다 무엇 째문에 드나드는지 알 바 업스나 참봉은 지우면 지울사록 살아올으는 환상에 괴롭엇스니 서울 어미의 까무데한 눈썹 밋에 쏘렷한 눈 옷독한 코 설 늙은 이의 핏긔 잇는 붉으드레한 쌤에 조화되는 그 투실투실한 탄력 잇는 몸뎅이가 더욱 면구스레 써올랏다 이 지긋지긋한 쌀이 참봉의 정신을 바늘로 폭폭 찔러 앗득앗득하게 구는 게엿다 참봉은 이 서울 어미를 항복식히기에는 참봉은 넘우나 거리가 먼 듯하얏다 참봉은 이미 늙엇다 그는 이런 불쾌한 생각이 써돌 째마다 좀더 살아 영일이를 무릅 쑬리고 애욕에 환장된 서울 어미를 항복식히자고 주먹을 부르쥔 째도 잇다 그러나 살 만한 힘은 업슬 듯하얏다 참봉은 째로 그것이 더욱 서러웟다 참봉은 긋내

"모든 것을 잇자"고 결심하얏다 이는 확실히 무능자만이 가질 수 잇는 방패가 아니냐? 그러나 이를 엇저랴! 그의 머리는 물을 먹음은 해면(海綿) 가티 하욤 업는 감상(感傷)에 쌔젓다

정주 어멈은 서탑에 사람을 보낼 것과 내지 참봉 본촌에 전보를 노을 것을 내심으로 작정하고 박그로 나왓다 바람마지에선 전선이 황소 우듯

"잉잉" 하고 멀리 서탑에 잠기는 저녁 햇발이 황혼의 어두운 그림자를 벌우에 멀리 멀리 던젓다

二

참봉은 돌아누엇다 모든 생각을 버리랴고 애썼다 그러나 옥신각신 갈피를 잡지 못할 착잡한 생각에 달리는 마음을 업누르기에는 그의 몸은 넘우나 약하얏다

"란(亂)! 란이 무섭다" 자긔의 모든 서름이 란으로 말미암아 생긴 듯 십헛다

"寧爲泰平犬 無爲亂世氓" 그러타 난세의 백성이 되지 마라 이 란은 얼마나 심장에 칼을 박는 듯한 괴롬을 주엇든고? 생각하면 정신을 앗득인다 아—그날은 참봉의 존재가 살아지지 안는 한 영영 잇지【잊지】못하리라 이날로 돌아와야 될 영일이는 영영 돌아오지 안앗다 건곤이 일척(乾坤一擲) 되얏다 인명은 휘리바람에 뒤말린 풀입새가티 되얏다 초조에 드리타는 참봉은 영일이가 단이는 학교로 사람을 보냇스나 알 길 업섯다 영일이의 동창들도 뭇으로 거처를 숨겨 버렷다 참봉의 머리에는 번개가티 지나가는 불안한 예감에 몸서리가 첫다

"아버지 과연 훌륭한 이엿다 그러나 역사적으로 봐서 뒤진 인물이다 아버지의 나올 막(幕)은 이미 지낫다" 하든 그 어느 날의 영일의 소래가 귀에 들리는 듯 넘우나 완연이 살아 올랏다

"필야 일을 저즈르고 마노나" 참봉은 천 길 벼랑에서 썰어지는 듯 가슴이 나리 안잣다

"올쿠나 너는 현명한 놈이 되야 그 짓인 듯하다 그러나 잘못이다 나는 천 번 두고 너를 이해(理解)할 수 업다" 이로 말 업시 싸우려는 닭을 생각케 하는 이 서러운 두 암투(暗鬪)에 참봉의 가슴은 신날 죄듯 하얏다

당선소설 아들의 소식(3) 석산

"삼십 년 체험이 네의 압길을 그릇치겟느냐? 너마저 섬【섶】을 지고 불에 쒸여든대서는 이 아비는 넘우나 슯으고나" 밤이면 밤마다 푸른 달 밋헤 서리발갓흔 구레나룻을 쓰러나리며 어정거리는 참봉【참봉】의 눈에는 사뭇 것잡을 수 업는 눈물이 흘엇다 목을 노하 울고 십다

그는 머리를 싸매고 쌩쌩 알툿 하얏다 그래도 행여 무슨 싹수가 뵐 듯 십허 알 만한 곳으로 모조리 수소문하면 혹은 광동(廣東)으로 갓다 혹은 (아라사)로 갓다 북만(北滿)으로 가는 것을 차 속에서 봣다는 사람까지 잇서 도시 밋을 길이 업섯다

"자식까지 배반을 하느냐? 자식에 대한 조고만 일이 뜻대로 아니 되거늘 하물며 천사를 론한 것이 얼마나 어리석은 일이든고?"

"세상의 일이란 게 알고 보면 별한 게 아니다 한자구라도 내듸드면 거게는 압흠과 눈물이 잇고 인생의 적막함을 늣길 쑨이다"

참봉은 너무나 큰 락망과 참회에 자리에 누어 일지 못하게 되얏다

一渡鴨江幾易秋

弟兄通信三年絶

病中驚起座床頭

兒子何心萬里遊

淚眼非徒畏身死

當時我亦鵬圖客

疾情不獨保家憂

來日無人白骨收

이것은 어느 날 참봉【참봉-】이 부른 한 편의 시엿다

"아는 것이 흠이다 순탄한 인정이 제일이다 아야 영일이를 학교에 넣은 것이 탈이다"

참봉은 공연한 즛을 하얏다고 후회하얏다

"내 모르겟다 저 될 대로 되라지……" 못은【모든】것을 씻어 버리랴고 함에 가슴이 후렷해지는 듯도 십엇으나 뒤니여 불안한 슲음이 언제까지가 까라안을 줄을 몰랏다 그럴 째마다 순간이나마 그에게 잇서는 다시 업을 지난 시절이 싯이 업시 그의 가슴을 뷔여잡앗다

"자식을 집팽이로 여생을 보내자" 이것이 칠 년 전에 고국을 등지고 봉천(奉天)을 향하든 참봉에게는 다시 업는 희망이엿다 이로 참봉은 영일이를 하늘가치 밋게 되얏다

어린 영일이도 간구한 살림 속에서도 말업시 고분고분 일을 하얏다 어린 것이 십 리 길이 넘는 서탑에서 호미 가마니를 쇠박쇠박 저날랏다 가을이면 십여 단(한 단은 열 말)의 추수도 되얏다 사철을 걸레가치 피곤해 몰아 들어도 흰토기가치 유순한 줄만 아는 자식을 대할 째 참봉은 새로운 희망에 살길을 구하얏다 사회 인족 가정 동지를 배반한 설음을 이즐 수가 잇섯다

그러나 참봉의 집안에는 한두 가지 사정이 생겻으니 영일의 어머니가 쎄쑤시는 고역에 시달리다 와국【외국】고혼[2]이 되고만 후 서울 어미가 들이오자 자연 영일이와 의합[3]치 못하게 된 것이엇다 영일이도 그 까다롭고 요사스런 서울 어미의 쯧을 마출 수는 업섯다 영일이는 결코 저능아(低能

---

2   고혼(孤魂) : 의지할 곳 없이 떠돌아다니는 외로운 넋.
3   의합(意合) : 뜻이나 마음이 서로 맞음.

兒)가 아니엿다 그는 특수한 환경 밋에 자랏느니만큼 남 유다른 서름과 쓰라림도 겨우 참어갓섯다 본시 호화로운 가정에 태여낫서도 행복이란 조금도 맛보지 못하엿다 그러타고 부모를 원망하는 눈치는 쑴에 두구도 업엇다 그러나 그를 위하야 오즉 하나이든 어머니가 돌아가고 생활에 변농【변동】이 자즌 우에 생리상에 변화가 옴에 그도 정의(情意)에 움즉이게 되얏다 더욱 이 모든 조건은 그를 어대까지나 냉정한 리지(理智)에 쐬게 하얏다 그도 언제까지나 수걱수걱 어버이의 명령 밋에 자긔 존재를 굴복식히고만 살 수는 업을 듯하얏다 그러기에는 영일이는 넘우나 현명하얏다 그는 현실 생활에 권태를 늣기게 되엿다

그는 어느 날 아버지에게 난성【난생】 처음으로 자긔 의견을 고집하얏다

"아버지 저는 학교에 가겟습니다"

"아사 학교는? 제행문이나 하면 되지……"

아버지는 선 자리에서 막앗다 그는 어느 날 집을 탈출하는 첫 반항으로 제 쯧을 뵈엿다 참봉은 못맛당이 생각하얏스나 무지막지한 로동군으로만 버릴 수 업다는 생각과 서울 어미와의 사이를 고려하야 내친 거름이라 내버려 두엇다 그러나 날이 거듭가면 갈사록 참봉의 불안은 점점 자라갓다 참봉은 영일의 재조와 그 굿세인 힘을 근심하얏다 보면 볼사록 생매색기 가티 되야 가는 자식을 대할 째 자긔 힘으로는 길드릴 도리가 만무한 듯하얏다 그저 글거 부시럼이 될가 십퍼 오직 모든 해결을 세월에 미루고 줄 터진 지연(紙鳶)을 바라는 심사로 자식을 바라고 잇슬 박게 도리가 업섯다

당선소설 아들의 소식(완) 석산

그러나 외쩍이 쉬는 양 싶어 어지간이 애가 씨여 영일이를 대할 째마다 준절이 꾸짓듯 타이르는 말은 언제나 자긔 경험담으로 대신하얏다

"영일아 아비의 말을 그대로 듯고 명감 삼아 네의 압길을 그릇치지 마라 내가 XX년을 서울에서 울엇고 XX년 전후를 상해에 방탕하얏다 계계승승(繼繼承承)하야 물려 오든 루거만⁴의 돈을 오직 민족(民族)을 위한다는 피 끌는 정성 밋혜 민족사업에 모조리 털어 드렷다 언론긔관(言論機關)의 신장을 위하야 애쓴 사람도 나이고 얄미운 파벌(派閥)을 업누두고 통일을 위하야 분주한 사람도 역시 나이엿다 그러나 내가 두설【루설】(縲絏)⁵의 몸이 되야 오 년간 령오【영어】(囹圄)⁶에 사다 비로소 사회에 돌아와서는 넘우나 큰 비애를 늣겻다 그저 모도가 공허(空虛)한 듯하드라 세태는 흐르는 물가티 것잡을 사이 업시 변햇섯다 어제가 다르고 금시가 달낫다

사회생활로 보나 개인생활로 보나 음산하기 황폐(荒廢)한 절긔의 뜰 가튼 쓸쓸한 늣김이엿다 내의 머리에는 통제할 수 업는 큰 변동이 오드라 그저 회의(懷疑)만에 가득햇섯섯다 그러타 마음에 그리든 생활과 실재와는 현격한 차이가 잇나니 전민족을 위한다는 생각은 확실이 당랑의 것철(螳螂의 拒轍)인 것을 알게 되얏다 꼭 된대도 몰을 일이어니와 될동말동한 일에 자긔만이 일생을 바첫다는 것은 확실이 어리석은 사람이엿다 이것은 돌 우에 풀 나기를 기다리는 일이란 말이다

---

4 루거만 : '누거만'의 북한어.
   누거만(累巨萬) : 매우 많음. 또는 매우 많은 액수.
5 루설(縲絏) : 포승.
6 영어(囹圄) : 죄인을 가두는 곳. 감옥.

믈이 쎄가니까 게 무명이 뵌다구[7] 그래 불어 씨슨 듯한 말금한 몰락을 치르고 난 후 이미 쎄는 느젓다 그저 다—파 먹은 김치독 가튼 텅뷘 한심스럽기 짝이 업는 마음 쑌이니…… 쪽 세상은 찬어름장가탓다 어대까지나 쓷붓지 안는 인정이란 털끗만큼도 업는 그런 세상이드구나 내가 한 사업에 누가 눈이나 거들쩌 보겟느냐 어듸 다라나는 구름조각이 썰어치고 가는 그림자가티나 역여 주겟느냐? 쑤준하고 씩씩하든 온갓 의지는 고무풍선가티 줄어들어 현실에 대한 불안한 공포와 비애만이 나의 압헤 가로노엿슬 쑌이니 썩정나무 가튼 내의 억개에는 무거운 짐만이 실려젓다 나는 혼자 만히 생각햇섯다 그러나 갈팡질팡 헤매다 못해 현실의 횡폭한 방맹이에 허는 수 업시 만주벌에다 목을 매고 들불에 물거품가티 모여든 게 아니냐? 영일아 너는 생각하는 바가 잇서야 한다 이는 삼십 년 체험에서 엇은 산 진리다 나는 속 못 차리는 어리석은 사람이엿다 지금 세상은 저 실속을 못 보는 사람은 구실을 못하는 법이다 영일이 너는 아비가 살아 잇는 동안은 그저 쌔가 휘는 일이라도 하야라 고향도 잇고 동생도 잇고 사회 민족을 이저다구……" 이는 참봉이 아들에 대한 부탁이며 희망인 동시에 그의 사회관 내지 인생관의 전부엿다 그러나 참봉이 아들의게 대한 모든 바람은 설게도 풀리고 마랏다

三

이튿날 새벽녁헤 김 참봉은 마을 사람들에게 웨싸여 정주 어멈의 손으로 눈이 감겻다 고민에 시달녀 쌔진 늙은 몸은 고목(枯木)가티 죽어젓다 그

---

7 믈이 썬 뒤에야 게 구멍이 보인다 : 밀물이 빠져나가야 밑바닥이 드러나서 게 구멍도 보이게 된다는 뜻으로, 일정한 조건이 마련되어야 일에 착수할 수 있음을 비유적으로 이르는 말. 또는 재물이 다 없어진 뒤에야 재물이 귀한 줄 알게 됨을 비유적으로 이르는 말.

는 끗내 아들의 소식을 모르는 채 죽어 버리엿다 그저 숨을 모—든 순간
에도 자식을 잇자고 애써쓸 뿐이다

　고향에서 친척도 왓다 그러나 서울 어미는 영영 자최를 감추어 버리고
말엇다 성복날 한 만혼 김 참봉의 령구(靈柩)가 영영이 S촌을 써나든 날 '아
들의 소식'은 비로소 왓다 이래아 애싯는 영일의 글월 속에서 몃 토막을
찍어 김 참봉을 대신하야 다—가티 읽어 보기로 하자—

　"……영일이는 아버지보다 눈물이 더 만소이다 야반삼경(夜半三更) 소스
라처 송화강(松花江)에 머리 감는 풍운아(風雲兒)의 절치(切齒) 속에 솟아나
는 이 눈물을 위대한 철인(哲人)이신 아버님은 아시겟지요……민중(民衆)의
마음에 닭의 소래 우렁차게 들리는 날에 청운(靑雲)의 뜻을 푸는 날이 잇거
들랑 "아버지에 대한 불효쯤은 수 만혼 사람을 위하야 경륜하는 커다란
사업에 비길 수는 업나이다" 이것이 아부님의 말씀이라 하오면 "아부님이
한민족(民族)을 깃무게 하기 위하야 애쓰시다 늣기신 환멸(幻滅)을 영일이
는 왼 세상 사람들을 깃부게 하는 성공(成功)으로 밧구엇소이다" 이것이
영일이의 대답일 것이외다 만번 두고 불행잇서 못 게신다 하옵거나 쏘는
이 모다가 아부님의 뜻을 거스린다 하옵거든 구천에 사뭇치는 영일의 죄
를 푸는 일이 잇스리까 천 번 두고 자식의 업(業)을 못 밋는다 하옵서도 영
일이로 하여금 "아버지"라고 마음껏 불을 자유(自由)만은 주소서 아! 그리
운 아버지 아버지……

　一九三二, 十二, 十七(쯧)

굼주린 사람들 1933.1.22~1933.1.24

김낙형

1933년 1월 22일(일)

(전체 8면 중에서 3~6면이 누락되어 작품 게재 확인 불가)

1933년 1월 24일(화) 4면

단편가작 굼주린 사람들(2) 김낙형

어지러운 발자최가 그의 머리 우를 밟고 갓다 잠을 일우려고 애쓰는 정신은 점점 말라갓다 문득 자긔 몸이 아직 물 우를 헤염치고 잇는 광경이 나타낫다

소름이 끼첫다

"밀수입!! 그것도 못할 노릇이고나!"

몸이 건장한 춘식은 정찰대나 공격대와 가튼 역환【역할】을 맛게 되엿든 것이다 그것은 상품을 실흔 밀수입선이나 밀수입대 압헤서 세관 감시의 동정을 정찰한다 발각이 될 쌔에는 추격하든 감시들과 정면에서 대대적으로 방어전을 연출하게 된다 이번에는 소금을 한배 갓득 실엇든 것이

엇다 상륙도 못 하고 형세가 불리하여 물에 써러지게 된 춘식은 겨우 기여 나오게 되엿스나 성사를 못 하엿스니 한 푼의 배당도 둘【돌】아오지 못한다 신의주에서 국경만 넘으면 소금 시세는 두 배가 되여 나온다 그 전날 춘식이가 A잠상의 부하가 된 첫날 그째에는 안동 물품을 신의주로 넘겨오게 되엿다 자전거에 물건을 실은 십 여 명 일행이 안동세관 압헤 일으자 감시들과 대충돌이 연출되엿다 모다 기어히 탈출은 하엿스나 춘식은 몹시 부상을 당하고 탈출도 못 하엿섯다 그런【런】데 상품은 물가의 고저를 써나 좌우로 류동하엿다

세관! 중국세관이란(사변 당시의) 기능을 일허 버린 로샌토에 지나지 못하엿다 잠상들은 째를 만낫다고 대대적으로 밀수업에 눈이 벌갯다 무리를 지여 세관을 압도하고 통과하엿다

밀수입 세관 감시 잠상………… 춘식의 머리에는 다리를 건너 단니는 가난한 조선 사람들의 확실치 못한 거름거리를 듯는 깃 갓햇다 모도가 눈치를 흘겨보고 살아가는 도적고냥이 얼골로 보혓다 사실 단 몇 푼의 리익을 어드려고 발발 썰고 단니는 무리들에게 강을 씨여 들고 서잇는 철교는 크다란 저주인 동시에 쏘한 생명선과 가티 생각된다는 모순체엿다

"세관이 다 무어란 말이야! 좀 먹고 살게 가만두면 어째!"

춘식의 가슴에는 발작적으로 불평의 뭉치가 치밀엇다 춘식은 자기 자신의 무능력한 행동을 무한이 미워하는 것이엿스나 그러나 그런 밀수입조차 하지 안으면 안이 될 현재의 처지에 생각이 들 째면 불갓흔 울분이 그를 사로잡을 쑨이엿다 하로라도 밧비 수용소를 버서나가야 하겟다는 초조한 심사에 무슨 직업이라도 구하여 보려고 헤매이든 취직난의 쓰라린 경험이 눈압헤 새로웟다 일자리를 구하려고 헤매이든 남아지 겨오 맛

닥들닌 곳이 A잠상의 밀수입군이 안이엿든가? 춘식에게는 하로하로의
침울한 생활이 언제까지나 자기 몸이 기능을 일허버린 시컴언 구렁에 붓
잡혀 잇슬 것 갓흔 불안과 막연을 가저오는 것이엿다 잠을 일우지 못하는
머리속은 터질 듯 무거웟다

알는 신음이 연이여 들녀왓다 자는 줄만 알앗든 그의 어머니 입에서 긴
한숨이 새여나올 째 춘식의 몸은 전류(電流)를 마즌 듯 찌르르 하여젓다

안동의 밤은 기적만이 홀로 살아잇다는 듯 잇다금 소리를 실으기를 잇
지 안앗다 독한 기침소리가 쓴일 줄 몰으는 피난민 수용소의 어지러운 쑴
을 실은 채 날은 새여갓다

아츰을 맞는 피난민들의 정경은 더욱 처참한 것이엿다 난우어 준 좁살
로 밥을 지여 밥통이 들어올 째면 우구구 몰니여 가 쌩들안는다 울든 아
히들도 자리에 누엇든 병자들도 모혀가 밥통을 둘너싼다 한박죽식 돌녀
가기가 밧벗다 일음이 국인 멀건 국물을 닷토아 마신다 홋옷 겹옷 혹시
솜옷을 입엇다는 것이 소매가 짜르거나 바지 기리가 짤낫다 팔자 업는 중
국옷을 입은 사람은 머리가 까치둥이처럼 헙벅 조와 잇섯다 형형색색의
유령이 모여 안저 인간이 보낸 사재밥을 먹는 것 갓했다

춘식은 밥을 국에 말어가지고 듸려마시는 듯하고는 나안잣다

"오늘 마적의 목을 버힌다드라!"

이런 소문이 퍼젓다 민회에서 온 자의 입에서 전파된 것이엿다 마적!
피난민들은 마적의 목을 버히는 것이 원통한 원수나 갑는 듯한 통쾌하고
흥분된 어조로 목을 버힌다는 말에 힘을 주엇다(민회에서 쏘한 그러캐 선전하

엇다) 지금과 갓흔 처참한 구렁에 몰아너케 한 것이 모다 마적의 소행이라
고 밋는다 의식이 박약한 고집쟁이들에게 더욱 심한 충동을 주엇다

1933년 1월 25일(수) 4면
사고(謝告)

가작(佳作)으로 입선(入選)된 김낙형 작『굶주린 사람들』은 사정에 의하
야 게재치 못하오니 필자는 독자께 미안합니다 조선일보학예부

모범경작생 1934.1.10~1934.1.23

박영준

1934년 1월 10일(수) 조간(朝刊) 특간(特刊) 3면

당선단편소설 모범경작생(1) 박영준

"애―나 한마듸하마―"

"애―애―기억(基億)이 보구 한마듸하래라 악가부터 하겟다구 그러는데―"

"기억이 성내겟다 자―기억이 한마듸 해보게!"

한참 소리를 하는데 이런 말이 나와 일하든 손들을 조곰 쉬이는 듯이 기억의 얼골을 보앗다

남들이 소리를 하는데 잘하지 못한다고 제게는 한차레도 소리를 못 하게 하는 것이 화낫든 것처럼 기억이는 잇는 목소리를 다 빼며 소리를 꼬내엿다

"온갓 물은 흘너나려두 오장 썩은 눈물 솟아오른다"

이 소리에 한 논에서 일하든 사람들은 함께 합하여 그 미나리 곡조를 주고밧고 하엿다

"깔기죽 깔기죽 깔보지 말구 속을 두루러 말해주럼!"

소리만을 하면 일이 홍그러워지고 아지 못하는 사이에 날내 되여감에 일터에서는 웃는 소리가 아니면 노래가 끈치지 안는다

"모시나전대에 배전대에 전에나 전대루 노라나 보자"

성두(成斗)의 논에서 일하든 사람들은 누구나 한마듸 빼 논 사람이 업시 다 한 번씩이라도 하엿다

물 잇는 논에서 발소리를 내며 한 모금씩 쥐인 벳모를 떼여꽂는 그들은 한길로 나가는 줄에서 떠어지지 안흐려고 소리를 하면서도 손은 더 빠르게 놀리엿다

그러나 열네 살박게 안 된 성두의 동생은 소리를 한마듸만 하면 떠러지는 솜씨에 한 발씩이나 떠러지엿다

"애 ─ 너는 소릴 고만두고 모나 잘 꼬자라! 잘못하면 너 때문에 일을 못 맞출나!"

성두가 그의 동생의 목【몫】을 꼬자 주며 이야기했다

"애들아 ─ 이번에는 수심가나 한다【마】듸 하자쿠나! 아마 수심가는 성두가 잘하지!"

다 갓치 젊은 사람들만 모이여 일하는 데라 엇던이가 이러케 트구 말했다

"암 ─ 수심가야 성두지!"

"나야 밧기나 하지 ─ 누가 몬저 하게 ─"

"공연히 그러지 말구 빨리 하게 ─"

성두는 한 번쯤 사양하려 햇스나 두 번채【째】는 소리를 끄냇다

그럴 때 마츰 멀리서 자동차 소리가 나며 다른 논에서 자동차 온다는 고함소리가 들리엿다 그 논에서도 구부럿든 허리를 펴고 이러서서 오는 자동차를 보랴고 일을 멈추엇다

"저 차에 기서(基徐)가 온댓지!"

"그러두군!"

성두 동생은 논에서 밧 멧 개를 건너 잇는 신작로로 뛰여갓다

다른 논에서도 멧 사람이 자동차가 지내가다 나릴 손님이 잇스면 머물고 하는 큰돌이 노여 잇는 길가에 모여서서 수군거리엿다

"팔자 조타 엇든 놈은 땀을 흘리며 종일 일만 하는데 엇든 놈은 자동차만 슬슬 굴리누나!"

기억이가 자동차 온다는 말에 기서를 생각하며 이러케 말했다 그러면서도 자동차에 나리는 기서가 부러운 듯도 해서 자동차 길에서 눈을 떼지 안헛다

1934년 1월 11일(목) 조간 특간 3면

당선단편소설 모범경작생(2) 박영준

자동차는 여름 몬지를 뽀이야케 피이면서 동내 압까지 왓스나 기다리고 잇든 사람들 압헤서머물지를 안코 그냥 다라나 버리엿다

동리 서쪽 조고만 산을 돌아 사러질 때까지 모혀 섯든 사람들은 다시 수군거리며 제각기 일터로 도라갓다 성두 동생이 도라왓슬 때는 남의 일이 아니면 신작로까지나 나가 보아야 햇슬 것가티 생각햇든 사람도 다시 모를 꼿기 시작햇다

"오늘 온댓스니건 꼭 올 텐데 ㅡ"

성두가 모떵이를 왼손에 쥐며 말했다

"글세! 꼭 오겟는데! 요사이 모를 꼿지 못하면 금년에는 상을 못탈 텐데!" 기우러지는 햇발을 처다보며 진도 애비가 말햇다.

"너 그다지 원통해 할 게 무어 잇니 기서가 상을 탄대두 너는 마코 한 개 못 어더먹어 이 자식아!"

기억이가 툭 쏘앗다.

"그래두 온다구 한 날에는 올 텐데 —"

기다리는 마음을 가진 성두가 다시 말했다

기서는 그 마을에서 가장 칭찬을 밧는 사람이다 물론 사촌 형제ㅅ벌이 되면서도 기억이갓흔 멧 사람은 기서을【를】 시기하고 속으로는 미워까지 햇으나 동내 전체로 보아 소학교 졸업을 혼자 햇고 군청과 면사무소에 혼자 출입하고 공부를 만히 한 사람에게도 지지 안흐리 만큼 동리 사람들을 가르키며 지도했다.

나이 젊은 사람으로 일을 부즈런히 하야 돈도 매해 얼마씩 벌며 마을의 진흥회니 조기회니 하는 회마다 회장으로 잇서 무식하고 착한 농부들은 기서를 잘난 위인이라고 하지 안을 수 업섯다

더욱히 서울서 모이는 농사 강습회에, 군에서 보내는 세 사람 중의 한 사람으로 한 주일 전에 그리로 떠난 뒤로 기서를 칭찬하는 소리는 더 커지엿다

평양 구경도 못한 마을 사람들이 서울까지 가서 별한 구경을 다하고 올 그에게서 서울 이야기를 드러볼 생각을 하니 그의 도라옴이 대개는 기다리어젓다

점심 먹고 한번도 쉬이지 못한 성두의 논에서 일하든 사람들은 논두렁으로 올나가 담배를 피우기로 햇다, 엇던 동리에서는 점심 뒤 한번 쉬이는 참에는 겨누리로 밥을 또 먹으나 이들은 멧 해 전부터 그런 것이 자연히 업서젓슴으로 배는 곱하도 그저 쉬일 수박게 업섯다

기서네만 내노코는 전부가 소작으로 사는 그들이 여름철에는 보리밥도 마음대로 먹을 수 업는 터에 겨누리쯤은 물론 생각도 못 했다

"나두 돈이나 잇스면 죽기 전에 서울 구경이라도 번한【한번】 해보앗스면 조켓다ㅡ"

진도 애비가 두러누어 풍뗑이로 얼골을 가리우며 말햇다

"나는 평양 구경이라도 해 보고 죽엇스면 조켓다"

신문지 조박으로 회연을 말어 춤으로 붓치든 성두가 웃엇다

"하늘에서 돈이나 조곰 떠러지지 안나!"

풀 우에 업듸여 풀을 손으로 뜻는 기억의 말이다

여름 하늘은 구름 한 점 업시 맑앗코 곡식의 싹이 도든 들판은 물드린 것가티 파랏타

"그런데 금년엔 나도 기서네가티 금비를 사다가 한번 논에 뿌려 보앗스면 조켓드라 기서는 밧테다가 조합비료래나……암모니아를 친대데! 그것을 한번 해 보앗스면 조켓는데!【"】"

하고 성두가 말할 때 진도 애비는 펄덕 이러나 안젓다

1934년 1월 12일(금) 조간 특간 3면

당선단편소설 모범경작생(3) 박영준

"말 말게 골메(동내 이름)서는 누가 돈을 빗내다가 그것을 햇다는데 본전도 못 빼고 빗만 남엇다데!"

"그럼! 웃동리 이록이네두 녹앗대데! 설사 잘된다 한들 우리가 만히 먹을 듯하나? 소작료가 울나가면 그뿐이야!"

기억이가 성낸 것 가티 덤비엿다

"그것두 그래!"

하며 성두가 말을 햇다

"얼마 전에 지주에게 가니까 이록이 칭찬을 하며 우리가 금비 안 쓴다는 말을 하데!"

"글세 말야! 금비라는 것이 또 못살게 하는 거거든! 그것은 엇든 놈이 만들엇는시【지】 모르지만 아마 돈 잇는 놈들이 만들엇슬 테야! 빗 안 내고 농사를 지여도 굶을 지경인데 빗까지 내래니 살 수 잇나!"

기억이가 큰소리할 때 진도 애비는 무엇을 생각하고 잇다가 말을 끄내엿다.

"기서야 돈 잇고 제 땅이 잇으니 무슨 짓인들 못하리! 또 변(利子) 업시 얼마든지 보통학교에서 돈을 갓다 쓸 수도 잇으니까!"

"나도 보통학교나 단니엿드면 모범경작생이나 되여 돈을 가저다 그런 짓을 한번 해 보앗스면 조흘 텐데 보통학교란 물도 못 먹엇으니……"

성두가 절반 남아 꼿친 모를 나려다보며 말햇다.

그들은 기서를 그런 의미에서도 부러워햇다. 물론 제 땅이 얼마큼은 잇서야 모범경작생이 될 것이나 보통학교를 단니지 못하야 그런 돈도 못 써 보고 따라서 기서갓치 서울 구경을 공짜로 할 생각도 못해보는 것이 억울하기도 햇다.

"내일은 우리 조밧, 세벌 김매려들 오게!"

기억이가 이러서서 기지개를 켜며 말햇다.

"나는 내일 장에 가서 돼지 금사를 보고 와야겟는데… 그것을 팔아야 지세도 밧치고 오월 단오에 의숙이 댕기도 한감 끈허다 주지!"

성두가 이 말을 하고 이러날 때는 안젓든 사람들도 논으로 다시 나려갓다

성두는 말업시 모를 꼿고 잇엇으나 모이폑에서 곳 벼알이 열리여 익엇으면 하고 생각해 보앗다

일 년에 벼를 두 번만이라도 거둘 수 잇다면 도야지는 안 팔어도 괜치 안흘 듯이 생각키윗든 까닭이다

기나긴 해도 기우러지기 시작하자 어느새 쑥 나려갓다 서산에 넘어가려는 붉은 해를 도라보고 기억이가 타령 곡조로 소리를 놉히엿다

"어서 꼿구 저녁 먹자!"

다른 사람들도 이 소리를 따라 마즈막 춤을 주【추】는 무당처럼 소리를 치며 모를 꼬잣다

어둠이 들을 휩싸고 돌 때 물오리들이 소리를 치며 떼를 지여 날러갓다

성두의 논에서 큰 개뚝을 넘어 김매러 갓든 그의 손아래ㅅ누이 의숙이는 국수집 딸 얌전이와 가티 모 꼿는 논두렁을 지내갓다

"의숙아 — 빨리 가서 저녁 지여라 — 이제 가니…"

성두의 남동생이 의숙이를 보며 말햇다.

"웅!" 하며 의숙이가 고개를 돌리엿을 때 기억이가 말을 부치엿다.

"기서가 아니 와서 맥이나겟구나…" 하며 다시 얌전이에게 말을 햇다 "오늘 저녁 너이 집에 갈가?"

의숙이와 얌전이는 꼭갓치 눈을 떨구고 길을 걸엇스나 의숙이는 얼골까지 붉혓다

개뚝에 가리여 자동차가 지나간 것을 못 보앗스나 그래도 집에 가면 길 가운데서라도 기서가 자기를 불러줄 것을 곰곰히 생각하든 것을 꿈갓치 업새버리랴니 의숙이는 섭섭하기 짝이 업섯다

1934년 1월 13일(토) 조간 특간 3면

당선단편소설 모범경작생(4) 박영준

몬지 무든 적삼이 등골에 흐른 땀에 빨개지엿고 장흙을 싸서 뭉갠 듯한 치마가 걸을 때마다 너풀거리엿다.

"애 —기서가 아니 왓대지!"

얌전이가 말을 끄냇다

"글세 누가 아니 —"

"공연히 그러지 마라! 눈물 나오면 울어라! 그런 때 울지 안코 언제 울겟니! 나갓흐면 그까지거 막 울겟다"

이름만이 얌전이며 사실은 동리에서 제일가는 말괄냥이로 아직 시집도 가기 전에 서방질을 햇다고 하지만 의숙이는 그의 말이 그다지 밉지 안아서 아모 대답도 아니햇다

한 해나 두고 매일갓치 생각하며 그를 하로라도 보지 못하면 가슴이 답답한 듯하야 안타가워하든 기서를 한 주일이나 두고 보지를 못하다가 오늘이야 맛나려니 햇든 마음까지 헛되게 됨을 사못 섭섭히 생각하엿다

"애 —사랑이라는 게 무에가? 함께 살지도 안흐면서 사랑을 할 수 잇니? 나는 그래두 기억이를……"

무슨 소리나 가릴 줄 모르는 얌전이는 하지 안흘 소리를 하면서도 전에 업든 진정을 뵈엿다

"누가 사랑이 무엔지 아니!"

"그래두 너는 기서 오래비하구 사랑한대드구나!"

"몰나 애!"

마을은 조용햇다

엇슬엇슬해 가는 들에서는 나제 먹은 더위를 식히고 마시엿든 몬지를 토하는 듯 벌네(虫)들이 목청을 가다듬어 울고 잇섯다

의숙이와 얌전이는 집에다가 호미를 두고는 꼭갓치 우물로 나왓다

의숙이는 바가지에 물을 떠서 한손으로 물을 쏘다 얼골을 씻고 머리털에 무든 물ㅅ방울을 손으로 토긴 뒤에 흙에 빨개진 고무신과 발을 씻고 잇섯다. 마츰 그때에 동이를 엽헤 끼고 오든 마을 녀편네가 기서가 이제야 온다는 것을 알여주엇다.

"얘 — 기서 오래비가 온대! 개들이 짓는 데쯤 온 게다"

하며 얌전이가 거푸 말햇다

개소리가 커지며 갓가워올사록 의숙의 마음은 덜먹거리엿다

고무신도 마저 씻지 못하고 물동이를 이고 집으로 도라가는 그는 길에서나 맛나지 안흘가 하야 가슴이 더 두군거리엿다

그러나 집에 가서 아모 정신 업시 도야지죽을 바가지에 담어가지고 도야지 우리로 나갈 때는 기서가 자기 엽헤 선 것 갓햇스나 울국거리는 도야지에게 죽을 쏘다 주고 도라슬 때는 기서가 자기부터 맛나려 오지 안은 것이 섭섭햇다.

대문으로 도라 드러가려 할 때에 귀에 익는 기침소리가 의숙의 발을 멈추엇다 그것은 기서의 소리가 틀님업섯기 때문이다

의숙이는 작년 여름부터 서로 말로 할 수 업는 이상한 가슴을 가지고 기서를 대하게 된 뒤로 동리에서도 거이 알게쯤 사이가 친햇것만 서로 어른들에게는 숨기여 가는 그들이라 의숙이도 마당 엽흐로 가서 고개를 숙이고 기서를 맛낫다.

"잘 잇섯니"

"네!"

"자동차를 타고 올래다가 몃 시간 걸으면 칠십오 전이나 굿는 것을 공연히 타고 오겟든! 빨리 너를 맞나고 십기는 햇지만!"

의숙이는 아모 대답도 못햇다 울넝거리는 가슴이 그저 널뛰듯 뛰며 고개도 들고 잇슬 수 업섯다

매일 갓치 맞날 때는 어느 틈에라도 우서 보이엿고 말을 한 마듸만 해도 깃분 생각이 드소삿건만 얼마 떠나 잇다가 만나노으니 엇지 그리 떨리는지 몰랏다

그날 밤 동리 사람들은 서울 이야기를 드르려고 기서네 마당으로 몰려드럿다

소 먹이려 갓든 어린애들은 밥술을 노키도 전에 뛰여와서 멍석을 차지하고 안젓다

마당에는 빨내줄에 람포등[1]이 걸리여 바람에 꺼질 것처럼 홀닥홀닥햇다

웃군에게 람포등을 내다건 것이 기서네로서도 처음인만큼 마을 사람들도 보통때의 웃과는 달리 말들을 적게 햇다

불빗이 희미하게 비치는 한켠 엽헤 안즌 부인네들도 각기 기서에게 잘 단여왓느냐는 인사를 하고는 둘러 안젓다

"오래비 잘 단여왓소?"

특별히 크게 하는 얌전의 말은 옴크리고 안젓든 의숙의 고개를 더 숙이게 햇다

"그래 서울 동리가 얼마나 크든가?"

---

1 남포등 : 석유를 넣은 그릇의 심지에 불을 붙이고 유리로 만든 등피를 끼운 등.

기서 엽헤 안젓든 수염 길른 늙은이가 우스며 물엇다.

"서울에는 우리 동리 터보다 더 넓은 자리를 잡고 잇는 집이 수업습니다 총독부 가튼 집에는 수만 명이 살겟든데요"

기서는 서울서 구경한 놀랠 만한 일을 하나도 빼지 안코 이야기햇다.

1934년 1월 14일(일) 조간 특간 3면

당선단편소설 모범경작생(5) 박영준

전차가 수백 대나 되며 자동차가 수천 대나 잇어 귀가 압허 단닐 수 업섯다는 말까지 햇다

혀를 빼고 멍하니 듯든 사람들이 숨을 돌러 쉬어랴 할 때 그는 이러서며 말을 다시 끄냇다

"이제는 강습회에서 배온 것을 조곰 말하겟습니다. 농사짓는 법은 제가 보통학교 단니면서 다 배혼 것이며 지금 내가 채소밧 하는 그 법과 꼭 갓혼 것을 배웟으니까 그것은 말할 것이 업지오 하니 새로 배운 것이 잇다면 닭을 칠 때 서울서 네공(레그혼)이라는 힌 닭을 사다 기르면 그놈이 알을 굉장히 낫는다구 그러두군요 ― 그박게는 배혼 것이라고 별로 업습니다"

이 말끗츨 맷고 다시 말을 니을 때는 연설이나 하는 사람처럼 기츰을 한번 하고 목청을 뽑앗다

"제가 가장 만히 웃고 또 우리가 제일 깨다러야 할 것은 요지음이 가장 어지럽고 무서운 때이라는 것입니다 깟닥 잘못하다가는 죽을 죄를 짓기 쉽고 조고만 일을 아니하고 놀랴고 하면 농사도 못 짓게 됩니다. 불경기 불경기 하지만 이것이 얼마 오래 갈 것이 아니며 한고비만 넘기면 호경기가 온다는 것입니다

드르니까 요사이에 감옥에 가장 만히 갓친 죄수들이 쓸데 업시 일하기가 실허서 남들까지 일을 못하게 하는 놈들이래요! 공연히 알지도 못하고 그런 놈들의 말을 드럿다가는 붓치든 땅까지 못 붓치게 될 것이니 결국은 농군들의 손해가 아니겟소!"

듯고 잇든 사람들은 기서의 얼골만 치여다보며 멍하니 안저 잇엇다

"또 무슨 전쟁이 이러날 것도 갓습니다 하라는 일을 아니하면 우리가 엇더케 될는지도 모르지오 ― 그러니 갓흔 갑시면 마음 노코 하라는 일을 잘하며 살어야 하겟서요! 에! 우리는 일을 부즈런히 합시다 그러면 굶어 죽는 법이 업스니까요! 유명하게 된 사람들은 전부 부즈런햇든 덕택이엿다는 것을 우리는 잘 알지 안습니까"

이 말을 끗막고 한참이나 섯다가 안질 때 엽헤 안젓든 늙은이가 이마를 긁으며 물엇다

"너 서울 가서 그런 말도 배윗니?"

기서는 그저 웃엇다 의숙이도 자미들 잇게 듯는 동리 사람들을 볼 때 거기서 더 훌륭해 보이엿다

"그런데 호경긴가 그것은 언제 온대든!"

아닌 밤에 홍두깨 내밀듯 기억이가 한참이나 잠잠하든 공기를 깨트리고 말햇다

대답에 궁햇든 기서는 한참이나 생각하다가

"얼마 안 잇스면 온대드라"라고 대답햇스나 엇재서 불경기니 호경기니 하는 것이 생기느냐고 캐여무를 때에는 모르겟다는 솔직한 대답박게 더할 수가 업섯다. 농민들이 나날이 못살게 되여 나가는 것이 불경기 때문이냐고 뭇는다면 자신 잇는 말로 그러타고 대답햇슬 것이다.

"암만 호경기가 온다고 해도 팔아 먹을 것이 잇서야 호경기지 팔 것 업는 놈이 호경기는 무슨 소용이냐? 호경기가 되면 쌀이나 만히 생기나……"

이러한 기억의 말은 아모런 생각도 업시 나온 듯햇스나 호경기가 쌀을 만히 가저다 주는 것이 아니라는 것을 아는 그들은 기서의 말보다도 더 그럴 드시 생각햇다

1934년 1월 17일(수) 조간 특간 3면
당선단편소설 모범경작생(6) 박영준

아모리 불경기라 해도 심【십】 리 박 읍내에 잇는 지주 서(徐) 재당은 금년에도 맛아들을 분가식히고 고래갓흔 개와집을 지여 주엇다

쌀갑이 조곰 오르면 고무신 갑이 오르고 쌀갑이 떠러지면 물건갑도 떠러지는 것을 잘 아는 그들은 불경기니 호경기니 해도 그것이 그들에게는 아모 관게가 업는 것가티 생각되엿스며 돈 잇는 사람들도 불경기에 땅 팔엿다는 말을 못 들엇슴으로 경기라는 것이 무엇인지 참으로 알 수 업갓다

그러나 그리면서도 기서가 남모르는 말을 자기들보다 더 아는 사람가티 생각하고는 집으로 도라갓다

다음 날 서울갈 때 입엇든 누런 양복을 벗고 무명 잠방 적삼을 입고 논에 나가 모를 꼿고 드러온 기서는 컴컴한 저녁때에 의숙의 집 뒤에서 의숙이를 맛낫다.

깃븜을 감초랴고 하든 의숙이도 이날만은 자기도 모르게 웃음이 솟아오르며 무슨 말이라도 하고 십헛다. 파란 비누를 손에 쥐여줄 때 말은 못햇스나 그 우슴에는 숨김 업는 진정이 서리워 잇섯다.

비누 세수라고 평생 못 해 본 의숙이가 비누 세수만 해도 타진 얼골이

히여지며 엡버질 생각을 하니 춤을 추고 십게 깃벗다.

"내 다음 일본 가게 되면 더 조혼 거 사다 줏게!"

"언제 또 가세요?"

"가을에는 도에서 세 사람을 뽑아 일본 시찰을 보낸다는데 엇재 뽑히기나 할는지!"

"무어 뽑히겟지오!"

자신 잇는 듯이 의숙이가 말할 때 껌껌한데서 사람 소리를 드른 강아지란 놈이 깡깡 지즈며 뛰여 나왓다

무서운 호랑이나 본 것처럼 그들은 말할 새도 업시 굴둑 독 뒤에 숨으려고 몸을 뒤로 옴기엿다

가슴의 피 흐르는 소리를 제각기 남의 가슴에서 드럿다

"그놈의 개색기가 사람을 놀내게 하눈"

하며 숨을 내쉬고 이러슬 때 그들의 손은 꼭 잡히어 잇섯다.

의숙이는 기서를 떠나서 몰래 집안으로 드러가서 비누를 궤ㅅ속 깁히 너엇다가 한번 다시 끄내 보고는 마당으로 나와 어머니와 옵바 동생이 안저 잇는 몽석 우에 안젓다 그러나 비누 생각과 기서의 품에 안기엿든 것만이 생각낫다

"그래 사 원 팔십 전을 밧고 팔앗단 말가?"

그의 어머니가 성두에게 하는 말이엿다

1934년 1월 18일(목) 조간 특간 3면
당선단편소설 모범경작생(7) 박영준

"그럼 엇지합니까. 그거라도 팔어서 용을 써야지오, 지세도 초런 밀리

고 아직 보리 빌 때까지 먹을 보리도 사야 하지 안허요! 또 단오도 갓가워 오는데 돈 쓸 데가 업서서 그러심니까?"

"아—니야. 그런 줄은 알지만 큰 돈을 만들랴고 생각햇든 도야지를 녀 【너】무 일즉 팔엇단 말이다—"

"누구는 모르나요! 여름에는 풀을 깍거다 주기만 하면 거름을 잘 만들고 먹일 것이 겨울보다는 흔해서 가을까지만 먹이면 큰 돈 될 것도 알지요만 엇드케 함니까?"

성두의 얼골은 껌해지엿다,

"옵바 옵바의 잔치는 엇더케 함니까? 도야지를 팔고!"

의숙이가 엽헤 안젓다가 눈을 빠는 것 갓흐면서도 웃는 얼골로 말을 던지엿다

"글세 말이다. 내 말이 그말이다"

어머니는 참아 끄내지 못햇든 말이 나와서 시원한 듯햇다.

×

기서는 새벽에 이러나 감자밧테 나가 벌네를 잡고 뽕나무 묘목(苗木) 밧홀 한번 돌아보고는 서울 갈 때 입엇든 누런 양복을 입고 읍내로 드러갓다

몬저 보통학교 교장에게로 가서 제 손으로 만든 빗자루 다섯 개를 쓰라고 주고 모를 다 꼬잣으니 비료를 사야겟다고 이십오 원을 취해 가지고는 면사무소로 뽕나무 묘목에 대해서 말하러 드러갓다

"리상! 잘 왓소. 한턱해야지 오늘은 리상의 점심을 먹는다!" 세금 못 낸 사람을 잘 치기로 유명한 뚱뚱한 면서긔가 드러스자 말을 걸엇다

당선단편소설 모범경작생(8) 박영준

"한턱은 점심 때 내기로 하고 묘목은 언제 가저감니까? 퍽 자랏는데 이번에는 돈을 조금 더 바더야 하겟는데요!"

"한턱만 하면야 잘 팔어주지! 내게만 곱게 뵈란 말이야! 갑슬 정해서 갓다 맷기면 그뿐이니까. 누가 무슨 소리를 감히 해내나!"

면서긔는 농담 비슷하게 우섯스나 허리를 꼬부리며 복종하는 농부들은 맘대로 할 자신이 잇는 듯햇다

"가을에 일본으로 보내는 사람을 뽑을 때에 면장을 식혀서 잘 말해 줄 테니 그저 한턱만 해요!"

"그것은 념려 마서요! 술 한 병이면 녹초가 되면서……얼마나 먹는 듯이! 하하하……"

긔서는 돈을 앗기지 안흐려 햇다 묘목만 잘 팔어주면 그는 돈을 수십원이나 벌 수 잇엇기 때문이다 그때 뚱뚱한 몸에 맵시 업는 양복을 입은 면장이 들어와서 긔서 압헤 안젓다

긔서는 인사를 하고는 서울 갓든 이야기를 끄내엇다

"그런데 이번 호세(戶稅)는 자네 동리에서도 조금 만히 부담해야겟네"

보통학교를 륙 학년으로 증축하야겟으니까!

면장이 스길지도 안은 수염을 쓸엇다

"그거야 제가 압니까?"

"아니야 자네 동리서야 자네만 승락하면 되는 게니까……그러타고 자네에게 해로운 것은 업고……"

"글세요!"

기서는 면장의 말을 엇더타고 할 수 업섯다 만약 그와 조곰이라도 자미 업는 말이 생기면 그는 동리 소작인들이나 다름이 업는 생활을 해야 될 것을 알엇다

일본은 둘채【둘째】로 하고라도 묘목도 못 파러 먹을 것이며 그런 말이 보통학교 교장의 귀에 드러가면 돈도 꾸어다가 쓸 수 업슬 것이다

1934년 1월 20일(토) 조간 특간 3면
당선단편소설 모범경작생(9) 박영준

그러면 묘목 심엇든 밧헤 조를 심게 되고 면사무소 사무원과 학교 선생들에게 팔든 감자와 파 심는 밧에도 조를 심어야 한다

삼백 평박게는 안되는 논에 비료를 만히 하지 안호면 미곡품평회(米穀品評會)에 출품도 못해볼 것이며 그러면 상금을 못 탈 뿐 아니라 벼가 겨우 넉 섬박게 못날 것이다

그러면 일 년도 먹기가 부족할 것이다

"자네 동내 사람들은 얌전하게 근심 업시 사는 모양이데!"

면장이 다시 말을 끄낼 때 기서는 곳 대답했다

"그러문요! 근심이 조금도 업기야 하겟습니가마는…"

×

가을이다

벼는 누릇누릇 해서 이삭들이 뭉친 것이 황금덩이 갓헛다 그러나 얼골의 주름살을 편 사람이라구는 하나도 업섯다

강충이(벼줄기를 깍거 먹어 벼를 죽이는 벌네)가 먹어 예년에 비해서 절반도 곡식을 거들 수가 업섯기 때문이다

기서만이 평양 가서 복아지 기름을 한 통 사다 첫기 때문에 작년보다도 잘되엿스나 다른 논들은 털 빠진 황소 가죽 갓햇다

이(虱) 색기갓흔 적은 벌네까지 못살게 하는 것이 원통햇스나 여름내 땀 빼고 지은 곡식이 땅주인에게 보내고 제 입으로 드러올 것이 업슬 것을 생각하니 눈물이 솟아오를 듯햇다

그들은 할 수 업슴으로 성두의 말대로 기서를 식히여 읍내 지주 서재당에게 가서 금년만 도지(小作料)를 조곰 감해 달래 보자고 햇다

그러나 기서는 자기와 관게가 업슬 뿐 아니라 정해 논 도지를 곡식이 안 되엿다고 감해 달라는 것은 흔히 이러나는 소작쟁의와 가튼 것이라고 해서 거절햇다 그리고는 맷츨 안 잇서 일본시찰단으로 뽑히여 떠나가 버렷다

동리 사람들은 엇지할 줄을 몰낫다 더구나 금년 겨울에는 기어히 잔채를 하려고 하는 성두는 각금각금 우는 상을 하군 하엿다

그들은 할 수 업시 다갓치 읍내로 드러가서 서재당에게 사정을 해보앗스나 되지 안엇다 아들을 분가식힌 관게로 돈이 몰린다는 근심까지를 들엇다

"너이들 마음대로 그러케 하려거든 명년부터는 논들을 내노아라!"

하는 말에는 더 할말이 업서 갈 때보다도 더 힘 업시 도라왓다.

그들은 도라오는 길에 기서의 논 압헤 서서 모범경작이라고 쓴 말뚝을 부러웁게 나려다 보앗다

당선단편소설 모범경작생(완) 박영준

벼ㅅ대가 훨석 큰데 이삭이 한길만치 느러진 것이 여간 부럽지 안엇다 그러나 말도 잘하고 신망도 잇다고 생각하여 말을 조곰 해달라고 하는데도 듯지 안은 기서가 미웟다

"나도 내 땅이 잇서 비료만 만히 하면 이삼곱은 내겟다! 그까짓 거……"

기억이가 춤을 탁 바드며 말했다. 그러나 그들이 다시 놀랜 것은 갑도 모르든 뽕나무 갑시 엄청나게 빗싼 것과 십삼등하든(略)가 갑재기 십이등으로 올라간 것이다

그것보다도 십등이든 기서네가 그대로 십등에 잇는 것이 너무도 이상햇다 기서네는 그래도 작년에 돈을 모아 빗을 주엇스나 다른 사람들은 흉년까지 들어 먹고 살 수도 업는데 (略)만이 올랏다는 것이 우수우면서도 기막혓다

무엇을 보고 (略)를 정하는지 알 수가 업섯다.

흉년! 그러면서도 도조를 그대로 밧처야 하는 데다가 (略)까지 올은 그들의 세상은 캄캄햇다

(아마도 북간도니 만주니 하고 바가지를 차고 떠나가는가 보다) 성두는 혼자 생각햇다 그들은 마을에 대한 애착심도 일헛고 제 곳이라는 것도 생각하기 실헛다 다만 못살 놈의 땅만 갓헛다

마을 사람들은 기서의 작난으로 (略)까지 올낫다는 것을 다음에 알고는 누가 그의 말을 곱게 하는 이가 업게 되엿다 기서 때문에 동리가 떠나야겟다는 옵바의 말을 드른 의숙이도 눈물을 흘리며 기서가 그러치 안헛기를 바랫다

기서는 일본서 도라올 때 몬저 자긔 논두렁에서 가슴을 서늘케 햇다

논에 박은 리기서라고 쓴 조박은 간 곳도 업고 모범경작생이라고 쓴 말뚝은 여지업시 쪼개지엿다

심술 구진 애들이 작난을 햇는가 하고 생각하려 햇스나 그 한 짓으로 보아서 반듯이 무슨 일이 이러난 듯햇다

동리에는 어른이라고 하나도 차자볼 수 업섯다

읍내 서재당한테 한 사람도 빼지 안코 아침에 가서 저녁때까지 아니 왓다는 말을 들엇슬 때 서울 갓슬 때보다도 더 의기양양햇든 기서의 마음은 쪼박쪼박 깨여지고 말엇다

보지도 못햇고 이름을 듯지도 못햇슬 빠나나를 가지고 차저 갓슬 때 그를 본 의숙이도 얼골을 돌리고 울기만 햇다 기서의 마음은 터지는 듯햇다

뒤에서 몽둥이를 들고 따라오는 사람의 숨소리를 듯는 듯 가슴이 떨리엇다 불길한 징조가 눈에 보이는 듯햇다

성두가 뻘개애진 얼골로 아랫문으로 뛰여드러올 때 기서는 들고 왓든 빠나나를 들고 웃문으로 도망첫다 (끗)

분이 1934.1.25~1934.2.4

강수선

1934년 1월 25일(목) 조간 특간 2면

당선소설 분이(1) 강수선

"분(粉)아!"

소름 끼치는 아즈머니 소리다 분이는 엉겁결에 아즈머니를 피해 부억까지 뛰어 내려갓다

"망할 년이 그새에 곤드라젓섯서?"

그러나 아즈머니 말투는 뜻박게도 얏다

【"】이년아 어서 저 건넌방이나 치어라"

분이는 그제야 잠시그가 홱 깨이며 놀내여 고개를 드럿다 그의 의아한 눈은 "저 냉방— 보다 고ㅅ간은 치워서 뭣 할텐가?"라고 뭇고 잇섯다.

그러나 아즈머니의 부라리는 눈과 마조치자 그는 고개를 숙이고 말업시 건넌방으로 갓다.

방을 치여 논 후 그는 한 삼십 분이나 걸리는 초(燭)ㅅ가개까지 심부름을 댕겨왓다. 다시 초를 분부대로 건넌방으로 가저갓다. 컴컴한 방 속에 그림자 하나가 섯다가 반가운 듯이 초에 불을 부치는 것이엿다.

"학생이다"

분이는 안ㅅ방으로 거러가며 생각햇다. 그는 놀납고 의심적엇다. "고ㅅ 간(藏庫)으로 쓰든 냉방에⋯⋯군불은 땟지만⋯⋯아이그 그러면 더군던스러 울 텐데⋯⋯ 도배도 새로 하지 안코⋯⋯"

안ㅅ방에서는 아즈머니 내외가 또 학생 말들을 하고 잇다

"시골이 어데래요?"

아주머니의 말 그러나 아젓씨는 언제나 하듯이 생각에 잠겨 방바닥에 박은 눈을 올니지도 안코 대답만 한다

"내가 아루 지가 와서 뭇기에 안 된댓드니 방은 아무래도 조타고 사정 을 하기에 맘데로 하랫드니 짐을 옴겨온 거ㄴ데⋯⋯"

"근데 자식이 웨 그리 못생겻서? 당초 고갤 안 드러. 아이그 뵈기도 실 혀 짯"

"고개 들면 더 보기 실흘걸. 못생겨서⋯⋯ 그런 게 아니라 걔 눈씀이 고 약하드군. 흘김눈이야 그래서 사람까지 아주 숭칙해 보혀."

"스물서너 살은 됏슬걸?"

"뭘 인제 열아홉(十九)이라는데"

"호호"

하고 아즈머니는 감탄햇다 그러나 생각난 듯이 이불을 내리면서 "분이" 를 불른다 그의 대답소리가 마치기도 전에 다시

"가 자라!"

하며 턱질을, 한다.

분이는 아즈머니 명령에 따라서 이방 웃묵에도 자고, "가 자라"라는 말 만 떠러지면 엽집 행랑방에 가서 비집고 자는 것이다

당선소설 분이(2) 강수선

오늘 저녁도 박갓은 늦가을의 칼바람이 회호리치고 잇다. 행낭집 내외의 짜증을 들을 생각을 하니 "더러운 년놈들. 아무리 앙부튼 게 조키로니……" 소리가 저절로 나왓다.

이튼날 아침 분이는 학생방에 밥상을 드려다가 문ㅅ주방에서 밥상을 쏘닷다. 그러나 결코 아젓시 말가치 학생이 승칙하게 뵈서 그런 게 가아니다. 하관이 빤좀 넓은 편인 그의 얼골은 도리혀 호인(好人)으로까지 보엿다. 다만 그는 학생의 눈이 무서윗든 것이다.

국, 반찬들이 거의 다 뒹구러젓다. 아즈머니의 눈쌀을 짱그리고 이를 앙다문 꼴이 찌르를 머리속을 지난다. 그는 겁이 낫다. 그러타고 지금 밥상을 다시 채려 온다는 것도 분이에게는 염의도 못 먹을 일이다. 이제는 모든 감정이 걱정으로 뒤박귀엇다. 그는 어쩔 줄 모르고 비죽비죽 울ㅅ상이 되엿다

그러나 학생은 스사로 그릇을 주섬주섬 상 우에 언드니 상을 디려갓다. 뒤에 걸네 하나를 가저 드러가드니 또 뒤에는 수저 소리가 들렷다.

분이는 눈물이 나도록 고마웟다. 동시에 이상해젓다. 그동안에도 아무 말도 업든 그의 마음이 알고 십헛다.

분이에게는 고적(孤寂)이란 것이 업섯다. 그는 아무에게라도 꼭 가튼 정으로 금방 친하며 잘 노랏다. 또 설혹 혼자 잇슬 때라도 곳잘 심심푸리를 발견햇다.

오늘도 일은 만창이나 널렷것만 모도 외출한 것을 타서 건넌방 마루 양지쪽에 웅쿠리고 안저 코ㅅ노래를 부르고 잇다. 기실 잡생각에 잠겨 잇섯

다. 고생(苦生)에 짓눌려 쪼구라진 그 모양은 이럴 때는 오히려 처참햇다.

이럴 때 아주머니한테나 들키면 크게 큰 혼이 낫다. 주먹질 매질…… 심하면 장작쪽으로 마즐 때도 잇섯다.

그러나 그의 류(流)로 생각하면 마즐 때는 맛고 이럴 때는 또 이러타는 것이엿다.

이 생각이 어떤 때는 커저서 심부름 도중에 동무와 어울려 놀다가 도라와서는 난장판이 나는 일도 만헛다.

간혹 심부름돈으로 눈깔(사탕)을 사먹고는 죽어라고 맛기도 햇다.

그러나 그런 일은 모도 결과가 자긔 손헤엿다. 그 덕으로 그는 올해 열여섯이나 되는 게 열세 살 먹는 엽집 순희보다도 적엇다. 그는 클 살(肉) 클 뼈(骨)가 몽친 것 갓치 통통하기만 햇다. 슬픈 듯한 눈을 가진 사색이 된 나튼 뺨에 홍조만이 능금쪽갓치 어러부튼 듯이 언제나 빩앳다. 손은 겨울마다 어러 부르터서 피가 엉겨 덕두리가 안젓다.

짧은 해는 벌서 서쪽에 뉘웃거리며 양지가 야터저 옴겨간 대신 찬바람이 불기 시작햇다. 그러나 이때까지 아모도 도라오지를 안는다.

1934년 1월 27일(토) 조간 특간 2면
당선소설 분이(3) 강수선

그는 오늘만은 저윽히 심심해젓다. 그는 생각이 만족한 때 언제나 하듯 빙긋햇다. 밥상을 뒤업든 아침을 생각한 것이엿다. 그리고 "학생도 맘만은 조혼가 보이" 하고 생각을 매즈며 이러섯다.

조곰 후에 아즈머니 내외가 도라왓다 학생도 왓다 그러나 아즈머니 내외는 분이쯤은 생각할 시간도 업는 듯이 저녁밥만 마치는둥 마는둥 어덴

지 나가 버렷다 학생마저 오자마자 나가버렷다

설거지를 주섬주섬 다스려 노코 나니 낫부터 난 심심ㅅ증이 또 들기 시작햇다 종노의 쌈구경 손등이 한 군데 더 터진 것 — 따위 생각거리는 잇섯스나 다 귀치안엇다 점점 몸부림까지 나드니 나중에는 미치고 십도록 심심해젓다

그는 "학생방에…" 하다가 "아직 친치도 못한데 들켜만 봐라" 생각하고 안ㅅ방으로 드러갓다

그의 눈은 금시에 반짝엿다 웃묵 농 미테 낫선 양가방 — 트렁크 — 하나를 발견한 것이다 학생이 소중한 듯이 무서운 듯이 — 그러면서도 눈치 하나 안 채이게 맛겨 논 가방이다. 떡에 꿀로 맛다나 잠을쇠까지 안 채워 잇다

그는 주저 업시 가방을 열엇다 안에는 책이 들어 잇섯다 (中略)

"주의자ㄴ가?【"】 보통학교 출신인 그는 발음도 바르게 감탄햇다

학생의 얼골이 — 그러나 이번은 퍽도 무서운 사람으로 그의 생각 속을 지낫다.

"그림이나 볼까!" 그는 몃 권의 책을 들처 보앗다. 그러나 좀체 그림은 안 나오고 책장에는 "✕" "○" 표만이 판판이 눈에 띄엇다. "망할 자식들 이 따우도 글ㅅ자ㄴ가?" 그는 금방 화가 무럭무럭 낫다. "그래 이런 책들도 내노코 못 보고 감춰 놋는담" 분이는 혀를 찻다.

1934년 1월 28일(일) 조간 특간 2면

당선소설 분이(4) 강수선

그러나 그는 한참 만에 퍽 쉽게 쓰서 — 자기도 아러볼 만한 책 하나를

찻어서 분(憤)을 삭엿다.

그는 책을 들고 양지를 찻어 나왓다 볏츤 동쪽 마루 ㄲ테 한쪽은 땅에 걸녀 잇섯다 그는 거기에 가서 '의자'에나 안듯이 거러 안저 책을 읽기 시작햇다

그러나 이 첫날부터 아즈머니한테 들켜 버렷다

"요 망할… 이 깍정이 계집애ㅅ년이 웨 남의……학생 책은 훔치는 거야 아유 저 가방 뒤저 논 꼴 좀 보우"

"아차 가방도 그양 뒷구나" 분이는 두 겹으로 뉘우첫스나 벌서 늣엇다 등 뒤에서 장작 소리가 나며 등ㅅ줄기가 뼈개지듯 아푸다 그는 곳 죽는 소리를 하며 땅에 곡구라젓다

"앙큼한 년 삼리웃이 다 알게 울긴ㄴ 웨 우러?! 울긴?!" 깨벌네가티 뚱뚱한 체격에 쫑긋한 아즈머니 입이 몃번 놀드니 네 번 다섯 번…… 장작은 등심을 울엿다 그러나 이번은 "꺽꺽" 소리만 크지 그저 덤덤하다

"아ㅅ" 굵고 까스런 장작이 악을 쓰며 땅을 허비든 그의 손을 뼈 소리가 나도록 덥첫다 눈에 불이 번적하드니 전신이 휘 — ㄱ 싀원해진 것 가텄다. 그러나 그 후는 그는 몰낫다.

그가 정신이 들 때는 저역 설기지도 마친 뒤엿다. 그는 안ㅅ방 아레ㅅ묵에 아즈머니 이부자리를 덥고 누여잇섯다. 오한

정신이 드니 새삼스럽게 오한(惡寒)이 나며 전신이 뻐근하다. 그는 눈을 떳다. 이때 난생 처음으로 그는 아즈머니가 자기를 반겨하는 꼴을 보앗다.

머리를 쓰다듬으며

"아 깨낫구나 분아……" "나 학생한테ㄴ 책 말은 안 할 테니 걱정 마라 응. 그리고 이댐부터ㄴ 그런 짓 마러 응."

그는 그덕으로—그것을 속펑게로 몃칠 동안은 제법 일에도 심브름에도 사를 바덧다.

그러나 아즈머니의 이 자격지심도 길지는 안헛다. 엇던 저녁 우연히 그는 아즈머니가 학생에게 그 일을 일러바치고 잇는 것을 엿들엇다.

1934년 1월 30일(화) 조간 특간 2면
당선소설 분이(5) 강수선

그밤 그는 안ㅅ방 웃목에 잣섯는데 어쩐지 오래 잠들지를 못햇다. 아무리 혹독해도 한손 곱아주든 아즈머니의 일이엿스나 이번 이 일에만은 참을 수 업섯다.

"학생이 나를 그 무서운 눈으로 어떠케 흘길가? 뭐라고 욕할가?" 생각하니 일껀 조하젓든 그와의 새가 말 아니엿다 "아무래도 아즈머니를 죽일가 보다". 그러나 "저 무서운 아주머니를…… 내가……?" 생각하니 어림업는 일이엿다

"설마 그러타고 학생이 날 죽일라고……" 생각하는 사히 박갓 치위와 구들에서 오르는 치위에 새우가티 몸을 웅크린 채 혼혼이[1] 잠이 드러 버럿다

이튿날 아침 그는 또 상을 쏘들 뻔 햇다. 예측은 한 바지만 상을 드릴 때 학생에게 불리운 까닭이다.

"네에" 그는 고개를 떠러트린 채 처분만 기다럿다. 그러나 학생은 웃고 잇다.

"엇저녁 아즈머니 말은 너도 드럿지 뭐 죄(罪)스러 마러".

---

1 혼혼히 : 정신이 가물가물하고 희미한 모양.

분이는 의아한 눈을 처드럿다. 그러나 학생의 얼골에는 한 점의 거짓도 볼 수 업섯다. 넘치는 기쁨과 감격에 그는 염치업시 학생의 얼골을 빤히 보다가 정신이 나니 낫치 빨애저서 돌처 섯다.

"분아!"

그날 오후 점심 설거지를 치르고 양지쪼임을 하고 잇슬 때 학생의 부르는 소리가 들넛다

"거긔 안저!" 학생이 식히는 데로 그는 학생방 아래ㅅ묵에 영문 모르고 안젓다

댓듬 학생은 무럿다

"주인 마누라가 너의 정실 아즈머니가 아니지?" 첫말이 이러케 나오는데는 그는 적이 놀냇다 그러나 다른 사람에게 하듯 — 아즈머니가 식힌 대로 "안애요 친아즈머니야요" 하고 허탄치는 못했다 어쩐지 못그랫다

"네 그럿탐니다 어머니의 외사촌의 뭐라는데 전 거기까진 몰나요"

"너의 시골은 어듸지?"

그제야 그는 학생의 뭇는 의미를 아러차렷다 자긔 일신의 일쯤이야 구태여 감출 필요가 잇는가 그는 의심치 안코 자긔 내력을 말하기 시작했다

그는 충청도의 어떤 산ㅅ골에써【서】열네 살까지 유복히 자라다가 부모를 이른 후는 적지 안흔 재산과 함께 무슨 갓가운 겨레ㅅ발이라고 지금 아즈머니ㅅ집으로 의탁해 갓섯다 그러나 원체 아젓시 — 아즈머니 남편 — 이 소할한 위인이라 이태(二年)시 못 되여 그들은 도로 빗(債)까지 지게쯤 되엿다. 그리하야 어떤 밤 남은 꺼리를 돈으로 몽뚱구려서 서울로 도망해 온 것이엿다. 그러나 급긔야 여기에도 오고 보니 살기는 더 어려웟다. 할 수 업시 아주머니는 소위 고등매음부(高等賣淫婦)가 되엿다 — 그러나 노파

아서 고등이 아니라 여염집 녀편네로 매음을 한단 말이다―. 날마다 그는 분을 횟박가티 발르고는 나돌앗다. 종종은 밤을 딴 데서 새워 왔다. 그럴 때마다 아젓시는 박아지를 긁엇다. 그러나 아젓시도 이로서 명을 느리는 데야 머리가 숙여지는지 이럴 때마다 크게 꾸짓지는 못하엿다.

1934년 1월 31일(수) 조간 특간 2면
당선소설 분이(6) 강수선

이로부터 그는 분이에게도 독사가치 사악해젓다. 그래서 분이는 완전히 그의 종(僕) 일체로 되여 버린 것이엿다.

귀를 송구리고 듯는 학생은 다 듯고 고개를 끄덕엿다 방안은 잠간 동안 침묵【묵】이 흘럿다.

"학교는 얼마쯤 댕겻지?" 학생이 먼저 입을 열엇다.

"보통학교는 다 마첫지요"

학생은 다시 고개를 크게 끄덕끄덕하드니 책을 한 권 그의 압헤 내밀엇다.

"이 책쯤은 볼 수 잇겟지?" 그는 눈이 번쩍햇다. 당치 안타고 뻣대엿다. 그러나 학생은 구지 권한다. 분이는 자기도 모르게 입이 버러지며 "흐 흥"하는 비굴한 자의 우슴―깃붐 소리가 남을 엇저지 못햇다 멸시 밧든 그는 이것만에도 코허리가 싯큼한 것이다.

그는 그것을 치마 허리에 감추어 꼬잣다. 그리고 틈 잇는 대로 아니 틈을 멘드러서는 양지쪽에서 생각에 잠기는 대신 그것을 읽엇다.

며츨 뒤. 그는 그 책을 다 읽고 돌려주니 다시 이번에는 그림까지 잇는 재미잇는 책을 주엇다.

이리하야 그는 여러 권의 책을 읽엇다. 물논 그동안에는 책을 보다가

아즈머니한테 들킨 적도 책에 팔려 일을 그릇친 적도 만엇다

한번은 이런 일도 잇섯다.

그가 학생에게 바든 책을 들치니 고의ㄴ지 몰르고선지 책 속에 조희 쪽지 하나가 드러 잇섯다. 거게는 창가ㅅ구절이 적혀 잇섯다. 그는 그것을 어쩨어쩨해서 간신히 배워서 학생 아페 불너들여 칭찬을 바덧다

(略)

자미잇는 "때"(時)는 "감"(去)이 빠르다 분이도 그런 상태에 잇섯다 가을 겨을【울】도 낙엽을 쓸고 묵은 헤【해】와 가치 기울고 어느듯 손바당만 한 그 집 마당에도 양지 쪽부터 잡풀의 움이 트기 시작햇다

1934년 2월 1일(목) 조간 특간 2면

당선소설 분이(7) 강수선

그동안 학생의 주는 책도 확실이 점점 어려워저 갓다

분이 자신도 이만은 알엇스나 그 이상의 것은―자기가 꽤 알게 되엿다는 것조차 자세 몰랏다.

다만 책을 돌려주고 밧는 회ㅅ수가 거듭하면 거듭할사록 그는 점점 수집어저 갓다 그러나 자기가 이제는 처녀틔가 나게 커젓다는 것도 몰랏다.

사실 오늘의 분이는 학생의 처음 을【올】 때의 그에게 비기면 딴 사람가티 변하엿다. 바위에 늘【눌】리웟든 나무가 바위를 치우면 물가티 자라듯이―그도 압박이란 짐을 잇고나마 살게 된 지난 몇 달지간에 열일곱이면 흉업슬 만큼이나 자란 것이다. 더욱이 그의 뺨에 그린 듯이 진붉(濃赤)은 홍조는 동굴한 낫체 탐스럽게 퍼젓다

물론 그동안에 아즈머니의 구박도 잇섯다 아즈머니도 학생이 조치 못

해 하는 것을 안 후로는 장작 뜸질은 안 햇다 대개 방에 가두고 꼬집어 뜨드며 소리를 내서 울지도 못하게 하는 것이엿다 그러나 이따위는 오늘의 그에게는 쓰라림에는 너무나 적은 것이엿다

그의 손등에 터저 갈라진 것이 암으러지며 봄도 두터워갓다 '벗꼿' '창경원'…… 거리마다 사람이 물결처 흘럿다

그러나 학생만은 여전히 방에 백혓슬 때가 만헛다.

어떤 때는 모자를 눌너 쓴 동무들이 차저왓다 (中略)

그 후 그는 학생이 이 냉방으로 옴겨온 리유도 똑똑히 아러젓다

또 그가 열아홉에 스물세네ㅅ으로까지 늙어보이는 원인도 알게 되엿다. 그것은 너무나 고생되는 연구 생활의 증험이엿다.

분이는 이즘 이생해젓다. 그도 자긔 행동을……. 학생만 보면 공연히 낫치 확근거리며 가슴이 두근거리는 것이다. 또 학생 눈치를 일수 살피게 되엿다. 그리하야 학생의 자기에 대한 감정, 행동을 살펴엇다.

"아니, 학생에 대한 보은으로라도……그런 긔미조차 보이지 말자" 생각은 하면서도 혼자 조바심이 치엇다 또 "피ㅡ네까짓 년이 그런 학생에게……" 하는 생각도 들며 죽고 십게 슯허젓다 그는 괴로웟다

아침에는 구름 한 점 업든 하눌【늘】이 오정을 넘으며부터 비를 뿌리기 시작햇다 처음에는 개일 듯 개일 듯하다가 이내 구즌비로 되여 버렷다

걱정되는 것은 학생이다 우비도 업시 가서 다섯 시가 넘어도 안 온다 "다른 일이 잇는 게지…… 올랴면 맛고 와도 올 건데……" 분이의 추측은 태평이엿스나 어쩐지 아즈머니가 "갓다줘야 한다"고 욱인다 할일업시【하릴없이】[2] 분이는 우산을 가지고 나왓다.

당선소설 분이(8) 강수선

그러나 교문까지는 왓스나 주춤거리지 안흘 수 업섯다.

다시 한참이나 망성거렷스나 새삼스레 할 도리도 업섯다. 또 【"】너는 비종인데…… 그는 도령님인데……" 하고 약한 생각이 들자 슯흠과 분ㅅ김에 그는 학교로 뛰어드러갓다.

늙은 소사(小使)에게 부탁하고 기다리니 조곰 후에 학생이 나왓다. 작난ㅅ군 놈들이 뒤에 우루루 따라 나왓다.

"저게 강수—학생 이름—ㅅ놈 L이지?"

"베리 샹인데"

"아즈머니 인사합시다" 그들은 발을 동동 구르며 우서댄다 "강수! 이자식 한턱해라" 소리도 낫다

그제야 분이는 정신이 아찔하도록 붓그러워젓다 우산을 내던저 버리고는 달려나왓다 현관을 돌다가 학생을 도라다 보앗다 무서우리라 하얏든 학생의 눈이 웃고 잇다

"으하…… 홍시(紅柿)가 되ㅅ구나" 야지소리 공소(哄笑)가 등떨미를 쫏는다 그러나 그도 깃벗다 "웃는다. 그도 웃는다" 소리가 작고 입을 새엿다

도라오는 길에 그는 본정(本町)을 들러 갓다 맘보다 기쁨이 발끗흘 그리고 이끄는 것이엿다

다시 우편국을 지나 남대문통을 올느다가 우연이 압헤 가는 학생들의 말에 귀를 기우렷다 그들은 그런 줄이야 꿈에도 모른다는 듯이 막우 짓거린다

---

2 하릴없이 : 달리 어떻게 할 도리가 없이.

"애! 오늘 강수ㅅ놈 러버 ─ 가 (I【L】oVer)가 왓서 참 잘생겻더라. 九十점
이야 구십점"

"뭐 이자식아 七十점(點)박게 안되더라. 그러치만 참【"】

"가아이라시아야"

그중에 샛침한 듯한 놈이 잇다가 말ㅅ귀를 밧군다.

"그런데 누구 강수집에 놀러가 본 놈 잇니?"

"야 그애 집에는 놀러가도 자미도 업서. 학교서 그 작난꾸럭이가 말이
야 집에 가면 책에만 눈을 박고 말도 시원히 안 하더라. 그러니 누가 놀너
가나?"

"흥 바보놈들 강수의 원 동무는 따로 잇다나"

분이는 코우슴을 첫스나 다행히 강수ㅅ말은 여긔에서 끈헛다.

분이의 머리에는 "학교에서의 작난꾸럭이"란 말과 얌전하기 짝이 업는
강수와가 이상한 관계로 떠올낫다.

그리고, 생각하면 할수록 강수가 끌고 오는 동무들이 힘긋게 생각되엿다.

강수에 대한 그의 수집음은 점점 더해갓다. 어떤날 또 그는 밥상을 쏘
닷다. 그러나 이번은 서로 우서 버렷다 ─.

그러나 기실 그의 속 맘에는 "무엇이든지 강수를 위하는 일을 해주고
십혼 무엇"이 간절햇다.

그래서 호구조사 온 순사에게 강수를 업다고 속엿슬 때 ─ 그는 수집어
는 하면서도 곳 그저녁으로 일러바친 일도 잇섯다.

그의 아즈머니에 대한 태도도 퍽 달러젓다. 부드러운 듯하면서도 대ㅅ
구 가튼 것은 가시가 품겻슬 때가 종종 잇섯다. 말하자면 퍽 교활(狡猾)해
젓다.

당선소설 분이(9) 강수선

그러나 이것을 강박한 아즈머니 쪽에서 본다면 '죽음'보다 더 실타는 것이다

그래 간혹 꼬집어 뜻는 것으로나 분(憤)을 죽여오든 그는 그것도 싸히고 싸힘에 드듸어 어접쟌흔 일에 폭발이 되고 마럿다

눈이 곤두서고 입이 공치바리가티 되드니 예전에 하듯 장작개피를 둘르며 내달앗다

그러나 이젠 분이도 발발 떨고 죽어 잇지만은 앗헛다 장작을 피하다 안되니 가티 머리채를 휘둘르며 맛뎀빈다

강수는 처음 말니려 햇스나 아젓씨란 작자가 마누라 편을 들고 덤비는 꼴이 미워서 놈의 멱살을 잡아 대문 박까지 밀치며 슬슬 구경만 햇다

아즈멈과 분이는 총알을 설마즌 범가티 악을 쓰며 머리채를 서로 쥐어 뜻는다 밀치기 다치기를 한참 하드니 다시 둘은 어울니어 꼬집기 할쿠키는 것이다

그러나 얼마 안 되여 둘다 진이 빠저 버렷다. "흐응웅" 하는 피곤한 신음소리가 낫다

아즈머니는 힘이 좀 빠진 것을 알자 굼벵이가티 몸을 비틀어 악을 악을 쓰기 시작한다

"동네 방네 다 봅쇼! 계집애ㅅ년이 제 아즈머니 죽이네 ―……"

그러자 정말 동네 사람 길 가든 사람들까지 몰려드럿다.

그러나 단순한 그들은 마님의 억설만을 듯고 한 사람도 분이를 달래는 이는 업섯다. 모다가 뚱뚱보 마님만을 옹위하며 진정식히며 안ㅅ방으로

부축해 드럿다.

분이는 그제야 우름통이 터젓다 아프고 분한 것도 둘째고 슯헛다. 한업시 한업시 눈물이 흐르며 그러면 그럴사록 더 슯헛다. 그리하야 착잡한 "감정의 압픔" 때문에 그는 까무러처 버렷다.

자정도 친 뒤 그는 정신이 드렷【럿】다 저는 학생 방에 학생 이불을 덥고 누어 잇고 학생은 웃묵에 웅크린 채 자기를 직히고 잇다

1934년 2월 4일(일) 조간 특간 2면

당선소설 분이(완) 강수선

"이러낫니?" 반가움에 놀내서 학생은 눈을 껌벅이며 닥어 안는다.

"참 고맙습니다 이 은혜를… 분이는 사례를 할녀 햇스나 입만이 오물거렷지 말이 안 나왓다. 눈물만이 추루룩 뺨을 타고 내렷다.

"강수씨!" 분이는 눈물과 심난에 뒷말을 못하고 학생 무릅에 몸을 던지며 우럿다. 말도 몸도 함께 떨럿다.

학생의 눈도 흐리어 갓다. 온몸을 푸르르 의미 잇시 한번 떨드니 이윽고 분이를 끄러안엇다.

"분이! 다 아럿다." 다음은 그저 힘것 힘것 끄러안엇다.

이튼날. 동네에는 상서롭지 안흔 새 소문이 돌기 시작햇다. "내일 ― 모레 싀집갈 처녀가 학생 방에서 잣다네!"라는

그러나 아즈머니의 이 모함 ― 그러타 확실이 그것은 아즈머니가 한 일이다 ― 그 계책(謀陷策)도 결국은 헛되엿다.

그 저녁이 못 되어 분이의 간 곳이 업서지고 그 밤이 못 되어 학생 역시 어듸론지 옴겨 갓다.

그 뒤 그들은 어데서 사는지 몰은다. 물론 수탐해 본 사람도 업지만
은⋯⋯. 다만 "그들은 방 한 간을 어더 자취를 한다"라는 말이 들렷스나 그
도 바람편으로엿다. (끗)

혼을 일흔 사람들 1935.1.8~1935.1.11

최술

1935년 1월 8일(화) 석간 3면

신춘현상당선창작 제2석 혼을 일흔 사람들(1) 최술 작

교장실 문 압헤서부터 현관 층게를 따라나려오며

"선생님 꼭 식여주서야 되겟습니다 선생님 교장선생님"

성덕이는 밧삭 닥어들면서 애원하엿스나 마건 교장은 드른 척 만 척 매일가티 오정만 불면 와닷는 자가용 자동차에 올럿다.

"선생님 정말입니다 선생님"

손수 차를 가지고 아버지를 모시러 오는 막내딸 미쓰 메리 — 가 경멸과 미소로 눈을 흘기고 열쇠를 비트럿다.

"선생님 어떡할가요? 선생님"

트르르 차가 발화를 시작하자 미완전 연소 개솔링의 검은 연기가 풍풍 풍 뒤로 튀여 나온다.

마건 교장은 문잡이를 붓들고

"안 돼요 한번 안 된다면 안 되지 지금 자리 업는 형편 좀 잇스니까니 할 수 그저 업지요 고학될 수 업습니다"

"선생님 그래두……"

말이 미처 나올 사이 업시 문이 탁 다첫다. 쓰르르 하고 차가 미끄러젓다.

세멘트 길이 정문까지 끗나고 외인 편으로 비스듬이 커브를 돌든 차가 삐그덕하고 부렉기 밟는 소리를 내자 웃둑 섯다.

미쓰 메리 —가 얼굴이 샛파래서 뛰여나리고 조곰 잇다가 우로 클 것이 여프로 퍼진 마건 교장이 코에 끼웟든 안경을 버스면서 나왓다.

치운 사람은 녀인이엿다. 마건 교장은 녀인이 사십에 가까윗스리라는 것과 과히 치명상이 아니라는 것을 그 부인이 외인편 정갱이를 붓잡고 멍하야 안젓는 것을 보아서 판단한 후에 메리 —에게

"네버마인"

하고 안심을 식히고 뒤로 도라스며

"성덕이 성덕이 이리 좀 와 속히"

어슬넝 어슬넝 기숙사로 드러가려는 성덕이를 손짓해 불넛다.

"이 녀인 좀 업고 제병원에 가서 진찰 좀 해보고 이따 학교 와서 설명 좀 해주면 조켓는데……성덕이 할 수 잇슬까 뭐 할 수 잇지 자 쏙히 업어 쏙히 쏙히"

성덕이의 억개를 잡어 부인 압헤 돌려대 안치우고 부인의 양겨드랑이를 그 엄청나게 큰 손으로 휙 드러 그의 등에 올려노앗다

성덕이는 잠잠이 부인을 돌처 업고 머지 안흔 병원으로 비틀거리며 가는 것이엿다

마건 교장은 꼬여든 구경꾼 압헤서

"조심 안 하면 저러케 된단 말이야 하하하하 이게 눈으로 안 뵈? 하하하하"

자동차 압머리를 툭툭 두드리면서 자못 무서운 듯이 너털우슴을 친 후 떨

고 섯는 딸의 등을 미러드려 안치고 이번엔 자신이 핸들을 쥐엿다. 끼―끼
―경적을 두어 번 울리고 차를 모라 구경꾼 틈을 헤치고 집으로 달렷다.

옷을 벗고 식탁에 안ㅅ자 전화가 울엇다 메리―가 바더 보고 나츨 붉히며

"병원장으로부터야요"

교장이 천천히 바꾸엇다.

사연은 예기하엿든 바와 가티 차에 치기는 햇스나 너머지는 바람에 손
바닥과 팔꿈치가 약간 버서진 것과 왼다리를 잘르는 외에 치명상될 것은
업스니 안심하라는 것이엿다. 교장은

"댕큐―"

하고 빙그레 웃으며 수화기를 걸고 식탁으로 왓다

"메리―일 업서 외인다리 하나 끗는대 그까짓 조선 녀인 넘려 업서 자
―먹지"

그날 점심 후―.

탁상 카렌다를 집어 들고 연필로 날자를 콕콕 지르면서 마건 교장은 공
상을 그린다.

이십일 방학을 하고

이십일일 부인과 메리―를 다리고 구미포로 해수욕을 떠나 거긔서 한
여름을 달콤하고 한가롭게 푸른 물 힌 돗 맑은 바람으로 더위를 씻고 따
근따근한 모래 우를 애들처럼 딍굴……

따르릉 하고 전화가 요란히 우럿다.

신춘현상당선창작 제2석 혼을 일흔 사람들(2) 최술 작

"누구 메리 ― 어제 저녁 과자 가저온 사람? 아아 중학교 선생 지원하는 사람 응 이따 여섯 시 여섯 시에 다시 오라구 오라잇"

수화기를 걸고 채 손도 떼기 전에 또 따르릉 ―.

"거긔 중학교 가지요 가만 조꼼 할 일 잇긴 잇으나 네 갈 수 잇지요"

톡톡톡 노크 소리가 낫다.

"컴인 ―"

박물과 과장이 드러왔다.

"저 교장님 오늘밤 교장님 댁에서 교수회 모인다는 것은 문과 선생에겐 다 알녀 주엇습니다 별노 더 말슴하실 것 업겟습니까?"

"네네 고맙습니다 별노 업세요"

마건 교장은 카렌다에서 얼굴을 들지 안코 대답하엿다. 박 과장은 보지 안는 절을 공손히 하고 나갓다.

톡톡톡 톡톡톡

"컴인 ―"

마건 교장은 드러오는 인물을 안경 우로 넘겨다보고 안락의자에서 벌덕 몸을 이르켯다.

"아 ― 광선이 재미가 만아? 어떠케?"

털이 부수수한 손을 내미러 청년의 손을 잡어 흔드럿다.

"네 교장님 은혜【惠】로…… 저 ― 교장 선생님한테 청 드릴 말슴이 잇서 왓는데요"

"응 무슨 말?"

그제야 손을 노코

"좀 안저 이약이하여야지"

하고 엽헤 의자를 손짓하엿다.

"네 좃습니다. 다른 게 아니라 저 이번 결혼하게 됏는데요 교장님 아시지요 저 방 장로 둘재 딸 남영이 말이야요 피아노 잘하지요 ╳╳녀학교 금년 졸업햇는데 선생님 바쁘시겟지만 오는 토요일 오후에 주례 좀 해주서야겟습니다."

"하하하하 광선이 결혼해 하하하하 남영이하구 연애햇나? 하하하하【"】

"뭐 연애랄 건 업서두… 좀…"

"좀 연애햇구먼 하하하하 토요일? 주례 ─이쓰더스데 ─푸라이데 ─쌧터테 ─모레지? 오후 멧 시야? 응 멧시?"

홍이 잇는 듯 교장은 쾌활이 우서대며 따저 뭇는다. 청년은 주머니에서 초대장 초고를 내여 책상 우에 펴노코 손고락으로 집흐며

"두 시ㅁ니다 두 시"

"오라잇 할 수 잇지요"

"네 고맙습니다 기실은 벌서 한 일주일 전 초대장을 다돌나 노앗는데 교장님 주례 하에 학교 강당에서 거행한다고 햇습니다"

머리를 오른손으로 벅적벅적 긁엇다.

"벌서 통지햇서? 하하하하 웰 교장 이 사람하고 먼즘 의론해서 해야지 광선이 졸업생도 되고 또 이 사람 교장 되엿스니까니 잘 협동해서 해야 잘될 수 잇지요 광선이 결혼한다니까 나도 또 하고 십흔데 하하하하 젊은 사람 행복이야"

"그럼 밋고 가겟습니다"

청년은 모자를 집어 들고 절을 굽벅하고 나갓다.

마건 교장은 그의 뒷모양을 문이 닷기기까지 어린애처럼 바라보다가 생각난 듯이 연필을 고처 들고 카렌다 우로 끌고 다녓다.

탁상전화가 또 울엇다

"네 이제 가지요 가긴 갈 텐데……"

톡톡톡 톡톡톡

"컴인—"

눈은 드러오는 사람을 보면서

"가긴 갈 텐데 십 분만 십 분만 오라잇"

소리를 지르고 수화기를 꼬잣다.

"성덕이 어떠케 됏대? 음?"

"아랫 동아리가 으스러저 자른다고 하는데 생명엔 관게 업다는가 봅듸다"

교장은 지갑에서 지페 두 장을 빼여가지고

"제가 자동차 못 보고 잘못하엿스니까니 할 수 업지요 미국 그런 형편만이 잇지요 이십 원 갓다 주고 치료비 얼마 들드라도 다 이 사람 낸다고 말해주면 고마울 것이올시다 쏙히 알지?"

"네 그럼 그러지요"

그는 지페의 박글 다시 보고 두 장이라는 것을 확실히 따진 후 성덕이를 주고 그의 뒤를 따라 아랫층 농과 일 학년 교실로 쑥 드러갓다. 동물 교수 시간이엿다. 교수는 낫이 붉어지고 목소리도 약간 떨넛다. 생도들의 철필 든 손과 얼굴들이 일시에 긴장하엿다.

그는 방안을 한번 빙 둘너본 후에 맨 뒤에 잇는 창문을 검사하고 유리알 하나가 깨여저 업서지고 하나가 금이 간 것을 가지고 자긔 방으로 올

나가 조회에다가 영어로

"유리알 두 개 입용"

이라 써서 벨을 눌너 서긔를 불러 주엇다.

그가 모자를 벗겨 들고 중학교로 가려고 문 압까지 갓슬 때 농과 김 과장이 노크하고 드러오는 즉시

"교장님 이십일 방학은 절대로 불가합니다, 례년대로 이십팔일이 좃습니다"

과장은 약간 흥분되여서 말했다

"김 박사 과장은 과장할 일 따루 잇지요 또 교장 이 사람 따루 할 일 잇지요 방학 교장 맘대로 할 수 잇지요 이 사람 지금 중학교 가니까 후에 다시 토론하기로 합시다"

그는 그대로 문을 나서서 현관으로 나갓다 뒤에서 김 과장이 "교장 교장" 하고 부르는 소리는 물론 드른 척도 안 햇다.

1935년 1월 10일(목) 석간 4면
신춘현상당선창작 제2석 혼을 일흔 사람들(3) 최술 작

중학교 강 교무주임이 삼 학년 천 교원을 더리고 드러왓다

마건 교장은 교장실 안락의자에 몸을 기댁이고 바로 전 전문학교 김 과장의 항의에 취할 태도를 생각하고 잇다가

"강 선생 전화 여러 번 듯긴 드럿스나 이 사람 무슨 일인지 형편 자세 알 수 업스니까니 설명 좀 해주엇스연 고마울 것이올습니다"

강 교무주임은 뚱뚱한 배에 어듸서 그런 소리가 새이는지 유치원 애들 가튼 뾰족한 고음으로 힐끗 천 교원을 홀터보고

"이 천 선생이 제게 퇴학생에 대한 질문이 잇음으로 말슴드린 겜니다"

교장은 의아하는 듯이

"질문? 네 네"

하며 천 교원의 아래 우를 불이 붓는 경멸과 증오의 눈초리로 쏘아보앗다.

"네 질문할 것이 잇습니다 삼 학년 갑조 김철조 군말입니다, 무슨 사건 인지는 알 수 업습니다만은 급담임인 저에게 아모 의론도 업시 퇴학식인 다는 것은 그것은 단독 저를 무시한다는 것뿐만 아니라 그러케 해 가지고 야 어떠케 담임이라고 말할 수 잇습니까? 어떠케 통일 업는 교육과 무질 서한 처단으로 일해갈 수 잇습닛가? 저는 금년 봄에 들어와서 학교 내용 과 조직이 어떠타는 것을 잘 알지 못합니다만은 책임자로서 당국에 구체 적 설명을 요구합니다.【"】

천 교원은 자기 말에 흥분과 분만을 느끼며 입술을 부르르 떨엇다 교장 은 한참이나 천 교원의 핏대 선 창백한 얼굴을 뚜러지게 노려보다가 어이 업다는 듯이 흥 하고 코로 웃고

"천 선생 네 잘 알지요 이 사람 잘못된 것 잇습니까"

"선생님을 잘못하섯다는 것이 아닙니다 제 반 학생을 무단히 처분한 리 유를 알고 십어 하는 말입니다 그러케 규률이 업어서야 어느 밸 빠진 놈 이 이 노릇인들 해먹읍니까?'

"천 선생 감정 가지고 말하면 하느님 섭섭히 녀길 수밧게 업지요 천 선 생 할 일 따루 잇고 교장 할 일 또 따루 잇으니까니 그런즉 그런 말 천 선 생 직분 아니요 교장 직분이요"

"뭐요? 그럼 담임은 뭐나 하는 물건입니까? 네 대체 그게……"

따르릉 전화가 울엇다.

"여섯 시 좃습니다 암 가고 말고요 정각에 꼭 갑니다 만찬 후에 여흥까지? 하하하하 댕큐―"

그는 분로와 저주와 의분에 사못처 떨고 섯는 천 선생을 본척만척 문밖【밖】으로 나갓다.

강 주임이 뒤로 따라 나가면서

"교장님 천 선생 일을 내가 잘 조처할 터이니 안심하십시요 그런데 교장님"

그는 고개도 안 돌니고 현관으로 나왓다 강 주임은 따러 오느라고 씨근거리며

"이번에 선천서 우리 학교 삼 학년에 오겟다는 학생이 잇는데 너어 주게 할가요?"

"안 되지요"

현관 돌충게를 다 나러왓다

"교장님 그 학생은 축구 선수구……"

그는 웃둑 섯다 획 도라서며

"축구 선수? 잘 압니까?"

강 주임은 쏘은 살이 적중한 것을 알자 속오【으】로 빙그레 우스며

"네 알다 뿐인가요 참 잘합니다 그뿐 아니라 학교에 한 백원 기부도 하겟다고 합니다"

"기부? 하하하하 네 정성만 잇스면 드릴 수 잇지요 한 이백원 내라지"

"글세요"

강 주임은 어제 저녁 학생과 그의 부친이 오백원 기부하마고 한 약속을 얼핏 다시 타산해 보고

"네 어듸 힘써 보지요 아마 되겟지요"

"그럼 꼭 이백원"

교장은 두 손가락을 펴 보이고 큰 거름으로 전문학교로 가는 것이엿다.

자기 방에 드러온 마건 교장은 뻴노 두 과장을 불너 세우고

"교수회 내일 아츰 여섯 시 학교에 모이기로 연기합시다"

박물과장은 네 하고 몸을 굽혓다.

"교장님 무슨 사정인지는 모릅니다만은 연기한다면 과장의 낫이 어듸 섭니까? 삼십 분 전에는 오늘 모이자 이제 와서는 내일 모이자 이게 어 듸……말 안 됩니다. 오늘 해 버립시다"

"김 박사 혼자 하겟소? 내일 아츰 여섯 시 각과 선생들에게 이약이해 주 시요"

그는 할 말 다햇는 듯 더지듯이 말해 버리고 기다리는 자동차에 몸을 실엇다.

—.

다섯 시 오십 분—마건 교장은 빙글 빙글 딸의 전송을 밧으며 부인과 함께 자동차에 올넛다. 이들은 지금 신학교 교장 라부 박사네 집으로 만 찬을 초대밧어 가는 길이엿다

차가 대문을 쑥 나서자 압흘 막어서며 손을 드는 청년이 잇섯다. 운전 수는 거울에 비친 교장의 스톱 명령을 보고 차를 세윗다 교장은 문을 열 고 청년을 손짓해 불넛다.

"생각해 보앗소? 어떠케?"

청년은 중절모자를 두 손에 번가러 쥐면서 애원하듯키

"네 조곰만 더……"

"안 되지요 다 맛고 사십 원 사십 원"

네 손고락을 펴서 혼들엇다.

"글세 선생님 한 주일에 열여듧 시간을 맛고 그것은 너무나… 생활 보장도…"

"맘에 업스면 하는 수 별로 업지요 하겟습니까? 못 하겟습니까"

"네 하지요만은 좀 더……"

"아니 안 됩니다 중학교 선생 명예 잇소 그런즉 하로 더 생각해 보고 오면 조흘 줄 아는 것이올습니다"

자동차가 푸르르 미끄러젓다 차 안에서 로부처의 폭소가 차차 가늘어젓다. 청년은 두 발이 땅에 돗친 듯 사활에 관한 엄숙한 직업 문제를 한 우슴거리로 희희닥거리는—달어가는 부처의 차에서 눈을 뗄 수가 업섯다.

1935년 1월 11일(금) 석간 3면
신춘현상당선창작 제2석 혼을 일흔 사람들(4) 최술 작

"오늘노 단박 귀정을 저야 합니다 일이 날 뜻 십흐면 방학을 선언하는 게 마건 씨의 상투 수단이니까요"

급진 분자들은 진청서를 써너코 형거 스트라익 전술을 쓰자는 것이다. 날이 기러지면 우라기리[1]도 잇겟고 어느 정도까지에 긴장도 풀닐 테고 해서 좌우간 여러 가지 점으로 보아 불리하니까 소뿔은 단김에 뺀다고 단박 거사하자는 의견이 농후하여저 가는 것이엿다.

"아닙니다"

이 학년 손 군이 니러섯다.

"이번 일은 다 순조로 해결될 가능성이 충분합니다, 이십 일 방학은 이

---

1 우라기리(うらぎり) : 등 뒤에서 칼로 벤다는 뜻으로 배반, 배신 등을 뜻함.

십팔 일노 넉넉이 물닐 수 잇는 게고 그담 승격 문제라든가 교기 숙청이라든가 언론의 자유라든가 등 다 가능한 것인 동시 또 절실히 요구의 필요를 인정하는 것입니다. 그러니까 여럿이 공론한다면 결국은 말성만 일어날 뿐 좀처럼 통일되기 어려운 일임으로 위원을 선정하야 아예 전권을 맛기고 우리는 절대 명령을 복종할 것을 맹서하고 이 회를 헤칩시다.”

여럿은 “올소” 하고 웨첫다.

군중이란 바람에 불리는 갈대와 가튼 것이엿다.

졸업반 급장인 임시회장 송 군이 가부를 뭇고 위원을 뽑기 시작하엿다. 각 학년 정부급장과 그외 각 반에서 세 사람씩 선출되엿다 위원은 전부 열다섯 사람이엿다.

교장 개인의 피서의 편의상 방학 날ㅅ자를 륙 월 이십 일노 끄러올닌다는 것은 너무나 학생들을 무시하고 전횡하는 것이라고 싸여 나려온 과거의 모!든 불만과 불평을 덧부처 진정하자고 볏모를 끗낸 농과 전학년이 논두덩에서 여른 총회엿든 것이다.

이들은 저마다 한마데식 비난의 소리를 끄냇다 각기 짝을 지여 흐터저 도라가면서도 두덜거렷다. 성덕이가 교장댁을 방문한 것은 회가 끗난 한 시간 뒤엿다. 누렁 실습복 바람으로 그는 교장과 대하야 안젓다 전등이 켜젓다.

“선생님 큰일낫습니다. 동맹휴학하겟다고 결의됏습니다”

“뭐? 성덕이 그게 정말이야?”

경악과 불안으로 마건 교장은 눈을 등잔가치 번득이며 겁에 질녀서 씨근덕거렷다.

“위원이 열다섯씩 뽑히고……두구 보지요 막 야단낫습니다.”

교장은 두 팔노 의자를 치고 이러낫다. 이제까지 삼십 여 년 동안 자기에게 반항하는 인간을 못 본 그다. 조선인이라는 인간은 돈과 억압으로 길드릴 수 잇는 동물이엿다. 이것이 그의 신조요 표엿다. 선교사로서 교육자로써【서】 나이 륙십이 넘도록 일관해 온 역사는 돈으로 휠 수 잇고 억압으로 순순해지는 조선인의 약하고 어리석고 단순함을 손에 쥐고 씨여진 정복자의 기록이 아니엿든가? 이 기록이 깨지다니? 망한 민족이 고 꼴에… 이놈들이 하고 이를 갈엇다. 참말노 이것은 꿈박기다【꿈 밖이다】. 그는 바지 주머니에다 손을 찌르고 방안을 정신업시 거닐럿다, 염통이 찌저지는 분노와 잔인한 복수의 불길만이 활활 타올넛다. 영영 돈으로 목을 얼고야만다 억압으로 깔어 업드리고야 만다, 그저 이놈들 망한 놈들이……

그는 굿게굿게 주먹을 쥐고 맹서하엿다.

"성덕이 위원이 누구야 응"

성덕이는 이름 적은 조희 조각을 그의 손에 들녀 주엇다. 그는 그것이 보기 무서운 듯 포켓 속에 움키여 너엇다.

일순―그는 공포와 불안과 번뇌를 느꼇다. 아 이 기회에 나의 과거 비밀이 폭로된다면…… ―십게명 제칠조 범행 ―선교비의 ×령 ―……아아 그는 비참한 자긔의 여생을 그려 보며 몸을 덜덜 떨엇다.

"성덕이 대학 공부 안 하겟소? 응? 내 말 잘 드르면 내 식혀주지"

그는 덥석 성덕이의 어깨를 두 팔노 껴안엇다.

"네 하고 십허요"

"정말 정말"

그는 광명을 붓잡은 반가움으로 성덕이의 몸을 힘잇게 흔드럿다.

"네"

"그럼 성덕이 이제 가서 어터케 되여 가는지 동정을 잘 알어가지고 알녀 주시요 꼭"

"네 그럭하지요 꼭 하겟슴니다"

"우리 성덕인 참 조탄 말이야"

팔을 풀고 성덕이의 손을 잡고 팔이 떠러저 나가는 듯이 압흐도록 흔드러 주엇다.

"기숙사 밥갑 냇나? 아마 못 냇지? 이거 갓다 내지"

그는 십 원 한 장을 성덕이의 손에 쥐여 주엇다. 성덕이는 잠잠이 고개를 숙이고 잇엇다.

조곰 후—.

어두어진 문밧그로 사라지는 성덕이의 뒷모양을 보며 그는 승리자의 우월감을 가지고 자신에 넘쳐 회심의 미소를 듸윗다.

차에서 맛난 여자 1935.1.13~1935.1.27

이경근

1935년 1월 13일(일) 석간 3면
신춘현상단편소설 2석 차에서 맛난 여자(1) 이경근 작

빗쟁이가 와서 성화 가튼 독촉을 할 때에 가긍한 사정을 말하야 그의 동정을 사랴고 하는 것은 독촉을 완화식히기에 아모 소용도 업다. 그와 맛찬가지로 밥갑슬 아니 내인다고 밥은커냥 방에 불도 안이 때여주며 푸념을 하는 주인마나님한테 끼니를 궐하는 나의 궁빈상을 알니는 것 역시 다만 창피할 뿐이지 아모 소용이 업는 일이다. 궁빈상을 드러낸댓자 동정을 엇기커냥 한술 더 떠서 독촉이 더 심해질 것은 사실이다. 빗쟁이나 마나님이나 모다 돈에 대한 집책(執着)과 욕기가 누구보다도 강한 만큼 그의 혈관 속에는 동정의 피가 흘르고 잇지 안는 까닭이다

그러자니 오늘도 굴믄 베를 움켜잡고 길로 헤매이지 안을 수 업는 지경이다. 웬종일 밧갓으로 나가 잇스면 굶는지, 먹는지, 알 길이 업겟스니까 나는 이러케 하기로 작정한 것이다. 요행으로 겸심[1] 그릇이나 생기면 다

---

1   겸심 : '점심'의 방언(경기, 충청, 함북).

행이나 그나마 업는 날은 말라빠진 입살을 침으로 적서 가며 이 방으로 기여드는 것이다. 그럴 때에도 나는 가장 배가 부른 척하고 시치미를 딱 떼는 것이다.

냉골방에서 기거한 지도 임이 이틀재가 된다 냉골방에 번듯이 누은 나는 칠성판[2] 위에 누은 송장이나 무엇이 다르랴 방은 어둠컴컴하다 눈압헤 뜬 허공에서 휙휙 냉기가 떠도라서 이마를 슷친다 독 속갓치 텡 빈 배 속에서는 무엇이 굴르는지 구루마가 돌다리 위를 굴르는 것 가튼 소리가 나다가는 강아지 목에 달린 방울이 굴르는 듯이 "꼬로록" 하는 소리가 알미움고도 가엽게 난다 나종에는 배ㅅ속에서도 바람이 이러나는지 선득하고 찬 기운이 가슴으로 치미러 올라온다 뒤이어 끗칠 즐 모르고 나는 배 속의 애소를 내 자신이 듯기에 민망햇다. 손꼽아 세이니, 어제 점심 먹은 후로 이때까지 밥알 구경도 못 햇다. 나는 제 뱃속을 속여나 볼랴는 듯이, 시치미를 딱 떼고 벼개 마테서 아모 것이나 집히는 대로 책 하나를 집어서 펴 드럿다. '체홉흐'의 단편집이다. 아모리 읽으랴고 애를 썻스나, 도모지 머리에 드러가지를 안는다. 그리고 눈만 감으면, 김이 무럭무럭 나는 힌 밥이 눈압헤 나타난다. 다음에는 쓰듸쓴 침이 입가를 한박휘 도라서 혀미테 고힌다. 나는 이왕이면 공상이나 하야 볼가하고, 아조 눈을 감아 버렷다. 호구지책이 막연하니 그 외의 것은 바라기는커녕 공상조차 할 자격도 업다. 물 위에 뜬 거품가티 안주성(安住性)과 확실성이 업는 나의 처지에 대하야 뛰는 가슴을 움켜잡고 미래를 우러러보는 희망은 업슬지언정 그러타고 생활 의식을 일코 비관 낙담하지 안는 것이 불행 중 다행이다

---

2 칠성판(七星板) : 관 속 바닥에 까는 얇은 널조각. 북두칠성을 본떠서 일곱 개의 구멍을 뚫어 놓는다.

"무슨 안달로 번연한 밥버리를 차던지고 요 고생을 하느냐" 이러케 생각을 하니 요사스러운 내 자신이 볼을 쥐여박고 십흘만치 얄미워젓다.

"이 손님은 도대채【체】엇지된 셈야 반갑도 실흐니 방이나 내노소 누가 당신 위해 사는 줄 아루"

까마귀소리[3]를 풍류소리로 드를지언정 날마다 당하는 이 넉두리는 참아 듯기에 소름이 끼칠 지경이다. 이 소리는 나에게는 이 이상 더할 수 업는 치욕이엿다 오늘도 창박게서 주인 마나님의 고맙지 안은 선물을 밧는 것이다 나는 이 이상 더 참을 수가 업섯다 그러나 나에게는 참는 것이 유일의 밋첫일 뿐 그밧게 무슨 뾰죽한 수가 잇나 해수관음(海壽觀音)에다가 턱을 하나 더 붓친 것 가튼 뚱뚱보 마나님을 눈압혜 그리고 치를 떠럿다. 창박게 또 소리가 난다.

"어떠케 할테요? 오늘은 아조 요정[4] 집시다."

여기까지는 째진 목소리로 빽 질느고는 "제 — 밀할 것" 하고 중얼중얼 하는 소리가 뒤이어 창박게 낫다 나는 벌떡 이러나서 외투를 떼여 입고 모자를 눌너쓰고 후다닥 문을 여러제치며 나왓다

"밥갑 뜨지 안을 테니 넘녀 마슈"

나는 불이 날 듯이 한마듸를 던지고 대문을 나와 버렷다. 그러지 안어도 빈소방 가튼 냉골에 업듸려 잇슬 수도 업는 판이라 호기 좃케 뛰여나온 것이다. 아모리 궁한 나이지만 결ㅅ만은 남만 못하지 안타 사랑하는 안해를 깨끗이 남에게 내여준 내가 아닌가.

---

3   까마귀소리 : 들을 가치가 없는 허황된 소리나 듣기 싫게 떠들어 내는 불길한 소리를 비유적으로 이르는 말.

4   요정(了定) : 결판을 내어 끝마침.

무학재를 넘어 드러오는 북풍은 아직도 차다. 골목을 나서면 바로 광교 천변이다. 눈이 허엿게 어러부튼 청계천에는 어름이 녹아서 군데군데 둥굴게 구넝이 낫다. 그 미트로 침체되엿든 썩은 물이 둔하게 흘넛다. 잇다금 이상한 악취가 코 미태 맛첫다. 그리고 다리 아래 컴컴한 속에는 어린 거지떼들이 움을거렷다. 나는 향방을 작정함도 업시 발을 내노앗다.

1935년 1월 15일(화) 석간 3면
신춘현상단편소설 2석 차에서 맛난 여자(2) 이경근 작

발은 왼편으로 꼬부러저서 남대문 편을 향해서 거럿다. 지리하든 겨울이 지나고 이제는 봄이다. 나는 사람의 물결을 헤염치듯이 군중 사이를 거럿다. 억개와 억개가 교착되는 그 군중의 얼골에는 지나간 긴 겨울을 헤여나기에 피로한 그림자가 아직도 남아 잇슬 뿐 도모지 봄다운 소생의 기분을 차즐 수가 업섯다. 그것은 나의 침울한 눈에 빗죄【최】인 착각인지는 알 수 업스나 하여튼 나의 눈에는 모든 움직임이 침체와 이완(弛緩)으로 박게 빗초이지 안엇다. 그리고 마주막 기쓰는 단말마적 반항으로도 보엿다. 그러나 봄은 의연히 봄이다.

나의 턱에서도 빳빳한 수염이 활기를 띄고 급템포로 살을 뚤코 나온다. 깍그랴고도 안 하고 깍고 십지도 안은 나의 턱 푹 눌너쓴 겨울 모자 까치집가티 귀 밋까지 덥수룩한 머리 거기서 떠러진 비듬이 양편 억개에 허엿케 덥힌 나의 꼴은 한개의 실직자로서의 전형이다. 정신상으로나 외면상으로나 이러케까지 변할 줄은 나로서도 예긔치 못햇다. 땅에 진 낙엽이 바람에 뒤집히듯이 살작 뒤집히는 계집의 요망스러운 변심이 이러듯 나를 타락식혓다면 누구나 나를 손꼬락질할 것이다. 과연 나의 우렬이 큰

원인임을 나도 잘 안다. 나는 힘업시 것다가는 고개를 드러 하눌을 처다보며 다시 거럿다. 가장 볼일이나 잇는 듯이

바람은 또 부러온다. 요부의 한숨 가튼 찬 기운이 목덜미에 길게 뻐친 머리카락을 날닌다. 모든 것은 나에게는 냉정하게 살기를 띄고 움직엿다. 그리고 각과 선이 교착된 놉고 나진 뻘딍들이 아스팔트 위에 느러섯다 나는 그 유착한 거체의 무게에 눌녀서 몸을 옴으리고 그 미틀 거럿다.

어느덧 M백화점 압까지 당도햇다. 처다보면 처다볼수록 놉고 크다. 압헤 쫙 깔린 수업는 유리창은 나의 눈에 현긔증을 이르켯다. 그중에서 나는 작년까지 주판을 똑닥어리고 안저서 일을 보며 숙(淑)이가 잇는 전화교환국을 왼편에 바라보든 그 창을 차저냇다. 그 창에서는 왼서울 시가가 눈 아래 깔려 보엿다. 나는 다시 숙을 생각하얏다. 남편의 친구를 꼬여내인 요구를 다시 생각하는 것이다. 그를 생각하는 것은 선부스럼을 건드리는 것과 가타서 하품을 다시 이르키는 것이엿다. 나는 남산에 올라가서 시가나 내려다볼가 하고 마진편 욱정 골목으로 드러섯다. 넓은 광장에서 안윽한 길드로러서자【길로 드러서자】 벼란간 볏치 따듯함을 감각햇다. 바람도 업고 사람도 업고 단지 봄볏치 잇슬 다름이다 바른편 조곰 우묵히 닥어서 조고만 마당이 잇다 해볏츨 담북 바다서 봄기운이 흘넛다. 거기에는 인적이 드믄 곳을 차자왓는지 한 쌍의 개(犬) 부부가 밀회를 하고 잇다 암놈은 수놈 턱미테서 가진 아양을 다 떤다 압발로 수놈의 수염을 쓰다듬으니까 수놈은 눈을 꿈적꿈적하고 안젓다가 벌덕 이러나서 쿡쿡 하고 암놈의 냄새를 맛는다. (略) 나는 그 자미잇는 내외 노름을 탐나는 듯이 물끄럼히 바라보고 잇섯다 그리다가 개는 내가 섯는 것을 깨닷자 꿀갓혼 란데부를 침범한 데에 노기가 뻣첫든지 "콩콩" 하고 쏜살가티 내다르며 지젓

다. 원체 개를 무서워하고 실려하는 나는 오든 길로 다시 쫓겨오고 마럿다. 그 거동이 얼마나 가여웁고 우수웟슬는지 나는 열적어서 사방을 둘너보앗스나 맛침 본 사람이 업는 것이 다행이엿다

◇

갓득이나 시장한 데다가 아직도 겨울틔를 못 버슨 찬바람이 모질게 부러와서 사정업시 얼골과 등판을 치는 바람에 등이 켱기고, 사지가 오그라드럿다. 아래턱과 웃턱은 웬수나 진 듯이, 서로 악물고 놋치를 안는다. "에이춰" 튀해 노혼 닭과 가티 굵은 소름이 찍찍 끼처진 얼골이 제 물에 도리질이 처것다.

오후가 되드니 날새는 더 음산해것다 지금이 이 월 중순이니 이름이 봄이지 날새는 아조 냉냉하얏다. 단지 겨울 바람과 갓치 칼로 귀전을 어이는 듯한 매서운 기운이 업슬 따름이요 차기는 겨울만 못하지 안엇다. 그러나 해ㅅ발이 쪼이는 데는, 구석구석에 싸엿든 눈이 녹아네려서, 길바닥은 질퍽질퍽햇다. 겨우―내 해를 못 보든 집웅의 찌드른 눈도 녹아네리기 시작해서 담과 담 사이에 부튼 홈통에서는 뚝뚝뚝 하고 음산한 소리를 내며 낙수가 듯는다. 뚜러진 구쓰창[5]으로부터 눈 녹은 물이 숨여드러서 발이 고드름이 된 모양이다, 물을 흠뻑 먹은 양말이 건는 대로 찔꺽찔꺽 하고 먹은 물을 토하지마는 발에는 아모 감각이 업다.

오는 해도 어느듯 설핏햇다, 저녁해ㅅ발이 눕혼 은행 삘딩의 꼭대기로 기여올나가서 비스듬이 빗겨잇다. 그리고 쭉 느러선 집들의 그림자가 길바닥에 길게 누어 잇서서 그늘진 곳은 다시 어러부트랴고 거덕거덕해진다.

---

5 구두창: 구두 밑바닥에 대는 창.

신춘현상단편소설 2석 차에서 맛난 여자(3) 이경근 작

나는 응등그러지는[6] 몸을 억지로 끌며 갈 곳을 궁니해 보앗다. 그러나 갈 곳이라고 잇슬 니가 업섯다. 인식(仁植)이에게나 갈 것이지만 그 역시 궁한 판에 빈손 들고 간들 무슨 위안이 될가 십지 안어서 고만두엇다 세상에 나를 반기는 사람이라고는 한 사람도 업지 안은가 한 푼 업는 한개의 룸펜을 반가히 마저준댓자 밥 한 그릇이라도 축이 터【더】 낫지 손톱 끗만 한 리익은 업슬 이니 그러키도 하겟다. 나는 이러케 생각하고는 쓴우슴을 입가에 띄엿다. 우슴을 거두고나니 전보다도 더 고독하고 쓸쓸해젓다.

그때 난데업는 자동차 하나가 "지지지지" 하고 진 땅을 다름질치고 오드니 철석하고 흙탕물을 무릅 위까지 튀기고 모른 척하고 다라 버렷다.

"에잇 오라질"

나는 다라나는 자동차의 뒷모양을 흘겨 볼 따름이엿다.

하는 수 업시 나는 한 팔로 엽헤 선 전신주를 집고 발을 탕탕 굴너서 물을 터럿다 척근척근한 바지가랭이가 종아리에 휘감겻다 그 감각은 짜릿짜릿하게 등줄기까지 치바처 올나가서 또 한 번 진저리나는 도리질을 햇다

"어참 재수업다"

나는 중얼거리며 또 두어 번 발을 쾅쾅 굴르고 나서 전신주 압흘 물너섯다 그리자 내가 지금 것고 잇는 곳에서 ××도서관이 머지안은 건너편에 보이는 것을 깨닷자

"올타 저기나 드러가서 어한[7]을 할밧게"

---

6 응등그러지다 : 마르거나 졸아지거나 굳어지면서 뒤틀리다. 춥거나 겁이 나서 몸이 움츠러지다.

나는 불이낫케 전차 궤도를 건느고 몰녀오는 자동차 자전거를 간신히 피해서 건너편 도서관으로 드러섯다.

돈 아니 밧는 신문실로 드러가랴니까, 표 밧는 친구가, 날마다 보는 내 얼골을 홀낏 치여다본다. "저 친구 또 오는군" 하는 듯한 경멸의 눈초리가 나의 얼골을 쏘앗다. 사실 나도 좀 겨면쩍지 한【안】을 수가 업섯다.

몃칠은 쉬엿지만, 침침한 하숙방에 웅쿠리고 안젓기가, 실허서 유일한 소일 곳으로 이 신문실을 택한 것이다. 스토―브가 피워 잇겟다, 게다가, 소일거리 온갓 신문이 구비해 잇겟다, 더구나, 그 비럴먹을 돈 안 밧겟다, 아조 나에게는 안성마침이엿다. 그런 가【까】닭에 날마다 여기를 차자와서 소일을 하얏다.

이 신문실에 드러오랴면 반듯이 표 밧는 우께스께[8] 압흘 지나야 하는 고로 부지중에, 표 밧는 친구에게 내 얼골을 기억케 한 것이다. 비록 인사는 업섯슬망정 그러나 지금의 나는 위선 어한이 무엇보다도 필요하니까, 시치미를 딱 떼고, 방으로 드러섯다,

그러나, 거기서도 나는 실망을 아니 할 수 업섯다. 리해타산에 약속빠른 것은, 오직 나 뿐이 아니엿다. 그 방 안에는 차림차림이 나보다 못하면 못하지, 낫지 안어 구지레한 친구들이 꺼저 가는 스토―브를 둘너싸고 서로 물끄름 말끄름 처다보고 잇섯다. 그 틈에나마 끼지 못한 불행아는 압 사람의 다리 사이로 새여나오는 미적찌근한 온김을 쪼이랴고 압 사람의 궁둥이에 자기 궁둥이를 맛대고 창밧글 시름업시 바라보고 잇다 창박근 여전히 분망하게 움지긴다.

7 　어한(禦寒): 추위에 언 몸을 녹임. 또는 추위를 막음.
8 　우께쓰께(うけつけ): 접수처.

그들은 사회의 패잔자요 인생의 락오자이다. 축축 처진 겨울 모자 챙 속에서 풀기 업는 눈동자를 느리게 굴니며 멀건히 서서 잇다. 나는 그대로 돌처서고 십헛스나 불쪼이러 드러왓다가 퇴박맛고 나가는 궁상을 그들에게 알니고 십지 안은 얄미운 자존심이 나서 실치만 신문 압호로 가서 뒤적어렷다. 나는 신문 보라 드러왓지 불 쪼이라 드러온 것이 아니라는 것을 알리기 위해서

신문은 아모리 뒤적어려도 씀증만 낫지 아모 감흥도 나지 안엇다

1935년 1월 17일(목) 석간 4면
신춘현상단편소설 2석 차에서 맛난 여자(4) 이경근 작

아직 내가 여섯 살쯤 되엿는 때이다. 고향인 순안(順安)에서 자랄 때엿다. 어머니는 한식과 추석 명절이면 나를 데리고 고개 너머 아버지 산소에를 갓다. 목이 긴 당 사기병에 시큼한 신청주를 담고 병목아지를 색기로 얼거서 나의 등에 걸머지여 주엇다. 그리고 어머니는 나의 손을 끌고 헐덕이며 고개를 넘엇섯다. 산에서는 "꾸―꾸루룩 꾸루룩" 하고 산비닭이가 우럿다. 아버지 무덤은 컷스나 형세가 가난한 어머니는 손을 대일 겨울【를】이 업서서 분상에는 잡풀이 창대갓치 뻣처서 보기 흉햇다. 나는 그 속에 누은 아버지가 엇더케 생겻슬가 하고 생각해 보고는 팔자수영 달닌 구장 영감도 연상해 보앗다. 내가 두 살 때 아버지는 세상을 떠낫다고 어머니가 아르켜 주엇섯다. 어머니는 묵은 숫닭이 우는 것 가튼 소리로 해가 지도록 끈기 잇게 우럿다. 실증이 난 나는 푸루룩 하고 날느는 산새를 처다보곤 햇다. 저녁때야 어머니는 눈이 퉁퉁히 부어서 나를 끌고 다시 언덕을 넘엇다. 고개를 넘으며 어머니는 아버지 이야기를 들녀주든 것

이다. 아버지는 활을 잘 쏘앗다는 이야기 또 저 건너 만취정(滿翠亭)에 올나 가서 친구들과 술을 논흐며 한시(漢詩)를 짓기를 조와햇다는 이야기를 들녀 주엇다.

그리고 그림도 잘 그려서 안방 두껍다지에 부튼 그림도 아버지가 그렷다는 것도 드럿다 그림은 퍽 컷섯다 나는 그 그림을 손으로 집허가며 산 하눌 배 강 고기 하고 웅얼웅얼하며 말을 배웟든 것이다

그러나 지금 생각하니 그 그림은 유치한 것이엿다 놉흔 산 아래 강이 흐르고 배 위에는 이상한 로인이 피리를 불고 잇는 그림이엿다 물고기가 배보다도 컷섯다 어머니는 바누질을 하다가도 그 그림을 시름업시 바라보앗다 말하면 아버지는 풍류객이엿다 따라서 돈벌기를 등한히 한 고로 그가 도라간 뒤에 어머니의 고생은 컷섯다

그러튼 어머니 역시 차듸찬 땅 속에 재가 되여 뭇친 지 임의 세 해를 거듭햇다.

박과 숙이는 어듸 가서 무엇을 하고 잇슬가 하고 또 이젓든 긔억을 생각해 보앗다 모든 것이 물거품가티 나타낫다가는 사라지곤 햇다, 그때

"여보게 되엿네"

억개 넘어에서 최가 외첫다 새정신을 돌녀 도라다보니 그는 누런 봉투를 나에게 주엇다 류원 얼마 안 되는 돈이지만 그래도 몇칠 동안 주림을 면하기에 충당할 수 잇는 돈이다.

"한턱해야지"

최는 농처 뭇는다

"이다음에 부자 되거든 냄세 고마워이"

한마듸를 남기고 신문사를 나왓슬 때는 어느듯 거리에는 새로 켜진 등

불이 힘업시 떨고 잇섯다.

×

"돈 좀 변통해 보섯소?"

마당에 발을 듸려놋키가 무섭게 해쑤관음 마나님이 내다른다

"못 햇소이다"

나는 딱 잡아떼여 버렷다.

"엣소이다 작지만 위선 바드시요" 하고 단지 얼마라도 줄 것이엇스나 너무 달게 굴는 게 얄미워서 딱 거절햇다 그보다도 굼주리고 안저 잇슬 인식이를 차저보기로 하고 계동 막바지 그의 숙소를 차젓스나 수채에서 빨내하든 어멈이 어듸 나갓다고 해서 집으로 도라온 것이다 인식이도 나의 동창생의 한 사람이다 그 역시 나와 가튼 실직군의 한 사람이고 더구나 열열한 문학 애호자이여서 각금 엇던 월간잡지에 두어 줄 되는 시도 발표하고 하얏다 이런 점에 취미상으로나 처지상으로나 그와 나 사이에 공명점이 잇섯든 것이다. 인식이와 그리고 숙과 가티 도망한 박광과, 나와, 세 사람을 얼거 논 우정은 인간적 리해타산을 초월한 것이엿다. 쇄락한 보헤미안과 가튼 우울 속에서도 명랑한 열정이 세 사람 사이에 얼켯든 것이다. 우리는 맛치 솟발과 가티 서로 부축하고, 서로 버틔엿섯다. 그중에서 박은 우정을 배반하고 가 버리엿다. 솟은 걱구러지고 마랏다. 인식이와 나는 한업시 고적을 늣겻스며 굿센 우정도 식어지랴고 한 것이다.

계동 그의 숙소를 나온 나는 저녁 한 그릇을 사먹고 집으로 도라온 것이다 주인 마나님은 넙적한 코를 벌늠거리드니 두덜두덜하면서 마루로 올나갓다

"욕을 하든지 그보다 더한 것을 하든지 맘대로 해라"

나는 속으로 이러케 유둘유둘한 생각을 먹고 방으로 드러갓다 차듸찬 방바닥은 어름을 듸스는 듯하다 이부자리 위에 가 주저안저서 궁둥이 온김으로 이불이 녹기를 기다리고 잇노라니까 보리알갓흔 이 한 마리가 엉금엉금 이불 위를 기고 잇다 나는 그것을 물끄럼히 바라보다가 잡지도 안코 이불 속으로 파고 드러갓다.

여덜 시 길 건너 가가에서 라듸오가 연예 방송을 시작한다. 나는 나의 작품을 다시 한번 음미해 보랴고 사가지고 온 닷새치 신문을 처음부터 읽기 시작했다.

"차에서 맛난 녀자"

안해 인숙이와 박 그리고 나와를 모델로 삼고 지난 일 년간의 나의 체험과 심경을 터러 논 것이 이 소설의 골자이다 한줄한줄 나의 눈은 활자 위를 밋그러젓다 창작력과 상상력의 부족한 머리를 쥐여짜고 눈을 끔벅어리며 고생고생 쓴 것이엿다마는 이러케 규거가 방정하게 나타난 활자로 읽어 보니 의외로 문세가 원활하고 자연스러웁게 진행하야 나간 것을 깨다랏다 때때로 튀여나오는 묘한 표현방법은, 자기 자신에게도, 신선한 감흥을 주엇다. 한 줄 한 줄 한 회 두 회, 읽기를 거듭하는 동안에 나의 전신은 흥분에 떨고 정신은 작년 겨울노 도라갓다.

×

학교를 맛친 후 일 년이 되두록 직업을 엇지 못하든 나는, 요행이라고 할지 M백화점 사입부에 드러갓든 것이다. 그것이 재작년 겨울이다. 마음에 맛지 안는 일자리엿스나 위선 사라야 할 터이니까 그리로 머리를 박은 것이엿다. 나에게는 가당치도 안흔 주판이 손에 쥐여지고 할 줄 모르는 장부 기입을 나는 마타보고 잇섯든 것이다. 코구멍 밋헤 골패짝만 한 수

엄이 부튼 사입부 주임이 등 뒤로 와서 주판질하는 나의 서투른 모양을
무테안경 넘어로 감시하얏다.

1935년 1월 18일(금) 석간 3면
신춘현상단편소설 2석 차에서 맛난 여자(5) 이경근 작

왼 천지가 꽁꽁히 어러붓튼 어느 날 밤이엿다 나는 수일 전에 사입(仕
入)[9]해 드린 물품을 장부에 올니고 나서 느지막해서야 백화점을 나왓다 열
시면 그리 늦지도 안엇것만 원체 매서운 날새 탓이엿는지 길에는 행인이
드므럿다. 그날도 나는 효자동(그 당시 나는 창의문 박게 류숙하고 잇섯다)행 전
차에 피곤한 몸을 올려 안치고 잇섯다. 차 안은 텡 비이고 단지 건너편에
노파 한 분이 남바귀 속에서 눈을 깜박어리고 안젓슬 뿐이엿다.

그날도 틀님업시 간혹 가튼 곳에서 차에 오르는 녀자를 까닭 업시 은근
히 기다리고 잇섯다. 날마닥 하는 일이지만 그날만은 유난히도 그 일홈
모를 녀자가 한시밧비 보고 십헛섯다. 그것이 실업슨 홀아비의 조고만 위
안거리로는 넉넉하얏다. 그러든 중 과연 예기에 틀님업시 붉은 바탕에 힌
글자로 '체신국 전화교화실'이라고 쓴 기둥이 캄캄한 창박게 와서 섯슬 때
그 녀자의 야윈 얼골과 간얄핀 몸이 삽분 차 위로 나타낫다.

까닭 업시 기다리다가도 그 녀자의 얼골을 보고만 나면 나로서도 알 수
업시 마음이 흡족한 것 가튼 만족을 늣겻다. 그 녀자는 두어 가닥 흘러나
려온 머리카락을 가느다란 손가락으로 글거올리고는 헨드빽【핸드백】에
서 조고만 첵【책】 하나를 꼬내서 읽기를 시작하는 것이엿다. 그리다가도

---

9   사입(仕入) : 상거래를 목적으로 물건 따위를 사들임.

책에서 눈을 떼여 캄캄한 창박글 내다보기도 햇다.

나는 그의 어엽부다느니보다 가련하고 깨끗함을 새삼스럽게 발견하고 은근히 호감을 그에게늣겻다. 차의 동요에 몸을 맛기고 안젓는 그의 꺼질 듯한 자태는 맛치 못 가흘 외로히 핀 수선화가 바람에 하느적어리는 것 갓햇다. 그 자태를 흘금흘금 그의 시선을 피해가며, 도적질해 보면 볼수 록 괴로울만치 그가 아릿다윗든 것이다.

바로 그때엿다. 우연히 참으로 우연히 신이 빗그러 매준 것 가티 나와 그의 시선이 마조첫슬 때 그는 의외에도 나에게 가벼운 미소를 보냇다. 그 미소는 이상한 힘으로 나의 얼골을 뜨거웁게 하야 나는 얼른 외면을 해버렷다.

"그러케도 얌전하게 보이는 그가 그러케 대담한 행동을 할 수가 잇슬가? 아니다 그럴 리가잇나, 무슨 생각을 하고 홀노 미소를 띄엿슬 때에, 나의 시선이 부질업시 가서 다은 게지 설마 나에게 대한 미소는 아니겟지"

나는 허잘 것 업는 일을 가지고 이러케 곰곰히 생각해 보앗다. 그러면 서도 나에게 대한 미소이기를 은근히 바랏든 것이다.

효자동 종점에서 차를 내린 나는 창의문으로 가는 캄캄한 길을 거럿다. 그 녀자도 차를 내리고 어느새에 두어 간 압홀 것고 잇섯다 달이 업는 금 음밤이라 지척을 분별하기가 극난이엿스나 더구나 어름으로 덥힌 길바 닥은 찍찍 밋그러저서 나 역시 것기가 힘이 드럿다 그 녀자도 다리에 전 힘을 주고 것다가도 발이 밋그러지는 바람에 몸의 균형을 일코 버둥거리 곤 햇다. 그리다가 눈깜작할 새도 업시 그 녀자는 두 다리를 하눌노 팽개 를 치며 "에그머니" 소리와 함께 나가잣바젓다.

그는 잠간 허위덕거리드니 몸을 일지 못하고 안진 채 뭉갯다 퍽 되게

고른 모양이엿다 나는그대로 지나가기에도 너무 민망하고 가여워서

"길이 퍽 밋그러워서 것기애 아조 힘이 드는데요"

하고 위로 겸 이러케 중얼댓드니 그 녀자는 붓그러움에 얼골이 발개지며 이러나랴고 애를 썻다. 나는 성큼 그의 팔죽지를 껴 이르켜 주엇다 그것은 너무 당돌한 행동인지는 모르겟스나 극히 자연스러운 순정에서 나온 거동에서 더 지남이 업섯다.

"아이고, 미안합니다"

그 녀자는 궁둥이를 주먹으로 어루만지며 이러케 인사를 햇다 "과히 닷치시지는 안으섯나요?"

어느듯 그와 나와는 억개를 나란히 하고 것고 잇섯다.

"어듸를 이러케 늦게 다니서요"

그는 조곰도 주저함도 업시 나에게 무럿다

"밥버리하는 일이 이맘때나 되여야 끗치 난담니다"

"저 역시 그래요 똑 귀찬아 죽겟서요"

"실례이지만, 아마 교환수로 계시지요?"

점점 거북한 기분이 것치는 것을 기회로 나는 무럿다.

그러니까 그 녀자는 좀 붓구러운 듯이 몸을 틀드니 "녜 ─" 하고 대답햇다. 그 말에서 나는 나의 고향인 평안도 사토리가 끼인 것을 듯고 나는 반가윗다.

"고향이 어듸서요"

"선천예요"

"녜 ─나는 순안입니다 그러니까, 퍽 갓갑구면요"

그 녀자는 어듸까지 순진 그것이엿다. 나는 어느듯 깁흔 골목을 지나서

도상(道商) 정문에 달닌 전등이 멀니 바라보이는 곳까지 왓슬 때 그 녀자는 무럿다

1935년 1월 19일(토) 석간 3면
신춘현상단편소설 2석 차에서 맛난 여자(6) 이경근 작

"선생님은 어듸 계서요"

"나는 M백화점에 잇지요"

"퍽 자유스러운 직업이구면요"

"남에 가가에 가서 고용사리하는 것이 자유스럽습닛가"

"그러치만 나의 일에 댈 거예요"

그 녀자는 외양과는 아조 딴판으로 쾌활하게 이야기를 햇다.

"밤 늦게 집에라고 도라가도 누구 하나 반겨주는 사람이라고 잇나요 퍽 고독해요 혼자 자리에 누으면 사지가 노곤하고 세상이 다 귀치안어요" 이런 대담한 소리도 처음 보는 사나히 압헤서 할 만큼 그는 붓그러움이 업섯다 나는 좀 놀낫다

이러케 붓그러움이 업고 대담할 젠 아까 차 속에서 던진 미소도 혹 나에게 대한 미소엿슬는지도 모른다고 나는 생각을 햇다. 그리고 나는 기운을 어더서

"댁이 어듸세요" 하고 무럿다.

"도상 바로 압헤요"

"나도 바로 자문(彰義門) 넘어서서 곳입니다"

"아휴 무섭지 안으서요"

"그러기에 밤 늦게 집에 갈 때면 누구 동행이나 업나 하고 기다리지요"

"그러치만 우리집은 자문 안이니까 동행이 안 되지 안아요"

"하……바려다 달날가봐 겁이 나시는게군"

"그러치만……"

다음에 나도 웃고 그도 우섯다. 이런 일이 잇슨 후 때때로 나는 그 녀자와 똑갓흔 길을 거럿다. 그것이 그 당시 나의 한 가지의 위로거리엿든 것도 사실이엿다. 날이 거듭할수록 그와 나의 사이는 갓가워젓다. 조고만 롱도 할 수가 잇게 되엿고 캄캄하고 사람이 업는 길에서는 팔쯤은 서로 끼고도 태연할 만큼 친밀해젓다. 그가 의외로 명낭하고 쾌활한 성질을 가진 소녀임을 알고 나는 좀 실망하지 안흘 수가 업섯다.

깨끗한 수선화와 가튼 첫인상을 나는 다시 맛보지 못한 까닭이엿다. 그는 못가에 외로히 핀 수선화가 아니라 뜰 압헤 이슬을 먹음은 봉선화엿다. 아니 그보다도 빗이 농후한 진홍의 장미와 가티 열정적인 때도 잇섯다.

그 녀자는 차에서 나려서 집문에 이르기까지 조곰도 쉴 사이 업시 제비와 가티 재젤거렷다. 그러나 나의 "네" "그러세요" 혹은 "헤헨" 하는 무미한 댓구에 못맛당한 듯이 떠들기를 긋치고 잠잠히 것곤 햇다

"나는 천성이 뚱합니다"

나는 그가 넘우 가벼웁고 붓그러움이 업는 것이 불쾌도 해서 이러케 술적 귀뜸을 한 때도 잇섯다.

엇던날이엿다 그는 그의 팔을 나의 외투겨드랑이에 끼고 머리를 왼편 엇개에다 맷기고는 핼금 나의 기색을 살피더니

"선생님 저의 집에 좀 들너가지 안흐세요"

하고 그는 어리광 석거서 눈을 칙혀뜨며 나를 처다 보앗다. 그 눈과 그 머리 냄새 그리고 겨드랑이에 감각되는 폭은한 촉감은 나를 활홀하게 하

엿다. 그날 나는 그의 고혹적인 눈초리에 최면이나 걸린 듯이 그의 요구를 거절할 리성의 힘을 일코 마랏다. 또 그러케 하지 안코는 못견딜 지경이엿다.

그날은 작년 겨울 중에서도 제일 치운 날이엿다고 긔억된다. 지붕 너머에는 북두칠성이 반쯤 걸녀서 발발 떨엇다. 그리고 독에 드른 물이 어느라고 "쨍쨍" 하고 터지는 소리가 뒷겻헤서 들녀오는 느진 밤이엿다. 나는 그날 하로밤 일을 지금도 력력하게 그려낼 수가 잇다. 그 긔억만은 일생을 두고 꺼지지 안홀 긔억이엿다. 나는 극도에 달한 흥분과 밋칠 듯이 날뛰는 고동을 억제치 못하얏다

(此間四行略)

그 후 나는 각금 그의 방을 차첫다 엇던 날 그 녀자는 정색으로 그의 기구한 신세를 하소연하얏다.

그의 고향은 선천읍에서 북으로 약 삼십 리쯤 드러간 벽촌이엿다 그가 평양서 중등 정도의 학교를 맛첫슬 때 홀아비로 여생을 보내든 그의 아버지마자 죽엇섯다. 그것이 그 녀자의 기구한 운명의 첫출발이엿다. 그는 삼촌 집에 신세를 낏치게 되엿섯스나 불과 이 년이 못 되여서 그는 삼촌 집을 탈출해 나왓다. 삼촌에게는 털끗만치도 따뜻한 애정이 업는 것도 원인의 하나엿스나 그보다도 더 큰 원인은 점점 성숙하야진 그가 호화로운 도회지가 퍽도 그리윗든 것이엿다. 그래서 그는 막연한 희망을 품고 상경을 하얏다. 그러든 차에 다행이 어든 직업이 교환수엿다. 그러나 그의 목적은 교환수가 아니라 도회지의 사나희가 그리윗든 것이다

이상과 가튼 과거를 나에게 하소하얏다. 그리고 그는 무릅에 얼골을 파묻고 우럿다.

"그리 상심마세요 세상에는 그보다 더 불행한 사람이 얼마나 잇는지 모를 것입니다"

나는 그의 등을 어루만지면서 위로해 주엇다.

"선생님은 나의 안윽한 피란처예요"

하고 그는 더욱 억개를 출넝거리며 우럿다. 그의 고독한 신세와 나의 똑가튼 신세와 이 둘은 그역우역한 부합이 안일 수 업섯다. 나는 그가 너무나 가여운 생각이 나서

"나 역 별 수 업지만 힘 닷는 데까지는 힘이 되여 드리지요"

1935년 1월 20일(일) 석간 3면

신춘현상단편소설 2석 차에서 맛난 여자(7) 이경근 작

나는 그를 위로하며 이러케 맹서를 하얏다 그는 나의 가슴에 몸을 기대고 잇섯다

다음 날 아츰 일즉어니 나는 얼마 안 되는 그 녀자의 세간을 싯고 험악한 창의문턱을 넘어서 나의 숙소로 향햇다 이리해서 나와 그와의 동거 생활이 시작되엿다 그때부터 나는 그 녀자를 안해 혹은 숙(淑)이라고 불럿다

겨울이 지나고 봄이 왓다 나와 숙은 일요일마다 창의문에서 성을 끼고 북악산 봉오리를 바라보며 나란히 거럿든 것이다

숩속에서 부러오는 바람에는 이상한 새소리가 석겻섯다. 우리는 봉우리에 갓가운 큰 바위에 올나안저서 보얀 안개에 안흑히 싸힌 서울 시가를 내려보곤 했다.

건너편 남산 넘어로는 뚝섬강이 허엿케 흘럿다. 밤이면 박이 차저왓다. 나의 숙소에서 머지 안흔 곳에 그의 집이 잇섯다. 박은 윤ㅅ기 잇는 부드

러운 눈을 밤마다 나타냇다 때로는 인식이도 차저 주엇다 이러케 모히면 시간 가는 줄을 모르고 밤을 밝히기도 햇다.

멧 달이 순식간에 지나고 다시 느진 가을 엇던 날 박이 왓다가 이슥해서 그를 돌려보낸 후 우리는 이불 속으로 드러갓다

"박광 씨는 아조 호남자지요?"

숙은 이불 속에서 이러케 말햇다 아모리 나와 막 터놋코 지내이는 친구이기로 남편(남편이라고 불러도 조흘가) 압헤서 다른 남자를 칭찬하는 것은 그의 철이 업슴을 나타내이는 것이다.

"어듸가 호남자로 보엿소"

"그 눈 그 코 그 입 그 말 그 스타일"

숙은 박의 모습을 다시 추상하는 듯이 천정을 처다보며 잠고대하듯 중얼거렷다.

"그럼 그헌테로 가구료"

"아이구머니나 망칙해라"

숙은 깜작 놀난 듯이 간드러지게 우스며 방정을 떠럿다. 그 후에도 계속하야 우리 세 사람은 종종 추축[10]하얏다 엇던 때는 문안으로 토—키! 구경도 갓다가 밤늦게야 숙을 가운데로 두고 나란히 창의문을 넘은 때도 잇섯다. 간혹 숙와 박 둘만이 나갈 때도 잇섯다 그만큼 나는 숙에 대하야 관대하얏다 아니 관대가 아니라 등한햇든 것이다.

역시 작년 초겨울이엿다. 나는 백화점 일로 사입지인 대판에 출장을 간 일이 잇섯다. 볼일이 순조로워서 급히 일을 맞추고 예정보다 멧칠 일즉 도

---

10 추축(追逐) : 친구끼리 서로 오가며 사귐.

라왓다 경성역에 와 단 때는 밤이엿다. 집에 와 보니 숙이 업섯다. 그 순간 획 머리 속에 떠올르는 것이 박이엿다. 이것이 령감(靈感)이엿다. 나는 곳 박을 차저갓스나 그 집주인의 대답이 사흘 전에 엇던 녀자와 나간 후 우금[11] 도라오지 안헛다는 것이엇다. 그 녀자라는 것이 안해에 틀림업는 것은 사실이다. 나는 불가티 치밀어 오르는 분노 속에서 하로밤을 꼬박이 새엿다. 그 이튼날 밤에 의외에도 안해가 드러왓다. 도라올 날자가 되지 안헛는데도 불구하고 의외에 내가 와 잇는 것을 보고 안해는 놀란 모양이엿다.

"박광 씨와 놀러 다녓서요"

나의 채근에 못 이겨서, 그는 억지로 이러케 대답햇다. 예민한 신경은 경련적으로 바르르 떨렷다. 나는 여러 날 동안에 두 년놈의 추악한 장면을 련상하고, 분노와 살란한 감정의 홀【혼】란 속에서 엇지할 지를 몰낫다.

그만때가 나와 숙이 사이에 권태를 늣길 가장 적절한 시긔인지는 몰은다 나를 배반하고 부정을 범한 그를 루루히 타일르고 한사코 붓잡을 만큼 나의 성질이 둔하지는 못햇다 그리하는 것은 한갓 사나히로서의 위신을 일코 자긔의 가련함을 들어내는 행동 이외에는 아모것도 아니다 더구나 그를 무리하게 감금할 아모 권리도 나에게는 업는 것을 깨달앗다

"헤여집시다 인연을 끈읍시다"

나의 말은 평온하면서도 엄숙햇섯다

"그러케 하는 게 조홀 것 갓태요"

가는 목소리엿다 그러나 그 말은 치가 떨릴 만큼 얄미웟다 이 말을 드른 그 찰나 나의 주먹은 그야말로 철퇴와 가튼 힘과 속력으로 안해의 면

---

11 우금(于今) : 지금에 이르기까지.

상에 떠러젓다

"가거라"

나는 성난 소와 가티 씨근거렷다 숙은 방바닥에 쓰러저서 늣겨 우럿다

이러케 해서 일 년 남짓한 그와의 동거 생활을 중지하야 버렷다. 그 후 그는 박과 가티 어듸로 갓는지 종래 소식이 아득하엿다. 알랴고도 안 하고 알고 십지도 안헛다. 그러면서도 나는 점점 타락의 구덩이를 파고드럿다. 못맛당해하든 백화점에 가기를 고만둔 것도 그때부터엿다. 나 한 몸을 엇떠케 하면 못 사러서 그 귀찬은 짓을 하랴 하고 나는 차내던젓든 것이다.

1935년 1월 22일(화) 석간 3면
신춘현상단편소설 2석 차에서 맛난 여자(8) 이경근 작

나는 마즈막으로 창작란으로 눈을 가지고 갓다. 거기에 이름을 뚜렷이 내노흔 그들 문인들을 나는 약간 질투심에 타는 눈으로 훌겨보앗다. 나의 작품이 몃 번이나 거절을 당하얏섯나 내가 실패함에도 불구하고 그들이 나를 비웃는 듯이 창작란의 일부분을 엄연히 차지하는 것은 구역질이 날 만치 불쾌한 사실임에 틀님업섯다. 그러면서도 그들이 쓴 것에 굼굼증이 소사올나서 나는 불쾌감을 눌너가며 읽기 시작했다.

창작가로 자임하는 나로서 남의 작품을 읽는 순간은 무어라고 형언할 수 업는 안타까움을 늣긴다 미웁기는 하면서도 읽어나리는 중에 비록 그 작품의 한 토막에 지나지 안는 것이나마 거기서 자기의 밋치지 못할 묘한 기교가 잇는 것을 차저내고 중도에서 신문을 덥허버리고 마랏다. 그리고 실망에 빠젓다. "나는 아모리 노력을 해도 소용이 업지 안은가 재능이 부

족함이아닌가" 하는 낙망이 머리를 앗질하게 하얏다. 그는 그 엽헤 ××
일보로 눈을 옴겻다. 뒤적뒤적하든 나는

"어?"

하고 눈을 크게 떳다 거진 "어?" 소리가 목구녕 박그로 터저 나올 만큼
놀낫다 벌서 달포나 전에 써서 ××일보사에 억지로 떠맥기엿든 나의 단
편소설이 엄연히 활자로 변하야 실려 잇지 아니하냐 "車에서 맛난 女子"라
고 쓴 제목 엽헤 "정태섭(鄭泰燮)이란 일홈이 나타나 잇지 안은가 청하지도
안는 것을 써다가 떠맷기고는 이튼날부터 거히 매일 오늘이나 날가 내일
이나 날가 하고 조바심을 하며 신문을 뒤지다가 지처 자빠젓든 그 원고가
의외에 이러케 실닌 것이다 벌서 몃칠 전부터 련재가 되엿든지 오늘이 오
회째다

"올타 되엿다"

나는 쏜살갓치 신문실을 뛰여나왓다.

그길로 나는 곳 ××일보사 편즙부로 뛰여가서 또어에 녹크를 햇다 아
직 다 실니지도 안은 원고료를 바더볼 작정이엿다. 궁하면 체면 여부가
업다.

"자네가 말만 하면 될 것일세, 좀 말해봐 주게 그려"

나는 동창생인 최를 불너내서 궁한 신세타령을 한바탕 터러 놋코 이러
케 원고료를 졸나댓다.

"글세 말은 해봄세만은 아직 끗도 안 난 것을……"

하드니 최는 다시 드러갓다 나는 랑하[12]를 거닐다가 왼편 창이 열려 잇길

---

12 낭하(廊下) : 건물 안에 다니게 된 통로.

래 그리로 닥아서서 일이 되기를 은근히 바랏다. 창 아래가 바로 큰길이다. 건너편 보험회사 집웅 너므로 푸루등등한 하눌이 위태스럽게 걸려 잇다.

뭉텡이 뭉텡이 뜬 힌 구름에만은 봄다운 윤기가 흘넛다. 보험회사 뒤가 무슨 공장인지 현기증이 날 만치 쪽 뻐든 굴둑에서 식커먼 연기가 구렝이 가티 꿈틀거렷다. 그것을 바라보며 삼 년 전 가을에 화장장 굴둑의 연기로 사라진 어머니를 생각하며 감상적 기분으로 변햇다 박의 아버지는 함경도 어느 큰 어장의 소유자로 그 지방에서도 부호로 일흠을 날렷다. 그리다가 무슨 사정으로 크게 실패를 보아 그는 거이 파산 지경에 이르럿다. 그로 말미암아 그는 울화병으로 얼마 잇지 안어 죽엇다. 그러나 뒤로 돌려 빼두엇든 재산이 땅으로 오백 석 가량이 되엿다. 그중에서 장자인 박이 삼백 석을 계승하야 바덧다. 삼백 석이면 두 식구 살기에는 오히려 남을 것이다. 이제 와서야 그들이 굼굼해진 것이다. 질투하고 미워하든 그들이엿섯스나 지금에 와서는 한갓 굼굼하고 그리워지는 것을 물늘 수가 업섯다.

이튼날 눈이 떼이니 어느새 대낮이다 어제ㅅ밤 길건너에서 들여오든 라듸오가 연예 방송을 끗내는 것을 듯고 잠이 든 것이 지금에서야 깨엿다.

열 시. 창문에는 눈이 부실 만큼 명랑한 햇발이 가득히 빗죄고 잇다. 아침 설거지를 해치우고 팔장을 끼고 볏츨 쪼이고 잇는 밥어멈의 그림자가 창에 어른거린다. 잇다금 컥하고 침을 뱃는다. 나는 이러날 생각도 안 하고 담배를 피웟다. 힌 연기가 가늘게 떠올나 가다가 솜가치 헤여진다.

나는 곳 인식이를 차저갓다

"인식이 잇나"

창 압헤서 불으니까

"태섭이인가 드러오게"

하는 소리가 기픈 굴 속에서 나는 것 가티 들넛다 방문을 열고 드러서니까 인식이는 찌드른 이불 속에 머리까지 푹 파뭇고 두더쥐가티 꾸물거린다. 이상한 악취가 코를 찌른다.

"자네도 급히 장가가야겟네. 원 홀아비 냄새 맛기 실혀서"

나는 이불【불】 엽헤 가 주저안젓다.

"홀아비 냄샌 또 뭐야"

그제야 인식이는 이불에서 머리를 끄낸다.

1935년 1월 23일(수) 석간 3면

신춘현상단편소설 2석 차에서 맛난 여자(9) 이경근 작

"자내한테서 나는 것이 홀아비 냄샐세"

"그럼 처녀 냄새는 따로 잇나"

"암 잇지. ……"

그와 나와 맛나면 이런 종류의 '곡게이'를 날리는 것이다

"자네 어듸 압흔가"

"안야 어제 저녁에 빈속에 술을 좀 먹엇드니 뒤통수에서 방망이질을 하네그려"

그는 머리를 쥐고 눈쌀을 찌프린다

"이러나 이러나면 낫네"

나는 이불을 잡아제첫다.

"아참 자네 것이 낫데그려"

인식이는 이제 말하는 게 느젓다는 듯이 황겁하게 떠든다.

"응"

"아주 걸작이든데 드르니까 아주 평판이 좃테"

"뭘 그까짓 게 그러나 나의 체험담이니만치 빈 구석이 업고 거짓 업는 실감이 떠돌지"

"표현 방식도 조코 묘사 긔교도, 아조 좃튼대"

하며 인식이는 벌떡 일러나 안는다.

"나는 그리 조흔 줄 모르겟데"

"안야 단연히 걸작야 첫 시험으로 쓴 것이 그만하면 아조 훌륭하지 긔 성작가만 못지안허이"

짤지 안은 침묵이 잇슨 다음

"아참 ××신문사 최를 맛닛는데 자네에게 하나 더 써 달나고 청하겟다구 그러데"

"그럴 리 잇나"

"안야 그가 진정으로 그러든데"

잠간 동안 침묵.

"난 요새 죽을 지경야"

나는 화제를 돌렷다.

"무어이"

"그 해수관음 마나님 말야 방에 불까지 안 때두데그려"

하고 나는 코우슴을 첫다.

"그 마나님이 영감 생각이 나서 그리 화를 내는 겔세 나 역시 지난달 밥 갑도 안냇는데 여긔 주인은 양말 속샤쓰까지 여전히 빨아주네"

인식이와 나는 길거리로 나왓다 우리들은 아직도 아츰기분으로 나왓스나 박갓은 아조 대낮이다 벌서 오정도 갓가윗다.

"아츰 좀 먹어야지"

나는 인식이의 기색을 살펴며 무럿다. 그러나 결벽성이 강한 그는 좀체로 남의 신세를 조곰도 입기를 시려하는 것이다

"점심이나 먹지"

하고 인식이는 회피하고 만다.

"지금이 점심이지 먼가" 하고 나는 다시 이어서

"어제 원고료 바다는데 무엇 좀 먹으라 가세"

나와 인식이는 종로 네거리에서 마진편 남대문통으로 거럿다.

"어데로 갈가"

그는 나의게 뭇는다.

"저 로량진 그곳으로 갈가? 지난 가을에 드러갓든 그 청료리집 말야"

나는 지난 가을에 우연히 드러갓든 조고마한 료리집을 생각해 낸다. 강 건너 로량진 강 언덕에 잇는 조고만 료정인데 요리 맛은 둘재로 치고 내려다보이는 그 경치는 일품이엇든 것이다.

"요전 가을에 갓든 데 말이지 가세【"】

우리는 로량진으로 갓다 벌서 한 시가 갓가워서, 시장기가 낫다. 그 요리집으로 가닛가, 전과 다름업는 그 집에 그 사람이, 우리를 반겨 마저주엇다. 조고만 목제 이층인데다가 청인답게 남빗과 빨강 펭키칠을 하엿다 아래층 한구석에서는 둥구런 호떡도 겸영을 한다. 붓두막에 웅크리고 잇든 고양이가, 야옹 하고 노란 눈으로 우리를 쏘아보앗다, 약간 음식을 식히고 듸들 때마다, 삐걱 소리가 나는 층계를 올나가닛가 발소리를 듯고

나왓든지 보지 못하든 계집애가 마주 나오며 접대를 한다

"에이그 이거 재미업네"

나는 발을 멈추고 주ㅅ춤햇다 일것 강 경치나, 네려다 보며 한적하게 이야기나 하랴고 한 것이 단 한 번에 홍취가 깨여지고 마랏다. 그러나 이왕 드러왓스니까 하는 수 업시 드러가 창 압헤 안젓다. 밋층에서는 벌서 부지지 하는 소리와 돼지기름 냄새가 나기 시작한다.

의외의 침범자에 홍을 일혼 나는 물끄럼히 창박글 내다보앗다 인식이 역시 시름업시 박글 내다보고 잇다. 해빙이 된 지가 오래지 안은 강은 물이 느러서 폭이 넓어젓다 그러나 물결은 잔잔하게 흘르고 잇다 그리고 군데군데 검부재기와 거품이 떠내려 오다가는 철교 밋 돌기둥에 결녀서 하얀 거품을 이르키고 잇다. 차듸찬 강바람이 얼골을 스친다

"여기 언제 왓소"

엽헤 안진 계집애에게 인식이가 뭇는다 수집어하는 그 태도와 아직도 시골틔를 못 버슨 것으로 보아 팔려온 지 얼마 안 될 것 갓탓다

"온 지 일주일 남짓해요"

하고 그는 가락찌 낀 손구락을 매만진다 입부지는 안허도 어대인지 모르게 귀여움과 천진한 맛이 보혓다 나는 인식이를 보고 빙그레 우스니까 인식이도 바더 웃는다

"거북하거든 아래로 내러가 잇서도 좃소"

1935년 1월 24일(목) 석간 3면

신춘현상단편소설 2석 차에서 맛난 여자(10) 이경근 작

나는 오회분을 한꺼번에 읽고 담배를 피우며 그들을 생각해 보앗다 어

듸 가서 무엇을 할까. 나의 재력과 성력에 권태를 늣긴 그가 지금은 그것에 만족을 밧고 잇슬가. 혹은 나와 동거하든 때보다도 더 불행한 구덩이에서 참회의 눈물을 흘리고 잇슬가. 생각하면 그 녀자 역시 불운을 타고난 녀자이엿다. 그 녀자 사실 인간적으로 똑똑하고 령리하고 어엽벗다. 그러나 그 반면에는 인간으로서는 지나칠 만큼 수적 광적 성욕의 소유자엿다. 독사와 가치 요염한 그는 전부 성욕의 씸볼이엿다 만일 이 강렬한 정력을 다른 방면에 소모식혓다면 그 별다른 인물이 되엿슬는지도 몰은다.

"박은 형세가 비교적 부유한 편이니까 그를 행복하게 해주겟지"

나는 이러케 생각도 해보앗다.

나는 그가 불상하게 보힌 고로 이러케 타일럿다. 청인한테 팔려왓슬진대 그 속에 역시 험악하고 참담한 사정이 숨어 잇슬 것은 빤한 일이다.

"주인이 그러케 못하게 해요"

그는 역시 수집어한다. 음식이 들왓다. 김이 무럭무럭 나고 그럴 듯한 냄새가 주린 창자를 못 견듸게 자구 식힌다

"점심 안 먹엇거든 좀 먹구료"

인식이가 게집애에게 전하얏스나 그는 구지 상【사】양하고 강으로 외면을 해버린다. 나는 그 계집애의 엽흐로 보는 얼골이 좃타고 생각하며 국수를 먹엇다. 조곰 잇드니 강상에는 바람이 약간 세여젓는지 잔잔하든 물결이 파도가 일기 시작한다. 파도는 점점 밀려서 바로 발 아레 보히는 모래사장에 찰삭찰삭 부듸친다. 그러고 흘러내려 온 표착시가치, 강가에 내버려 둔, 선유배가 밀려오는 파도에 들먹들먹 움직이엿다.

"이 근처에서 낙시질을 한번 해보앗스면 조켓네"

한 그릇을 뚝따 먹고 난 나는 잇새를 우비며[13] 중얼거렷다.

"찬물 생선을 잡는 맛이란 그야말로 신선노름이지"

인식이가 댓구를 한다.

"자네 낙시질 할 줄 아나?"

"조곰 하지"

창 압흐로 가서 다시 강가를 바라보며 듬북한 배에 바람을 쏘엿다.

"여보 이 근처에 낙시 빌려주는 곳 업소"

나는 계집애에게 물엇다.

"잇세요"

하고는 그도 창 압흐로 오드니 손꾸락질해서 집을 가르킨다 우리들은 낙시 둘을 빌렷다. 아직 파리나 지렁이도 나지 안엇스니까 "제물낙시[14]" 밧게 업스려 햇드니 고무지렝이가 잇는 고로 그것을 사가지고 나왓다. 사람의 지혜【혜】는 점점 간사하고 악해진다 속히다 못해서 물고기까지 속혀먹는 세상이고나 하고 생각하니 무어라 말할 수 업는 염증이 낫다 우리는 강 상류를 향해 거르며 알마즌 자리를 차저 올라가다가 물이 드러왓다가 빠지지를 못해서 큼직한 못가티 된 곳을 발견햇다 물이 잔잔하야 물속을 드려다 보니까 미역 가튼 풀과 익기가 한데 엉켜 잇다 이런 곳에 고기가 만타는 것을 어렷슬 때 시골서 드러섯든 까닭에 그곳에 자리를 정하고 낙시를 던젓다 인식이는 어느 틈엔지 저만큼 떠러진 곳에 웅크리고 안저서 수면을 드려다보고 안젓다 그는 나보다 익숙햇다 저편 건너 쪽을 바라보니까 거기도 엇던 사람이 웅크리고 안저 잇다 각금 약한 바람이 부러와서 가는 물결을 이르키면 낙시줄이 하늘하늘 춤을 춘다. 나는 모든 잡념

---

13 우비다 : 틈이나 구멍 속을 긁어내거나 도려내다.
14 제물낙시 : 깃털로 모기 모양으로 만든 낚싯바늘.

을 잇고 옴질옴질하고 물속에서 움직이는 낙시를 한업시 바라보고 잇섯
다. 그 시간은 깨끗한 순간이다. 옛적 주나라의, 강태공의 심경을 살펴볼
수가 잇다. 물속에는 고기가 과연 만헛다. 끌이, 모래무지 가튼 고기가 물
속으로 헤염치며, 풀 사이를 빠저나간다. 각금 고요한 틈을 타서, 물고기
들이 수면으로 주둥이를 쏙 내민다. 그러면 폭 하고 조고만 물방울이 일
며 동구란 파문이 사방으로 퍼지곤 햇다.

그러면서도 낙시를 물지 안는다 좀 실증이 나서 머리를 들고

"걸넛나"

하고 인식이를 바라보니까 "어—이" 하고 두어 마리 꾀든 것을 드러 보인다.

건너편에 안젓든 사람은 어듸로 갓는지 보이지 안트니 다시 저편으로
더 멀리 가서 역시 쪼그리고 안젓다. 나는 다시 수면을 바라보앗다 이번에
는 여러 가지 환영이 머리에 떠올랏다. 물속에 안해의 얼골이 낫타나는 것
갓기도 하다. 소설을 쓸 구상도 꾸며 보고 안젓슬 그 순간이다 파르르 떨
리는 이상한 쾌감이 손바닥에 감각하자 나는 낙싯대를 잡어 제첫다.

1935년 1월 25일(금) 석간 3면

신춘현상단편소설 2석 차에서 맛난 여자(11) 이경근 작

"걸넛다"

나는 인식이를 바라보며 외첫다 수사나운[15] 고기 한 마리가 공중에서
꿈틀거린다. 하얀 배ㅅ댁이가 반짝한다. 땅바닥에 빼여노흐니까 아감
지[16]를 벌늠거리며 마주막 죽기를 기 쓰며[17] 푸덕거렷다. 한 마리가 걸리

---

15 수사납다 : 운수가 나쁘다.
16 아감지 : '아가미'의 방언(강원, 경기, 경남, 전남).

고 나니까 감질이 낫다. 낙시를 다시 던지고 다시 수면을 응시하얏다. 고기들은 각금 밋기를 간당간당—건듸리다가는 가 버린다.

"쓰레마스까?"[18]

하는 소리가 들녓다 얼골을 드니까 때아닌 맥고모자[19]에 속바지만 입은 아래도리를 흠신 적시고 낙시때를 든 사람이 등 뒤에 와 섯다 거너페【건너편】에 안저엇든 일본 로인이엿다.

"웬걸요"

나는 좀 붓구러운 생각이 나서

"만히 잡으섯서요"

하고 물으닛가 고기가 욱울욱울하는 종뎅이[20]를 내보혀 준다. 그리고 득의양양하게 저편으로 다시 가 안는다

"늘그니가 춥지도 안은가"

하고 중얼거렷다 해가 설핏해지랴고[21] 해서 인식이와 나는 이러섯다 인식이가 댓 마리 내가 두 마리 이것이 오늘 수확이다 다시 언덕을 올르랴닛가

"만히 잡으섯구면"

아까 그 료리ㅅ집 계집애가 창에서 내여다보며 반긴다

"이거 저 애 줄까"

인식이가 나를 본다.

---

17 죽기를 기 쓰다 : 몹시 힘에 겨우나 있는 힘을 다하다.
18 "釣れますか"(잡았습니까?)
19 맥고모자(麥藁帽) : 맥고(밀짚이나 보릿짚)로 만든 모자.
20 종댕이 : '종다래끼(싸리 따위로 엮어 만든 작은 바구니)'의 방언.
21 설핏해지다 : 해의 밝은 빛이 약해지다.

"그러세"

나는 인식이 것과 나의 것을 합해 게집애가 서 잇는 이충 서창으로 던젓다. 잡은 고기를 료리집 게집애를 주어 버리고 우리는 다시 전차로 시내로 드러왓다. 나는 인식이와 작별을 하고 광교에서 내렷다. 집으로 향하랴고 광교를 돌처슬랴다가 나는 놀난 눈을 크게 떠서 압흘 것는 엇던 남자의 뒤모양을 쏘아보앗다.

"박괌이"

나는 외첫다. 그제야 그는 도라섯스나 나의 얼골을 보자 그는 퍽 곤혹해서 주저주저한다.

"이거 참 오래간만이구먼"

나는 그의 억개에 손을 언고 호걸우슴을 웃엇다. 일 년 반 만에 맛난 그는 초라하게 변햇다. 안해가 동경하든 그 윤기 잇든 눈도 몬지가 날 만큼 까푸러젓다.

"자네가 나를 이럿게 반가히 마저 줄 줄은……"

그는 풀기[22] 업시 머리를 숙인다.

"자네 지난 일을 생각하고 잇나. 나는 그런 센치멘탈한 생각은 벌서 이즌 지 오래이"

나는 수염이 뽀죽뽀죽 나온 턱을 문질르며 이러케 말햇다.

"나는 면목이 업네 나를 때릴랴거든 때리고 욕하랴거든 욕해 주게"

그는 숙으린 머리를 들지를 안는다. 그러케 쾌활하든 그가 이러케 풀이 죽을 줄은 몰랏다.

---

22 풀기 : 겉으로 드러나 보이는 씩씩하고 활기찬 기운을 비유적으로 이르는 말.

"그런 생각은 다—고만두고 어듸 가서 이야기나 하세"

나는 그를 끌고 차ㅅ집으로 차저 길을 거럿다 그를 나는 단지 옛친구로 마젓다. 그러기에 나의 반가움도 크고 따라서 깃뻣다. 나의 의외의 친절이 그에게는 도리혀 고통이 될는지는 모르지만 나는 그를 친절히 대하지 안흘 수 업슬 만큼 그를 동정하엿다.

"자네 얼골도 아조 못됏네그려"

나는 잠잠히 것는 그를 보앗다.

"자네 역시······"

"나 말인가 나야 말할 것도 업지 내일 살길이 막연한 나이니까"

"뜻박그로 자네를 맛나니 반가워 이 나의 죄를 용서해 주겟나 나는 자네가 보고 십고 소식도 알고 십헛지만 면목이 업서서 엽서 한 장도 못 햇네"

그와 나는 근처 차ㅅ집에 가서 자리를 잡앗다. 저녁때가 갓가운 까닭인지 객이 하나도 업는 고로 고요히 이야기하기에는 조핫다.

"그동안 지내든 얘기나 하세 미스 박은 건재(健在)인가"

위선 굼굼한 일이 그 녀자 일이엿다

"웬걸 그 녀자가티 박명[23]을 타고난 녀자도 드믈겔세"

박은 다시 말을 잇는다

"그때 나는 그길로 그 녀자의 소원대로 동경으로 갓섯네 그 녀자가 향락에 주렷든 것을 자네도 알지 나는 자네의 사랑을 희생식혀 가면서 나를 택한 그 녀자를 꾸짓지 못한 것이 나의 죄이지 나는 그 책임상 그 녀자에게 될 수 잇는 한 행복하게 해주는 것이 나의 의무로 생각햇네 나야 무어

---

23 박명(薄命) : 복이 없고 팔자가 사나움.

돈이 잇는 것도 아니지만 일 년 반 동안에 나의 조고만 돈도 다 탕진해 버렷지"

아이가 차를 가저왓다.

"그러나 그동안 나는 한번도 행복을 늣겨본 적이 업섯네"

그러고 그는 눈을 내리간다.

"엇재서 남의 사랑을 빼앗지 안홀 수 업슬 만큼 사랑도 두터웟슬 텐데"

나는 맛치 죄인에게 심문이나 밧드시 무럿다.

"안야 그는 단지 순간 향락을 질겻슬 뿐, 긴一참된 사랑은 업섯네 그리다가 허약한 그 몸에 방종한 생활을 한 탓인지 페가 낫버저서 입원을 햇섯네 그리다가 그의 소원으로 다시 귀국한 걸세 상경한 지 한 달포 되지 그래 지금 세부란스 병원에 누어 잇네"

그는 한숨을 쉰다. 잠간 묵어운 침묵이 흘럿다. 나는 가는 김을 내며 식어가는 차ㅅ잔을 듸려다 보고 잇섯다. 내가 당할 고통을 그가 대신 당해 주는 것 가태서 그에게 대해서 미안도 햇다

1935년 1월 26일(토) 석간 3면

신춘현상단편소설 2석 차에서 맛난 여자(12) 이경근 작

"대단치는 안은가"

"왼걸 여망[24]은 업서"

이 침통스러운 말을 드른 나도, 한숨이 나왓다

"자네 밥부지 안커든 가티 가 봐주지 못하겟나 전부터 자네 생각을 퍽

---

24 여망(餘望) : 아직 남은 희망. 앞으로의 희망.

한【하】는 것 갓데 그러고 어저께 밤에는 한번 만나게 해달라고 나에게 애원까지 하데…… 가치 가 주려나"

박은 나의 기색을 살핀다 나는 가야 할가 거절해야 할가 두 가지 중에 엇던 것을 취해야 조흘는지 몰낫다. 그러나 죽어가는 사람 소원을 안 드러주는 것은 너무도 애처로웟다.

"가보지"

나는 친우의 안해로서의 그를 대하기로 햇다.

박이 손을 들어 가리켜 주는 그 녀자의 병실 창에는 벌건 낙조의 빗이 날카롭게 번적엿다. 나는 침침한 긴 낭하[25]를 박을 따러 거럿다. 삼층 어느 병실 압헤서 발을 멈추고 나는 잠간 주저햇다. 반가운지 슬픈지 모를 홀난된 감정으로 나는 문을 밀고 고요히 발을 드려노앗다. 나는 해산방에 드러가는 남편과 갓치 서먹서먹한 긔분으로 방으로 드러온 것이다. 창을 통해서 흘러드러 온 저녁놀이 마진편 벽에 비스듬이 쪼이고 잇다. 그 아래에 그 녀자는 벽을 향하고 누엇다.

"태섭 씨가 오시엿소"

박의 말에 그는 놀라서 나를 바라본다. 눈과 눈의 시선이 마조 부듸친 대로 얼마를 나는 그대로 섯섯다. 그리다가 그는 박의 팔에 부축되여 이러 안젓다.

"아이고 이러케 되여서 뵈일 줄은……"

그는 나의 손을 왈칵 움켜잡고는 무지드키 울기 시작햇다. 허리 아래의 살이 드러난 것을 감추랴 하지도 안코 그는 가슴 억개 허리를 용소슴치며

---

25 낭하(廊下) : 건물 안에 다니게 된 통로.

무지듯키 운다. 쇠약한 몸은 흥분에 떠럿다. 그는 나의 손을 볼에 갓다 대여 문질럿다. 험악하게 뒤틀닌 나의 손등에 그 녀자의 눈물이 흘럿다. 그녀자의 행동은 모도가 상태를 버서나서 변태적이엿다 나는 한 손을 그에게 맥긴 채 눈을 감고 감개에 넘처서 몸이 구더가는 듯이 서 잇슬 뿐이다.

"어떠케 이러케 팔초하게 변하섯세요"

그 녀자는 경련적으로 떨리는 목소리로 말하며 나를 처다보앗다.

"이제 고만 누시요"

나는 그를 누엿다. 흥분이 지난 후 그는 극도로 피로하야 눈을 사르르 감엇다.

"거기 안즈서요"

한말을 하드니 다시 혼수상태로 빠저 버린다. 마주막 소원을 풀엇다는 듯이. 그의 모양은 모든 것이 심상치 안혼 것이엿다, 쌔근쌔근하는 숨결은 때때로 쉬이다가 다시 시작햇다. 나는 그의 얼골을 듸려다 보앗다. 역시 요렴한 그 얼골에는 변함이 업다. 방안은 관격이 흐터진 그의 숨소리가 들닐 뿐이다. 간호부가 책온 조사를 하라 드러오는 것을 보고 나는 그곳을 나왓다.

"살기가 어려울 껏 갓테이"

따라나오는 박에게 나는 숙은거렷다.

"산대야 오늘 내일이야"

나는 그를 작별하고 집으로 도라왓다.

사흘이 지낫다. 그동안 한번도 병원에를 아니 갓다 이튼날로 곳 문병을 할 것이엿스나 애처러운 그 모양을 바라보는 것이 나의게는 한 고통이엿다. 나는 인식이에게도 이야기하야 그를 대신 몇 번 보내 보앗다. 그리고 나는 다만 부고가 오기만 기다렷다 인식이가 갓을 때는 왼종일 눈도 뜨지 안엇다고 한다. 저녁때 나는 그 녀자를 생각하고 것잡을 수 업는 고민 중에 잠이 드럿다. 그리다가 문득 잠이 깨엿슬 때는 열한 시 반이나 되엿다 박앗에서 급급한 발소리가 난다, 뒤이어 "태섭이" 하는 소리가 난다

"이 밤에 누굴가"

나는 채 짐작도 하기 전에 박이 문을 열고 듸려다 보앗다. 그의 태도가 이상하고 황겁한 것으로 나는 직각적으로 "그여코 죽엇고나" 하는 생각이 낫다.

1935년 1월 27일(일) 석간 3면
신춘현상단편소설 2석 차에서 맛난 여자(13) 이경근 작

"웬일인가?"

"지금 막 운명을 하랴고 하는대 자네 좀 가서 봐주게 미안하지만"

나는 머리가 쭈뼈ㅅ하는 오한을 감각하얏다 그러나 마지막 운명이나 해 줄랴고 나는 불이낫케 옷을 떼여 입엇다 골목을 나가니 타고 온 택시가 기대리고 잇섯다 차는 캄한캄【캄캄한】 길을 살갓치 닷는다 맛치 그 녀자의 목숨을 재촉하는 듯이 나는 이상한 초조를 늣겻다 어둠침침한 불이 띄엄띄엄 매달닌 긴 낭하를 나와 박은 다름질첫다 병실에 드러스자 나는 전신의 모근이 모다 긴장하는 것을 직각했다. 그 녀자는 여러 의사와 간호부들에게 에워싸여서 누엇다. 울렁거리는 가슴으로 억개 넘어로 넘겨 보니 그때는 벌서 초(秒)를 닷토는 때엿다. 추하게 벌려진 입 속에는 하얀 이가 서로 악물려저 잇다. 그리고 뒤로 넘어간 눈동자와 펄어케 질려서 푹 까부러진 안광 각금 "후—" 하고 내뿜는 숨이 붓터 잇슬 따름 드러마

시는 숨은 업섯다. 맛치 세상의 미련을 몸속에서 깨끗이 씨서 버리랴는 듯이 그것은 보기에도 무서운 광경이엿다. 악착한 세상에 대하야 조전하는 단말마적 반항이엿다. 산소흡입기가 간호부의 손으로 코에 대여저 잇다. 그러나 얼골은 코 밋부터 퍼럿케 변색하야 갈 뿐이엿다 그 악착하고 흉하게 비트러진 모든 근육을 나는 소름이 끼처서 참아 볼 수 업섯다. 나는 외면을 하야 창 압흐로 갓다. 캄캄한 하눌에 별이 반작엿다. 그리고 백양 입사귀 사이에는 조고만 별 하나가 명멸하엿다. 몃 백 광년(光年)이나 될는지 모를 만치 먼 창공에 까마아득하게 졸고 잇는 별이다. 그 별을 향해서 숙이의 조고마한 혼이 그곳으로 다름질 치는 것이 눈압헤 보이는 것 갓햇다. 의사는 하는 수 업다는 듯이 모든 것을 간호부에게 맛기고 우둑허니 서서 감시만 할 뿐이다. 숨은 좀체로 끈어지지를 안엇다. 십 뿐 이십 뿐 삼십 뿐 황황하게 움즉이는 간호부의 옷 스치는 소리가 요란하다 할 의무만 다―하면 고만이라는 듯이 여망 업는 사체에 최후까지 시술(施術)을 마지 안는 과학의 힘이 밉살스러윗다. 나는 괴로윗다. 임종할 마주막 시간까지 고요히 운명을 못하고 최후까지 못살게 구는 것이 가여윗다. 나는 다시 침대 편으로 얼골을 돌렷다. 각일각 숙의 얼골은 변색을 계속한다. 혈색을 일흔 입술과 근육이 구든 허리와 그리고 각각으로 위기가 절박함에 따라 구더가는 그 몸 이것은 세상에 잇을 수 잇는 모든 추와 악을 함께 뭉친 추악의 화신이엿다 그것을 품에 안고 애무하며 미칠 듯이 흥분하든 숙이엿든가? 나는 또다시 전률하얏다. 시계침은 열한 시로 드러간다. 숙이의 목에서는 "끄르륵 끄르륵" 하고 담이 끌키 시작한다. 그리자 바로 그 순간, 마주막으로 몸에 용을 쓰고는, 숨은 끄너지고 마랏다. 뗑뗑 뗑 열한 시를 울렷다. 그의 죽엄을 보고나 하듯이. 그는 그여코 가고 마랏다. 누구 하나 그의 죽엄에 눈물 한 점 흘려주는 사람도 업시 그는 숨을 거두엇다. 그의 전신에는 허연 보가 씨워젓다. 의사와 간호부도 나갓다 어린애가 남기고 죽은 인형과 갓치 주인을 일흔 약병이 테불 위에 넘어저 잇슬 따름 나는 박과 방을 나왓다. 긴 낭하에는 침침한 불이 졸고 잇다. 그 낭하를 그와 나는 거럿다. 쓸쓸한 방에 홀로 누어 잇슬 그를 다시 생각할 그제야 눈에 눈물이 도랏다.

"자네 우나"

박 역시 눈이 흐려진 모양이다.

"아닐세"

나는 붓그러운 생각이 나서 얼는 씨섯다. 얼마 후에 숙이의 시체는 외따로 떠러진 시실(屍室)로 옴겨젓다. 시실에 숙과 박을 남겨둔 체 위선 나는 집으로 향할 수밧게 업섯다. 듬성듬성한 등불은 밤을 마지하는 피로한 포로병과 가티 산산히 흐터저서 졸고 잇다. 나는 끗업는 환멸을 늣겻다. 그러나 그 녀자의 마즈막 림종을 체험한 나는 그를 계기로 불가티 이러나는 창작욕을 늣겻다. 올타 쓰자 "車에서 맛난 녀자"의 계속을 쓰자 나는 기운을 엇어 집을 향해서 발을 재촉햇다, 순간 나는 처음으로 맛보는 생(生)의 약동이 가슴에 복바처 옴을 깨달앗다.

차가 끈인 궤도 위로는 기생을 시러다 두고 가는 이삼 인의 인력거꾼이 떠들며 지나갓다

一九三四, 十二 (끗)

소낙비 1935.1.29~1935.2.3

김유정

1935년 1월 29일(화) 석간 4면

1등 당선단편소설 소낙비(1) 김유정 작

음산한 검은 구름이 하눌에 뭉게뭉게 모여드는 것이 금시라도 비 한 줄기 할듯 하면서도 여전히 짓구즌 햇발은 겹겹 산속에 뭇친 외진 마을을 통재로 자실 듯이 달구고 잇엇다. 잇다금 생각나는 듯 살매 들린 바람은 논밧 간의 나무들을 뒤흔들며 미처 날뛰엇다. 뫼 박그로 농군들을 멀리 품아시로 내보낸 안말의 공기는 쓸쓸하엿다. 다만 맷맷한 미루나무숩에서 거츠러가는 농촌을 을프는 듯 매미의 애끗는 노래 —

매 — 움! 매 — 움!

춘호는 자기집 — 올봄에 오 원을 주고 사서 들은 묵삭은[1] 오막살이집 — 방문턱에 걸터안저서 바른 주먹으로 턱을 고이고는 봉당에서 저녁으로 때일 감자를 씻고 잇는 안해를 묵묵히 노려보고 잇섯다. 그는 사날 밤이나 눈을 안 붓치고 성화를 하는 바람에 농사에 고리삭은[2] 그의 얼골은

---

1 묵삭다 : 오래되어 썩은 것처럼 되다.
2 고리삭다 : 젊은이다운 활발한 기상이 없고 하는 짓이 늙은이 같다.

더욱 해쓱하엿다.

안해에게 다시 한번 졸라 보앗다. 그러나 위협하는 어조로

"이봐 그래 어떠케 돈 이 원만 안 해줄 터여?"

안해는 역시 대답이 업섯다. 갓 잡아온 새댁 모양으로 썻는 감자나 썻을 뿐 잠잣고 잇섯다.

되나 안 되나 좌우간 이러타 말이 업스니 춘호는 울화가 퍼저서 죽을 지경이엇다. 그는 타곳[3]에서 떠들어온 몸이라 자기를 밋고 장리를 주는 사람도 업고 또는 그 잘양한 집을 팔랴 해도 단 이삼 원의 작자도 내닷지 안흐므로 압뒤가 꼭 막혓다. 마는 그래도 안해는 나히 젊고 얼골 똑똑하겟다 돈 이 원쯤이야 어떠케라도 될 수 잇겟기에 뭇는 것인데 드른 체도 안 하니 썩 괘씸한 듯 십헛다.

그는 배를 튀기며 다시 한번

"돈 좀 안 해줄 터여?"

하고 소리를 빽 질럿다.

그러나 대꾸는 역 업섯다. 춘호는 노기충천하야 불현듯 문찌방을 떼다밀며 벌떡 일어섯다. 눈을 홉뜨고 벽에 기대인 지게막대를 손에 잡자 안해의 엽흐로 바람가티 달겨들엇다.

"이년아 기집 조타는 게 뭐여? 남편의 근심도 덜어주어야지 끼고 자자는 기집이여?"

지게막대는 안해의 연한 허리를 모지게 후럇다. 까브러지는 비명은 모지락스리[4] 찌그러진 울타리 틈을 뺏어 나간다. 잽처 지게막대는 안즌 채

---

3 타곳 : 다른 곳.
4 모지락스레 : 보기에 억세고 모질게.

고까라진 안해의 발뒤축[5]을 얼러 볼기를 내려갈렷다.

"이년아 내가 언제부터 너에게 조르는 게여?"

범가티 호통을 치고 남편이 지게막대를 공중으로 다시 올리며 모즈릉을 쓸 때 안해는

"에그머니!"

하고 외마디를 질럿다. 연하야 몸을 뒤치자 거반 업퍼질 듯이 싸리문 박그로 내달렷다. 얼골에 눈물이 흐른 채 황그리는 거름으로 문압페 언덕을 나리어 개울을 건느고 마즌쪽에 뚤린 콩밧 길로 들어섯다.

"너 네가 날 피하면 어딜 갈테여?"

발길을 막는 듯한 의미 잇는 호령에 다라나든 안해는 다리가 멈칫하엿다. 그는 고개를 돌리어 싸리문 안에 아즉도 지게막대를 들고 섯는 남편을 바라보앗다. 어른에게 죄진 어린애가티 입만 종깃종깃하다가 남편이 뛰여나올가 겁이 나서 겨우 입을 열엇다.

"쇠돌 엄마 집에 좀 다녀올게유 ―"

주볏주볏 변명을 하고는 가든 길을 다시 힁하게 내걸엇다. 안해라고 요새이 돈 이 원이 급시로 필요함을 모르는 배도 아니엇다. 마는 그의 자격으로나 로동으로나 돈 이 원이란 감히 땅뗌[6]도 못 해 볼 형편이엇다. 버리래야 하잘 것 업는 것 ― 아츰에 이러나기가 무섭게 남에게 뒤질가 영산이 올라 산으로 빼는 것이다. 조고만 종댕이를 허리에 달고 거한 산중에 드믄드믄 백여 잇는 도라지 더덕을 차저가는 것이엇다 깁흔 산속으로, 우중충한 돌 틈바기로. 잔약한 몸으로 맨발에 집신짝을 끌며 강파른 산등을

5 　발뒤축 : 발 뒤쪽의 둥그런 부분 가운데 맨 뒤쪽의 두둑하게 나온 부분.
6 　땅뗌 : 무거운 물건을 들어 땅에서 뜨게 하는 일.

타고 돌려면 젓 먹든 힘까지 녹아나리는 듯 진땀은 머리로 발끗까지 쭉 흘러나린다.

아랫도리를 단 외겹으로 두른 낡은 치마자락은 다리로 허리로 척척 엉기어 거름을 방해하엿다. 땀에 부른 종아리는 거츠른 숩에 긁혀 메어 그 쓰라림이 말이 아니다. 게다 무더운 흙내는 숨이 탁탁 막히도록 가슴을 질른다. 그러나 삶에 발부등치는 순직한 그의 머리는 아무 불평도 일지 안헛다.

가믈에 콩나기로 어쩌다 도라지 순이라도 어즈러운 숩속에 하나, 둘, 뾰죽이 뻐더 오른 것을 보면 그는 그래도 기쁨에 넘치는 미소를 띠웟다.

1935년 1월 30일(수) 석간 3면
1등 당선단편소설 소낙비(2) 김유정 작

때로는 바위도 기여올랏다 정히 못 기여오를 그런 험한 곳이면 츩덩굴에 매여 달리기도 하는 것이엇다. 때꾹에 절은 무명적삼은 벗어서 허리춤에다 꾹 찌르고는 호랑이 숩이라 이름난 강원도 산골에 매여 달려 기를 쓰고 허비적어린다. 골바람은 지날 적마다 알몸을 두른 치맛자락을 공중으로 날린다. 그제[7]마다 검붉은 볼기짝을 사양 업시 내보이는 츩덩굴의 그를 본다면 배를 웅켜쥐어도 다 못 볼 것이다. 마는 다행히 그윽한 산골이라 그 꼴을 비웃는 놈은 뻐꾹이뿐이엇다.

이리하야 해동갑[8]으로 헤갈[9]을 하고 나면 캐어 모은 도라지 더덕을 얼러 사발가옷 혹은 두어 사발 남즉하게 되는 것이다. 그러면 동리로 나려와 주

7　그제 : 그때에.
8　해동갑 : 해가 질 때까지의 동안. 어떤 일을 해 질 무렵까지 계속함.
9　헤갈 : 허둥지둥 헤맴. 또는 그런 일.

막거리에 가서 그걸 내주고 보리쌀과 사발 바꿈을 하엿다. 그러나 요즘엔 그나마도 철이 겨웟다고 소출이 업다. 그대신 남의 보리방아를 왼종일 찌여 주고 보리밥 그릇이나 어더다가는 집으로 돌아와 농토를 못 어더 뻔뻔히 노는 남편과 가치 나누는 것이 그날 하로하로의 생활이엇다.

그러고 보니 돈 이 원커녕 당장 목을 딴대도 피도 나올지가 의문이엇다

만약 돈 이 원을 돌린다면 아는 집에서 보리라도 꾸어 파는 수박게는 다른 도리가 업다. 그리고 왼동리의 안악네들이 치맛바람에 팔짜 고첫다고 쑥덕어리며 은근히 시새우는 쇠돌 엄마가 아니고는 노는 버리를 가진 사람이 업다. 그런데 도적이 제 발 저리다고 그는 자기 꼴 주제에 제 불에 눌려서 호사로운 쇠돌 엄마에게는 죽어도 가고 십지 안엇다 쇠돌 엄마도 처음에야 자기와 가티 천한 농부의 게집이련만 어쩌다 하늘이 도아 동리의 부자 양반 리 주사와 은근히 배가 맞은 뒤로는 얼골도 모양내고 옷치장도 하고 밥 걱정도 안 하고 하야 아주 금방석에 딩구는 팔짜가 되엇다 그리고 쇠돌 아버이도 이게 웬 땡이난 듯이 안해를 내여 논 채 눈을 슬쩍 감아 버리고 리 주사에게서 나는 옷이나 입고 주는 쌀이나 먹고 년년히 신통치 못한 자기 농사에는 한손을 떼고는 히짜를 뽑는 것이 아닌가!

사실 말인즉 춘호 처가 쇠돌 엄마에게 죽어도 아니 갈라는 그 속 까닭은 정작 여기 잇섯다.

바루 지난 늦진 봄 달이 뚜렷이 밝든 어느밤이엇다. 춘호가 보름게추를 보러 산모텡이로 나간 것이 이슥하야도 돌아오지 안으므로 집에서 기다리든 안해가 인젠 자고 오려나, 생각하고는 막 들어누어 잠이 들려니까 웬 난데업는 황소 가튼 놈이 튀어들엇다. 허둥지둥 춘호 처를 막우 깔다가 놀라서 "으악" 소리를 치는 바람에 그냥 다라난 일이 잇엇다. 어수룩한

시골 일이라 별반 풍설도 아니 나고 쓱싹되엇스나 며칠이 지난 뒤에야 그 것이 동리의 부자 리 주사의 소행임을 비로소 눈치채엇다.

그런 까닭으로 해서 춘호 처는 쇠돌 엄마와 죽접 관계는 업단대도 그를 대하면 공연스리 얼골이 뜻뜻하야지고 무슨 죄나 진 듯이 어색하엿다.

그리고 더욱이 쇠돌 엄마가

"새댁, 나는 속곳이 세 개구, 버선이 네 벌이구행"

하며 아주 조타고 핸들대는 그 꼴을 보면 혹시 자기에게 함점을 두고서 비양거리는 거나 아닌가, 하는 옥생각으로 무안해서 고개도 못 들엇다. 한편오【으】로는 자기도 좀만 잘햇드면 지금쯤은 쇠돌 엄마처럼 호강을 할 수 잇섯슬 그런 갸륵한 기회를 깝살려 버린 자기 행동에 대한 후회와 애탄으로 말미아마 마음을 괴롭히는 그 쓰라림도 적지 안헛다.

그러나 아무러한 욕을 보드라도 나날이 심해가는 남편의 무지한 매보다는 그래도 좀 헐할 게다.

오늘은 한맘 먹고 쇠돌 엄마를 차저 갈려는 것이엇다.

×

춘호 처는 이번 거름이 허발이나 안 칠까 일렴으로 심화를 하며 수양버들이 쭉 느러박인 논두랑길로 들어섯다. 그는 시골 안악네로는 용모가 매우 반반하엿다. 좀 야윈 듯한 몸매는 호리호리한 것이 소위 동리의 문자로 외입깨나 하얌즉한 얼골이엇스되 추려한 의복이며 퀴퀴한 냄새는 거지를 볼질른다. 그는 왼손 바른손으로 겨끔내기로 치맛귀를 여며가며 속살이 뼈질가 조심 조신이 거럿다.

감사나운[10] 구름송이가 하눌 전폭을 휘덥고는 차츰차츰 지면으로 처저 나리드니 그예 산본우리에 엉기어 살풍경이 되고 만다. 먼 데서 개 짓는 소리가 압뒤 산을 한적하게 울린다. 빗방울은 하나둘 떨어지기 시작하드니 차차 굵어지며 무데기로 퍼부어 나린다.

1935년 1월 31일(목) 석간 3면

1등 당선단편소설 소낙비(3) 김유정 작

춘호 처는 길가에 느러진 밤나무 밋트로 뛰여들어가 비를 거르며 쇠돌 엄마집을 멀리 바라보앗다. 북쪽 산기슭에 놉직한 울타리로 빙 돌려 두르고 안젓는 옴욱하고 맵시 잇는 집이 그 집이엇다. 그런데 싸리문이 꼭 닷긴 걸 보면 아마 쇠돌 엄마가 농군청에 저녁 제누리[11]를 나르러 가서 아즉 돌아오지를 안흔 모양이엇다.

그는 쇠돌 엄마 오기를 지켜보며 오두커니 서서 기다리고 잇섯다.

나무닙페서 빗방울은 뚝, 뚝 떠러지며 그의 뺨를 흘러 젓가슴으로 스며든다 바람은 지날 적마다 냉기와 함께 굵은 빗발을 몸에 드려친다.

비에 쪼로록 젓은 치마가 몸에 찰삭 휘감기어 허리로 궁둥이로 다리로 살의 윤곽이 그대로 비처 올랏다

무던히 기달렷스나 쇠돌 엄마는 오지 안헛다. 하도 진력이 나서 하품을 하야 가며 정신업시 서 잇노라니 왼편 언덕에서 사람 오는 발자취 소리가 들린다. 그는 고개를 돌려보앗다. 그러나 날새게 나무 틈으로 몸을 숨엇다.

동이배[12]를 가진 리 주사가 지 우산을 버테 쓰고는 쇠돌네 집을 향하야 응뗑이를 껍쭉어리며 나려가는 길이엇다. 비록 키는 작달막하나 숫 조흔

---

10 감사납다 : 생김새나 성질이 억세고 사납다.
11 제누리 : '곁두리'의 방언. 곁두리 : 힘들 일을 할 때, 농부나 일꾼이 일정한 시간에 먹는 끼니 외에 참참이 먹는 음식.
12 동이배 : 동이처럼 불룩하게 나온 배.

수염이든지 윈동리를 털어야 단 하나뿐인 탕건이든지, 썩 풍채 조혼 오십 전후의 양반이다. 그는 싸리문 압프로 가드니 자기집처럼 거침업시 문을 떼다밀고는 속으로 버젓이 들어가 버린다.

이것을 보니 춘호 처는 다시금 속이 편치 안엇다. 자기는 개돼지가티 무시로 매만 맛고 돌아치는 천덕군이다. 안팍그로 겹구염을 밧으며 간들대는 쇠돌 엄마와 사람된 치수가 두드러지게 다름을 그는 알 수 잇섯다. 쇠돌 엄마의 호강을 너머나 부럽게 우르러보는 반동으로 자기도 잘만햇드면 하는 턱업는 희망과 후회가 전보다 몃 갑절 쓰린 맛으로 그의 가슴을 찌버뜨덧다. 쇠돌네 집을 하염업시 건너다 보다가 어느듯 저도 모르게 긴 한숨이 굴러 나린다.

언덕에서 쏠려 나리는 사태물이 발등까지 개흙으로 덥흐며 소리처 흐른다. 빗물에 폭 젓은 몸둥아리는 점점 떨리기 시작한다.

그는 가벼웁게 몸서리를 첫다. 그리고 당황한 시선으로 사방을 경계하야 보앗다. 아무도 보이지는 안엇다. 다시 시선을 돌리어 그 집을 쏘아보며 속으로 궁리하야 보앗다. 안에는 확실히 리 주사뿐일 게다. 고대까지 걸엿던 싸리문이라든지 또는 울타리에 널은 빨래를 여태 안 것이【어】드리는 것을 보면 어떤 맹세를 두고라도 분명히 리 주사 외의 다른 사람은 하나도 업슬 것이다.

그는 마음노코 비를 마저 가며 그 집으로 달겨들엇다. 봉당으로 선뜻 뛰여오르며

"쇠돌 엄마 기슈?"

하고 인기를 내보앗다.

물론 당자의 대답은 업섯다 그 대신 그 음성이 나자 안방에서 리 주사

가 번개가티 머리를 내밀엇다. 자기 따는 꿈 박기란 듯 눈을 두리번두리
번하드니 옷 위로 볼가진 춘호 처의 젓가슴 아랫배 넓저다리로 발등까지
슬적 음충히 홀터보고는 건아한 낫으로 빙그레한다. 그리고 자기도 봉당
으로 주춤주춤 나오며

"쇠돌 어멈 말인가? 왜 지금 막 나갓지 곳 오댓스니 안방에 좀 들어가
기다렷스면……"

하고 매우 일이 딱한 듯이 어름어름한다.

"이 비에 어딜 갓세유?"

"지금 요 박게 좀 나갓지, 그러나 곳 올걸……"

"잇는 줄 알고 왓는듸……"

춘호 처는 이러케 혼잣말로 낙심하며 섭섭한 낫흐로 머뭇머뭇하다가
그냥 돌아갈 듯이 봉당 알로 나려섯다. 리 주사를 처다보며 물차는 제비
가티 산드러지게

"그럼 요담 오겟세유 안녕히 게십시유"

하고 작별의 인사를 올린다.

"지금 곳 온댓는데 좀 기달리지……"

"담에 또 오지유"

"아닐세 좀 기달리게 여보게 여보게 이봐!"

춘호 처가 간다는 바람에 리 주사는 체면도 모르고 기가 올랏다. 허둥
거리며 재간껏 만유하엿으나 암만해도 안 될 듯 십다 춘호 처가 여기엘
찾어온 것도 큰 기적이려니와 뇌성벽력에 구석진 곳이겟다 이럿케 솔깃
한 기회는 두 번 다시 못 볼 것이다. 그는 눈이 뒤집히어 입에 물엇든 장죽
을 쑥 뽑아 방으로 치트리고는 게집의 허리를 뒤로 다짜고짜 끌어안어서

봉당 우로 끌어 올렷다.

1935년 2월 1일(금) 석간 3면

1등 당선단편소설 소낙비(4) 김유정 작

게집은 몹시 놀라며

"왜 이러서유 이거 노세유"

하고 몸을 뿌리칠랴고 앙탈을 한다.

"아니 잠간만"

리 주사는 그래도 놋치 안흐며 헝겁스러운 눈즛으로 게집을 달래인다. 흘러나리려는 고이춤을 왼손으로 연종 치우치며 바로 팔로는 게집을 잔뜩 웅켜잡고는 엄두를 못내어 짤짤매다가 간신이 방안으로 꿍꿍 몰아 너엇다 안으로 문고리는 재바르게 채이엇다.

박게서는 모진 빗방울이 배추 입에 부다치는 소리 바람에 나무 떠는 소리가 요란하다. 가끔 양철통을 나려굴리는 듯 거푸진 천동소리가 방고래를 울리며 날은 점점 침침하엿다.

얼마쯤 지난 뒤엿다. 이만하면 길이 들엇스려니, 안심하고 리 주사는 날숨을 후—, 하고 돌른다. 실업시 고마운 비 때문에 발악도 못 치고 앙살도 못 피고 무릅 압헤 고븐고븐 느러저 잇는 게집을 대견히 바라보며 빙끗이 얼러 보앗다. 게집은 왼몸에 진땀이 쭉 흐르는 것이 꽤 더운 모양이다. 벽에 걸린 쇠돌 어멈의 적삼을 끄내여 게집의 몸을 말쑥하게 홀딱기 시작한다. 발끗서부터 얼골까지 —

"너 열아홉이라지?"

하고 리 주사는 취한 얼골로 얼간히 무러보앗다.

"니에 ―"

하고 메떨어진[13] 대답. 게집은 리 주사 손에 눌리어 일어나도 못 하고 죽은 듯이 가만히 누어 잇다.

리 주사는 게집의 몸둥이를 다 씻기고 나서 한숨을 내뿜으며 담배 한 대를 떡 피어 물엇다.

"그래 요새도 서방에게 주리경을 치느냐?"

하고 뭇다가 아무 대답도 업스매

"원 그래서야 엇떻게 산단 말이냐 하루이틀 아니고, 사람의 일이란 알 수 잇는 거냐? 그러다 혹시 맞어 죽으면 정장 하나 해볼 곳 업는 거야 허니 네 명이 아까우면 덥어놋코 민적을 가르는 게 낫겟지 ―"

하고 게집의 신변을 위하야 염여를 마지 안타가 번뜻 한 가지 궁금한 것이 잇엇다.

"너참, 아이 낫다 죽엇다드구나?"

"니에 ―"

"어디 난 듯이나 십으냐?"

게집은 얼골이 홍당무가 되어지며 아무 말 못하고 고개를 외면하엿다.

리 주사도 그까짓 것 더 뭇지 안엇다 그런데 웬 년석의 냄새인지 무생채 썩는 듯한 시크므레한 악취가 불시로 코청을 찌르니 눈살을 크게 잽흐리지 안을 수 업다 처음에야 그런 줄은 소통 몰랏드니 알고 보니까 비위가 조히 역하엿다 그는 빨고 잇든 담배통으로 게집의 배꼽께를 똑똑이 가르키며

"애 이 살의 때꼽 좀 봐라 그래 물이 흔한데 이것 좀 못 씻는단 말이냐?["]

---

13 메떨어지다: 모양이나 말, 행동 따위가 세련되지 못하여 어울리지 않고 촌스럽다.

하고 머처럼의 기분을 상한 것이 앵하단[14] 듯이 꺼림한 기색으로 혀를 채엿다 하지만 게집이 참다 참다 이내 무안에 못 이기어 일어나 치마를 입을라 하니 그는 역정을 벌컥 내이엇다 옷을 빼서서 구석으로 동댕이를 치고는 다시 그 자리에 끌어안첫다 그러고 자기 딸이나 책하듯이 아주 대범하게 꾸짓엇다.

"왜 그리 게집이 달망대니[15]? 좀 든직지가 못하구……"

춘호 처가 그 집을 나선 것은 들어간 지 약 한 시간 만이엇다. 비는 여전히 쭉쭉 나린다. 그는 진땀을 잇는 대로 흠뻑 쏫고 나왓다. 그러나 의외로 아니 천행으로 오늘 일은 성공이엇다.

그는 몸을 소치며 생긋하엿다 그런 모욕과 수치는 난생 처음 당하는 봉변으로 지랄 중에도 몹쓸 지랄이엇으나 성공은 성공이엇다. 복을 받을려면 반듯이 고생이 따르는 법이니 이까짓 거야 골백번 당한대도 남편에게 매나 안 맞고 의조케 살 수만 잇다면 그는 사양치 안흘 것이다. 리 주사를 하눌가티 은인가티 여겻다. 남편에게 부쳐 먹을 농토를 줄 테니 자기의 첩이 되라는 그 말도 죄송하엿스나 더욱이 돈 이 원을 줄께니 내일 이맘때 쇠돌네 집으로 넌즛이 만나자는 그 말은 무엇보다도 고마윗고 벅찬 짐이나 풀은 듯 마음이 홀가븐하엿다. 다만 애키는 것은 자기의 행실이 만약 남편에게 발각되는 나절에는 대매에 마저 죽을 것이다. 그는 일변 기뻐하며 일변 애를 태우며 자기집을 향하야 세차게 쏘다지는 비쏙【빗속】을 가븐가븐 나려 달렷다.

---

14 앵하다 : 토라져 짜증을 내다. 기회를 놓치거나 손해를 보아서 분하고 아깝다.
15 달망대다 : 손이나 어깨, 엉덩이 따위가 천천히 가볍게 자꾸 들렸다 놓였다 하다. 또는 그렇게 되게 하다.

1등 당선단편소설 소낙비(5) 김유정 작

×

춘호는 아즉도 분이 못 풀리어 뿌루퉁헌이 홀로 안젓다. 그는 자긔의 고향인 인제를 등진 지 벌서 삼 년이 되엇다. 해를 이어 흉작에 농작물은 말 못 되고 딸아 빗쟁이들의 위협과 악마구니는 날로 심하엿다. 마침내 하릴업시 집, 세간사리를 그대로 내버리고 알몸으로 밤도주를 하엿든 것이다. 살기 조흔 곳을 찻는다고 나 어린 안해의 손목을 이끌고 이 산 저 산을 넘어 표랑하엿다. 그러나 우정[16] 찻어 들은 것이 고작 이 마을이나 살속[17]은 역시 일반이다. 어느 산골엘 가 호미를 잡아 보아도 정은 조그만치도 안 붓헛고 거기에는 오즉 쌀쌀한 불안과 굶주림이 품을 벌려 그를 맛을 뿐이엇다. 터무니업다 하야 농토를 안 준다. 일 구녕이 업스매 품을 못 판다. 밥이 업다. 결국엔 그는 피폐하야 가는 농민 사이를 감도는 엉뚱한 투기심에 몸이 달떳다. 요사이 며칠 동안을 두고 요 넘어 뒷산 속에서 밤마다 큰 노름판이 버러지는 기미를 알앗다. 그는 자기도 한목 볼려고 끼룩어렷스나 좀체로 미천을 만들 수가 업섯다.

이 원! 수나 조하야 이 이 원이 조화만 잘 한다면 금시 발복이 못 된다고 누가 단언할 수 잇스랴! 삼사십 원 따서 동리의 빗이나 대충 가리고 옷 한 벌 지여 입고는 진저리나는 이 산골을 떠날랴는 것이 그의 배포이엇다 서울로 올라가 안해는 안잠[18]을 재우고 자기는 노동을 하고 둘이서 다구지게

---

16 우정 : 일부러.
17 살속 : 세상에 살면서 느끼는 재미.
18 안잠 : 여자가 남의 집에서 먹고 자며 그 집의 일을 도와주는 일. 또는 그런 여자.

벌으면 안락한 생활을 할 수가 잇슬 텐데 이런 산 구석에서 굶어 죽을 맛이야 업섯다 그래서 젊은 안해에게 돈 좀 해오라니까 요리 매낀 조리 매낀 매만 피하고 겻들어 주지 안으니 그 소행이 여간 괘씸한 것이 아니다.

안해가 물에 빠진 생쥐꼴을 하고 집으로 달겨들자 미처 입도 버리기 전에 남편은 이를 악물고 주먹 빰을 냅다 부첫다.

"너 이년 매만 살살 피하고 어디 가 자빠젓다 왓늬?"

볼치 한 대를 엇어맛고 안해는 오긔가 질리어 벙벙하엿다 그래도 식성이 못 풀리어 남편이 다시 매를 손에 잡을랴 하니 안해는 질겁을 하야 살려 달라고 두 손으로 빌며 개신 개신 입을 열엇다.

"낼 돼유―, 낼, 돈, 낼 돼유―"

하며 돈이 변통됨을 삼가 아뢰는 그의 음성은 절반이 울음이엇다.

남편은 반신반의하야 눈을 찌긋하다가

"낼?"

하고 목청을 돗앗다.

"네 낼 된다유―"

"꼭 되여?"

"네 낼 된다유―"

남편은 시골 물정에 능통하니 만치 난데업는 돈 이 원이 어데서 어떠게 되는 것까지는 추궁해 무를랴 하지 안엇다. 그는 저옥이 안심한 얼골로 방문턱에 걸터안즈며 담뱃대에 불을 그엇다 그제야 안해도 비로소 마음을 노코 감자를 삶으러 부억으로 들어갈랴 하니 남편이 겨트로 거러오며 치근한【측은한】 듯이 말리엇다

"병나, 방에 들어가 어여 옷이나 말리여, 감자는 내 삶을게―"

먹물가티 지튼 밤이 나리엇다. 비는 더욱 소리를 치며 앙상한 그들의 방 벽을 압뒤로 울린다. 천정에서 비는 새이지 안흐나 집 진 지가 오래되어 고래가 물러안다십히 된 방이라 도배를 못 한 방바닥에는 물이 스며들어 귀죽죽하다.[19] 거기다 거적 두 입만 덩그러케 깔아 노흔 것이 그들의 침소이엇다 석유불은 업서 캄캄한 바루 지옥이다 벼루기는 사방에서 마냥 스믈거린다

그러나 등걸잠[20]에 익달한 그들은 천연스럽게 나란히 누어 주리차게 퍼붓는 밤비 소리를 귀담어 듯고 잇섯다 가난으로 인하야 부부간의 애틋한 정을 모르고 나나리 매질로 불평과 원한 중에서 복대기든 그들도 이밤에는 불시로 화목하엿다 단지 남의 품에 들은 돈 이 원을 꿈꾸어 보고도—

"서울 언제 갈라유"

남편의 왼팔을 비고 누엇든 안해가 남편을 향하야 응성 비슷이 무러 보앗다. 그는 남편에게 서울의 화려한 거리며 후한 인심에 대하야 여러 번 드른 바 잇서 일상 안타까운 마음으로 몽상은 하야 보앗스나 실지 구경은 못 하엿다. 얼른 이 고생을 벗어나 살기 조흔 서울로 가고 십흔 생각이 간절하엿다.

1935년 2월 3일(일) 석간 3면
1등 당선단편소설 소낙비(6) 김유정 작

"곳 가게 되겟지 빗만 좀 업서도 가뜬하련만"

"빗은 낭종 갑드라도 얼핀 갑세다유 —"

---
19 귀죽죽하다 : 구질구질하고 축축하다.
20 등걸잠 : 옷을 입은 채 아무것도 덮지 않고 아무 데나 쓰러져 자는 잠.

"염여 업서 이달 안으로 꼭 가게 될 거니까"

남편은 썩 쾌히 승낙하엿다 따는 그는 동리에서 일커러주는 짐군으로 투전상의 갑오쯤은 시루에서 콩나물 뽑듯 하는 능수이엇다. 내일 밤 이 원을 가지고 벼락가티 노름판에 달겨가서 잇는 돈이란 강그리 모집어 올 생각을 하니 그는 은근히 기뻣다. 그리고 교묘한 자기의 손재간을 홀로 뽑내엇다.

"이번이 서울 처음이지?"

하며 그는 서울 바람 좀 한 번 쐬엇다고 큰 체를 하며 팔로 안해의 머리를 흔들어 무러 보앗다 성미가 원악 겁겁한지라 지금부터 서울 갈 준비를 착착 하고 십헛다. 그가 제일 걱정되는 것은 둠 구석에서 내 자라 먹은 안해를 데리고 가면 서울 사람에게 울림도 바들 게고 거리끼는 일이 만흘 듯 십헛다. 그래서 서울 가면 꼭 지켜야 할 필수조건을 안해에게 일일이 설명치 안흘 수도 업섯다.

첫때 사투리에 대한 주의부터 시작되엇다. 농민이 서울 사람에게 꼬라리라는 별명으로 감잡히는[21] 그 리유는 무엇보다도 사투리에 잇을지니 사투리는 쓰지 말며 "합세"를 "하십니까"로 "하게유"를 "하오"로 고치되 말끗을 들지 말지라. 또 거리에서 어릿어릿하는 것은 내가 시골띄기요 하는 얼뜬 줏이니 갈 길은 재게 가고 볼 눈은 또릿또릿이 볼지라 ― 하는 것들이엇다 안해는 그 끔찍한 설교를 귀담어 드르며 모기소리로 네, 네 하엿다. 남편은 뒤 시간 가량을 샐 틈 업시 꼼꼼하게 주의를 다저 노코는 서울의 풍습이며 생활 방침 등을 자기의 의견대로 그럴사하게 이야기하야

---

21 감잡히다 : 남과 시비를 다툴 때, 약점을 잡히다.

오다가 말끗이 어느듯 화장술에까지 이르게 되엿다. 시골 녀자가 서울에 가서 안잠을 잘 자주면 몃 해 후에는 집까지 엇어 갓는 수가 잇는대 거기에는 얼골이 어여뻐야 한다는 소문을 일즉 드른 배 잇서 하는 소리엇다 "그래서 날마닥 기름도 바르고 분도 바르고 버선도 신고 해서 쥔 마음에 썩 들어야…"

한참 신바람이 올라 주서 성기다가 엽헤서 새근새근, 소리가 들리므로 고개를 돌려 보니 안해는 이미 고라저 잠이 깁헛다.

"이런 망할 거 남 말하는데 자빠저 잔담 —"

남편은 혼자 중얼거리며 바른팔을 들어 이마 우로 흐트러진 안해의 머리칼을 뒤로 씨담어 넘긴다 세상에 귀한 것은 자기의 안해! 이 안해가 만약 업섯단들 자기는 홀로 어떠케 살 수 잇섯스려는가! 명색이 남편이며 이날까지 옷 한 벌 변변히 못 해 입히고 고생만 짓시킨 그 죄가 너머나 큰 듯 가슴이 뻐근하엿다 그는 왁살스러운[22] 팔로다 안해의 허리를 꾹 껴안어 자기의 압으로 바특이 끌어댕겻다.

밤새도록 줄기차게 나리든 빗소리가 아츰에 이르러서야 겨우 끄치고 점심 때에는 생기로운 볕까지 들엇다 쿨렁쿨렁 눈물 나는 소리는 요란히 들린다. 시내에서 고기 잡는 아이들의 고함이며 농부들의 히히낙낙한 미나리도 기운차게 들린다.

비는 춘호의 근심도 씻어간 듯 오날은 그에게도 즐거운 빗이 보엿다.

"저녁 제누리 때 되엇슬 걸 얼른 빗고 가봐 —"

---

22 왁살스럽다 : 우악살스럽다의 준말.
우악살스럽다 : 보기에 매우 미련하고 험상궂은 데가 있다. 보기에 대단히 무지하고 포악하며 드센 데가 있다.

그는 갈증이 나서 안해를 대구 재촉하엿다.

"아즉 멀엇서유—"

"뭔 게 뭔야, 늦젓어—"

"뭘!"

안해는 남편의 말대로 벌서부터 머리를 빗고 안젓으나 온체 달포나 아니 가리어 엉크른 머리가 시간이 꽤 걸럿다. 그는 호랑이갓튼 남편과 오래간만에 정다운 정을 바꾸어 보니 근래에 볼 수 업는 화색이 얼골에 떠돌앗다. 어느 때에는 맥적게 생글생글 웃어도 보앗다.

안해가 꼼지락어리는 것이 보기에 퍽으나 갑갑하엿다. 남편은 안해 손에서 얼개빗[23]을 쑥 뽑아 들고는 시원스리 쭉쭉 나려 빗긴다 다 빗긴 뒤 엽헤 노힌 밥사발의 물을 손바닥에 연실 칠해가며 머리에다 번지를하게 발라 노앗다. 그래 노코 위서부터 머리칼을 재워가며 맵씨 잇게 쪽을 딱 찔러주드니 오늘 아츰에 한사코 공을 드려 삶아 노앗든 집석이를 안해의 발에 신기고 주먹으로 자근자근 골을 내주엇다.

"인제 가봐—"

하다가

"바루 곳 와, 응?"

하고 남편은 그 이 원을 고이 밧고자 손색업도록 실패 업도록 안해를 모양내어 보냇다.

---

23 얼개빗 : '얼레빗'의 방언. 얼레빗 : 빗살이 굵고 성긴 큰 빗.

사하촌 1936.1.8~1936.1.23

김정한

1936년 1월 8일(수) 석간 4면

당선소설 사하촌(1) 김정한 작

타작마당 돌가루 바닥가치 땅땅 달라부튼 뜰 한가운데, 어데서 긔어들엇
는지 난데업는 지렁이가 한 마리 만신에 흙고물 칠을 해 가지고 떼굴떼굴
굴고 잇다. 새깜안 개암이 떼가 물어 뗄 때마다 지렁이는 한칭 더 모질게 발
버둥질을 한다. 또 어데선지 죽다 남은 듯한 쥐 한 마리가 튀어나오드니 동
당 걸음으로 마당 복판을 질러서 돌담 구녕으로 쏙 들어가 버린다.

군데군데 좀 구녕이 나서 석어가는 기둥이 비투러지고, 중풍 든 사람의
입처럼 문조차 돌아가서, ──북쪽으로 사정업시 넘어저 가는 오막사리
압에는 다행히 키는 작아도 해묵은 감나무가 한 주 서 잇다. 그러나 그게
라야 모를 낸 이후 비 가튼 비 한 방울 구경 못한 무서운 긴 가뭄에 시달려,
그러찬허도 쪼그그라든 고목 닙이 모양 업시 배배 틀려서 잘못하면 돌배
나무로 알 판이다. 그래도 그것이 구십 도가 넘게 쩌내리는 팔 월의 태양
을 가리워, 누덕이 가트나마 밋둥으로는 제법 넓은 그늘을 지웟다. 그것
을 다행으로 깔아 둔 낡은 삿자리 우에는 빨가벗은 어린애가 파리 똥 안

즌 얼골에 때물ㅅ을 졸졸 흘리며 울어댄다.

언재부터 울엇는지 발서 기진해서 쉰 목에는 소리도 잘 안 난다. 그 겻테 펄처 안자서, 치삼 로인은 리우마치스[1]로 퉁퉁 부은 두 정강이 사이에 깨어진 툭백이를 두고 중얼거린다.

"요것이 왜 요러케 안 죽어. 요리 볼근닥 조리 볼근닥 맥근맥근 볼가만지고… 엑기 웃삭!"

하며 그는 식칼 자루로서 툭백이 밋바닥을 탁 내려친다.

"삑!" 하고 밋구리는 또 가장잘이로 튀어 내뺀다. 리우마치스에 찌어 발으면 조타고 딸년이 아침 일즉이 나가서 잡아 온 밋구리다. 그것이 남의 정성도 모르고!

"요, 망할 놈의 즘생 —"

치삼 로인은 다시 식도로 겨누엇스나, 갑작스리 새우처럼 몸을 꼬브리고는 기침만 연겁어 콩콩 한다. 그럴 때마다 부어올은 다리의 관절이 쥐어뜻는 듯 아프며, 명ㅅ줄이 한 치식이나 줄어드는 것 갓다. 그예 그의 허연 입수염 사이에서 커다란 피ㅅ덩어리가 하나 튀여나왔다.

"아이구 가심이야…… 귀신도 왜 이러케 안 잡아갈까?"

로인은 물 부른 콩껍댁이가티 쪼그라진 눈에 고인 눈물을 뻑다기 손으로 썩 씻는다.

엽헤 누은 손자 놈은 땀국에 쪽 빠졋다. 로인은 손자 놈의 입에 눈에, 코ㅅ구멍에 벌떼가티 모여드는 파리떼를 쫓아 버리면서, 말라붓흔 고초를 얼으만진다.

---

1 류머티즘 : 결합 조직, 특히 근육이나 관절 및 이와 관련된 구조에 염증을 일으키는 여러 질병을 통틀어 이르는 말.

"응 그래, 울지 말어 자장자장 우래 애기…… 네 에미는 왜 여태 안 와. 입안이 이러케 밧작 말라고나. 그놈의 집에서는 무슨 놈의 일을 끼니때도 모르고 식혀 원, 애헴, 애헴……"

로인은 억지힘을 내가지고, 어린 것을 움켜 안고는 게다리처럼 엉거주춤하고 선다.

그때 마츰 아들이 볏살에 얼골을 벌거케 구어가지고 들어온다. 들어오면서부터 툭명스럽게

"다들 어듸 갓소?"

"일 갓지."

"무슨 일요?"

"진수네 무명밭 매러 간다고 햇지 아마."

들깨는 잠잣코 윗통을 훨적 벗어서 감나무 가지에 걸처 노코는 늘근 아버지에게서부터 어린 것을 밧아 안는다.

치삼 로인은 뽕나무 닙이 반이 넘는 담배를 장죽에 한 대 피어 물면서 아들을 위로하듯이 ― 그러나 대답을 두려워하며 뭇는다.

"논은 어떠케 돼 가늬?"

"어떠케라니요, 인젠 다 틀렷소. 풀래야 풀 물도 업고, 병아리 오좀만한 보ㅅ물도 중놈들이 가로막아 너코 제 ― 기……"

"꼭 긔사년 모양 나겟고나."

"긔사년에는 그래도 냇물은 좀 안 잇섯소."

"그랫지. 지금은 그놈의 수도ㅅ바람에……"

"그것도 본래 계약할 때는 농사철에는 냇물을 안 막아 가기로 햇다는데, 제 ― 미할 면장 녀석이 색주가 갈보 놀릴 줄이나 알지 백성 죽는 줄

알아야지오."

"헐 수 업시 이곳엔 인제 사람 못 살아!"

"참 아니꼽지오. 더군다나 그놈의 종【중】놈들 꼴 뵈기 실허서········"

아들의 우툴두툴한 어조에는, 거칠어질 대로 거칠어진 농부의 성미가 엿보인다.

치삼 로인은 중놈이란 소리에 간담이 선듯하다. 그것은, 자긔들이 부치는 절논[2] 중 제일 물조은 두 마지기는, 자긔가 젊엇슬 때, 자손 대대로 복 밧고 극락 간다는 중의 꼬임에 속아서 그만 불전에, 아니 보광사(普光寺)에 시주한 것이기 때문이다.

1936년 1월 9일(목) 석간 4면

당선소설 사하촌(2) 김정한 작

"뭘 하구 인제 와? 소 가튼 년!"

들깨는 화꿋을 방금 들어오는 안해에게로 돌린다. 그리고 이 꼴 보라는 듯이 물에서 막 건저낸 듯한, 그러나 주림에 입안이 밧작 말은 어린 것을 안해의 젓가슴에 내던진다.

순이는 잠잣코 그것을 바다 안고서 부억으로 들어가드니, 머리에 쓴 수건을 물에 추겨 가지고 어린 것의 얼골을 닥그면서 일변 젓을 물린다.

"소 가튼 년, 어서 밥 안 가지고 와"

남편의 벼락 가튼 소리다. 순이는 부지중 눈에 눈물이 핑 돌앗다.

들깨는 안해의 귀퉁이를 한번 올려부칠 듯이 부억으로 들어갓다가, 한

---

2 절논 : 절에 딸려 있는 논.

팔에, 아기를 안고 허둥대는 안해의 양자에 그만 외면을 하고는, 미처 차리지도 안 한 밥상을 얼른 들고 나온다 그러나 다른 때면 곳잘 넘어가는 식은 보리밥도 그날은 첫술부터 목에 탁 걸렷다. 무엇이 속에서 북밧처 올랏다.

×

우르르, 쐐 —.

이글이글 달아 잇는 폭양 알에 난데업는 홍수소리다. 물버레 고기 색기가 말라저 죽고, 거믜가 줄을 치고 개아미가 장을 버렷는 보ㅅ도랑이 넘게 벌건 황토물이 우렁차게 쏘다저 내린다. 빨갓케 타 죽은 곡식이야 이제 와서 물인들 알랴마는, 그래도 타다 남은 벼와 시들은 두렁콩들은 물소리만 들어도 생긔가 나는 듯이 우줄우줄 춤을 추는 것 갓다. 행길 양엽흘 흘러가는 보ㅅ도랑가에는 힌 옷, 누른 옷, 검정치마가 미친 듯이 고함을 내질으며 오르나린다.

저수지(貯水池)의 물을 뺀 것이다. 성동리 농민들이 밤낫업시 떼를 지어 몰려 가서 애원에 탄원에 두 손이 발이 되도록 빌기도 하고 불평도 하고 나중에는 밤중에 수원지 울 안에까지 들어가서 물을 달리 돌려 내리려고 햇기 때문에, E부(府) 수도 사무소에서는 작년처럼 또 폭동이나 이러날까 무서워서, 못의 소제도 할 겸 제이 저수지의 물을 빼게 된 것이다.

그러나 고까진 못물로서 들을 구한다는 것은 되도 안 한 말이고 — 물 잇는 것이 차라리 업슬 때보다 더 싯그럽게 싸흡【움】만 버러진다.

들깨는 논이 하보(보꼬리)에 잇기 때문에, 몃 번이나 상보(저수지 물ㅅ구멍)까지 올라가지 안 하면 안 되엿다. 그러나 상보까지 가서 물을 조곰 달아가지고 오면 중간에서 이리저리 다 떼이고 자긔 논까지는 잘 오지도 안는다.

이러케 수삼차 오르나리고 나니 화가 불컥 치밀엇다. 억제해 오든 화가.

"여보 노승!"

들깨는 오든 발을 돌려서 비알진 행길을 더우잡앗다. "논을 떼엿스면 떼엿지, 제—길할 자식들" 하고 이를 악물엇다. 한번이라도 중에게 반항을 하면 두말업시 절논은 떼이고 마는 것이다.

노승은 들은 체 만 체, 들깨가 겨테 가도 양산을 바든 그대로 물을 가로막고 잇다.

"이거 무슨 짓이요. 미테ㅅ사람은 죽으란 말이오?"

들깨는 커다란 "샤벨"로서 노승의 작난감 가튼 곡괭이를 떼짱과 함께 찍어 다니엇다. 물은 다시 쐐—하고 밋트로 빠저 내린다.

"이 사람이 버릇업시 왜 이래—?"

노승은 딴은 점잔케 남으래면서도, 눈에는 독긔가 흐른다.

"살고 봐야 버릇이 잇지오."

"하— 이 사람이 환장햇군. 아서라 그리 안 하는 법이다."

노승은 다시 물을 막으랴고 든다.

"천만에! 우리도 살아야지오 물을 좀 갈릅시다."

들깨는 제 손으로 갈랏다. 그리고 몃 걸음 안 가서 또 어떤 논 귀트러미에서 조고만 한 애색기 한 놈 쏙 나오드니 물을 막고는 번개가티 쏙어 버린다.

"옛—기 쥐색기 가튼 놈!"

들깨는 골 안이 터지라고 고함을 내질으며 쫏차가서, 그놈의 수통짬에 아람이 넘는 돌을 밀어다 부치엇다.

길 저편에서도 싸홈이다. —갈갈이 낡아매여진 헌 옷에, 허리쩜만 남은—토인의 나무겁대기 치마 가튼 몽당치마를 덥허 입은 가동 늙은이가

보ㅅ도랑 한가온데 퍼더버리고 안자서 목을 노코 울어댄다.

"아이구 날 죽여 노코 물 다 가저가소. 내 논에도 물 좀 주고 가소……"

"이 망할 놈의 늙은이 남 가저 온 물만 대고 안젓네 너도 물 한번 끌고 와봐!"

보광사 농사조합 서긔인 젊은 중의 가래는 더벙머리를 풀어 헷치고 악을 쓰는 늙은 과부의 허벅살에 싯퍼런 멍울을 남겨 노코 간다.

1936년 1월 10일(금) 석간 4면

당선소설 사하촌(3) 김정한 작

들깨는 보리ㅅ대 모자를 부채 삼아 내흔들면서, 쥐꼬리만 한 물을 달고 내려가다가, 철한이란 놈하고 봉주란 놈이 논 가온데서 곰처럼 별로 말도 업시 이리 업치락 저리 뒤치락 싸흠을 하고 잇는 것을 보앗스나, 말릴 생각도 안코 제 논으로 달아간다. 자긔 논으로 뚤린 수통은 물론 꽉 봉해젓다.

"어느 놈이 이러케 독하게 ―"

하고 수통문을 겨우 뚤어 노코 논두덕 우에 올라서니 자긔 논 밋흐로 슬그머니 피해가는 오촌 당숙이 보인다.

새벽부터 나서서 날뛰어도 반 마지기도 적시지 못한 것을 보고는 들깨도 그만 락심이 돼서 논두덕 우에 털석 주저안잣스나 그 쥐꼬리만 한 물ㅅ줄기가 끈허지자 그는 다시 논두덕을 떠난다.

철한이와 봉주란 놈은 아직도 싸호고 잇다.

"이, 이, 이 ― 놈의 자식이, 사람을 낫보고서……"

봉주란 놈이 뻐드렁니를 내물고서 악을 쓴다.

"글세, 이걸 안 놔?"

철한이란 놈이 아무리 재비손을 너흐라고 해도, 워낙 떡심 센 놈이 돼서 봉주는 꼼짝도 안코 도로혀 철한이란 놈의 턱밋틀 졸라 쥐고 밀어다부친다.

그러든 놈들이, 들깨가 한번 호령을 치니, 서로 잡앗든 손을 노코 논두덕으로 올라왓다.

"엑기, 승거운 녀석들! 물도 업는데 무슨 물싸홈이야? 분 풀 자리가 그리 업든야!"

들깨의 이 말에 둘은 곳 쥐꼬리만 한 물조차 끈어진 보ㅅ도량만 내다볼 뿐이엇다.

이윽고 셋은 보ㅅ목을 향해서 발을 떼어 노앗다.

의상봉(義相峰) 우으로 해가 기울고 네 시(四時)를 알외는 보광사의 큰 종소리가 꽝―꽝 울려 온다. 중들은 저녁밥 쌀을 낼 때다.

그러나 절 밋 마을―성동리 압 들판에 나도는 농부들은 해가 기울사록 마음은 더 단다. 게다가 멋처럼 뺀 저수지의 물조차【차】거의 끈허질 지경이 아닌가!

보ㅅ목에 논을 가지고서도 "유아독존" 식으로 날뛰는 중들의 세도에 눌려서 물을 마음대로 못 대인 곰보 고 서방은 마츰내 큰 맘을 먹고 자긔논 수통문을 좀더 열엇다.

그리자 그것을 본 중 한 양반이 빽 소리를 내질으며 좃차온다. 닷자곳자로,

"왜 또 손을 대요?"

"인제 물도 다 돼 가고 하니 나도 좀 대야지요"

하다가 곰보는 자긔ㅅ말이 너무나 약한 것을 깨닷고 한마듸 더 보태엿다.

"그리고 당신 논에는 물이 철철 넘지 안소"

"뭐? 당신은 내일 먹을 걱정은 안 허우?"

하며 중은 곰보ㅅ논 수통을 봉할려고 든다.

"안 돼요!" 곰보는 수통을 앗가보다 더 크게 열면서,

"우에 잇는 논은 한벌 적시지도 못하게 하고 아랫 논에만 두렁이 넘게 물을 실을려는 것은 너무 심하오."

"무어 —?"

"그러케 노려보면 어쩔 테요?"

"야, 이 친구가 밥줄이 톡톡한 모양이로군!"

하고 중은 빗죽 멸소한다.

"이 친구? 네 집에는 그래 애비도 형도 업늬? 누굴 보고 이 친구 저 친구 해?"

"뭐가 어째? 야, 이 녀슥이 제법 꼴갑을 하는구나. 상판에 빵구를 좀 더 내줄까?"

"이놈 — 개 갓튼 놈! 아무리 세상이 뒤바꿰것기로니……"

"야, 이 녀슥 바라. 세상이 뒤바꿰것다고? 하, 하, 하……"

중은 다른 중도 다 들으라는 듯이 소리를 놉히드니

"옛기 건방진 녀슥!"

그리고 제보다 몸피가 휠신 큰 장대 곰보의 뺨을 한개[3] 갈긴다.

"이게 뭘 밋고서……"

곰보가 긔가 맥혀서 중의 멱살을 볼끈 졸라 쥘 때 그 근방에 잇든 중들이 개떼가티 와 — 몰려왓다. 그리자 앗가 가동 늙은이를 상해 노튼 농사 조합 서긔 긔봉이가 서울 제국 대학 시대에 풋뽈 차든 형식으로 곰보의

---

3   한개 : 기껏해야 대단할 것 없이 다만.

아래ᄉ배쌈을 콱 질럿다 곰보는 악! 하며 그 자리에 쓸어젓다. 쓸어진 놈을 여러 중들이 밟고 차고……. 그리다가 나중에는 뻣드러저 누은 놈을 끌고 주재소에 가자고 야단이다 곰보는 그 말이 무엇보다도 무서워서 잘못했다고 빌지 안홀 수 업섯다. 들개가 겨테 가도 곰보는 넉 일흔 사람처럼 논두렁에 멍하니 안자 잇섯다 왼편 눈 밋티 퍼러케 부어올랏다.

저수지의 물은 그예 떠러젓다. 물 떠러진 수문을 우두커니 드러다 보는 농민들은 하도 억울해서 말도 욕도 안 나오고 그만 그곳에 주저안는다. 그와 동시에 왼종일 숫객거럼 쫓차다닌 피로까지 음습해서 이러날 생각도 안 낫다.

1936년 1월 11일(토) 석간 4면
당선소설 사하촌(4) 김정한 작

그러나 일편 중들은 제 논물이 밋헤ᄉ논에 넘어나가지 못하게 도두어 둔 물ᄉ귀와 논두렁 나진 쌈을 한칭 더 단단케 단속하느라고 이리저리 밧브다.

고 서방은 분도 분이지만 그보다 내년 봄에 별 말 없이 그 절 논 두 마지기가 떨어질 것을 생각하고 압흐로 살아나갈 일이 꿈가티 암담하얏다. 아무런 험이 업서도 물ᄉ길 조은 보ᄉ목 논은 살림하는 중들에게 모조리 떼여가는 이 지음에 아무리 독농가로 신임을 밧아 오든 고 서방도 오늘 저질은 일로 보아서 논은 빼앗긴 논이라고 실망하지 안할 수 업섯다.

그는 문득 지난 봄의 허 서방이 생각낫다. 그는 부처 오든 절논을 무고히 떼이고 살길이 맥혀서 소나무 가지에 목을 매여 싯퍼런 허를 한 자나 빼물고 느러저 죽어버렷다 곰보는 몸서리를 웃슥 친다. 이왕 못 살 판이

면 제 —기 처자야 어떠케 되든지 자긔도 그러케 죽어 버릴까, 그만 제 안
즌 논두렁이 몇 천 길이나 땅속으로 쿵 —둘러 꺼젓스면 십헛다.

이튼날 아침.

들깨와 철한이는 오래 만에 논에 물을 한번 실어 노코는 공복에 식은
보리밥이나마 맘노코 퍼너엇다.

그때까지도 저수지 밋 보ㅅ목 들녁과 들 건너 보광리 —근년에 생긴 중
의 마을 —에는 빌어 엇은 게집이나 일허버린 듯이, 중들의 아우성 소리
가 끈히지 안는다. 그도 그럴 것이 지난밤 동안에 논두렁을 몃 토막이나
내이고 물 도적을 마젓기 때문.

고 서방은 중들의 발악 소리를 속시원하게 들으면서 군데군데 커다란
콩낫이 백인 보리밥 아니 보리겨밥을 맛나게 먹는다.

"누가 간 크게 그랫슬까요?"

안해는 숭룽을 떠오며 통쾌한 듯이 말한다

"그야 알 놈이 잇겟다고 사람이 하 만흔데"

하고 고 서방이 궁둥이를 툭툭 떨고 이러나서 담배 한 대 피어 물 여가도
업시 고동바⁴로 허리춤을 졸라 매고 리 주사 댁 논을 매러 막 집을 나서랴고
할 때 뜻밧게도 주재소 순사 한 분이 게딱지만 한 뜰 안에 썩 들어선다.

"당신이 고 서방이오."

"예 그럿습니다."

"지금 잠간 주재소까지 좀 갑시다"

"무슨 일입니까."

---

4   고동바(古銅바) : 헌 구리쇠로 만든 허리띠.

곰보는 상이 놀애젓다.

"가면 알겟지."

"나는 주재소 불려갈 일 업습니다. 죄 지은 일 업습니다."

고 서방이 뒤로 물러서니깐,

"이놈이 무슨 잔소리냐? 가자면 갓지 그저."

하며 순사는 고 서방의 억개쭉지를 움켜 갈기드니 어느새에 포승을 끄 내가지고 묵는다.

"아이구 이게 외 일고. 아이구 나리 사람 살려줘요. 그이는 죄 지은 일 업서요. 나고서 개고리 한 마리도 죽인 일 업다는데……지낸 밤엔 새도록 이 마당에서 가티 잣는데…… 아이구 이게 무슨 일고……?"

마라리아에 걸려서 다 죽어가면서도 금방에 미친 듯이 가슴을 두다리 고 뛰고 굴리고 매달리는 명태 가튼 안해를 떠밀어 버리고 고 서방만 끌 어갓다.

三

한 포기가 열에 버려,

──엑이여허 상사뒤야.

한 자 죽에 열 말식만,

──엑이여허 상사뒤야.

압 노래에 응해가며 성동리 사람들은, 보광리 압들에서 쇠다리 주사댁 논을 매고 잇다.

백 도가 넘게 끄리는 폭양 밋! 암모니아를 얼마나 너엇는지 사람이 안 보이게 자란 벼ㅅ속! 논ㅅ바닥에서는 땅ㅅ불이 낫는지 더운 김이 확확 솟

아울으고, 게다가, 밋거름 냄새까지 물컥물컥 치미는 바람에는 두말업시 질색이다. 그래도 숨이 안 맥히면 그놈이 '항우'다. 몽둥이에 마자 죽다 남은 개색기처럼 혀를 내물고 하—하—하는 놈, 뻘믓은 입을 악담고 끙 끙 하는 놈, 벼ㅅ님사귀에 찔려 한쪽 눈을 못 쓰고 감은 놈—그들은 마치 기게와 갓다. 다른 점이 잇다면 압잡이의 노래에 맛춰 "엑이여허 상사뒤." 를 속이 쇠원하라고 가슴이 버러지게 내뽑는 것쯤일까.

한 놈이 슬적 봉주 머리에다 궁둥이를 돌려 대드니 애 낫는 산모 모양으로 힘을 준다.

"예, 옉기, 추—추한 자식!"

봉주는 그놈의 장단지를 쫙 긁어 버린다.

"이놈아, 약갑이나 내놔!"

하고 그놈이 봉주를 놀릴랴고 드니 겨테 잇든 철한이란 놈이 얼른 그 말을 밧는다——.

1936년 1월 12일(일) 석간 4면
당선소설 사하촌(5) 김정한 작

"약갑? 야 이놈아 참 네가 약갑을 내야 되겠다. 생무 먹은 놈의 트림 냄새를 맛고 잇지 원……"

"그럴 말 아니라 냄새가 좀 다른 걸. 이 사람 자네 똥ㅅ구멍 썩잔헛나?"

또 한 놈이 욱여댄다.

"여—역놈의 대바테, 마, 말다리 썩는 냄새도 부—분수가 잇지!"

봉주란 놈이 제법 큰 소리를 한다. 그리면서도 자기는, 입은 그대로 제 옷에 오좀을 질질 싸고 잇다.

하—하—, 끙끙……!

"아이구 이놈 죽는다—"

철한이란 놈이 속 답답하야 압흐로 몃 거름 쑥 빠저 나간다.

"쉬—ㅅ, 쇠다리 온다."

들깨란 놈이 낫게 주의를 식힌다.

쇠다리 주사가 뒤에서 논두렁을 타고 온다. 한손엔 양산, 한손엔 부채를 흔들면서. 쇠다리 주사 뭐냐고? 그러타, 올케 부르자면 리 주사다. 그러나 속에 똥만 든 그가, 돈양 잇든 덕으로 리조 말년에 그 고을 원님에게 쇠다리 하나 올리고서 어든 '주사'란 것이, 오날 와서는 세상이 달라진 만큼 그만 탄로가 낫기 때문에, 모다들 그를 그러케 부른다. 물론 안 듯는 데서지만.

"모도들 욕보네. 허—날이 작고 끄리기만 하니 원!"

어느새에 쇠다리 주사가 뒤에 와 선다.

"그런데 좀 느저도 이 동갈은 마자 매고 참을 먹어야겟지? 자, 밧짝—팔에 힘을 너허 가지고. ……저 애 봉주 뒤에는 벼가 더러 부러젓고나. 아—ㅅ불까!"

쇠다리 주사는 혀를 쩍쩍 차며 부채를 흔들흔들한다.

농부들은 잠잣코 풀죽은 팔에 억지힘을 모은다. 거츠런 벼ㅅ줄기에 쓰친 팔뚝에는 금방 피가 배여나올 듯하다. 그러나 그들은 눈을 질끈 감고, 대고동[5]을 해 낀 갈퀴 가튼 손으로, 어지러운 벼 포기 사이를 썩—썩 긁어낸다.

---

5 대고동 : 논에 김을 맬 때에, 손가락에 끼우는 도구. 대나무 통을 비스듬히 잘라 만든다.

호—호—, 끙—끙……!

얼골에서 콩낫 가튼 땀이 뚜덕뚜덕 떠려지고, 메뛰기떼들이 파드닥 파드닥 줄도망질을 친다 노래는 어데로 갓는지!

남어지 열자죽!—그들은 아주 영 숨 쉴 새도 업시 서둘은다

"옛—기, 요놈의 즘생!"

제일 먼첨 맨 철한이란 놈이, 쫏겨나온 뱀 한 마리를 널름 잡아 올려 가지고는 횡횡 서너 번 내둘러서 홀쩍 날려 버린다.

고대 튼 쉴 참. 농부들은 어서 목을 좀 적시려고 포프라 나무 그늘에 갓다 둔 막걸리통 가로 모여 갓다.

위선 쇠다리 주사부터 한잔했다.

"어—그 술맛 조—쿤!"

하며 쇠다리 주사는 잔을 일꾼들에게 돌려주고 꾸리 수염을 휘휘 틀어 올리드니,

"그런데 참 술이 한 잔식박게 안 돌아갈찌 몰라. ○ 점심 때 쌀밥(쌀이 四분—은 될까?) 먹은 생각하고 좀 참게. 그놈의 건 잘못 먹으면 일 못하기보다 사람 축나거든. 더군다나 오늘가티 더운 날에는……!"

그러나 농부들은 사발 바닥이 말르도록 빨아먹고는 고초장이 벌거케 무든 나물 덩어리를 본 업게 밀어넛는다. 목도 말랏거니와 배도 곱팟다.

그럴 때 마츰 뿡—하고 자동차 한 대가 농부들이 쉬는 데까지 몬지를 집어씨우고 달아나드니 보광리 압에서 머무른다. 거긔서 내리는 사람들—해수욕을 갓다 오는 보광리 젊은이들이다 동경 류학을 하는 보광사 '주지'의 아들을 비롯하야, 모다 팔자 조혼 중의 자녀들이다.

그들 중에 석겻든 보광사 농사조합 서긔 오기봉은 내리자 바른길로 주

재소에 들어갓다.

술을 못 먹기 때문에 식은 밥 두어 술 뜨고 난 들깨는 눈이 주재소 문에 백엿다. 얼마 뒤에 기봉이가 나온다.

"고 서방은 어더케 됏슬까?"

부지중 중얼거린 들깨. 말업시 이마에 석 삼 자를 지우는 철한이. ─우리 때문에 무고한 고 서방이! ─그들은 가만 잇는 자긔들이 붓그럽고 속 괴로웟다.

세상을 모르는 봉주란 놈은 제 발바닥의 상처를 풀어헤처 노코 들어간 진흙을 끄내고 잇다. 다른 농부들도 행려의 시체가티 벌건 배를 내노코 길ㅅ바닥 우로 잔디 우우로 그늘을 차자서 여긔저긔 나잡바젓다. 어떤 위인은 어느새 제법 코를 쿨쿨 굴고, 어떤 위인은 불개미 한 놈헌테 물렷는지 지렁이처럼 몸을 꿈틀꿈틀한다.

매암이란 놈이 닙사귀 하나 깟닥 안는 놉다란 포프라 나무에서 밋헤 누은 놈들을 비웃는 듯이 청성 굿게 매음매음매 ─한다.

1936년 1월 14일(화) 석간 4면
당선소설 사하촌(6) 김정한 작

X

모긔ㅅ굴에서 저녁을 치르고 나면 마을 사람들은 게딱지 가튼 집을 떠나서 내ㅅ가로 나온다 아무런 가뭄이라도 바위 틈에서 새여나오는 물이 군데군데 제법 웅덩이를 지엇다. 시내 게다가 달밤!

먼동이 트면 곳 죽고 시픈 마음,

저녁밥 먹고 나니 천 년이나 살고 십네.

어느새 발서 좃차 나와서 반석 우에 번듯 누어 하늘을 처다보고 웨오치는 쇠다리 주사댁 머슴 강 도령의 노래다.

반달가티 생긴 다리 아랫편 백사장에는 애색기들이 송사리떼가티 모여서, 노래로 작난으로 반듸ㅅ불 잽이로 와글와글 떠들고 뛴다.

비를 기다리는 하늘에는 구름 한 점 업시 달만 밝고, 달빗 속에 뭇친 성동리 집집에서는, 구름인 듯 닷토어 모긔 연긔만 피워, 산으로 기어올으고 들로 기어내려 연긔가 달빗인가 알 수도 업다.

남자들의 뒤를 이어, 녀자들도 떼를 지어 다리를 건너 나온다.

다리 위편이 남자들ㅅ자리. 그들은 나오는 대로 먹을 감고는 여긔저긔 돌 우를 차저간다. 가는 곳이 그들의 그날 저녁 잠자리다. 그래도 못 하는 놈은, 행인가 불행인가 아직도 풀 물이 잇서서 논에 물 푸러가는 놈.

물푸게 석유통 엽헤 두고 어느새 한잠이 든 봉주는, 밤중넘어 공동묘지 밋헤 물 푸러 갈 것인가.

그래도 남은 놈들은 이야기에 꼿이 핀다.

"들깨 자네 여동생은 어쩌는가?"

"어쩌긴 뭘 어쩨?"

"키 보니 넉넉 싀집갈 때가 됏데그려."

"키는 그래도 나이는 인제 겨우 열닐곱이네. 열일곱에 혼사 못 될 건 업지만 마즌 자리가 잇서야지"

"앗다 이 사람 말 보게! 자네 동생 인물이면 정승의 집 며누리라도 버젓할 것일세. 업긴 왜 업서!"

"왜 이 사람이 또……그런데 보냈다가 사흘도 못 돼서 쫓겨 오게 천한 사람은 언제든지 천한 사람하고 마저야지!"

"암 그러쿠 말구!"

뜻밖게 철한이란 놈이 한마듸 거든다.

그때 마츰 다리 아랫목에서 목을 감든 동내 여자들이 킥킥 웃으며 또 욕설을 하면서 남자들 노는 우으로 자리를 옴겨간다. 그것을 본, 강 도령, ──

"우에 가면 안 되오! 왜 밋헤서 안 허우?"

"보낭리 중색기들 때문에 밋에선 못 하겟다우!"

여자들의 대답.

남자들의 신경은 일제히 다리 아랫편으로 쏠럿다. 하늘 놉게 백양목 줄지어 선 곳──.

사랑으로 여위젓느니 어쩻느니 하는 "레코─드"에 맛처서 문둥이 축문 읽는 듯한 노래소리가 들린다.

"축음기는 또 누구를 꼬을려고 가저왓서. 저것들은 제─미 늘 여자들 감는 곳만 찻아다니드라."

강 도령이 남 몬저 욕을 내놋는다.

"엑─기, 고린 자식들! 지버치우고 가거라, 가!"

동내ㅅ젊은 녀석들은 돌에서 일어나서 욕을 한바탕식 해주고는, 얼른 논두덕으로 올라가서 진흙을 손가득 움켜 내물 속에 펑펑 던저 너엇다.

중색기들이 돌아간 뒤, 농부들은 머리에서 수건을 풀어 얼골을 가리우고는 그 자리에 모다 쓸어진다. 눕자 곳 쿨쿨.

적막한 싀골 밤. 다만 어데선지 놋그릇을 땅땅 두다리며 "남의 집 며누리 낫에는 잠 자고 밤으로 일하네." 하고 학질주문(呪文) 외이고 다니는 소

리가 끗첫다 니엇다 할 뿐. 삼 째든 안악네들의 노란 등잔ㅅ불도 밧브게
꺼진다.

四

가물은 련속햇다. 아침 저녁으로는 제법 검으스럼한 구름ㅅ장이 모여
들다가도, 해만 뜨면 어듸로 살아저 버린다. 꼭 거짓말가티. 보광사 절골
로 살몃이 넘으다보는 그 놈도 알고 보면 얄미운 가물구름. 뒷산성 룡구
렁에 안개가 돌아도 헛빵. 아침 노을 물밋 갈바람은 더구나 말도 안 되고.
어쨋든 농부들은 수백 년 전해 오고 미더 온 이 골안의 천긔조차 짐작을
못한다. 날마다 불볏만 땅땅——그들의 속을 태웟다.

코물만 한 물이라도 잇는 곳에는 환장한 사람이 와글거리고, 풀 물도
업서진 곳에는 불강아지 한 놈 안 보인다. 물 조튼 성동ㅅ덜도 삼 년 전 수
원지(水源地) 생기고는 해마다 이 모양——군데군데 탱고리 수염 가튼 벼가
발서 빨갓케 모긔ㅅ불감이 되고, 동리 압 정자나무 밋테는 떡심 풀린 농
부들의 쓸데업는 걱정이 늘어나간다.

걱정 끗 하로밤에는 작년에 속은 긔우제(祈雨祭)를 또 벌렷다.

1936년 1월 15일(수) 석간 4면
당선소설 사하촌(7) 김정한 작

압산 봉오리에 장작불을 피워 노코 성동리 사람들은 목욕 재게를 하고
어떤 위인은 낡은 두루막이 또 어떤 위인은 제법 몽당 도포까지 걸치고서
죽 늘어섯다. 구장, 들깨, 갓이 비투러진 봉주……

옛날 서당 훈장질을 하든 노인이 쥐꼬리보다 작은 상투를 숙이고서 축
문을 읽자, 농민들은 일제히 하늘을 우러러보고 절을 하고 비를 빈다.

"우리들을 직혀주시는 천상의 옥황상제님이시여……!"

하고, 몃 번이나 코가 땅에 닷토록 절을 햇다. 이글이글 타올으는 불꽃을 따라 그들의 긔도도 천상에 통하는 듯 십헛다. 긔우제는 끗낫다.

"깽무깽깽 쿵당당당, 깽무깽깽 쿵당당당……"

농부들은 풍물(農樂)을 울리면서 동산을 내려왓다.

동내 압 타작마당에서 그들은 태평성대인 듯 소고 벅구를 내둘으며 한바탕 놀앗다. 조고만 애색기들도 호박꼿에 반듸ㅅ불을 너허 들고서 어른들을 따라 뛴다

"구, 구, 구장 어른 저, 저, 구름 보소!"

봉주란 놈이 무슨 큰 발견이나 한 듯이 궁둥춤을 추면서 웨오친다. 아닌 게 아니라, 검으스럼한 구름ㅅ장 하나가 달을 향해 떠 온다.

"조타─쿵덕쿵덕!"

농부들은 비나 떠러진 듯이 껑충껑충 뛰엇다.

그러나 그것도 모다 헛수작 하로 이틀─비는커녕 비 사촌도 안 오고 마음만 더 졸릴 뿐이엇다. 불안은 각각으로 커갓다.

그러한 하로날 보광사 농사조합에서 성동리의 유력자─쇠다리 주사와, 면서긔며 농사조합 평의원인 진수를 청해 갓다.

그들이 저쪽의 의논에 응하고 가저온 소식─그것은, 오는 백중날 보광사에서 긔우 불공을 아주 크게 할 예정이니깐, 성동리서는 적어도 한 집에 한 사람 평균은 참석을 하는 것이 조켓다고. 긔우 불공이라니 고마운 말이다.

"그러나 우리 가튼 것 그리 만히 모아서 뭘 해? 불공은 자긔네들이 할텐데."

농민들은 무슨 뜻인지 잘 몰랏다.

그러나 안 갓스면 가만이 안 갓지, 보광사의 논을 부처 먹고 사는 그들이라 반대할 수는 업는 처지다. 이왕 하는 길이면 괘불(掛佛)[6]까지 내걸어 달라고 농부들도 한 가지 청햇다. 괘불을 내걸면 아무리 어려운 일이라도 소원 성취된다는 말을 어릴 때부터 들어온 그들이다.

그러나 절 칙에서는 경비가 만히 든다고 뚝 잡아떼엇다. 고까진 일에 무슨 경비가 그리 들까봐! 어듸 과연 령험이 잇나 업나 보자─농부들은 커다란 호기심을 가지고 작고 청햇다 구장이 두어 번 헛거름을 하고 난 뒤, 쇠다리 주사가 가드니 겨우 승락을 바다 왓다.

그래서 칠월 백중날!

보광사에서는 새벽부터 큰 종이 꽝─꽝─울엇다.

성동리 사람들은─진수와 구장과 그다음 몃 사람 빼노코는 대개 중나이 넘은 안악네들과 쓸데업는 아이색기들 뿐이엇지만─장ㅅ군가티 떼를 지어서 절로 올라갓다.

천여 년의 력사를 가지고 백 여 명의 노승 소승이 백여잇는 선찰 대본산[7] 보광사에는, 발서 백중불공 차로 이곳 저곳에서 모혀든 안악네들이 와글와글한다.

오색단청이 찬란한 대웅전을 비롯하야 풍경소리 그윽한 명부전 팔상전 오백라한전……부처 모신 방마다 웬만한 따위는 발도 못 드려노흘 만큼 사람이 꽉꽉 들어찻다. 그들은 궁둥이를 서로 대고 부비며 짜고 서서는, 두 손을 놉게 들어 머리 우에서부터 합장을 하고 나붓이 중절을 한다.

6 　괘불(掛佛) : 그림으로 그려서 걸어 놓은 부처의 모습.
7 　대본산 : 참선을 주장하는 사찰 가운데 가장 중심이 되는 곳.

아들딸들 복 만이 달라는 둥 허리 압흔 것 어서 낫게 해달라는 둥……제각금 소원을 은근히 빌면서. 잠자리 날개보다 더 얇【얇】은 비단 옷에 모다 제가 잘난 체 부처님 무릅 압 히사함(喜捨函)에 앗김업시 돈을 펑펑 던저 넛코 가는 그들! 얼른 보면 죄다 만석군의 부인, 알고 보면 태반은 빗내어 온 이들.

성동리 안악네들은 명부전 뒤 한구석에서 잠간 땀을 거두고 대웅전 압 흐로 나왓다. 자긔들 딴에는 힘끗 차려봐스나 안잣는지 섯는지 분간을 못 하게 풀이 뻣뻣한 삼뵈치마 따위가 그런 자리에 어울릴 리가 업섯다.

다른 이들과 동떠러지게 차가 잇는 자긔들의 몸차림을 붓그러워하면서 차례를 기다리고 잇다.

그리자, 몃칠 전부터 와 잇든 진수 어머니가 어듸서 보고 쪼차온다. 아주 반가운 듯이 ―.

"모두 어데 잇섯셔? 아무리 차자도 원……다들 부처님 봣소?"

자긔는 발서 보살이나 될 셈치는 말ㅅ조다.

"앗 봣소. 돈이 잇서야지!"

이 얼마나 무례천만한 대답일까!

"그럼, 돈도 업시 절에는 뭘하러들 왓소?" 진수 어머니는 입을 빗죽하드니,

"이것들 곁헤 잇나가는 큰 망신하겟구나." 할 듯한 얼골로서 어듸로 펑 가버린다.

삼뵈치마쟁이들은 잠간 주저주저하다가 "돈 적으면 복 적게 밧지." 하고 남편과 아들들이 배를 골아가며 땔나무짐이나 팔아서 어든 돈을 빗의 끗전도 못 갑게 알뜰살뜰이도 부처님 압헤 바치고 나온다. 그중에는 앗가운 듯이 돌아보는 이도 잇다.

당선소설 사하촌(8) 김정한 작

법당 뒤 조고만 칠성각 안에는 애기 배려고 백일긔도 하고 잇는 젊은 안악네. 지리도 안한지 밤낮으로 박갓 난리는 본 체 만 체하고, 엽에 선 중의 목탁소리에 무릅이 달토록 절만 하고 잇다. 제 말만 잘 들으면 아주 쉽다는 중의 말이 령험할쩐댄 하마나 애기도 배엿슬 것이다.

꽝― 뗑뗑 둥둥둥 똑똑 촤르르!

종각의 큰 종 큰북 소리를 따라 각 전각방의 종, 북, 바라, 목탁들이 한꺼번에 모조리 발광을 하자 뚱뚱보 허 주지의 지휘를 조차 이빠진 노화상의 독경 소리와 함께 엄숙하게 불문이 삑삑삑 열리고 샛빨간 가사의 서른두 젊은 중의 억개에 고대 튼 괘불이 메여 나와, 대웅전 압 넓은 뜰 한가온데 세워진다. 삼십 여 장의 비단에 그린 커다란 석가불상!

장삼가사를 펄넉이는 중들은 말할 것도 업고 모여든 구경군들은 상감님 잔채에나 참례한 듯이 엄숙해진다.

공양(供養)상이 나오자, 맨 처음 주지 이하 각방 노승들이 절을 드리고, 다음부터 젊은 중 강당 학인(學人), 그박게 색기중들, 그리고 중마누라와 보살계에 든 여인들. 맨 나종이 일반 손님들 차례다.

중들 빼놋코는 모다 아플 다토어 돈을 내놋코는, 절을 하고 소원 성취를 빈다.

"어서 나와요, 다른 사람도 좀 하게."

진수 어머니는 다 가튼 보살계원을 미러내고 들어서드니, 자긔는 돈을 얼마나 냇는지 절을 열 번도 더 한다.

주지 부인을 보고 어머니 어머니하고 섯든 진수도 남 몬저 쪼차 나가서 대가리를 땅에 처박는다.

성동리 안악네들은 이미 주머니가 빈지라, 부러운 듯이 겨테서 남 하는 구경만 하고 잇다.

이것이 다 끗난 뒤에 귀우 불공이 시작되엿다. "괘불" 압에 북이 나오고, 바라가 나오고, 꽹가리가 나오고, 목탁이 나오고…… 성동리 구장이 동내서 긁어온 돈을 내걸자 긔도는 참으로 시작되엿다.

"딱딱딱딱, 남무아미타 — 불, 관세음보살."【"】, 둥, 촬, 딱다글!"

목탁 소리와 함께 경문이 읽히고 경문의 구절마다 꽹가리, 북, 바라, 큰 목탁이 언제나 가튼 장단을 짓는다.

성동리 사람들은 중들의 긔도를 따라 자긔들도 절을 한다 중들의 궁둥이를 보고. 어떤 중들은, 이리저리 도라다니면서 무지막지한 촌사람들의 가지각색의 절을 통일식히기 위하야 불가ㅅ절을 모르는 위인들의 몸에 함부로 손을 대가며 합장절을 가라친다. 물론 이번에는 삼베치마도 한목 들엇다. 그러나 그들의 절이란 어울리기커녕 우습기가 한량업다[8].

긔도의 한 토막이 끗나랴 할 지음 자지 고개를 넘는 경문, 신이 나서 억개를 웃줄거리는 장단꾼, 청천백일 알에서 이마를 땅에 대고 비를 비는 농부들과 그들의 어머니와 안해들…….

긔도가 쉴 참에 성동리 사람들은 강당 안을 들어다 보앗다. —아마 팔십도 넘엇슬 듯 수염까지 허연 법사(法師)가 놉다란 법탑 우에 평좌를 치고 안저서 모가 툭툭 볼가진 법장(法杖)을 울리면서 한 방이 빽빽하게 들어안즌 보살계원들을(보살계란, 보광사 주지가 계장이 되고, 일반 민간의 여자로서 입게

---

8 한량없다 : 끝이나 한이 없다.

금 五원 이상을 낸 분만을 모아서 맹근 게다. 돈에 따라서 一등 게원, 二등 게원 등이 잇다.) 압에 두고서 방금 설법의 삼매경(三昧境)에 빠진 모양이다.

"보광산하십자로. 무설노고호손귀."

라고 맑은 목청으로 웨오치드니 가만이 눈을 감는다. 눈섭 하나 까땍 안 하고 마치 산부처 갓다. 뒷벽에는 "합장의 생활【 】"이란 설교 제목이 걸려 잇다.

한참 그리고 잇드니 법장을 들어 법탑을 꽝―울리며 다시 눈을 번적 떠서, 청중을 한번 휘 둘러보고는 설법을 계속한다

"……보광산 밋 열십자 길에서 혀 업는 늙은 할머니가 손자를 부르며 돌아간다― 는 말삼이거던. 혀 업는 할머니가 어떠케 손자를 부른단 말이오? 얼른 생각하면 말도 아닌 것 갓지만 여긔에 정말 우리 불교의 진리가 잇거던요. 알고 보면 참, 무궁무진한 뜻이 잇지오……!"

청중은 무슨 말인지 알 바 업서 장사바닥에 갓다 둔 촌닭처럼 눈만 둥굴둥굴한다. 그야 진수 어머니가티 몰라도 아주 아는 체하는 여걸이 업는 바는 아니지만 그러나 그것도 예사 사람이 못할 짓, 어떤 분은 발서 방아ㅅ고처럼 끄떡끄떡 졸고 잇다.

1936년 1월 17일(금) 석간 4면
당선소설 사하촌(9) 김정한 작

다시 박갓 긔도가 시작되엿다 긔도 중들은 장삼가사가 담북 젓도록 땀을 흘려가며 경문을 외이고, 목탁 꽹가리를 떼려 치고 북 바라를 울려낸다. 괘불과 불경 령험이 잇도록 하느라고. 그래서, ―긔도는 장시간 불경이 느진고개 자진고개를 오르나리는 동안에, 마참내 엄숙한 긴장 속으로

들어갓다. "남무아미타불"의 느린 합창소리에, 대웅전 압 넓은 뜰은 모래 알까지 떨리는 것 가텃다.

五

최후로 미덧든 괘불조차 령험이 업고, 가물은 끗끗내 계속햇다. 들판에는 반 이상 벼가 뽑히고 모밀 등속의 대작물이 뿌리엇스나, 꼬리는 폭양 알에는 싹도 잘 안 날 뿐 아니라, 나도 말라지기가 밧불 지경이엇다.

어서 쌀맛 좀 보자고 심은 올벼도 말라지고, 남은 놈이래야 필념도 안 먹고, 새벽마다 보리 절구질 소리만 힘업게 들릴 뿐. 학교에 갓든 놈들은 수업료를 못 내서 떼를 지어 쫏겨 온다. 쫏겨오지 안코 끌려 오기로니 업는 돈이 나오랴! 부모들의 짜증이 무서워 오다 도로 도라서는 놈은 만약 탄로만 나고 보면 거짓말은 도적놈 될 장본이라고, 어린 뺨이 터지도록 어더맞는다.

"업는 놈의 자식이 먹는 것도 장하지, 학교는 무슨 학교"

이 집에서도 퇴학, 저 집에서도 퇴학이다.

이런 터전에는 추석도 도로 원수다. 해마다 보광리 새장터에서 열리는 소위 면민대운동회에 출장은커녕, 쇠다리 주사댁이나 진수네 집사람, 그 박게 간에 바람든 게집애나, 나발소리에 미친 불강아지 애색기들박게는 성동리서는 구경도 잘 안 나갓다. 그러나 그래도 명절이라고, 사내들은 낡은 두루마기를 꼬내 입고서 이집저집 로인네들을 뵈오러 다니면서 오래간만에 시글텁텁한 밀조주 잔이나 어더 마시고는 아모데나 툭툭 나잡바저 잔다.

쇠다리 주사댁 안마당에는 제법 널판이 벌어젓스나, 안악네들은 별로 보이지도 안코, 대개 다 마을의 젊은 처녀들이엇다 들깨 누이동생 덕아도 저녁에는 한판 뛰엇다. 그러나 그들도 무슨 의론이나 한 듯이 죄다 곳 허터저 버린다. 중추명월이야 옛날과 다를 바 업서, 네 활개를 펴고 공중에 솟아오르건만 원수의 가난과 흉년은 이 동네로부터 청춘의 깃붐과 풍속의 아름다움까지 뺏어가고 마는 것이다.

이러케 추석이 지난 뒤, 성동리 사람들은 모다 산으로 올라갓다. 남자는 지게를 지고, 여자는 바구니를 들고.

그러한 하룻날, 여자들은 보광사의 산의 의상봉 중등에서 버섯을 따고 잇섯다. 기동 늙은이를 비롯하야 화젯댁, 곰보네, 들깨마누라, 덕아……. 그러나 제일 익숙한 군은 역시 기동댁이엿다. 그는 어릴 적부터 그 산을 기어다닌 만큼, 어데는 어떠코 어데는 무슨 버섯이 난다는 것을 잘알기 때문에, 항상 남의 압장을 서 다니면서 갑나가는 송이라든가 참나무버섯 등속부터 제 바구니에 쏙쏙 뽑아 담는다. 다른 여자들은 부러운 듯이 그의 뒤를 따라다니며 한 광주리 이고 이십 리나 넘어 걸어야 겨우 한 이십 전 바들동 말동한 소케버섯, 싸리버섯 따위를 따 모은다.

하늘을 가리운 소나무와 잡목 그늘은 움침하고 축축하다. 지나간 이백 십일풍에 부러진 느틔나무 가지는 위태하게 머리 우에 달리고, 잇다금 솔 닙에서는 차듸찬 솔물방울이 뚝뚝 떠러진다. 열장떼, 띠풀우 욱어진 곳은, 한발 잘못 드려 노흐면 고놈의 독사 바람에 또 순남네처럼 물려죽을 판. 그러나 기동 늙은이 말이 올치 가문 탓으로 버섯조차 귀햇다.

덕아와 가튼 게집애들은 어느듯 무서운 절벽 끗헤 가불엇다. 간이 설렁거려 밋튼 내려다 보지도 못하고, 참새처럼 가슴만 불룩어린다. 석양 바든 단풍닙에 비처 얼골은 한칭 더 붉어오나, 밉도록 치근치근이 썩어 빠진 버섯만 보살피고 잇다.

재 넘어 나무터에서는 남자들의 긴노래소리가 구슬프게 들려온다. ─

지리산천 가리갈가마귀야,

내 소옥 누가 알꼬……!

낮을 들면 나오는 노래다.

1936년 1월 18일(토) 석간 4면

당선소설 사하촌(10) 김정한 작

그리자 얼마 안 지나서 녀자들 잇는 윗머리 비탈에서 갑작이 사람 소리가 나고, 조고만한 애색기놈들이 까치밥만 한 나무를 해 지고는, 선불 마진 돼지색기처럼 혼을 일코 쫓겨 온다.

맨 처음에 선 놈이 차돌이, 그 다음은 개똥이…… 맨 꽁문이에 처저서 밋빠진 고무신을 버서 들고 허둥대는 놈은 이 가을에 퇴학 당한 상한이란 놈!

"엑, 요놈의 즘생들, 몇 발이나 갈 테냐??【"】

하는 벼락소기와 함께 보광사 산직(山直)이가 뒤따라 나타난다.

"아이구머니!"

여자들도 겁을 먹고 도망질이다. 잽히면 버섯을 빼앗길 판. 그루 턱에 걸려서 넘어지는 이, 솔팽이에 치마폭을 째는 이, 그러나 바구니만은 놋치 안코 내달린다.

화젯댁은 제 도망질보다 쫓겨가는 아들의 뒤를 따르노라고 몇 번이나 바구니를 내던지며 곤두박질을 친다

"아이구 차돌아, 그만 잽혀라 넘어지겠다!"

그래도 애색기들은 돌아도 안 본다. 비탈에서 지게를 진 채 업허지는 놈, 밋그러저 나잡바지는 놈. 그리다가 갑작이 옴으라트리고 안는 놈은

날카로운 그루 턱에 발을 찔린 놈.

산직이는 그놈의 나무ㅅ짐을 공 차듯 차구 올리어 버리고는 다시 사구라 몽동이를 내둘으며 압놈을 쫓는다.

그리자 의상 "조사"(祖師)의 공부터라는 절벽 우를 쫓겨 가던 아해들이 별안간 발을 멈친다. 동무 하나가 헌 누덕이 날리듯이 절벽 아래로 떠러젓기 때문이다.

아해들이 놀래고 선 까닭을 알자, 산직이는 부릅 떳든 눈을 어느듯 가늘게 웃긴다. 그리고 부드러웁게,

"엑이놈들, 왜 잇스라니 안 잇고 다라나다가 이런 변을 일으키니?"

하고, 마치 그들이 동무를 밀어 떠러트린 듯이나 말한다.

그때 화젯댁이가 미친 듯이 날라왓다. 다행히 차돌이가 잇는 것을 보고는 겨우 맘이 노여, 파란 얼골에 맥이 좀 돌아오는 것 갓다.

"어무니 상한이가 떠러젓서요!"

화젯댁은 대답도 안코 번개가티 비탈 알에로 기어내렷다. 모다 그의 뒤를 따럿다.

상한이는 지게를 진 채로 모진 바위 틈에 내려백여 잇섯다. 화젯댁요 【은】 바구니를 내던지고 백인 놈을 안아 빼엇다. 숨은 발서 끗허젓다. 얼골은 알아보지 못하게 부서저서 피범벅이 된 후에, 한쪽 광대뼈가 불숙 튀어나와 잇다. 그리고 겻헤는 죽을 때까지 놋치 안혼 밋빠진 고무신!

화젯댁은 한동안 넉을 일헛다.

그러나 우두커니 서 잇는 산직이의 얼골을 노려본 그의 눈에는 점점 독부와 가튼 살기가 떠올랏다.

"당신은 자식 업소?"

참다 못해 찔은다.

"잇든 업든 무슨 상관이오. 헛채 업스면 하나 나줄 것 갓네!"

산직이는 새침한 얼골로서, 털에 싸인 입만 빗숙할 뿐.

"뭐요?? 엑 여보, 절에 산다고 너무하오. 아무리 산이 중하기기로니【중하기로니】 남의 자식 목숨을 그르케 안단 말요?"

화젯댁은 거만스런 그놈의 얼골에 똥이라도 집어씨우고 십헛다.

"야, 이년 좀 봐! 누굴 살인죄로 몰려고 드네. 건방진 년 가트니, 천지를 모르고서. 왜 그런 도적놈들을 빠트럿서? 이년이 전부터 이런 도적질을 하면서 뻔뻔하게."

하고, 산직이는 버섯 바구니를 차던저 버린다. 그리고는 어듸로 핑 가 버린다.

초동들의 죄는 결코 산직이의 말과 가티 사지 안흔 구역에서 나무를 한 것이 아니다. 그들은 그 까치집만콤식 한 잡초 한 끄럼으로, 식은 밥 한 덩어리식을 싸들고는 어른들을 따라 二十 리나 넘어 걸어서 동리서 산 나무터까지 정말 간 것이다. 구태여 죄를 찾는다면, 돌아오든 길에 철업는 맘으로 밤을 주으려고 잡목 속에 잠간 발을 드려노은 것뿐이다.

얼마 뒤에 죽은 아해의 할머니가 혼을 일코 달려왔다. 가동 할멈이다.

그는 겻헷 사람도 본 체 만 체 말업시, 부서진 손자만을 눈이 빠지게 노려보고 섯더니 그만 "하하하!" 하고 웃어댄다.

"정말로 죽엇고나! 네가 정말 죽엇고나. 죽인 중놈은 어듸 갓노?"

그는 무녀처럼 떠들고는 또다시 "하하하!" 한다.

가동 늙은이는 완전히 미첫다 아들은 물 건너 간 뒤 죽엇는지? 살엇는지 십 년이 되여도 소식이 업고, 며누리마자 다라나자, 손자 하나를 천금

가티 밋고 살아오든 그엿든 것이다.

이윽고 산직이는 보광사 파출소에서 순사를 더리고 왔다.

가동 늙은이는 한참동안 산직이를 노려 보드니 "엑기, 모진 놈!" 하고 이를 달달 갈며 발악을 시작한다.

1936년 1월 19일(일) 석간 4면
당선소설 사하촌(11) 김정한 작

"아이구 이 모진 놈아, 벼락 마질 놈아! 내 자식 살려내라 ―"

노파는 귀신가티 눈을 부릅뜨더니 갑작이 "하하하!" 미친 웃음을 친다――.

"아이구 상한아 상한아! 귀신도 모르게 죽은 이놈아――" 하고 노파는 문득 노래나 하는 듯이 "애해―어이, 지리산천 갈가마귀를 따라갓느냐. 잘 죽엇다 잘 죽엇다. 명산 대지에서 너 잘 죽엇다. ――하하하……!"

이러케 가동 늙은이는 영영 미처 버렷다.

六

은하수가 남북으로 도라서도 성동리는 가을답지 안엇다. 전 가트면 들이 차게 익어가는 누른 곡식에 농부들의 웃음이 저절로 흐르고, 안악네들은 제법 햇쌀되나 담아 이고 장 출입을 하든 것이 금년은 거츤 들을 군데군데 직히는 허수아비처럼 모다들 긔운 업시 말라빠젓다.

보광사로부터 산 나무 터에 할 것이 업고 긔한이 넘자, 사내들은 도적 나무도 하고, 곰보 고 서방가티 너무 정직한 분들은 이십 리나 넘어 거러 사방공사 품파리를 다닌다. 곰보 고 서방은 멧 달간 헷고생을 하다가 추석임찻해 되어나왔다. 삭이라고 해야, 닭 울자 집을 나서서 왼종일 매를 마자가며 허둥대야 겨오 삼십 전 될동말동.

버섯 딸 곳조차 업서진 안악네들은 하다못해 또 도라지나 찻고, 그러치 안흐면 콩닙따기다. 그것도 제 산 업고 제 밧 적은 그들에게는 욕 엇더먹기 밧분 일이다.

군주사까지 나와서 피해 상태의 실지조사를 하고 가드니 달이 넘어도 아무 소식이 업고, 동내는 다만 주림과 불안에 빠저 들어갓다.

그때 보광사서는 갑작이 간평을 나왓다. 농사조합 서긔 오기봉과 본사 법무원(法務院)에서 세 분—도합 네 분이 나왓다.

간평! 소작료! 농민들에게는 이 말이 사형선고가티 무섭고 분햇다. 그러나 그날은 물론 절논 소작인으로서는 하나도 출타를 안고 기다렷다. 농사조합 평의원인 진수도 면사무를 재처 놋코 중들을 마자들엿다.

그래서 진수의 집 사랑에서는 일즉부터 술상이 버러젓다. 미리 준비해 두엇든 일주와 과자 등속이 모자라자 머슴놈이 보광리로 동당거럼을 치고 소고기전골 냄새가 살끔살끔 새여나오는 바람에는, 대문박게 포로가티 쭈구리고 안즌 소작인들은 헛침만 꿀떡꿀떡 삼킨다. 그들은 간평원들의 미움이나 밧을까 무서워서 차례차례 안으로 들어가서는 오시느라고 수고햇다고 공손히 인사를 엿줍고 나온다. 고 서방은 지낸 여름 일을 생각하면 저절로 이가 갈렷스나 그래도 기봉이 압페 무릅을 꿀지 안흘 수 업섯다.

"앳헴, 애햄, 애—헴!"

치삼 노인도 듯는 사람의 가슴까지 압흘 기침소리를 연거퍼 뽑으면서, 기다란 지팽이를 끌고 대문 안으로 들어갓다. 그리고 자식 가튼 놈들에게 절을 하고서는, 그리지 말라든 아들의 말을 듯지 안코 그예 자긔집 농사 사정을 말해보려고 햇다.

"여보 그런 소린 할 필요 업소 모밀을 갈앗스면 모밀 간 세만 내면 그만 아니오!"

기봉은 거만스런 반말로 대번에 드러밧앗다.

치삼 노인은 다시 말할 여지가 업섯다.

"여보, 그런 소린 이런 데서 하는 법이 아니오. 술맛 떠러지오, 저리 나가오!"

겨테 안즌 중 하나가 뒤를 이어 또 쏘는 바람에는 화가 연방 치밀엇스나, 진수의 권하는 말에 치삼 노인은 다행히(!) 무사하게 박그로 나왓다. 그러나 "해, 참, 자긔 논 주고 저런 설음을 밧다니!" 하는 젊은 사람들의 말도 들은 체 만 체, 뼈만 남아 왈왈 떨리는 다리를 자긔집 쪽으로 옴겨 노앗다.

다른 농부들은 진수집 대문박게 쭈구리고 안자서 어서 술상이 끗나기를 기다린다. 그리다가 더러는 우물우물하며 자긔집으로 돌아가고, 잡담이나 하나 고늬나 두든 늑은 친구들도 나종에는 두덜두덜한다. ―

"제―기 간펑을 나온 것가, 술 먹으러 나온 것가! 아무 분간을 못하겟네."

머리끄티 히끈히끈한 친구가 이러케 불퉁하니깐, 겨테 안즌 죽은깨쟁이가,

"글세, 이것들이 또 다 둘러보지도 안코 정할 것 아닌가?"

하고 걱정한다.

"제―미, 우, 우리 논에는 또 안 가겟네. 자, 작년에도 안 보고 세만 자―자, 잔뜩 매드니……"

봉주란 놈도 한마듸 보탠다.

"설마 자긔들도 사람인 이상 금년에는 무슨 생각이 잇겟지!"

한 시절 보천교에 미처 정감록이 어떠니 하고 다니든―최 서방 말이

다. 삼십 겨우 넘은 놈이 아직도 상투를 달고, 거짓말 승거운 소리라면 소
진장의[9]라도 따를 것이고, 한참 보천교에 반햇슬 때는 육조판서(六曹判書)
가 된다고 풍을 웨쳣다.

1936년 1월 21일(화) 석간 4면
당선소설 사하촌(12) 김정한 작

"이사람 판서, 설마가 사람 죽이는 겔세. 생각은 무슨 생각! 자네 파서
나 마찬가지지?"

톡 쏘는 놈은, 일본서 단꼬(炭坑)밥[10] 먹고 온 죽은깨쟁이 또술이.

이윽고 술이 끗낫다. 목까지 붉혀가지고 나서는 간평원들. 금태안경 쓴
진수 마누라가 문박까지 나와서 인사를 하자, 중들은 진수의 뒤를 따라
단장과 함께 비틀거린다. 그들의 뒤에는 문둥이가티 얼골이 누른 소작인
들이 죄수와 가티 묵묵히 따른다.

술취한 양반들에게 간평이 될 리 업다. 그들은 농부들의 말은 들은 채
만 채, 논두렁에는 들어서 보지도 안코, 다만 진수와 알아듯도 못할 일본
말을 주절거리면서 길로만 지날 뿐이다. 잇다금 단장을 들어 여긔저긔를
가라치며 혹은 수첩에 무엇을 적어 너으면서,

그러케 허수아비처럼 비틀거리며 들깨의 논겻틀 지날 때엿다.

"왜 모밀을 갈앗소?"

기봉은 들깨의 인사를 밧는 대신으로 이러케 물엇다.

"헐 수 잇소."

---

9   소진장의(蘇秦張儀) : 소진과 장의처럼 말솜씨가 좋은 사람을 이르는 말.
10 단꼬(炭坑)밥 : 탄광(炭鑛)에서 일했음을 비유적으로 이르는 말.

들깨는 한손에는 콩ㅅ대, 한손에는 낫을 든 양으로 열적게 대답햇다.

"모밀은 잘 됫구먼."

"뭘요, 이것도 늦게 뿌려서…"

하고, 들깨는 기봉의 다음 말을 기다렷다.

그럴 때 다른 중들은 압두렁으로 가본다. 거긔서는 애기를 등에 업은 들깨의 안해와 아우누이가 밧브게 콩을 끈코 잇다. 덕이는 열닐곱의 처녀로서는 놀랄 만큼 억개부들기가 버러지고 도라 안즌 뒷모양이 통통하다. 자긔 뒤에 모르는 남자들이 와 선 것을 깨닷자 푹 눌너쓴 수건 밋으로 엿보이는 두 볼이 저윽히 붉어진 듯하나, 낫을 든 손은 여전히 쉴 새가 업다.

"옵바 왜 암 말도 안 햇소?"

중들이 떠나자 덕이는 옵바를 남으래듯이 돌아보앗다.

"무슨 말을 해?"

"세 좀 매지 말라구 하죠?"

"그놈들 매는 걸 어떠케?"

"그럼 옵바는 모밀 간 세도 바칠 테유?"

덕이는 수색을 띄우고 뭇는다.

"먹고 남으면 바치지!"

들깨는 픽 웃는다. 그는 언재 자긔가 이러케 넉살 조흔 배ㅅ장을 가지게 되엿는지 속으로 놀래면서.

덕이는 옵바의 대답에 확실히 어떤 밋어운 힘을 늣겻다. 그러나 꽁문이에서 낫은 뺄려고도 안고 담배만 뻑 ― 뻑 ― 피고 안잣는 옵바의 마음속은 결코 그리 편치를 안엇다. 그러타고 또 모밀밧 우를 밧브게 날으는 밝아숭이 모양으로 조급하지도 안엇지만.

그날 저녁 동내 사람들은 진수의 집 사랑에 불려가서 진수의 입으로부터 제각금 소작료를 들어 알앗다. 그리고 놀랫다. 사형선고나 밧은 드시.

그러나 가장 현대적 사음[11]인 소위 평의원 압헤서 덥적 불평소리를 하다가는 보다 큰 손해가 묘하게 도라오기 때문에, 농부들은 모다 맥업시 "허! 참 톡톡 다 털어도 소작료도 안 되겟네." 따위의 걱정말이나 중얼거리면서 묵묵히 돌아선다.

들깨와 철한이들—교풍 회장 쇠다리 주사의 말을 빌리면 동내서 코세고 어긋난 놈들은 발서 버릇이 들어서 마치 의논이나 한 듯이 하나둘 야학당으로 모여갓다. 어느새에 왓는지 고 서방도 작은방 한쪽 구석에, 다른 날보다 더 긔운 업게 쭈구리고 안자 잇다.

이윽고 불강아지 가튼 애색기들을 돌려보내고, 죽은깨쟁이 또줄이가 큰방으로부터 돌아왓다 더펄더펄 자란 머리 우에 분필가루를 허여케 쓰고. 그리고 서른세 살로서는 엄청나게 늙어보이는 얼골이다.

이러케 소위 코센 놈들은 저녁마다 거긔 모여서는, 그날그날의 피로를 이저가며 잡담도 하고 롱담도 하다가는, 또줄이로부터 단꼬 이약도 듯고, 여긔저긔서 이러나는 소작쟁의 이약도 듯는다. 더욱이 소작쟁의에 관한 이야기는 마치 자긔들의 일가티 입을 다물고 들엇다.

그날 저녁에도 그들은 이슥도록 거긔 모혀 잇섯다. 그리다가 마침내, 자긔들은 나올 곳 업는 소작료를 어떠케 할까 하는 말이 나왓다.

七

쇠다리 주사댁 감나무에 알감만 주렁주렁 남고, 여긔저긔 썩어가는 집웅

11　사음(舍音) : 지주를 대리하여 소작권을 관리하는 사람. 같은 말로는 마름이 있다.

우에 박들이 히뜩히뜩 들어나고, 고초가 밝앗케 널려서, 가을은 깁엇다.

그러나 농부들의 살림사리는 서리 마진 나무닙가티 점점 오그러저 들고, 저녁이면 야학당에 모히는 친구가 늘엇다.

"어서들 먹어!"

그날 저녁 야학당에서는 쇠다리 주사네 감 도적질을 해왓다.

"앗다 개똥이 저놈 나무 재주는 참 잘해! 그저 이 가지 저 가지를 타다니는 것이 꼭 귀신이던."

철한이란 놈도 감 따러 갓든 이야기를 해가면서 맛나게 먹는다.

"먹고 십허 먹엇다, 체하지는 말어라!"

한놈이 발서부터 두 가슴을 두다린다.

그러나 다들 놈들은 맛나게 깨문다.

1936년 1월 22일(수) 석간 4면

당선소설 사하촌(13) 김정한 작

콩닙 고초닙페 역증이 난 그들의 창자에는 확실히 진미엿다

"제一기, 또 연설 마듸나 잇겟네"

하고 또줄이가 그만 먹고 담배를 피어물자, 겻테 안젓든 고 서방이,

"연설 아니라, 무릅을 꿀어도 허는 수 잇나!"

하고 맛북을 울린다.

사실 동내 집회당에서는 발서 두 번이나 사상 선도 강연회가 잇섯다. 그러나 교풍회장이 쇠다리 주사 진흥회장이 진수 그러니 그들의 설교로 감복될 처지는 아니엇다.

농부들은 누가 뭐라고 해도 소작료 빗 가튼 것 생각할 여지가 업다. 그

저 제가 지은 곡식이면 모조리 베혀다 먹는다. 가다가는 남의 것도.

그럴사록 동리의 소위 유산자인 쇠다리 주사와 진수의 신경은 극도로 날카로워젓다.

이튼날 아침, 철한이는 안ㅅ골 논에서 코노래를 부르면서 낫을 휘둘럿다. 찬물내기가 되서 겨우 거긔만은 가물을 덜 타고 벼이삭이 제법 느러젓다 그는 홍타령을 부르면서, 어제 어머니의게서 처음으로 들은 자긔의 혼자【사】말을 생각햇다. 상대자 동내서 제일가는 덕아엿다 한시절 치삼 노인이 쇠다리 주사의 말에 꼬엿슬 때는 쇠다리 주사의 첩으로 가느니 어쩌느니 하는 소문이 나서 울고불고하든 그가 결국 자긔에게 오려는 것이다. 그 리면에는 옵바 들깨의 힘이 크다는 것을 짐작하면, 한업시 그가 고마웟다. 그리고 그의 머리속에는 작고만 덕아가 떠올랏다. 한동리에 살면서도 마조칠 때마다 얼골을 붉히고 지나가는 덕아! 또렷한 코잔등 우에 무엇을 생각는 듯한 두 눈! 그리고⋯ 그러타. 바로 지난 봄 덕아가 그 논에 모내기를 왓슬 때 허여케 들어내엇든 그 건강한 팔다리! ── 예까지 왓슬 때 철한이는 혼자서 픽 웃스며 머리를 쩔쩔 흔들어 생각을 털어 버리고는, 베혀 둔 벼ㅅ단을 주섬주섬 안아서 지게에 지웟다.

그래서 자긔집 압담을 돌아올 때 그는 갑작이 발을 멈첫다. ── 안에서 아버지의 고함소리가 들럿기 때문이다.

"에이 미친년! 저년이 배지를 굶어가면서도 곳 간만은 커 가지고, 뭐, 자식 장가?"

철한이는 이 말에 화가 벗적 치밀엇다. 그리고 거긔 서 잇는 것이 남이 볼까 몹시 붓그러윗스나 잠간 더 지체햇다.

"자식을 나 노앗스면 장가를 들여야지, 그럼 어쩔거요?"

어머니의 눈물겨운 대꾸다.

"저년이 곳 그래도 제 잘했다지? 엑기, 비러먹을 년 가트니!"

"내가 종년이오? 말만 하면 이년 저년 하게?"

"저년 죽일 년 봐!"

"죽일려든 죽여줘요. 나도 당신네 집에서 이십 여 년이나 종노릇을 해 주고 자식도 장가들 나인데, 이년 저년 소리는 인제 듯기 실허요!"

"저년이 누구 압페서 곳장 대꾸를 쫑쫑거리니? 엑기 망할 년 죽어라, 죽어!"

아버지의 벼락소리와 함께 질그릇 깨트리는 소리가 나드니 이내 어머니가 외마듸 소리를 빽─질은다.

철한이는 번개가티 집으로 들어갓다. 아버지는 어느새에 어머니의 머리채를 거머쥐고 잇다

"아이구 이것 좀 놔요. 내 잘못했소. 내 잘못했소"

어머니는 머리를 얼사 쥐고 빈다.

"아버지 이거 노세요. 나를 자서가면서 이게 멈니까. 이웃사람 웃으리"

철한이가 뒤에서 안고 말리니깐 아버지는 겨우 떠러진다 그래도 분을 못 참고서, ──

"이 죽일 년아, 나는 여태까지 누 종노릇을 해왓늬? 너이들이 들어서 내 뼉다기까지 깍어먹엇지. 웅 이 독한 년아!"

하고, 이를 달달 갈아부친다

싸홈바람에 식겁을 한 막내아들 놈은 밥도 못 어더먹고 눈물만 그렁그렁 실어가지고 학교로 간다.

당선소설 사하촌(14) 김정한 작

어머니는 한참 동안 혼을 일코 부억 바닥에 주저안저 잇섯다.

외양간 압헤서 홧담배만 피우고 잇는 아버지의 손에는 납세고지서와 농사조합에서 온 비료대금 독촉장이 구겨저 들엇다 아버지도 이윽히 무엇을 생각고 잇다가, 외양간으로 들어가드니, 무심히 소 등을 쓰다듬어 본다. 그것이 마치, 악착한 생활에 부닥긴 자긔의 안해나 되는 듯이. 긴 눈섭 속으로 숙 들어간 그의 눈에는 어느새 눈물이 고여 잇섯다.

철한이의 결혼은, 그리고 근 한달 뒤에 행례가 잇섯다.

八

"아이구 어느 혀가 만발이나 빠저 죽을 놈이 그 벼를 버혀 갓노? 이승에서 안 맞즈면 저승에 가서라도 불벼락을 맞자 죽을 놈! 그 벼를 먹고 제가 살 줄 아나? 자가창 천동갈만동갈이나 나고야 말 것이다."

하며 봉주 어머니가 몽당치마 바람으로 이 골목 저 골목 외고 다니고 호세 징수를 나온 면서긔가 그를 찾아다니든 날, 성동리서는 구장 이외고 서방, 들깨, 또쭐이들 사오 인이 대표가 돼서 보광사 농사조합으고 갓다. 그들의 소원은 자긔들이 빌려 쓴 소위 저리 농자금의——대부분은 비료대금이지만——지불 긔한을 좀 연긔해 달라는 것이엇다

보광사 소작인들은 해마다 소작료와 소작료 매석에 대해서 너 되식이나 되는 조합비와, 비료대금과 그에 따른 리자를 내어야만 된다. 그리고 비료대금은 지불긔한이 호세와 갓다.

의자에 기댄 채 인사도 밧는 체 만 체하는 오기봉은, 구장의 말을 귀박으로 한참 시끼시마 겁대기에 낙서만 하고 잇드니, 비로서 정색을 하고,

"그런 성가신 논은 부치지 마는 게 어뗴요?"

해던진다.

"..........."

"해마다 이게 무슨 짓이오? 나도 인젠 귀치 안소! 호세만 내고 살겟거던 어듸 살아들 보시오——"

"누가 어듸 안 내겟다고 해요 조금 연긔를 해달라는 게지요"

이번에는 또쭐이가 말을 바덧다.

"내든 안 내든 당신들 입맛대로 해보시오. 나는 이 이상 더 당신네들과 이약이 안 하겟소."

기봉은 살결 조흔 얼골에 저윽히 노긔를 띠우드니, 뒤에 안진 곰보를 보고서,

"고 서방 당신은 또 뭘하러 왓소. 작년 것도 못 다 내고서 무슨 낫츠로 여긔 왓소?"

해던진다. 그리고 그는 다시 장부를 뒤지면서 하든 일을 계속한다.

—【일】행은 헛되이 박으로 나왓다.

그리고 몃칠 뒤, 저수지 및 곰보의 논을 비롯하야 여긔저긔 그예 차압표가 붓기 시작햇다. —

농부들은 알아보지도 못하는 차압표를 몃 번이나 들어다 보고 돌아다 보앗다. —피를 흘려가면서 지은 곡식에 손을 못대라니가 그들은 억울하고 분하기보다 목숨을 빼앗긴다는 생각이 압섯다.

고 서방은 마참내 야간도주를 햇다

"이 비 오는데 그 어린 것들을 더리고 어듸로 갓단 말인가!"

이튿날 아참, 동리 사람들은 애터지는 말로서 그의 뒤를 염려햇다.

무심한 가을비는 왼종일, 지어두고 간 벼와 차압표를 차게 때렷다.

무슨 불길한 증조인지 새벽마다 백호ㅅ재에서 여호가 울고, 외상술도 먹을 곳이 업서진 농부들은 저녁마다 야학당이 터지게 모혓다.

그리하야 하로 아침, 깨어진 징소리와 함께, 성동리 농부들은 일제히 야학당 뜰로 모혓다. 그들의 손에는, 결곡 못 한 빈 집단과 콩단, 모밀단이 잽혀 잇섯다.

이윽고 그들은 긴 줄을 지어 가지고 차압 취소와 소작료 면제를 목표로 묵묵히 마을을 떠낫다. 여자들은 전장에나 보내는 듯이 돌담 넘어로 고개를 내가지고 그들을 보냇다. 만약 보광사에서 들어주지 안는다면 ── 하고 뒷일을 염려햇다.

그러나 또쭐이 들깨 철한이 봉주 ── 이들 장정을 선두로 빈 집단을 든 무리들은 어느새 발서 동리 뒤 산ㅅ길을 더우잡앗다. 철업는 애색기들도 행렬의 꽁문이에 붓터서 절 태우러 간다고 부산하게 떠들엇다. (끗)

(乙亥, 十一月)

전락 1936.1.24~1936.2.22

차자명

1936년 1월 24일(금) 석간 4면

신춘현상당선소설 전락(1) 차자명 작

푸 로 로 그

낭강 변두리에 누—러케 물결치는 벼…… 산비탈 화전(火田)에 뎀이뎀이 베여가린 조와 잡곡…

부대기를 파먹는 무리에게도 이때만은 기꺼웁지 안할 수 업다. 두 사람만 모히면 흥겨운 농담을 건네고 머슴들까지도 즐거움을 못 이기는 듯 기운차게 노래까락을 불은다. 금년은 이 산간 벽지에서 십 년 만에 한번 씩이나 볼 수 잇는 보기 드믄 풍작(豐作)이다 그들은 봄내 녀름 내도 그러하엿스나 가을이 닥치고 오곡이 풍성하게 되니 하로 한시가 더 조급스러웟다

그들이 사는 곳——물방아골은 조선에서도 북쪽 험준한 산맥 한구석 한적하고도 깁흔 골짝이엇다

손바닥만 한 하늘을 가운데 내여노코 그 량편에 준엄한 산ㅅ발이 손을 벌니면 서로 끼어안길 듯이 딱 맛부터서 그 기슭 벼랑 미트로 실오래기 가튼 개울 줄기가 나무 밋 돌 틈을 꼬불꼬불 스며돌아 끈기잇게 흘너간다

이 골작이 산허리에 까―마케 치여다 보이는 산허리에 새둥지처럼 위태롭게 매여달녀 잇는 한 삼십 호 되는 동리가 물방아ㅅ골이다.

물방아ㅅ골은 이런 고원 지대인만큼 긔후가 고로지 안허서 시긔를 가리지 안코 뜻하지 안한 장마 우박 서리 눈 등이 엄청나게 내려 불의의 변을 격는다 그러므로 산간 벽촌의 화전민들은 농사일보다도 대자연의 위력과 더욱 심히 싸우지 안흐면 안 된다

자연의 위협을 늘 밧어오는 그들은 시절이 뛰처나게 잘되면 잘된 해일수록 도리혀 공포를 늣긴다 어느 때 어느 구름장 밋헤서 무엇이 떠러저 진탕을 처노흘지 몰으므로 목구멍까지 넘겨 노하야 마음을 노치 그전까지는 사이를 펴지 못한다

그들은 그 로둔(魯鈍)한 감정을 가지고도 사철 천긔(天氣)를 보기에 게으르지 안헛다

밤이면 별 백인 하늘 달무리 바람세를 살피고 나제는 드놉흔 하눌빗 구름색 삼림의 공긔까지를 헤아려 본다 심지어는 부엉이 가막까치의 우름소리와 개토란과 쑥 모양에 이르기까지 신경을 예민하게 가지게 된다 이와 가치 자긔네들의 생명선을 자연의 위협과 부즉불리(不卽不離)의 관게 가운데 두고 잇는 그들은 순간이나마 그 대자연에 도취되여 찬미(讚美)를 해본 적은 한번도 업고 오직 끗업는 두려움만으로 대하여 내려왓슬 뿐이다

팔월 그믐을 사오 일 압둔 물방아ㅅ골에서는 벼베기에 한창 밧벗다

치룡이네 논은 그가 사는 물방아ㅅ골서 아랫동리 월정ㅅ골을 지나 한 십 리쯤 내려간 곳에 지금까지 뻣어내려오든 산맥을 딱 잘은 듯이 엽흐로 가로막고 흘느는 낭강 변두리에 노혀 잇다

치룡이는 오늘도 자긔네 벼베일 생각을 해서는 하로가 밧벗스나 아렛

동리 강 좌수(姜座守)네 벼부타【터】선등 베여두지 안흐면 안 된다

강 좌수는 치룡이가 사는 물방아ㅅ골 자긔 사는 월정ㅅ골 등 두 동리의 지주다

누구나 제 일부터 날세 조흘 때 것어치우고 십흔 마음은 간절햇스나 누구의 령이라고 거역할 수 업섯다

오늘 아츰 치룡이네 식구도 녀름철과 가을철에 들어서는 처음으로 조밥을 한 그릇식 흠웃이 먹엇다 치룡이는 밥상을 물니자 문턱 미테 벗어노핫든 목다리 버선을 신고 엄백이 집신을 그 우헤 덧신은 후에 가는 색기로 신들매를 매면서

"형님! 간밤에도 밤새 말햇지만 오늘부터 벼가을 마칠 때까지만 집엣일을 돌보아 주시요?"

하고 아룻묵에 밥상도 채 안 물니고 웅크리고 안젓는 치백이게 배앗틋 한마디 건넷다 치백이는 어둑한 방안에 유령가티 번득번득 눈만 꺼벅어리고 안젓슬 뿐, 먹먹히 아무 대답도 업다

"삼 캐는 것도 버리는 버리지만 곡식부터 것어드려놔야겟스니 젤 멀리 잇는 큰능지엣 조부터 실어들이시요 소는 방코 영감네 소를 말해둿스니……"

형은 그래도 귀 먹은 사람처럼 아무 댓구가 업다

이 고장에서는 벼가을을 마친 후에야 베여두엇든 조를 실여들이는 것이다

한참 형제는 소 닥 노리듯 서로 노려보고만 잇섯다 숨 답답한 침묵의 순간이엇다

1936년 1월 25일(토) 석간 4면

신춘현상당선소설 전락(2) 차자명 작

"이 날세가 한 백 년 조흘 수도 업고 하니 날세 조흘 때 눌러 실어들여야 겟소…… 나는 부득 강 좌수네 벼를 이틀 베줘야 할 테니요……"

또 대답이 업다 치룡이는 새삼스레 화가 버럭 치미럿다

"귀가 먹엇수― 왜 그러케 잠자코만 잇수 이제는 나이갑을 좀 해야 될 거 아니요!"

치룡이는 이러케 탁 쏘아붓치고 문을 열고 박그로 홱 나왓다

산듯한 새벽 긔운이 팟득 정신을 어루만진다 하늘에는 눈섭 가튼 금음달이 토방 미테 얄분 빗을 훤하게 던지고 잇다, 문을 꽝하고 다든 순간 치룡이는 방안에서 무엇인지 웅절웅절하는 형의 소리를 귓결에 들엇다

실어 들이겟다는 말인가? 안 실어 들이겟다는 말인가?……

그는 너무 조급히 굴엇서 형의 대답을 채 듯지 못한 것을 후회햇다 그러나 다시 돌따서 들어가 뭇기에는 형에게 너무 과히 한 것 가터서 게면쩍엇다

치백이는 막 불짐을 마치기가 무섭게 가튼 동리 면서긔 퇴물림인 야서긔(夜書記)와 산삼(山蔘)을 캐러 산판으로 떠낫든 것이엇다

그때도 치룡이는 경험도 업는데 고만두라고 성화치듯 말엿스나 긔여히 고집하여 물방아ㅅ골서 이십 여 리나 더 들어가는 깁고 깁흔 골작으로 올나갓다 그래도 사람의 욕심이란 그럿치 안어서 행여 운이 터저서 산삼 몟 뿌리만 캐면은 일확천금은 못할 망정 겨우사리쯤은 엇더케 되면 마련할 수 잇슬런지도 몰으겟고 또 형의 하는 일이므로 묵인해 두엇든 것이다

그러나 산중으로 들어간 지 근 한 한달 만에 한번 단여가긴 햇서도 별

신통한 소식은 업섯다 그후에는 조가을을 다 마치도록 함흥차사이므로 긔대리다 못해 바로 어적게 사람을 사보내서 차저왓다

산삼에는 날총쟁이므로 그러키는 햇겟스나 이번에도 역시 뷘손으로 내려왓다

고생은 고생대로 하고 입살이나 한 셈이엇다

진난밤에도 닭 울도록 말다툼을 햇스나 결국은 의론을 마추지 못햇지만 자긔의 말대로 벼가을을 끗내도록 집일을 돌보아 주엇스면 서로 조을텐데 삼물에게 가 조눈터오는 터라 눈에 선선해서 그런지 성수가 나서 부진 부진 밝은 날 다시 산으로 들어가겟다고 미욱을 피윗든 것이엇다.

"한다든 못 한다든 딱히 대답을 하지 웨? 아우에게 개 몰니듯 하구 안젓소!"

부억에서 형수의 투덜걸이는 소리가 들닌다 치룡이는 머리에 수건을 동이며 마당으로 내려 노튼 발걸음을 멈춧 멈춘 후에 부억으로 귀를 기우럿다 털털이 형수의 입이 터지기 시작햇스니 또 무슨 욕설이 나오리라고 짐짓 기대리고 잇슨즉 아니나 달을까

"아무 버리나 버리야 다 마찬가지지 —— 개삼 한 뿌리도 못 캐왓스니 할 말은 업지만 산삼 한 뿌리라도 캐왓서봐! 제 하내비 위하듯 햇슬걸……"

하고 들어봐란 듯이 욕설을 퍼붓는다.

치룡이도 잠잣코 잇슬 수는 업섯다

"아니 그래 두 철이나 장리ㅅ곡식 내다먹고 농사 지여서 산즘생의 밥을 맨들어야 올탄 말요!" 치룡이 말이 떠러지기가 무섭게 형수는 다시

"그 곡식은 아젓씨가 혼자 지엿단 말요! 다 가티 피땀을 흘녀 지은 건데 산즘생 밥 맨들길 누가 조화한단 말요!"

하고 부억 거적문을 홱 재키며 고래고래 소리를 질은다 컹컴해서 잘 보

이지는 안흐나 아마도 눈을 치켜부치고 얼골이 소 죽은 귀신가티 되여 날 처멜 것이다

형수의 노염은 달은 데서 난 게 아니엇다 형의 지시(指示)를 바더야 할 치룡이가 형에게 도리혀 귀 거슬리는 말하는 것을 듯고 속줍은 녀편네요 원악 본성이 터덜거리는 성미라 사못 분통이 터진 모양 갓다.

"아젓씨가 곡식 욕심이 그러케 나면 함자농사를 지여서 욕심것 먹을께지 형에게 부터 잇는 처지에 코 큰 소리[1]가 무슨 코 큰 소리요?"

"작금 양년에 오백 여 냥(五十餘圓)씩 진 빗이 누구 때문에 진 게기 그러우 나도 금년에는 그 빗이나 탈채해 볼까 하고 속이 달아 그리는 게요!"

1936년 1월 26일(일) 석간 4면

신춘현상당선소설 전락(3) 차자명 작

"아니 그래 빗을 나 때문에 젓단 말은요!! 나 때문에 젓서요."

형수는 거의 발악을 하다십히 한다.

치룡이는 곁김에 말대답을 하기는 햇스나 좀더 잇스면 형수의 입에서 또 엇던 푸념이 쏘다질지 몰나 얼는 다시 움짓하는 형수의 입을 가로막고,

"쓸데 업는 집안쌈은 고만두고 어서 소나 끌어다 여물이나 퍼 줘 멕여 가지고 형님하고 조를 실허 들이도록 하슈…… 모래부터는 우리 벼를 베여야겟스니 —— 나는 강 좌수네한테 밥쌀을 꾸어가지고 내일 저녁에야 돌아오겟수"

하며 또 귀 거친 소리를 듯지 안할려면 얼는 피하는 것이 상책이라 생

---

1 코 큰 소리 : 잘난 척하는 소리.

각하고 대문 박그로 펄적 뛰여 나왓다

금년 곡식 푼엣치나 된 것 가트닛가 극성을 부리지만 이것저것 다 물어주고 나면 남을 게 무에 잇슬 것 가태 그래하는 형수의 악쓰는 소리를 들으면서…… 치룡이는 홍분에 계워 터질 듯 복잡한 머리를 타ー ㄱ 첫치고 울툭불툭한 어둔 길을 더듬더듬 걸어갓다

돌연 개울 건너서 웬 강아지 소리가 캥… 캥… 몃 마듸 나드니 이여 급하게 깽! 깽! 소리가 연겁퍼어 들니며 개ㅅ뚝으로 무엇이 휘ー ㄱ 지나가는 것을 치룡이는 엇결에 보앗다,

"늑대로구나?"

여기까지 치몰든 분노는 늑대라고 생각키웟을 때 얼덜결에 풀녀지고 머리털이 쭈빗 하눌을 치밧치는 듯햇다 그는 잠깐 멈춧 걸음을 멈추엇다

개소리는 깽 소리가 다시 두어 마듸 더 계속되고는 낑! 낑! 하는 애처러운 소리가 음침하게 마주 소슨 압산 속으로 점점 멀니 살어젓다

"우리집엣 돼지는?"

치룡이는 늑대를 보자 언뜻 집엣 돼지가 그대로 잇는지 의심이 더럭 낫다 그러나 다시 돌아서 가보기는 귀찬코 "잇겟지?" 하고 억지로 그냥 갈내니 아무래도 마음이 노히지 안엇스나 날구일당하는 일이요 또 한편으로는 꿈을거리단 일이 늦겟슴으로 할 수 업시 논으로 향햇다

억지로라도 마음을 갈아안치니 전에 업시 개울물 소리가 좔좔! 좁은 골작이를 유달니 요란스레 울닌다. 동구 겻 길 여페 조그만 물방아깐이 조으는 듯 고요히 서잇고 그 위를 산봉오리 나무가지에 걸린 조각달이 희미하게 비치고 잇고 이제 달마자 지면 십 리나 되는 골작이를 가파른 비탈길과 밋끄러운 징검다리를 허방지방 건너 낭강 건너 논까지 갈 것이 분명

히 느질 것 가터서 발걸음을 잿빨으게 놀렷다

"그만큼 당부해 왓스니 설마 안 실허 들이기야 할나고……"

다시 한번 형의게 대한 감정과 의심이 더럭 치룡의 머리를 괴롭히엿다

二

벌서 반나절이나 지낫다

강 좌수에 일꾼들은 한참 부산하게 벼를 베여 쌋는다 달은 논과 달나이 강 좌수네 자작 붓치는 논들은 물이 빤빤히 말나서 바닥이 딴딴하게 벼베기에 한결 힘이 덜 들엇다.

"치룡이 일이 웨 거친가?"

강 좌수네 농막사리를 삼 대째나 하는 가튼 동리 방코 영감의 소리다.

"치룡이 너무 눈만 팔지 말자"

강 바위가 방코 영감 말에 맛장구를 친다

"얌전이 조화하는 꼴 보게…"

과숫댁이 이번에는 얌전일 꾸러넛는다

치룡이는 건등 무안에 겨워 얼골을 붉히며 방코 영감과 자그 바로 엽헤 얌전이를 슬적 삷혀 보앗다 얌전이도 두 볼이 당홍무가 되여 볏 속에 얼골을 파뭇고 낫질을 한다.

사실 치룡이는 형의 일이 꼬리를 맛물고 생각키워 손이 뒤놀아 벼베기가 거칠어 진 것만은 속일 수 업는 일이다 그런데 공연히 남 속들은 몰으고 얌전이와 치룡이를 입살에 올녀 놀님질들을 한다

얌전이는 월정ㅅ골 강 좌수네 서포집 딸이다

신춘현상당선소설 전락(4) 차자명 작

객설을 못하면 배를 열사흘식 알아도 속이 후련치 못한 그들이라 오늘도 사람명이나 모엿스니까 그러는 것도 당연한 일이다

논판에는 남자가 일곱 명 녀자가 다섯 명 도합 열두 명이 일렬로 서서 벼를 베여 나간다 치룡이 방코 영감 길 훈장네 머슴과 수ㅅ댁은 물방아ㅅ골 사람이요 강 바위노댁 총각이 얌전이 외 멧멧은 월정ㅅ골 사람이다 그 중에 처녀는 얌전이와 총각이 뿐이다 그들은 너 나 할 것 업시 강 좌수네 머슴과 작인이 아니면 농막사리와 서포사리들의 부녀자들이다

그 외 거처 업시 떠돌아 단이는 정신병자로 멀정이도 석겻다

작년 가을 이 논에 벼를 벨 때만 해도 얌전이와 치룡이는 의례 업시 농담을 하며 재미잇게 일을 햇지만 지금은 전처럼 그러케 허물 업시 지낼 형편도 못 되거니와 더욱히 오늘은 된새벽부터 형 때문에 긔분을 상하여 노하서 종일 우울해 지내는 수박게 업다

"칠룡이 바른켠엣것 마자 베며 나오지!"

언뜻 정신을 가다듬어 보니 바로 자긔 바른편에선 얌전이가 사이에 멧 줌불을 그냥 남겨 노코 베여 나가고 잇엇다 치룡이가 허겁지겁 그것을 베려 올마가는데 얌전이 역시 미안쩍어서 그랫든지 그것을 베이려 오다 둘이 서로 딱 마조첫다

또 서로 얼골을 붉혓다

"히히히……"

엽에서 모다들 킬킬거린다

잠간 줏춤줏춤하다가 결국은 치룡이가 베엿다

"애! 얌전아! 네 핸데 네가 베이려무나!"

이번에는 총각이가 얌전에게 대한 시깃쯔로 놀려 댄다

"언자 총각이가 심사가 사나운 게구나!"

과숫댁이 입술에 음흉한 웃음을 띄우고 총각이를 바라다보면서 뇌까린다 말노는 총각이를 빌엇스나 평소 행실이 단정치 못한 이 과수ㅅ댁은 슬그머니 제 속이 불편하고 심술이 낫든 모양이다

"제가 심짜가 나닛가 공연히 남을 끄러너코 야단이야!"

총각이가 눈쌀에 독이 올나서 과수ㅅ댁을 내려 으스른다

"히히! 마젓다 마젓다 제가 그러닛간 그러지 히히히!"

노 멀정이가 과부 얘기가 나자 건등 달어조화 덤벼쌋는다

"반편은 찌도 몰으면 악지가리 닥처!"

과수ㅅ댁은 총각이에게 핀둥이를 먹고 분푸리를 정신병자 노 멀정이에게 한다

"야! 오늘은 치룡이 천치로구나……저녁에는 한턱 단단히 내야겟네……"

강 바위가 또 터덜터덜 수작을 부친다 치룡이도 한편 그러는 것이 깃뿌지 안혼 것은 아니나 여전히 무뚝뚝한 침묵을 직힐 뿐이다

그러면서도 한편 마음으로는 내가 넘우 골난 놈가티 하고 잇서서 얌전이가 오해나 하지 안는가 겻눈질로 얌전이의 거동을 슬적 엿보앗다 숙걱숙걱 벼를 베히노라고 언제 보아도 귀여운 됫독한 코와 불그스레한 불에까지 땀이 호조곤히 내배인 모양이 비길 데 업시 고왓다 하기는 물방아ㅅ골 월정ㅅ골 해서 멧멧 동리 중 제일 인물이 쏙 빠젓다고 소문난 얌전이엇다

다른 처녀들보다 희맑은 살색과 동그스름한 얼골에 됫독한 코와 복스러운 귀가 뛰여나게 엡부다고들 동리 총각들 사이에 한 경쟁의 표적(標的)

이 되여 잇다

작년 가을에 치룡이와 얌전이 사히에 혼담이 일어서 한동안 얘기꺼리가 되엿는데 치룡이네가 선례장쌀 밋천이 업서서 틀녀지고 말엇든 것이다 이러한 일노 말미암아 이마적에 와서는 치룡이는 자긔도 몰으는 새 은근히 얌전이를 사모하는 마음이 두터워 갓다

얌전이도 눈치가 실치는 안한 모양이다 치룡이는 볏줌을 벼ㅅ맥기에 갓다 노흐면서 얌전이를 보고 올 때 다시 한번 되집허 엿보지 안코는 못 견듸엿다

그는 올 가을에는 아무러케 하서라도 선례장쌀 돈을 마련해서 다시 구혼을 해보리라 결심하엿다.

"자! 노 멀정이 닐니리 타령이나 한마디하지……"

줄 꼿헤 섯든 길 훈장네 머슴이 노 멀정이에게로 화제를 돌녓다

"내가 노 서방이지 노 멀정이야 반편들"

"저런 바보! 노 멀정이지 노 서방이 머야?"

"내가 노 서방이지 엇째 노 멀정이야?"

노 멀정이는 둑겁이 잔등 가튼 상판에 대번 골이 나서 노 서방이라고 박 패듯 욱여댄다

1936년 1월 29일(수) 석간 4면
신춘현상당선소설 전락(5) 차자명 작

이것이 자미가 잇서 모두들 한마디씩 노 멀정이라고 놀려 대면 그는 황소 가튼 눈을 부라리며 무슨 변이나 낼 것가티 벼 베는 낫을 들고 펄펄 날친다.

"이사람들 괘 —ㄴ 소리를 말게 노 서방이지 노 멀정이라니!"

방코 영감이 씩 웃고 한마디 편역[2]을 들어준 즉

【"】그럼 내가 노 서방이지!"

하고 노긔는 금방 쓸은 둥 가시고 싱글벙글한다.

"인저는 닐니리 타령이나 한번 듯세그려 —노 서방!"

제 편역을 들어준 방코 영감의 청이라 인제는 정말 왕방울 가튼 눈이 실낫 가태지고 입이 터진 팟자루 가태서 침을 한번 꿀걱 삼킨 후에 소리를 꺼냇다.

왜 왓든가 왜 왕【왓】든가

울고나 갈 길을 왜 왓든가

닐니리야 닐니리야

니나노나니가 걱정이네

니 —ㄹ니 —ㄹ 닐니리야

후렴을 익쌀꾸레기 강 바위가 밧어 주닛가 성수가 나서 다음 다음 절을 섬긴다

달은 사람 중에서도 남녀를 물논하고 후렴만은 아는 사람이면 저마다 밧는다 치룡이도 긔분을 도드기 위해서 섯달어 밧엇다

목청은 항아리 뚜다리는 소리 갓트나 흐물탕거리며 섬겨넘기는 것이 엇구수하여 어울니지도 안는 타령과 노래가락을 노 서방 잘한다 잘한다 하고 얼너 추어 한참 동안 식혓다

노 멀정이를 실신(失神)식혀 논 것도 강 좌수요 노 멀정이라는 별호를 지

---

2   편역 : 역성.

여준 것도 강 좌수 엿다 그러기 때문에 그는 그 별호는 송충이가티 실혀한다

노 멀정이가 물방아ㅅ골노 남부녀대(男負女戴)하고 들어오기는 지금부터 십 여 년 전 일이엇다 처음 들어올 때는 류랑하여 들어오기는 할 망정 집간이나 마련할 밋천은 잇섯고 또 둘도 업시 귀애하는 어엽분 안해와 사랑스러운 아들이 한아 잇섯다

그러나 달이 가고 해가 박구이는 동안 농사가 뜻가티 안 되요【어】 물방아ㅅ골 온 지 삼 년 만에 월정골 강 좌수네 서포사리로 들어갓다

그랫드니 운수가 사나윗든지 들어가는마닥 천금맛잽이 아들을 병으로 죽인 후 다시 린색하고 음탕한 강 좌수에게 안해를 뺏기고 이 철천지한을 풀기 위하야 복수를 하려다 도리혀 죽을 졸경을 치르고 극도의 정신적 고통으로 인하야 정신에 이상이 생긴 것이다 그는 정신병자된 직후는 남녀노소를 물론하고 세 살된 어린아해라도 노 서방… 노 서방하며 얼너 주기만 하면 해 가는 줄도 몰으고 닐니리 타령만 불넛다

이리하야 지금 그는 이 집 저 집으로 굴너단이며 하로에 밥 세 그릇만 떠다 맷기면 아츰부터 저녁까지 마소와 가티 찍소리 업시 일을 한다

오늘도 자긔의 피맷친 원수 강 좌수의 일이지만 아무런 불평도 업시 몸을 돌보지 안코 열심으로 일을 한다

지금도 강 좌수의 첩으로 잇는 자긔 안해를 잇다금 맛날 때가 잇서도 저 편에서 피할지언정 도리혀 노 멀정이는 아무런 감정도 업시 심상히 대할 다름이다

광인(狂人)에게는 원수도 업는 모양이다

"치룡이는 조혼 김에 대성순데!"

강 바위가 또 성화를 밧치는 바람에 정신을 차려 보니 낫전 쉴 참이엇다 달은 사람들은 벌셔들 논뚝으로 줄네줄네 나간다 치룡이도 맨 나종에 논뚝으로 나가 허리를 펴고 안젓다

담배를 피우는 사람들은 담배를 붓치고 부녀들은 저편 논뚝으로 몰켜 안저 또 시시닥거리를 시작한다 낫을 갈 사람은 지게에서 숫들을 꺼내 가지고 논꼴노 가서 무된 낫을 벅벅 갈기 시작한다

해는 중낫이 되엇는데 한 천 평가량 베엇다 벼ㅅ뭇이 병정처럼 꺼―먼 논바닥에 조로록히 서 잇다

1936년 1월 31일(금) 석간 4면
신춘현상당선소설 전락(6) 차자명 작

"한 달 격이나 견듸여 주엇스니 래일까지야 뭐랄나구!"

이 말에 치룡이는 밸이 꿈틀 뒤슬넷다 속 좁은 소리다, 소작인들의 곡식도 절반뿐 아니라 전부가 다 제 것이 되다십히 하는데 자긔네 자작농사 진 것만 베혀 들이면 그만이라는 수작이다……(저런 궁통을 가지고 돈은 어떠케 모앗노?)……

치룡이는 속으로 흥분과 비웃음으로 중얼거렷다

강 좌수가 베비는 뒤에 잔뜩 뻣치고 섯스니까 일꾼들은 속으로는 급히 구노라고 해도 한 대라도 실수 업시 깡그리 베일려다가 강 좌수 업슬 때보다 자연 일이 더듼다

"저러고 섯스면 점심 전에 이 배미를 못다 베일 텐데!"

모다들 판백이 농사꾼들이라 이러케 속치부를 햇다

"그까짓! 제 눈으로 본 댐에야 머랄나구!"

강 좌수는 이러케 점심도 일꾼들과 가티 먹고 저녁때까지 우둑헌히 뻐치고 서서 녀자들 쪽만 이 사람 저 사람 번갈아 바라보고 잇드니

"나는 들어가겟네 되도록 서들어 베게!"

하고 한 명 품어치 만큼박게 안 남은 것을 본 뒤에야 슬쩍 얌전이를 유심히 다시 한번 삷혀보고 겨우 거동을 한다

그리고 몃 발걸음 옴겨 노트니 다시 돌아서서 치룡이를 보고

"치룡이 잠깐 나오게!"

치룡이는 엇떤 영문을 몰나 터벅터벅 나가닛까

"저녁에 넌젓이 우리집에 좀 왓다 가게!"

치룡이는 무슨 일인가 껄음칙하면서도 마침 저녁에 벼 벨 때 쓸 량식을 꾸기 위하여 차저갈녀든 차라 선뜻

"네……"

하고 대답햇다 "꼭 와야 해!" 강 좌수는 한번 더 다진 후에 끼웃둥 끼웃둥 뱃소로 향해 걸어간다.

강 좌수가 뱃소까지 거지반 간 후에야 약조나 햇든 것처럼 모다들

"뭐라든가?"

궁금한 듯이 뭇는다 치룡이는 대답허기가 엇전지 실헛스나

"저녁에 넌즛이 왓다 가라는데……"

"흥! 사월 삼을녀는 게구먼!"

하고 강 바위가 얌전이를 힐끗 바라다보며 또 롱을 한다.

치룡이는 공연히 그런 말을 햇구나 후회하면서 또 한번 "웨 오라는가?" 하고 궁금 속에서 그날 일을 맛첫다

三

그 이튿날도 그들은 여전히 강 좌수네 벼를 베엿다 어제 일꾼 그대로엿다

치룡이는 어제 형하고 말다툼을 햇슬 때보다 더한층 우울한 긔분으로 묵묵히 낫질을 햇다

"사는 게 무어게 이러는 겐구!"

"다 가난한 탓이지!"

치룡이는 거이 엽헷 사람이 들을 만큼 중얼거렷다

"굶어 죽으면 굶어 죽엇지 그까짓 서포사리를 해!"

"더구나 얌전이가 불상해서"

치룡이는 충혈된 눈으로 접쪽에서 벼 베는 얌전이를 살펴보앗다

엇저녁에 치룡이는 강 바위네 집에서 저녁을 먹은 후 강 좌수댁을 차저 갓다 그가 들어가자 강 좌수는 집안사람들을 다 내보냇다 께름칙한 군데 가 잇는지라 치룡이는 무릅을 꿀코 안저 묵묵히 강 좌수 입만 처다보며 무슨 말이 나올까 마음을 조마조마 조이며 안저 잇섯다

강 좌수가 한참 만에 내놋는 말은 과연 치룡이네 생명선을 잡고 희롱하 는 말이엿다 즉 전부터 말이 잇서오든 자긔네 서포사리를 올에는 꼭 들어 오라는 것이엇다 벌서 작년부터 강 좌수는 이 물방아ㅅ골서는 보기 드물 게 일을 도량 잇게 하고 서근서근히 잘하는 치룡이네를 욕심내엿다

벌서 칠 년째 서포사리로 잇는 얌전네는 삼 년 전 아들이 죽은 후 사정 에 못이기여서 아직 두어두기는 햇스나 얌전이 외에는 다 늙은 영감네 내 외뿐이라 될 수 잇스면 내여보내고 그대신 펄펄 타는 장정을 가라들이고 이 사람 저 사람 적당한 사람을 물색하든 차에 마침 치룡이네가 마음에 들엇든 것이엇다 그뿐 아니라 호색한 강 좌수는 한해 한해 꼿봉오리 피여 오르듯 활작활작 피여가는 얌전이의 어엽뿐 자색(姿色)에 슬그머니 군침

이 샘켜젓다

본댁네박게 노 멀정이 녀편네를 빼아서 들인 첩이 잇기는 하나 그것도 인제는 다 늙어서 강 좌수의 욕심을 만족식히기에 부족하엿다 그래서 될 수 잇스면 하로밧비 얌전이를 끌어들여서 늙바탕에 자미를 볼 야심이 붓쩍붓쩍 낫다 그러나 그러케 할려면 얌전네를 전처럼 그냥 서포사리로 두어들 수도 업는 일이요 그러타고 다른 사람을 두기 전에 얌전네를 먼첨 내여보내면 그나마 당장 일손이 비는 터라 할 수 업시 지금까지 미루워 왓든 것이다.

1936년 2월 1일(토) 석간 4면
신춘현상당선소설 전락(7) 차자명 작

얌전이네로 말하면 지금 늙마에 아들까지 안어버리고 강 좌수네 서포사리나마 쫏겨난다면 당장 굶어죽을 수박게 업는 판국이라 만일 얌전이를 첩으로 안 준다면 한번만 서포사리를 그만두라고 위협하면 안 들을 리 업슬 것이요 또 첩 삼는 대신에 서포사리도 그만두고 따로 집이나 한 간 마련해주어 나무 양식 대여주어서 편히 지내라고 하면 백배사례[3]하고 응낙할 것이다

강 좌수는 이러케 뱃장을 딱 정해 가지고 잇섯는데 돌연 전년 가을에 얌전이와 치룡이와의 혼담이 일어낫다 강 좌수는 한끗 당풍하야 얌전이 부모에게 내설[4]을 하랴 햇스나 갑자기 어데서 서포사리할 사람을 구하지 못해서 위선 선례장을 엄청나게 청하라고 얌전이 부모를 충동이여 일을

---

3 백배사례(百拜謝禮) : 거듭 절을 하며 고맙다는 뜻을 나타냄.
4 내설(內設) : 속의 것을 이야기함.

파헷치게 한 것이엇다

그리하야 강 좌수는 불야불야 자긔 사는 월정ㅅ골과 물방아ㅅ골 사람들을 일일이 물색해 본 결과 치룡이네박에는 별노히 맛득한 사람도 업고 또 한편 심술구진 생각도 부가(附加)되여 그여히 치룡이네를 골나낸 것이다

치룡이네는 형제가 다 일도 세굿게 잘할 뿐 아니라 아직 아이 하나 업고 더욱이 형이란 사람은 소가티 착하기만 하여 푼수업시 남의 꾀에 빠지길 잘하는 사람이므로 욕심 만코 간교한 강 좌수의 서포사리하기에는 아주 안성맞침이엿다

그러나 치룡이네 형편이 어렵기는 하나 아직 끼니 끄릴 것이 업서 하는 정도는 아니라 강 좌수는 엇더케 해서든지 그들의 환심을 사려고 작년 겨울부터는 전에 업시 친절이 굴며 가지가지의 호의를 보이려고 애썻든 것이엇다 치룡이네가 작년 빗도 못다 가픈 채 올에 다시 새로 빗을 아무런 군소리 업시 어든 것도 그 때문이요 작년까지는 서 말지기박게 못하든 논을 올에 갑작이 두 마지기나 더 어든 것도 그 때문이엇다

그리하야 강 좌수는 벌서 수차나 치룡이네더러 자긔네 서포사리를 들어와 달나고 여러 가지 조흔 조건을 부처 감언리설로 살살 꾀엿다

이 바람에 사람 조흔 형은 의향이 좀 잇서 햇스나 치룡이는 그럴 적마다 번번히 거절해 왓다 서포사리하기가 실키도 햇거니와 제일 자긔네가 들어가면 얌전네가 쪼겨날 것이무로 사랑하는 얌전이를 생각해서 그러한 것이엇다

백발이 성성한 늙은이들뿐인 그들이 강 좌수네 서포사리마저 쫓겨난다면 과년한 딸을 다리고 장차 엇더케 해서 살어나갈 것인가?…… 달은 사람이 들어간다는 것은 할 수 업지만 자긔로서는 절대로 불가능한 일이엇다

강 좌수네 딴 뱃장을 전연 알지 못하는 치룡이는 단순히 이러케 생각만 하고 이때까지 거절해 온 것이다

그러나 현재 강 좌수네 빗도 젓거니와 제일 소작을 어더 하는 만큼 강경히 거절할 수는 업서서 잇때까지 어물어물 밀어내려 왓다

그럼으로 치룡이는 이번에도 마음 속으로는 곳 결정해 버렷스나 쌀을 꾸어가야 하겟스므로 다시 형과 의론을 해본다고 우물쭈물 핑게해 노코 쌀 서 말을 꾸어가지고 도루 강 바위네 집으로 와서 어제밤을 지낫든 것이다

치룡이는 쌀 서 말 때문에 마음의 업는 대답을 한 것이 자못 불쾌햇다.

"빌어먹을 놈의 돈! 웨 그러케 모히는 데만 모히누…"

"에 — 올에는 엇더케 해서라도 빗을 말끔이 갑허 놔야지 — 벼가 그만큼 됏스면 빗이나 갑하버리긴 넝넉하겟지!"

치룡이는 생각에 잠겨 힘드는 줄도 몰으며 긔게적으로 일을 햇다.

"고 — 방정마즌 가막까치가 엇저녁은 왜 그리 울엇슬가?"

엽헤서들은 여전히들 짓거린다.

"지난밤 내 꿈자리가 왜 그리 사나운지?!"

큰능지에 떠도는 괴상한 구름이 아무래도 일집을 일쿠지!"

"글세 어적게부터 개울이 유난스레 우는 게 수상해!"

치룡이도 한마디 말참견을 하엿다.

오늘도 큰능지 쪽에 또다시 회황색 구름 멧 점이 떠돌고 잇다.

"그저 하나님! 눈 딱감고 닷새만 더 참아 주십사!"

여러 사람의 근심을 도마튼 듯이 과숫댁은 재수 업시 까분다

사람들은 공연히 가슴이 쩔넝햇다

신춘현상당선소설 전락(8) 차자명 작

겻두리 때쯤 되여섯다 바로 겻두리 때부터엇다

일꾼들의 불길한 예감은 들어마젓다,

어데서 일어낫는지 요사히 잘 볼 수 업는 싸늘한 바람이 강을 휩쓸고 거처 올나오드니 골작이로 몰녀 들어간다 그 바람이 다시 골작이를 휘도라 몰녀 나올 때는 선풍(旋風)으로 변하여 회오리를 일우고 사면팔방으로 회황색 구름이 조수 밀니듯 몰녀들엇다

삽시간에 천지가 금음밤가티 캄캄해지고 이곳저곳으로 삼단 가튼 구름이 땅에 다흘 듯이 처저 태풍(颱風)에 몰녀 산산이 훗터지고 잇다 바람은 무서운 긔세로 지동치듯 불어 골작이의 나무닙과 강ㅅ가 모래를 한데 휘몰아 벼 베는 데로 몰여오드니 밋처 묵지 못한 벼까지 몽착 날녀가지고 치달어 올나간다

"아이구 이 바람!"

"이어그 추어!"

칼날가티 차거운 바람이 사정 업시 아직 홋잠방이박게 걸치지 못한 그들의 피부를 폭폭 찔으는 듯이 파고들어 온다 금시에 입술이 샙파라케 질니고 입발이 딱딱 마즈첫다

"아이구 추위!"

부러 끼언는 모래 때문에 그들은 숨이 콱콱 막히고 눈을 바로 뜰 수가 업섯다

"긔여히 변을 내고야 말겟는데!"

"아무래도 야단난 것 갓태!"

벼 베든 일꾼들은 눈이 둥그래서 일손을 멈추고 버들버들 떨면서 사면을 횡횡 들너보앗다

그러나 속수무책이다 그들은 오직 혹독한 추위와 불길한 예감에 전률할 따름이다

이윽고 우루루―땅 하는 하눌이 빠개지는 듯한 우뢰소리와 함끠

후두두! 후두두!

하고 주먹 가튼 빗방울이 태풍에 공중으로 떠올낫든 모래와 벼ㅅ집에 뒤석겨 떠러젓다

"아이구머니!"

바람이 한층 더 사나운 긔세로 휩쓸어 일어낫다

"사람 살니우―사람 살니우―"

하고 낭강에서 사람 살녀 달나는 웨침이 연겁허 들닌다 뒤집힌 모양이다 그러나 그들은 서로 묵묵히 바라다만 보고 섯슬 뿐 누구 하나 가 볼 마음도 못 먹는다

돌연 치룡이는 정수리에 차돌맹이 가튼 무리 한 개를 딱! 언저 막엇다

"억쿠! 무리가!"

"저 벼들…………"

비에 밤톨 가튼 무리가 툭! 툭! 떨어진다

"아이크! 머리야!"

"아이구 이걸!"

일꾼들은 머리가 탁탁 튀여 올으게 무리를 엇어밧고 추위에 벌벌 떨면서도 오직 곡식 옥으라질 억울한 생각뿐으로 밋칠 것가티 불으짓고만 잇다.

이제는 빗방울은 전연 업서지고 무리만이 작알을 내려뿌리듯 퍼붓는

다 일꾼들은—더구나 부녀들은 되우 급하여 볏단 모하 노혼 데로 휩쓸어지며 머리를 볏ㅅ뭇 속에 들어박는다 장정들도 볏ㅅ뭇을 뒤집어 쓰지 안코는 못 백엿다 몸들이 싸늘하게 얼어서 금박 얼어죽을 것 갓다.

그러나 치룡이만은 밋친 사람가티 한달음에 자긔 논으로 달녀가서 벼를 부둥켜안고 엉엉 울엇다.

벌서 벼ㅅ짐은 모다 쓸어저 쑤세기가 되고 그 우헤는 허—연 무리가 수두룩이 싸혓다

노 멀정이가 무엇이 조흔지 볼난 강변에 송아지색기 뛰여다니듯 껑충껑충 궁덩춤을 추여【며】 뛰여단인다 무리는 그날 일은 저녁때까지 조곰도 끈임업시 무작정 내리퍼부엇다

이튿날 일긔는 도루 개엿다 추위도 돌우 풀녓다

명랑한 아츰 햇발은 아무 일도 업섯다는 듯 활작 떠올낫다 밤새도록 얼어붓터든 산과 들이 따뜻한 햇발에 맥도 업시 뻔질뻔질 녹기 시작햇다 이제야 다시 산 것 갓다.

그러나 시야(視野)에 벌어지는 참경은 눈압에 확실이 보이면 보일사록 사람들의 오장을 뽑아내는 듯 더욱 압흐게 할 딸름이다 무리는 아직 발희목이 빠지게 대지를 허엿케 덥고 잇다

험악한 산골작이에 넉을 일코 의지 업시 틀어 업데여 잇는 화전민 사히에는 이번 박재(雹災)에 대한 소문이 짜잘낭 퍼젓다

신춘현상당선소설 전락(9) 차지명 작

곡식이란 벼는 말할 것 업고 콩 팟 록두 메밀 할 것 업시 모조리 진탕치

듯 처노앗다 긔끗 풍년이리고 떠들든 것이 이제는 헛되인 한자리 꿈이 되고 만 것이다

그들은 얼빠진 사람처럼 공연히 아래웃 동리를 하로 종일 왓다갓다하며 떠러진 곡석이라도 쓰러 드릴 생각 업시 서성거리엇다 집집마다 간간 창자를 긁는 듯한 곡성이 들녀왓다 곡식을 다—망처 노앗스니 일 년 내내 뼈 힘들여 일한 것도 원통하거니와 위선 도지해 노을 것—장리와 빗갑흘 길이 망연하엿다 식량도 업시 해들인 감자 옥수수 도토리박게 잇는 것이 업스니 조들이나 무사해야 될 터인데 그것쫏차 이번 무리에 그대로 잇슬 리 만무하다

산빗탈에 그냥 가려 잇든 조ㅅ뎀이들이 바람에 문허저서 조ㅅ뭇이 여긔저긔 데굴데굴 굴어나고 그 위를 산즘생들이 때를 맛난 듯이 횡행하며 먹어치우는 꼴이란 참으로 목불인견의 참상이엇다

동리도 집집마다 왼통 집웅이 벗어지고 월정ㅅ골 강 바위네 집은 허무러지기까지 하엿다 한다 장독들이 깨여진 것은 물론 잡은 장긔의 손상 당한 것 가튼 것은 이로 말할 수 쪼차 업다 산에는 십 여 길씩이나 되는 나무가 수두룩이 넘어저 잇다

강 좌수네는 강까에 매여두엇든 송아지 한 마리를 미처 것우지 못하여 무리에 마저 죽고 말엇다 이제 머슴들이 똥줄이 넙적하게 엇어마즐 것이다 닭을 죽인 사람도 여러 집 잇다 치룡이네도 요새 날마다 알을 나튼 첫배 앏닭 한 마리를 죽여 버리고 말앗다

동리 아이들은 아츰부터 통떨어 나서 산으로 들노 쏘단이며 하로 종일 마저 죽은 산새들을 주서 왓다 꿩을 열 마리나 주서 온 아이도 잇다

전날 일을 하다 무리를 엇어마진 일꾼들은 밤새도록 몸살들이 나서서

호되인 고초를 당하엿다 치롱이도 밤새도록 열에 띄여서 신음하다가 박게서 누가 찻는 소리에 느진 아침에야 겨우 자리에서 일어낫다

머리가 횡하고 전신에 맥이 탁 풀녓다 얼골이 하로밤 새에 몰나보리 만큼 수척해젓다 모든 것이 다 절망이엇다

"이 압홀 엇더케 살어가누!"

"이제는 빗두 갑기 다 틀니고 얌전이한테 장가 들기두 —— 다 틀넛구나!"

"요런 조랑복을 가지고 깃것 풍년이 젓다구 깃버햇드니 ——"

이런 생각을 하면서 누군고 하고 힘업시 박그로 나와 보니 치롱이는 웬 알지도 못할 사람이다

그 사람은 그가 미처 인사도 하기 전에 치롱이의 일홈을 재삼 다진 후 곳 치백이가 어적게 무리와 추위에 동상(凍傷)을 당하야 이 물방아ㅅ골서 한 삼십 리 들어간 산중 엇던 누게(冬鍊이라고도 하는 움막)에 들어 업데여 잇는데 방금 위지사경[5]이니 곳 올라가서 업어 내려오라고 하는 것이엇다 자기도 산삼 캐려 갓든 사람이라고 한다

어적게 치롱이가 집에 돌아와 보니 그적게 그가 그만큼 신신당부햇는데도 불구하고 형은 그날로 다시 산으로 들어갓든 것이다

가티 갓든 야서긔(夜書記)는 얼어죽어서 방금 시체를 차즈려 올라갓다고 한다

치롱이는 갓득이나 긔가 막히는 판에 이 말을 듯자 고만 울화가 잇는 대로 칵 뒤집혀 올라왓다

"뒈지라지! 비러먹을……"

---

5   위지사경(危地死境) : 죽을 고비에 이른 위험한 처지.

그는 이러케 배앗듯이 뇌까리고 그 사람을 돌려 보낸 후에 도로 방으로 들어와서 다시 탁 들어버리고 말엇다

"싸구지! 싸구야!"

아무리 형이라도 그가티 막가는 데는 금박 자긔 눈압헤서 죽어간대도 손끗 하나 대고 십지 안케 감정이 치밧첫다

그는 한참이나 먹먹히 들어누어 잇섯다 형수가 울상이 되여 가지고 종 알종알 성화치듯 졸는다

"그러니 엇찌하겟수—잘못한 건 잘못햇드래두 사람이 죽어서야 쓰겟수!"

형수는 어제 저녁부터 치룡이의 분푸리를 밧으면서도 자긔네 한 간이 잇는지라 풀이 죽어서 말씨가 딴 사람가티 고분고분하다 치룡이는 얼맛 동안 청이 불문하고 잇다가 할 수 업시 툭툭 털고 일어나서 의복가지며 포대기 등속을 준비해 가지고 산속으로 들어갓다

산비탈길이 음달쪽은 얼어부터 밋그럽고 양짓짝은 녹아 질쩍질쩍 질 어서 거진 저녁때가 지나서야 각가스로 형을 업고 집으로 내려왓다

1936년 2월 5일(수) 석간 4면
신춘현상당선소설 전락(10) 차자명 작

형의 모양은 참혹하기 짝이 업섯다 전신이 검푸러케 얼어부터서 거의 혼수상태에 빠저 잇섯다

치룡이와 형수는 방코 영감네 소를 어더다가 밤새도록 형의 뻣뻣이 얼 어 터진 팔다리에 더운 소똥 찜질을 하엿다

소는 아무 때라도 작구 끌구 다니기만 하면 곳잘 똥을 싼다 치룡이는 밤이 깁도록 박갓헤서 대문 턱으로 소를 끌고 들어왓다 나갓다 하면서 똥

을 쌔우고 형수는 그 똥을 바다다가 찜질을 계속하군 하엿다

그런 결과 형은 밤이 이슥히 깁허서야 겨우 의식을 회복하고 신음소리를 내이기 시작하엿다 치룡이는 위선 안도의 한숨을 길게 내쉬엿스나 긔맥힌 눈물이 참을 수 업시 두 볼을 흘러내리엿다

전년 올 진 빗 오백 여 량도 모다 형이 투전을 해서 진 빗이엿다 천성 푼수 업는 형은 나히갑도 업시 누구 말에나 속아넘어가길 잘한다 작년에 투전빗도 남의 속임수에 빠저 진 것이엿다 금년에나 정신이 좀 든 줄 알엇드니 금년은 또 야서긴가 한 자식한테 속아서 괘니 끌려다니며 고생만 하고 집안일도 틀녀지게 할 뿐외라 급기야는 이런 고초까지 격는 것이다 일은 이제 죽게 밧불 텐데 공연한 일로 저러케 알아누어 잇서 자긔가 일 못하는 것은 물론이요 집안 사람들까지 일을 못하게 하니 복통을 해도 시원치 못할 노릇이다

그날 저녁때 강 좌수 영감이 머슴들을 달이고 몸소 돌아다니며 논에 벼 안 쓸은 것을 골안이 떠나가게 책망을 하고 내일은 식전 아츰부터 통털어나서 벼들을 쓸나고 당부한다 치룡이는 모두가 신푸녕스럽기만 하엿다

사람들은 무리에 죽탕이 되다십히 한 논판에 하얏케 헤여젓다 무리는 어제 오늘 따뜻한 일긔에 전부 녹아 풀려서 논바닥이 진흙 바다가 되고 말앗다

물방아ㅅ골과 월정ㅅ골 사람들은 어른 아이 할 것 업시 통떨어나서 논으로 나왓다 남자들은 수세기가 된 벼를 베이고 녀인들과 아이들은 가마니 망꼬리 삼치[6] 등속의 그릇을 가지고 빗자루로 수랑탕이 된 논바닥에서

---

6 삼치 : '삼태기'의 방언(함경).

해감[7]투성이 된 벼알을 쓸어 못는다

우박 오기 전에 벼를 벼인 논이라고는 단지 강 좌수네가 붓친 자작논박게 업다 그박게는 누구네 할 것 업시 모조리 피해를 당하엿다

벼ㅅ대는 무리에 마저서 도리깨로 짓족인 것가티 후주군이 잣바지고 그 밋흐로 싯커먹케 흙투성이 된 벼알이 쭉 깔려 잇다

수 일 전까지 황금(黃金) 가튼 벼가 그 꼴이 된 것을 볼 때 그들은 눈에서 열불이 낫다

강 좌수가 도지나 감해 주겟는지 —여태것 수십 년 래로 해내려 온 린색한 행동을 보아서 도저히 감해 줄 것 갓지도 안코 이러케 생각하매 그들은 일손에 더욱 힘이 줄엇다

강 좌수는 감투를 끼우듬이 쓴 후 긴대를 든 채 뒷짐을 지고 우 아레로 싸다니며 눈이 뒤벌개서 꽥! 꽥! 큰소리를 질은다

방코 영감네 총각네도 집안이 통터러 나오고 길 훈장네도 훈장 녕감까지 허연 수염을 날리면서 나와서 논으로 왓다갓다한다 얌전이는 몸살로 햇쑥하게 숫척해진 얼굴로 어머니와 둘이 벼를 가름가름 비이고 쓸고 하고 과수ㅅ댁은 이제 겨우 열 살 먹은 어린 아들을 데리고 나와서 벼를 베이면서 아들이 벼를 잘 못 쓴다고 쨍쨍거리고 잇다 전날 벼 벨 때ㅅ 사람들은 전부 나온 중에 집 허무러진 강 바위와 노 멀정이뿐이 빠젓다

치룡이도 형수와 가티 낭강 건너 논으로 나와서 벼를 베이고 쓸고 하엿다 치룡이는 성태 잇는 벼라고는 한 대도 업는 벼ㅅ대를 꾸물꾸물 골나 베일녀닛가 무척 힘이 들엇다 그는 간간이 일어나서 머 — ㄹ리 얌전이의 모

---

7   해감 : 바닷물 따위에서 흙과 유기물이 썩어 생기는 냄새나는 찌꺼기.

양을 힐끗힐끗 바라보군 하엿다 형수도 꼬부리고 안저서 벼를 쓸녀니 힘
이 드는지 잇다금 압흔 허리를 펴며 심심한 듯이 먼발치를 머—ㅇ하니
바라다본다

"평소에 그러케도 팔팔스럽든 성미는 다 어데 갓는지?……"

치룡이는 이 형수의 낙담한 모양을 보고 코허리가 얼싸햇다

한참 만에 치룡이는 형수의 가마니에 쓸어 담은 벼를 지고 강ㅅ가로 갓다

흙투성이가 된 벼를 가마니째 물속에 담가 헤워가지고 흙을 떨은 후에
강까 모래사장에 멍석을 깔고 널어 말리는 것이다

치룡이는 지고 온 가마니를 물에 담근 후에 한참 추석추석 흔들엇다

1936년 2월 6일(목) 석간 3면
신춘현상당선소설 전락(11) 차자명 작

맑엇든 강물이 금시에 뿌엿케 흘여서 굼실굼실 꼬리를 치며 흘너 내려
간다

치룡이는 가마니를 붓든 채 머—ㄹ거니 말것케 개인 하눌을 처다보앗다

"이게 무슨 놈의 팔잔구!"

길이 몹시 험하여서 집에서 떠난 지 한겻[8] 만에야 치룡이는 겨우 큰능
지까지 다달엇다 조를 실으려 온 것이다

조급한 생각 가태서는 벌서 한번 와서 보기라도 햇겟스나 그동안 멧칠
낫에는 논에 벼 쓸녀 단이기에 눈코 뜰 새 업섯고 저녁에 돌아오면 각가
운데 곡식들을 꺼들이기에 밧버서 무리 온 지 나흘 만인 오늘이야 겨우

---

8 한겻 : 한나절의 반쯤 되는 동안. 곧 하룻낮의 4분의 1에 해당하는 동안을 이른다.

떠나온 것이다

형은 아즉 일어나지 못하고 잇다

곳 꺼들인 곡식들도 거의 반실이 됏는데 삼사일이나 지내 여깃 것이 그냥 잇슬 리 만무하다 반듯이 왼통 즘생의 밥이 됏슬 것이다

그는 조급한 마음에 소만 땅땅 갈겨 첫다 매운 발구(썰매에 멍지나루를 붓친 것)가 험한 산길을 끼웃둥 끼웃둥 끌려 온다. 소는 또 방코 영감네 소를 어더 온 것이다

울멀【밀】한 산이 험준하게 뻐더 내려 오다가 동쪽으로 늣늣이 퍼저 달른 곳보다 유달니 쨍쨍하게 볏을 밧는 곳에 치룡이네 부대기가 잇다

치룡이는 시각이 조급하여 부대기 겨테 오자 곳 엇던 놉흔 바위 우에 덥석 올나섯다 그리하여 한번 처다멀어 보자 곳 그는 현깃증 난 사람가티 압흐로 폭폭 구러질 번햇다

치룡이는 미친 사람가티 워―이 워―이 연겁허 소리를 치며 바위를 펄적 뛰어내려 부대기로 달려 올라갓다 치룡이가 좃뎀이까지 손살가티 뛰여올나 가서

"이놈들아!"

하고 소리를 치는 순간 푸드등! 푸드등! 하고 떨거기와 까투리가 멧 마리 날느고 연달어 조ㅅ뭇 속에서 노루 두 마리와 산돼지 한 마리가 화닥닥 튀여 나간다

치룡이는 연성 돌을 던지면서 딸아갓다 즘생들은 치룡이가 돌을 던지며 딸아가면 겅충겅충 뛰여 달어나다가도 손을 멈주【추】면 곳 비웃는 듯이 흐느적 흐느적 약을 올니면서 삼림 속으로 살어진다

치룡이는 악에 치밧쳐 즘생들의 감초인 곳을 한참 쏘아 보앗다 눈물이

콱 쏘다젓다

조는 반실도 못되엿다 조ㅅ뎀이에는 성한 조ㅅ뭇이라고는 하나도 업시 모조리 풍지박산이 되엿다 조알이 땅바닥에 그득이 떨어저 싸이고 조이삭이 여긔저긔 산지 사방이 되어 홋터저 잇다 바람과 무리에 뒤복겨 산산히 홋터진 뒤를 즘생들의 습격을 당한 것이다

치룡이는 미리 각오하고 올나오기는 햇스나 이 눈의 변사나운 꼴을 딱 막다들녀 노흐니 긔가 탁 맥히지 안을 수 업섯다

일이 다 글은 바에야 원망은 가만 두겟다고 결심은 햇스나 저도 몰으게 다시 형에 대한 증오의 불길이 활활 타올음을 어찌할 수 업섯다

"내 말대로만 햇스면 이 조만은 무사햇슬 텐데…"

그는 한참이나 실심한 듯이 먹먹히 서 잇다가 하는 수 업시 소를 끌어 올녀서 발구에 홋터진 조ㅅ뭇을 글거 모하 잇기 시작햇다 조ㅅ뭇 속에서 조그만 들쥐들이 빨빨거리고 뛰여단이며 갓득이나 부푸러 올은 약을 더 바작바작 올녀 준다 그는 후닥닥 후닥닥 쫏차단이며 눈에 보이는 대로 모조리 발바죽이려고 한참 땀을 빼엿다

두 바리에도 멧차리라고 예정햇든 조가 한 바리에도 골막햇다 새삼스레 아쉬운 생각이 끌어올낫다

조ㅅ짐을 다 실어 노은 다음 치룡이는

"엑! 그놈들의 다니는 길이나 알아 두엇다 굴함이나 파 봐야지 복수를 하게!"

하고 혼자 분에 겨워 중얼거리며 즘생 가든 쪽으로 발자욱을 쫏차 찻츰 찻츰 들어갓다

삼림(森林) 속은 십 여 길식 되는 나무로 가득 찻다 삼손 분비 참나무들

이 이번 무리에 엉성하게 놉이 떨어저서 나무 밋에 길이 차게 싸여 잇다 점점 더 깁히 들어가면 가문비 백자 물황철나무들이 빽빽이 욱어저서 대낮인데도 하눌을 처다보면 별이 다문다문 보일 듯 음침하다

그는 몸을 글거다리는 덥불을 양손으로 헷치면서 한거름 더 깁히 들엇갓다 그리하야 그가 얼마쯤 들어가서 그만 자욱을 일어버리고 머─르거니 마즌편 험창이 놉고 큰 엇던 바위 밋을 삷혀보앗을 때 그는 언뜻 무슨 조그마한 즘생이 바위 밋으로 홀딱 드러가는 것을 발견하엿다

1936년 2월 7일(금) 석간 4면
신춘현상당선소설 전락(12) 차자명 작

치룡이는 곳 "이게 뭔가?" 하고 발소리와 숨결을 죽이고 가만가만 바위 엽으로 가서 자서히 삷혀보앗다

"오소리로구나!"

한참 들여 미러 보든 치룡이는 좁다라한 구멍에 서너 마리의 오소리란 놈이 대구리들만 국 처박고 들업데여 잇는 것을 보앗다 이번 졸한(猝寒)에 밋처 굴을 파지 못하고 되는 대로 처백혀 잇는 모양이다

"얘! 이게 웬 떡이냐!"

그는 가슴이 후닥닥 뛰엿다

치룡이는 선뜻 부대기로 뛰여와서 가지고 왓든 낫으로 굴근 싸리를 댓 대 날세게 후려 베엿다 끗을 깍기좃자 조급스럽다 그는 싸리 꼬챙이를 들고 다시 바위 밋으로 달녀갓다

오소리들은 아직 그 자리에서 백혀 잇섯다 그는 떨니는 손으로 잿빨으게 맨 뒤에 백혀 잇는 놈의 뒷다리를 꽉 잡은 후 밋구멍으로부터 싸리꼬

챙이를 푹 찔넛다 오소리는 괴상한 소리를 질으면서 꿈틀꿈틀 용맹을 쓴다 그는 휘ㅅ닥 그놈을 집어 내던지고 다시 다음 놈을 찔넛다 그리하야 그는 그 세 놈을 다 잡엇다

치룡이는 이 의외의 횡재에 깃뿜으로 가슴이 벅찻다 우슴이 저절로 터저 나온다

"이놈들도 물론 우리 조를 먹엇겟지 ―"

"요놈들 요 노루 놈 산돼지 놈두 굴함을 파서 깡그리 잡어야겟군"

"헐처도 세 놈이면 한 백 냥 맨들어 쓰겟지"

치룡이는 이러케 혼잣 궁리를 하며 올나올 때와는 딴판인 갓든한 보조로 집으로 내려왓다

× ×

그 이튿날 의외에 강 좌수가 차저왓다 마츰 집에서 마당을 닥고 잇든 치룡이는 또 무슨 일인기 가슴이 섬찍했다

강 좌수는 한참이나 이번 박재에 대한 이야기로 형의 봉변 당한 이야기로 아삼아삼하드니[9] 급기야 다시 서포사리에 대한 일절을 꺼냇다,

"나두 벌서 여러 번째 자네들께 사정하는 것이네만 자네들도 이제는 생각이 좀 잇서야 할 게 안인가! 사람이야 그까짓 서포자리할 사람이 업서서 ―나도 그러겟나만 자네네가 하두 사람들이 참스럽구 하니 나두 자네네를 엇덧게든지 도와줄려구 그러는 게지 이게 벌서 멧 번째나 ―달은 사람 가트면 괘심해서 벌서 결이반을 낸 지도 오랫겟네 자네네가 정말 마음에 드닛가 아직두 이러는 게지 좌우간 들어와 보게 내 해롭지는 안케 할

***

9   아삼아삼하다 : 무엇이 보일 듯 말 듯 희미하다. 무엇이 기억날 듯 말 듯 희미하다.

터니 더구나 금년엔 자네네두 박재 때문에 하잘 턱 업지 안나"

맛치 박재를 당해서 자기에게는 도로혀 다행이라는 수작이다

"들어오기만 하면 논두 더 붓치게 해줄 터이요 밧두 평전으로 조흔 것을 줌세 식사두 늘 우리집에서 끼여 할 터이니 농사는 짓는 대로 자네네 것 되지 안겟나 어느 모로 보아두 자네네게 해로울 것은 업스니 이번엔 두말 말구 들어오두록 하게 — 만일 내가 이러케까지 말하는데두 자네네가 끗끗내 내 낫츨 봐주지 안는다면 나도 생각이 잇네"

만일 안 들어오면 빗으로 장리로 올엔 용서 업시 밧어내겟다는 위협이다 강 좌수는 한참 이러케 꺽것다 까불럿다 말을 맛추고 대답을 재촉하는 듯시 형제의 얼골을 번가라 바라본다

치룡이는 낫치 간즈러웟다 형제는 잠간 동안 서로 마조 바라보고만 잇다가 치룡이가 먼저 좌우간 잘 의론해 보겟스니 멧칠 동안 말미를 달라구 사정하듯 해서 겨우 또 밀우엇다

강 좌수가 돌아간 다음 형제는 또다시 묵묵히 바라보고만 잇섯다 이윽고 형이 들어누은 채로

"넌 엇더하겟니?"

"뭘 엇더케요?"

치룡이는 짐짓 이러케 반문하엿다.

"이제 좌수 영감 말 말이다"

"난 못 해요!"

그는 정식【색】을 하고 칼날처럼 말을 싹 잘낫다

"글세 못 한다는 것두 분수가 잇서야 될 게 안이냐 그저 무작정하고 못 한다고만 하니 답답하지 안니! 생각해 봐라 한끗 밋엇든 벼는 저 꼴이 되

구 빗은커녕 도지나 어데 다 들여 놀 것 갓트니 저놈의 조 장리는 엇덕하니 강 좌수가 이번에도 도지를 안 감해줄나 ─ 아직까지 아무 말 업는 걸 봐두……【"】

"설마 이번에야 도지를 안 감해 주겟수!"

1936년 2월 8일(토) 석간 4면
신춘현상당선소설 전락(13) 차자명 작

"숫태 감해줄나 두구 보라 좌우간 남들도 그럿켓지만 우린 이대로 잇으면 굶어죽을 수박게 꼼작 수 업지 안니 이번도 또 우리가 서포사릴 안 들어가면 아무리 사정해두 빗을 또 안 누여줄나! 그건 내가 잘못해 그러케 됏다만 조까지 그 모양이 되구 그 찝질헌 조나마 빗갑에 빼돌리게 되면 겨울을 무얼 먹고 사니" 네가 무슨 딴 궁리를 하고 그러는지 몰으겟다만 나는 답답만 하다 서포사리나마 안 하고 굶으면 용타는 사람 잇다드냐! 남들은 그런 자리도 못 엇어 극매는데 ─"

"용타는 사람 잇스면 들어가 보구려 빗을 이대로 지고 들어가면 서포사리면 해 볼 날이 언제 잇슬 것 갓틉닛가!"

이때 마침 웃목에서 목다리 버선을 께매든 형수가 핼끗 치룡이를 바라보며 한마디 꺼낸다

"아젓씨두 너무 고집만 부리지 말구 이번엔 엇더케 들어가 보시도록 합시다, 그러니 굶어 죽어야 올켓수!"

"좌우간 전 못 들어가요 형님네들끼리 들어가 보겟스면 들어가 보구려 ─"

형과 형수는 아우가 승낙만 하면 가버릴 작정인 모양이다

그러나 치룡이는 오늘 당장 굶어 죽는 한이 잇서도 할 수 업는 일이엇

다 치룡이네가 강 좌수네 서포사리를 들어가면 얌전네는 물논 당장 쫓겨 날 것이다

얌전네가 그곳을 쫓겨 나오는 날이면 그들은 안저 굶어 죽을 수박게는 별 도리가 업슬 것이다

사랑하는 사람의 밥줄을 엇더케 자긔로서 끈어 노을 수 잇슬 것인가? 치룡이는 복잡한 머리를 설네설네 흔들엇다

"아—그럼 당장 들어오는 복을 차버린단 말요!"

형수가 또 얼굴이 검붉어지며 모질게 닷아든다

"자네는 가만 잇서!"

형은 안해의 말을 제지한 후에

"그러니 이번에도 안 들어가면 강 좌수네 성화를 엇더케 감당하니! 나 달 나부랭이란 이제 씨맹이도 업시 뺴앗길 터인데! 그러니 좌우간 입에 풀칠이라도 할 변통을 대여 노코 그래야지 그전에야 입에 거미줄을 칠 태니 그러는 게 안이냐! 서포사리가 넌 머이 틀녀서 작구 그러니!"

"말노는 쉬운 것 갓지만 서포사리도 정작 맛다들녀 노흐면 베찰[10] 걸여 다슷여슷 아궁지에 나무를 대이기도 베차려니와 그 여러 식구의 동자를 도맛타 해줘야겟스니!"

참으로 서포사리란 보통 일이 안이다

엇지 보면 머슴사리보다도 더 고된 일이다 주인의 밋구멍만 안 씻쳐 줄 따름이지 그박겟 일은 모다 해야 한다 남자는 때일 나무는 물논 적지 안흔 농사까지 도맛하 지여줘야 하고 그틈에 제 농사를 해야 하니 한몸을

---

10 베차다: '벅차다'의 방언(평안, 중국 요령성).

열두 동강에 내여도 부족하다

부녀는 더욱 심하다 아츰부터 저녁까지 엉덩이를 조금도 못 붓치고 줄 곳 서서 잇서야 된다 숫탄 물깃기와 동자하기 이것들을 손에 물이 말을 틈 업시 하는 여가에는 아이들의 똥기저귀는 물론 주인 여편네의 개짐짝 까지 빨아대이지 안흐면 안 된다

그러나 현재 얌전네가 감당해 내는 일을 치룽이네가 못 할 리는 업다 치룽이의 반대하는 리유는 물론 그런 것이 안이다 다만 거트로 꾸며대는 핑게에 불과하다

"좌우간 형님! 제가 아무리케 해서라도 세전으로 강 좌수네 빗을 갑고 농냥을 대일 변통을 할 터이니 모―든 것을 내게 맷겨 주시유―"

"글세 뭘 할는지 몰으겟다만 뭐이 될 줄 아니 설사 된다 치드래도 그것 은 미둥거둥한 일이요 이것은 당장 말 한 마디면 다 될 게 안이냐!"

"아무러튼 그만 자신은 잇게 그러는 것이닛가 힘것 하다 안 되는 거야 엇저겟우만 맘 먹은 대로야 못해 보겟수―또 강 좌수네두 우리박게는 적 당한 사람이 업스니가 작구 그러는 게니 해보다가 안 되면 그때 드러가두 되지 안켓수"

치룽이는 끗끗내 이러케 형의 말을 억타누르고 자긔 말을 고집하엿다

가난은 나라도 못 구한다는데 지금 치룽이의 처지에서 빠저나가기는 하눌에 별따기보다 힘든 일이다 그러나 치룽이로서는 어제 오소리 세 놈 잡은 데서 실끗 만한 희망을 가젓는 것이다 즉 겨울에 산즘생 사냥을 해 서 재수가 트이면 어떠케 이 곤경을 면할 수 잇슬가 생각된 것이다

신춘현상당선소설 전락(14) 차자명 작

이 물방안ㅅ골 월정ㅅ골 뒷산에는 산즘생이 만엇다 늑대 곰 범 가튼 맹수도 종종 뵈이거니와 노루 산돼지 오소리 삭쟁이 여우 등의 즘생은 그득하다. 한겨울 이 즘생들 단이는 길에 굴함을 파 노흐면 잘 잡는 사람은 멧놈씩도 잡는다 노루 산돼지 가튼 것은 고기로 팔아먹을 수 잇고 그박게 즘생 더구나 여우 가튼 것은 가죽 시세가 괜찬다

치룡이는 올겨울에는 꼭 굴함을 파서 즘생잡이를 시작해 보리라 결심한 것이엇다

"심청 사납게 그러케 안 햇단 말야 안 해서!"

"그런 생소리 하단 맑은 하눌에 생벼락 마저!"

"좌수 영감이 왓다가는 걸 빤히 봣는데……"

"누가 안 왓댓다나 왓대다지!"

"그런데 무슨 생소리래 ―좌수 영감을 대려다 삶아노코는!"

"그래 삶엇대면 우리를 임자가 엇더걸 테나?"

강 좌수가 치룡이네 집을 단여간 지 닷새 후에 어데서 엇더케 소문이 낫는지 치룡이네가 강 좌수네 서포사리로 들어가게 됏다고 얌전이 어머니가 치룡이네 집을 차저와서 발악을 하는 것이다

마당 한복판에서 치백이 안해와 얌전이 어머니는 금시 잡아나 먹을 듯이 서로 으르렁거리며 동리가 떠나가게 소리를 고래고래 질는다

치룡이는 말니다가 밋처 잠깐 토방에 걸처 안젓다가 말숨이 좀 죽는 틈을 타서 또다시 말린다

"무슨 조상쩍 원수라고 아웅다웅들 싸움닛가? 두고 보시면 자연 알 걸!"

"내가 싸우려고 온 것도 안이고 그런 말이 떠돌기에 어드런 일이냐고 무러보러 왓는데 악담을 하려 다니느니 생트집을 잡으려 다니느니 하고 야단을 치닛가 말이지"

"물어보려 왓스면 예수리 뭇는 게 안이다 생급스리 대불너다 삶엇다고 하니 강 좌수가 그래 하나 둘에 난 아이라고 삶구 말구 한단 말야!"

"그러닛가 결국은 서로 오해하고 동네를 뒤끌러 노혼 것이니 고만들 두시유! 둬 두고 보면 알쪼¹¹가 잇슬 테니요!"

치룡이는 양편을 조토록 화해를 부티려고 애를 쓰는데 저쪽 길에서 얌전이 숨이 하눌에 다허서 달녀들어 온다.

그는 가슴이 울넝 뛰엿다.

"아이구 어머니 웨 이리세요 어서 갑시다!"

얌전이는 오든 마닥 얼골이 빨개서 성이 머리 끗까지 치밧친 어머니를 끌고 간다 치룡이도 그 틈을 타서 보기에도 소름이 끼치게 성이 난 형수를 잡어끌엇다

"그게 뭐시 조흔 자리라고 서포사리 가튼데 — ㄹ 심청 사납게 빼들녀닛가 그러지!"

"그래 그 장한 놈의 서포사리가 욕심이 나서 그랫다……"

서로들 끌녀가며 끌녀오며 발악들을 한다.

"네 꼴 보기 실혀서 긔여히 들어가겟다!"

치백이 안해의 말이다.

"이 년놈들 못 들어왓단 바라 가랭이를 찌저줄 테니!"

---

11 알쪼 : 알 만한 일.

"코가 쏘게 좀 들어가 뵐걸…"

"못 들어오면 이 년놈들 똥벼락 마즐나!"

치룡이는 무엇이 그리 대단한 자리라고 서로들 눈알을 빨각케 까뒤집고 날치는지 한참은 긔가 맥히엇다 그리고 얼픗 이러케두 집이 쌈까지 해놋스니 이제는 선례장 쌀 돈이 생겨도 얌전이한테 장가 들기는 다 틀린 것이 안인가 하는 생각이 들어서 마음이 탁 까불어젓다

그러나 다음 순간 그는 이제는 도적질을 해서라도 그 구렁에는 안 들어가야겟다고 굿게 결심했다

그리고 돈에 악이 밧삭 치밧첫다

그 이튼날 아츰 치룡이는 강 좌수를 차저가서 서포자리를 정식으로 거절햇다

六

겻두릿 때쯤 되여 과수댁네 마당질은 끗낫다 물방아ㅅ골 월정ㅅ골에서 벼마당질이라고는 오늘이 처음이다

수세기가 된 볏집은 세과든 태질에 전부 북데기가 되여 벼알과 함께 뒤석겨 버리고 다시 묵글 것이란 하나도 업다 북두질하기만 힘든다

치룡이는 한참 북두질을 하고 나서 전신이 땀으로 용초가 되고 두 팔이 매새햇다 일꾼들은 잠간 쉬며 강 좌수의 오기를 기대리고 잇섯다

일꾼은 방코 영감 길 훈장네 머슴 치룡이 노 멀정이 네 사람이엇다.

노 멀정이는 북두질에 날려서 벼ㅅ뎀이 압헤 태산가티 싸인 북데기를 거더치우고 잇고 과수ㅅ댁은 마당까의 떠러진 벼알을 쓰러 모하서 키까부질을 하고 잇다

1936년 2월 11일(화) 석간 4면

신춘현상당선소설 전락(15) 차자명 작

"이긔 왜 상긔 안 오니!"

방코 영감이 각급한 듯이 말을 꺼냇다

"글세 와 보지도 안코 이번 뚜들긴 건 그냥 다 가지라고 할나는지 몰으지"

치룡의 말에

"뱃속 편안한 소린 하지도 말게!"

하고 방코 영감이 힐끗 치룡이를 발아다보며 툭 쏘아부친다

멍석 우에는 검붉은 벼알이 서너 섬쯤 동그러케 싸여 잇다 논바닥에 떨어젓든 벼알을 쓸어 모아 말녀서 한 섬 좀 끌막하게 강 좌수네 집에 갓다 둔 것 외에는 과수ㅅ댁네 부치는 서말직이 논에서 전부 요것 뿐이다

오늘이 처음 마당질이라 강 좌수가 도지를 엇더케 할나는지 그들은 한끗 궁금하엿다 여지것 해오든 행동 보아서는 감해줄 것 갓지 안흐나 멧칠 전 여러 사람 압헤서 말한 것을 보아서는 또 감해줄 듯 십기도 하엿다

물방아ㅅ골 월정ㅅ골 두 동리 사람들은 멧칠 전 모혀 의론해 가지고 강 좌수네 집으로 가서 도지를 감해 달라고 간청한 결과 직접 강 좌수의 입으로 작인 전부에 일률적으로 감해줄 수 업스나 그 사람 그 사람 형편을 보아 가며 마당질할 때에 적당히 고려해 주겟다는 다짐을 바든 것이엇다 그럼으로 처음 개시인 이 과수ㅅ댁네 타주는 과연 얼마쯤씩이나 도지를 감해 주려는지 그 정도를 결정하는 중요한 마당이엇다

논에 떨어진 벼알 쓸어 모흔 것은 누구네를 물론하고 전부 강 좌수에게 갓다 밧첫다 그 낫분 벼부터 갓다 밧치라는 것을 보아서는 께림칙하기는 하나 설마 작인들의 정상을 노상 몰나줄야 십허서 그들은 한결가티 강 좌

수의 선심 쓰는 것만 바라고 잇는 것이다

거이 한식경이나 되어서야 강 좌수를 청하러 갓든 과수ㅅ댁 아들이 강 좌수와 머슴을 데리고 왓다

인사가 끗난 후 강 좌수는 벼ㅅ뎀이를 내려다 보며 못맛당한 듯이 "전부 요것 뿐인가?" 하고 짓거리고 과수ㅅ댁더러 "도지가 넉 섬 반이지요" 하고 다진다

과수ㅅ댁이 그러타고 대답하닛가 "그럼 저번 한 섬 가저온 것 제하고 석 섬 반을 되여 노케!" 하고 일꾼들에게 손짓을 한다

과수ㅅ댁은 눈이 휘둥그래젓다 치룡이와 방코 영감도 잘못 듯지나 안 헛나 귀를 의심하엿다

"아니 그러케 하면 엇더케 감닛가?"

"뭘 엇더케 하긴 엇더케 해 넉 섬 반이닛가 넉 섬 반을 내노라는 것이지!"

강 좌수는 쌀쌀한 어조로 딱 잡아뗀다

"이게 전부 다해두 석 섬두 못 될 텐데!"

과수ㅅ댁의 말이 맛치기도 전에 강 좌수는

"못 되는 건 할 수 업지 좌우간 잇는 대로는 돼노하!"

하고 다시 딱 어른다

치룡이와 방코 영감이 참지를 못하고 일시에 한마데식 꺼냇다

"아니 그런 도지를 도무지 안 감해 주십닛가?"

"저번 말슴과는 달으지 안습닛가?"

강 좌수는 얼른 두 사람을 번가라 보며 눈을 부라리고

"자네네들은 아가리 닥처! 남의 일에 무슨 참견이야! 자네네들이나 감해주면 천행으로 알지" 하고 멧퉁이를 준다

두 사람은 멋슥하야 다시 입을 버리지 못하고 물너섯다 그럼 우리네들의 도지는 감해줄녀는가 보다 생각하면서……

강 좌수는 "자 어서 그릇 갓다 되여 노케!"

하고 물이 못나게 재촉한다

방코 영감이 할 수 업시 시승 바가지(박으로 맨든 모말)를 들고서 벼를 되일녀닛가

과수ㅅ댁이

"아첫씨 잠깐 가만 게슈!" 하고 제지한 후에 곳 강 좌수에게 매여달니듯이 달나부트며

"좌수님 이게 무슨 일이요 나를 이러케 몰나줍닛가!" 하고 아양을 부리듯 한다 삼십 고개를 가주 넘은 이 과수ㅅ댁은 아직 얼굴에 줄음살 한아 안 잽힌 것이 꽤 곱다라 하다

강 좌수는 잠깐 얼이둥절하드니 곳 다시 냉정한 표정을 회복해 가지고

"몰느긴 무얼 몰나 정한 대로 내노라는데"

"아이그 좌수님 왜 이르슈? 달은 사람은 몰나두 나야 생각해 주서야지—홀몸으로 애쓴 생각을 해서라도 그래 이것 달이고 굶어 죽지나 안허야지요!" 하고 자기 엽헤 말끄럼이 서잇는 아이를 가르친다

"쓸데 업는 소리 고만 두고 어서 돼노우!"

"농담은 고만 두시고 똑바로 말슴하서요 우리둘이 새의 정리를 생각하기루 이럴 수 잇겟수" 과수댁은 얼골을 살작 붉힌다 치룡이와 방코 영감은 마조 바라보면서 쭝끗 우섯다.

신춘현상당선소설 전락(16) 차자명 작

"그건 또 무슨 소리야! 괘니 실업슨 소리 고만두고 어서 외기나 해 —"

강 좌수의 대답은 여전히 냉냉하다 과수ㅅ댁은 얼굴이 잠간 푸릇햇스나 곳 다시 넘칠 듯한 눈우슴을 지우며

"아이구 그럼 마시래두 작구 그러시네" 하고 손으로 가장 다정한 듯이 강 좌수의 억개를 툭 친다 강 좌수는 움찔하드니 곳 역정난 말소리로

"이거 왜 이러니 안 된다는데 — 하고 들엇든 댓쌀대로 과수ㅅ댁의 손을 탁 갈린다

과수ㅅ댁은 일순 무안한 듯이 멈줏 하고 곳 울상이 되여 잠간 강 좌수의 얼골을 물그럼이 처다보드니 이내 털석 주저안어 치마에 머리를 처박고 훌작훌작 늣겨 울기 시작한다 모다 얼떨떨해젓다

강 좌수는 잠깐 비웃는 듯한 눈초리로 과수ㅅ댁의 거동을 바라보드니 곳 일꾼들더러

"자—우물 우물 말고 어서 되여 놋게 —" 지시하고 다시 자긔네 머슴에게

"난 그럼 먼저 내려갈 테니 자네가 수습해 가지고 내려오게" 하고 발을 띠여 노려 한다

과수ㅅ댁은 울기는 하면서도 속으로 강 좌수의 눈치만 삷히고 잇다가 이 소리를 듯고서는 별안간 악이 꼭두 끗까지 치밀엇다 과수ㅅ댁의 생각은 바룻 전까지도 달은 사람은 몰나도 강 좌수가 설마 자긔야 특별이 생각해주지 안흐랴 예상하엿든 것이엇다 이 멧해째 강 좌수와 남달은 심상치 안흔 관계를 맺고 잇섯든 만큼 이번에도 물론 달은 사람보다는 헐하게 해주려니 생각햇든 것이다 그랫든 것이 이 의외의 강 좌수의 냉정한 태도

에 마즈막으로 눈물노나 그의 마음을 움직여 볼까 햇다가 그것도 틀녀지게 되매 급기야 분통이 잇는 대로 터진 것이다

과수ㅅ댁은 눈물을 싯고 화닥닥 일어스며 매서운 눈초리로 강 좌수 영감을 쏘아보드니

"아니 이놈의 첨지가 정말 이러기냐!"

하고 엽헤 노엿든 빗자루를 들어서 강 좌수에게로 획 —ㄱ 던진다

"이놈의 첨지 어디 해보자!"

"아 —니 저년이!" 강 좌수도 눈에 열이 올나서 주춤하고 과수ㅅ댁을 노려본다

치룡이와 방코 영감은 손에 땀을 밧삭 쥐엿다 과수ㅅ댁은 벼ㅅ뎀이로 펄적 뛰여가드니 벼를 한 줌 쥐여서 다시 강 좌수에게 확 뿌리면서

"이놈! 어서 다 가저가라!"

"아니 저런 쌍년!" 강 좌수도 입술이 푸들푸들 떨닌다

"쌍년? 그래 넌 양반이 돼서 그러니!"

"참 별 홰능년 다보눈 —허참!"

강 좌수는 턱 무한 듯이 허허 웃고 다시 발을 떼여노려 한다 과수ㅅ댁은 홰능년이라는 소리에 한층 더 얼굴이 샙파래젓다

그리하야 "홰능년?" 하고 흉내내듯 뇌이드니 팔을 허우적어리며 댓듬 강 좌수에게로 달녀들엇다 머리채가 확 풀어젓다

"그래 난 홰능년이다 넌 얼마나 쫄쫄하냐 너 그러케 쫄쫄한 놈이 왜 홰능년의 ✕은 햇니 왜햇서!"

이 소리에 강 좌수는 얼굴이 갑작이 수숫떡 해먹다 붓낸 년가티 샛빨개지드니 치룡이 방코 영감 머슴들의 뜨더말니는 것도 뿔이치고 과수ㅅ댁의

머리채를 탁 잡아 낚구챗다 쿠당당 하고 과수ㅅ댁은 공중 나가 잣바젓다

이때 과수ㅅ댁 아들이 왈칵 울음을 텃드리며

"울 어머니 왜 땔여! 왜 땔여!" 하고 강 좌수게로 달녀들어서 쥐여 뜻는다

"원 요런 놈의 색기!"

넘어젓든 과수ㅅ댁은 "아주머니 그만 참으슈—" 하고 치룡이의 말니는 것도 뿔이치고 입에 게접흠을 우구구 물드니

"그러케 똑한 놈이 왜 남의 X은 공짜로 햇니! 왜 공짜로 햇서서! 오늘은 그 갑 내고 가라 그 갑 내고 가!" 하고 다시 달녀든다

"원 이런 죽일 년!"

"그래 죽여라 죽여 죽이드래도 이놈 X갑은 내고야 죽일나!"

과수ㅅ댁은 강 좌수의 감투를 탁 채여가지고 박 하고 찟는다

"이년이 갑자기 독갑이가 들녓나?"

"그래 독갑이가 들녓다 들녀서!"

과수ㅅ댁은 또다시 강 좌수의 수염을 잡아 뜨덧다

1936년 2월 14일(금) 석간 4면

신춘현상당선소설 전락(17) 차자명 작

"아중머니 이게 무슨 창피한 꼴이요"

치룡이가 보다 못해 과수ㅅ댁을 뜨더서 마당 한 구퉁이로 끌고 가며 강 좌수에게도 눈짓을 한다

"좌수님은 어서 내려가시유!"

이 기회에 허둥대든 강 좌수는 "허—참 미친 년!" 하고 입맛 쓴 듯이 중얼걸이며 머슴이 주어 주는 쯔러진 감투를 바다 들고 꽁문이 삐듯이 획획

달아난다

과수ㅅ댁은 잠깐 씩은걸이며 안저 잇드니 다시 펼적 일어나서 강 좌수의 뒤를 쫏차가며

"이놈아 X갑 내고 가라! X갑 내고 가 왜 도망질을 하니 —" 하며 발악을 한다.

동리 사람들이 슬밋슬밋 모여들엇다

강 좌수의 모양이 멀어지자 과수ㅅ댁은 곳 다시 밋친 사람처럼 벼ㅅ뎀이로 뛰여와서

"다 가저가 다 다 가저가!" 하며 두손으로 벼알을 퍼서 산산히 뿔여 놋는다

일꾼들은 엇절 줄을 몰나 쩔쩔매기만 하엿다.

이때다, 여지껏 마당 한 구통이에서 눈만 멀뚱멀뚱하고 잇든 노 멀정이가 후닥닥 벼ㅅ뎀이로 뛰여오드니 과수ㅅ댁과 함께 "다 가저가라! 다 갓여가라!" 하고 "황소천아성" 하듯 외치며 벼를 활활 뿌려 노앗다

이 통에 과수ㅅ댁도 멍청햇거니와 치룡이 석건은 더한층 어쩔 줄을 몰으고 갈팡질팡하엿다

이날 해가 저서 마당이 어둑해질 때까지 과수ㅅ댁은 동리가 떠나가게 목을 노코 꺼이꺼이 울엇다

부산하고 말성 만튼 타주도 그럭저럭 끗낫다

소 일코 외양깐 곤치긴 줄 번연이 알면서도 흙탕이 된 벼알까지를 남김업시 쓸고 낫으나 강 좌수의 교묘한 끽【꾀】에 넘어가서 결국 동리 사람들의 손에 남은 것이란 업섯다 동리 사람들이 물녀갓을 때 도지를 감해줄 듯이 말한 것은 샛빨간 거짓말이요 누누네 마당질할 때나 똑가티 다른 사람은 몰나도 자네네만은 감해줄 수 업다는 그럴 뜻한 핑게로 끗끗내 한

사람도 도지를 감해주지 안엇다 뿐 안이라 도망이들을 칠가바 그런지 빗수새와 장리수합도 레년보다 더 가혹이 굴엇다

동리 사람들은 강 좌수의 이 횡포에 대하야 일언반사의 반항도 업시 그저 당연한 일이나 당하는 것처럼 여일령 복종하고 말엇다 그들은 이 인간과 인간과의 대한 관게도 또한 인간과 자연과의 관게와 가티 불가항력적인 것으로 인식하고 잇는 것이다

동리 사람들은 가으내 먹다 남은 얼마 안 되는 감자 강냉이 도토리만 가지고 장차 닥처 올 추위를 예상할 때마다 암담히 몸서리첫다

치룡이네는 벼를 쓸어 말니고 뚜들기고 해서 명목은 타주라고 햇스나 빗은커녕 도지도 모잘할 형편이엇다 조와 잡곡들도 마당질을 해노키가 무섭게 강 좌수네가 낌새만 엿보고 잇다가 달녀들어서는 손이야 발이야 애타게 사정한 보람도 업시 빗갑과 장리에 전부 빼아서 가고 말엇다 그리구서도 오히려 빗도 채 탕감치 못하고 말엇다

강 좌수는 더욱 치룡이네게는 서포사리 안 드러오는 앙갑흠으로 유독히 심악하게 굴엇다 먹다 남은 강낭쌀 두어 섬 감자 서너 섬 도토리쌀 열아문 말 이것이 치룡이네 세 식구의 과동[12]할 전 량식이엇다

강 좌수는 날마다 남은 빗독촉을 하고 만일 그 빗을 안 갑흐면 래년에는 논을 전부 떼이겟다고 울너메엿다

그러나 그러면 그럴사록 치룡이는 그 반동으로 한층 더 마음을 도사려 먹엇다 형은 근 이십 일이나 되여서야 겨우 몸을 일으키엿스나 아무것두 할 생각 업시 눈만 꺼벅꺼벅 하고 잇슬 뿐이니 치룡이가 엇떠케든지 손을

---

12 과동(過冬) : 겨울을 남.

쓰지 안흐면 기여히 남북그러운 꼴을 당하고야 말 것이다.

그리하야 치룡이는 타주가 끗나자마자 곳 미리 예산햇든 즘생잡이를 시작햇다.

처음에는 먼저 생각햇든 대로 즘생 단이는 길에 굴함을 파보앗다 그러나 즘생은 한 마리도 잡지 못하고 남의 개만 하나 빠트려 죽일 뻔하고 그냥 집어치웟다.

그리고 그 다음에는 여러 가지로 곰곰히 생각한 결과 긔여히 자긔황[13]을 마련해다가 깡[14]을 노키 시작하엿다

치룡이는 날마다 물방앗골 월정골로 골골이 싸단이며 즘생 단이는 길을 보살폇다 그리고 적당한 곳을 발견하는 족족 깡을 버려 노앗다.

1936년 2월 15일(토) 석간 4면
신춘현상당선소설 전락(18) 차자명 작

밋에 조ㅅ겨나 또는 벼ㅅ겨를 깔고 그 우에 도토리 깍대기에 자긔황 녀흔 깡을 삶은 콩과 뒤석거서 노아 둔다 그러면 즘생들이 그 콩을 먹을녀다 깡까지 깨물어서 자긔황이 폭발하는 바람에 턱이 떨어저서 죽는 것이다 즘생들 중에는 여우가 더욱 이을【를】 잘 먹는다

그는 날마다 저녁 이식하기까지 여긔저긔로 쏘다니며 깡을 배치해 놋고 아츰이면 또 첫새벽부터 즘생이 잽혓나 돌볼 겸 깡을 거더 들인다 이러케 하야 그는 날마다 부지런히 즘생 사냥을 다녓다

---

13 자기황(自起磺): 문지르거나 무엇에 부딪히면 불이 일어나도록, 화약에 다른 물질을 섞어서 만든 고체의 황.
14 깡: 광부들의 은어로 '뇌관'을 이르는 말.

그러나 벌서 십여 일이 지낫것만 웬일인지 즘생은 한 놈도 잡지 못햇다 언제는 여우가 정녕 다니는 것을 보고서 노아도 도무지 먹지 안헛다

치룡이는 차차 초조를 늦기기 시작햇다 괘―니 힘만 들이고 돈만 업새는 것이 안인가 해서 하로 이틀 날이 덧침을 딸아 슬그머니 속이 탓다

깽에 넛는 자긔황은 비밀이 돼서 그러킨 하겟스나 예상 이상으로 비쌋다, 집안에 돈푼이라고 이슬 턱 업스나 전번 조 실너 갓슬 적에 잡아온 오소리 가죽을 팔어서 각가스로 사 온 것이다

강 좌수네 서포사리 안 들어간다고 말마다 성화치듯 하는 형수의 입은 깽 사오다 남은 돈으로 일상 신고 십허하든 고무신 한 켜레를 사다 맥겨 위선 막아노핫스나 이러케 즘생이 안 잡히고 보니 형수의 성화 따위는 둘재 문제요 래년 살아갈 일이 점점 아득하엿다 잔뜩 큰말 밋듯 밋엇든 것이 다 틀녀자【지】나보다 십허서 애가 잇는 대로 부덩부덩 씨엿다

七

멧칠 쌀쌀이 춥드니 어제게부터 다시 일긔가 조금 풀니엇다 오늘은 일긔가 일은 봄날세가티 따뜻하다

동리 사람들은 일은 아츰부터 저다마 괭이 갈퀴 호미 창칼 등속을 들고 커다란 바구니들을 가지고서 산판으로 허―여게 올나갓다 풀뿌리들을 캐려 가는 것이다

여느 해도 그러치만 올에는 더구나 양식이 부족켓는지라 어서 하로밧비 땅이 아주 얼어붓기 전에 조곰이라도 더 캐서 양식을 보태지 안흐면 안 되엿다 벌서 땅이 좀 얼기는 하엿스나 아직 땅파기에 그리 힘들지는 안타

얌전이는 오늘 처음으로 총각이를 딸아서 뒷산으로 올나갓다 아직 강

좌수네 서포사리를 부터 잇스므로 먹을 것 걱정은 업스나 요즘은 일도 좀 뜸하고 또 하로 종일 집안에만 백혀 잇기가 갑갑하야서 소풍 겸 나온 것이다

산에 올나 내려다보니 밧은 부대기 평전 할 것 업시 벌서 발칵 뒤집어 노앗다 멧뿌리들을 캐이노라고 그런 것이다 산에 들어찬 잣나무 소나무도 하나 남기지 안고 껍질을 벗겨 노아서 허여끔 허여끔 한 게 보기에 몹시 흉하다

그들은 험하고 가팔은 산허리를 타고 올으면서 츩뿌리 둥글네는 물론 수리치 물구지 보이는 대로 남김 업시 뚱깃처 캐엇다 잇다금 떠러저 잇는 도토리도 헛보지 안코 주서 너엇다 산산한 바람이 잡목 덩굴을 간들간들 혼들면서 지나간다

갈구리 든 손이 좀 실이엇다 벌서 중낮 때가 되엿다

그들은 한참 말도 별로 업시 부산히 캐이다가 총각이가 둥글네 뿌리를 잡아 뽑으며 생각난 듯이 말을 끄낸다.

"애 이전 좀 쉬이자!"

"그러지!"

둘이는 엇던 바위 압 양지짝을 차저가서 바구니를 압헤 놋코 가즈런이 안젓다 햇빗치 따뜻하다 총각이가 다시 말을 꺼낸다.

"참 오늘 아츰에 노 멀정이가 우리집엘 와서 작구 밥을 달나고 졸으드구나,"

"그적게 우리집에도 왓드라 그래서 소놀치(누렁지)를 좀 주엇지! 그래 너이는 주엇니?"

얌전이가 해맑은 얼골을 들어 총각이를 발아본다

"그 앤 배포 유한 소리만 하누나 네기 우리 먹을 것두 업는데 그까짓 독갑일 머라구 주니!"

"참 노 멀정이도 불상해 어느 해 겨울엔 나무라도 해다주고 밥을 어더 먹엇지만 올에는 나무를 아무리 해다 주어도 밥 주는 사람 업는 걸!"

노 멀정이는 이때껏 봄 여름 가을에는 아무 집에서나 일을 해주고 어더 먹다가 겨울이 되면 또 아무네든지 나무를 한짐식 해다주고 밥을 어더먹 으며 연명을 해왓든 것이다,

1936년 2월 16일(일) 석간 4면

신춘현상당선소설 전락(19) 차자명 작

"주긴 누가 주니, 저부터 굶어 죽을 형편인데! 참 불상하긴 해 강 좌수 첩이 잇다금 밥덩이나 주어 멕이는지?"

"밥덩이가 다 뭐니 강 좌수가 주게 한다든! 저번에두 주다가 강 좌수에게 들켜서 혼이 낫는데 그 반편이 올에는 엇더케 살녀는지?"

"노 멀정이두 노 멀정이지만 달은 사람들도 다들 야단 낫서! 이까짓 풀 뿌리들이나 캐가지군 일 못 치르겟구 우리두 량식이라고 세 전두 못 견딜 턴데! 좌수네가 또 장리들이나 줄나는지?"

총각이는 머리를 숙인 채 이러케 말하고 한숨을 가늘게 내쉰다

이 순된 어린 양 갓흔 곱다란 산ㅅ골 아가씨의 가슴에도 생활에 대한 수심이 첩첩이 싸인 모양이다

"장리야 안 주겟니 설마!"

얌전이는 미안한 어조로 댓구를 한다.

"글세 참 너이는 걱정 업서서 좃겟다 우리두 누구네 서포사리라도 햇드

면 올 갓혼 해엔 걱정 업슬걸!"

"아이구 그게 뭐 좃타구 서포사리 갓혼 걸 한다구 그러니! 난 지금 하긴 하지만 넌덜머리가 난다 얘ᅳ"

"그래도 밥 굶을 걱정은 업스니 좃치 안니ᅳ"

"그러긴 하지만 세상에 못할 껀 서포사리드라 수모는 잇는 대로 다 밧고…… 그래도 그거나마 오래 부터 잇서야 될 터인데ᅳ좌수의 눈치가 아무래도 우릴 내보낼녀는 것 가태 왜 너두 들엇겟구나 저번에 저 물방아ㅅ골 치백인지 한 사람네가 우리 대신 서포사리 들어온다고 한 소문을……"

"오ᅳ거 치룡인 한 사람네 말이지! 그때 너의 어머니가 가서 싸윗다드구나 그래 엇더케 됏니【"】

"괘난 소문이야 그 사람넨 들어올 맘도 안 먹엇든 게드라…"

"그러켓지! 아무리 강 좌수래두 너일 내보내기야 하겟니!"

"글세 그러키나 햇스면 조켓는데 아무래두 나가라고 할 것 가태ᅳ요좀은 공연히 조고만 일에도 늙은이들은 할 수 업다고 아버지보고 꽥꽥거리기만 허구ᅳ"

총각이는 얼풋 얌전네가 나가고 자긔네가 들어갓스면 조켓다는 생각이 솟앗다 그러나 다음 순가 그런 마음을 먹은 것쪼차 미안한 생각이 들어서

"강 좌수도 너무 깍정이야 엇저면 그러케도 린색해! 올 가튼 해두 도지를 좀 안 감해 주고! 참 내가 이런 소리 하드라구 하지 마라"

하고 참엇든 강 좌수의 흉을 보기 시작한다

"얘ᅳㄴ 누굴 어린아이로 아니 그런 소릴 무어라고 넉질거리!"

"그러구 참 얘 저번 강 좌수가 물방아ㅅ골 과수ㅅ댁네 마당질하는 데 갓

다가 망신을 톡톡이 당햇다지 아이구 영감두 그저 게집이라면 사죽을 못 쓰구"

"그 말해 뭣하니 요즘은 괘니 날 보구두 퉁그러진 수작만 텅텅 하고 야단이야 얘!"

총각이는 이 말에 쭝겟 웃드니

"그러기 너두 어서 시집을 가야해 괘니 어물어물 하다간 큰일난다!"

하고 얌전이 엽구리를 쿡 찔은다

"그애두 큰일이 무슨 큰일이니!"

하고 얌전이는 살작 얼굴이 붉어젓다

"좌우간 넌 조켓드라 치룡이가 올엔 청혼 안 하든?"

"아이그 얘는 내종엔 별소릴 다하누나!"

얌전이는 얼골이 더욱 붉어지며 총각의 넙적다리를 꼬집엇다 그러나 속으로는 은근히 오래 못 본 치룡이의 얼골이 엇전지 그리웟다 두 처녀는 이러케 한참 속은거리다가 다시 일어나서 풀뿌리를 캐기 시작하엿다

이제는 아주 산등생이까지 올나왓다 눈 가는 곳마다 뾰죽뾰죽한 산봉오리만 보인다 그들은 차츰차츰 물방아ㅅ골편으로 올나갓다

점심때쯤 되여서엿다 얌전이는 물방아ㅅ골 뒷산 등생이에서 문득 조ㅅ겨울에 삶은 콩알이 소복이 싸여 잇는 걸 보앗다

"이게 뭐야?"

압서 가든 총각이가 힐끗 돌아보며

"머―며이야? 응 그것 그게 깡 놋는 거 아니니 치룡이가 놋는 게라드라!"

얌전이는 치룡이라는 말에 다시 가슴이 울넝 뛰놀앗다 그는 자기도 몰으게 한번 먼산을 바라다보고 한숨을 지엇다

신춘현상당선소설 전락(20) 차자명 작

이때에 별안간 안젓다 일어나든 총각이 손에 들엇든 갈쿠리를 내여 던지며 량손으로 머리를 싸매고 압호로 푹 곡구라젓다.

"아이구 아이구……"

얌전이는 엇결에 뛰여 가서 총각이를 잡아 일으켯다.

"얘 —얘! 왜 이러니 애애!"

얌전이는 엇절 졸【줄】 몰나 급히 소리치며 총각이의 몸을 잡아 흔들기만 하엿다 겁이 더럭 치밀엇다.

총각이는 한참 만에야 겨우 "아이구!" 하면서 머리를 들고 일어낫다.

"머리가 어지러워서!"

"아이참 난 엇더케 되는 졸【줄】 알앗구나!"

얌전이는 겨우 안심하고 총각이의 얼골을 목목히 보【바】라보앗다.

"괘니 머리가 어즈러워?"

"안야 배가 곱흐면 그래 나 배곱흐면 왜 작구 어즈러운지 몰으겟서!"

"글세" 얌전이는 엇더케 위로를 해야 조흔지 말문이 막히고 말엇다 요좀부터도 벌서 밥들은 제대로 못 먹는 모양이다

"아츰에 도토리만 조곰 먹고 왓드니 —"

총각이는 다시 이럿케 혼잣말하듯 중어리고 이내 눈에 눈물이 글성글성한다

"그럼 내려가작구나! 배곱혼 걸 작구 쏘단이면 엇턱허니!"

"내려가문 멀하니 먹을 것두 업는데 마찬가지지 오늘은 어머님두 누어 잇고 내라도 만히 캐가야지!"

"그럴 줄 알앗드면 내가 감자라두 삶아가지구 올걸!"

"까짓 매일 그러닛가 좀 얏싸하긴 하지만 어젠 심상하드라 정 칙뿌리라두 좀 먹어야지!"

하고 총각이는 바구니에서 칙뿌리를 꺼내드니 우물우물 집씹어서 물을 찝찝 빨아 먹는다 얌전이는 자긔 혀에도 뿌두두한 맛으【이】 도는 것 갓탓다

얌전이는 한참 동안이나 측은한 눈초리로 총각이 얼골을 바라보앗다 유심히 보니 총각이의 얼골은 가을과는 딴 사람인 듯 수척해젓다 좀 검긴 해도 단단스럽고 혈색도 과이 나뿌지 안혼 얼굴이 이제는 푸석푸석하게 부풀너 올으고 빗도 누러케 변햇다 눈에도 엇재 초ㅅ긔가 업서 보인다 얌전이는 별안간 희심한 생각이 나서 고개를 돌리엇다

마즌 산에는 과수ㅅ댁인지 조그만 아이를 다린 여편네가 아장아장 돌안【아】단인다.

방코 영감이 구럭을 메고 그들 안저 잇는 압흐로 와서 한참 씨물걸이다가 갓다

치룡이 형수가 멀니서 얌전이를 바라보고 화가 나는 듯이 한숨을 푹쉬고 들엇든 창칼을 한번 휙 내던젓다

겻두리 때쯤 되여서 그들은 물방아ㅅ골 썩 우헤까지 기피 들어갓다 총각이는 다리를 허청거리면서도 끈기 잇게 풀뿌리를 차저 단인다

그들은 마츰내 물방아ㅅ골 뒤 츩탕밧 잇는 곳까지 다달앗다 츩향밧티란 츩향나무가 산 전체를 톡 덥흔 곳을 일음이다

이 물방아ㅅ골 뒷산 츩향밧흔 산 넘은 편 전체를 점령하다십히 넓은 곳이다

등생이를 넘어서 빗탈을 조금 내려가면 한길 가량 되는 벼랑이 잇고 그 벼랑 밋헤는 빗탈 전체가 꽉 엉기어 붓흔 츩향나무로 일면 바다를 일우어 잇다

총각이와 얌전이는 풀뿌리를 따라서 차츰차츰 바로 츩향밧 잇는 벼랑 위까지 내려갓다 그곳은 사람이 잘 단이지 안헛는지 달은 곳보다 풀뿌리가 좀 풍성하다

총각이는 악가부터 바로 벼랑 위에서 갈쿠리로 츩뿌리를 뚱기처 캐고 잇섯다 좀 큰 놈이 되여서 날내 캐여지지 안는다 그는 한번 츩 밋둥을 작고 힘끗 잡아다려 보앗다 첫번에는 움찔도 안하드니 멧 번 되푸리하는 새에 나종에는 움짓 움짓 조금식 움지기기 시작한다 그는 입을 악물고 더욱 힘을 주엇다 그러나 측뿌리는 성화를 밧치는 듯 나올 듯 나올 듯하면서도 도모지 뽀바지지 안헛다 총각이는 이제는 긔운이 줄어저서 더 잡아다릴 수가 업섯다

이것을 보고 얌전이가 쫏차 내려왓다

"내독 뽑아주련!"

얌전이와 총각이는 다시 힘을 합하야 잡아다리기 시작하얏다 벼랑이 솜【좀】위험하기는 하나 위로 잡아다리면 더 안 뽑아질 것 가태서 그들은 무심코 아랫쪽으로 잡아 다리엿다

"온 요놈이 왜 이리 안 나와!"

그들은 마즈막으로 잇는 힘을 다하야 입을 옥물고[15] 다리를 벗드디면서 탁 잡아다렷다 그리자 탕! 하고 츩뿌리가 중동이에서 끈허지면서 그 찰나

---

15 옥물다 : 악물다.

그들은 뒤로 발낭 나가 잣바젓다

1936년 2월 19일(수) 석간 4면
신춘현상당선소설 전락(21) 차자명 작

"아ㅅ!"

그들은 일어날녀고 허위적거릴 틈도 업시 퉁겨나는 힘에 못 견듸여 한 간통쯤 되는 비탈을 데구루 구을너 벼랑 아래로 퍼!ㄴ이 떠서 츩향밧 우에 떠러지고 말엇다

그들이 의식을 회복햇슬 쩍엔 그들은 두 간통쯤 사이를 두고 벼랑 밋에서도 퍽 떠러진 츩향밧 우에 두 다리를 쑥 처박고 업드려 잇섯다 그들은 정신을 차리자 서로 바라다만 볼 뿐 목이 맥혀 말도 한번 못하고 속으로 울기만 하엿다

이제는 죽은 것이나 달음업다 이 츩향밧테 싸저 노흐면 누구를 물론하고 다시 헤여나지 못한다 츩향나무 아례가 허펑다리가 되여서 싸진 다리를 다시 뽑아 옴겨 노키두 어렵거니와 설사 뽑아 옴겨 논는다 하드래도 또 싸지고 또 싸지고 하여 얼마를 가지 못해 기진맥진해 잣바진다 한다 하는 장정도 그 넓은 츩향밧을 헤여나지 못하겟거든 하물며 연약한 여자이랴!

얌전이와 총각이는 한참 동안 울기만 하다가 겨우 사람 살니우—소리를 연겁허 질으면서 각각 몸을 움즉이여 발을 빼여 헤여나기 시작하엿다 그러나 한참식 힘을 들여 겨우 한 발자욱 옴겨노차마자 또 쑥쑥 빠지고 만다 그들은 울며불며 이 하염업는 노력을 계속하엿다 얼굴들은 온통 깨여저서 피가 흘으고 정강이도 츩향나무에 끌키여서 핏빗치 되엿다 옷들

은 말이 못 되게 발기발기 쯔저젓다

그들의 머리에는 부모의 생각 농사일 생각 등에 주마등가티 휙휙 지나 간다

맑앗케 개인 하늘에는 수리개 한 마리가 그들의 헛된 노력을 비웃는 듯 이 빙 빙 언제까지나 떠돌고 잇다.

이러케 얼마 동안이나 노닥이엇는지 몰은다 얌전이가 무슨 소리에 언뜻 정신을 차려보니 자긔는 아즉 아까 떠러진 그 자리에서 멧 발자욱 더 못 떼 여 노코 노닥어리며 적은 소리나마 "사람 살니우 —" 소리를 질으고 잇고 저 편 총각이는 벌서 긔운이 다 시진햇는지 얼굴을 하눌로 향하고 턱 잣바 저 잇다 얌전이가 정신을 밧싹 가다듬는 순간 그는 머리 우헤서 홀연

"여보!" 하고 성급히 불느는 소리를 똑똑히 들엇다 얌전이는 언뜻 머리 를 들어서 벼랑 위를 처다 보앗다 웬 사람이 베랑 위에서 자긔에게 손짓 을 하고 잇다

치룡이엇다

치룡이는 오늘도 깡을 노흐러 여긔까지 올나왓다가 갑작이 사람 살니 우—하는 희미한 소리를 듯고 그 소리를 딸아 벼랑 위에까지 와서 내려 다 보이는 질펀한 츩향밧테 얌전이와 총각이가 처백혀 허위적어리고 잇 는 것을 본 것이다

한참 후 얌전이는 치룡의 진력으로 다시 벼랑 우에까지 끌녀 올나왓다

츩 넉꿀노 굵은 바를 꼬아서 츩향밧트로 내려트리고 그것으로 얌전이 의 허리를 동이게 하야 끄러올닌 것이다 총각이도 얌전이가 애써서 겻테 까지 가서 허리를 동여두엇다가 내종에 끌어올녀 왓다

그러나 총각이는 벌서 숨이 끈허저 잇섯다 굶주려 쇠약한 몸이 격렬한

정신적 타격과 육체의 고통 때문에 얌전이보다 더욱 빨니 긔운이 진한 것이다

얌전이도 끌녀올나 오자마자 갑작이 긴장이 풀님인지 탁 긔색해 넘어지고 말엇다 치율【룡】이는 이 참혹한 광경에 한동안은 머리가 뗑할 뿐이엇다

벼랑 우에 가즈런이 노힌 바구니 자긔 압헤 쿡 업드려 잇는 두 처녀의 비참한 꼴…… 더구나 죽은 총각이에 하얏케 치거붓친 원한에 사모친 듯한 눈동자에 치룡이는 가슴이 콱 막히엇다.

"아一무엇이 너 처녀들을 이러케 만들엇는가!"

한참 동안 망서리든 치룡이는 총각이의 시체는 그냥 두어두고 위선 살어 잇는 얌전이만을 둘너 업고 월정ㅅ골노 향해 내려왔다

얌전이는 치룡이에게 업힌 후에도 한참 만에야 겨우 정신을 차리엇다

어렴푸시 의식이 돌자 그는 비로소 자긔가 누구에게 업히여 잇는 것을 즉각하고 니여 오늘 자긔가 당한 일이 홱홱 머리 우에 연달어 떠올낫다 그는 악가 총각이의 죽어 넘어젓든 무서운 광경을 생각하자 참을 수 업시 몸을 떨엇다

"아一총각이 부모를 무슨 낫으로 대하나"

눈물이 한꺼풀 킥 씨워젓다 그리고 다음 순간 자긔를 업고 가는 것이 치룡인 줄을 깨닷자 그는 억개의 걸친 팔을 힘껏 끄러단여 파고 들 듯이 치룡이 등에 꼭 업드렷다 얌전이는 언제까지나 언제까지나 이 사나히 등에 업히여 잇고 십헛다.

신춘현상당선소설 전락(22) 차자명 작

"잘 가게!"

"응 자네도 잘 잇게! 자네넨낭 아무러케 해서라도 이런 꼴을 당하지 말게"

"글세 사람의 일이란 어데 알 수 잇나 좌우간 자네두 가서 엇더케 해서 든지 버리를 붓잡어서 잘 지내도록 하게 ―"

치룡이와 강 바위는 한참이나 붓잡고 리별을 앗기다가 월정골 동구박게까지 나와서 겨우 헤여젓다

흐린 하늘에도 동이 훤하게 터저 왓다

강 바위네 식구들은 연해 허물어진 집터를 다시금 다시금 도라보며 어슬넝 어슬넝 발길을 떼여 노앗다 강 바위도 간간 코ㅅ물을 홀적홀적 드러마시면서 고개를 돌니고 돌니고 하엿다

치룡이도 돌따서서 산으로 올나가면서 다시금 다시금 강 바위네 류리해 떠나는 모양을 이윽히 바라보앗다

강 바위네는 무리 올 때에 집은 허무러트리고 남의 겻방사리를 하며 지내오다가 아무래도 살림 지탕할 수 업서서 대처에나 나가서 로동이라도 해 벌어먹겟다고 오늘 신의주로 향해 떠나는 것이다

하늘에는 식검은 구름이 납덩어리처럼 알으막하게 처저 잇서서 갓득이나 우울한 사람의 마음을 더한층 무겁게 해주엇다 싸늘한 공긔가 귀바위를 찌르는 듯 압흐다

이 음산한 가운데를 펄업케 얼은 얼굴로 남녀로소 할 것 업시 보따리 누덕이를 한 짐식 이고 지고 줄네줄네 걸어가는 강 바위네 힘 업는 뒷모양을 바라볼 때 치룡이는 저도 모르는 새 눈물이 주루루 쏘다젓다 저들은

맨손바닥을 가지고 이 엄동설한에 장차 어데를 가서 무슨 살길을 찻을 것인가?

치룡이 자신도 과연 꿋꿋내 저 꼴을 면하고 견듸여 백일 수 잇슬 것인가?

치룡이는 벌서 이 강 바위네보다 먼저 떠나간 멧멧 동리 사람을 차레차레로 생각해 보면서 터벅터벅 산으로 올나갓다

"엇더게 해서라도 즘생잽이를 잘 해서 돈을 좀 잡어야 할 터인데 —"

그는 오늘 아츰은 산에도 못 가보고 바로 이리로 강 바위네 전송을 하러 왓든 것이다

산을 올나와서 여긔저긔 쏘다녀 보아야 여전이 한 군데도 깡은 업어지지 안엇다 이제는 월정ㅅ골컨 산은 다 더듬고 자긔네 동리 멧 군데 노흔 것박게 업다 그는 또 전신에 맥이 풀녀서 힘 업는 보조로 발길을 띄여 놋앗다

이리하야 그가 자긔네 동리 뒷산에 노흔 깡을 다음 다음 삷여본 다음맨 나종에 한아박에 안 남은 자리로 갓을 때엇다

그는 문득 콩이 조꼼 흣어저 잇는 것을 발견햇다 잘못 보지나 안엇나 하야 다시 자세히 살펴보앗스나 정녕 콩은 흐터저 잇다 깡의 유무를 조사해 보니 깡도 업서젓다

그리고 그 여폐 피 흔적조차 뚜렷이 남아 잇다

"먹엇구나!"

치룡이는 엇결에 소리치고 사면을 휭 둘너 보앗다 그리고 당황히 개울골 산등성이를 치닷고 내리닷드며 차저 보앗다 그러나 아무데도 즘생의 시체는 보이지 안헛다

"웬일일까? 누가 가저갓든가?"

치룡이는 더한층 안이 달어서 차저단여 보앗다 이러케 한참 뛰여단이
든 그는 문득 저—편 덩굴 속에 무엇인가 누—런 즘생이 잣바저 잇는 것
을 보앗다

"저긔 잇구나!"

치룡이는 단거름에 뛰여가서 얼키설기 엉킨 머루 덤불을 확 젯치고 그
속에서 즘생을 끄러냇다

여우이엇다

1936년 2월 21일(금) 석간 4면

신춘현상당선소설 전락(23) 차자명 작

"애!"

치룡이는 두손으로 여우를 취겨 들고 혼자서 한참 엉덩춤을 추며 날뛰
엿다 여우치고는 꽤 큰놈이엇다

여지까지 물녓든 한숨이 땅이 꺼질 만큼 무겁게 터저 나왓다

"어드런지 간밤에 꿈이 희한해! 좌우간 이제는 섭섭은 면햇다"

그는 회심의 웃음을 우섯다 그는 즘생잡이를 착수한 후 마수거리로 잡
은 이 여우를 하늘과 땅을 주어도 못 박굴 듯 깁벗다 그는 봐란 듯이 여우
를 질머지고 일부러 동리 한복판을 휘돌아 집으로 돌아왓다 치룡이는 멧
칠 동안 들뜬 마음을 것잡지 못하고 웃줄넝 웃줄넝한 깃쁨 속에서 멧칠을
보냇다

……이제 길이 트이기 시작햇스니 겨우내 잡히면 여우란 놈을 한 댓놈
혹은 잡을 수 잇슬는지 몰은다 적피(赤皮) 시세가 쏠쏠만 해도 이십 원씩은
하니 다섯 놈에 백 원—이것만 가지면 강 좌수네 빗 따위는 문제도 업다

거게다 간간 잡힐 잡피(雜皮)로 그럭저럭 농량이나 대이고……

그는 이러케 생각하매 춤을 출 듯 깁벗다

"남는 돈은 무얼 할까?"

치룡이는 얼핏 얌전이를 생각해 내엿다 죽는 사람을 살녀냇스니 이제는 잔채 미천만 잇다면 두 말 업시 나를 주겟지 ─

그는 멧칠 전 산에서 업어 내려올 때에 따뜻이 통해 오든 얌전이의 체온을 생각하고 속이 스스로 근지러워 올나옴을 억제할 수 업섯다

×

음력 시월 중순 어느 날 밤이엇다 누리는 먹을 가라 뿌린 듯 캉캄하엿다

하늘은 재를 담아 부은 듯 침침하게 흐리고 하네파람이 모질개 휙휙 부러 갈기엇다 늦게 온다는 첫눈이 오늘밤에야 겨우 잇다금 부실부실 내리다가는 끗치고 끗첫다가는 다시 내리고 한다 달빗도 이 칠흑색 어둠을 감히 밝히지 못한다

이 음침한 밤을 웬 식검언 그림자 하나가 물방앗골 뒷산으로 갈팡질팡 헤매이고 잇섯다 어둠에 얼골은 잘 보이지 안흐나 생김생김이 사람인 것만은 확실하다 사람 중에도 차림차림이가 사나히 갓다

사나히는 헛청헛청한 다리로 가리는 곳 업시 쏘단인다 언덕바지에서 쭉 밋그러저 잣바지면 한참식이나 그대로 누어 잇다가는 다시 빗들빗들 것기를 시작한다 구렁에를 콰당당 빠젓다가도 역시 한참씩 노혀 잇다가는 다시 움직움직 일어나서는 긔여 나온다

눈도 잘 안 보이는지 나무를 머리로 딱딱 밧기도 하고 덤불 속을 그냥 와작와작 들어가다가 가시에 글키기도 한다 밝은 날 보면 반듯이 손과 발이 피투성이가 되엿슬 것이다 옷도 갈내 갈내 찟어저서 그 째진 옷자락이

바람에 펄펄 날인다 왜자자한 머리칼이 목덜미까지 내려 덥허서 맛치 무슨 즘생 갓다 얼굴에는 눈송이가 선듯 선듯 녹아 흘은다

사나히는 두손으로 배를 움켜잡고 여전이 털석털석 것는다 배가 곱흔 모양이다 【사】나히의 머리에는 끈임업시 싸늘하게 얼은 조고만 콩알이 떠올낫다 차거운 맛이 허바닥을 찔으는 듯하다 홀연 그의 머리에는 엇던 집 부억이 눈에 선하게 떠올은다 삼사 인의 여인이 메주콩을 쿵쿵 찟고 잇다 아직 어린 그는 엽집 아이들과 함끠 메주콩을 가느다란 집고개에 족게여서 터밧에 하얏케 덥힌 눈 속에 파뭇는다 꽁꽁 얼은 콩알의 싸늘한 맛……

그는 군침을 꿀걱 드리삼키엿다

배가 곱흐나 눈이 어즈러워 견딀 수 업다

그의 머리에는 악가 나제 주서 먹든 얼은 콩알의 까만 모양이 그려 부친 듯이 떠나지 안헛다

사나히는 차츰차츰 더욱 깁히 산속으로 들어갓다 얼는 보면 방향도 업시 뛰여다니는 듯한 이 사나히의 발길이 유심히 삷혀보면 볼수록 그 엇던 목표를 정하고 무엇을 찾는 듯한 것을 깨달을 수 잇다

1936년 2월 22일(토) 석간 4면
신춘현상당선소설 전락(24) 차자명 작

사나히는 한참 것다가는 엇던 곳에 일으러서는 꾸부리고 안저서 손으로 땅바닥을 더듬더듬 더듬으며 무엇을 찻는다 그리고 아무것도 손에 잡히는 것이 업스면 다시 일어서서 또 걸어간다

것다가는 안저서 무엇을 찻고 무엇을 찻다가는 다시 것고 사나히는 이 행동을 얼마든지 되푸리하엿다

그리하야 밤중쫌 되엿슬 때엇다 또다시 엇던 곳에 안저서 땅바닥을 더듬든 사나히는 돌연 긔괴한 소리를 질넛다

손끄테 닷는 동그란 감촉—콩이다

희열이 전신을 물결치듯 음습햇다

사나히는 것 잡을 새 업시 그 콩을 꽉 움켜쥐여 가지고 입안으로 탁 들이첫다 그리하야 잠간 그 콩을 움을움을 씹는 찰나—돌연 땅!! 하는 공긔를 째여 놋는 듯한 굉연(轟然)한 음향과 함께 사나히는 윽! 소리를 질으며 정신을 일코 뒤로 벌넝 나가잡바젓다 그 다음은 멧 번 몸을 뒤틀며 움짓움짓하드니 다시는 소식이 업다

어데선지 즘생의 짓는 소리가 처참이 들녀올 뿐 사면은 잠간 고요하다

×

그 이튼날 치룡이는 다른 날보다 더 일즉이 일어나서 산으로 뛰여 올나갓다 눈이 엷게 땅갓을 덤【덮】헛다

"오늘이야 꼭 잡혓겟지?"

치룡이는 어적게 저녁에 깡을 노흐려 올나갓다가 멧 군데서 콩을 무엇이 난짝 먹어 업앤 것을 보앗든 것이다 그래서 오늘은 위불 업시 또 한 놈 무어든지 잡히리라 생각햇다

치룡이는 조마조마 가슴을 조이면서 이곳저곳으로 뜀박질을 하다십히 도라다녓다 이러케 다음 다음 깡을 보솗히며 돌아다니든 그는 돌연 한 군데 이르자 갑작이 눈을 딱 뒤집고 장승가티 뻐처 섯다

"으윽!"

형용할 수 업는 공포가 그의 전신을 회오리처럼 휩쌋다 잠간 그러케 악연(愕然)히 서 잇든 그는 다시

"흙"

하고 신음하듯 소리치며 쓰러지는 나무토막처럼 탁 나가잣바젓다

치룡이 압헤는 이 멧칠 전부터 동리에서는 밥 한 술 못 어더 먹고 산으로 쏘다니면서 풀뿌리만 캐 먹으며 연명을 하고 잇든 노 멀정이의 시체가 잣바저 잇섯든 것이다

노 멀정이는 턱이 탁 짜개지고 아레웃 입틀이 뚝 떨어저 업서저서 쩍 버러진 입이 참혹하기 짝이 업섯다 이ㅅ발은 하나도 업시 튀여 나서 여긔 저긔 흐터저 잇고 줄긔줄긔 흘은 피가 겨테 뻘것케 얼어붓터 잇다 얼굴 중간에 탁 튀여 나온 싯벌건 눈동자는 원한에 사모친 듯 드높픈 허공을 한업시 노려보고 잇다 입은 옷은 발기발기 찌여저서 살이 드문드문 내다 보이고 전신은 무엇에 글키엿는지 전부가 피투성이다.

××

그 멧칠 후 치룡이는 두손에 포승을 진 채 낭강 뱃소에서 호송하는 순사와 함끠 나룻배 건너오기를 기다리고 잇섯다 그의 눈에는 잠시도 노 멀정이의 아웅하게 벌넛든 입과 벌컥 뒤집혓든 눈이 떠나지 안코 어릿거려서 그 무서운 환영에 몸서리치지 안흘 수 업섯다

××

치룡이가 잡혀간 다음 치백이는 강 좌수에게 도리혀 사정사정하야 겨우 그의 서포사리로 들어갓다

그리고 치룡이가 가장 사모하고 잇든 얌전이는 강 좌수의 게획대로 그의 셋재 첩으로 들어가고 말엇다

얌전이가 동리 뒷산에서 나무에 목을 매여 죽은 것은 그 이듬해 봄이엇다

아무도 그의 자살한 원인을 몰은다 (끗)

성황당 1937.1.14~1937.1.26

정비석

1937년 1월 14일(목) 석간 4면

신춘문예 1등 당선 단편소설 성황당(1) 정비석 작

"제길 멀허구 송구(상기)안 와!"

순이는 저녁밥 짓는 불을 다 때고 나서, 부지깽이로 다친 부엌문을 활짝 열어제치며 눈 아래 언덕길을 바라보앗다 그러나 아래로 아래로 뻐든 길에는 사람은커녕, 개새끼 하나 얼신하는 것도 업섯다 한참 멍하니 바라보고 잇든 순이는 다시 아까와 가티 중얼거리고 나서 부억바닥을 대강대강 쓸어서, 검부제기를 아궁이에 털어 넛는다 그리【러】고 나서 이번에는 비ㅅ자루를 든 채, 토방으로 해서, 뜰안에 나서드니 천마령(天摩嶺) 우에 걸린 해를 처다본다 산골의 해는, 저물기 쉬웟다 아츰해가 압산 우에 떳나 부다 하면, 벌서, 뒷산에서는 해가 저믈기 시작하는 것이다 그러기로 신새벽에 집을 떠날 때에 그만치나, 신신당부를 햇스니, 여늬 장날보다는 좀 일즉 도라와야 할 것이고 그러니 이만 때에는 의례 왓서야 할 텐데 아모튼 순이는 기다리기가 몹시도 안타까웟다 허긴 여늬 때 마련하면 아직도 도라올 무렵이 멀긴햇지만 순이는 공연히 마음이 초조햇다 붉은 고사[1] 댕기 한 감과 흰 고무신 한 켤레를 가저 볼 생각을 하면 금방도 억개춤이 덩실덩실 나왔고 이제 보름만 잇스면 붉은 댕기에 흰 고무신을 신고 오 리 박게 잇는 큰마을에 건네 뛰려갈 것을 생각하면 금시에 엉뎅이춤이 나왔다 어느듯 밥이 바지적 바지적 잣는다 순이는 솟 뚜껑을 열어보고 나서는 또 박그로 나와 언덕 아래를 처다보앗다 아직도 아모것도 보이지 안헛다 순이는 이맛살을 찌프렷다 순이는 아까 집을 떠날 때의 남편의 말을 생각해보지 안흘 수 업섯다

"올 수리(단오)날이 송구 보름이 넘어 잇는데 이제부터 댕긴 사다 멀해? 그럴 돈이 잇스면 술을 사먹지! 참 오늘은 강냉이 한 말 사구 남는 돈은 술이나 한잔 사먹어야겟군" 하던 현보(賢輔)의 말에 순이는

"홍 그래만 보갓디! 난 아에 다라나구 말걸" 하고 댓구를 하며 남편을 따라 우섯지만 지금 보면 그때 현보의 말이 노상 농담만도 아닌 것 갓다

정말 현보는 남은 돈으로 술을 사먹는 것이나 아닐까? 술을 그러케 조하하는 현보의 일이니, 정말 그럴는지도 모른다고, 순이는 점점 불안스러워서, 이제는, 집 뒤 언덕으로 긔여올라, 더 멀리를 바라보앗다 그래도 아모것도 보이지 안헛다 순이는 집 아페 잇는 느틔나무 아래 황당에 돌을 던저 제발 남편이 신과 댕기를 사오기를 축수하고 나서 정말, 댕기와 고무신을 사가지고 오지 안흐면 사생결단으로, 싸워보리라 마음을 먹엇다 그래도, 마음은 노히지 안엇다 그래, 가만 잇자 현보가 술 먹어 본 지가, 벌서 한 달—아니, 허 좌상네 제사 때 먹은 것이 마즈막이엿스니 벌서 두 달이나 되엿다 정말, 오늘은 댕기 살 돈으로 술을 먹는지 모른다 그러기

---

1 고사(庫紗) : 고급 비단의 한 가지. 감이 약간 두껍고 깔깔하며 윤이 나는 여름 옷감.

에, 아직두 안 오는 게지 숫(木炭) 두 섬 팔어서, 강냉이(옥수수) 한 말하고, 댕기 한 감에 신 한 켜레 하기는, 잠깐일 것이 아니냐? 술만 안 먹는다면 벌서 도라온 지 오래엿슬 것이엇다

저녁해가 천마령 넘어로 넘고 말엇다 산골짜기에는 산들바람이 아직도 불고 잇섯다 나무이피 어린 아기처럼 우수수 떨어지고 그런 저녁이면 의례 뒷산 푸페【숲】에서는 부헝새가 운다 순이는 점점 불안스러웟다. 밥을 담어 노키까지 부엌 문턱이 달토록 드나들엇지만 아모런 소용도 업섯다 밥을 담어 노코는 가만히서 기다릴 수가 업서 횡하니 언덕길을 내려갓다 언덕길을 다 내려가면 다시 이번에는 언덕길을 올라야 한다 이 언덕이라는 것이 이른바 삼철마 귀성 철마(龜城天摩) 삭주(朔州) 철마, 의주(義州) 철마라는 큰 령이엇다 이 재를 경계로 하고 귀성, 삭주, 의주 세 군으로 나누어진 것이다 이 철마령은 꼭대기까지 오르자면 십오 리는 넉넉히 되엿다 순이는 갑분숨을 쉬일 새도 업시 두 활개를 치면서 올랏고 꾸부러진 고비를 돌 때마다 고개를 들어 머리 우에 보히는 길을 처다보군 하엿다 장에 갓다오는 사람들도 이제는 다 돌아왓는지 간혹 한두 사람식 보일 뿐이엿고 멀리서 장꾼들이 수근거리며 올 때마다 행혀 현보가 아닌가 하고 가슴을 조이곤 하지만 정작 맛나면 생면부지인 남이엿다 그런 때면 순이는 가만히 한숨을 쉬면서 맥 풀리는 다리를 거누며 거누며 언덕을 올랏다 언덕을 오르기만 하면 그 다음 내림길 십오 리는 한눈에 바라볼 수 잇섯다 순이는 점점 밸머리가 떠올랏다 제길! 맛나기만 하면 대비산지 멱살을 부여잡고 악다구니를 쓰리라 하엿다

신춘문예 1등 당선 단편소설 성황당(2) 정비석 작

어느듯 황혼이 지텃다 기픈 산골짜기에서 피여나기 시작한 황혼은 나무를 애워싸고 개울을 덥고 점점 산허리로 해서 꼭대기로 뻣기 시작하엿다 바람이 여늬 때보다도 차거웁게 불엇다 갓 나온 떡갈나무 이피 바람을 마저 사르륵 사르륵 소리를 내고 잇섯섯다 길여페 숩에서는 금방 호랑이나 산도야지가 뛰여나오지 안흘까 십게 굴가티 새깜하엿다 그러나 순이는 그런 것은 조곰도 무섭지 안헛다 산에서 나서 산에서 자란 순이엿다 순이는 현보가 붉은 고사 댕기와 흰 고무신을 사가지고 올 것을 생각하면 아모것도 두렵지 안헛다 그는 다시 발을 빨리 놀렷다 순이가 철마령을 십 리나 추어올랏슬 때에 저편에서 흥타령을 하며 오는 사람이 잇섯다 그 목성은 틀림업는 현보엿다

그것이 현보인 것을 알자 대뜸 순이의 가슴은 덜컥 내려안젓다

"산꼴에 귀물은 멀구나 다레 인간에 귀—물은 우리님 허리"

이것은 현보가 아는 단 하나의 노래엿고 그리고 현보는 의례 술을 한잔한 후에야만 이 노래를 부르는 것이엇다 순이는 이 노래를 듯고 댕기도, 고무신도 허 얄낭창이로구나 생각하니 가슴 밋바닥에서부터 끌어오르는 분노를 참을 수 업서 길바닥에 딱 버티고 스며 주먹을 불끈 쥐고 어둠 속에서 가까히 오는 현보를 노려보앗다

현보는 등에 짐을 걸머진 채, 흥얼거리며 그대로 지나가랴다가 다시 한번 처다보드니 그제야 순이인 줄을 알고 깜작 놀라며

"순이가? 너 어뜨케 여기꺼지 왓네? 올치—내 마중 왓구나 응?" 하고 얼근히 취한 음성을 굴리며 순이의 어깨를 붓잡으려 한다

"그래! 신은 사오는 거요?"

하고 순이는 현보의 팔을 뿌리치며 톡 쏘앗다

"웅? 그럼 나를 마중나온 게 아니구 신 사오는가 해서 여꺼지 왓구나!"

"신? 사오구 말구! 쌔 헌【흰】고무신, 순이 신을 고무신, 말숙헌 하이칼나 신 사오구 말구"

하고 현보는 다시 순이의 소매를 붓잡엇다 순이는 천만 뜻밧게 신을 사온다는 김에 긴장이 탁 풀리고 반갑기만 해서 아모 반항도 하지 안헛다

"정말 사오우?"

"그럼 안 사올까 원! 순이 고무신을 내래 안 사다주믄 누구래 사다준다구!"

"어디 봅수다" 하기도 전에 현보는 벌서 부스럭 부스럭하드니 고무신 한 켤레를 꺼집어내여 순이에게 주엇다

"여기서 한번 신어보련?" 하는 현보의 말에 "글세 좀 쉬여갈까?"

둘은 길 저믄 줄도 모르고 길 엽 풀밧 우에 주저안젓다 순이는 얼는 조이를 풀고 어둠 속에서도 눈처럼 흰 고무신을 보고는 입이 벌어지며 다 헤여진 집신을 벗고 새고무신을 신어 본다

"맛디?"

"웅! 아니 좀 크우다래 거냥보다 쿵 걸 사왓수다래"

"좀 큰 거 날 것 가태서…… 여름엔 쿵 거 나빠두 겨울엔 좀 큰 편이 낫디"

"그래두 과히 큰가바"

"좀 큰 편이 낫대두그래 올 한해만 신을 것두 아니구 — 발은 은크쟌나 원"

"크믄 돈두 더 허디 안캇소?"

"돈은 가태 아따 가튼 갑시면 처녀라구 돈 가튼 데야 허구 큰 걸 개왓디"

"돈은 가태요? 그름 큰 거 낫디 머 참 댕긴"

순이는 그제야 생각난 듯이 댕기 재축【촉】을 하엿다

"댕기 생각두 낫지만 댕긴 와 시집 올 때 디리구 온 거 잇잔은가?"

"아구만나! 시집 올 때 웬 댕기래 잇섯나 머? 시집 오던 날 디리구 온 건 놈해래 돼서 사할 만에 도루 보내주디 안앗소?"

"아—그랫던가? 난 또 오늘 문뜩 시집올 때 디리구 온 댕기 생각이 나기에 올타 잘됏다 오늘은 댕기갑시 남엇스니 술 먹을 돈이 생겻다구 막걸리 몃 잔 걸티구 왓디! 난 참 깜박 니저 삐렷드랫구만 허! 그러니 헐 수 잇나! 다음 당(장)에는 꼭 사다주디!"

"여보! 그르케야 놈으 생각을 못해주갓소?"

"아니 생각을 못헌 거 아니라 잇는 댕기야 또 사올 거 업갓기 그랫디 내가 님자 댕기 사오는 거 아까와 그랫갓나 그러치 안아? 순이" 하며 현보는 순이의 어깨를 휘감엇다 순간 술냄새가 휙 얼굴에 부디첫다.

"아이구 망칙해라!"

"망칙은 무슨 망칙! 아모개두 보는 사람 업서!" 하고 현보는 놀랜 호랑이처럼 덤벼들엇다 순이는 고무신 사다준 것만도, 다행으로 여겨, 아모 반항도 하지 안헛다 어느듯 열여드레 달이 철마재 우에, 비죽이 소삿다 산속은 괴괴하엿다 나무 사이로, 싸늘하게 흐르는 달비치 더욱 적막을 도두엇다 숩 우에서 반짝이는 별들만 현보와 순이를 지키고 잇섯다

어데선가, 간혹, 접동새 우름이 들려왓고, 그것이 끈치면 아지 못할 산즘생이 짝을 찬는 듯, 구슬프게 우는 소리뿐이엇다

신춘문예 1등 당선 단편소설 성황당(3) 정비석 작

순이는 밤새도록 자지 안코, 신만 신엇다 버섯다 하엿다 신코가 뾰족한 것도 신기스럽거니와 휘여잡으면 한웅큼 되엇다가도 손을 노으면 발닥 제 모양대로 도라지는 것이 퍽은 재미스럽다 순이는 버선 신은 우에도 신어 보고 맨발로도 신어 보앗다 그는 정말 별안간에 하늘에 올라간 것만치 기뻣다 이런 신은 아무리 돈 만흔 사람이라도 함부로 신을 것이 못 되여 보엿다 요 아랫마을에도 흰 고무신 신은 여편네라고는 구장 안해 한 사람뿐인 것만 보아도 알 것이라고 순이는 불을 끄고 그만 자리라고 결심을 하엿다가도 다시 등잔을 켜고는 고무신을 어루만저 본다 그리고 이런 모든 것이 모두 성황님의 은덕이라고 밋는 것이엇다 순이는 자기가 시집 올 때에 성황당 아페서 배례하고 부처가 될 것을 맹서한 것을 새삼스러히 행복되게 생각하는 것이엇다 순이는 이 세상 모든 재앙과 영광은 성황당께서 주장하는 줄로만 밋는다 순이가 처음 시집 왓슬 때에 순이의 시어머니는

"우리집 일은 무엇이나, 아페 성황당께 빌면 순순히 되는 줄만 알어라" 하고, 타일르든 것과, 시증조부모 때에, 한번, 성황당에 불공스러웟기 때문에, 집이 도깨비불에 타지고 말엇다는 말까지도 이처지지 안헛다 순이는, 지금, 흰 고무신을 신게 된 것도 틀림업는 성황당님의 은덕이라고 밋는다 이튿날 아침, 순이는 먼동이 트기 전에, 일어나서, 신을 또 한 번 신어 보고는, 박그로 나와서, 이리저리 도라가며 돌을 주어들고 성황당 아프로 가서 공손히 돌을 던젓다

순이는 성황당에 돌 던질 때가 가장 행복스러웟다 돌을 열아문 개 던지고 나서는, 고개를 수그리고 합장 배례하고 잠간 섯다가 집으로 도라왓다

그리자 현보도 벌서 잠이 깨여 옷을 갈어입고 나왓다 "숫가마"(숫 굽는 굴)에 일하러 가는 것이엇다

"곤허갓는데 좀 더 자구가구래"

순이는 고무신 사다준 것이 생각할수록 고마워서 현보를 보고 힛죽 우섯다

"괜티안아! 어서 가보야디"

현보도 순이를 보고 힛죽 웃고나서 눈을 부비며 집뒷등마루(언덕)으로 올라간다

숫가마는 고개를 넘고 고개를 다시 내려가서야 잇섯다 현보가 한참 언덕을 올라갈 때에 순이는 생각난 듯이 큰소리로

"여보! 여보!" 하고 현보를 불럿다

"와 그루?"

"좀 왓다 가우! 왓다 가라구요" 하고, 순이는 소리를 질럿다 이윽고 현보는

"와 그루? 와 그래?" 하며, 순이게로 왓다

"인자 갈 때, 성황당께 비는 것 니저삐렛디요?"

"난 또 큰 변 낫다구!"

"그럼 큰 변 아니구요 성황님께 불공햇다가는 큰 변 나는 줄 모루?" 하면서 순이는 벌서, 돌을 열 개 넘어 어더다가, 현보에게 주면서 던지라고 한다 현보는 그것을 바더서 공손히 던젓다 그리【러】고 나서 합장하엿다 현보는, 다시 순이를 처다보고, 한번 웃고나서 집을 떠날 때에 퍽 행복스러웟다 나히 스물여듧이 되여서야 겨우 안해랍시고, 코를 질질 흘리는 열네 살짜리 순이를 어더온 것이 어제 일 가튼데, 순이는 벌서 열여듧이 되

여서 이제는 제법 안해 꼴이 백엿고, 게다가 기특하게도 남편에게 재앙이
업도록 성황님께 축수하기를 이저버리지 안는 것만 보아도 현보는 그지
업시 행복스러윗다.

현보에게는 이 철마령과 순이만이 온 천하의 모든 것이엇다 순이만 잇
스면, 현보는 조금도 괴로울 것이 업섯다 그리고 또 이 철마령이 잇는 동
안에는 따라서 잡나무(雜木)도 끗이 업슬 것이오, 그러고 보면 숫굽기도
끗이 업슬 것이니 먹기 걱정은 영 업섯다 세상이야 저 어떠케 변동되건
어떤 풍파가 일어나건 그런 것은 현보에게 아모런 상관 업섯다 세상일로
서 현보와 관게되는 것이 잇다면 그것은 오직 숫 갑시 내리는 것이엇다
하나 그것도

"제길! 제놈들이 숫이야 안 쓰구 백여날 수 잇나 원" 하고 생각하면 그것
조차 걱정될 일이 업섯다 현보는 그저 행복스러윗다 젓나무 잣나무 떡갈나
무 무프레나무, 성나무…… 아름디리 나무 나무들이 활개를 쭉쭉 뻣고, 별겻
듯 서 잇는 풀속을 거닐면서, 현보는, 다시 빙그레 우섯다 무성한 나무! 그
것은 얼마나 친근한 현보의 벗이엿스리요! 순이도 떼여 버릴 수 업시 사랑
스럽다 그러나 이 나무들도 순이보다 못지 안케 사랑스러윗다

봄이 오면, 나무닙피 신선하게 생겨나고, 그래야만 현보의 마음에도 봄
이 오는 것이엇다

1937년 1월 17일(일) 석간 4면
신춘문예 1등 당선 단편소설 성황당(4) 정비석 작

친근하기로 말하자면 산은 말할 필요조차 업다 온갖 나무를 키워주고
온갖 풀을 키워주는 것이 산이 아니냐! 현보를 나허준 것도 산이엿고 현

보를 맥여살리는 것도 산이엿고 현보의 어머니가 마즈막으로 도라간 곳도 역시 산이 아니냐!

현보는 산 업는 곳에서는 하로도 살지 못할 것 갓탓다 이런 생각을 하는 새 어느듯 현보는 숫가마에 다다럿다

숫가마 속에는 그적게 채곡채곡이 싸혀 너혼 나무들이 고대로 잇섯다 현보는 여페 싸혀 잇는 불나무(火木)를 도끼로 탁탁 패여서 아궁지에 쓰러너코 성냥을 드윽 그어서 불을 부첫다 처음에는 잘 붓지 안튼 것을 입으로 몃번 후—ㄹ 후—ㄹ 불어서 부치기 시작하얏다 한 아궁지 가득히 장작을 틀어막고 현보는 또 불나무를 패기 시작한다 한참 패고 나니 등골세 땀이 나서 그는 저고리를 버서 저만치 내던지고 나서 다시 패는 것이다

도끼를 번적 들어 뒤로 견줄 때마다 턱 버그러진 압가슴의 근육이 불끈 내소삿다가는 도끼를 탁 내리갈기면 억개쭉지가 불끈 부푸러 오르고 그와 동시에 장작이 팡 하고 두 갈네로 갈녀지는 것이엇다

이러케 한번 한번 내리갈길 때마다 도끼 소리는 즈르렁 산에 울리윗고 조곰 잇스면 마즌편 산에서 또 쯔르렁 하고 반향이 오는 것이엇다 마즌편 산의 반향이 끗나면 현보는 또 도끼를 갈기고 그리하여 현보는 혼자이면서도 둘이 일하는 것과 꼭가타여 조곰도 힘이 들지 안엇다 한참 패고 나서는 하눌을 처다본다

해는 조반 때가 잘되엿다 아츰해는 벌서 철마령 꼭대기로 버서 낫든 것이다

현보는 이번에는 언덕길을 처다보앗다 아직도 순이가 조반 가저오는 것이 보이지 안엇다 그래 숫가마에 장작을 더 너코 허리를 펴며 일어스니 이제것 안 보이든 순이가 어느듯 눈 아페 나타낫다

"아니 금방 안 보이드니…"

"히히히……, 나무에 숨엇드랫디"

"요 망할 거" 하는 현보는 을러메는 듯 픽 우섯다

"불은 일럿소?"

"그럼 바람세가 조아서 울 — 울 — 하는데"

순이는 조반 바구니를 풀밧에 노코 숫가마 아궁지로 가서 안을 드려다 보드니

"오오 — 막 훌훌 하는구나" 한다

"조반 먹을까?"

"먹습수다" 하고 순이도 현보를 따라 풀밧에 주저안저서 바구니를 연다

바구니 속에서는 강낭밥 두 그릇과 산나물이 나왓다 그리고 맨 마즈막으로 삶은 감자 다섯 개가 나왓다

"웅! 웬 감잔구?" 하는 현보의 말에

"궐 자시라구 삶아왓디 히히" 하고 순이는 현보를 처다보앗다

"감자가 송구 잇서든가?"

"요것뿐야! 궐 생일날 쓸라든 거 오늘 삶아왓디머" 하고, 순이는 수접은 듯이 고개를 비튼다

현보는 눈물이 나도록 고마웟다 조반을 마치고는 현보는 지게를 지고 나무하러 산속으로 드러가고 순이는 숫가마에 불을 때는 것이엇다 순이는 불나무를 한 아궁지 처박고는 아까 그 바구니를 들고 나물하려 근방으로 도라다닌다

겨울이 어제 갓드니 어느듯 산에는 맛나물이 두 치나 도닷다 이윽고 고사리도 도다나리라고 생각하면서 순이는 눈에 보이는 대로 맛나물 알바

꾸기 소리채 문들레…… 이런 것을 캐여서는 바구니에 넛코 넛코 한다 그러다가는 또 숫가마에 와서 불이 스러지지 안토록 나무를 넛쿤 한다 해는 중낫이 되엿다 별 겻듯 빽빽히 서 잇는 나무 숨속도 훤히 밝엇다. 나무 미테 싸히고 싸힌 나무닙 속에서는 졸졸 어름 녹은 물이 흐르고 잇섯다

온 산은 꽉 적막 속에 잠겨 잇다 산새도 울지 안엇다 다만 보이지 안는 곳에서 종달새소리가 들려올 뿐이엿고 그것마저 구름 속에 잠겨지면 생각난 듯이 미라부리가 한 곡조 부르면서 멀리로 날러갈 뿐이엇다 순이는 나물을 캐다 말고 미라부리 살어진 먼 하늘을 가만히 우러러 보고 잇섯다 그런 때에는, 순이도, 자연의 한 부분에 지나지 안엇다

산속의 봄은 유난히 짧엇다 뻑꾹새가 울어서 봄이 왓나보다 하고 한겨울의 칩거(蟄居)에서 해방되여, 산으로 오르기 시작하면, 벌서 두견새와 꽤고리가 노래를 부르고, 뒤니여 매미(蟬)가 "맴맴맴맴맴매 ―." 하고 한가로운 산속의 여름날을 돕는다

1937년 1월 19일(화) 석간 4면
신춘문예 1등 당선 단편소설 성황당(5) 정비석 작

그러기에 산사람들에게는 봄보다도 여름이 더욱 친근하엿다 하로하로 산은, 나무입으로 무거워 가고 각색 새들의 노래 노래에 산사람의 마음은 흔들려려저 간다

할미꼿, 안즌방이, 진달내가 한물 지나고 도라지꼿 나리꼿 제비꼿, 학이꼿 범부채 뫼나리 개나리……가 먼저를 다토아 필 무렵이면 스러젓든 잔듸바테도 새싹이 머리를 들고 그러노라면 풀바테는 빙충이 식세리 귀뜨람이가 노래를 부른다

토끼가 춤을 추고 여호 노루가 양지쪽에서 낮잠을 이루는 것도 이런 때이다

오늘도 순이는 숫가마에 불을 때고 잇섯다 한나절이 되자 날은 점점 무더워왓다 사방이 병풍으로 휘두른 듯 산으로 감쌔워 잇섯고 게다가 나무가 드러차서 바람 한점 어들 수 업섯다 순이는 아궁지 속을 한참 휘저어 불을 되살리고 나니 얼굴이 홧홧 달고 전신에 땀이 물 흘르듯 하엿다 벌거버슨 웃통에서도 젓가슴 새로 땀방울이 줄줄 흘럿다 순이는 나무를 듬북 집히고 나서는 저고리를 손에 든 채 개울가로 왓다 개울로 오자 그는 치마와 베바지마저 훨훨 버서 돌 우에 걸처 노코 덤벙 물속으로 뛰여들엇다 산골물은 옥구슬처럼 맑고 어름처럼 차거웟다

순이는 젓통까지 물속에 잠겨서 두손에 물을 퍼서 세수를 하고 나서는 어깨와 목덜미에 물을 끼언고 그리【러】고는 압가슴을 씨첫다 한참 씻고 나니 몸은 날 듯이 가벼워젓다 순이는 물에서 나와 몸을 말리고 나서 옷을 입으랴고 바위 우에 안즈려니, 바위가 몹시도 따거워 찬물을 두어 번 끼언고 안젓다

이제것 맑은 하늘에 어느듯 검은 구름이 한두 점 나타낫다 소낙비가 올라는가 하고 조곰 잇다 보니 철마령 우에서는 먹장 가라 부은 듯한 검은 구름이 작구 소사올랏다 순이는 어서 소낙비 내리기 전에 숫가마에 불을 톡톡이 집혀 두어야겟다고 생각하면서 옷 노흔 곳으로 가보니 분명히 돌 우에 노흔 옷이 업헛것다 혹시 딴 곳에 노치 안헛나 하고 뻘거숭이 채로 이리저리 차저보아도 보이지 안헛다

"숫가마에 놋구 왓나?" 하면서도 분명히 숫가마에는 벗고 오지 안허서 아래 우로 샷샷치 차저보아도 역시 보이지 안헛다 순이는 "귀신이 곡을

할 노릇"이라고 안타까워 돌아갈 때에 저편 숲 속에서 ■■■■■■■■■
■■■■■■■■■■■■■■■²

순이는 깜작 놀라 본능적으로 아래를 가리며 마즌편 언덕을 처다보니 숲 속에서는 땅꼬바지 입은 산림간수 긴 상이 자지러지게 웃으면서 순이의 옷을 처들어 보엿다

"제길 망할 쌍놈어【에】새끼!"

순이는 속으로 이러케 욕하고 나서

"입성 갯다 달라요 거!" 하고 짜증을 냇다

"이거 입성 아니가! 갯다 입갓디 누구래 입딜 말래기" 하고 긴 상은 여전히 빙글빙글한다

"남으 입성은 와 개 갓소? 와 개 가시요?"

"내래 개 왓나 머!"

"고롬, 누구래 개 가구! 날내 갯다 달라구요 여보"

"갯다 입으야디 누구래 갯다 줄꼬?"

"글디 말구 갯다 주구레 여보!"

"자 이놈어 송화(성화)야 바더 주나"

하고, 긴 상은 순이 옷을 들고 개울로 온다

"실어은 오디 말라요 망칙해 죽갓디"

순이는 발을 동동 굴럿다

"자 이런 송화가 잇나 입성 갯다다 달라기 개저가믄 또 오디 말라구! 그

---

2 『하하하하하』별안간 커다란 웃음소리가 들려왓다"『조선일보』에 게재된 해당 부분의 원문이 훼손되어 단행본을 참고하였다. 참고한 단행본은 다음과 같다. 김현주 엮음, 『정비석 문학 선집1 단편소설』, 소명출판, 2013, 151쪽.

럼 난 모루"

하고 긴 상은 풀바테 옷을 내던진다

"거기 놔두구, 더―멀리 가라구요"

"가구 안 가구야 내 맘이지 머"

"글디 말구 어서 더―기 가라구요 점단은(점쟌은) 사람이 거 멀 그루"

"허―이건 참" 하며 긴 상은 숫가마 잇는 쪽으로 몃 거름 거러간다 긴 상이 옷 잇는 곳에서 멀리 간 다음에 순이는 얼른 옷을 입으려고 뛰여갓다 그와 동시에 긴 상도 순이에게로 달려오면서

"뒤―뒤―이놈어【에】 멧되지 봐라 뒤―뒤―" 하엿다 그러나, 순이는, 재빠르게 바지를 추서 입엇다 긴 상은, 얼른, 순이의 저고리를 뻬서 들엇다

"글디 말라요 여보 점잔은 사람이 거 멀 그루?"

"난 점다【잔】티 못해"

"조고리 날내 달라요 여보"

"안 쥐 길에서 어든 조거리를 내래 와 줄꼬"

"어서 달다구요!" 하고, 순이는, 짜증을 내면서 긴 상에게로 달겨 들엇다

"글세 못 준대두" 하고, 긴 상도 저고리를 뒤로 돌리면서 연적(硯滴)처럼 토실토실하고 고무공처럼 탄력 잇는 순이의 젓가슴을 검칙스러운 눈으로 처다보앗다

"어서 달래는데 그래요!"

신춘문예 1등 당선 단편소설 성황당(6) 정비석 작

"말은 무슨 말이라구 그루! 어서 달라요"

"글세 내 말 듯디?"

"엉! 들을 거니 조고린 달라우"

"정말 듯디?"

"어 들어"

"거즛부리 아니디?"

"정 들어 들을 거니 조고린 달라구요"

긴 상은 그제야 만족한 듯이 빙그레 우스면서 순이에게 저고리를 건너주엇다

순이는 저고리를 입고 나서는 "행! 개떡 것다 누구래, 말을 들어!" 하고 획 도라서 스며, 숫가마 잇는 곳으로 다라난다

"순이! 정말 이러기야?" 하고 긴 상은 잠간 멍하니 순이의 뒷모양을 바라보다가 순이를 따르기 시작하엿다 순이는 숫가마에 다다르자 쌈쌀한 듯이 시침이를 떼고, 아궁지에 장작을 너헛다

아까부터 퍼지기 시작한 검은 구름이 이제는 하늘을 휘덥고 싸늘한 바람이 획 지나갓다 굵은 비방울이 떠러지기 시작하엿다 산에서는 나무니피 서로 갈리는 소리가 소란하엿다 순이 뒤를 쪼차온 긴 상은 순이게로 와락 달겨 들어 가쁜 숨으로

"순이! 정말 말 안 들을 테야?" 한다

"누구래 말을 듯갓다기 추근추근 이래?"

"분홍 갑사 조고리 해줄 거니 말 들어 웅"

"난 실허! 분홍 갑사 조고리 누구래 입갓대기" 하면서도 아닌 게 아니라 순이는 분홍 갑사가 입고 십지 안흔 것도 아니엇다. 그러나 순이는 긴 상의 꼴이 아니꼬웟다 현보네 집에 늘 놀러오는 사람 중에 순이를 눈에 걸고 잇는 사람이 둘이 잇섯다 하나는 긴 상이고 또 한 사람은 산 넘어 금광에서 일하는 칠성(七星)이엿다 칠성이는 돈은 긴 상만치 업서도 생기기는 긴 상 열곱 잘생겻다 그래 순이는 맘을 허하자 하면 긴 상보다도 되려 칠성이 편이엿다 칠성이가 오늘처럼 이런 곳에서 시달린다면 ― 하고 생각하다가 순이는 속으로, 고개를 설네설네 흔들엇다 "칠성인 다 머래 현보가 잇는데 ―"

긴 상은 잠간 궁리를 하다가

"정말 실으니?"

"정말 실어!"

소낙비는 내려붓기 시작하엿다 거기 따라 순이의 마음도 점점 굿세여젓다 순이와 긴 상은 숩 속으로 드러가서 비를 기엿다【그엇다】

"너, 나허구 틀렷다가는 큰일 날 줄 모르니?"

"흥! 난 그까짓 큰일 무섭지 안아!"

"정말? 너와 현보가, 오늘두 소나무 찍는 것을 내 눈으로 보구 왓는데"

"그래 소나무 찍엇스믄 어때?"

"너, 올봄부터, 허가 업시 나무를 찍엇다가는 징역 가는 법 생긴 줄 몰르니?"

"알믄 어때? 비러먹을 다! 성황님이면 고만이지 멀 그래"

순이는 순이대로 긴 상에 엇세는 대로 대항을 하엿다 은근히 법이라는 것이 무섭지 안혼 것도 아니지만 그러타고 긴 상 따위에게 슬슬 기고 십지는 안헛다 또 그까짓 것 성황당에 축수만 하면 그만이 아니냐!

"순이! 그러지 말구! 나 말 안 할 테니 내 말 한번만 들어"

"난 실태두 그래!"

"그럼 현보 징역가두 존니?"

"징역을 와 가? 어드래서 헝!"

순이는 입설을 빗죽 내밀어 보엿다

그 순간 긴 상은 귀여워 못 참겟다는 듯이 순이에게로 달겨 들어 이 허리를 휘감으려 하엿다 순이는 그와 동시에 날새게 몸을 비키엿다 비는 채굽으로 바뜻 내리쏘닷다 숩 속에도 빗방울이 떠러지기 시작하엿다 긴 상은 또 잠간 계면적은 듯이 가만 섯다가

"정말 안 들을 테냐? 똑똑히 말해 봐"

그의 두 눈은 쌍심지를 켠 듯, 충혈되엿다

음성은 비수가티 날카로윗다. 그러나 순이는 호랑이를 보고도 놀라지 안코 자라난 탓으로 아모러치도 안흔 듯이

"글세 백 번 그래야 소용 업대두" 하엿다.

그 말을 듯자 긴 상은 날랜 호랑이처럼 순이에게로 덤벼들어 순이를 휘여 넘기려 하엿다. 순이는 뒤로 휘끈 자빠지려든 다리에 힘을 주어 딱 버티고 서서 잡힌 저고리 소매를 힘껏 낙거채려 하는 순간에 벌서 뜨거운 입설이 이마에 와 다엇다. 순이는 더 참을 수가 업서

"쌍 ■[3] 개튼 놈 어!" 하면서 두 눈알이 빠저 나올 만치 사내의 뺨을 휘갈기고 제비가티 날새게 숩 속에서 뛰여나와 채굽 밧듯 하는 비를 바드며 언덕길을 올라 집으로 다라왓다 숩 속에서는 뺨 마즌 사내가 다라나는 순

---

3   "개" 『조선일보』에 게재된 해당 부분의 원문이 훼손되어 단행본을 참고하였다. 참고한 단행본은 다음과 같다. 이무영 · 박영준 · 정비석, 『한국소설문학대계』 23, 동아출판사, 1995, 453쪽.

이의 뒷모양을 노려보면서

"이년 두고 보자" 할 뿐이엇다

비는 푹푹 내리 쏘닷다 안개에 싸혀 산도, 하늘도 보이지 안헛다 만산이 한참 흐들지게 웃는 것처럼 쉬―쉬―소리뿐이엇다 한참 언덕을 오르는 순이는 사내가 따라오지 안는 것을 보고 발을 멈추고 코으로 입으로 흐르는 빗물을 씻는다 그리【러】고 나서 빙그레 우스며 뒤를 도라보고는 다시 언덕을 추어 오른다 순이는 비가 악수로 퍼부엇스면 하엿다 비가 퍼부으면 퍼부을수록 마음이 튼튼해질 것 가탓다 고개를 다 오른 때에는 순이는 벌서 지나간 일은 이저버리고 집애 가면 흰 고무신 신어볼 생각에 맘은 날뛰엇다

발끄테서 모치라기가 프드드드 하고 나러갓다 비는 작구만 작구만 퍼부엇다

이틀이 지나자 읍에서 경찰서에서 현보를 자부러 왓다 현보는 아모 말도 못하고 한참은 땅만 보고 잇고 따라온 긴 상만이 뜻잇는 우슴을 빙글빙글 순이에게 건느고 잇섯다 순이는 가슴이 덜컥 하엿다

"날내 가! 빨리 빨리" 하는 재촉에 마지 못하여 현보는 이러나면서 글성글성 눈물 고인 눈으로 순이를 처다보앗다 순이도 현보를 보자 우름이 복바처 올랏다

1937년 1월 21일(목) 석간 4면
신춘문예 1등 당선 단편소설 성황당(7) 정비석 작

그럴 줄 알엇드면 긴 상 말을 들어주엇든 편이 조앗슬걸 하고 후회하엿다 그러나 그보다도 더 큰 후회는 그저께 그길로 곳 도라오면서 성황님께

빌지 못한 것이엇다 그때 오는 길로 한번만이라도 빌엇드면 오늘 가튼 일은 이러나지 안헛슬 것이 아니냐 현보는 살장(屠場)으로 끌려가는 늙은 소 모양으로 고개를 수그리고 압서서 읍으로 걸엇다 순이는 참다 못해서

"언제쯤 도라올까요?" 하고 간신히 물엇다

"한 십 년 잇다 올 줄 알어" 하고 순사는 혼자 씩 웃는다 순이는 순사가 우슬 적에는 대견스러운 죄는 아니리라고 짐작은 하면서도 십 년이라는 말에 어이벙벙하엿다

"너 이전 시집 가야갓구나"

긴 상은 또 비꼬는 우슴을 보내며 힐끗 순이를 처다 본다 순이는 아모 대답도 안코 마음 속으로 "이놈 두고 보아라 내래 성황님께 빌어서 네 눈을 방덕을 허게 할 적을 —" 하고 중얼거렷다 순이는 현보가 보이지 안흘 때까지 문박게 서 잇섯다 마침내 현보의 뒷모양이 안게에서 사라지자 순이는 참엇든 우름보가 탁 터저서 목을 농【놓】아 통곡을 하엿다

단들【둘】이 살든 살림에 현보가 잡혀갓스니 누구를 밋고 살 것이랴! 순이는 맘것 맘것 울엇다 이런 때에는 아이라도 하나 잇섯스면 생각하니 새삼스러히 현보 잡혀간 것이 통분하엿다 그러나 잡혀간 것은 하는 수 업는 일이고, 이제부터는 몃해 만에 나오든지, 나오는 날까지 혼자서 버러먹어야 할 것을 생각하고, 순이는 나지 기우러야, 숫가마로 갓다 숫가마는 아직도 하로를 불을 더 때어야겟다 그래 순이는 전에 현보가 하든 모양대로, 도끼를 들어 장작을 패고, 불 때다가, 겨를이 잇스면, 겨울 준비로, 도라지 고사리 가튼 것을 만히 캐엿다

순이는 여니 때보다, 퍽 느저서야 집에 도라왓다 집에 와 보니,

긴 상이 기대리고 잇섯다

"순이 인제 오는 게요? 오늘은 늦구먼?"

하고 사내는 현보를 잡어갈 때와는 달리 친절한 태도를 보인다

순이는 "이자식이 또 왓구나" 하면서도 행여 현보의 소식을 알 수 잇슬까 하여

"발서 읍에까지 갓든거요?" 하고 물엇다

"아니 난 읍엔 안 갓서"

"그러믄 우리 주인은 어뜨케 됏소?"

"경찰서에까지 가게 되엿지"

"언제쯤 오게 되우?"

"그야 내 말에 달렷디!" 하고 긴 상은 순이를 빤히 처다본다

순이는 속으로

"네 까짓 거!" 하고 아니꼬이 생각하면서

잠잣코 잇섯다 사내가 몃 날 전에 산에서 한 짓을 사죄하라는 것과 그리고 이제라도, 제 말을 드르라는 것쯤은 순이로서도 눈치 채일 수 잇섯지만 행차 뒤에 나팔격으로 이제야 일은 틀려지고 말엇스니 순이는 작구 엇가고만 시펏다

"정말 순이가 안타깝다면 현보를 래일누라두 내보내줄까?" 사내는 순이가 혼나서 슬슬 길 줄만 알엇드니 뜻박게도 쓴(苦) 도라지 보듯 하는데 한끗 실망하지 안흘 수 업섯다 그래 슬적 저편에서 먼저 수작을 부치는 것이엇다

"난 괜티 안아요 근심 말구 거저 일 년만 잇다가 내보내주"

"허! 말룬 그래두 속이야 불이 날 터이지"

"불케넨(커녕) 화두 안 나우"

"순이! 그러지 말어 응 나, 말 잘해서 니여(곳) 내보내주게 허디"

"……" 그 말엔 순이도, 대답을 안 헛다 한참 침묵이 계속되엿다 박갓튼 점점 캄캄해왓다 하늘에는 별이 총총 떠서 여러 노혼 문으로 북두칠성의 네 개씩이나 보엿다 바루 집 뒤에서는 접동새가,

"접동접동 해오래비 접동" 하고 처량히 울엇다

순이는 사내가 현보를 꼬즌(告) 것을 생각하면 이에 신물이 돌아서, 주먹으로 목덜미를 한개 쥐여박고 시펏지만 녈(劣)도깨비, 복은 못 주어도 화(禍)는 줄 수 잇다구 그러다가, 또 어떤 작패를 할는지 몰라 어름어름해 두엇다 그러나 사내는 좀처럼 도라갈 생각을 안코 진끼를 쓰고 잇서 순이는 점점 울화가 치밀엇다 그까짓 긴 상 가튼 사내 한나쯤 덤벼든대야 조금도 겁날 것은 업지만 저편에서 덤벼드는 판에는 순이도 가만 잇슬 수는 업스니 그것이 성가시엿다

"정말 우리 주인이 언제쯤 나올까요?"

순이는 긴 상에게서 눈치라도 채일 수 잇슬까 해서 은근히 물엇다

"글세 내 말 한 마디면 그만이래두"

순이는 잠자고【코】 잇섯다

"순이! 현보 내일 놔 줄까?" 하고 긴 상은 순이의 치마 폭을 잡어다렷다

"이 놔요!" 하고 순이는 치마를 낙거 채엿다

1937년 1월 22일(금) 석간 4면
신춘문예 1등 당선 단편소설 성황당(8) 정비석 작

"흥 내 말 안 들으야 순이게 손해될 것박게 잇나"

사내는 싱글 우스면서 담배를 피여 문다 순이는 음두 쿰두 업시 방바닥만 쳐다보고 잇다 여름밤은 덧업시 기퍼갓다

순이는 사내가 어서 가주엇스면 하엿다 현보가 잡혀갓기 때문에 이런 자식이 렴치 조케도 밤중에 와서 쩌그렝이를 붓는구나 생각하니 새삼스러히 현보가 그리워지고 울화가 불끈 치밀엇다 사내에게 톡 쏘아부첫다

"이, 아닌 밤중에 어떠케 가누?"

"못 가믄 어쩔 테요?"

"여기서 순이허구 자구 가다"

"흥 비위탁에 삼백은 살겟다. 어서 가요?"

"이 캄캄한 밤에 어딜 가란 말이야 응 순이"

"귈네네 집이【에】가라요"

"그럼, 순이 다려다 주겟나?"

"흥 별꼴 다 보겟다" 순이는 사내에게 눈을 흘겨 보이고는, 박그로 다러나왓다.

순이는 어둠 속에서 돌을 주어 가지고 또 성황당 아프로 가서 성황님께 현보가 속히 나오게 해달라고 기원하엿다 그는 몃번이고 허리를 굽실거려 절을 하엿다

그러는 동안에 어둠 속에서 발자국소리가 나드니 문득 에헴 하는 기츰소리가 들렷다 칠성이가 현보 잡혀갓다는 소문을 듯고 차저온 것이엇다 순이는 긴 상의 얄게를 밧고 잇는 지금에 칠성이가 차저온 것을 퍽 다행으로 여겨 이내 방으로 다리고 들어갓다 긴 상은 순이가 이제나 들어올까 그제나 들어올까 눈이 감기도록 기대리든 판에 순이가 웬 사내를 다리고 들어오는데 일면 놀라고 일면 겁을 지버 먹어서 눈만 껌벅이고 잇다

"혹 게(퍽) 어둡디요?" 순이는 긴 상 보란 드시 칠성이에게 말을 거럿다 그러나 칠성이는 칠성이대로 아지도 못하는 사내가 방 속에 잇는데 놀래여 얼른 대답도 못하고 멍하니 안저잇다 그러나 칠성이는 대개 눈치를 채고 갈구랑 눈으로 긴 상을 홀터보고 잇다 칠성이가 드러오자 긴 상이 끔쩍 못하는 것을 보고 순이는 우슴을 참지 못하엿다

산속의 밤은 접동새의 우름 속에 기퍼갓다 위대한 적막이 깃드러 잇는 기픈 산이것만 그러나 순이를 사이에 두고 방안의 공기는 일촉즉발의 위기를 각일각 닥처갓다 아연가티 무거운 공기 속에서 칠성이와 긴 상은 각각 눈아페 폭풍을 깨다르면서 호흡까지를 죽이고 잇섯다

"웬 사람이요?" 드디어 긴 상은 긴장을 이겨날 수가 업서 혼자말 비슷이 중얼거리며 순이와 칠성이를 번가라 보앗다

"이 산넘어 잇는 칠성이네야요" 하고

순이는 칠성이를 처다보면서 대답하엿다 긴 상은 칠성이가 쭈구리고 겁먹은 듯이 안저잇는 것을 보고 한층 깔보앗는지

"무슨 일이 잇서 왓나? 이 밤중에?" 한다

"일은 무슨 일이갓소? 거저 마음 왓지"

"일업시 밤중에 여편네 혼자 잇는 데를 와?" 하고, 긴상 어조는 더한층 노팟다

"대관절 당신은 어떤 사람인데?" 이번에는, 잠자고 잇든 칠성이가 약간 떨리는 목소리로, 침착히 물엇다 그러나 칠성의 주먹은 어느듯 굿게 쥐여저 잇엇다 칠성이가, 큰소리를 치고 나서는 김에 긴 상은 잠간, 얼떨떨해 잇다가,

"나? 난, 산림간수요 현보가, 산림 법측을 위반해서, 조사할 것이 잇어

왓소"

"산림간수는 여편네 혼자 잇는 밤중에, 조사를 해야 되우?"

칠성이는, 가슴을 아프로 약간 내밀엇다

"그야 조사할 필요만 잇으면, 언제든지 조사하는 규측이지"

"세상이 그런 규측이 어디 잇단 말인가?" 이번에는 칠성이는 정면으로 긴 상을 노려보앗다

순이는 꼼작도 안코 안저잇다

"에이놈! 그런 말 버르장머리가 어디 잇니? 아무리 불량 무식한 놈이기로서니!"

"이놈! 머 어떼! 식헌놈은 똥이 관을 쓰고 나오니 —"

칠성이는 상반신은 이르켜 긴 상 아프로 닥어섯다

"빠까!" 긴 상은 그 고함과 함께 칠성의 '따귀'를 불이 나도록 갈겻다

"이 쌍 갓나 새끼! 어디 보자!" 하기가 바쁘게 칠성이는 긴 상 멱살을 붓잡앗다 긴 상도 칠성이를 맛잡앗다 둘은 서로 업치락 뒤치락 뒤처치엿다 그 김에 등잔불이 휙 꺼젓다

별안간에, 방안은 수라장이 되엿다

"아이구머니!" 순이는 외마디 소리를 부르지즈면서 박그로 뛰여나왓다

"아코!"

"에이쌍!"

"아코 아고고……" 하는 소리가 낫지만, 순이는, 그 목소리가 누구인지도 분간하지 못하엿다

신춘문예 1등 당선 단편소설 성황당(9) 정비석 작

순이는 어쩔 줄을 모르고 벌벌 떨면서

"아구메나! 아구메나!" 하다가 문득 성황당 생각이 나서 느티나무 미트로 와서

"성황님! 성황님! 떼쌈을 좀 말네주십사! 떼쌈을 좀 말네주십샤!" 하고 손을 싹싹 부버엿다 방안에서는 아직도

"에이쌍!" 하는 소리가 들려왓다 이틀이 지나도 사흘이 지나도 현보는 도라오지 안헛다 칠성이도 저번 날 밤 긴 상과 싸우고 가서는 나흘 재 오지를 안헛다 떠도는 말이 칠성이는 긴 상 머리에 상처를 입헛기 때문에 잡혀갈까보아 그날 밤으로 어데론지 도망을 치고 말엇다고 한다

순이는 나지면 숫 구울 나무를 하엿고 밤이면 성황당에 치성을 드리면서 그날그날을 보내엿다 현보가 잡혀간 뒤로는 숫도 한가마를 구엇슬 뿐이엇다

순이는 저녁에 집에 도라올 때처럼 쓸쓸한 적은 업섯다 여니때 가트면 현보와 가티 도라와서 저녁도 마조안저 먹을 터인데 이제는 혼자 오드면 히 안저서 먹자니 밥이 목구멍을 잘 넘어가지 안헛다

순이는 나무를 하다가도 숩 속에서 장끼(雄雉)와 가토리(雌雉)가 "꾸둑! 꾸둑!" 서로 희롱하는 것을 보고는 문뜩 현보 생각이 머리에 떠올라 한참은 우두머니 서서 지나간 일을 회고하는 것이엇다 그래도 숩 속에서 꾀꼬리가 울고 뻑국새가 울고 미라부리가 울 때에는 순이의 마음은 평화스러윗고 도끼를 든 손도 가벼윗다 산에만 오면 순이는 어머니 품에 안긴 것처럼 마음이 듬북하여 온갓 새들과 가티 노래부르고 시펏다 새들이 노래

를 부를 때에는 순이의 마음에는 슬픔이라고는 손톱만치도 업섯다 나무가 무성히 자라고 새들이 노래부르는데 순이의 가슴에 검은 구름이 잇슬 턱 업섯다

그런 때에는 순이는 현보도 성황님 덕택에 이내 도라올 것을 굿게 밋는 것이다

그러나 해가 저물고 산골자기가 어둠 속에 잠기면 순이의 마음도 어두어젓다 제 '둥지'(깃)로 도라가는 가마귀가 어찌다가 순이네 집 우에서 "까우! 까우!" 하고 울 때이면 순이의 마음은 납댕이가티 무거워진다 녯날부터 저녁 까마귀가 울면 집안이 불길하다는 것을 순이도 알기 때문이엇다 순이는 현보가, 내일도 도라오지 안흐려는가 정말 십 년씩이나 가처 잇게 될 것인가 하고 머리를 쥐여짜며 생각하다가 마침내는 벌덕 이러나서 성황당으로 달려간다 그런 때면 순이는 성황당 아페 업대여 한 시간이나 치성을 드리는 것이엇다

순이는 '모제기'(샛별)가 서편 하늘에 퍽 기우러진 때에야 잠자리에 누엇다 허나 어쩐지 잠 이 오지 안헛다 눈을 감고 잇노라니 현보와 칠성이와 긴 상의 얼골이 제각금 눈에 나타낫다 순이는 아까 산에서 장끼과 개토리가 놀든 것을 생각하고 이내 언젠가 현보가 장에서 고무신 사오든 날이 생각에 떠올랏다

그래 "이번에 나오면 현보허구 둘이 성황님께 아들을 낫케 해달라구 빌어야지"

하고 생각하다가 혼자 씩 우섯다

괴괴한 밤이엇다 섬돌 아래서 도르레가

"돌돌돌돌돌……" 우는 소리가 천지를 뒤흔드는 듯하엿다

순이는 끼 ─ ○ 하고 도라눕다가 문득 귀결에

"응응응응응응……" 하는 소리를 듯고 머리를 번적 들엇다

"여호가 울어?" 순이는 가슴이 또 뭉쿨하엿다 여호가 울 때에 입을 향하고 운 곳은 반드시 흉사가 잇다는데 ─ 순이는 벌덕 일어나서 문박그로 뛰여나와 순이네 집을 향해서 우는지 알어보려하엿다 순이는 토방에서 귀를 기우렷지만 우름소리만 듯고는 어디를 방향하고 우는지 알 수 업섯다 꼭 순이네를 향하고 우는 것만 가탓다

"현보가 영 못 나오려나?"

순이의 가슴은 점점 어두어젓다 순이는 성황님께 무슨 죄를 지엿든가 스스로 생각하여 보앗다 그리고 역시 성황님께 정성이 부족한 탓에 가마귀가 울고 여호가 우는 것이라고 미덧다 순이가 가마귀나 여호나 모두가 성황님의 마음대로 되는 것이라고 밋는다

그래 순이는 다시 성황당 잇는 느티나무 아래로 와서 무릅을 꿀코 안저 손을 부비엿다 순이는 참된 마음으로 성황님께 사죄(?)를 하엿다 한 시간이나 지나고 두 시간 세 시간이 지낫건만 그래도 순이의 마음에는 부족하여서 순이는 꼬박히 하로밤을 치성으로 밝혓다

1937년 1월 24일(일) 석간 4면
신춘문예 1등 당선 단편소설 성황당(10) 정비석 작

그러나 이튼날 아침 순이의 마음은 도로 명랑하엿다 아침벼테 무르녹은 녹음을 보면 순이의 마음은 옥구슬가티 맑어젓다 순이가 막 집을 나서 숫가마로 가려는 때 까치 두 마리가 순이네 집웅 우에서 "까까까까까…" 하고 지나갓다

"올타…" 순이의 눈은 기쁨에 이글이글 빗낫다. 까치가 지즈(울)면 손님이 온다는데 오늘은 아마 현보가 오려나부다 하엿다 현보가 오면 순이는 무엇부터 얘기할까 하고 궁리하엿다 긴 상 얘기 가마귀 얘기 여호 얘기……모두 신기스러운 재료 가탓다 아니 그보다도 성황님이 얼마나 신명하시다는 것을 말하고 두리서 아이를 나토록 축수를 하리라 하엿다

순이는 기쁨 때문에 일이 손에 붓지를 안헛다 개그마리가 갈갈갈갈 하기만 하여도 고개를 들고 멍하니 섯군한다 그러다가는 현보가 오지 안나 하고 언덕을 처다본다

한나지 지나자 더위는 찌는 듯하엿다 순이는 웃통을 벗고 나물을 하다 말고 나무 그늘 풀바테 펄적 주저안젓다

바루 머리 우에서 산비달기가

"구―구―" 하고 울엇다 순이는 고개를 들어 비달기를 차젓다 소나무 가지에서는 두 마리의 비달기가, 서로 주둥이를 맛대보기도 하고, 머리를 부비기도 한다 순이는 멀거니 그것을 처다보고 잇섯다 순이의 가슴은 공연히 쓸쓸하엿다 순이는, 오늘도 현보가 도라오지 안흐려는가, 한숨을 쉬면서, 먼 하늘을 우러러 보앗다 바로 그때

"순이!" 하고, 부르는 소리가 들렷다 순이는, 현보가 왓나 하고 깜작 놀라 이러나니, 저―편 숨 속에 칠성이가 서 잇섯다

"칠성이네! 어디 도망갓다드니" 순이는, 반가웟다 그러지 안헛【허】도 순이 때문에 칠성이는 죄를 짓고 도망을 가서 미안하게 생각하든 판이엿는데 뜻박게 만나니 참말 반가웟다

"나 말이야 순이! 그동안 한 삼백 리 되는 곳에 도망을 갓드랫디! 그 왜 그자식 대가리를 깨트려 주엇거든! 그래서 도망을 가기는 갓지만 암만해

두 순이야 이즐 수가 잇서야지 그래 순이를 대리려 왓서!" 하고 사내는 순이에게 가까이 닥어왓다 순이는 저고리를 입으면서

"망칙해라! 내래 와 갈꼬?" 말은 그러나 자기를 생각해 주엇다는 것이 노상 실지는 안혼 모양 갓다

"안 가믄 어쩌누? 현보는 언제 나올지두 모르면서"

"와 몰라 오늘은 나올 텐데!"

"오늘? 흥 적어두 삼 년은 잇서야 해"

"삼 년?" 이번에는 순이가 놀란다

"그러치 삼 년은! 그러니 그동안 순이 혼자 어떠케 사누? 그러기 현보 나올 동안 나허구 가치 가 잇자구"

"................."

"그뿐이가 이제는 현보가 나온대두 다른 버리를 해야지 숫구이는 못 하거든!"

"와 어드래서?"

"숫두 말이야 이제부터는 검사를 하거든! 법에 가서 검사를 하지 안코는 못 팔어 먹는데 그 검사가 오즐기 어렵다구"

"누가 그래은?"

"누군! 다 그러지! 발세 신문에두 낫다는 걸"

순이는 점점 아타까웟다

"그까짓 법이 뭐요 성황님께 빌면 고만이지" 순이는 혼자 짜증을 썻다

"성황님? 흥 어디 잘 빌어봐라 되나?"

순이는 어찌할 도리를 몰랏다

"순이! 내래 발세 순이 입성 다 해가지구 왓서!" 하고 칠성이는 보통이

를 풀기 시작한다 순이는 암말도 업시 보통이만 처다본다 보통이 속에서 분홍 항나 적삼과 수박색 목메린스 치마가 나오는 것을 보고 순이는 눈이 휘둥그레해진다

"순이! 이거 다 순이 입을 거야!" 하고 칠성이가, 순이 아페 옷을 내미는 순간 순이는 기쁨을 참을 수 업서 빙그레 우스면서 집에 잇는 붉은 댕기와 힌 고무신 생각을 하엿다 그것은 다 가추 입고 나서면, 그까짓 꿩 지치(꼬리)쯤 어림도 업서 보엿다

"어서 입어 보라구!"

그 말에 순이는, 치마 저고리를, 입엇다 순니는 기쁨에 날뛰엿다 산속이 갑자기 환해지는 것 가탓다

"순인 참, 절색이야!"

칠성이는 순이의 목을 그러안앗다 그러나 순이는 생글생글 웃기만 하엿다

"구―구―구" 산비달기가 또 울엇다

순이에게는 칠성이가 현보와 꼭가티 보엿다

1937년 1월 26일(화) 석간 4면

신춘문예 1등 당선 단편소설 성황당(11) 정비석 작

"구―구―구―" 산비달기가 울 때마다 순이의 가슴은 화로 우에 눈덩이처럼 슬슬 녹아 버렷다

머리에는 붉은 댕기를 디리고 게다가 연분홍 황나 적삼과 수박색 치마를 떨처입고 힌 고무신까지 신고 나서니 순이는 세상에 부러운 것이 업섯다

발 한자욱 옴겨 노을 때마다 치마폭이 너풀하는 것이 안즌방이 꽃보다도 고와 보엿다

"빨리 가자구! 어둡기 전에 백 리는 내대어야겟는데"

칠성이는 거름을 재촉하엿다 순이와 칠성이는 저녁때가 지나서야 삼백 리 길을 떠나게 되엿다 밤길이 불편은 하지만 아차 잘못하여 순사의 눈에 띠이면 큰일이엇다 순이는 가벼운 거름으로, 삼십 리는 언듯 거닐엇다 그러나, 철마령 고개를 다 넘고 들길로 들자부터 순이의 마음은 점점 불안스러워젓다.

"엉야! 좀 쉬여 가자구요"

순이는 애원하듯 말하엿다.

"다리가 아픈가 머?"

"아니 그래두"

"쉬여가디! 순인 그래두 풀바텐 안지 말어 입성에 풀물 오르믄 안 되"

"그럼, 어떠커노?"

"그대로 서서 쉬이야디"

한참, 순이는 말이 업섯다 칠성이를 따라가는 것이 올흘까? 순이는 풀바테 주저안고 시펏다 그러나 풀바테 주저안즈면 안 된다고? 순이는 불안스러윗다 더욱이 장차 아지도 못하는 지방으로 가는 것이 더욱 불안스러윗다

"이제 가는 데두 산이 만혼가?"

"산이 머야! 들어판이디! 그까짓 산댈까?"

"그럼 노루나 꿩 가튼 건 업갓구만?"

"업구 말구"

"부헝사이 빽꾹이 거튼 것두?"

"그 따위두 다 업서! 그러나 사람은 만디! 큰 집두 만구! 참 살기 조흔 곳인 줄만 알갓디"

"고사리나 도라지나 그런 나물은 만나?"

"산이 업는데 그런 거 어떠케 엇누? 홍 글세 근심 말어! 썩 조흔 데 데리구 갈게"

그러나 순이는 기분이 내키지 안헛다 산도 업고 새도 산나물도 업는 곳—그런 곳에 가면 미라부리 우는 소리도 못 듯고 고사리 나물도 못 먹고 무슨 재미에 살까? 순이는 더 가고 십지 안헛다 가는 곳이 아모리 조타 해도 산이 업고 나무가 업스면 그 뻔숭뻔숭한 데서 어떠케 살까?

더구나 공연히 사람만 만히 모여서 복작복작한다는 곳에 가서⋯⋯⋯⋯

사람만 만흔 곳에 가서 지금처럼 고흔 저고리에 고흔 치마를 입고 마음대로 주저안지도 못하고 어떠케 살까?

순이는 문득 철마령 안골자기 자기집이 그리윗다 지금쯤은 부형새, 접동새 울고 잇스리라 생각하니 삼십 리박게 떠나지 안혼 여기부터가 실헛다

순이는, 고흔 옷 입은 기쁨도 살어젓다 그는 문득 현보가 그리윗다 성황님께 어제밤에 그만치나 치성을 올렷고, 또 오늘 아침에 까치도 지저스니 지금쯤은 집에 도라와슬는지 모른다 현보가, 왓스면, 나를 얼마나 기대릴까? 순이는 현보와 둘이서 나무하고 불때든 때를 생각해 보앗다

아모리 생각해도 순이는, 철마령을 떠나서는 살 재미도 업거니와 살지도 못할 것 가탓다 더구나 죄를 지으면 성황당이 벌을 준다는데 삼백 리가 멀다고, 벌 못 주랴! 생각이 여기에 미치자 순이는, 무조건하고, 집으로 도라가지 안허서는 안 될 것 가탓다

"자—또 떠나보디"

하고 칠성이는 성큼 이러섯다

"나, 나 똥 좀 싸구 갈거니, 슬근슬근 먼저 가라요" 순이는 겨우 입을 열

엇다

"똥? 그럼 나 저기서 기대릴 거니, 이내 오라구 응!"

"응—" 순이는 선 대답을 하고 숩속으로 드러갓다 숩속에서 순이는 얼는 치마와 저고리를 버서서 나무에 걸엇다

그까짓 입고, 주저안지 못하는 옷이라고 생각하니 조곰도 애착이 업섯다 옷을 나무에 걸어 노코 순이는 힝하니 아까 온 길을 거슬러 집으로 다름질하엿다

캄캄한 산길이건만, 순이는 가든가든 거닐엇다 얼마를 거러오니 그제야 "접동 접동 접접동…" 하고 접동새 우는 소리가 들렷다

순이의 마음은 가벼워젓다 이제야, 저 살 곳을 올케 차즌 것 가텃다

집압 고개에 올라서니, 집에서 빨—간 불이 비치엿다

"아—현보가 왓구나!"

순이는 기뻐 날뛰는 가슴을 안고 고개를 다름질처 내려왔다 다시 언덕을 추어서 집으로 올라갈 때 순이는 "성황님, 성황님!" 하고 부르지젓다

모든 것이 성황님의 은덕 가탓다

집 아페 오니 "에헴!" 하는 현보의 기침 소리가 들리엿다

"아—성황님!"

접동새가 울엇다 부헛새도 울엇다

늘, 듯든 우름소리엿다 그러나 오늘밤, 따라 새소리는, 순이의 가슴을 파고드는 듯하엿다

丙子 十二月 十二日

항진기 1937.1.27~1937.2.11

김정한

1937년 1월 27일(수) 석간 4면

단편소설 항진기(1) 김정한 작

一

쇄——, 쇄——.

박게서는 창대 가튼 폭우가 쉴 새 업시 내려 붓는다. 게다가 때아닌 샛
바람까지 거들어서, 거샌 빗살은 마루바닥을 엇떼려 곰팡 슨 세살문을 사
정업시 적신다. 여기저기 구멍이 난 문조【종】이가 사나운 비바람에 부댁
겨 풀기 업시 펄럭펄럭.

방안은 멀미가 나게 우중중하다.

"제—기, 아직 머럿나?"

두호는 기다리기가 지리한 듯이 또 한 번 문을 치어다 본다. 턱이 조금
빨고[1] 갸름한 얼골에 생기 잇게 빗나는 뚜렷한 눈방울!

어스름은 여전히 물러가지 안헛다. 두호는 눈자위를 찝흐린 채 다시 돌

---

1 빨다 : 끝이 차차 가늘어져 뾰족하다.

아누으며 기지게를 쓰느라고 다리를 내던것다. 그리자 낡은 방바닥에서는 몬지가 불쑥 솟아올으고 매케한 냄새조차 코에 몰린다. 그와 동시에 재채기가 앳켕——나왓다.

"엑—기 빌어먹을 것……!"

두호는 마침내 참다못해서 이러케 구두덜거리며 거적으로 박글 가리운 들창을 쥐어박을 듯이 이러나 안드니 종아리짬을 두어 번 석석 글거대다가 바쁘게 문을 차고 나간다

박각튼 재법 흰—햇다. 그도 그럴 것이 날세 조흘 때 가트면 벌서 해가 도드날 때엿스니간.

두호는 장마에 씻겨 울어난 떼가 마치 청돌에 낀 잇기 가티 맷그러운 마루끄테 나섯다가, 모래알 가튼 빗방울이 사정업시 얼골을 쓰치는 바람에 불이나케 몸을 돌려 선거름에 겅둥겅둥 봉당을 뛰여 건너 잠심 안으로 드러갓다. 그리고 즉시 초롱에 불을 켜들고는 잠박[2]들을 드려다본다.

주림에 지친 누에들이 일제히 인기척을 아래채고 ■■■[3]이 더욱 대구리를 치켜들고 사방으로 내혼든다. 잠박마다 올을 때가 며칠 안 남은 뽀얀 누에들의 먹이를 찾는 무서운 갈락집이다.

"제—기 요것들도 요러케 살랴고들 하는가!"

두호는 혼자서 중얼거리며 이 잠박 저 잠박 끄내 살펴본다

"에헴, 앳햄, 얘, 어떠냐?"

2　잠박 : 누에 채반.
3　"주림에 지친 누에들이 어느새 인기척을 알아챈 듯이, 일제히 대가리를 쳐들고 이리저리 내혼든다."『조선일보』에 게재된 해당 부분의 원문이 훼손되어 단행본을 참고하였다. 참고한 단행본은 다음과 같다. 최미진 엮음, 『한국현대문학전집16-김정한 작품선 사하촌』, 현대문학, 2011, 117쪽.

아까부터 잠실에 군불을 때느라고, 콜록콜록 말은 기침을 뽑다가 돌아
온 아버지의 소리다.

그러나 두호는 돌아도 안 보고

"괜찬혼가 봐요. ── 하지만 이걸 다 어떠케요?"

"왜 ──?"

"먹일 것이 잇서야죠. 한두 잠박도 아니고 온……"

"글세……"

박 첨지는 헛입맛을 죽 다신다.

"인제 한참 한밥⁴ 바들 땐데……"

아들도 떡신 풀린 혀를 찬다.

"더러 죽지는 안헛나?"

박 첨지도 방안에 들어선다.

"왜 업슬 리야 잇겟서요. 원악 산 놈 수가 만흐니깐 잘 안 보이지오"

"어디 좀 보자구" 하고 박 첨지도 가까이 닥어서드니 "야─, 이런 난리
좀 봐!"

"이냥 두면 나종에는 저이들끼리 서로 살이라도 뜨더먹겟서요."

"글세……."

박 첨지는 우두머니 누에들의 씨름 광경을 바라볼 뿐이다.

"어제보다 되려 더 가늘어젓죠?"

"그런가? ─ 못 먹엇스니 온."

"잘 먹어도 이 장마 통에 잘 되기가 어려울 텐데……이켜, 이것 봐요, 요

4　한밥 : 누에의 마지막 잡힌 밥. 마음껏 배부르게 먹는 밥이나 음식.

러케 죽은 놈이 잇겟죠. 이건 아마 굶어죽엇슬 게요."

두호는 죽은 놈 하나를 끄내 가지고, 아버지에게 내민다.

1937년 1월 28일(목) 석간 4면
단편소설 항진기(2) 김정한 작

박 첨지는 죽은 누에를 바다 들고 초롱불에 자세히 이모저모 비춰보드니,

"며칠만 더 참을 것 아닌가!"

하며 퍽으나 원통한 듯이 얼른 내던지지를 못한다. 하긴 개고리 한 마리도 아직 죽여 본 일이 업고, 무릇 목숨을 가진 것이면 쥐색기라도 사랑하고 가긍히 여기는 그라, 무리는 아니다.

"날세는 이러케 연일을 장마가 지는데, 이 만흔 걸 다 어떠케요?"

아버지의 눅지근한 태도에 비하면 두호는 성질이 자못 괄괄한 편이어서, 말 가튼 것도 걱실 걱실 꺼림 업시 하나, 어덴지 깔끔한 점과 매운 맛이 잇다.

"큰 거창이지. 날세나 든다면 산뽕이라도 따와서 구하는 대로나 구해보겟지만."

박 첨지는 잠박 갓으로 기어나오는 누에들을 꼼꼼하게 안으로 주서너으며, 기운 업는 대답을 한다.

"산뽕인들 어디 그러케 잇스야죠. 죄다 따냇는데." —— 두호는 말눈치가 짜증도 갓고, 핀잔도 갓다. "애초부터 제가 조금만 먹이자고 하지 안헛서요. 괜히 남의 떡 보고 김치국 마시는 것보다 더 어리석은 짓이지, 뽕도 업는 걸 어떠케 끗갈망을 할려고 온!"

"산뽕"이란 말에 두호는 확실히 속이 더 상햇다. 그럴 것이 이번 누에를

먹이느라고 그놈의 산뽕을 차저서 근 보름 동안이나 불피풍우하고[5] 개색
기처럼 이 산 저 산을 헤매엿기 때문이다.

"나도 무리한 짓인 줄은 짐작햇지만……."

젊은 아들이 불쑥 쏘는 바람에 못 이기는 듯이 한풀 꺽긴 박 첨지는 말
끄틀 채 멧지 안코서 그만 적적한 웃음을 보일 뿐이다 참말로 웃음인지
한숨인지.

두호는 전 가트면 장정이 다 된 아들에게도 매질을 하고 자기가 생각해
서 시작한 일이면 누구 아페서라도 굽히지를 안튼 아버지가 요지음은 연
로한 탓인지 그처럼 하염업시 돌아저 들어가는 모양을 보고는 은근히 속
을 상하지 안홀 수가 업섯다. 오늘도 그러하엿다. 그는 진작 자기의 말이
과도햇다는 것을 깨닷고 아버지에게 대한 불손한 태도를 뉘우첫다. 그리
고, 무리한 짓인 줄을 뻔히 알고서도 그러케 하지 안홀 수 업섯든 아버지
의 심사를 촌탁하면[6] 더욱 마음이 괴로웟다

잠간 서로 말이 끈허진 뒤 아버지는 허릿말에서 장죽을 뗴어물며 잠실
을 나간다

"허, 이런 날세 좀 봐. 기어히 병자년 갑슬 하고야 말겐가 온!"

이윽고 아버지의 탄식 소리가 들리자, 두호는 문턱에 걸터안즈며,

"병자년, ── 아주 큰 흉년 든 해 뿐이라죠?"

말눈치가 앗가보다 훨신 부드러워젓다

"흉년뿐인가! 병자호란이라고 큰 난리 난 해도 잇섯지. 내 알기론 큰 비
가 와서 홍수가 지고 흉년이 들어서 사람이 여러 수 백 명 죽엇지만 어쨋

─────────

5 불피풍우(不避風雨): 비바람을 무릅쓰고 한결같이 일을 함.
6 촌탁(忖度)하다: 남의 마음을 미루어서 헤아리다.

든 병자란 연호는 듯기만 해도 진절머리가 난단 말야!"

"그러실 테조."

두호는 점점 아버지의 이야기에 흥미를 느낀다.

"생각하면 참 징글징글하거든 어떠케 비가 만히 왔든지, 압강물이 들이차게 넘고 날마다 집채가 떠나리고 소가 떠나리고 배암이가 친친 감겨 부튼 시체가 떠나리고……참 기가 막혓지. 우린 그때 아직 철이 업섯지만, 어린 생각에도 참 하늘이 놀앗튼 걸"

박 첨지는 부엌 아페서 빗발을 피하고 서서, 옛일을 회상하고는 다시금 말을 잇는다.

"그런 곤경에서도 부자만은 흉년 덕 보앗거던."

"그건 왜 그래요?"

"토지 갑시 싸니 그러치. 당장 굶어 죽는 판에 논밧이 쓸 데 잇든가? 그저 지낼 만한 댁에 가서 힌죽 한 그릇쯤 겨우 어더 마시고는 서너 마지기씩 착착 뺏겻거던. 너의 칠촌 댁 재산도 죄다 그때 걸태질[7]해 들인 것이란 말야. 우리도 논 마지기 조히 갓다 밧첫지……."

박 첨지는 입가에 고수러진 힌 수염을 들석거리며, 억울한 한숨을 짓고 만다.

1937년 1월 29일(금) 석간 4면
단편소설 항진기(3) 김정한 작
(그러한 칠촌의 돈을 빌어 걸엉뱅이 공부를 하다니?)

---

7   걸태질: 염치나 체면을 차리지 않고 재물 따위를 마구 긁어모으는 일을 낮잡아 이르는 말.

두호는 생각이 딴 곳으로 돌아젓다. ——안달방이 칠촌의 발꿈 가튼 돈을 보고 침을 흘리고 따르는 형의 애도 끈도 업는 능글능글한 태도가 색【새】삼스럽게 더 미워젓다.

아버지와 아들은 다시 말이 업다. 마치 서로 몰으는 사이처럼.

비도 잠간 끄치고 첨하 끗 낙수물만 뻥, 뽕……. 그러나 바람만은 여전히 사나워서, 폭풍우에 시달려 곤들어진 호박닙 강낭닙흘 이리저리 몰강스럽게[8] 욱대긴다.[9]

날은 이미 훤하게 다 새엿다

아버지는 문득 들일이 염려되엿든지, 우장 삿갓을 차려가지고 사립을 나서고, 어머니는 늙은 몸으로 밥을 짓느라고 물을 길러 온다, 축축한 나무에 불을 일운다 해서, 혼자서 바쁘다 그러나 두호는 궁둥이가 천근이나 되는 듯이 연해 그 자리에 걸처 안저서 얼른 일어나지를 안는다.

(이놈의 누에들을 다 어찌나?)

생각은 더욱 어수선해진다.

(그만 죄다 쓸어다 아궁이에 처 너어 버리고 말까?)

뻥뽕, 뻥뽕 하는 낙수물 소리가 천 리 박게서 오는 듯했다.

아침을 먹고 나니 날이 좀 드는 것 갓다.

그러나 장마때라 잇다금 주룩주룩.

그래도 두호는 아버지와 함께 대광주리를 둘식 포개어 어깨에 걸매고는 실흔 듯이 집을 나섯다.

때마침 태호와 영애가 한 우산을 가치 밧고 무엇인지 웃고 짓거리며 집

8　몰강스럽다 : 인정이 없이 억세며 성질이 악착같고 모질다.
9　욱대기다 : 난폭하게 윽박질러 위협하다. 억지를 부려 우겨서 제 마음대로 해내다.

을 향해 걸어오든 길이엿다.

두호는 못 본 체 지나려다 영애를 향해서

"우중에 미안하오 그려."

영애란 이 처녀는 거이 날마다 자기집에 오는 양잠 순회 지도원이다. 보통 누에 선생이라고 부르는. 해말숙한 얼골에 날씬한 키가 열아홉으로 서는 익은 편이다.

"뽕 따러 가세요?"

볼을 약간 붉히며 뭇는다.

"네."

"산뽕——?"

"그럼요. 왼걸 바테 뽕이 잇서야조."

"애그참 이 비오는데……!"

영애는 동정하는 비츠로 방실 웃는다. 형은 무색한 드시 말이 업다.

두호는 속이 조금 뭉클햇스나 도라도 안 보고 아버지를 따럿다.

그러나 머리 속에는 점점 이상한 생각이 자리잡기 시작햇다

(아마도 조금 수상한걸!)

그러나 곳 부인햇다. ——

(하지만 그럴 리야 잇슬라고? 영애의 천성이 그러치. 원래 어떤 남자를 대해서라도 과히 내외를 하지 안흘 뿐 아니라 조금만 친해저도 부끄러움 업시 잘 짓거리는 편이거던. 그리고 또 형으로 말하드라도 나와 영애 사이를 바히 모르지는 안흘 것이니깐……!)

두호는 이러케 제 맘대로 판단을 해밧스나 견【결】국 혼잣 생각이지 그것으로 그 사실이 완전히 해결될 리는 만무하엿다.

이상한 생각은 연방 꼬리를 물고 일어나고 그의 젊은 마음은 불현듯이 더 뒤설네엇다.

"그럴 리 업지!"

두호는 부지중 이러케 중얼거렷다.

"왜?──뭐가 어떠케 됏건데?"

아버지가 의아스럽게 돌아볼 때야 그는 겨우 정신을 차린다.

"아무것도 아니여요."

당황히 시침이는 떼엇지만, 절로 얼골이 확근했다.

박 첨지는 무슨 영문인지 몰랏스나 구태여 파고 뭇질 안헛다.

아버지와 아들은 다시 잠잣코 붉은 산길을 걸어 올랏다. 물론 두호는 부질 업슨 생각을 되푸리하면서.

잇다금 미친 날세가 개오줌 싸듯이 구진비를 질금거렷다. 그럴 때마다 그들은 휘적거리는 삿갓을 더욱 내려 숙엿다.

이러케 해서 한 시간 남짓이 걸은 뒤에 그들은 겨우 목적한 산의 중갓 가까히 이르럿다. 거기서 그들은 몸을 더욱 단출이 고치고서 비로서 일을 시작했다.

1937년 1월 30일(토) 석간 4면

단편소설 항진기(4) 김정한 작

그러나 산뽕이란 것은 그리 흔하게 잇는 것이 아니다. 잇슬 만한 자리를 열암은【여남은】 군데 차저가면 그저 한 포기 맛날동 말동. 그러나 그게라야 자칫하면 남이 먼저 따낸 빈 가지뿐이다.

"이런 여기도 다 따냇군!"

아버지는 허방을 집흘 때마다 이러케 중얼거리며 커다란 몸을 웅크리고는 다시 가지 사이를 빠저 나간다.

"옛 —기, 망할 놈의 것!"

두호는 뽕나무도 맘대로 찾지 못하고 간 곳마다 낫바닥에 거미줄만 집어 썻다. 그러니깐 자연 화도 더 낫다. 자나 깨나 펀들펀들 잣바저 노는 형이 새삼스럽게 미워젓다. ——아무리 어정자비[10]라도 병신 아닌 다음에야 요만 일쯤은 넉넉히 거들 수가 잇슬 텐데 백발이 다 된 어버이가 저러케 허둥대는 꼴을 뻔히 짐작하면서도 그까진 일은 내 모른 체 방바닥에 업처 잇다니! 게다가 오늘은 영애까지 더리고 그 엄청난 사회니 인생이니 하고 까치배바다 가튼 소리를 또 시부렁거리지나 안흘까 생각하면 낫바닥에 가래침이라도 배아터 주고 시펏다.

그러나 화는 화요, 일은 일이다. 두호의 눈과 손과 발은 여전히 뽕만을 찾고 헤맨다.

이러케 두 부자는 오로지 뽕만을 차자서 갈렷다가는 다시 맛나고 마조 첫다가는 다시 갈려 가며 꾸준히 그 산을 더듬어 올랏다. 그리다가 마침내 그들은 오래도록 서로 간 곳을 이젓다

악치 듯한 빗줄기가 지난 뒤 매지구름[11]은 산꼭대기를 감몰고 안개는 작고만 더 지터갓다.

이윽고 두호의 귀에는 이상한 소리가 어렴풋이 울렷다. 순간 그는 귀를 쫑그렷다. 동시에 불길한 생각기【이】 번개가티 머리속을 선뜻 지낫다.

---

10 어정잡이 : 겉모양만 꾸미고 실속이 없는 사람. 됨됨이가 조금 모자라 자기가 맡은 일을 제대로 처리하지 못하는 사람.
11 매지구름 : 비를 머금은 검은 조각구름.

그러나 두 번째의 소리도 바람 때문에 잘 들리지 안헛다.

세 번째 만에 비로서 똑똑이 들린 소리, ──

"두호야──"

멀리서 오는 아버지의 소리다.

"녜──!"

두호도 불이나케 맛고함을 첫다.

"어디 잇니?"

"여깁니다!"

두호는 겨우 맘을 노앗다.

"두호야──."

"녜──."

몇 번이나 이 같은 소리가 주고 바든 뒤에 마침내 아버지가 머리 우에 나타낫다.

"저런! 왜 그런 위태한 곳에까지 내려갓니?"

두호는 무서운 낭떠러지 끄테 부터 잇섯다. 보기만 해도 앗질앗질한.

"어서 올라오너라."

아버지는 참아 볼 수가 업는 드시 고개를 돌린다.

"괜찬허요."

두호는 그래도 대담스럽게 남은 가지를 마자 휘여잡는다.

"아서라 애! 그만 두고 와!"

박 첨지는 이마를 잔뜩 찌프리며 아들을 나므랫다.

두호는 허는 수 업시 그러나 앗가운 드시 잡앗든 뽕나무 가지를 노코서 곰새끼처럼 조심스럽게 낭을 기여올럿다.

아버지는 배 우에 흙니풀 서너 조각 대고 잇섯다.

"왜 그랫서요?"

두호는 불안을 느겻다.

"뭐 아무러치도 안허. 뽕나무 가지에 조금 긁혓네. 넌 참 만히 땃구나!"

아버지는 되려 씩 우스며 아들의 광주리 속을 부러운 드시 바라볼 뿐이엇다.

"또 남게서 떠러젓군요"

두호는 흙닙사귀로 배여 나온 피를 노려보며, 상을 찝흐렷다

두 부자의 광주리에는 모다 뽕니피 가득가득 차 잇섯다.

"자—인제 가자고! 이만하면 이틀은 녁넉히 먹일 테니깐."

박 첨지는 자못 만족한 듯이 압장을 나선다. 얼골에는 군데군데 검버섯이 추려하게 피고 저진 뽕니플 두 광주리나 걸머진 까닭에 새우가티 등이 꼬부러지고 약대가티 목이 죽 빠젓다.

1937년 1월 31일(일) 석간 4면
단편소설 항진기(5) 김정한 작

빗발은 약해저서 늘게로 변햇스나 이미 옷은 속속드리 저진 뒤다. 게다가 험한 산길—두호는 뼈만 남은 다리로서 아처롭게[12] 끼우뚱거리는 아버지의 손을 깍뜻이 껴잡엇스나, 밋그럽고 돌 만흔 비탈길이라, 공교히 발을 잘못 부치고는 몃 번이나 한껍에 철석철석 궁둥떡[13]을 첫다. 그러니깐 둘다 궁둥짬이 피 잇는 여자의 속것 밋처럼 붉어케 황토물이 들엇다.

---

12 아처롭다 : 애처롭다.
13 궁둥떡 : 엉덩방아.

이러케 허둥지둥 터댁거리는 판에 얄미운 억수가 또 한줄기 쏘다진다. 그들은 짐을 진 체 고슴도치처럼 몸을 옹송그리고는 언덕 미테 쪼구려 안젓다.

"체 네 형놈은 언제나 사람이 될는지?"

박 첨지는 참다 못해 한숨을 지운다.

"글세요"

두호도 입을 빗죽.

"그동안 집안사정을 제눈으로 보앗스니간 하마나 셈도 날 텐데……그놈의 전문학교란 곳은 대관절 뭘 가라치는 덴지 온!"

"형님 말로는 뭐 인테리겐챠라든가 인충인가를 만드러 낸다드군요."

두호의 머리속에는 태호에게 대한 불만의 정이 갑작이 또 고개를 드럿다.

(가산을 망친 형!)

이런 생각을 하지 안홀 수 업섯다. 아닌 게 아니라 태호는 중학을 마치느라고 원래 업는 살림을 꼼짝 부득하게까지 단물을 솔딱 **빼여** 먹엇다. 그리고 중학을 마치면 부모를 봉양하겟다든 것이 마치는 그날부터 아버지의 말은 도모지 귀주어 듯지 안코 가린 주머니고 엉큼 대왕인 칠촌 아저씨한테 어떠케 애걸구걸 매달려서 소위 전문학교를 나왓스나 이번에는 부모의 말을 안 듯기만이 아니라 각금 거역까지 하엿다 그리고 부모에게 가담하는 두호를 보고는 봉건적이니 인식 부족이니 하며 타박만 주엇다. 물론 자기는 적어도 전 인류의 행복을 위하야 싸호는 주의자로 자처하고서.

(눈물나는 두사여!)

두호는 이러케 형을 비웃엇다.

(오늘만은 어째도 형을 한바탕 해주리라!)

이러케 그는 마음을 가다듬으며 이러섯다.

태호는 마침 집에 잇지 안엇다.

"형은 어딜 갓소?"

두호는 원망스러운 듯이 어머니를 보고 부루퉁한다. 마치 어머니가 형을 어듸로 빼여 돌리기나 한 듯이.

"누에 선생 하고 가티 나갓는데 아마 제 칠촌 댁 사랑에서 놀겟지. 내 곳 더리고 올께 어서 짐이나 내뤄. 아이구 저런 입술이 아주 싯퍼런걸! 춥지?"

어머니는 무슨 죄나 지은 듯이 서성거린다.

박 첨지와 두호가 겨우 옷을 가라입고 나니, 어머니는 헛거름을 하고서 오며,

"거기도 업서. 점심을 게서 먹엇다는데…."

"업서?" 하고 이번에는 아버지가 말을 밧는다. "그럼 도 건너 마을에 간 것 아닌가? 어서 불러 와. 에이 소 가튼 놈!"

"아이구 그건 왜 그리 철이 안 드는지 온!"

어머니는 다시 몽당치마를 거더퀸다

어머니가 나간 뒤 얼마 안 되여서 영애가 들어왓다.

"뽕을 만히 따왓섯다죠?"

영애는 제 일가티 입이 벌어젓다. 다드면 그리 크지 안흔 입이지만 반가울 때는 맘놋코 웃는 까닭인지 훨신 커 보인다. 그러나 조금도 실치 안흘 뿐 아니라, 오히려 그 거침업시 벌어진 입술 우에 앙그러지는 순박하고도 안윽한 우슴이 겻사람의 마음을 부드럽게 한다. 게다가 손구락이라도 악 물려 보고 시픈 하얀 잇발!

두호는 작년에 처음 만낫슬 때부터 영애의 그 명랑한 우슴과 쾌활한 성격이 짜정 맘에 드럿다. 그리하야 요행히 금년에 다시 맛나게 되고는 더욱 그에게 마음이 쏠렷다. 그래서 어떤 때에는 일부러 영애의 목덜미에 누에를 실그머니 부처 놋고는 "애그머니!" 하고 놀래는 양을 보곤 하엿다.

그리고 영애만 보면, 당장 나든 화도 곳 들어가는 수가 만헛다. 이가티 영애는 늙은 부모를 붓들고 애면글면 억판[14]을 해메는 두호의 자갈을 깨무는 듯한 생활에 오직 한줄기의 위안을 주는 거룩한 존재엿다.

1937년 2월 2일(화) 석간 4면

단편소설 항진기(6) 김정한 작

그러나 금년도 며칠 남지 안헛다. 양잡기만 끗나면 제비처럼 떠나는 그다.

두호는 하얀 고무신 안에 멥시 잇게 가두어 잇는 영애의 토실토실한 맨발에 어느듯 일종의 애달픔을 느꼇다.

그는 영애와 마조 서서, 손싸게 주린 누에에게 추진 뽕풀니【뽕니풀】 닥어 주면서도, 마음만은 늘 다른 곳으로 끌리기 쉬웟다.

"영애 씨!"

"왜요?"

영애는 눈을 곱게 뜨며 처다본다

"댁엔 어재쭘 가시려우?"

두호는 짐즛 천연스럽게 뭇는다.

"누에 다 오르면 곳 가지오."

---

14 억판 : 매우 가난한 처지.

"왜 그리 속히 갈려고 해요?"

"그럼 뭐 별일이 잇서야죠?"

영애는 담스럽게 통통한 손을 민첩하게 움직인다.

"그래도 좀 쉬여가시지요."

"안 돼요!" 하고 영애는 도리질을 하며

"어머니께서 퍽으나 기다리시는데."

"하지만 한 二三일쯤이야 어때요. 금년은 오신 길에 이곳 산수라도 좀 구경하시고……."

두호는 말에 정신이 팔려서 닥근 뽕니풀 도로 광주리 속에 놋는다.

"이러케 장마에 찌들리고서 구경은 무슨 구경을 해요."

"그럴사록 등산이라도 해서 울연한 마음을 한번 풀어야지오 망운산 성터에 올라가면 제법 놀 만해요. 구비구비 압강물이 흰띄가티 굽어보이고, 뻐국새도 만히 울지오. 더구나 이런 봄철에는 그럴 듯 하거던요."

두호는 아무러케나 내버려 둔 수염이 본 업게 불쑥불쑥 자란 턱을 쉴 새 업시 떠죽거린다.

"하지만…………."

"왜요?"

"모두 그런 팔짜가 돼야조?"

팔짜란 소리에 두호는 약간 뭉클하면서

"그럼 업는 사람은 산구경도 못한단 말이오?"

"그래도 마 다음 기회로 미루지오."

"안 돼요!"

"정말 —?"

영애는 아미를 밧작 들고, 사내를 처다본다. 그의 눈은 빗낫다.

영애는 늙은 과부의 고명딸로서 장래에 ■■[15] 꿈도 미상불 컷스나, 생활의 우연한 인연으로, 꿈을 물으든 두호에기 야릇한 꿈을 주엇슬 뿐 아니라, 자기도 역시 두호의 그 씩씩하고 현실적인 태도에는 어덴지 사내다운 힘 미더움을 느꼇든 것이다. 그리고 가끔 꿈속에서도 두호를 보앗다.

그러나, 두호의 마음속은 충분히 촌탁[16]하면서도 쥐면 꺼질까 불면 날까 하면서 자기를 길은 어머니의 생각이 과연 어떨는지 그리고 또, 아니 그보다 두호의 가정 형편을 생각할 때는 어떠케 태도를 결정해야 조흘지 몰랏다.

게다가 또 한 가지 영애의 마음을 괴롭게 하는 것은 두호의 형 태호엿다. 그는 이지움 서울서 돌아온 이후 거의 밤나즐 몰으고 영애가 기숙하고 잇는 자기의 칠촌 아저씨 댁을 차저다니며 기회가 잇는 대로 말살에 쇠살을 해바치며 가까워지려고 애를 썻다. 얼른 생각하면 얼바람 마진 놈[17]처럼 넌덕스럽고[18] 찰거머리가티 추근추근한 꼴이 혹은 실키도 하지만 그래도 사회에 대하야 크다란 불만을 품고는 가진 멸시와 무리해 속에서도 꿋꿋이 자기를 직혀가며 고난의 길을 밟으려는 그의 남다른 뜻에는 어쩐지 마음을 끌리지 안흘 수가 업섯다. 그의 괴로워하는 모양이 액색하기도[19] 하고 거룩하기도 햇다. 그리고 그의 세련된 연사와 거동도 부지불

---

15 『조선일보』에 게재된 해당 부분의 원문이 훼손되어 단행본(최미진 엮음, 앞의 책)을 참고하였으나 위 내용은 실리지 않았다.

16 촌탁 : 남의 마음을 마루어서 헤아림.

17 얼바람맞은 놈 : (속담) 터무니없는 짓을 잘하는 사람을 이르는 말. '얼바람맞다'는 어중간하게 들떠서 실없이 허황한 짓을 하다는 의미.

18 넌덕스럽다 : 너털웃음을 치며 재치 있는 말을 늘어놓는 재주가 있다.

19 액색하다 : 운수가 막히어 생활이나 행색 따위가 군색하다.

식 간에 영애의 마음을 끌었다.

두호와 영애는 한참 동안 서로 말이 업섯다. 지긋지긋한 침묵 속에서 그들의 마음은 하염업시 졸려드럿다 오래 동안 주렷든 누에들은 소낙비 오는 듯한 소리를 내면서, 늘늠늠 앙칼지게 뽕을 먹엇다.

이윽고 태호가 돌아오자 박 첨지는 기다린 듯이 잠결에 문을 열어젓떠리며

"너 엇디 갓디?"

하고 첫말부터 다부지게 해던진다.

"건넛 마을에요."

태호도 역시 부루퉁해진다.

"건넛 마을에는 밤낮 뭘하러 다니니? 두삼이가 네 애비나 되느냐?"

그러나 태호는 아무 대답도 하지 안코, 짜정 시무룩해 가지고 잠실로 들어온다. 물론 두호를 보고도 영애를 보고도 말이 업다 오히려 영애가 거기 잇기 때문에 더욱 상을 찝흐린다.

1937년 2월 3일(수) 석간 4면
단편소설 항진기(7) 김정한 작

"집안 형편을 빤히 알면서 —— 에이 소 가튼 놈! 나이 스물다섯이나 되는 놈이 소견머리가 온 그뿐이란 말인가!"

아버지는 련방 뿔뚝이를 못 참고 마루ㅅ테 나안즈며 물 퍼붓듯이 몰아센다. ……

"취직 자리를 구해보라고 그처럼 타일러도 도모지 그럴 넘도 안 먹고, 그러타고 집안일이나 거덧느냐 하면 그것도 하지 안코 밤낮 편둥편둥 잣

바저 놀면서 남이 붓끄러우니까 괜히 두삼이나 차저다니며 ××주의니 뭐니 하고 시시덕거리니 그게 어듸 될 말인가! 에이 참 더러운 꼴을 다 보겟네. 괜히 두삼이 본을 바다가지고서…… 이놈아 그래 두삼이가 무슨 ××주의를 하드냐? 술이나 처먹고 갈보 무릅홀 베고 누어서 네 말맛다나 측음기 소리에 눈물 흘리는 그것이 ××주읜가? 갑싼 눈물! 그냥 놀고 처먹을라니 남부끄러워서 하는 부자집 자식들의 그 엄청난 잠꼬대! 어느 놈이 그것을 ××주의라고 하디? 참말로 공산주의자가 듯는다면 배를 안고 나잣버질 것일세"

박 첨지는 굵은 목소리에 힘을 너어 해보낸다.

태호는 입을 악담을고 침 먹은 지네처럼 말이 업다.

박 첨지는 소리를 더 노피며,

"다시는 인제 두삼이에게 가지 말어라! 그리고 기어히 ××주의를 하고 십거든 우리집에서부터 해보자구. 노는 놈은 먹지 마라는 그 조흔 말을 다른 데 가서만 하지 말고, 우리집에서도 더러 해 봐. 왜 하필 이 늙은 놈 하고 네 동생놈만을 그러케 부려먹으랴고 드니? 너는 왜 그 조흔 걸 하지 안코 병든 놈처럼 밤낫 잣바저 놀기만 하느냐 말이다! 그게 소위 네 ×× 주의냐? 아서라 아서, 애헴, 애헴……"

박 첨지는 쇠기침 바람에 말을 끈친다.

그 틈을 타서 겨테 잇든 어머니가,

"인제 그만해요. 저도 이담부터는 무슨 셈이 들겟지오"

속으로는 겁을 내면서도 슬그머니 비나리친다[20].

"뭐? 셈이 들어?" 하고, 박 첨지는 마누라에게로 화살을 돌리며, "셈 들 놈이 저리고 안잣겟소? 그놈이 지금 내 하는 소리를 한 마디나 듯고 잇는 줄로 아오? 천만에! 몰꼴을 보면 아주 씻은 배추 줄기 갓지만, 속은 판히 다르다오. 아무리 내가 빌 듯이 타일러도 쇠가죽 무릅쓴 놈가티 그저 똥구멍으로만 숨을 쉬엿지 듯긴 뭘 들어? 할멈이 들어서 저 자식은 꼭 저러케 만들엇거던. 공연히 그놈의 복에 업는 전문학교는 보내가지고 제─기…… 글세, 저놈 공부시키느라고 즈 아저씨 댁을 차자다니며 가진 눈총을 다 무릅쓰고 애걸구걸한 보람이 뭐란 말요? 그래 변호사가 됏소? 어쨌든 자식의 말이라면 너무나 달게 듯거던!"

어머니는 들넝죽가티 대번에 ■■[21] 쇠상이 된다.

박 첨지는 다시 태호에게,

"너도 사람의 자식이거든 좀 생각을 해보아라. 나도 가튼 말을 몃 번이나 되푸리할랴니 사람만 괜히 실업서질 뿐 아니라 인제 그만 진절머리가 난다. 끗내 이러고서야 어떠케 부자의 륜기가 남을 것이며 또 한 울 안에 살 수가 잇겟니? 차라리 속히 말 일이지!"

핀잔 겸 자탄 겸 그는 이러케 한심한 말을 남겨 두고는 그만 어디로 핑─나가 버린다.

주먹 마진 감투가티[22] 쑥 들어가서 끽소리 못하고 지르릉하고 섯든 태호는 그제야 겨우 숨을 크게 내쉬며 입을 빗죽한다. ──

---

21 『조선일보』에 게재된 해당 부분의 원문이 훼손되어 단행본(최미진 엮음, 앞의 책)을 참고하였으나 위 내용은 실리지 않았다. 단행본에는 다음과 같이 실려 있다. "남편의 성깔을 알앗음인지 어머니는 더 말이 없다."(135쪽)
22 주먹 맞은 감투라 : (속담) 아주 쭈그러져 다시는 어찌할 도리가 없게 된 모양을 비유적으로 이르는 말. 잘난 체하다가 핀잔을 받고 무안하여 아무 말 없이 있는 사람을 이르는 말.

"아이 골 아퍼!"

그러나 영애고 두호고 모두 누에 가리기에만 정신을 팔리고 치어다보지도 안호니깐 새삼스럽게 굴욕을 느낀 듯이

"농민이란 건 원악 쨤도 업시 고집통이 센 것이니깐!"

하고 혼자서 게걸거린다.

"그래도 태호 씨는 아주 수양이 대단하신데요."

다행히 영애가 한마디 바다 주니깐, 그는 어지간히 상을 펴면서,

"그럼, 그만 걸 못참아 가지고서야 어떠케요? 레―닌이 말하기를――투사는 모름직이 강철의 신경을 가저야만 된다―고 햇는데."

"왜 취직은 안 하세요?"

영애의 말이 끗나기가 바쁘게

"취직? 홍!"―― 태호는 코방기【귀】를 꿰면서,

"먹기 위해서 살아야 되나요, 일을 위해서 살아야 되나요?"

"그런 게야 우리가 압니까마는"

하고 영애는 약간 샐쭉해지며

"취직을 해 가지고는 일을 못 하나요?"

"뭐 못할 건 업지만, 사람이란 건 누구나 다 편한 생활에 취하기가 쉽고, 험한 상식에 빠지기가 쉬우니깐요!…… 그리고 또 적당한 자리가 쉽게 잇서야죠."

태호는 기다라케 처진 머리카락을 손으로 한번 흘터 올리고 담배를 한 개 뽑아 물며, 제법 주의자들거지를 내랴고 한다.

그 꼴을 본 두호는, 여태껏 누질러 오든 불뚝이가 뭉클한 듯이

"안 차즈니깐 업지오. 그리고 꼭 제 맘에 드는 자리만을 구하랴는 게 벌

서 무리지오."

하고 서슴업시 통 쏘아 준다.

"어째서 무리냐?" 하고, 태호도 불쑥하며 "그럼, 아무 직업이라도 상관업다는 말이지?"

"그러치요!"

"다시 말하면 취직을 위한 취직——즉 자기란 것은 죽여도 조타는 말이겟다……?"

태호는 빗죽빗죽 랭소를 치며, 차곡차곡 파고 든다.

"그건 또 그러찬치오. 속담에, 호랑이한테 물려 가도 제 정신만 잇스면 죽지 안는다고, 어떠한 일을 하드라도 제 마음만 단단하고 보면 반듯이 자기를 살릴 수가 잇지오. 만약 자기를 죽인다면 그것은 오로지 제 의지가 박약한 탓이지오. 반듯이 그러치오!"

두호는 앙칼지게 꼬집어 준다

"그게 억설이란 것이다!" 하고 태호는 련방 눈에 쌍심지를 올린다. "너는 꼭 아버지를 달머서 고집통이 농민 근성을 그대로 가젓거던. 무슨 말이라도 끄테로 가서는 꼭 억보소리[23]를 내놋는단 말야."

1937년 2월 4일(목) 석간 4면
단편소설 항진기(8) 김정한 작

【"】결국은 인식 부족과 사회적 훈련이 부족한 탓이지만……!"

"채, 형님은 얼마나 인식이 풍부하며 사회적 훈련은 얼마나 만히 바덧

---

23 억보소리 : 억지가 센 사람의 소리라는 뜻으로, 쓸데없이 내세우는 고집을 비유적으로 이르는 말.

소? 입만 떼면, 그저 인식 부족 그리고 사회적 훈련!" 하고 두호는 불끈 화를 낸다. "글세, 오늘은 내가 무슨 억보소리를 햇단 말요? 의지만 굿세면 자기를 죽이지 안는다는 그게 억보소립니까?"

"너 누굴 더리고 싸호랴고 드니?"

태호는 마침내 눈을 흘긴다 날카로운 콧날 우에는 가는 땀이 반즈레 배엿다.

"형제간에 괜히 왜들 이러시우?"

보다 못해 영애가 한마듸 해 끼운다.

그러나 두호는, 콧등이 세게 그 말은 들은 체 만 체,

"누가 먼저 싸흐려고 들엇소?"

하고 형을 마조 노려본다.

급기야 어머니까지 들어와서 둘을 따끔하게 나무래부치니깐 그제야 겨우 태호가 먼저 어성을 나추며,

"너는 그 태도부터가 틀렷다! 토론을 하면 조케 토론만 할 일이지, 왜 그 쓸데업는 불뚝이는 내느냐 말야?"

하고 짐줏 형된 갑술 할 눈치다.

"하여튼 나는 버릇업는 만무방이오." 하고 두호는 역시 시비쪼다. "그러나 농민 근성이니 뭐니 하는 소리는 함부루 쓰지 마시오. 형님의 그 꿈만 꾸는 근성보다는 훨신 나으니깐요."

"꿈만 꾸는 근성 ──?"

태호는 가소롭다는 듯이 그저 입을 빗죽거린다.

"암 그러치오! 형님은 매양 꿈만 꾸고 살지오. 그러치 안커든 그러치 안혼 실례를 하나 들어 보시오. 뭘 한 가지 실행햇는가!" 하고 두호는 칼로

외여내는 드시, "레―닌의 조직론만 읽으면 만사가 해결되는 즐 아오? 조직 업시는 아무 일도 못 한다고 노상 한탄만 햇지, 이 지방을 위해서 무슨 조직체 하나 맹글어 봤소?"

두호는 형과 성질이 아주 달러서, 무슨 일이든지 말이든지 시작하기가 어렵지 시작만 해 노흐면 기어코 끗흘 내고야 만다.

"그것도 무리한 억설이지! 지방 정세가 그러치 못한 걸 어떠케?"

태호는 갈걍갈걍한 얼골에 런방 쓰듸쓴 랭소를 띄운다.

"정세?" 하고 두호는 코웃음을 치면서,

"보천교꾼 만승천자 기다리는 것과 마찬가지로군요! 그래서 우리 야학 후원회에도 책만 두어 권 주고 말앗군요?"

"마! 그만 두세. 두구 보세.―모든 것은 장차 사실이 우리들의 압헤 증명해 보일 테니깐!

태호는 참다 참다 귀치안혼 듯이 그만 틀어진다.

"좃습니다. 두구 봅시다. 부대 하므레트나 되지 마시오!"

두호도 웃짝 갈르듯이 해던진다.

장마에 찌들리든 누에들도 겨우 올라갓다. 그리고 다행히 날도 들엇스나 어쩐지 영애는 떠나지 안헛다.

영애가 속히 떠날까 염려하든 두호는 이번에는 영애가 곳 떠나지 안는 것을 보고 도로혀 마음을 못 노앗다. 물론 딴 의미로서지만.

(왜 가지 안흘까……?)

하로 이틀 날이 지날사록 두호는 더욱 영애를 의심하고 형을 시기했다.

그러나 영애 쪽에서는 두호의 그러한 심사는 조곰도 헤아려 주지 안흘 뿐더러, 되려 얼골만 해반들하게 다듬어 가지고, 날마다 태호와 매팔자

타고난 그의 칠촌 아저씨를 따라다니며 압강에 가서 선유를 한다 잉어를 낚는다 해서, 무던이 멋지게 흥청거렷다.

그 반면, 두호는 자고 새면 늙은 어버이와 함께, 장마통에 쓰러저 누은 보리를 거두어드리느라고, 그야말로 혀를 빼물고 허둥대엿다.

그러한 어느 오후, 두호가 마침 강언덕 밧헤서 일을 하고 잇스니간, 공교히 영애들의 패가 조고만 어선을 타고 바로 낭 밋흘 지나갓다. 그날은 어쩐 영문인지 두삼이까지 끼어 잇섯다. 그리고 모다 술이 얼근이 된 셈인지 어숫비슷 뱃전에 기대고서, 말살에 쇠살을 시시덕거렷다. 언덕 우는 치어다보지도 안코. 이윽고 노래소리가 일어난다.

부여성 거츤 터 쓸쓸이 잠자니,

초목도 회포에 잠겻고나……

두【태】호와 두삼이의 굵다란 바리톤—에 영애의 청승스러운 소프라노가 석겨 떨린다.

락화암 락화암 천년 꿈을

너는 아느냐, 꿈은 흘러……

후렴은 소리가 더욱 놉하지고, 곡조가 점점 애닮어진다. 두호의 아저씨는 노래는 몰라도 흥을 못이겨, 망석중이처럼 고개를 내흔들며 뱃전을 두다린다. 그리【러】고는 자기도 적어도 농촌지도원으로서 어느 연희석에는 충분히 참석할 수가 잇다는 것을 마치 증명이나 하는 듯이 어데서 주서 외인 오룻고—부시[24] 부스렉이를 제법 두어 마듸 불러서 좌중을 더욱

---

24 오룻고부시 : 로우쿄쿠부시(浪曲節, ろうきょくぶし)의 오기인 듯. 로우쿄쿠(浪曲)는 삼현금(三味線)을 반주로, 주로 의리나 인정을 노래한 대중적인 창(唱)이다. 다른 말로는 浪花節(なにわぶし)이 있다.

홍겹게 한다.

"우마이, 우마이!"[25]

두【태】호와 두삼이는 손벽을 쳐주고서 다시 다른 노래로 돌아진다

1937년 2월 5일(금) 석간 4면
단편소설 항진기(9) 김정한 작

단다랑다라 다라단다라,

다라단다란다라 다라다 —

그들이 즐겨하는 ××가의 곡조다. 그들은 과연 청년답게 두 팔을 내저으며 의기양양하다.

"비러먹을 자식들!"

두호는 보다 못해 뭉클하고 이러선다. 그러나 아버지는 만사가 귀치안 흔 듯이 새우등을 해 가지고 낫질만 재촉하고, 어머니는 비여 둔 보릿단을 바쁘게 주서 모으느라고 망클어진 머리카락이 더욱 사납게 헛트러젓다. 하늘에는 검은 구름이 작고만 모여들고 난대업는 마파람은 련방 비를 재촉하는 듯. 한 번만 더 비를 마치고 보면 아주 그만 들에서 싹이 트고 말 보리다 두호는 이것저것 화가 더 치밀엇다.

"형님 ——?"

그는 마침내 강을 굽어보고 소리를 내질럿다.

그러나 홍김에 들리지 안햇든지 배에서는 아무 대답이 업섯다.

"형님 ——"

---

25 우마이 : 일본어 '上手い(うまい)'로, 솜씨가 뛰어나다, 좋다, 훌륭하다는 의미이다.

두호는 다시 고함을 첫다. 그제야 부처님들은 겨우 이쪽을 바란【라】본다.

"형님 곳 빗방울이 떠러지랴는데 왜 그리고 잇서요? 어서 좀 와 주시오! 보릴 빨리 치워야죠——"

두호의 말레 태호는 답을 하지 안헛다. 다만 배 우에서는 잠간 서로 얼골을 치어다보는 듯하드니 이내 웃음소리가 딱따글—벌어진다.

"에이 더런 것들!"

두호는 당장 강에 뛰어들어서 그들의 탄 배를 팍 뒤어퍼 버렷스면 속이 싀원할 것 가텃다

"애, 그만 둬라. 오늘은 강 우에서 ××주의 하는가 보다!"

뒤에서 아버지가 자기를 위로해 주는 듯이 형을 꼬집엇다 그는 저번날 그 일이 잇슨 후로는 큰아들 태호에게는 도모지 일을 맥지 안헛다.

두호는 찍부드드 하면서 다시 일을 시작햇스나 일은 전연히 손에 잡히지 안코 되려 속만 무럭무럭 ■[26]썩엇다.

그러나 짐은 힘대로 아니 오히려 힘에 버서날 만큼 젓다. 아버지도 나이를 생각지 안코 억척스럽게 만히 젓다.

날세는 얄밉게 아주영 우기를 띄고, 먼산 미티 차차 어둑어둑 해왓다.

어머니는 혼자 남아서 허둥지둥 이삭을 줍고 두호와 아버지는 무거운 보릿짐을 지고는 장마에 씻긴 자갈길을 끼우뚱거리다가는 주춤 서고 어기적거리다가는 쉬곤 하엿다. 두호는 아버지의 그 저【겨】릅대가티 말은 【마른】 다리가 애처롭게 떨리는 모양을 참아 볼 수가 업섯다. 혹시 저러다가 정강이가 뒤집히지나 안흘까 미상불 두려운 생각까지 낫다.

---

26 『조선일보』에 게재된 해당 부분의 원문이 훼손되어 단행본(최미진 엮음, 앞의 책)을 참고하였으나 위 내용은 실리지 않았다.

"아버지 그리지 마시고 몇 단 제게 더 언저 주시요."

두호는 방금 자기도 어깨가 내려안즐 드시 아픈 것을 급작이 이저버린 드시 가당치 안혼 엄두를 낸다.

"괜찬허! 오십여 년을 끗내 일로서 처다진 뼈다귄데 이까지 보리 몇 단 더 언젓다고 간 대로 쉽게 휘여질 게라고?"

박 첨지는 도라도 안 본다. 그리면서도 숨은 더욱 헐떡헐떡.

두호도 숨을 헐근거리며

"제 —기 날세가 오늘만은 참아줘얄 텐데……."

"오늘만?" 하고 박 첨지는 못맛당한 듯이,

"등넘엣 논보리는 어쩌자고?"

"그게야 나중 모낼 때 비지오 지금 미리 치워 노면 그놈이 먼저 갈아버리게요."

"그러다가 제 —기, 논도 일코 보리까지 버리면 어떠케?"

"버렷스면 버렷지! 기왕 논이 떠러지랴는 판에 그까진 보리 몇 말 엑겨서 뭘 해요."

"그래도……"

"괜찬허요. 겁낼 것 업서요."

하고 두호는 어떠케 자신이나 잇는 듯이

"끗까지 해 봅시다. 결국 턱업시 논을 떼랴는 놈이 틀렷거던요."

"하지만 이놈의 세상이 그러찬혼가! 군수의 회답도 그랫고……."

"그러타고 도나 게나 세상만 따라서 어쩌게요? 싸울 만한 건 싸와 봐야조."

두호는 젊은 마음에 불쑥불쑥 말이 거치러진다.

"몰라. 잘될까……?"

박 첨지는 역시 떨음한 모양이다.

"하여튼 해보겟서요."

두호는 말에 힘을 주며 결심을 보인다.

등넘엣 논이란 건 읍내에 사는 부자의 토지로서 두호의 집에서는 벌서 여러 해 동안을 부처오는 것인데 금년에 와서 뜻박게 사이 녀석이 나서서 그 전에 지주와 약속이 되여 잇섯느니 어쨋느니 하고는 그만 저가 떼여부 칠랴고 들엇다. 그래서 박 첨지는 지주에게도 가 보고 사음 놈에게 또 가 보고 나종에는 군청에까지 가서 깍듯이 사정을 해 밧스나 모두가 헛일 — 소작권은 결국 사음에게로 옴겨가게 되엿다.

두호는 이것만 생각하면 불현듯이 화가 치밀엇다. 그리고 벌서부터 사음 놈이 보리를 비여 내라고 졸으는 것을 여태것 비지 안코 버티는 판이다.

그는 지금도 무거운 짐을 진 채 이 일부로 생각을 가다듬고 이를 간다. 벌서 그의 머리속에는 영애로 말미암은 지질한 생각은 남아 잇지 안타. 오직, 어떠케 하면 이 무리한 현실을 물리칠 수가 잇슬가 하는 한마음뿐 이다.

1937년 2월 6일(토) 석간 4면
단편소설 항진기(10) 김정한 작

그러나 두호도 기계가 아니고 인간인 이상 언제나 이 가튼 긴장만을 직 힐 수는 업섯다. 영애에게 대한 원망스런 생각과 그를 따르는 형에게의 분한 정에 저도 모르게 사로잡히는 때가 만헛다.

이러케 두호는 생활과 그리고 그 생활과 어울리지 안는 사랑의 도래매 듭 속에서 그지업시 마음을 졸리게 되엿다.

그러나 어느 편이냐 하면 결국 두호는 형 모양으로 사랑과 꿈에 빠지기
보다는 보다 더 생활과 현실에 마음을 끌리는 편이엇다. ……

전 가트면 저녁 밥슬【술】만 던지고 나면 서들 여가 업시 쇠잠이 쿨쿨
들고 잠만 들면 날이 새여야 눈이 떠러지든 두호도 요지음에 잇서서는 아
모리 낫일이 고달퍼도 도모지 잠이 잘 오지 안흘 뿐 아니라 어쩌다가 요
행히 잠이 들어도 괜히 쏠데업는 꿈만 작고 꾸어젓다.

(에이 비러먹을 것……!)

두호는 꿈을 쪼차 버리고 도라누엇다. 그리고 억지로 눈을 꽉 감아 보앗다.

그러나 억지로 눈을 감으면 감을사록 잠은 더욱 멀리 달아낫다. 미칠
듯이 애를 쓰다 쓰다 천행으로 반잠이라도 드는 듯하면, 다시금 흐리멍덩
한 머리속에 영애의 해말숙한 얼골이 떠올으고 그 뒤를 이어서 형의 그림
자가 얼씬거린다. 두호는 그것이 꿈인지 생신지 분간을 못 한다. 반꿈 반
망상이랄까? 그보다 꿈과 생시의 살피[27]랄까. 때로는 영애가 방실방실 아
양스럽게 웃으며 모든 것을 허락할 듯이 자기를 향해 두 팔을 벌리기도
하고, 때로는 잘못을 사죄나 하는 듯이 아미를 귀엽게 숙으리기도 하엿
다. 그리다가 어떤 때는 또 샐쭉하고 그만 도라서는 수도 잇다. 그러나 형
은 언제든지, 찌르퉁해 가지고 본체만체할 뿐이다.

(에이 망할 놈의……!)

두호는 열병알이처럼 다시 악몽(惡夢)을 차던지고 도라눕는다.

그와 동시에 자는 줄 알앗든 태호도 게 눈 감추듯이 홀쩍 저리로 도라
진다.

---

27 살피 : 땅과 땅 사이의 경계선을 간단히 나타낸 표. 물건과 물건 사이를 구별 지은 표.

"아직 안 잣든가……?"

두호는 형의 뒤통수를 물끄럼이 노려보앗다. 그리고 형이 숨소리를 죽이고 잇는 것을 보고는, 형도 역시 잠을 못 이루는 것을 알앗다. 그러나 형이 밉게 보이기보다, 어쩐지 천하■□■□■□■□■□■□■□■□■[28]의 그 쥐면 끈허질 듯이 가늘고도 앙상한 목덜미가 볼스록 가엽서젓다.

두호는 어릴 때의 경험으로, 숨을 한번 자조 쉬어보앗다. 그러나 잠은 안 왓다. 생각만 도리어 어수선해지고, 게다가 밤이 이슥해 갈사록 물것[29] 바람에 몸통이까지 근질근질 들쑤시엇다

이윽고 태호가 도로 이쪽으로 도라눕는다. 한숨을 죽―뽑으면서. 이번에는 박부득이 두호가 도라진다.

그리자 두호의 등덜미를 먹든 놈이 어느새 삿타구니에 와서 슴을거렷다. 그는 불이나케 손을 안으로 너어서 잠간 어루 더듬대드니, 요행히 그 놈을 끄집어내 가지고는 어둠침침한 불비체 비처 본다.

"고 뭐냐?"

급작스레 형이 뭇는다.

두호는 깜짝 놀래여,

"빈대. ―― 요놈의 것이 물어서 도모지 사람을 자게 해야지 온!"

하고, 용하게 대구리를 꼬집어 뗀다.

"나도 그놈 때문에 도모지 못 잣서!"

---

28 "어쩐지 그날 밤은―낮에 앞 강에서 그러저러한 일이 있었는데도 불구하고―갑자기 가엾게
    보였다. 더구나 그 형" 『조선일보』에 게재된 해당 부분의 원문이 훼손되어 단행본을 참고하
    였다. 참고한 단행본은 다음과 같다. 최미진 엮음, 앞의 책, 146쪽.
29 물것: 사람이나 동물의 살을 잘 물어 피를 빨아 먹는 모기, 빈대, 벼룩 이 따위의 벌레를 통틀
    어 이르는 말.

형도 묘하게 얼러 마친다.

그리고 그들은 한겹에 거짓부리로 기지개를 한 번씩 죽—켠다.

이러케서 자는 듯 마는 듯하는 동안에 언제 벌서 동이 트고, 어머니의 절구질 소리가 쿵쿵 그들의 귀를 울렷다. 그날의 출발 신호다.

두호는 선하품을 깨물면서 자리에 이러나 안잣다.

(천하 못난이! 인젠 다시는 생각지 안흐리라!)

그는 악몽에 시달린 정신을 가다듬으며 새로운 결심을 하엿다. 그리고 바삐 옷을 가라입엇다.

아버지는 언재 벌서 마루턱에 나안자 잇섯다.

오래간만에 시원하게 개인 하늘이 보인다. 파—란 오월의 새벽하늘! 보기만 해도 두호는 마음이 가뜬해지는 것 가탔다.

마당 한가운데 동두러케 올려 싸인 보리 무더기. 그 겨틀 지나가는 힌 레그혼30 —의 활개짓도 가비엽다.

두호는 맑은 공기를 드리마실수록 정신이 더욱 훤칠해젓다.

이웃집에서는 벌서 타작 준비를 하는 소리가 들린다.

두호도 민첩하게 마당비를 들엇다. ──그의 집에서도 그날은 ■■■
■■■■■■■■■■■■■31

---

30 레그혼종(leghorn種) : 닭의 한 품종. 몸 색깔은 갈색, 흰색, 검은색이고 안면과 볏은 붉다.
    흰색 종이 우수하며 산란율이 높아 일 년에 300개 이상의 알을 낳는다. 이탈리아 레그혼 지
    방이 원산지이다.
31 "밭보리는 그날 안으로 타작을 끝내야 할 형편이었다. 그러니까 조반 전에 우선 한 마당 해
    치워야만 했다."『조선일보』에 게재된 해당 부분의 원문이 훼손되어 단행본을 참고하였다.
    참고한 단행본은 다음과 같다. 최미진 엮음, 앞의 책, 147쪽.

단편소설 항진기(11) 김정한 작

그러나 조반전 한마당은 마지못해 서투른 돌이깨를 들고 깨지럭어려 주든 태호가 아침을 먹고는 그만 간 곳이 업서젓다.

두호는 보리를 펴 널다 말고 칠촌 아저씨 댁으로 차자가 보앗다

그러나 발서 느젓다. 형은 이미 자동차에 올라 안자 잇섯다 그리고 차도 이미 움지기기 시작했다. 형은 두호를 보앗스나 이내 개자한[32] 얼골을 신청부[33]가티 돌리며 원견청산 영애와 칠촌 아저씨는 더욱 본 체 만 체. 그리고 차는 떠낫다.

철부지한 동내 아해들이 차를 처음 보기나 한 듯이 압흘 다토며 그 가시끼리[34] 자동차의 뒤를 한참 동안 따라갓다. 가다가 잡바저서 우는 중의[35] 벗은 놈도 잇다.

두호는 꿩 떠러진 매가티 우두망절하고[36] 섯다가 형과 영애와 그리고 칠촌 아저씨의 그 랭정한 태도에 새삼스런 굴욕을 늑겼다. 더구나 형의 하는 짓이 분햇다. 그러한 형을 일부러 차저 온 자기를 바보라고 생각햇다. 그리고 인제부터는 설혹 어떠한 일이 잇드라도 다시는 형을 힘밋지도 찻지도 안흐리라고 굿게 마음을 먹으면서 집으로 돌아갓다.

그날 형과 영애는 칠촌 아저씨를 따라서 거기서 구십 리나 되는 어떤 절에까지 산딸기를 따먹으러 갓다. 그래서 그들은 그날 밤이 새도록 뭘

32　개자하다 : 용모가 단아하고 기상이 화평하다.
33　신청부 : 근심 걱정이 많아 사소한 일을 돌아볼 여유가 없는 사람.
34　가시끼리(かしきり) : 전세(專貰), 대절.
35　중의(中衣) : 남자의 여름 홑바지.
36　우두망절하다 : 정신이 얼떨떨하여 어찌할 바를 모르다.

햇는지 돌아오질 안헛다.

두호는 그 뒤, 영애에게 대한 모든 공상을 불살러 버렷다.

그러나 뜻박게 하로 저녁, 밤도 이미 이슥한 때, 그의 창문을 두다리는 이가 잇섯다.

그는 잠결에 "누고?" 하고 소리를 질럿다.

"저애요."

하는 대답이 모기소리보다 더 가늘엇스나, 틀림업는 영애엿다.

두호는 그래도 미들 수가 업서서 문을 열어 보앗다.

그랫드니 영애는 몹시 기다린 듯이, 그리고 조금도 서슴지 안코 방안으로 쑥 들어왓다. 다행히 태호가 업슬 때다.

두호는 어즈럽게 뒤허터진 영애의 옷 골을 수상적게 물끄럼이 훌터보고는,

"어째서 왓소?"

■■■■■■■■■■■■■■■■■[37]

그리고 그제야 깨다른 듯이 저고리를 주서 염으면서.

영애는 도모지 마음을 가라안치지 못하고서, 숨만 허둥거릴 뿐, 아무 답이 업고, 되려 고개만 점점 숙어진다.

"어째 왓서요?"

두호는 못내 초조해것다.

그러나 영애는 역시 낫을 들지 안는다.

"글세, 무슨 일인지, 말을 해 봐야죠?"

---

37 『조선일보』에 게재된 해당 부분의 원문이 훼손되어 단행본(최미진 엮음, 앞의 책)을 참고하였으나 위 내용은 실리지 않았다.

두호는 그만 각갑증이 나서 꿍짜를 노호면서, 영애의 허트러진 머리카락을 얄밉게 흘겨보앗다. 그때 영애의 햇숙한 뺨따구니에는 눈물이 조르르 흘러내리고 잇섯다.

"형에게 욕을 당햇소?"

두호는 그예 애가 터저서, 저가 말문을 열어 주려고 한다

"안얘요!"

영애는 불이나케 돌이질을 햇스나, 말을 잇지 안는다.

"그럼 왜 그래요?"

"그댁 아저씨가……"

영애는 말을 내다가 만다.

"뭐?! 아저씨가?!" —— 두호는 아저씨란 소리에 화를 불쑥내며, "그럼 아저씨에게 봉변을 당햇소——?"

"당할 번햇지오!"

영애는 그제야 얼골을 들고서 분한 랭소를 친다.

"안 당햇다니 만행입니다"

두호는 제 일가티 맘이 노헛다. 마치 여태까지 영애로 인해서 바든 여러 가지 굴욕은 송두리채 이저버리기나 한 듯이. 그리고 황금과 그에 따르는 권력과 지위를 임의대로 휘둘러서 가진 악행과 불의(不義)를 물 마시듯 하고서도 낫바닥을 치켜들고 다니는 개똥 상놈 위선자(僞善者) —— 의 하나인 그의 칠촌 아저씨에 대한 강짜가 아니 평소부터의 미움이 새삼스레 벌컥 솟아낫다. ……그러나 그는 일종의 호기심을 가지고 물엇다 ——

"좌우간 어디서 그랫소?"

"집에서요."

영애는 인제 울지 안헛다.

"집에서 ——? 형은 어델 가고?"

"박갓사랑에 자지오."

"음!" 하고 두호는 다시 "그래 영애가 자는데 들어왓든가요?"

"네."

"큰일날 번햇군요?"

■■■■■[38] 입을 삐쭉 한다.

1937년 2월 9일(화) 석간 4면

단편소설 항진기(12) 김정한 작

"글세요." 하고, 영애도 선우슴을 생긋 보이며,

"하지만 누가 그러케 쇠잠을 자나요! 미리부터 그런 염려도, 아닌 게 아니라 좀 잇섯거던요."

"그래서 어쩌켓소?"

"뭐, 어쩌케 할 게 잇소. 곳 떼치고 나와 버렷죠."

"하여튼 큰일날 번햇소!"

"까땍햇스면!"

영애는 완전히 본성에 도라젓다. 그는 아닌 밤중에 외간 남자의 방에 안잣다는 것도 생각지 안코, 더군다나 거기에 관한 이야기매도 불구하고, 벼룩 콧등만치도 부끄러움이고 꺼림이고 업시 막 터노앗다. 요새 게집애란 건 원래 요런 겐가 하고 두호는 속살로 놀라지 안흘 수 업섯다.

---

38 『조선일보』에 게재된 해당 부분의 원문이 훼손되어 단행본(최미진 엮음, 앞의 책)을 참고하였으나 위 내용은 실리지 않았다.

"그것 보시오. 저가 가랄 때 그만 갓스면 애초 그런 변이 업지오. 괜히 질긋이 부터 잇다가……."

두호는 적이 꼬집어 주엇다 영애는 다시 고개를 숙인다 두호는 영애의 말이 어디까지가 사실이고 어디부터가 흰소린지는 똑똑이 알 수가 업섯지만 어째도 입술만은 빼앗겻슬 게라고 생각되엿다. 그와 동시에 영애가 급작이 내던진 허튼 게집으로 보엿다. 요새 말로 고등갈보로. ─두호는 마침내 아리숭한 불쾌를 느꼇다.

"그런데 여긴 뭘하러 왓소─?"

말귀가 별안간 빳빳하게 빗난다.

그러나 영애는 예사롭게 바드며, ──

"자러 왓지오."

"자러?"

"네"

"어디 잘 방이 잇서야죠?"

"이방에 자죠?"

"이방에 자죠"

"이방에?" ─두호는 만부당한 듯이

"어쩌라구요?"

"가치 자죠. 상관 잇나요" ─

영애는 털끗만치도 꺼림한 비츨 보이지 안코서, "전 이쪽 구석에 잘 테니깐요"

두호는 기가 맥혀서 말이 안 나왓다. 더구나, 영애가 자기를 차자온 것이 자기에게 무슨 이야기가 잇서서 온 것이 아니고 다만 진날 나막신 찻드니 자기를 리용하기 위해서 왓다는 것을 생각케 되자, 한갓 떨음한 고소가 떠오를 뿐이엿다.

"안 돼요——?"

영애는 쌀쌀하게 우스면서 이쪽 눈치를 살핀다. 그의 눈은 애원한다기보다는 원망스런 비츨 감추고 잇섯다.

두호는 잠간 이상한 유혹을 느꼇스나, 이내 그러한 감정을 억제해 가면서, 아든 정 보든 정 다 업시 딱딱하게 거절햇다. 그리고서 자기의 취한 냉정한 태도에 대해서 변명이나 하는 드시,

"부모가 안다면 큰 낭패 나지오. 그리고 또 소문도 무섭거던요. 싸고 싼 향내도 난다고"

그러나 한번 맷치면 풀리지 안는 두호의 그 태도에는 변함이 업다.

영애의 할끔한 눈에는 점점 원망의 빗치 드러낫다. 그러나나【그러나】 그다지 매운 것은 아니엿다 오히려 쓸쓸한 편이엿다.

"그럼 가겟서요!"

영애는 두말도 업시 이러섯다. 그리고 무색하다든지 창피스러운 비츨 조금도 보이지 안코, 박그로 살아젓다.

두호는 창졸이 마음이 어두워젓다. —— 영애를 보낸 섭섭함보다 영원히 영애를 일허버린 듯한 아까움이 훨신 컷다.

(왜 영애를 보냇슬까? 올컨 글럿건 결국 자기를 차자온 것이 아니든가?……)

두호는 기왕 업질은 물인 줄은 알면서도 부질업시 자기를 나무라지 안홀 수가 업섯다. 그리고 그를 보낸 것이 자기를 보나 영애를 보나 결코 이익이 업다는 게 더구나 영애를 다시 그 음흉한 칠촌 아저씨의 손에 넘겨준 것박게 되지 안헛다는 것을 깨닷게 되자, 자기의 옹색한 마음이 그지

업시 미워젓다.

그러나 그와 동시에, 두호의 마음 한구석에는 이와 정반대의 생각이 자리잡고 잇슨 것도 사실이엿다.

하지만, 그는 하여튼, 영애의 신변을 생각할 때, 두호는 도저히 그 자리에 우두커니 안자서만 마음을 부빌 수가 업섯다. 그는 곳 영애의 뒤를 차자 나갓다.

다행히 그의 칠촌 아저씨는 박갓사랑에서, 태호와 함께 코를 들들 굴고 잇섯다.

두호는 겨우 맘을 노앗다, 그리고 격에 안 맞게 서투른 쇠도적놈처럼 어깨를 잔뜩 더 웅크리고는 숨소리를 죽여가면서 영애가 거처하는 안사랑 아페까지 가보앗다. 그러나 반드시 잇서야 할 영애가 ■■■■■■■[39]

1937년 2월 10일(수) 석간 4면
단편소설 항진기(13) 김정한 작

(무슨 영문일까……?)

두호는 새로운 걱정을 어덧다. 그는 잠간 사방을 둘러보고는 난렵하게 대문 박그로 빠저나왓다. 그리고 눈을 둥그러케 해 가지고 이리저리 살펴보앗스나, 으스름한 달비체 행길은 훤하게 비고, 들판에는 개고리 소리만 어지러울 뿐이엿다

두호는 소리라도 처서 불러보고 시펏스나, 야밤중에 그럴 수도 업고, 한갓 속만 태우다가 급기야 가깝증이 나서 미친 듯이 한참 한길을 내달렷

---

39 『조선일보』에 게재된 해당 부분의 원문이 훼손되어 단행본(최미진 엮음, 앞의 책)을 참고하였으나 위 내용은 실리지 않았다.

다 그러나 필경 영애는 흔적조차 보히지 안헛다. ……두호는 영애에게 무슨 큰 죄를 지은 듯 시펏다. 마음이 더욱 초조하고 더욱 어두워지고, 더욱 무거워젓다.

영애는 그날 밤 두호의 방에서 나오든 그길로, 아무 행장도 차리지 안코, 여자 홋몸으로 그냥 ■■■ ■■■[40]것이다.

영애가 ■■■■■■■■■■[41]

그를 두고서 여러 가지 풍설이 이러낫다 영애가 태호와 배가 잔득 마잣는데, 태호의 칠촌 아저씨가 그만 강짜를 내서 그를 내쪼찻다는 둥 혹은 태호의 칠촌 아저씨와 아주 줍이 나게 부텃다가 집안사람들에게 들켜서 내쫏긴 게란 둥 아니 그런 게 아니라 태호와 그의 아저씨와 두삼이 세 사람 사이에서 졸리다 못해서 도망질을 햇다는 둥…… 그렁성 저렁성 한입 건너 두입 소문은 소문을 낫코 그 소문이 또 알을 깟다. 그리고 소문은 매양 태호의 아저씨와 영애에게 불리하엿다

소문에 관해서는 두호는 끗까지 입을 떼지 안헛다. 그는 다만 영애의 간 곳을 몰라서 지극히 궁금하고 염려하엿슬 따름이엿다.

태호는 영애가 떠난 후로 더욱 기가 죽엇다. 소문도 소문이엿거니와 그에게는 영애를 일■■■ 무엇보다도 ■■■■■■[42]엿다. 그는 그 후 며칠 동안 세상이 귀치안흔 듯이 아버지와 두호를 따라다니며 반거숭이의 서투런 솜씨로서 집안일을 도으노라고 등골이 빠지드니 그만 하로는 간다

---

40 『조선일보』에 게재된 해당 부분의 원문이 훼손되어 단행본(최미진 엮음, 앞의 책)을 참고하였으나 위 내용은 실리지 않았다.
41 『조선일보』에 게재된 해당 부분의 원문이 훼손되어 단행본(최미진 엮음, 앞의 책)을 참고하였으나 위 내용은 실리지 않았다.
42 『조선일보』에 게재된 해당 부분의 원문이 훼손되어 단행본(최미진 엮음, 앞의 책)을 참고하였으나 위 내용은 실리지 않았다.

온다 말도 업시 어디로 횡—가 버렷다.

두호는 인제 그러한 형을 그리 욕도 원망도 하지 안헛다. 도리어 형의 처지로서는 어느 정도까지 허는 수 업는 일이라고 촌탁햇다.

태호가 내뺀 후, 농촌은 더욱 바빠젓다. 모내기가 시작되자, 그야말로 눈 코 뜰 새 업는 일의 난리가 벌어젓다. 집집마다 젓먹이와 병신을 빼노코는 코흘리기, 늙다리에 이러기까지, 적어도 눈구멍 뚤린 놈은 죄다 들에 나와 살앗다.

그래서 동리 야학회의 농번기 휴업을 하든 날 저녁, 두호는 야학 후원회 동무들과 의논을 짜고서 문제의 꼬투리가 되여 잇는 자기집 등넘엣 논으로 갓다.

다행히 달밤이엿다. 두호는 자기가 안아 마튼 끗갈망의 비급한 생각은 박차버리고, 다만 이십 여 명의 젊은 동무들과 한가지 흥분을 느끼면서 닭이 울 때까지 그 논 서 마지기의 보리를 한숨 비여 치웟다.

그리고 이튼날은, 새벽부터 모를 내기 시작햇다. 야학 후원회의 동무들은 말할 것도 업고, 그들의 어머니, 안해, 누이동생들까지 일을 나왓다.

그래서 한편에서는 논을 갈고 논을 썰고, 일변은, 모를 심엇다. 그러니깐 일은 자연 범벅 굿이 되엿스나, 사람 수가 만흔 것이 무엇보다도 서로 힘이 더윗고, 마음이 절로 든든하엿다.

"이라, 이놈의 소!"

두호는 바쁘게 써리질을 하느라고, 물에 빠진 쥐꼴을 해 가지고, 생고함을 칫다. 매를 바든 소란 놈은 허구리를 웅쿨하면서, 철벅철벅 물을 찻다.

장【쟁】기를 잡은 친구들도 난렵하게 소 뒤를 따라다녓다.

모를 내는 사람들도 불이나게 바뻣다.

이런 난리판에, 저기를 지나가든 구장이 뜻박게 두호를 논두렁으로 불러내드니 편지 두 통을 내주엇다. 며칠이나 가지고 다녓든지 아주 모양 업시 구겨진 것을——.

두호는 때가 때라 수상스럽게 바다 들엇다. 그러나 한 통은 형으로부터 또 한 통은 뜻박게 영애에게서 온 것이엿다. 형과 영애? 두호는 잠간 뭉클햇스나 다행히 두 사람의 주소가 달럿다

두호는 망서릴 새도 업시 형에게서 온 것부터 먼저 떼엿다——.

창졸히 나와 버렷기 때문에 집에서 모다들 염려햇지? 나는 지금 어떤 친구의 집에서 먹고 잇다. 될 수 잇는 대로 빨리 일자리를 찻겟네. 새로운 출발을 위해서.

나는 그대를 존경한다. 그대는 확실히 의지가 굿센 '생활의 인'이다. '실행의 인'이다 내가 공상가인 대신에.

그리고 그대의 충고를 달게 밧겟다.

확실히 내게는 함렛트나 오프로——모호의 제자가 될 위험성이 만흠을 자각하기 때문에.

그리고 그곳 일은 전부 그대에게 맛긴다. 내 일은 조금도 걱정 말어라. 다음에 또 편지하마.

오월 ××일, ××일보 ××지국 박 태 호

다 읽고 난 두호의 얼골에는 예기치 안흔 기쁨이 저절로 떠올랏다. 일헛든 형을 차진 거 가텃다. 아니 죽엇든 형이 깨여난 듯 하엿다. 그는 밧분 줄을 모르고 그 편지를 재삼 재독하엿다. 그리고 형의 새로운 심경과 결의를 알게 되자 지금까지 형에게 대해서 가젓든 모든 불평과 불만이 그 자리에서 곳 살아지는 것 가텃다.

두호는 다시 영애의 편지를 ■■■■■■■■■[43]

1937년 2월 11일(목) 석간 4면
단편소설 항진기(14) 김정한 작

형의 것에 비교하면 글자도 훨신 잘 뿐 아니라 내용도 몃 배나 길엇다. 따라서 그만큼 쓸데업는 말도 만코 지리하엿다. 그러나 두호는 별로 실증 업시 읽엇다. 원 내용을 뽑아 보면 대개 이러하엿다 —— 즉 무사히 자기 집에 와 잇다는 것과 정조는 물론 빼앗기지 안헛다는 것과 두고 온 짐은 당신이 좀 바다서 마타 달라는 것과 그리고 마즈막에 가서는 겨우 악몽을 깨엿스니 모든 잘못을 널리 용서해 달라는 것을 말하고 "당신을 그리워하는 영애"라고 또렷하게 썻섯다.

두호는 혼자서 시금떨떨하게 우스면서 편지를 도로 접어 너엇다.

그는 오래 동안 후텁지근하든 속이 급작이 활짝 열린 듯하고 기운이 더욱 낫다. 코스노래라도 나올 듯한 기분으로 다시 써레채를 잡앗다.

여자들이 주고 밧는 노래도 더욱 더욱 곱게 들럿다——

> 양주랑천 흐르는 물에
>
> 배추 씻는 저 처자야,
>
> 갓에 나것 댄 다 제치고
>
> 속에 속대만 나를 주소.

---

[43] 『조선일보』에 게재된 해당 부분의 원문이 훼손되어 단행본(최미진 엮음, 앞의 책)을 참고하였으나 위 내용은 실리지 않았다.

언재나 보든 님이라고
속에 속대만 달라지요?

지금 보면 초면이라도
잇다 보면 구면이라오.

초면 구면은 그만 두고
부모님 무서 못 주겟소. ……

노래는 끄니잔코 흘러갓다. 그러나 그들의 익숙한 솜씨는 번개가티 칠칠하고, 함박살이 허여케 들어난 건강한 다리들은 한 자국 두 자국 힘차게 뒤로 물러나 섯다.

이리하야 일이 거이 반이 넘은 뒤에야 어데서 소문을 들엇든지 건넛마을 사음 녀석이 말몰잇군처럼 갓을 잔뜩 제켜 쓰고는 치를 떨면서 허덕허덕 날라 닥첫다.

"여보게 박 첨지 당신이 미첫소 어쨋소? 이게 무슨 짓이란 말요, 글세……?"

그는 다짜고짜로 양철 두다리는 소리를 내며, 논두렁을 밟으고 잇는 박 첨지에게 덤벼들엇다.

그러나 박 첨지는, 처어다보지도 안코, 하든 일만 꿍꿍하엿다.

사음 녀석은 더욱 화를 못 참고 걸삼스럽게[44] 게걸거렷다.

그러나 박 첨지는 꿋꿋내 미친 개 대접을 할 뿐이엿다.

---

44 걸쌈스럽다 : 보기에 남에게 지려고 하지 않고 억척스러운 데가 있다.

사음 녀석은 그만 각갑한 듯이 모 내는 곳으로 쪼차가서 제간에는 서리 가튼 호령을 치며 일을 못하게 해방을 떨엇다. 그러나 줄잡이는 윈눈도 깜작 안코, 못노래는 되려 더 노파젓다

　분통이 터질 대로 다 터진 사음 녀석은 마침내 밋치광이가티 옷자락을 거더쥐고는 철버덕 철버덕 논 가운데를 써려서 두호한테로 달려왓다.

　"너 기어코 이러케 할 텐가——?"

　그는 두호의 팔목을 덥석 잡으며 움충맛게 올레대엇다.

　"이러케 하는 것을 눈으로 뻔히 보면서 왜 물어요?"

　두호는 귀치안흔 듯이 상대자의 손을 홱 뿌리첫다.

　"뭐? 너 정말로 이럴 텐가?"

　사음은 다시 대들며 분을 못 이겨서 털지튼 삽살개 주둥이를 덜덜 떤다.

　"글세, 보면 알 텐데 왜 이 야단이오?"

　"왜 이 야단이라니? 너 세상이 어떤 세상인지 알기나 하나——?"

　"알기 때문에 이러잔소."

　"이러다간 못 살지."

　"이래 못 사나 저래 못 사나 일반이죠. 그런데 도대체 당신은 뭐건데 자 칫하면 남을 대해서 사느니 못 사느니 하오? 그래 어쩌겟단 말이냐——?"

　두호도 화를 불끈 내며 써레채를 내던지고 닥어선다.

　"이래 못 하지—— 버릇 업시…."

　사음 녀석은 속으로는 짜정 겁을 내면서도 것흐로는 짐짓 윗사람 틀거 지를 내보일 눈치다

　"버릇 업시? 그래 버르장머리가 잇는 사람은 함부루 이러케 남의 몸에 손을 대는 법인가?"

두호는 사음 녀석의 팔을 사정업시 뿌리치며 이내 서너 발이나 떠밀어 버렷다.

"이놈!" ── 사음 녀석은 뒤로 주저안즈랴다 말며

"너 정말 그랫겟다?"

그리고 희끗희끗한 삽살개 수염을 찬바람이 나게 떨어댄다.

"네, 그랫습니다. 정말로! 확실히! 그저 염려 말고 가시오. 너무나 그러케 을러대니 박두호란 놈 간이 그만 콩낫 갓소 그려! 하, 하, 하……!"

"음 ── 가겟네, 가. 어느 놈이 똥쭐이 빠지는가 보자구……"

"가거라 이놈!" ── 두호는 주먹을 버럭 치켜 들엇다. "이 쥐색기 가튼 놈! 하지만 갈 데나 똑똑이 알고 가거라!"

"이놈? ── 여하튼 가네, 가!"

사음 녀석은 비슬비슬 피해가면서도 이를 뿌드득 뿌드득 갈아부첫다.

미구에 그는 다시 사람들을 더리고 왓다.

그러나 발서 모내기가 끗난 뒤엿다. ──끗──

남생이 1938.1.8~1938.1.25

현덕

1938년 1월 8일(토) 석간 5면

신춘 1등 당선소설 남생이(1) 현덕 작

호두형으로 조고만 항구 한쪽 끗흘 향해 머리를 들고 안즌 언덕 그 서남면 일대는 물미가 밋밋한 비탈을 감어나리며 거적문 토담집이 악착스럽게 닥지닥지 부터다 거의 방 한아에 부엌이 한 간, 마당이랄 것이 곳 길이 되고 대문이자 방문이다 개미집 가튼 길이 이리 굽고 저리 굽은 군대군대 껌언 재털이가 싸이고 무시로 매캐한 가루를 날린다. 깨여진 사기요강이 굴러 잇는 토담 양지짝에 누덕이가 널여 한종일 퍼덕인다.

남비 한아 사기 그릇 몟 개를 염【엎】퍼 논 가난한 붓두막에 볏치 들고 아무도 업는가 하면 쿨룩쿨룩 늙은 기침 소리가 난다. 거푸 기침은 자즈러지고 가늘게 조라들드니 방문이 탕 하고 열린다. 해볏츨 가슴 아래로 바드며 가죽만 남은 다리를 문지방에 걸친다. 가느다란 목, 까칠한 귀밋, 방안 어듬【둠】을 뒤로 두고 얼굴은 무섭게 차다.

"노마야——"

힘업는 소리다. 대답은 업다. 좀 더 소리를 노펴 부른다. 세 번째는 오만상을 찡그리고 악성을 친다 역시 대답은 업다. 다시금 터저 나오는 기침에 두 손으로 입을 싼다.

길 한아 건너 영이집 토담 미테서 노마는 그 소리를 곰보 아버지가 곰보를 부르는 소리로 쯤 드러넘기고 만다. 맞츰 영이가 부억문 여페 부터서서 손을 뒤로 돌려 숨기고

"이거 뭔데"

조곰 전 영이 할머니가 신문지에 떡을 사들고 드러가든 것과 영이가 투정을 하든 것까지 아는 일이니까 노마는 가즌 것이 무언지 의심날 게 업다. 그러나

"구슬이지 뭐야"

"아닌데 뭐"

"물뿌리지 뭐야"

"아닌데 뭐"

"석필이지 뭐야"

"이거라누"

맞츰내 영이는 자신이 먼저 깜짝 놀라는 표정을 하고 턱 미테 인절미 한 쪽을 내민다. 금새 노마는 어색해진다. 두어 번 억개를 저흐니 슬몃이 뒷짐진 손이 풀려 밧는다.

영이보다 먼저 먹어 버리지 안흘 양으로 적은 분량을 잘게 씹어 천천히 넘기며 차츰 노마는 곰보를 부르든 소리는 기실 아버지가 저를 부르는 음성이든 것을 깨다러 간다. 그러나 일부러 대답하지 안혼 그 일이 목을 넘어가는 떡맛보다 더 고수하다. 아버지보다는 어머니에게 하는 반항이다. 날마다 아츰에 집을 나갈 때 어머니는 노마에게 이르는 말이 잇다 "아버

지 겨테서 떠나지 말고 시중 잘 드러 마음 상하게 하지 말고" 그러나 이것은 어머니 자신이 할 일이지 노마가 할 일은 아니다. 자기가 할 일을 노마에게 맛기고 어머니는 한종일 조흔 대 나가 멋대로 지내다가 해가 점으러야 도라온다. 그동안 아버지나 노마가 얼마나 자기를 기다렷든거나 그 하로가 얼마큼 고초스러웟든가는 조곰도 아란곳하려고도 안는다 다만 봉지에 저녁쌀을 가지고 온 것이 큰 호기다. 그리고 바람에 문창호지가 떠러진 것까지 노마의 잘못으로 눈을 흙인다. 실로 야속하다. 이런 어머니가 이르는 말쯤 어기엿기로 그리 겁날 것이 업다.

그러나 노마 저는 모르지만 여기엔 자기네답지 안케 어머니만이 인조견이나 문의 잇는 비단옷을 입고 단이는 것이며 선창에 나가 만은 사람에게 귀염을 밧는 여기 대한 샘이 크다 어머니는 이른바 "항구의 들병장사[1]"다.

1938년 1월 9일(일) 석간 5면
신춘 1등 당선소설 남생이(2) 현덕 작

노마는 이런 어머니를 보앗다 본래 어머니의 뒤를 밟어 선창엘 갓섯다. 그러나 마당 군중 가운데서 어머니를 일헛다. 다시 차젓슬 때 노마는 좀 더 놀랏다. 목선 싸하 올린 벗섬 우에 올라안저서 어머니는 사오 인 사나이들과 석겨 히롱을 하고 잇다 어깨에 팔을 걸고 몸을 실린 조선바지에 양복 저고리를 입은 자에게 어머니는 술잔을 입에다 대주랴 하고 그 자는 손바닥으로 막으며 고개를 젓고 그리고 술을 바더 마시고 나서 또 빈잔에다 술병 아구리를 기울이는 어머니를 제 무릎 우에 안치려 하고 아니 안

---

1 들병장사 : 예전에, 남사당놀이 판에서 구경꾼에게 병에 술을 담아서 팔던 일. 또는 그런 장사꾼.

즈려 하고 나머지 사람들도 모두 어머니를 중심으로 히히낙낙 하는 것이 엿다 노마는 그런 어머니를 전혀 꿈에도 본 적이 업다 어머니는 그곳에 와서 어린애처럼 어리광을 떨고 일직이 노마 자신도 한번 바더 보지 못한 귀염을 뭇사람에게 밧는 것이 아닌가, 자기 어머니가 그처럼 소중한 존재인 것은 몰랏다 노마는 저도 갑자기 층이 오르는 듯 시펏다. 모든 사람에게 저와 어머니의 관게를 크게 알려 주고도 시펏다. 노마는 어머니를 불럿다. 두 번 세 번 그러나 해벼츨 손으로 가리고 찌긋이 노마를 보든 어머니는 점점 자기집 부어케서 혼이 볼 수 잇는 일그러진 얼굴로 변햇다. 가튼 얼굴로 어머니는 노마를 창고 뒤로 끌고가 말업시 머리를 쥐여박엇다. 이런 때 등 뒤로 배여 잇든 양복 조고리가 나타나서 조핫다 그는 어머니를 안어 뒤로 밀고 양복주머니에서 밤을 꺼내 노마 머리 우에 흘려 떠러트리며 우섯다 붉은 얼굴에 밤송이 가튼 털보엿다.

집에 잇슬 때 어머니는 담벼락가티 말이 업고 난 나이가 적다 노마를 나무래도 말보다 손이 압서 소리 업시 꼬집거나 쥐여박거나 할 뿐 언제든 성이 안 풀려 몽총이 입을 오그린다. 남편이 부르면 대답은 업시 얼굴만 내놋는다. 그를 대하고는 아버지도 멍추가 된다. 어쩌면 아버지는 안해가 보는 대서는 일부러 더 알른 시늉을 하는 것인지도 모른다. 고개를 돌려 벽을 향하고 눕거나 이불을 들쓰고 될 수 잇는 대로 안해에게서 눈을 감으려 한다 그러나 어머니가 나가고 업스면 이러나 안저 이불도 개여 올리고 노마를 상대로 이야기도 한다.

　　　—노마야 노마야.

가락니피 다그르 굴러나리며 집웅 넘어로 아버지의 가느다란 음성이 넘어온다 방안에서 들창을 향해 부르는 소리다 노마는 살금살금 아프로 도라간다. 필시 요강을 가시여 오라고 창문박게 내노핫슬 것이니 살몃이 부시여다 들고 갈 작정.

웨냐면 노마는 요강을 가시느라고 지금까지 가래를 한 것이지 결코 부르는 소리를 듯고도 모른척 한 것이 아니라는 변명을 삼을란다 그러지 안허도 아버지는 요즘으로 노마를 겨테서 잠시를 떠나지 못하게 한다. 오줌을 누러가도 벌서 "어디 가니" 그리고 영이하고도 놀지 말고 아무하고도 놀지 마라, 만날 아버지와 가치 방안에만 잇서 달라는 거다. 그러니까 노마는 아버지가 잠드는 틈을 엿보지 안홀 수 업고, 그러나 잠이 깨기 전에 도라와 안기는 쉬운 일이 아니여서 흔히 날벼락을 맛는다.

노마는 안가슴을 헤치고 벼츨 쪼이고 안젓는 아버지와 마주친다. 갈갈이 뼈가 드러난 가슴이다. 그 가슴을 남에게 보이는 때면 고연이 화를 내는 아버지니까 노마는 또 한 가지 죄를 번 셈이다. 지래 울상을 하고 손가락을 입에 문다

"노마 이리 온"

그러나 고개를 처들게 하고 코 미틀 씨치드니

"저리 가 안저 봐라"

비탈을 찍어 핀 손바닥만 한 붉은 마당에 오지항아리 몃 개가 섯고 구구자나무 그림자가 지튼 한편은 벼치 단양한다. 아들을 땅바닥에 주저안치고 아버지는 묵묵히 바라다보기만 한다. 장독 뒤로 한 포기 억새가 적은 바람에 쏴쏴 하고 어듸서 귀드람이도 운다 몰랏드니 여기는 흡사 고향 집 울 안 가튼 생각이 낫다

신춘 1등 당선소설 남생이(3) 현덕 작

추석 가까운 날 맑은 어느 날 어린 노마가 양지짝에 터벌거리고[2] 안저 흙 작난을 하는 그런 장면인 상 시픈 구수한 땅내까지 끼친다. 지금 안해는 종 태기에 점심을 담어 뒤로 돌려 차고 뒷산으로 축넝쿨 거드러 갓거니 ―.

"노마 너 절골집 생각나니"

"웅"

"너두 가 보구 시플 때 잇니"

"웅"

밧 가슬에 주춧돌만 남은 절터가 잇는 적은 마을이다. 뫼갓에는 나무가 흔하고 산답이나마 땅이 기름지고 살림이 가난하다 하여도 생이 욕되지 는 안헛고 대추나무가 만허 가을이면 밤참으로 배불리엿다. 다 고만두고 라도 거기는 너 나 사정이 통하고 나치 익은 이웃이 잇고 길가의 돌 한아 밧두덕 길 실개천 한아에도 어린 때 발자욱을 볼 수 잇는 땅이다.

그러나 몇 해 전은 지금 여기서처럼 진절머리를 내든 그 땅이엿고 그때 는 지금처럼 이 잘란 곳을 못 이저하지 안헛든가. 사실은 그때 영이 할머 니의 편지를 밋는 구석이 업섯드면 그처럼 단판 쓰름으로 지주가 보는 아 페서 마름 김 오장의 멱살을 잡지는 못하엿슬 것이다.

그 덕에 나머지 사람들은 지주에게서 나오는 비료대도 제대로 차저 먹 을 수 잇섯고 예에 업시 마름집 농사에 품을 바치는 페단도 면하엿지만 자기는 그 동틔로 이내 땅을 띄키고 마럿다. 지금 생각하면 모두 편지대

---

2   터벌거리다 : 힘없는 걸음으로 천천히 걷다.

로 쉬웁게 쫓기 위하야 일부러 자기를 막다른 골로 모라너흐려고 한 짓 갓다 "─선창 버리가 조하 하루 이삼 원 버리는 예사고 저만 부즈런하면 아이들 학교 공부 시키고 땅섬지기³ 작만한 사람도 적지 안타" 이 말을 다 고지 미든 것은 아니지만 땅 업시는 살 수 업는 살림이요 그 골【꼴】을 김 오장에게 보이기가 무엇보다 실헛다 하기는 처음 떠나온 얼마 동안은 그 말이 사실인 상 시픈 생각도 업지 안헛다.

선청에 나가 소금을 저 날을 때도 그러타. 이백 근드리 바수거리⁴를 질 머지고 도급으로 마튼 제 시간 안에 대느라고 좁다란 발판 위를 홀몸처럼 다름질치는 일을 닷세 이상을 붓백이로 게속하면 장사 소리를 듯는다는 고력을 노마 아버지는 남위에 업시 꿋꿋이 백여냇다. 본시 부지런한 것이 한 가지 능으로 감독의 눈에 든 바 되여 매일 일을 어들 수 잇든 노마 아버 지라 자기 말고도 얼마든지 골시 나기를 노리고 잇는 배고픈 얼굴들에 위 협이 되여서뿐만이 아니다. 영이 할머니 편지에 말한 바 아들자식 학교 공부시키고 땅섬지기 작만하려는 애초에 고향을 떠날 때 먹은 결심이 광 고판처럼 눈아페 가루걸려 악지를 썻다. 그러나 노마에게 학생모자 한아 를 사주겟다고 벼르기만 하면서 노마 아버지는 먼저 몸이 굴햇다.

점점 배에서 뭇으로 건너가는 발판이 제게 한해서만 흔들리는 것 갓고 그 아래 시퍼런 물이 무서워젓다. 아래서 처다보는 허연 산 소금덤이가 올라가기 전에 먼저 어마어마해 기가 지즐렷다. 무르페 손을 지퍼야 하겟 쯤 허리는 오그러들고 거름은 뒷사람의 길을 막고 핀잔을 맛는다. 밤에는 식은땀에 이불이 젓고 바튼 기침이 낫다.

---

3 땅섬지기 : 몇 섬의 씨앗을 뿌릴 수 있는 면적의 땅.
4 바수거리 : '발채'의 방언. 발채는 지게에 얹어 짐을 싣는 데 쓰는 소쿠리 모양의 물건.

마지막 되든 날 그는 전 하든 대로 소금덤이 위로 올라서서 부삽으로 가르키는 장소에 기웃뚱하고 한편으로 몸을 꺽거 소금을 쏫는 동작에서 그는 몸을 뒤채지 못하고 그냥 어프러저 두어 간통 씨르르 미끄러저 나렷다. 몸에 조고만 상처도 업스면서 그는 전신의 맥시 탁 풀러 사지를 가둥기지 못햇다. 한자나 작낫처럼 팔을 잡어채는 대로 헛청으로 몸을 실리엿다. 그리고 노마 아버지는 이내 선창과 연을 끈헛다. 몸살이거니 하고 며칠만 쉬면 하든 병은 점점 골수로 기퍼 갓다.

"노마 너 소금 선창에 가 봣니"

"응"

"중국 소금배 드러찻디"

"응"

"소금 저 나르는 사람 들끌쿠"

"응"

잠시 노마를 나려다보든 추연한 얼굴이 흐려지드니

"보기 실타. 보기 실혀 저리가"

1938년 1월 12일(수) 석간 5면

신춘 1등 당선소설 남생이(3)【(4)】현덕 작

자기가 먼저 발을 드러 귀중중한 방안으로 움츠러 드리자 방문을 닷는다, 그러나 조곰 후 노마를 불러드린다. 아버지는 잔말이 만타.

"영이 할머니 집이 잇다"

"응"

"영이두"

"잇서"

"뭐해"

"노라"

"너두 노랏지"

"……"

"박아지 목소리 숭내 내는 놈 누구냐"

"수도집 곰보라니깐"

"그눔 어디 사는 놈인데"

"수도집 사러"

"수도집은 어디지"

"……"

어제도 그제도 뭇든 소리를 또 뭇는다.

박아지는 성이 박가래서 부르는 별명만이 아니다. 죽억턱인데 밤볼이 지고 코까지 납짝하고 뻔뻔한 상이 박아지 갓다. 그는 호래비다. 노마집 에서 집웅 돌 노피로 올라안즌 움집 쪽문엔 언제나 잠을쇠가 채여 잇다 그는 두루마기 속에 이발기게를 감추어 차고 선창으로 나갓다. 커다란 구 두를 신고 그것이 무거워 그러는 듯이 뻣쩡다리로 질질 껀다. 그러나 선 창에 나가 그 만흔 사람 가운대서 머리 깍을 자를 골라내는 수는 용하다. 그럴 뜻한 사람이면 꾹 찍어 창고 뒤, 잔교 밋, 으슥한 곳으로 껄고 가 채 를 버린다, 그는 막깍는[5] 머리 이상의 기술은 업다. 그러나 오 전 십 전 주 는 대로 밧는 이것으로 객을 껀다. 그는 남에게 반말 이상의 대우를 밧지

---

5   막깎다 : 머리털을 바싹 짧게 깎다.

못하는 대신 저도 남에게 허우 이상의 말을 쓰지 안는다.

"팔장을 찌르고 머리를 막끼고 안젓는 검정쪼끼 입은 자는 기게를 놀리는 박아지에게 말을 건다. 노마 어머니 얘기다.

"털보는 뭐여 그게 번서방인가"

"번서방이 뭐유 생떼가튼 서방은 눈을 뜨고 안젓는네 뭐 하나뿐인 줄 아슈 선창 바닥의 잡놈이란 잡놈은 모두지"

"자넨 그 여자하구 장가든다면서 정말여"

"호호호"

그러나 박아지와 노마 어머니는 사이가 옹추[6]다.

배방짱 박게 남자 고무신에 하얀 여자 고무신만이 노여 잇슬 바엔 뭇지 안허도 알 일이로되 박아지는 체면을 모른다. 하늘로 난 문을 구두발로 찬다.

"어물리 김서방 예 잇수"

저도 사나이에게 볼일이 잇다는 것이지만 머리 깍을 사람을 인도해 가는 곳이 가마곡간 구석 떡집 뒤 으지간 가튼 노마 어머니가 자리를 잡엇슬 듯한 장소를 골라 다니며 헤살[7]을 노는 데는 좀 심하다. 또 지꾸진 자는 일부러 박아지를 그런 곳으로 드러보내기도 한다.

"저리 약강집 뒤로 도라가 보슈 누가 머리 깍그러 오랍디다"

남들이 킥킥킥 우슴을 죽이는 장면에 박아지는 침통한 얼굴을 하고 도라서 나온다. 그러나 어색한 것은 사나이다.

---

6   옹치(雍齒) : 늘 싫어하고 미워하는 사람 또는 그런 관계를 비유적으로 이르는 말. 중국 한나라의 고조가 미워하던 사람의 이름이 옹치였던 데에서 유래한다.
7   헤살 : 일을 짓궂게 훼방함. 또는 그런 짓.

"업네 업서 뉘가 조아서 먹은 술인가 뵈 억지루 떠너서 먹은 술갑 거 너무 조르는데"

여자를 으슥한 곳으로 이끌든 갓튼 방법으로 사나이는 쪼기주머니를 움켜쥐고 겅정겅정 놀이듯 떠러저 간다.

"날 좀 보슈 날 좀 보슈"

노마 어머니는 후장거름으로 따라가다는 남자가 마당 군중 가운대 석기자 멈춘다. 볏섬을 진 자 떡목판을 버티고 슨 자 지게를 버서 노코 걸터안즌 자 노마 어머니를 둘레로 적은 범위의 사람이 음하게 웃을 따름 그리 대수롭지 안타

현장에서 좀 떠러저 노마 어머니는 박아지의 안가슴을 움켜잡고 는다

"넌 나허구 무슨 대천지 원수루 남의 뒤만 졸졸 따러단이면서 장사하는데 헤살이냐 요 반병신아"

"헤살은 누가 헤살여 임자가 헤살이지 임자만 장사구 난 장사 아닌 줄 아러"

올커니 그른거니 옥신각신하다가 종말은

"난 허가 업시 머리를 깍거주구 임자는 허가 업시 술을 팔구 헐 말이 잇거던 저리가 헙시다 저리가 해"

1938년 1월 13일(목) 석간 5면

신춘 1등 당선소설 남생이(4)【(5)】현덕 작

우마차가 연다러 먼지를 풍기며 가는 큰길 저편 끗 수상경찰서 집웅을 머리로 가르킨다, 하긴 피차가 크게 떠들지 못할 처지다.

때로는 털보가 사이를 뻐기고 드러서 남자의 멱살을 잡고 민다. 마차길

을 피해 담배가가 엽으로 밀고 가 넉장거리로 땅에 누핀다. 허리에 손을 걸고 나려다보고 섯다, 허우적거리며 상체를 이르키면 발로 툭 차 눕피고 눕피고 한다. 둘레에 아이들이 모히고 제 행동이 남의 눈에 표가 나겟슴 되면 좌우를 돌라보며 털보는 변명이다.

"대로상에서 젊은 녀자의 멱살을 잡고, 이눔 병신이 지랄한다구 쌍스러 그 꼴은 볼구 잇슬 수가 업거던"

그곳 마당지기 압잡이 노릇으로 그러지 안허도 세도와 주먹이 센 털보다. 그와는 애초에 적수가 안 된다. 어름에 자빠진 쇠눈깔 그대로 박아지는 고만 맥슬 놋는다.

그러나 박아지는 노마 어머니에게 안가슴을 잡힐 때처럼 복장이 두근거리는 때는 업고 그가 자기 아닌 딴 사나이와 가까이하는 것을 보는 때처럼 쓸쓸한 때는 업다. 그럼 노마 어머니에게 박아지는 정을 두는 거라 할 터이나 번이 저도 남처럼 돈으로 살 수 잇는 상머고 보니 한번 얼러라도 볼 것이로되 그럿치 안타. 다만 이런 날이면 술을 마시는 거고 술이 취하면 으래 노마 아버지를 차저가 압페 안는다. *끄물끄물* 침침한 등잔불 아래다. 안즌키는 선키보다 음전하고 그래도 노마 아버지에게 비하면 박앗바람에 닥거난 생기가 잇다. 무릅 사이에 턱을 고이고 우그리고 안젓는 그 앞페서만은 색고끼 가튼 팔뚝도 홍두깨만큼 실해지는 모양. 박아지는 연에 간열핀 팔목을 거더 올인다.

"내 얼굴이 어떠우. *"눈이 업구 코가 업구 남 잇는 거 못 가진 거 업지"* 노마 아버지 보기두 나 병신으로 보이우"

하고 박아지 가튼 상판을 더 그럿케 보이게 닥어 처든다. 한편으로 불 빗츨 밧고 검붉은 얼굴은 그럴 듯이 험하다.

"헐 수 업서 머리는 깍거쥐두, 그눔 뱃놈들보담야 뮐루두 기울 것 업는 나유"

그럿찬소, 하고 방바닥을 딱 부티엿든 손바닥으로 다시 제 가슴을 따리다. 가튼 짓을 몃 번이고 뒤푸리한다. 그래도 부족해서

"뭐 돈버리를 남만 못하우 못하우 외양이 병신유"

"그러치. 그래"

노마 아버지의 건성으로 하든 대답이 나중에는

"아 그러타니깐 두루"

하고 퉁명스러진다. 그래도 박아지는 만족지 못한다. 보다 확적한 대답이 듯고 십허서 또 그럿찬소. 급기야는 뒤를 보러 나가는 척 노마 아버지는 박그로 나가 서성거린다. 그러나 박아지는 을마고 직수굿이 기다리고 안젓다 또 가슴을 따리엿다

이 동내 아이들은 제법 눈치가 빠르다. 골목으로 꼽처 도라스는 노마 어머니 등 뒤를 향해 박아지의 음성 고대로를 흉내낸다.

"내 얼굴이 어떼여 눈이 업나, 코가 업나, 털보 그놈보다 못생긴 게 뭐여"

수도집 곰보가 선봉이다. 노마 어머니 모양이 멀직이 사라지자 다른 아이들도 여기 합한다.

"다리는 뺏정다리라두, 머리기게만 잘 놀이구, 돈 잘 벌구, 술 잘 먹구"

털보는 때로 노마집으로도 왔다. 검정 모자를 눈을 덥허 눌러쓰고 턱을 처드러 박게 서서 방안을 둘러보며 서슴는다. 모양으로 주름쌀이 억척인 다듬은 두루마기를 입엇다. 그 안에는 여전이 양복조고리. 방안에 드러와서도 그는 모자를 손에서 노치 안는다. 아래목에 도사리고 안엇는 노마

아버지에게 하는 조심이리라, 곳 도라갈 사람처럼 엉거주춤 발을 고이고 안엇다. 슬몃이 노마 아버지는 몸을 이르킨다. 침을 뱃틀여는 거처럼 허리를 굽혀 방문 박에 머리를 내노트니 발 한나가 나가 신발을 더음자 객은 주인을 붓든다.

1938년 1월 14일(금) 석간 5면

신춘 1등 당선소설 남생이(5)【(6)】 현덕 작

"쿤 어딜 가슈 가티 안저서 노시지 안쿠"

"요기 좀 갈 대가 잇서서 편이 안저서 노슈"

그러나 털보는 아버지가 누엇든 자리에 요를 어퍼 깔고 다리를 뻣고 안는다. 그는 두루마기를 벗고 노마 어머니는 소밧귀에 초불을 부틴다. 방 안은 갑작이 환해진다. 아버지가 털보로 밧권 변화보다 노마는 이것이 더 크다. 웃목 구석으로 벽국으로 난대처럼 스스러진다. 도리여 제 집에 안즌 듯이 털보는 스스럽지 안타. 초불 부친 소반에 김치보시기 새우젓 접시의 술상을 차린다. 어머니는 말업시 술을 딸코 말업시 털보는 바더 마실 따름 전일 선창에서처럼 히롱치 안는다. 그러나 털보는 맥적게 노마를 보드니 이끄러 가까이 안친다. 양복주머니에 손을 너트니 노마 머리 위에 무엇을 엇는다. 남북이 나온 장구머리다. 눈을 히번덕이며 머리를 젓는다. 갑싼 과자 한쪽이 떠러진다. 노마는 짐줏 놀란다. 털보는 호호호 울상으로 웃는다. 문어발이 나온다. 밤이 나온다. 담배딱지가 나온다. 나종에는 손바닥이 딱 머리를 따리고

"손 대지 말구 떠러트려 봐라. 떠러트려 봐"

머리를 젓는다. 압뒤로 끄덕인다. 떠러지는 것이 업다. 빈탕이다. 동떠

러진 우슴소리가 잠시 와자하엿다. 꺼진다. 더 심심해진다. 멀뚱멀뚱 얼굴만 서로 보다가 털보는 문득

"요새 굼밤 조트라. 너 좀 사오겟니"

"어디 국수집 압 말이지"

"싸리전거리 구두ㅅ방 압 말야 거기 밤이 굵고 만트라"

하고 어머니가 가루찬다. 거기는 길도 서툴르고 또 밤이 무섭다. 그리고 노마는 거기 말고도 근처에서 을마든지 구할 수 잇는 것을 먼 대를 가야 하는 불평도 잇다. 두 사람을 번가라 보며 구원을 청한다. 어머니는 눈을 흙이고 털보는 외면을 한다.

꿈에 가위를 눌이는 때처럼 밤길을 뒤에서 무어가 쫏차오는 거만 갓다. 거름을 빨이 노면 놀수록 오금이 붓고 개천에 호방을 빠질가 껌언 대면 모두 건너뛰는 우물 압 골목길이 더 그럿타. 골목을 빠지면 큰길 거기서부터는 가르킨 대로 오른편으로 가기만 하면 된다, 그러나 급기야 구둣방 아페서 굼는 밤은 도리여 잘다 몃 번이고 지내 놋코 온 것이 굵고 만흘 상십다. 노마는 다시 그런 놈을 차저단인다.

도라오는 길은 정말 무서운 밤이 된다 컴컴한 골목에서 밝은 거리로 나올 때보다 밝은 대를 버리고 컴컴한 속으로 드러가게 되는 무서움이란 또 유별하다. 노마는 우물 압 골목을 드러서 눈 감은 개에게 들키지 안흘려는 거처럼 가만가만 발자최를 죽인다. 그러나 발소리보다 더 똑똑하게 가슴이 두근거린다. 반대로 거츨게 발을 구른다. 목청을 뽑아

"순풍에 돗을 달고……"

마즌편 양철 집웅을 울리는 그 소리가 또 노마 아닌 딴 목청 가터 무섭다. 이런 때 한번은 허연 것이 전선주 뒤에서 나와 아풀 막엇다 커다란 손

이 억개를 잡어끈다 가동 밋 가까이 왓다. 아버지다

"더럽다. 그거 버려라. 버려"

까닭을 모르게 아버지는 사지를 부들부들 떨도록 노하엿다. 노마는 고개를 숙이고 종이 봉지를 발아래 떠러트린다. 아버지는 발로 차 개천으로 굴린다. 몃 개 길바닥에 흐터진 것까지 발로 뭉갠다. 퉤퉤 침을 뱃고 더러운 그 물건에서 멀리 하드시 노마의 팔을 이끈다. 집과는 반대로 언덕 저편 뒤 사정 잇는 편으로 향해 길을 더듬는다. 아버지는 숨이 가빠 헉헉 한다. 터저 나오는 기침에 몸을 오그린다. 사정 밋 아까샤나무 아래 이르자 그는 더 것지 못햇다. 나무에 몸을 실리고 느러트리고 서서 굵은 숨을 내쉰다. 노마는 조마조마 다음에 이러날 행동을 기다리며 발발 떤다. 아버지는 호흡이 차츰 조라들며 평조로 까러안는다. 그러나 움즉이지 안는 아까샤나무와 한가지 아버지는 어느 때까지나 미동도 업다. 거츨게 들고 나는 숨 그것 때문에 성이 모두 풀리엿는지 모른다. 노마는 좀 싱거워진다. 아버지가 묵연히 나려다보는 컴컴한 바다 저편에는 등대가 잇다금씩 끔벅일 뿐 밤은 괴괴하다.

1938년 1월 15일(토) 석간 5면
신춘 1등 당선소설 남생이(6)【(7)】현덕 작

잇튼날 아침 노마 아버지는 옷을 가라입고 나갈 차비를 차리는 안해에게서 술병을 빼서 깨트리엇다 댓돌에 떠러서 강한 소리를 내고 병은 두동강에 낫다 눈에 노기가 업섯드면 그가 그랫슬 듯 십지 안케 아버지는 팔장을 끼고 방 한구석에 맥을 노코 섯다 어머니는 도라안저 입엇든 나드리옷을 벗는다. 인조견 치마조고리를 찌드른 헌덜뱅이로 박궈 입으면 고만.

이웃집에 쌀을 꾸러갈 때, 그만 정도의 실혼 얼굴도 못 된다. 입가에는 비우슴 가튼 것이 돈다.

"누군 조아서 그 노릇 하는 줄 아루 모두 목구녕이 포두청이지. 남의 가슴 아픈 사정은 모르고"

"굶어 죽드래두 구만두란박게 뭐"

"이놈 저놈에게 가진 서름 다 밧구 하루 열두 번두 명을 갈구 십혼 걸 참구"

잠시 우름 업는 눈물을 코로 푼다.

"아아 글세 구만두란박게 무슨 말야. 구만두란박게"

나두 생각이 잇다 시픈 노마 아버지의 호기찬 소리는 별것이 아니엿다. 그는 아랫집 춘삼네를 통해 석냥갑 부치는 자료를 엇어 왔다. 그 집은 아들이 조합에 든 인부여서 밥을 굶는 형편은 아니나 늙은이 양주가 심심소일로 석냥갑을 부쳐 살임에 보탠다. 그러면 혹은 대 꼬테 올라 여기다 목숨을 걸고 바재면 구명도생이 아니 될 것도 갓지 안타. 하기야 하루 만 개 가까이만 부첫스면 공전이 일 원 오십 전 그만하면 우선 급한 욕은 면하겟고 그리고 노마 어미에게 할 말도 하겟고, 하루 만 개! 그러나 궁하면 통하는 법이니 일역으로 아니되란 법도 업스리라 오냐 만 개만 부쳐라—번이 그는 열에 동하기 쉬운 성품이여서 매무시를 졸라매며 서둘럿다.

그러나 곰상스런 일에 익지 안은 손가락은 셋에 한아는 파치를 내여 뭉처버린다. 풀칠을 너무 만히 해서 종이가 무더난다. 사귀가 맛지 안코 일 그러진다. 마음이 바쁜 반대로 손은 곱은 듯이 굼되진다. 다른 때 업시 오줌이 잣어 몃 번이고 이러난다 부억뒤로 도라가 낙일을 바라보며 몸을 떨고 부즈런이 도라가 다시 일을 붓잡는다. 허지만 밤 어둑한 등불 아래 그림자가 크고 꽤 만이 싸인 것 가터 세보면 단 오륙백을 넘지 못했다.

그보다는 안해가 손툽 한아 깟닥지 안고 종시 코우슴으로 보려는 것이 팻심하다. 그가 거드러 주엇으면 못해도 오백의 갑절은 성적이 나홀 것이 아닌가. 그러나 그편에 얄미운 경쟁심이 잇는 것을 알고야 권하기는 아니꼽다. 앰한 노마만 복는다.

"코를 질질 흘리고 넌 구경만 헐 테냐 요 인정머리 업는 자식 가트니"

그리고 물을 떠오너라, 풀을 개오너라, 안해가 할 일을 시킨다. 잘란 솜씨를 자식에게 번보기를 보이며 가르킨다. 노마는 아버지의 시늉을 내여 무릅 하나를 올려 턱을 고이고 안저 이 손등 저 손등으로 코를 문대며 뺌에 풀칠을 한다.

그러나 부자의 힘을 모아 하루의 성적은 천을 한도로 오르나리엿다.

"이것두 기술인데 하루 잇틀에 될라구 차차 졸음이 되면 —"

하고 장내를 둔다고 하여도 며칠에 한번 모와서 안해가 머리에 이고 나갓다, 도라올 때면 하찬케 멧십 전 은전을 손수건에서 푸러내엿다. 그래도 생화라고 여기다 세 식구가 입을 대야햇고 그들 하루 소비량에 비하면 그것은 황새거름에 족새로 따르지 못할 경주엿다.

밤이 기퍼서 노마 어머니가 문득 잠이 깨여 떠보면 그때까지도 남편은 이불을 들쓰고 안저서 쿨룩쿨룩 억개를 들먹어리며 손을 놀이고 잇다. 가슴에 찔려 이러나 거들까 하다는 그는 못 본 척 도라눕고 만다. 번연이 생회가 안 되는 노릇을 고연한 고집을 쓰는 남편이고 보매 일즉이 지처 자빠지기를 기다리는 편이 올타 시펏다.

따는 그대로 되고 마럿다. 그는 동내 이 사람 저 사람 선창과 인연이 잇는 사나이를 맛나는 대로 농을 주고 밧는다. 마당에서 박아지 움집을 처다보고 말을 건다.

"요새 버리 만이 햇수, 여보"

1938년 1월 16일(일) 석간 5면
신춘 1등 당선소설 남생이(7)【(8)】현덕 작

구프리고 열세 구녕을 찻다가 박아지늣 도라다 보고 어리둥절한다.

"지금 도라오는 길유. 선창에 자거리배, 약산배, 드러 왓읍디까"

그러나 노마 어머니의 전에 못 보든 상양한 얼굴에 의아하야 박아지는 나러다 보기만 한다.

"아, 새우젓 섬창에 가봣섯서. 자거리배 드러왓읍디까"

창박게서 안해는 근심 업시 웃고 짓거린다. 그 소리에서 안해의 선창을 못 이저하는 마음을 노마 아버지는 자기 자신의 그것처럼 늣기며 순간, 일손을 노코 슬몃이 벽을 향해 몸을 실이엿다. 피대가 버서진 기게처럼 갑작이 가슴의 맥시 놉고 느스러진다. 오장이 그대로 목을 치미러 넘어오려는 덩어리를 이를 악물고 막는다. 급기야는 한 목음 한 목음 입박게 선지 덩이를 끈허 낸다.

가을하늘과 가티 깁고 까러안즌 눈으로 노마 아버지는 윗목에 도라안즌 안해를 누어서 고개만 돌여본다. 연분홍 치마조고리를 검정합에서 꺼내 한아 한아 내입고 얼굴에 분첩을 두들긴다.

"오냐 두 달만 참어라" 하고 노마 아버지는 안해의 등을 향해 말업시 변명을 한다.

몸을 추수는 대로 나두 하든 일을 계속하겟구, 하루 천이 되든 이천이 되든 부티는 대로 쓰지 안코 모호면 새끼 꼬는 기게 한 톨【틀】쯤은 작만

할 미천은 모힐 게구, 그것 한틀만 가젓스면 안저서두 안해가 하는 하루 버리는 나두 능이 벌 수 잇겟구, 오냐 두 달만 참어라"

겻눈으로 남편의 안색을 살피는 안해의 눈을 피해 그는 고개를 돌린다. 안해의 그 눈에도 노마 아버지는 눈물이 낫다.

해가 점을면 아침에 나갓든 사람들이 각기 제 나름대로 컴컴한 얼굴로 도라오고, 이집 저집 풀덕풀덕 풀무질하는 소리와 매캐한 왕겨 때는 연기가 왼동내를 서린다.

노마 어머니가 늦게 도라오는 날은 영이 할머니가 저녁을 지러 왓다. 재물 재물한 눈을 인중을 느리며 비지버 뜨고 풀무질을 하랴 아궁이에 왕겨를 한 줌식 던저 너랴 주름쌀 만흔 깜숭한 얼굴을 더욱 오그린다. 그러나 노마 아버지는 아른 체도 안흔다. 밥쌀을 내라고 바가지를 내미러도 얼굴이 보기 실허 고개를 도리키지 안는다. 저 늙은이가 저녁을 짓는 때문으로 안해가 늦게 도라오게 되기나 하든 십다. 아니라 해도 안해의 밤 늦게 도라오는 그 일에 분명 노파의 짬자미가 잇스리라. 이것만이 아니다. 노마 아버지 자기가 당하는 오늘날의 불행 전부, 자기가 불치의 병을 어더 눕게된 것도 안해를 들병장수로 내보낸 것도 모두—부엌에서 영이 할머니의 홀작홀작 코를 마시는 소리에도 비위가 상한다.

"저녁 구만 두슈"

"웨"

하고 노파의 빨간 눈이 방안을 드려다보며 재물거린다.

"우린 걱정 말구 집 저녁이나 가보슈"

"또 속이 압은 게로군 그래 엇째"

"먹든 안 먹든 우리가 할 테니 당신은 가요. 가"

그러나 이만 말에 뇌까리지 안혼 만큼 면역이 된 영이 할머니러니와 말을 한 당자도 오래 선금을 세우지 못한다. 번시 모두가 압뒤 절벽으로 답답한 제 운명. 이것은 더욱이 안해를 거리로 내보내 밤을 새우게 하는 사실로 나타나 속을 뒤집어 놓는다 에 대한 제 입살을 깨문 때 가튼 암상이 충동이는 때문이다. 조곰 지나 영이 할머니가 밥상을 바처 들고 드러올 때쯤 되어서는 그에게 아래목을 권하리 만큼 노마 아버지는 마음을 돌린다.

그러나 영이 할머니는

"아닐세. 여기두 좃구먼"

"아 글세 이리 나려왓스라니깐두루"

"아닐세. 아닐세"

노파는 좀 더 제 목아치의 밥그릇을

밀며 모로 안는다.

1938년 1월 18일(화) 석간 5면

신춘 1등 당선소설 남생이(8)【(9)】현덕 작

"아 글세 거긴 차다니께두루"

소리는 다시 퉁명스러진다. 밥상을 거츨게 아프로 당긴다. 모래알을 씹는 상으로 맛업시 밥을 떠 넛는다. 그 얼굴이 좀 풀릴 만해서 영이 할머니는 코를 홀짝홀짝 뚝배기 바닥을 긁더니

"노만 그래두 어멜 잘 둬서"

하고 아래목 편을 흘긴 보고

"여편네 손으로 밥 걱정 땔 걱정 안 시키구, 그건 수얼한가, 맘성이구 인

물이구, 마당에 나 오는 여자치곤 아껍지 아꺼워"

로파는 그 말이 노마 아버지의 성미를 것게 될 줄은 꿈박기다. 젓가락 짝으로 소반귀를 두들기는 서슬에 놀라 입을 봉한다. 노마 아버지에겐 아픈 데를 꼬집는 말이다. 그러나 그는 안해가 자기를 향해 배를 채는 큰소리라 하야 괘심해 하는 거다. 이내 밥상을 미러낸다. 까닭을 몰을 이런 경우에는 모두 제 잘못으로 접고 마는 영이 할머니는 오두망절해 어쩔 줄을 모른다. 만약에 노마 아버지가 돌뿌리에 발을 채이고 화를 냇다 하여도 노파는 역 제 잘못으로 안심찬어 하리라.

노마 아버지는 이불을 쓰고 눕드니 갑작이 이불자락을 제치고 뻘거케 상기한 얼굴을 든다.

"모두 그놈의 편지 땜야 그게 아니드면 이놈에 고장이 어디 부텃는 줄이나 아렷습디까, 뭐, 하루 이삼 원 벌기는 예사구"

그가 편지 때문이란 것은 곳 영이 할머니 탓이란 말이다. 그러나 한 고향에서 아레 웃집 사이에 지내든 정분으로도 그에게 해를 이피고 시퍼 부른 것은 아니다. 갑작이 의지하고 살든 아들을 여의고 선창에 나가 품을 파는 자기 아들과 가튼 사람들을 볼 때 그 가치가 갑절 돗보엿슬 것도 무리는 아니다. 허나 노마 아버지는 좀 더 심악하게

"노마 어밀 쓰레기꾼으로 꼬여낸 건 누구, 구들 병장수로 집어 넌 건 대체 누구여"

"그건 앰한 소릴세 첨 날 따러 나올 때두 난 열손으로 말이지 안헛든가, 웨 젊은 사람은 할 노릇이 못 된다구"

모두 선창에 나가 영이 할머니는 낙정미를 쓰러 모혼 쓰레기꾼, 노마 어머니는 잔술을 파는 들병장수, 일터를 가튼 마당에 가즌 탓으로 듯는

억울한 소리다.

하기는 노마 어머니가 처음 쓰레기꾼으로 마당엘 나오자 영이 할머니는 은근이 반기엿다. 그는 인물로나 맨도리가 쓰레기꾼 축에 석기기는 아꺼윗다. 번이 쓰레기꾼이란 정작 볏섬도 산으로 싸이고 낙정미도 만이 흘여 잇는 지대조합 구역 내에는 얼신을 못 하고, 목채 박게 직혀 섯다가 벼를 실고 나오는 마차가 흘이고 가는 나락을 쓰러 몬다. 그러나 기실은 구루마 바닥에 흘여 잇는 나락을 쓰러 담는 척하고 볏섬에다 손가락을 박고 치마 압지락에 후비여 내는 것을 번직으로 꼽는다.

그러다 들키면 욕박아지를 들씨운다. 쓰레박기 몽당비를 빼앗긴다. 안 가슴을 떠다 박질이고 챗죽으로 엇어 맛는다. 그러나 마차 뒤에 달러부튼 여인들을 향해 챗죽을 든 마차꾼도 노마 어머니를 대하고는 그대로 멈춘다. 머리에 숙여 쓴 수건 아래 수태를 품고 고개를 숙인 미목이 들안즌 안악네가 노상 봉변을 당한 때 십다. 마차꾼은 금방 언성이 죽는다. 욕이 농으로 변한다.

차츰 노마 어머니는 이력이 나서 자기가 먼저 선손을 건다.

"아제 내 이것 갓어다가 돌절구에 콩콩 빠아 가는 체로 밧처서 대추 박어 꿀떡 해 놀 테니 부듸 잡수러 오슈"

하고 마차군의 뒤로 실리는 등판을 떠다민다. 그틈에 나머지 여인들은 볏섬에 달러부터 오부시 갈거 몬다.

선창 사나이들은 노마 어머니에게 실업시 구럿고 노마 어머니는 그들이 만만히 보엿다. 여 보란 드시 쓰레박기를 내혼들며 노마 어머니만은 지대조합 구역 내를 출입해도 무관하엿다. 쓰레기꾼을 쫏는 것이 소임인 털보도 그에게는 막대기를 들지 안엇다. 뒤짐을 지고 슬슬 따러다니며 실업시

지근덕거리엿다. 차츰 노마 어머니는 쓰레기꾼 여인들에게서 머러 갓다. 얼골에는 분을 바르고 번쩍번쩍한 인조견 치마를 헐게 눅게 개렷다.

그가 누구 발임으로 들병장수가 되엿는지 영이 할머니는 도지 알지 못 하는 일이나 그를 자기가 꼬엿단 말은 참 앰하다.

1938년 1월 19일(수) 석간 5면
신춘 1등 당선소설 남생이(9)【(10)】 현덕 작

그러지 안허도 아들을 노마 노【아】버지와 가튼 병으로 업센 영이 할머 니는 아들에게 해보지 못한 부족한 한을 노마 아버지에게 풀기나 하는 듯 이 남의 일 갓지 안케 음으로 양으로 마음을 쓰는 것이나 노마 아버지는 그 뜻을 밧어주지 안는다. 아마 영이 할머니가 인복이 업는 탓인가 보다. 그러나 이유는 하여튼 까칠한 귀밑, 어복이 떠러진 다리, 엄나무가시가터 【터】 피골이 맛부튼 아들의 몰골대로 되여 가는 노마 아버지를 대하고는 불상한 생각은 곳 자신에게 묵어운 죄밋이 되여 나리 덥허 할말도 못 한 다. 다만

"남의 앰한 소리 말구, 자네 몸만 깩기네 화가 나두 참어야 하네. 참어야 해"

그러나

"제발 내 눈압헤 뵈이지 좀 말라니께두루. 그럼 내가 먼저 피해나가야 겟수"

하고 노마 아버지는 경망스리 이러나 단님을 친다 하야 그여이 노파를 쫏차낸다. 머리에 썻든 수건을 버서 들고 어린애처럼 면난적어[8] 하며 방

---

8 면난쩍다: 무안하거나 부끄러운 마음이 있다.

문을 나갓다. 그 팔장을 오그린 알스연스런 억개가 길 아래로 사라지자 노마 아버지는 문득 이러서 방 박게 머리를 내민다.

"영이 할머니. 영이 할머니"

조곰 전과는 음성도 딴판으로 안타갑다. —대답은 업다. 꿍하고 자리에 몸을 덤어누으며 쓰게 눈을 감는다. —어미 업는 어린 영이를 업고 울타리 미테서 호박닙을 헤치든 영이 할머니. 아들을 압세고는 박게 나갓다 길을 이저버리기 잘하는 영이 할머니. 뉘우치는 것은 안일 텐데 영이 할머니의 이런 장면도 머리에 얼신거린다.

그러지 말자 해도 영이 할머니의 얼굴을 보면 노마 아버지는 그여어 비위가 상한다. 늙은이가 박복해 아들 며느리 다 압세우고 가튼 운명으로 흘일려고 노마 아버지를 가까히 한다. 아니라 해도 그를 보기는 실타. 그러나 하루라도 아니 오면 고연히 기달려지는 영이 할머니다.

며츨 발을 끈허 노햇구나 하엿드니 영이 할머니는 전에 업시 신바람이 나서 왓다. 그는 제멋대로 방문 우에 부적 한 장을 부처 놋는다. 또 잇다. 검정 보자기를 껄러 무엇을 내노는데 난데업는 남생이 한 마리다. 요술쟁이처럼 노파는 호기차게 노마 아버지를 처다본다 남생이 잔등에도 노란 종이에 붉은 글자 쓴 부적이 부터 잇다안

" ——금강산에서 공부를 하구 나, 온 사람이라는데, 아무 대 누구두 이걸루 십 년 알튼 속병이 씨슨 듯이 떠러젓대여"

그러나 노마 아버지는 마이동풍으로 엉등그리고 안젓드니 남생이를 웃목으로 미러 버리고 이불을 들쓰는 거다, 영이 할머니는 어안이 병병하고 만다. 남생이는 항아리 뒤로 드러가 기척이 업다. 한참 그놈이 나오기를 기다리는 드시 치마고름을 말며 안젓드니 영이 할머니는 소리 업시 도

라갓다. 을마 후 노마 아버지는 부스럭 부스럭 하는 소리에 고개를 도리 켯다. 남생이다. 그는 난대업는 것을 처음 보는 드시 신기하게 고처 본다. 부스럭 부스럭 남생이는 어둑한 함 뒤를 도라 벽과 반주꼬리 사이에서 기우시 머리를 **뽀바** 들고 좌우를 살핀다.

"――잡귀를 쫏코, 보신을 해주고, 잇는 병은 떠러지고, 업는 병은 붓터 왓고, 남생이 이 놈만큼, 무병장수를 하리라"

남들이라 영험【험】을 보앗겟나―하고 영이 할머니가 옴긴 말 그대로를 남생이 이놈도 그 징글징글한 상판에 말하는 듯십다 늘럭느럭 방바닥을 글으며 남생이는 천근두리 묵어운 잔등어리를 질머지고 가까수로 몸을 옴긴다. 알 수 업는 무엇을 전할 듯이 음웅스리 노마 아버지에게로 가까이 온다. 그는 숨을 죽이고 누어 직혀본다. 남생이가 벼개 밋가지 이르는 대로 조곰씩 몸을 이르켜 마주 노리다가 살며시 이러 안는다. 가만이 남생이를 집어 손바닥에 올여 놋는다. 남생이는 머리와 사지를 옴츠려드린다. 차돌과 가티 묵직한 무게다. 아니 전여 차돌이다. 산 물건치고는 이러케 고요할 수가 업다. 방 전체의 침묵을 남생이는 삼킨다. 한참 만에 조심조심 머리를 내민다. 손바닥을 흔든다. 도루 차돌이 된다. 알 수 업는 신비한 힘이 뭉친 덩어리다. 그것은 하루저녁에 무근 씨앗에서 새 움이 트는 그런 힘이리라. 여기다 노마 아버지 자신의 시드러 가는 가지를 접붓쳐서 남생이의 생맥시 그래【대】로 자기에게도 전해올 듯십다.

1938년 1월 20일(목) 석간 5면
신춘 1등 당선소설 남생이(10)【(11)】현덕 작
"영물의 즘생이라, 사람의 일은 모르는 걸세"

이번에는 노마 아버지 자신이 무심중 영이 할머니의 말을 입에 옴기여 본다.

이튼날 영이 할머니는 부적을 마터 가지고 와서 내노치를 못하고 망서리는데 의외로 노마 아버지는 두 손으로 밧다시피 하야 대견하엿다. 까닭에 그는 부적 한 장을 구하는데 은전 한 니피 드는 것과 매일 한 장씩을 써야 한다는 말을 쉬웁게 할 수 잇섯다. 그러나 노마 아버지는 불에 태워서 그 재만 정한수에 타서 먹으라는 부력을(이것이 또한 영이 할머니에게 하는 단 한 가지 고집이리라) 마즌편 바람벽에 부처 노코 바라보는 것이다.

남생이가 생긴 후 아버지는 노마에게 범연해젓다. 한종일 눈에 아니 보여도 불으지 안헛다. 노마는 제 세상을 맛낫다. 아버지가 실혀서 그러는 것이 아니라, 남생이가 무서워 피하는 것이니까 노마는 한종일 박게 나가 놀라도 구실이 되엿다.

먼저 영이에게 까치거름으로 뛰여가 을마든지 놀라도 조흔 몸임을 자랑한다.

창문 압 양지짝에 안저서 영이는 할머니가 선창에서 쓰러 온 흙에 석인 나락을 고른다. 그 아페서 노마는 혼자 팔방치기를 한다. 길바닥에 금을 긋고 될 수 잇는 대로 손을 조고리 소매속으로 너흐려니까 팔쭉지를 새새끼처럼 하고 깡충깡충 뛰며 돌을 찬다.

"오랴. 이랴"

"걸럿다"

노마는 곳짤 일인 이역을 한다. 한편은 노마, 또 한편 영이다. 되도록 저편의 골을 올이랴고, 걸르는 때는 전부 영이 쪽으로 꼽는다. 그러나 영이는 대척도 안혼다. 여전이 저 할 일만 한다. 키에 담어 두 손으로 비비여 흙을 가루가 되게 한 후 바람에 날린다. 다음 모래와 나락이 남은 대서 모래를 골라내는 것이 아니고, 모래 틈에서 나락알을 골라내는 거다. 손에 융헌겁을 감어 쥐고 모래 위를 눌럿다 띄면 누룻누룻 나락알만이 부터 오른다. 그것을 둥구미에 털며 영이는 능청맞게 웃더니

"너이 어머닌⋯⋯그런다지"

"뭐"

다러날 준비로 담모퉁이에 부터 서서 고개만 내노코 영이는 해해거리며 또

"너이 어머닌 그런다지"

그리고 담 저쪽 모퉁이로 다러나 아웅거린다. 노마는 바지귀침을 움켜쥐고 머리를 저며 쪼차간다. 쪼기며 쪼츠며 네모번듯한 영이집 둘레를 두고 맴을 돈다. 거진 거진 자필 듯해서 영이는 숨이 턱에 차 "아니다 아니다" 굴뚝 구석에 머리를 박고 오그린다. 노마는 양 억개를 찌그러 눌르며

"이래두. 이래두"

"안 그럴게. 안 그럴게"

그러나 영이는 몇 거름 물러서 머리카락을 다듬어 올리며 정색을 한다.

"너 박아지가 그러는데 너이 어머닌 다라난데"

"거짓뿌렁"

"정말이다 너 ─ 너이 아버진 알키만 하구 버리두 못 하구 하니니까【하니까】"

"그럼 조치 뭐 쪼차다니며 나두 구경하구"

"누가 다러나는 사람이 널 다리구 가니 애 쉬라"

"그럼 어머니 혼자"

"아니래, 너 털보하구래"

"거짓부렁 마러"

"정말이다. 너"

"거짓부렁야"

"정말이다 너"

"거짓부렁. 거짓부렁"

여페 고무래 자루를 집어 들고 닥어슨다. 그 얼굴에 장난이 아닌 정색을 보자 영이는 겁이 난다.

"그래 아니다. 아니다."

1938년 1월 21일(금) 석간 5면

신춘 1등 당선소설 남생이(11)【(12)】현덕 작

그러나 노마는 안심이 안 된다. 요즘으로 더 아침은 일즉이 나가고 저녁에는 늦게 도라오는 어머니는 이러케 야금야금 집에서 떠러저 가는 시초인지도 모른다. 아버지와도 사이가 더 차고 노마에게도 쌀쌀해진 어머니다. 그러타면 집에는 노마하고 아버지만 남게 되겟고, 그때엔 노마가 대신 벌지 그까짓거 그러나 무섭다. 영이의 그 아니다 소리를 좀더 분명히 듯고 시퍼서 노마는 고무래 자루를 둘러메고 다러나는 영이를 부엌 뒤로 쪼차갓다.

문득 노마는 거름을 멈춘다 어쩐지 그동안 집에 무슨 변고가 낫슬 거시픈——사실 다른 때 가트면 아버지는 벌서 열 번도 노마를 차젓슬 것이 아니냐 어쩌면 지금도 그랫는지 모른다 그것을 못 듯고 장난에 팔려 잇섯든 것인지 뉘 아리요.

노마는 살금살금 방문 박게 가 귀를 기우린다. 아무 기척도 업다. 문구 녕으로 방안을 삷힌다 아버지는 무릅을 꿀코 안저 두 손을 한편쪽 귀에다 모라 대고 잇다. 손바닥 안에는 남생이가 들럿다. 마즌편 벽에는 여나문 장의 부적이 가즈런이 붓처 잇다.

재덤이가 싸인 토담 모퉁이 양버들나무는 노마의 아름으로 한아 꼭 찻다. 노마는 두 손에 침을 바르고 단단히 나무통을 안는다. 두어 자 올라갓다는 주루루 미끄러저 나린다. 허리띠를 조르고 다시 붓는다. 또 주루루 머리를 기웃거리며 아래 위로 나무를 삷힌다. 상가지에 구름이 걸린 듯이 놉다. 헌데 수도집 곰보는 단숨에 저 끗까지 올라가니 놀랍다. 그리고 기차가 보인다 윤선이 보인다. 큰소리다. 노마가 곰보에게 따르지 못하는 거리는 이것만이 아니다. 제법 곰보는 어른처럼 그들의 세계를 아이들 말로 해석해 들린다 선창에 관한 소문을 알린다. 유행가를 전한다 활동사진 시늉을 낸다 또 어른처럼 돈을 잘 쓴다 마음이 내키면 일 전에 하나짜리 눈깔사탕을 매 아이 하나씩 돌리고도 아껍지 안어 한다 그러나 그 돈의 출처를 뭇는 때만은 자랑을 피한다. 다만 "저 나무도 못 올라가는 바보가" 하고 억개를 씰기죽한다[9]. 그는 헌 양복에 캡을 제껴 쓰고 어른과 함께 선창에 나가 해를 보냇다.

노마는 틈틈이 나무 올라가기에 열고가 난다. 몰타구니를 걸켜 미고 손바닥에 생채기를 내고 바지를 찍히고 그래도 노마는 고만 두지 안는다. 장난이 아닌 거다. 곰보가 가즌 노피까지 이르는 그 사이를 가루 막은 장벽이 곳 이놈이다.

---

9 씰기죽하다 : 물체가 한쪽으로 천천히 조금 기울어지거나 비뚤어지다. 또는 그렇게 되게 하다.

이 고비를 넘기기만 하얏스면 금방 거기는 선창이 잇고 활동사진이 잇고 돈이 잇고 그리고 능히 어른의 세계에 한목 들 수도 잇는 딴 세상이 잇다. 그때에 노마는 자기 아니라도 족히 아버지 모시고 잘 살 수 잇는 노마임을 여 보란 듯이 어머니에게 보혀줄 수도 잇스런만 아아—

노마는 두어 간 떠러저 다름박질해 나무에 달러붓는다. 서너 자 올라간다. 한 간 기리쯤 올라간다. 옹이 뿌리를 딋고 손바닥에 침칠을 하다 찍 미끄러지며 쿵. 땅바닥에 엉덩방아를 짓는다. 저절로 우름이 터지는 것을 꽉 입을 담을고 아픔이 살이를 기다린다.

뒤에서 호호호 우슴소리가 나며 누가 목 뒤를 잡어 이르킨다 박아지다

"임마 나무엔 뭣 하러 올라가는 거여"

그리고

"너 떡 사줄연"

"……"

"너 나 따라오면 떡 사주지"

"어듸 말야"

"선창 마당꺼지"

떡 아니라도 반가운 소리다 금방 아픈 것이 낫는다.

두루마기 아구리에다 손을 너허 뒷짐을 지고 박아지는 압흐로 쓰러질 듯이 구두를 껀다. 노마가 천천히 거러도 그 거름은 뒤떠러저 노마를 부른다.

"너 아버지가 조흐냐 어머니가 조흐냐"

"다 조치 뭐"

네거리를 건너서 구둣방 여플 지나며 박아지는

"너 마당에 잇는 털보 알지 그게 누군데"

"……"

"너이 집 아래목에 누어 잇는 사람이 정말 아버지냐. 털보가 정말 아버지냐"

"……"

"정말 아버진 털보지 털보야"

노마는 조고리소매로 코를 문댄다 모자점 뉴리창 안의 밝아숭이 인형에 눈이 팔려 못 드른 척한다 혼자 박아지는 흐흐흐 우슴을 참지 못한다.

1938년 1월 22일(토) 석간 5면

신춘 1등 당선소설 남생이(12)【(13)】 현덕 작

선창 칠동마당 어구에 이르럿다. 갑작이 엉덩이를 드리대며 박아지는 노마의 다리를 잡는다.

"어펴라. 어펴"

어린애 아닌 노마를 그리고 제 거름도 바루 것지 못하는 꼴불견이 아닌가 노마는 등을 미러낸다. 그러나 어펴야지 떡을 사준다는 거다.

식컴언 화물차가 한참 지나가고 훤하게 아피 열리자 건너편 일대는 전부 볏섬이 덤이덤이 산을 이루웟다. 말 구루마 소구루마가 길이 미여 나온다. 볏섬 사이길을 왼편으로 꺽거 나스면 바다 제이 잠교서부터 제삼 잠교 일폭은 크고 적은 목선이 몸을 비빌 틈이 업시 드러찻다. 꾸벅꾸벅 고개를 빼고 볏섬을 저 나르는 자 섬에다 삭대를 찔럿다 빼며 "다마금요 은냥요" 허청대고[10] 외이는 자, 뒷짐을 지고 서서 두리번거리는 모직 두루

---

10 허청대다 : 다리에 힘이 없어 잘 것지 못하고 비틀거리다.

마기를 입은 자 그리고 지개를 버서 노코 벼섬 우에 혹은 가슬에 무데기 무데기 입을 버리고 안젓는 자 그들의 무심한 눈은 거의 한곳으로 모인다. 가운대 무럭무럭 오르는 더운 김과 식큼한 냄새를 웹싸고 섯는 한 덩어리가 잇다. 각기 젓가락과 사발을 들고 고개를 처드러 먼산을 바라보며 입을 쩍쩍어린다. 박아지는 그들 사이를 삐기며 소리를 친다

"여기두 탁배기 한 사발 놋슈. 그리구 시루떡 한 조각하구"

아페 슨 자가 팔을 나리자 노마는 수건을 오그러 쓰고 시루에 떡을 비는 여자의 모습이 익다. 어머다 떡을 들고 내밀든 손이 멈춧한다. 잠깐 낭패한 비치 돌드니 태연하다. 노마 아닌 남을 보는거나 다름 업다. 노마는 참아 손을 내미러 밧지 못한다.

뒤에서 노마 머리에 손을 언저며 굴근 음성이

"얘가 누구요"

"내 아들놈여"

하고 박아지는 다 드러 보라는 음성으로

"머리는 장구통이라구 이눔 신통헌 눔여 제 에민 노점을 알쿠 자빠젓구 애빈 이 모양으로 난봉이 나 다니구 집에서 어미 병 고신이며 부억설거지까지 이눔이 혼자 하는데 해두 잘 허거든"

노마 어머니는 손구루마 한 채에다 한편에는 시루떡 한편에는 막걸리 항아리 모주 남비를 거러 노코 사발에 술을 부랴 보시기에 무주를 노흐랴 (이러케 하야 노마 어머니는 박아지의 오기를 꺽글여는 것인지도 모른다) 바쁘게 손을 놀린다.

더구사리는 아닐 텐데 여기 털보가 시중을 든다. 일일이 술갑슬 바더 목거리를 해 아페 느린주머니에 넛는다. 막걸리통을 날러온다. 남비에 부

채질을 한다 박아지는 노마를 나려 노코 아프로 어머니의 정면에 스게 한다. 그는 한층 목청을 노핀다

"이 녀석 에미 말 좀 드러 보류"

하고 여자 음성으로 곳처서

"—나야 오늘 죽을지 내일 죽을지 모르는 몸이니께 날 버리구 맘대루 딴 게집을 엇든 살임을 배치하든 상관업지만 이 자식은 무슨 죄로 굶주리게 하는 거냐 선창엔 그럿케 드나들면서 혼한 떡 한 조각 못 사다줄 께 뭐냐구"

털보가 압차마에 손을 씨스며 뒤로 도라와 박아지의 구두를 툭 치고 턱으로 건너편을 가르킨다.

"나두 내 돈내구 술 사먹는 사람유 어쩨 함부루 툭툭 치구 내모는 거여"

"누가 내모는 건가 이사람 나허구 얘기가 잇스니 저리 좀 가잔 말여"

"헐 말이 잇거던 예서 해"

하고 이건 뭐냐 억개를 잡은 손을 툭 차버리고 몸을 뒤로 채기는 햇스나 너무 지나처 뒷사람의 팔을 처 술사발을 업질르고 쓰러젓다. 와자 우슴소리가 노파진다. 들레가 터저 더러 젓가락 든 자가 그편으로 둘러 슨다 잠시 땅을 집고 주저안저 박아지는 눈을 지릅뜨 털보를 노리드니 한번 해볼 양으로 이러슨다 몃 보 거름을 옴기자 그가 안젓든 자리에서 한 자가 보자 한아를 집어 들고 처든다. 허리에 찻든 리발기개 싼 보자다. 박아지는 기급을 해 도라서 손을 버린다. 그러나 먼저 털보의 손으로 넘어갓다. 그리고 일은 우습게 되고 마러 보자 한끗은 털보가 잡고 한끗은 박아지가 매달어

"이리 내여. 이리 내여"

"이리 좀 와 이리 좀 와"

털보가 꺼는 대로 박아지는 딸려서 건너편 창고 뒤로 사라진다. 버러젓든 자리는 다시 옴으러 드럿다. 겹으로 울입한 사람 가운데 노마 어머니의 모양은 파뭇치엿다.

1938년 1월 23일(일) 석간 5면
신춘 1등 당선소설 남생이(13)【(14)】현덕 작

그편을 멀직이 등지고 도라서 그러나 어머니의 시야에서 버서나지 안흘 거리를 두고 노마는 뒷짐을 지고 섯다. 제이 잔교 위 엿목판 여피다. 어머니가 노마를 노마 아니로 보아준 야속함은 노마도 어머니를 어머니 아니로 보아주엇스면 고만이다. 너무 잔잔해 유리 가든【가튼】 바다다. 놀라움 박게는 더 표현할 줄 몰을 커다란 기선이 가루 떠 잇다. 가난한 사람처럼 해변쪽으로는 목선이 겹겹이 모여서 떠든다. 잔교 한편에 여객선이 부터 서서 사람과 짐을 모여 드린다. 통통통 고리진 연기를 뽑으며 발동선이 우편으로 물살을 가르며 다라난다. 저 배가 보이지 안커던 노마는 고만 집으로 도라가리라 한다. 마침내 발동선은 시커먼 중국 배 뒤로 사라진다 그러나 어쩐지 미진해 다시 이번에는 여객선이 사람을 다 태우고 움즉이기 시작하거던 하고 노마는 자리를 뜨지 못한다. 어머니를 기다리는 것이다. 그 배가 움즉이기 전에 어머니는 왓다. 그러나 건너편 세관 아플 오면서부터 눈을 흘기고

"뭣하러 까질러 다니니 배라 먹게"

하고 노마의 머리를 쥐여박고

"아버지에게 말하면 이거다 이거여"

주먹을 쥐여 우리는 시늉을 내다가 그 손바닥을 펴 돈 한 푼을 보이며 어머니는 눙친다

"박아지가 오제두 듯지 말구 아버지 시중 잘 듯고 잇서 응 착하지 그리고 아예 나 밧단 소리 말구 응"

어머니는 등을 두들기며 음성이 다정하다. 노마는 나츨 찌프린다. 그 속은 어쩐지 우름이 나와 참는 것이다.

이날처럼 노마에게 집의 아버지가 불상하고 쓸쓸하게 생각된 때는 업다. 아버지는 쓰레기통 여페 다리 병신보다 더 가엽고 노마 자신보다 더 적고 쓸쓸하다. 오늘도 아버지는 앗가슴에 남생이를 올려 노쿠 누엇스리라. 노마는 가가마다 기웃거리며 손아귀의 돈 한 푼과 그곳에 노인 물건과를 비교한다. 사과 귤 감 유리병 속에 든 과자 모두 엄청나다. 골목길로 드러서 늙은이가 안젓는 구멍가가에서 노마는 붕어과자 하나와 바꾼다. 아버지에게 드릴 생각이다. 아버지는 노마 이상으로 이런 것들에 군침이 나리라.

조금 후 눈으로 바근 콩알이 떠러저 손에 자핀다. 헐 수 업스니까 노마는 먹는다. 비위가 동한다. 이번에는 제 손으로 지르레미를 띄여 먹는다. 이런 것은 업서도 붕어 모양이 틀려지는 것이 아니니까 표가 안 난다. 그러나 꽁지만 먹자는 것이 야금야금 절반을 녹이고 만다.

노마는 차침 무거운 마음에서 푸러저 즐거워진다. 멀리 떠러지면 항구는 마치 커다란 소꼽작난판 갓다.

노마가 급기야 토담 모퉁이 양버들나무를 올라갈 수 잇든 날 노마 아버지는 세상을 떠낫다.

그날은 실로 이상한 날이다. 그러케 어렵든 나무가 힘 안드리고 서너

간 노피 쌍가지 진 데까지 올라가것다. 거기서부터는 손 자불 데 발 돌 데가 다 잇서 한층 두층 곰보 이놈도 이만큼 노피는 못 올랏스리라.

그 나려다 보이는 시야가 결코 뒤언덕 위에서 보는 때보다 그리 넓지도 멀지도 못하다 할지라도 이러케 늘 보든 길 집 사람들이 아주 달러 보이도록 나무 쌍가지에서 거꾸로 보기는 노마 아니면 할 수 업다.

"곰보야 곰보야"

제법 큰소리로 별명을 부를 만도 하다. 저 아래서 조고마케 영이 할머니가 울상을 하고 처다본다. 이런 데서 거꾸로 보는 사람의 얼굴이란 저런 게다. 음성까지 우름에 석겨 손짓을 한다 오늘 노마의 성공은 영이 할머니를 울리다시피 장한 것인지도 모를 일. 그런데 노마집 문 아페는 동내집 여인들이 중게중게[11] 큰일 난 얼굴로 모여 섯다. 한번도 드러 보지 못한 그러나 어머니 음성이 분명한 곡성이 모기소리만큼 가늘다.

모두 거지뿌렁이다. 참 서름에서 우러나오는 우름이고야 목청만이 노래 부르듯 청승마즐 수 업다. 치마폭에 얼굴을 싸고 업드리엿다 문득 나츨 드는 때 어머니나 굴뚝 뒤로 도라가 털보와 수근수근 공동묘지를 쓸 것인가 화장을 할 것인가 손가락을 꼽으며 구구를 따지는 때 어머니는 영이 할머니보다도 예사롭다

1938년 1월 25일(화) 석간 5면

신춘 1등 당선소설 남생이(14)【(15)】 현덕 작

만약에 노마 아버지의 뒤측 끈허진 커다란 고무신을 전대로 방문 압 댓

---

11 중게중게 : 사람들이 여기저기 번잡하게 모여 있는 모양.

돌 위에 노하만 두엇스면 한잠 기피 든 때 아버지나 다름업다. 그것을 신을 임자가 업다는 듯이 뒤깐 여페 내던저 굴리는 고무신을 볼 때만 노마는 언짠흔 생각이 드러 도루 제자리에 집어다 놋는다. 그러면 어머니는 고집을 띠여버리드시 한 짝씩 집어 멀리 길 아레 쓰레기 덤이가 잇는 편으로 팽겨첫다.

영이 할머니는 노마를 집 뒤 들창 밋 아무도 업는 대로 걸고 가 은근이 뭇는다.

"노마 너 남생이 어디 간 거 아니"

"어제는 보앗서두 오늘은 몰라"

"거참 심상한 일이 아니다"

하고 잠시 눈을 크게 뜨드니 남생이가 업서젓스므로 해서 그런 일이 생기엿다는 듯이 갑작이 우름에 자즈러진다

저녁 때 길목을 막고 헤갈을 하고 서서 박아지는 노마집 편을 향해 고래고래 소리를 질럿다 "네 서방은 속여두 난 못 속인다 담벼락에 부처논 건 뭐구 남생이는 다 뭐여 멀정하게 산 사람을 안처 노코 년놈이 방자를 해 방자대루 돼서 조컷다"

아이들 머리 너머로 어른들도 팔장을 찌르고 우뚝우뚝 스자 박아지는 기세가 노파진다

"모두 요눔의 조화야 그눔이 뒤에 안저서 방자두 노케 하구 그리구—"

그리구 저녁밥에 필시 못 먹을 독을 탓슬 것이다 아니면 멀정하게 가치 안저서 이야기를 하든 사람이 별안간 요강 요강 선지떵이를 쏘다 놀 리가 업지 안흐냐—"

그러나 박아지가 취중이 아니고 성한 정신으로 한 사람을 붓잡고 넌즛

이 하는 말이라 하여도 고지 들을 사람은 업슬 것이다. 박아지 자신의 처신이 글러 그런 것만이 아니다. 남의 집 일에 발 벗고 나서서 초상비 일동일정[12]을 대고 백지 한 장을 사러도 손수 비탈을 오르고 나리고 하는 털보에게 일반은 인정 만흔 사람으로 지목이 도랏다.

저녁에 노마는 잠짜리를 영이집으로 옴기엿다. 방울 등잔을 가운대 두고 안저서 노마는 영이에게 전에 업시 다정이 군다 위하든 호루라기를 조고리 고름에서 풀러 영이에게 주어도 아갑잔타. 이런 때 노마에게 호루라기 이상의 무슨 귀중한 것이 잇섯드면 조앗다. 웨냐면 노마는 어떠케 영이에게 착한 일을 하고 시프나 그 방법을 몰라 한다.

그날 동네 녀인들은 변으로 노마에게 곰살굿게 하엿다. 이 사람 저 사람 머리도 쓰다듬고 떡 가튼 것도 갓다준다. 치근해 하는 나색으로 노마의 얼굴을 드려다본다. 노마는 그들이 하는 대로 풀 업는 낫으로 고개를 숙인다 그러나 그 속은 엇전지 것과 가치 안흔 것이 잇서 외면을 하는 거다.

"넌 울지두 안니 남들이 숭보라구"

어머니는 눈을 홀기며 노마에게 울기를 권한다. 그러나 자기처럼 아니 나오는 우름을 소리만 노펴 울면 더 숭이 되지 안흘까, 노마는 남부끄러 못 운다. 그러나 영이 할머니가 진정으로 자기가 먼저 우러보이며 권하는 때도——

"어떠케 우러"

노마는 사실 제 식으로 진정 울야해도 도시 우름이 나지 안는다. 거기 실감이 딸치 안는 거다.

호젓한 집 뒤 담 미트로 도라가 노마는 짐줏 시리죽은 표정을 한다. 담

---

12 일동일정(一動一靜) : 하나하나의 동정. 또는 모든 동작.

벼락의 모래알을 뜨더 내며 "아버지는 영 죽엇다" 하고 입 박게 내여 외여 본다. 그리고 되도록 우름이 나오라고 슬픈 생각을 만든다. 허나 머리 속에는 담배물뿌리[13]를 찻노라 방바닥을 더듬는 아버지가 나타난다. 거미 발 가튼 손가락이다. 창박게서 쿵쿵 발을 구르며 먼지를 터는 아버지가 나타난다. 그러나 아무리 해도 얼굴은 형용을 잡을 수 업다. 그보다는 오늘 노마가 나무 올라가기에 성공한 그 장면이 똑똑이 나타나 덥는다 갑작이 노마의 키가 자라난 듯 시픈 그만큼 보는 세상이 달러지는 감이다. 노마는 부지중 마음이 기뻐진다. 어쩔 수 업는 기쁨이다. 아아 그러나 이것은 아버지에게 죄스런 마음이다. 어떠케 무슨 커다란 착한 일을 하기나 하지 안코는 무얼로 이 마음을 씻슬 수 잇스리요.

"영이야"

"응"

노마는 빤이 영이의 얼굴을 마주본다. 이처럼 영이가 어여뻐 보이기는 처음이다. 눈두덩 위의 겻두데기까지 뭇척 귀엽다. 노마는 불시에 두 팔로 영이 목을 꺼러단여 흔든다. 다시 무릅 사이에 너코 꾹꾹 누른다.

"아이 아이 아이"

뜻에 반하야 노마는 고만 영이를 울리고 만다.

(끗)

---

13 담배물부리 : 담뱃대로 담배를 피울 때 입에 물고 빠는 자리에 끼우는 물건.

소복 1939.1.7~1939.2.4

김영수

1939년 1월 7일(토) 석간 5면

신춘문예 1등 당선 소복(1) 김영수 작

그럴사하고 봐서 그런지는 몰라도 아닌 게 아니라 요새로 부쩍 계집의 태도가 완연히 수상하다.

전에는 머리에 기름을 바르거나 또 밤늦게 일부러 물을 데여서 세수를 하거나 뭐 그런 버릇이라고는 통 업섯는데 요즘엔 그러치 안타.

그 빌어먹을 동백기름은 어서 낫는지 늘 머리는 번지르르햇고 목아지까지 더케가 지게 분을 바르고 게다가 또 그 넙쩍한 상판에다 어울리지도 안케 연지칠을 그것도 요량 업시 함부로 해놔서 이것은 그야말로 아무리 외누리를 하고 보아도 흡사히 무슨 광대나 그런 것으로 박게는 뵈이지 안헛다.

"아무래두 저년이 바람이 낫서 —"

양 서방은 지금 마악 저녁상을 바든 참이다. 시장하니까 부즈런히 수깔을 나르지만 속으로는 여간 애가 씨이는 것이 아니다.

게집은 서방이 병문에서 들어오니까 그전 가트면 의례 오늘은 그래 얼마나 벌엇소, 뭐 이따위【위】 말이 잇섯슬 텐데 오늘은 그런 잔소리는 업고 그냥 미리 부뚜막에 채려 노하 두엇던 밥상을 서방이 방으로 들어서기가 무섭게 뒤미처 디밀더니 방문을 타악 다더 버리고 고만이다.

그리더니 솟뚜껑을 여는 소리가 나고 더운물을 푸는 것 갓더니 아니나 다를까 또 세수다.

양 서방은 속이 아무리 상해도 먹을 것은 먹고 보자는 주의다. 아까 병문에서 덕근이가 잣늣을 놀아서 한 오십 전 땄다고 하며 막걸리나 먹으러 가자고 꺼는 바람에 못 익이는 체하고 껄려가서 몃 잔 마신 것이 아직 다 깬 것은 아니지만 그래도 밥은 밥이다 거의 한 사발을 다 먹어간다. 다 먹어가도록 속에서는 그대로 불이 치미럿지만 양 서방은 용하게 참는다.

박게서는 연성 푸우 푸 소리를 처가며 그 양 서방이 제일 못마땡해 여기는 게집의 밤세수가 한창이다.

방에서 밥 한 사발을 다 먹어가도록 게집의 세수는 용이히 끄티 안 난다. 아마 웃통을 버서부치고 하는 듯 쩔거덕 쩔거덕 앙가슴이며 겨드랑이며 그런 곳까지 비누질을 하며 야단을 피우는 것이 틀림업는 것은 소리만 들어 봐도 알쪼[1]다.

그러니까 양 서방의 눈은 차차로이 모들띠기[2]가 되어 간다. 핏발이 선다. 양 미간이 재피고 이마쌀이 재피고, 양 서방은 꿀컥 무엇이 가슴을 치밀자 고만 골이 약간 난 것이다.

"에헴 —"

양 서방은 쾌애니 한번 이런 헷기침을 제법 위엄 잇게 해 본다. 그러나 그만 것은 별로 효과가 업는 것이, 게집이 양 서방의 이 에헴 소리를 채 못

들엇는지 혹은 듯고도 모르는 체하는 건지 하여간에, 곳,

"나, 그 수건 좀 내주우!"

하는 소리가 아주 태연하게 난 것이다.

"흥."

양 서방은 고만 어이가 업서 첫 번에는 들은 척도 안 하고 이러케 코웃음을 첫지만,

"아, 얼른!"

하고 재촉을 하는 바람에, 고만

"어딧서?"

하고 말앗다. 이것은 양 서방이 늘 한탄하는 바와 가티 그의 성미가 워낙 독하지가 못한 탓일지도 모른다. 그러니까 게집이 양 서방을 넘보고 함부로 닥드리는 것은 당연햇고 그러치만 제까짓 년이 얼굴이나 빠안햇지 뭐이 잘나서 저러는지 언제든지 한번 단단히 양 서방헌테 그야말로 엉치가 끈허지도록 혼이 나고야 말 것은 누구보다도 양 서방 자신이 잘 알고 잇는 터다.

"아 그 경대 우에 업수?"

기어코 게집의 목소리는 조금 더 표독해질 수박게,

"참—"

양 서방은 억지로 마지못해 다시 순해진다.

그래서 무사히 수건은 박그로 나갓다. 그러치만 마음이 대단히 불안한 것은 양 서방 혼자다.

(저년이 세수를 하고 필시 또 그눔헌테루 가는 것이지 ——)

양 서방은 밥상을 조금 웃묵으로 밀어 노코 마꼬 하나를 꺼내여 여페

잇는 화톳불을 헤치며 이런 불길한 생각을 해본다. 담뱃불이 잘 붓지 안는다.

1939년 1월 8일(일) 석간 5면

신춘문예 1등 당선 소복(2) 김영수 작

"이 엠병헐 놈의 담배가 —"

애꾸진 담배가 두 동강이 나서 요강으로 드러간다. 또 한 개를 꺼내서 마악 아까가티 또 불을 헤치랴는데

"다 먹엇수?"

이런 여므진 소리와 함께 저고리를 들고 그냥 웃통을 버슨 채 게집이 드러와다.

"다 먹엇스면 상을 좀 내노쿠려"

게집은 어디까지든지 태연하다. 앙큼하다. 그러치만 양 서방은 또 양 서방대로 속이 잇다. 게집이 뭐래도 그저 못 드른 척한다. 담배만 연거퍼 힘차게 빨면 고만이다. 그러다간 그냥 그 자리에 누어 버린다. 이것은 양 서방이 걸핏하면 잘쓰는 가장 익숙한 전술이다.

"그 상 좀 내노키가 그러케 힘드우"

게집은 경대 아프로 가 안지며 이런 공손치 못한 말을 던지고 꿍 소리를 내어서 까닭 모를 한숨까지 석것다.

허지만 양 서방은 늘 벙어리다. 통 대꾸를 안 한다 더구나 지금은 양 서방의 흥미가 딴 데 잇지 안으냐 그 흥미란 무를 것도 업시

(네년이 정녕 그놈헌테 가지 —)

이것이다 지금 그는 누어서 쥐구녕이 난 천정을 처다보며 이런 생각에

골똘하다 그러니까 게집은 주책업게스리 또

"그 누어서 그러느니 천정이나 틀어막구려"

한다 그래도 양 서방은 잠잠이다. 마꼬만 빤다 그러자 어느 틈에 게집은 그 야단스런 화장을 다 햇는지 반다지를 열고 옷을 가라입는 눈치다

양 서방은 인젠 정말 가만이 누어서 그년이 허는 대로 내버려 둘 수는 업다 청【天】정에서 눈을 뗀다 슬며시 고개를 이쪽으로 돌린다 그리고

"어디 가?"

그것도 간신히 한마디를 던진다 물굴【論】 마음만은 지금 그의 말소리와 가티 그렇게 여유가 잇을 리는 천만에 업다 그러나 어떠냐 하면 좀 아둔한 편인 게집은 서방의 말을 한번 잘 생각해 보랴도 안고

"아무 델 가면 무슨 아랑곳이유"

톡 쏜다 이것은 비단 오늘만이 아니다 어제도 그랫고 또 그저께도 그랫고 뭐 늘 그래 왓으니까 응당 오늘도 게집의 말씨는 이렇게 나올 것임에는 틀림업겟지만 그래도 오늘은 좀 그러케 들어서 그런지 독기가 잇다.

"아아니 어딜 가는 셈야?"

"왜 궁금허우"

"날마다 가는 데가 어듸야?"

"남야 어딜 가든 마든——"

"흥"

양 서방의 시선은 아까대로 또 천정으로 간다. 마꼬를 한 모금 힘잇게 빨고 한번 더 흥 소리를 치고, 그리고 입을 다문다.

게집은 일어서며 선반에서 나드리할 때만 꺼내 신는 힌 고무신을 꺼내 들드니 탕 호기 잇게 문을 밀고 댓돌 아래로 나려선다.

이윽고 대문 여는 소리가 요란하게 나고 박게서 아랫구멍으로 손을 디밀어 고리를 거는 소리가 나드니 곳 게집의 발소리는 점점 멀어젓다.

양 서방은 아까대로 손 하나 까딱 안 하고 누어서 눈을 지긋이 감아 본다.

(저 연놈이 대체 어서 만나나 ─)

양 서방은 그것을 모르니까 눈을 감아도 답답한 건 마찬가지다.

눈이 오랴는지 바람소리가 제법 앙칼지다.

낼모레가 五十이니까 양 서방도 자기 말맞다나 다 산 셈이다.

열아홉 살 되던 해 봄에 그야말로 아무 생각업시, 서울이 고래도 제 공장수원보다는 살기가 모두들 낫다는 바람에 허겁지겁 뛰어올라 와서 그해부터 일럭거를 껀 것이 오늘까지니까 양 서방은 정말이지 고생에 저젓고 가난에는 더욱 익숙하엿다.

먹게 되면 먹고 또 그러지 못해서 굶게 되는 날이면 그대로 굶고, 양 서방은 그날그날 살아가는 것에 유달리 겁을 먹지 안앗다.

1939년 1월 10일(화) 석간 5면
신춘문예 1등 당선 소복(3) 김영수 작

그러니까 지금 데리고 사는 계집인 용녀를 만나기 전, 말하자면 다섯 핸가 여섯 해 전에 죽은 안해헌테 늘,

"제발 정신 좀 버쩍 채리구 이를 깨물구 돈을 버우"

하고 허구헌 날 턱을 치밧히던 것도 이바꾸지 못할 느긋한 성질 때문이엇다.

그럴 때마다 양 서방은 언제나 흥 소리를 처 가며 몹시 탄평하엿고 안해는 안해대로 날뛰엇다.

그러듯 양 서방의 말을 빌면 불아퀴 가튼 안해가 이름도 잘 모르는 병에 죽고 혼자서 그냥저냥 얼마를 살아오다가 우연히 참말 우연히 샌전인가 어디서 드난살이[3]한다는 지금 데리고 사는 용녀를 병문 친구들의 연줄연줄로 알아서 그것도 돈 十 원이나 착실히 써가며 다시 살림이랍시고 채린 것이 그것이 그러니까 벌써 三 년 전 일이다.

양 서방의 용녀에 대한 지식이란 그다지 넉넉지 못한 것이어서 용녀의 고향은 충청도 어디고 열세살에 싀집을 가서 열아홉에 겨우 서방을 알만하게 되려니까 고만 고생을 하게 되느라고 과부가 되고, 그래서 홧김에 남의 집이나 살려고 서울로 뛰어온 것이라는 겨우 이런 것에 더 지나지 못했다.

용녀는 이뻤다. 갸름한 얼굴에 또 색깔은 히여서 얌전햇고, 옴팡하게 파진 눈이 간혹 매섭기는 햇지만 그래도 그러케 밉지는 안헛고 코ㅅ이 너무 오뚝해서 제 말맛다나 그것 때문에 팔짜가 센지 모르나 허지만 그 코가 가장 뛰어나는 물건이 분명한 것은 지금 들어 잇는 안댁 아씨도 늘 어멈의 코가 부러워 부러워 하는 것만 보아도 능히 짐작할 수가 잇다. 다만 험이 잇다면 왼편 뺨 우에 팟알 만한 사마귀가 잇는 것이겟는데 그러나 그것은 양 서방 혼자 생각이엇고 주인아씨가 그것 역시 어멈의 얼굴에서 코와 가티 몹시 부러워하는 것 중에 하나라고 하는 것을 보면 사마귀도 그다지 내버릴 것은 아닌 상 십헛다.

사실 털어노코 이야기하자면 양 서방이 근 스므 해나 틀리는 용녀를 안해로 마지한 가장 으뜸가는 이유는 우선 용녀가 이뻣던 때문이다 용녀도

---

3   드난살이 : 남의 집에서 드난으로 지내는 생활.

이것을 알앗다.

(제 — 길헐, 계집이 이뿌면 이뿐 갑을 꼭 허거든——)

지금 양 서방은 바지춤에 손을 너어서 불두덩을 스을 슬 네리 문지르며 한숨을 석겨 이런 생각을 한다.

그것도 인젠 나이가 먹어 그런지 요새는 좀 웬만큼 먼 데나 갓다 오면 아랫배가 켱겻다 그래서 밤이면 이러케 한참 문질러야 됏고 시원햇다.

양 서방은 또 손을 너허서 불두덩을 더듬는다. 그리고

(내 팔짜에 그런 계집이 과남⁴허지 —)

이런 약한 생각도 해 본다 웬만큼 문질르는 것만 가지고는 아랫배가 좀 처럼 시원치가 안타 긁어도 본다 좀 더 아래를 긁는다. 조금 더 아래로 손이 간다. 아래로 갈수록 시원해진다. 다리를 쭈욱 뻐더 본다 더 시원하다. 더, 더, 손이 아래로 간다.

그러다가는 번번이 양 서방은 고만 점잔치 못한 생각을 하엿고, 그래서 용녀헌테도 가끔 핀장을 밧고 그랫다.

양 서방은 얼른 질겁을 해서 바지춤에서 손을 빼고 입맛을 쩍 쩍 다시며 머리마트로 팔을 뻐더 담뱃갑을 더듬엇다.

게집이 아주 이러케 대담해저서 바람이 난 것은 결코 어제 오늘 일이 아닌 상 십고, 또 그놈하고도 벌써 양 서방과 만나기 전부터 가까운 사이엇던 것이 분명한 것은 양 서방도 병문 친구들한테서 들어 잘 아는 것이지만 그래도 이것은 너무 심하다. 양 서방은 다시 이런 생각에 머리가 아프다.

그놈이란 물론, 아까 나제 용녀하고 바루 요 골목 모퉁이에서 시시덕거

4　과람(過濫) : 분수에 지나침.

리던 상고머리 반찬가게 주인 녀석이다. 꼭 그러타. 양 서방이 직접 목도하엿스니까 제아무리 앙큼한 용녀래도 이젠 꼼짝할 수 업스리라.

1939년 1월 11일(수) 석간 5면
신춘문예 1등 당선 소복(4) 김영수 작

만약 아까 그럿케도 때마처 양 서방이 일력거를 걸고 요 골목 모퉁이를 지나지만 안헛더라도 용녀는 좀 숨기는 척이라도 하거나 좀 무슨 다른 태도로 자기를 대햇슬지도 모른다. 그러나 이젠 모두가 허사다.

(홍. 인젠 그년이 아주 눈깔이 뒤집혓구나 ——)

이것은 양 서방이 지금 속으로 한 소리지만 사실 용녀는 무척 서방에게 당돌하엿다.

그날 밤. 계집이 돌아오는 것을 그러케도 양 서방은 애를 써가며 기둘럿지만 이윽고 그는 용녀가 상고머리 반찬가게 쥔 녀석과 요 골목 박까지 가티 와서 그럼 내일 또 거기서 만나 응 하고 한번 보기 조케 그 녀석 가슴에 가 턱 안겻다가는 한참 만에 떨어저서 겨우 머리를 들고 또

상고머리가 하는 대로 허리며 엉덩이며 뭐 그런 데를 함부로 오랜 동안 내 맛기고 나서 그리고 쌔근거리며 들어와 서방 겨테 가서 그것도 눈쌀을 찌프리며 누은 것은 정말 그는 몰랏다.

양 서방이 눈을 뜨고 그리고 담배를 부처 물고 웃목에 가 되는 대로 쓸어저 코를 고는 용녀를 발견한 것은 새벽이다.

싯뻘건 샤쓰만 걸친 웃도리가 탐스럽고 숨을 쉴 적마다 젓가슴이 푸우 부풀어오르고 오르고 한다. 허연 가랭이 미티 그냥 고쟁이 속으로 드려다 뵌다.

양 서방은 그냥 담배만 빨며 계집의 자는 양을 드려다 본다. 그러면서 그는 아무쪼록 곳 뉘우칠 일을 저지르지 안토록 스스로 정신을 채리고 주의한다. 그리고 아무쪼록 노여워지려고 애를 쓴다.

그러자, 계집은 끙 소리를 치며 다리를 얄밉게 꼬더니 약간 이쪽으로 고개를 돌렷다.

순간 양 서방은 얼른 노여워젓다.

(그저 이년을——)

울컥 목구녕까지 카악 무엇이 치밀어 오르는 것만 가타서 양 서방은 곳 무섭게 주먹을 쥐어 보기도 하지만 그러나 또 참는다.

"이거 봐! 이거 봐!"

이윽고 양 서방은 다리를 뻐더서 용녀의 허리를 꾹꾹 찌르며,

"이거 봐!"

이런 소리를 연거퍼 하지만 게집은 코만 곤다.

"찬밥 잇서?"

그래도 말은 업시 코만 곤다

"아, 밥, 업서?"

조금 소리를 노피고 발끄테 힘을 주니까 그제서야,

"으응——"

게집은 눈을 자못 거만하게 떳다.

"찬밥 업서?"

"솟 속에 보우."

이러고 게집은 다시 눈을 감앗다.

"그런데 이년아 넌 허구헌 날 어딜 그러케 싸댕기니?"

하고 양 서방은 한번 버럭 소리라도 지르랴고 햇스나 그러나 그것은 마음뿐이엇고 그냥 수긋하고 솟 속에서 찬밥 사발을 꺼내가지고 대문만은 요란스럽게 열고 나섯다.

의례 해장에는 막걸리 한잔에 국밥을 겨뜨리는 것이엇스나 오늘만은 그러치 안헛다. 취하도록 먹엇스니까 얼마나 햇는지 모른다.

"아, 새벽부터 웬일야 오늘 일 안 나가나?"

하여 누가 어깨를 치길래 돌아보니 덕근이다.

"왜 안가, 나가지 ——"

"그런데 이러케 마서?"

덕근이는 좀 놀래며 이상해한다.

"이사람아, 화 난다고 이러면 쓰나, 괘니."

덕근이는 또 이런 말까지 덤가티 하고서 안주를 고르며 잇다.

"그런데 여봐 덕근이 ——"

양 서방은 한참 만에 안주를 굽는 그로 부르더니 은근하게,

"그래, 저년을 정말이지 으떡허면 존가?"

한다.

1939년 1월 12일(목) 석간 5면
신춘문예 1등 당선 소복(5) 김영수 작

덕근이는 언제나 마찬가지로 선선했다.

"멀 으떡해. 그냥 대리웅두라질⁵ 부려트려 안치지, 그걸 ——"

---

5   다리웅두라지 : '다리몽둥이'의 방언(평북).

"……"

양 서방은 잠깐 그년을 정말 덕근이 말대로 그러케 요절을 낼까도 생각해 보앗지만 그러나 그것은 도저이 자기로서는 되지 안흘 것을 안 후에 다시

"흥, 제―길헐."

이런 힘업는 소리를 하고 다시 돌아서서 막걸리 사발을 잡앗다.

"그래 그 꼴을 보구 살어? 신 첨지 신꼴을 보구 살지―"

양 서방이 꽤 한참이나 조용하니까 덕근이는 심심한지 이번엔 약을 올린다.

"그럼 으떡허나."

양 서방은 늘 그 소리가 그 소리다.

"참 사람두――. 나 거트면 정말이지 그 연놈을 어딜 병신을 맨들어 놧든지 으떡허든지 햇겟네."

"…………"

"그래 내가 뭐랫서. 애당초부터 정신채리랫지. 이건 꽤―니."

"……"

"게집이란 그저 가끔 방맹이찜을 대야 사람이 되는 거야."

"……"

그래도 양 서방이 잠잠하니까,

"그래, 여봐, 내 말이 거짓말이든가? 응? 바루 그눔이지? 그렷치?"

이러케 떠들며 대들엇다.

덕근이는 제가 맨 먼저 그 상고머리 반찬가게 켠 녀석하고 용녀가 얼린 것을 알앗다는 것이 언제나 양 서방 아페서 자랑이엇다.

사실 양 서방도 이 덕근이 때문에 그 속을 알앗고, 그러니까 양 서방이 무슨 소리를 해도 탄하지 안엇고 공손히 들엇다.

"정말이지, 지금 푸욱 푹 썩는 게 계집인데 그래 무슨 천작에 그 꼴을 보구 사나, 참 사람두——"

"…………"

양 서방은 모두 덕근이의 말이 올케 들리고 해서 할 말이 업섯다.

그럼 어서 나오게, 먼저 가네, 하고 덕근이가 병문으로 나간 뒤 오래지 안허서 양 서방은 술집을 나서서 병문으로 나가는 길을 등으로 하고 모교 ㅅ다리 이 선달네 국수ㅅ집으로 갓다.

투전을 할 수 잇거나 그러지 안흐면 하다못해 화투판이라도 벌어지는 수가 잇스니까 양 서방은 그리 가면 심심치는 안흐려니 하고 간 것이다. 따는 벌써 패가 얼려서 양 서방이 드러서기가 바쁘게

"양 서방 이게 웬일유?"

"아 자네두 한목 끼려나?"

하고들 반겻다.

양 서방은 그래서 온종일 이 이 선달네 국수ㅅ집에서 늘어붓고 말엇다.

원체 이런 노름에 그다지 익숙지 못한 그라 물론 애초부터 따보겟다는 뱃심으로 뎀빈 것은 아니지만 묘하게도 나종판에 보니 동전 한 푼 남기지 안코 알뜰히 까불려 세고 말앗슴에는 정말 어이가 업섯다.

허나 돈은 그러케 모두 업섯다고 하지만 양 서방이 여기서 하나 큰 소득이 잇슨 것은 짜장 기뻣다.

그것은 다른 것이 아니라 용녀에 대한 것이어서 용녀가 지금 배가 마진 놈이 바로 상고머리 반찬가게 쥔 녀석이란 건 벌써 덕근이에게 들어서 이

미 아는 게지만 그래 대체 그것들이 허구헌 날 어디서 만나는지 그것이 가장 궁금하던 것이엇는데

"글쎄 그 화장품 팔러 댕기는 꼽추년 집이서 만난다드군."

이러케 이 선달이 아무 흥미 업시 하는 말에 양 서방은 응 하고 하마트면 소리래도 질럿슬 만치 놀랏고 기뻣다.

"꼽추 집이서?"

양 서방은 인젠 돈 몇 원 일은 건 염두에도 업다.

이 새로운 사실에 귀가 번쩍 띄어서 이 선달의 수염 투성인 얼굴만 처다본다.

"아 자넨 여태 그것두 모르나. 아 그 꼽추가 여간내기 아닐세. 아, 헌다 헌 뚜쟁야."

1939년 1월 14일(토) 석간 5면
신춘문예 1등 당선 소복(6) 김영수 작

연성 아, 아, 소리를 처가며 이 선달은 신이 나서, 꼽추가 거트로는 화장품 행상을 합네 하고 다니지만, 사실은 내용으로 어떠어떠한 영업을 하는 것이라던지, 또 행실이 고약해서 언젠가는 늘 드나드는 판철동 무슨 여관에서 그날도 화장품을 팔러왓다고 하고 들어가서 거기 손님하고 마악 자못 상서롭지 못한 짓을 하려다가 고만 그곳 여관 뽀이에게 들켜서 아주 큰 봉변을 당햇다는 그런 필요치 안혼 이야기까지 하면서,

"꼽추년을 혼을 내게, 혼을 내!"

이러케 타이르기도 하는 바람에 양 서방은 드디어 꼽추를 용녀보다도 누구보다도 제일 먼저 괫심한 것으로 판단을 내리지 안코는 못 배겻다.

양 서방도 꼽추는 잘 안다. 집도 잘 안다. 상삿골 안 퍼렁 대문집 바로 그 웃웃집 밧갓채다.

들창이 행길로 나서 여름에는 지내가다가 조금 고개를 느리기만 해도 곳잘 안이 드려다보이어 아랫도리만 가리고 그것도 때로는 그냥 퍼벌을 하고서⁶ 얌전치 못하게 낫잠 자는 꼽추를 아무나 쉽사리 구경할 수 잇는 파란 망사를 한 들창이 잇는 집이다.

그러치만 용녀하고 반찬가게 쥔 녀석이 늘 여기서 만나리라고는 생각지도 못햇섯고 그러니까 한번 더 크게 놀랫다.

또 용녀와 꼽추가 그러케 친하리라고는 생각할 수 업섯든 것은 가끔 어떠케 어떠케 해서 꼽추 얘기가 나오면 용녀는 의례

"그년이 어떤 년인데 그러우 소문난 난봉이라우."

햇고

"참 더런 년이야. 글세 껄핏하면 남의 서방을 가로챈다는구려."

햇고 또

"글세 가진 병을 다 옮앗다는구려 그러케 막우 노라먹다가 ——"

하며 게다가 또 용녀는 자못 불쾌한 드시 얼굴을 찌프리고 왜액 침을 뱃는 시늉도 하엿다.

양 서방은 이런 생각을 하면 혹시 이 선달이 잘못 알지나 안헛나 하고 그의 말을 약간 의심도 해보고 시펏스나 워낙 침착하게 수염을 쓰다듬는 이 선달이 자신이 잇서뵈니까 양 서방은 채 그럴 겨를도 가질 수가 업섯다.

그러고 보니 요지음에 상고머리 반찬가게 쥔 녀석이 법단마고자 소매

---

6 퍼벌하다 : 겉모양을 꾸미지 아니하다.

에다 팔을 찌르고서 으쓱어리며 상삿골 쪽에서 나오던 것을 두어 번 본 기억이 난다.

그러면 그때 용녀는 곱추집에서 여페 버서 노핫던 옷슬 마악 주섬주섬 입고 잇섯슬 때고나. 그리고 감쪽가티 서방이 속아넘어가는 것을 계집은 꼽추와 가치 얼마나 통쾌히 웃엇슬까. 이런 생각을 하니 금방 눈아피 안 보이도록 다만 온 몸둥아리가 무서운 분노에 타올랏다.

"흥, 육실헐 년들——"

양 서방은 그냥 인사도 업시 노름패를 뒤로 하고 바람가티 박그로 뛰어 나왔다.

벌써 길에는 어둠이 자욱하다.

바람이 차다.

아까 아침에 먹은 술이 활짝 깨여 버린 양 서방은 약간 추어서 등을 오구리고 팔짱을 끼고 그러면서 집까지 어떠케 왔는지 모르게 왔다.

그러나 그는 아까웁게도 아무 계획이 업섯다.

대문을 들어서기가 무섭게 탕 소리와 함께 용녀가 두껍다지를 밀고 방에서 나왓다 말이 업다 보고도 못 본 체다. 용녀가 그러니까 양 서방도 그래진다.

방으로 들어가서 채 안기도 전에 박으로부터는

"상 바두!"

하는 게집의 소리와 함께 문이 열리고 상이 들어왔다.

한번도 게집이 디미는 상을 바다본 적이 업지만 이것은 게집의 말 버릇이다.

양 서방은 말업시 그냥 벽에가 기대어서 무엇에 놀랜 사람과 가티 숨이

가쁴가지고 똑바루 천정만 처다보고 잇다.

　그러니까 계집은 그냥 상을 디밀고 한번 할끗 처다보더니 문을 도루 닷는다.

1939년 1월 15일(일) 석간 5면
신춘문예 1등 당선 소복(7) 김영수 작

　양 서방의 피빨 선 눈에는 밥상이 보일 리가 업다. 그냥 그대로 안저 잇다. 그러나 박게서 용녀는 용녀대로 또 어제가티 바뻣다.

　더운 물을 푸는 소리가 들리더니 용녀는 어제가티 또 세수를 하는 듯 푸 푸 소리를 치며 야단이다.

　양 서방은 그런 소리를 하나도 빼노치 안코 듯고 잇스랴니 숨이 가뿌도록 분이 치미는 것을 참기가 자못 괴롭다.

　"오냐 네가 지금 꼽추 집엘 가려고 이러는구나──"

　생각이 여기까지 이르니 양 서방은 더 참을 수가 도저히 업다.

　홱 고개를 문쪽으로 도리키며,

　"상 내가!"

　하고 소리를 얼마든지 크게 질럿다. 허나 게집은 양 서방의 말에 조금도 어려움이나 또는 두려움을 느끼지 안는 것은 언제나 조타.

　"거기 밀어노쿠려!"

　하고 여전히 세수에만 바뿌다.

　"밥 안 먹어! 상 내가!"

　그러치만 양 서방은 어제와는 딴판이다 가튼 말이지만 말 속에 뼈가 들엇고 힘이 매첫다 게집의 약점을 잡은 양 서방은 말하자면 이만큼 강하여

진 것임에 틀림업다

허지만 게집은 양 서방의 지금 이런 속은 알 까닭이 업서 그러니까

"흥 잘 먹엇구려 밥을 다 안 먹구"

이러케 비꼬기도 해본다

양 서방은 흥 게집이란 앙큼한 것이구나 하는 생각에 좀 더 분노를 느껴보지만 그러나 지금 당장은 어쩌는 수가 업서

(어디 이년 보자——)

하며 혼자 분해하고 혼자 벼르기만 한다. 그러나 게집은 눈치를 모른다. 한참 바쁘게 세수를 마치고 들어와서 화장을 하고 뭐 화장이래야 박가분 쪼각이나 바르고 동백기름이나 바르고 그러는 것이지만 그래도 제법 공을 디려 하고 나서 또 선반에서 흰 고무신을 꺼내 들고 나갓다.

양 서방은 오늘은 어딜 가느냐고 뭇지도 안헛고 물을 필요도 업섯다. 그러니까 게집의 걸음은 어둠 속에서 한껏 가벼웟다.

양 서방이 집을 나와서 술이 제법 취해가지고 비틀걸음을 치며 상삿골 골목으로 들어가기까지는 채 한 시간도 걸리지 안혼 짧은 동안이엇다.

양 서방은 파랑 대문집을 발견한다. 그 집을 지난다. 그 다음 집. 또 그 다음 집. 그는 이러케 따저가며 발을 옴긴다.

(파랑칠한 집, 그 웃웃집——)

그러다. 이 집이 바로 꼽추 집이다. 들창이 보인다. 망사 우에다가 종이를 어겹을 하여 노해서 고개를 느려도 방안은 드려뵈지 안흘 것이 분명햇지만 그래도 양 서방은 괘애니 한번 고개를 쑤욱 느려보고 또 발도 둠을 해보고 햇다.

원래 으슥한 골목이 게다가 등ㅅ불 하나 업서서 지내가는 사람의 얼굴

도 잘 뵈지 안흘 정도니까 양 서방이 꼽추 집 들창을 드려보기엔 아주 고 만이다

양 서방은 우선 들창 아프로 바싹 다가선다. 숨을 죽인다. 발끄테 힘을 주어 발도둠을 한다. 하뻬ㅅ자락을 거더 올리어 머리를 싸고 눈만 내논 다. 그리고서 귀를 기우린다.

바람 소리만 업섯든 들 방에서 나는 소리를 양 서방은 물론 다 들을 수 잇섯을 것이나 바람은 차게 불어 그는 또 그대로 무한히 안타까윗고 약이 올랏다.

조금 잇더니 어딜 어떠커는지 깔깔거리며 계집은 재지러지게 웃고 앙 이 앙이 하고 앙탈하는 소리와 함께 점점 방안은 재미잇서 갓다.

양 서방은 확 얼굴이 달아올랏다. 귀 밋치 뜨끔하엿다. 그는 곳 꿀컥 침 을 삼키고 주먹을 단단히 쥐어 본다.

드디어 양 서방은 묘한 생각을 해내고 말앗다. 그리고 혀끄틀 창에다 갓다 대며 지긋이 밀엇다. 침이 백지에 차차 먹어 들어간다. 침은 일 전짜 리 만한 넓이로 번진다. 그래서 그는 손꼬락을 대고 조금 망서리다가 그 냥 예!라 뚤코 말엇다. 창에는 드려다보기 조케 알마즌 구멍이 낫다.

1939년 1월 17일(화) 석간 6면

신춘문예 1등 당선 소복(8) 김영수 작

사람이란 아무도 보지 안는 데서는 이러케 개나 도야지가티 되는 걸까——.

들창 구멍에다 눈을 대고서 숨을 죽이고 안을 드려다 보던 양 서방은 고 만 멈춧하고 얼핏 도루 눈을 떼엇다. 그러고 그는 곳 드려다 본 것을 뉘우첫 다. 그것은, 방안에 벌어진 풍경이 그에겐 너무도 잔인스러웟던 까닭이다.

그러나 이런 생각은 그다지 오래 계속되지는 못하는 것이어서 양 서방은 다시 자못 조심하여 구멍으로 눈을 가저갓다.

방 속에는 분명 상고머리와 용녀의 그림자가 한창 어지러웟다.

양 서방은 점점 초조해 갓고 또 웬일인지 한편으로는 무척 재미잇서 갓다.

재미뿐이 아니라 그는 좀더 신경을 날카롭게 하여 스스로 무엇인가를 좀더 좀더 하면서 기대하는 것이 잇섯다.

그러니까 그는 잠깐 분노를 이저버리고 다만 재미잇서 햇고 또한 나종에는 그 재미에 취하여 드디어 방안의 벌거벗은 상고머리와 자기의 위치를 바꾸어도 보앗다.

저 상고머리가 나고, 그리고 내가 저 상고머리고…….

양 서방은 점점 상고머리가 되어 간다.

상고머리는 양 서방이 되고, 양 서방은 상고머리가 되고…….

양 서방은 인젠 정말 상고머리가 되어 버렷다. 아주 천연덕스리 그렇게 되고 말앗다.

양 서방은 그러니까 더욱 숨이 가뿌도록 방안의 모든 것이 재미잇고 점점 더 초초【焦】해 갓다.

그러자 용녀는 상고머리더러 귀를 달래서 무어라고 소근거리드니 여페 버서 노혼 치마로 거기만 가리고 일어나드니만 불을 탁 껏다.

"앗!"

하마트면 양 서방은 이러케 소리를 지를 뻔 하엿다.

별안간 눈 아피 캄캄해지니까 상고머리는 도루 얼핏 상고머리가 되엇고 양 서방 역시 도루 양 서방이 되며 그동안에 잠깐 이저버렷던 노여움이 금시로 한 뭉치가 되어 내달앗다. 그러니까 다시 양 서방은 숨이 가뻐

지고 마음이 어즈러워 갓다.

그는 얼른 들창에서 얼굴을 떼고 대문으로 갓다.

그는 벌써 아까가티 재미잇고 유순하지는 안핫고 마음이 자못 느긋하지도 안핫다.

인제 상고머리는 영영 상고머리로 도라갓고 양 서방은 영영 양 서방으로 도라온 것이다.

그것은 모두가 저윽이 짤분 순간이엿다. 참으로 짤분 순간이엿다.

대문이 잠겨 잇다. 그러니까 양 서방의 노여움은 것잡을 수가 업시 활활 타오른다.

"문 열어라 문 열어"

그러나 대문은 굿게 잠겨 잇서 꼼짝 안 하니까 양 서방은 얼마든지 이러케 험악하게 소리를 질러도 시원할 수가 업섯다

"문 열어!"

한번 더 무섭게 소리를 지르자 방안이 별안간 조용해진다. 그럴쑤룩【록】양 서방의 목소리는 더욱 커젓고 대문은 금방 쩌개저 나갈 듯이 요란한 소리와 함께 함부로 흔들리엇다.

대문 하나를 사이에 두고서 인제 뚜렷이 개와 고양이는 각각 무서운 순간을 예기하며 진을 치고 잇는 것이다.

이윽고 양 서방의 오른 발길이 대문을 향하고 힘을 쓰며 드러갓다.

대문은 노여움에 불부튼 양 서방의 발길을 감당해내지 못햇다. 잉 소리를 내며 두 번째 찻슬 때 대문은 양 서방의 목소리보다 더 요란한 소리를 내고 비장이 잭근 부러저 나갓다. 축축한 어둠이 확 양 서방의 얼굴을 덥자 부르르 다리가 떨리며

"이년!"

소리와 함께 양 서방은 대문 안으로 황소가티 달려들엇다.

손에는 어느 결에 잡앗는지 대문 여페 잇는 장작개비 하나가 으서질 듯이 잡혀 잇섯다.

인제는더 볼 것이 무어냐? 누가 이 노여움을 막으랴?

상고머리도 용녀도도【용녀도】인젠 고스라니 다만 걸린 두껍다지를 의지하고서 독 안에 든 쥐의 슬픔을 꿀컥 꿀컥 목구녕으로 삼킨다. 허지만 양 서방이야 조금도 주저할 리가 없다.

안으로 걸어 잠근 두껍다지를 잡아채니 단번에 쇠고리가 송두리채 빠지며 먼저 튀어나온 것은 치마도 저고리도 벗은 벌거숭이 용녀.

1939년 1월 19일(목) 석간 5면
신춘문예 1등 당선 소복(9) 김영수 작

"이년!"

한 번 더 이런 위엄을 보이며 양 서방의 한껏 독오른 손아귀는 번개가티 용녀의 흐터진 머리채를 제 힘껏 잡아나꾸엇다. 허나 용녀는 일이 이쯤 되엇다고 그냥 그 자리에 아이구 소리나 치며 주저안질 그런 속업는 게집은 결코 아니다.

선뜩 머리채가 양 서방의 손아귀로 드러가자 게집은 으윽 소리를 치며 두 팔을 얼마든지 아프로 내뻐더 힘껏 대문짝을 잡아다리고 그리고 허리에서부터 상반신을 죽어라 하고 아프로 껄어다렷다.

"으윽!"

두 번째의 용녀의 발악은 매서윗다. 그러니까 양 서방의 살기 찬 손아귀는 다만 용녀로부터 머리카락을 한 웅큼 뽑아 쥐엿슬 뿐 용을 트는 게 집의 상반신을 끗내 뒤로 나꾸어치지는 못하엿다.

양 서방 손에 잡힌 장작개비가 한번 허공으로 휘익 올라가서 핑그르르 돌아 힘을 모아가지고, 다시 쏜살가티 나려와, 계집의 허리를 영 사정업시 나려친 것은 바로 이때다. 그리고 계집이 애개개 소리를 치며 문지방에다 철썩 허리를 걸치고 킥킥 두어 번 외마디ㅅ소리를 지른 것도 바로 이때다

함부로 들어내 논 그 탐스런 젓통을 그냥 언 땅에다 깔고 떨어지니 고만 확 눈에서 불이 날 지경이다.

그래도 열 손톱을 모아 세우고 땅을 긁으며 흐느적거리는 엉덩이를 노상 문 박그로 껄어다리는 것을 보면 용녀는 아직 기지사경[7]은 아닌 상 십다.

헉 느끼며 양 서방이 다시 한번 장작 토막을 머리 위로 소친 것과 꿍 소리를 치며 용녀의 고쟁이만 걸친 벌거숭이가 대문 박 어둠 속을 뚤코 굴러나간 것은 거의 가튼 순간이엇다.

만약 게집이 조금 지체하엿든지 혹은 양 서방이 조금 일럿던지 하엿스면 똑바로 용녀의 머리를 겨누고 소삿다 떠러진 나무 토막은 영낙업시 끔찍스러운 일을 저질럿스리라.

노여움과 분에 벅찬 양 서방이 다시 몸을 횟트러 아직 상고머리가 떨고 잇슴에는 틀림업는 방 문설주를 붓들고서 선뜻 몸을 소처

"이눔!"

하고 다부지게 어르며 마악한 발을 방으로 드려노핫슬 때 그와 동시에 에쿠 소리가 나며 방문 아가리로부터는 시커먼 덩어리 하나가 급하게 밀

---

7   기지사경(幾至死境) : 거의 죽을 지경에 이름.

려나와 댓돌 아래로, 보기 조케 굴러떠러젓고 곳 뒤미처 다른 또 하나의
시커먼 덩어리가 쪼차 나와 지금 땅에 떠러진 덩어리의 상판을 무지하게
도 밟아 뭉기고 날새게 대문 박그로 튀여 나갓다.

나간 것은 상고머리 반찬가게 쿤이엿고 그러니까 지금 댓돌 아래에서
몸을 가누지 못하고 잇는 것은 분명 아까의 양 서방이엇다.

일을 당하게 되랴면 하는 수 업서 양 서방이 온 몸에 힘을 주어가지고
막 한발을 방으로 드려노핫슬 땐 별안간 그야말로 자다가 벼락을 만난 상
고머리는 얼떨김에 그래도 사루마다[8]만은 주서 입고 그 역시 용기를 돗구
어 가며 방문 바로 엽벽에 가서 종이가티 부터 잇슬 무렵이엇다. 무섭게
어르기는허나 그래도 어느 구석에 가 잇는지도 모르고 무턱대고 들어서
는 놈과, 벌써부터 두 눈알을 흘겨가지고 잔뜩 벼르며, 들어올 외통수만
겨누고 잇는 놈과는 애초부터 씨름이 될 리가 업섯다. 양 서방이 방으로
들어서자마자 상고머리는 미리 준비하고 잇던 힘을 더해서 오른발ㅅ길로
그것도 묘하게 바로 그 위를 내질럿다. 그래서 양 서방은 잠깐이라도 대
꾸할 겨를을 가지지 못햇고 다만 으악 소리를 치고 보기 조케 뒷걸음질을
처서 장작개비와 함께 두 손을 펼쳐 허공을 잡으며 떨어진 것이다.

상고머리를 쪼차서 한달음에 대문 박그로 나가 덤썩 그녀석의 덜미를
잡아나꾸고 그리고 조금도 사정을 두지 안코 장작개비로 또한 그녀석에
대가리를 산산조각에 낸 것은 결코, 양 서방 자신이 아니엇고 다만 여기
쓸어저 신음하는 그의 슬픈 생각이엇다. 간신히 한팔을 잡아다려 기억자
로 세우고, 몸을 일으키랴 하나 오로지 마음만 급햇고, 야속하게도 아랫

---

8 사루마다(猿股) : 일본의 남성용 속바지. 허리에서 허벅지까지 덮는 속옷.

도리는 요지부동이엇다.

1939년 1월 21일(토) 석간 5면
신춘문예 1등 당선 소복(10) 김영수 작

마음은 불가티 문턱을 넘어 어둠을 향해 달리나 홀로 육중한 몸둥아리는 땅에 붓허 떨어지질 안흐니 양 서방의 두 손은 다만 흙을 파헤치며 헛되이 쥐얌질만 할 따름——.

갈비ㅅ대가 앙상한 가슴 한복판이 자못 무섭게 뛰놀고, 가뿐 호흡은 흡사 성난 파도가 되어 온 몸을 오르나리며 못살게 군다.

간신히 한 팔을 세우고 몸을 고누면 다른 한 팔이 픽 쓸어지고 그래서 이번에는 미리 이편 팔을 세우고 이러나 보나 또한 아까가티 저편 팔이 허청이다. 무슨 지랄을 하드래도 저 혼자서는 몸은 가누고 이러나 단 한 발자욱도 땅겁을 못할 것은 분명하다.

놈이 거길 어떠케 찻게, 아이구 이건 종작을 할 수가 업구나. 아이구, 인젠 죽나 부다. 그러킬래 이러케 다리를 지긋이 껄어 보아도 배ㅅ가죽이 찌저저 나가는 것 갓고, 진 땀이 쭉 흐르고 흐르고 할 뿐이 아니냐. 아이구, 아이구…………

양 서방은 기를 써 본다. 주먹을 부르쥐고, 이를 갈고, 그래도 몸은 몸대로 요지부동이다

"아이구……"

양 서방의 입에서는 흰 거품을 물고 이런 처량한 소리가 마디마디 꺽기어 구슬프게 또는 무서웁게 흘러나와 어둠 속에서 이리저리 퍼지엇다.

안에서, 주므시던 나으리, 아씨가 나오고, 아랫방 학생들이 나오고, 건

너 솜틀집 곰보 마누라가 나오고 그리고 또 하나 둘 지나가던 사람들이 모이어 겹겹이 양 서방을 중심으로 둘러싸게 된 것은 잠깐 사이엇다.

그러자 그중의 누구 하나가 썩 나서드니

"가 순사를 불러오지 응. 얼뜬 가서 순사를 불러와."

하며 제법 서둘르며 수선을 피엇지만 한 사람도 즐겨 순사를 부르러 가는 사람은 업섯고 또 누구는 순사는 나종 문제고 어서 의사를 불러와야 된다고 그랫지만 의사도 순사도 좀처럼 올 상 십지는 안핫다

양 서방은 누구에게 어떠케 해서 집까지 떠메어 왔는지 모른다.

그러케도 내가 정신을 일헛든가 하고, 아무리 기억을 더듬어 보지만, 통 생각이 돌지를 안는다.

다만 정신을 채리고 눈을 떠서 다시 쥐구멍이 난 천정을 바라보고, 그리고 또 여페 안즌 용녀와 덕근이를 발견한 것은 밤이 한참 이슥햇섯다.

그런데 이것은 이상하지 안흐냐. 바로 팔 하나 뻐칠 곳에 용녀가 잇지만 양 서방에게는 아무런 흥미도 업는 듯, 그냥 눈 하나 거들떠 보지 안코 내버려두고, 입을 꼬옥 다물고서 점잔히 잇지 안혼가.

허나 양 서방은 또 양 서방대로 따로 생각이 잇다 그것은 단순하다 게집이고 서방이고 간에 그것은 다 우선 몸이 성하고 볼 것이다 지금 내 몸이 이러케 기지사경에 빠젓는 데야 게집은 다 뭐고 서방은 그역 뭐란 말이냐 아이구 배야 어서 몸만 아프지 안핫스면 네 연놈을 가만 둘 줄 아느냐 아이구 배야. 아이구……. 우선 용녀 저년부터 때려죽이고, 다음으론 상고머리 공가 놈을 박살을 하고. 아이구 배야 아이구…….

이러케 분한 생각과 괴로운 마음이 범벅이 되어 눈 아풀 더프니 어쩌는 수가 업다.

간신히 다리를 펴면 다시금 오구리기가 힘들엇고 한번 용기를 내어, 오구려 부치면 영영 퍼질 것 갓지가 안핫다.

입은 열려도 아랫배가 팽팽히 켱겨서 말은 한마듸도 나오지를 못하니 양 서방은 자못 점잔타.

그러니까 그는 늘 하던 버릇으로 사타구니에 손을 너허서 불두덩이나 그런 데를 좀 스을슬 문질러 볼까도 하나 그것은 단지 마음 뿐이고 모두가 구찬타

천 갈레 만 갈레로 마음은 흐트러지고 몸은 얼마든지 괴로우니 침이 바짝바짝 마르고 금방 숨통이 터질 것만 갓다

"좀 어떤가?"

이러케 덕근이가 다정히 굴며 그랫지만 양 서방은 뭐 어쩌는 수가 업서 다만 히죽이 우섯슬 뿐 잠잠하엿다

"약을 좀 써보게"

덕근이는 이런 소리를 하고서 고개를 떨어트리고 수심이 가득찬 얼골을 해가지고 동이 터서야 돌아갓다

1939년 1월 22일(일) 석간 5면
신춘문예 1등 당선 소복(11) 김영수 작

대설(大雪)이 지나간 지 벌써 오래니까 인제는 뭐 제법 눈빨이 날려도 조흐련만 웬일인지 요즘은 늘 날이 따듯하여 이러다간 어디서 또 무슨 꼬치 피엇다는 소문이 나지 안흘까 바람은 불어도 날은 차지 안헛다.

텁텁한 어둠이 연기가티 뭉게뭉게 피어오르는 단 한 간 방에서 사나이와 계집은 다 서루 제각금 딴생각을 하며, 그러나 한 가지 어서 이 밤이 밝

앗스면 하는 공통된 생각을 하며 똑가티 벙어리가 되어 잇는 것이다.

아까 저녁 때 꼽추네 집에서 그런 일이 일어낫던 것은, 지금 이러케 동 그만이 안자잇는 계집에게는, 다만 허리가 좀 식큰거려서 탈이지, 별로 이러타 할 슬픔이 될 리가 업다.

만약 그가 이만한 괴로움에 슬퍼하거나 혹은 그러한 속된 감성에 사로 잡힌다면, 사실 인제 말이지 언젠가 꼽추의 집에서 상고머리를 처음 만나 던 날, 말도 몃 마디 건느지 안허서 그러케도 쉽사리 치마를 벗고 속것을 벗고, 또 마지막으로 버선 목을 잡아 빼며, 교태를 지워 눈웃음까지는 치 지 안헛스리라, 그뿐 아니다. 간혹 가다가, 상고머리가 하도 계집의 하는 짓이 대담하면, 양 서방이 눈치를 채면 어쩌느냐고 근심스러운 얼굴을 해 보이는 것이엇스나 그럴 때마다 계집은 한번 더 상고머리의 기름 진 목덜 미를 힘잇게 껄어 안으며

"온 별걱정을 다 허우."

하엿다.

상고머리의 씨근거리는 품에다가 알몸을 내맛기고, 뜨거운 호흡을 억 제 못하고 잇는 용녀에게는, 언제나 양 서방 따위는 염두에 업섯다. 설사 알면 제가 누굴 어쩔 테냐. 흥, 시러배아들[9] 놈······.

용녀의 대담한 생각은 늘 여기서 뱅 뱅 맴을 돌앗다.

그러틋 곱비를 느추고 잇던 용녀에게는 아까 그런 불난을 만난 것은 정 말 꿈에도 생각지 안튼 벼락이엇다. 허나 뭐 그만한 정도의 불난은, 호옥 잇슬지도 모를 일이라고 은근히 염려는 해오던 터다.

---

9 시러베아들: 실없는 사람을 낮잡아 이르는 말.

그러니까 계집은 지금 서방의 머리 마테서 자못 계집다운 행동을 천연하게 꾸미고 잇는 것이다. 서방은 끙 끙 소리만 치고 손하나 깟딱 안 하고 고스라니 누어 잇다. 용녀는 냉수에 짠 수건을 머리에 노하주기도 하고 가끔 마음을 너그럽게 먹고 서방의 바지춤으로 손을 집어느허 뱃가죽을 쓰다듬어 보기도 하고, 그러한 짓을 어색하게 되푸리하고 잇지만, 정작 양 서방은 이러케 해주는 것이 도리어 한업시 구찬코 미웟다.

따스한 온기를 담은 매낀한 계집의 손길이, 바로 배꼽 아래로 미끈하고 흘러 떨어질 때는 양 서방은 번번히 눈을 뜨고 고개를 저편으로 틀고 틀고 하엿다.

용녀도 마음에 당기어 하는 짓은 결코 아니다. 그냥 가만히 잇자니 심심하고 또 지루하고 뿐 아니라 자꾸 허리가 아프고 그러니까 불쑥 생각난드시 물수건도 집어 노코 사타구니에 손도 집어 너허 보는 것이다.

양 서방이 열 뻔 자반 뒤집기를 하거나 백 뻔 죽는 시늉을 하거나 그런 것은 지금 용녀에게는 알 배가 아니다. 이 육실헐 눔이 아까 어떠케 뭣으로 허리를 첫길래 이러케 삐끗만 해도 눈에서 불이 쏘다지느냐, 그것만이 궁금하엿다.

밤은 기퍼 다시 그대로 밝아가고 용녀도 양 서방도 느른해 갓다.

바람이 불어 간혹 머리맛 들창이 시끄러윗지만, 허나 그까짓 것에 양 서방이나 용녀의 관심이 별로 가지 안는 것은 서로 마찬가지다.

"무, 물……."

양 서방이 눈을 뜨며 물을 찾는다. 용녀도 눈을 떳다. 그리고 그것쯤이야 어렵지 안타는 드시 물 사발을 들어 서방의 입으로 가저간다. 물을 마시는 양 서방의 목 줄떠가 금붕어의 아감지 갓다. 저것이 푹 꺼지고 그리고 이 눈이 부터 버리면 고만이구나. 용녀는 이런 생각을 잠시 해본다. 허지만 암만 보아도 당최 그러케 되지는 아늘 상 시퍼 다시 풀이 죽는다. 물사발을 치우라고 하더니 양 서방은 다시 고개를 저리 돌리며 눈을 감고 잠을 청하는 듯 잠잠해펜【진】다.

1939년 1월 24일(화) 석간 5면
신춘문예 1등 당선 소복(12) 김영수 작

용녀는 다시 그림가티 조용해지고 방안은 도로 몹시 싸늘한 침묵에 싸힌다.

(이러다가 정말 그냥 죽으면 으쩌나—)

용녀는 불쑥 이런 무시무시한 생각을 해 낸다. 그리고 겁까지 낫다.

그것은 무슨 서방을 애틋하게 생각하는 때문이라거나 조금치라도 정이 가서가 아니라 다만 영영 죽는다는 것이 하나의 무서운 사실임에는 틀림업스리라고 미더 온 까닭이엇다.

그리고 또 나 혼자서 어떠케 이 송장을 치우나 하는 그런 단순한 생각 때문이엇다.

그러나 곳

(흥 그러치만 죽으면 고만이지——)

이러한 당돌한 생각과 함께 다행히 용녀는 다시 기운을 어들 수가 잇섯다.

정말이지 재미라고는 눈꿉만치도 업는, 늘 고생이 끄치지 안는 이런 지지한 살림을 하루 바삐 파헤치게 되면, 아아, 얼마나 가뜬할까. 기쁠까.

이러케 용녀는 점점 생각이 당돌햇 갓고 절로 기운이 나는 것 가탓다.

(이 녀석이 죽으면 당장 그날부터라도 공 서방이 잇지 안흐냐——)

용녀는 다시금 이러케 막다른 생각을 하고 은근히 안심을 해 보기도 한다.

공 서방이란 물론 상고머리를 이름이다.

차라리 이 녀석이 제발 빨리 죽기나 햇스면, 그럼 뭐 사람의 눈을 피해서 골목 모퉁이나 꼽추 집에서 가슴을 조리울, 그런 괴로움이 업서질 것이 좀 조흐냐. 그리고 그뿐이 아니다. 또 당장 어디 셋방이라도 하나 차암한 것을 어더서 떵떵거리고 살림을 채릴 수도 잇지 안흐냐.

용녀는 이런 끄칠 줄 모르는 즐거운 생각에 끙 끙 소리를 치며 알코 잇는 양 서방의 머리마테서 한업시 기뻣다.

(아아, 제발 어서 죽기나 햇스면——)

용녀는 인제 뭐 더 다른 생각은 할 필요가 업섯다.

그러니까 괴로운 것은 늘 양 서방 혼자가 되고 만다.

(그놈을 어떠케 고만 노처 버렷슬까. 그냥 골통을 뻐개놀 껄——)

우선 이러케 못한 것이 이가 갈리게 분햇고

(그러치만 내일이래두 내가 일어나만 보아라. 홍 그냥 내버려두나——)

양 서방은 이러케 마음 기피 벼르며 어서 나아서 그 년놈을 덕근이 말맛다나 다리웅두라지[10]를 부러트리든지 어떠케 기어코 요정을 내야지 속이 후련할 것 가탓다.

상고머리 제깟 놈이 반찬가게나 해서 돈푼이나 모핫다고 하면 무슨 소용이냐. 용녀는 누가 뭐래도 어엿한 내 게집이 아니냐. 죽이거나 살리거나 모두 내 장중에 달린 게 아니냐

(홍 시러배아들 놈. 끌는 국에 맛을 모른다구——)

---

10 다리웅두라지 : '다리몽둥이'의 방언(평북).

눈은 감앗지만 양 서방은 결코 잠이 든 것은 아니다. 양 서방의 생각은 점점 더 이러케 모질게만 얼켜 드러가는 것이다.

양 서방은 또한 꼽추도 허술하게 생각지는 안는다.

(병신 하나 고혼 데 업다고 그년이 허리가 끈허지질 못해서 그러지. 올치 이년 너두 가만 둘 줄 아니——)

이러케 꼽추도 양 서방의 점이 찍히고야 말앗다.

울컥 울컥 분이 치미러 오르는 것을 몸을 들 수가 업서 억지로 참으니 가슴이 답답해 오고 목이 바작바작 타오른다

"물——"

양 서방은 또 물을 찾는다. 용녀는 그대로 아까가티 물그릇을 가저다 입에 대어주고, 그리고 불룩 불룩, 올라 오는 목줄띠를 바라본다. 암만 보아도 그것은 흡사 붕어의 아감지다 저 아감지가 언제 꺼지나. 용녀는 그것이 궁금하다. 붕어도 죽으니까 물 위로 둥둥 뜨드라. 이눔도 죽으면 물에 뜰지도 모른다. 목줄디가 저러케 생겨 먹엇슬 쩍에야——.

이러케 계집은 계집대로, 서방은 또 서방대로, 각각 다른 생각을 하여 가며, 그래도 제각각 피곤에 못 이기어 하나는 벽을 향하고 누은 채 또 하나는 그냥 안즌 채 잠이 든 것은 서로 다 딱한 표정이엇다.

1939년 1월 26일(목) 석간 5면
신춘문예 1등 당선 소복(13) 김영수 작

이튼날 새벽에 일즉 용녀를 차저온 것은 꼽추다.

"애기 어머니 잇스우?"

꼽추는 참아 방에는 못 들어오고 창 박게서 소리를 나추어 은근히 용녀

를 차젓다.

첫마디에 알아듯고 용녀는 가만히 이러나서 박그로 나갓다. 꼽추는 벌써 화장품 가방을 들고 서서 여관으로 가는 길이라 하며

"그래 좀 으떠우?"

한다.

허리가 좀 식큰거려서 탈이지 뭐 아무러치도 안타고 하니까 꼽추는 곳

"그런 데는 상골[11]을 먹으면 지일이랩디다."

할 뿐 별로 근심하는 눈치도 보이지 안흐며

"참 저 모퉁이에서 공 서방이 기다리구 잇수. 어서 가보우."

하며 연성 재촉을 하엿다. 금방 방에서 양 서방이 또 장작개비나 그런 것을 가지도 뛰어나올 것만 가타서 용녀는 쉬쉬 소리를 해가며 꼽추를 이끌어 압세우고 골목 모퉁이로 나갓다.

상고머리는 용녀의 소원대로 다행히 아무 데 다친 데는 업는 듯 역시 빙그레 웃음을 띄우우고

"놈은 그저 자나?"

한다.

그러타고 용녀가 고개를 끄덕이니까

"흥, 놈, 명두 길지. 그저 살엇서?"

하며 아직 살아 잇는 것이 아무래도 이상한 듯 고개를 기웃거리기를 한참 하드니

"그래두 눔이 을마 못 갈꺼야 두구 봐."

_____
11 상골(象骨): 코끼리의 뼈.

하고 다짐을 둔다.

"그래 그런지 통 몸을 꼼짝 뭇 헙듸다."

이러며 용녀가 잠깐 의심스런 얼굴을 하니까 상고머리는 신이 나서

"아 꼼짝이 워야. 내가 어디를 찻다구 홍 제깟 놈이 단 사흘을 갈 줄 아나."

한다.

(그럼 낼 모레구나―)

용녀는 속으로 양 서방이 죽으리라는 날짜를 집허 보앗다. 공 서방의 말대로 하면 기것해야 내일 모레 이틀박게는 안 남앗구나. 그러나 설마 그러케 빠르게 죽을라구―.

용녀는 아무래도 공 서방 말대로 그러케 쉽사리 놈이 죽으리라고는 미더지지 안핫다.

엽헤 잇던 꼽추도 덩달아서

"그럼, 그러케 채구서 오래 갈 수가 잇나."

하며 상고머리의 말을 미드라는 듯이 용녀를 처다본다.

"홍, 제가 용 빼는 재주가 잇스면 뭘해."

"누가 아우. 또, 지일, 질, 껄어 나갈지."

"그러케 맘대루―"

상고머리와 꼽추가 서로 이런 소리를 주고 밧는 사이에 용녀는 이윽고 양 서방이 얼마 안 가서 제 소원대로 죽으리라고 밋고야 말앗다.

"그러니까 말야, 내 그동안에 방을 하나 골라 놀께, 괘―니 나중에 허둥지둥 하지 말구 시방부터 미리 채비나 채리구 잇서."

공 서방은 이런 소리까지 하며 자신 잇는 눈초리를 던진다

"아―따, 내 걱정을 말우. 어서 가서 방이나 어더 노쿠려."

용녀는 이런 소리를 해가며 잠간 방안에서 두지개를 틀고 잇는 서방은 이저버렷다

"그야 오죽 잘할라구"

꼽추는 언제든지 공 서방 편이엇다

하여간 자세한 이야기는 잇다가 꼽추의 집에서 만나 하기로 하고 용녀는 자못 장차 다닥처 올 새 생활에 흥분이 되어 그들과 헤여저 골목 모통이를 돌아서며 꼽추가 한번 이쪽을 보고 찡끗 웃어보인 것은 용녀는 채 보지 못하고 그냥 방으로 들어왔다

양 서방은 아까가티 그대로, 방바닥에 붓허서 얌전하다.

허나 괴로움은 여전햇고, 몸을 조금도 움지길 수 업는 것은 어제와 다름이 업섯다.

(제발 어서 죽엇스면 ——)

용녀는 다시 한번 이런 매서운 생각을 되푸리하며 아까가티 또 서방 머리마테 가 쪼쿠리고 안잣다.

그리고 앗차 잇다가 몃 시에 상고머리하고 만나자고 그랫든가 그것이 당최 생각이 돌지 안하 자꾸 마음은 가깝하여 갓다.

1939년 1월 28일(토) 석간 5면

신춘문예 1등 당선 소복(14) 김영수 작

그날 저녁.

공 서방이 꼽추 집에서 기다리마고 한 시간보다 조금 일러서 별안간 숨을 모으고 윽 윽 외마디ㅅ소리를 두어 번 치고, 그레케도 담벼락을 집고 몃 번이나 일어나려고 무진 애를 쓰다가, 그냥 집단가티 탁 쓰러지며 숨

을 지운 것은 아무리 그러케 용녀의 소원대로 되엇다지만, 그래도 그것은 너무도 일럿고 꿈 가탓다.

용녀는 사람이 죽는 것이라고는 여태껏 직접 제 눈으로 본 적이 업다.

처음에는, 아마 아랫배나 그런 데가 켕기니까 저러는 것이겟지 하고, 그저 등을 부축하기도 하고, 머리도 처들어 주며,

"아, 왜 이러우, 응. 왜 이래 ―"

이런, 그다지 친절치 못한 말을 해가며 그랫지만, 정작

"으윽!"

하는 무서운 소리와 함께 양 서방의 몸이 그냥 흙덩이가티 벽에서 떨어지며, 미처 물그릇을 갓다 댈 사이도 업시, 숨을 끈헛슬 때에는, 사실 용녀도 좀 당황하지 안흘 수 업섯다.

그리고 이런 중에서도 이상한 것은 양 서방이 숨을 지울 때 말하자면 으윽 소리를 치기 전 후해서 그는 분명히

"용녀!"

하고 자기를 부른 것이다. 게집은 그것이 다만 이상하엿다.

그러나 그때는 그러한 여유 잇는 생각을 하고 잇슬 수는 업섯다.

다만 무서웁고 바빳다.

용녀는 얼른 양 서방의 수족을 만저 보고 눈을 까보고 그리고 조금 사이를 두엇다가 그래도 사람이 그러케 쉬웁게 죽을 수가 잇담 이런 생각을 하며 다시 서방의 허리 미테 손을 디밀어 보앗다.

허리가 방바닥에 부텃다. 손이 안 들어간다.

(아아 정말 죽엇구나 ―)

용녀는 그 야【그제야】 이런 무서운 사실에 겁이 낫고 마음이 뒤설레서

눈을 점점 크게 뜨며 어찌할 바를 몰랏다.

용녀는 그 자리에 좀 더 오래 잇슬 수 업섯다. 무서웟다. 더퍼 노코 우선 무서웟다.

금방 송장이 벌떡 일어나기라도 해서 이년 소리래도 지르며 덤벼들지 안흐리라고 누가 이판에 장담하랴.

그러잔어도 아까 양 서방은 숨을 지우며 그러면서도 용녀 소리를 치고 자기를 찻지 안헛든가.

물론, 그때 그의 말소리는, 그런 무서움을 품고 나오는 것은 아니엇겟지만, 하여튼 지금은 다만 무서웟다.

그러케 빌다시피 죽기를 기대리엇지만, 그래도 이러케 쉽사리 죽으리라고는 정말 꿈박기엇고, 또 막상 이러케 덜컥 죽어 자빠지니, 아피 금방 허전하고 겁이 낫다.

"용녀!"

아까 양 서방의 지른 이 외마디ㅅ소리가 아직도 귀 미테 부터 잇든 듯, 소름이 오싹 오싹 끼친다.

"아아ㅡ"

용녀는 그냥 아씨 아씨 하며 한달음에 안으로 뛰어들어 갓다.

"아범이, 주, 죽엇세요"

용녀는 우선 아씨에게 이런 사실을 고햇고, 그리고 그길로 병문에 잇는 덕근이에게로 달리어간 것이다.

그들은 모두 양 서방의 주검보다, 용녀의 수선을 자못 이상히 여기고, 놀래주엇다.

이왕 일이 이러케 된 바에야 뭐 떠들 것 업시 한 삼일장이래도 지내서 화장을 하든지 어떠케 하자는 덕근이의 의견에 반대하고 그것도 제 집이면 모르지만 남의 집 행낭에서 어떠케 사흘씩 다리를 뼈치어 둘 수 잇느냐 하며 어서 오늘 밤으로래도 내어 가도록 하자고 서두른 것은 물론 용녀는 당자이엇슴으로 아무도 더 우기지 안코 약간의 수속을 거치어 이튼날 새벽에 양 서방의 기다란 시체는 덕근이를 비롯해서 병문에 몃몃 친구들의 수고를 끼치며 이태원 공동묘지로 나갓다.

용녀는 따라 나갓다

마지막 가는 사람에게 그래도 명색이 게집으로서 모두들 가만 잇서서는 안 된다는 바람에 용녀는 양 서방의 줄무지 뒤를 따라나갓고 그러면서도 맘 한구석에는 약간 서운한 생각이 아주 업지도 안헛다.

1939년 1월 29일(일) 석간 5면
신춘문예 1등 당선 소복(15) 김영수 작

마지막으로 가는 사람이거니 하고 생각을 하니, 조금 코ㅅ날이 시큰해지며 눈 아피 아리아리해젓다.

이태원 그늘진 언덕 한 구석에 아무러케나 흙을 긁어모아서 새 산소 하나를 맨들어 노코 용녀는 오정 때가 활쎈 넘어서 집으로 도라왓다.

아아, 인제는 아무도 무서운 사람이 업구나, 구찬흔 것이 업구나―. 용녀는 우선 마음이 가뜬하엿다. 방문을 여니 찬바람이 확 끼치며, 무서움이 안개가티 내닷는다.

방 한구석에는 함부루 싸하 노흔 이불자락이며 서방의 옷가지가 지저분햇고, 마지막 숨이 꺼질 때까지 찻던 물그릇이 방바닥에서 딩굴엇다.

"인제 으떡허나―"

용녀는 이런 생각에 다시 한번 아피 허전함을 느꼇다.

(꼽추래두 이런 때 왓스면, 얘기래두 해보지 ―)

그러나 꼽추는 용이히 나타날 줄 몰랏고 날은 점점 어두어 가서 어둠은 자꾸 무서웁게 방속으로 기어들엇다.

반다지ㅅ속 맨 밋바닥에 그러케 위하며 애끼며 간직해 두엇던 비록 인조견이나마 진솔치마 저고리를 꺼내 입고 또 양 서방헌테 말하자면 시집올 때 어더 입은 옥양목 두루마기까지 꺼내 입고서 꼽추가 어더 노핫다는 사직골 막바지 어느 셋방으로 상고머리 공 서방을 따라간 것은 용녀가 양 서방을 이태원에 내다 뭇고 사흘째 되던 날이엇다.

"고생은 좀 되겟지만 그냥 여기서 겨울만 나아 응"

공 서방은 늘 용녀헌테 다정하엿다 그리고,

"가게에는 나오지 말어. 남들이 알드래두 재미 업스니, 괘애니 ―"

이런 당부까지 하엿다.

마음 노코 웃을 때면, 이ㅅ몸이 왼통 드러나서 그게 조금 마음에 실혓지만 그래도 공 서방은 어드로 보든지, 돈이 잇고 나이가 젊고 그뿐 아니라 정말 어듸로 보든지 양 서방 따위와는 비할 바가 아니엇다.

그리고 꼽추헌테도 그동안 페를 끼쳣스니, 어떠케 체면치례는 해야 하지 안느냐고 용녀가 말을 꺼내니까, 으응 참 그러쿤 하면서 공 서방은 선뜻 또 굵다란 쇠사슬 가튼 금시계줄이 달린 지갑을 꺼내 들드니 **빳빳한** 십 원짜리 한 장을 무척 선선하게 내어 주엇다.

"아, 이걸 다아 주우?"

용녀가 조금 놀래어 어색한 기색을 보이니까, 그는 웃음을 ||【띠】우고, 좀 더 태연해지며,

"그럼 ──"

하고 용녀의 뺨을 지긋이 잡아다리며

"그게 뭐 만허 ──"

하기도 하엿다

그러니까 용녀는 이 공 서방의 부드럽고 고마운 맘씨에 한 번 더 고마워지고 감격할 수가 잇섯다

용녀는 사직골로 와서 우선 기뿐 것은 무엇보다도 행낭어멈이란 딱지를 떼어버린 것이엇고 비록 셋방이라고 하지만 그래도 쌀 나무 걱정은 안 하고 지내게 된 것이 고맙도록 기뻣다 그리고 지금 용녀가 느끼는 행복은 비단 이것만에 끄치지 안헛다

나이 五十에 가까운 양 서방헌테서는 도저히 느끼어 보지 못햇고 또 바랄 수도 업던 온갓 재미와 이야기가 지금 이 사십도 채 못된 공 서방헌테는 얼마든지 잇섯고 그러니까 늘 밤은 짧고 안타까윗다.

용녀가 처음으로 안 사나이는 그야말로 그때엔 그의 말맛다나 나이가 너무 어려서 정은 고사하고 아무것도 몰랏스니까 말할 것도 업지만 서울에 올라와서 그 다음으로 두 번째 만난 양 서방헌테서도 정신적으로나 물질적으로나 늘 고생이고 우울하엿스니까 정말이지 그 반동인지는 몰라도 용녀는 상고머리 공 서방에게 아주 반하도록 원만하엿고 날이 밝고 새는 것조차 행복스러윗다 그러므로 그는 공 서방 아페서 흡사 새색씨가티 굴엇고 그리하려고 노력하엿다.

그러나 이런 고맙고 재미잇는 공 서방에게도 아주 하나의 험도 업는 것은 아니어서 그에게는 벌써 자식을 여섯이나 나헛다는 장가 처가 잇섯다.

용녀도 그런 것은 벌써 전부터 알엇지만 그러나 그런 사실에는 조금도

슬퍼하지도 뉘우치지도 안헛다 그것은 그의 성질이엇다.

1939년 1월 31일(화) 석간 5면
신춘문예 1등 당선 소복(16) 김영수 작

자식을 여섯 아니라 백을 나흐면 무슨 짝에 소용이냐. 정작 이러케 살림을 채리고 서방의 뒤를 거두는 것이 계집이지 ——

이런 생각을 하면 곳 용녀는 얼마든지 기뻐질 수 잇섯다

한 달에 육 원하는 한 간 방이엇스나, 세간이라고는 옷 보따리 두엇박게 업는 용녀에게는 결코 좁지 안핫고, 또 집 주인도 단 늙은이 양주뿐이어서 얼마든지 조용하고 아늑하엿다.

공 서방은 용녀가 그를 조와하고 따르는 것보다 더 힘잇게 더 재미스럽게 용녀를 날마다 따르고 조와햇스니까, 정말 계집은 그날그날이 아기자기하고 꿈속 가탓다.

하루는 오래 간만에 꼽추가 와서

"아이구, 으쩌면 그동안에 저러케 얼굴이 조와젓서 ——"

하며 용녀를 이리보고 저리보고 너무도 흐【호】들갑을 떠는 바람에, 처음에는 아마 괘니 저러겟지 햇지만, 꼽추가 하도

"아이구 정말야. 아주 확 달라젓서."

하기에, 용녀도 마음이 나뿌지는 안해서,

"뭐얼……"

하기는 햇지만, 내심으로 얼마나 은근히 조왓는지 모른다

그러자 어인 까닭인지 공 서방이 하루는 궐하엿다.

아무리 가게 일이 바뻐도, 으례 밤이면 들어와서 그래, 온종일 혼자 잇

스랴니 얼마나 갑갑하냐는 둥, 저엉 뭘하면 낫 가튼 때는 진고개 구경이래도 나가라고, 이런 말까지 하며, 혼자 이러케 외딴 떼다 잇게 해서 정말 안됏다고 얼마든지 미안해 하던 그다.

그러나 아무리 늣도록 기다려도 공 서방은 들어올 줄 몰랏다.

그것은 얼마든지 생각해 봐도 이상한 것이 공 서방이 이 사직골로 와서 한 달 가차이 되도록 뭐 자정이 넘어서 들어온 적은 별로 업섯고 만약 좀 늣는 경우면 가게 아이나 그런 사람을 시켜서 미리 오늘은 좀 늣겟스니 그리 알라고 일러준 것만 보아도 넉넉히 짐작은 간다.

그러치만, 아마 차차 대목도 가까워 오고 그러니까, 오늘은 바뻐서 못 드러오겟지 ──.

이러케 용녀는 생각을 돌리고

"인제 잇다가 들어오기만 해라 그냥 두나. 내 좀 성을 낼껄 ──"

이런 재미잇는 생각까지 하고서 성을 내면 눈은 어떠케 떠야 되나 그리고 입은 어떡하고 하며 거울을 드려다보며 한참이나 법석을 피엇스나, 그러나 이튿날도 공 서방은 어인 까닭인지 들어오지 안햇다.

연거퍼 이틀씩이나 베갈기고 골탕을 멕이니 용녀는 약간 정말로 골이 낫다.

그래도 설마 제가 오늘이야 들어오겟지 또 오늘도 안 들어올라구 하는 생각에 온종일 기다리며 용녀는 무척 지리하엿다. 허나 용녀는 또 속앗다.

연달아 사흘을 속고 난 용녀는 이젠 정말 암상이 낫고, 눈이 아주 샐쪽해지고 말앗다.

그날도 용녀는 저녁을 먹는 둥 마는 둥 하고 밤이 이슥하도록 공 서방을 기다리다가 정말이지 가슴 속에서 불이 치밀어 올라와 더 참을 수가 업서 그길로 상삿골 꼽추의 집으로 달리어갓다.

애초에 공 서방을 알게 된 것도 이 꼽추가 부티어 주엇기 때문이엇고, 또 그 후로 늘 공 서방을 만나서 얼마던지 행복할 수 잇던 곳도, 바로 이 꼽추의 집이엇스니까, 용녀가 이런 갑갑한 때를 당해서 제일 먼저 꼽추를 생각해 내고, 부랴사랴 그를 만나려고 나선 것은 당연하엿다.

하지만, 일은 늘 공교로웟다

용녀가 꼽추의 집 문을 들어서니 방문 아페 노힌 꼽추의 흰 고무신이 눈에 띄인 것은 조왓스나 그 여페 낫익은 사나이의 경제화가 잇슴에는 가슴이 선뜩하지 안흘 수 업섯다.

그것은 분명히 밤마다 용녀가 내일 아침에 신고 나갈 때 차지 안케스리 공 서방이 버서노키가 무섭게 방안으로 집어들고 들어와서 선반에 언저 노코 언저 노코 하던 바로 그 내 서방 공가의 경제화가 아니냐.

그러치만 그는 곳

(설마——)

하는 생각과 함께 마음을 단단히 먹고

"잇스우?"

하고 점잔케 문을 잡아다렷다.

1939년 2월 2일(목) 석간 6면

신춘문예 1등 당선 소복(17) 김영수 작

그러나 문은 안으로 고리가 걸려 잇다. 그래도 한 번 더

"잇수?"

해본다. 허나 문은 까딱 안 하고 대답은 용이히 나올 상 십지는 안타.

순간, 용녀는 가슴이 선뜩해지며 눈이 다시 재바르게 댓돌에 노힌 경제화로 갓스나, 그러나 용녀는 그리 용렬한 계집은 아니어서

"아, 자우?"

이번에는 이러케 조금 소리를 노피엇고 팔에 힘을 주어 고리를 힘잇게 잡아다렷다.

그래도 방안은 그대로 고요할 뿐. 아무 소리가 업다.

용녀는 부쩍 의심이 낫다.

(그럼 정말이구나——)

용녀는 생각이 이러케 드니 인제는 체면도 조심도 돌아볼 경황이 업섯다.

공 서방이 꼽추년하고 아니, 꼽추년이 공 서방하고 자기 생각대로 정말 그러케 됏나. 이것만이 한시가 급하게 알고 시펏다.

"문 열우 문 열어"

용녀는 그대■ 주먹을 쥐어 가지고 방문을 세차게 뚜드리기에 바뻣다.

이윽고 오랜 사이를 두엇다가 방문이 확 열리며

"아 웨 왓서"

하고 머리를 내민 것은 꼽추가 아니고 정녕 틀림업는 상고머리 공 서방이엇다.

앗!

용녀는 얼른 벽을 집고 하마트면 쓸어질 몸의 중심을 바로 잡엇다.

"?"

용녀는 무슨 말을 먼저 해야 될지 영영 갈피를 채릴 수가 업섯다.

방안 어둠 속에서는 꼽추가 매무새를 고치며 그리고 웃저고리는 채 못 입고서 당황해하는 꼴이 공 서방의 털이 시커먼 겨드랑 미트로 디려다 보

이엇다.

"아 웨 왓서. 집이【에】 잇지 안쿠"

공 서방은 이런 어울리지 안는 꾸지람을 하고 다시

"가 가 잇서!"

하더니 도루 머리를 디밀고 문을 다덧다

용녀는 그때까지 말이 나오지를 안해서 그냥 그대로 서서 잇지만 마음은 불ㅅ길가티 뜨겁게 타올낫고 제일 가슴이 두군거려서 견딜 수가 업섯다.

옥물은 아랫입술에서는 피가 터저 턱으로 가만히 흘러나리건만 용녀는 몰랏다.

용녀는 그들에게 더 무슨 말을 하거나 그러는 법 업시, 그냥 얌전히 집으로 돌아왓다

"어디 갓다오우?"

하며 주인 할머니가 인사 비슷하게 말을 건넷지만, 용녀는 행여 눈물을 보이지 안흐려고 아무 대답 업시 머리를 저편으로 돌리고, 그냥 제 방으로 들어갓다.

용녀가 울며 또는 몸부림을 처가며, 고스라니 그 밤을 발킨 것은 아무도 몰랏스리라.

나이 스믈아홉이 되도록 이러케 서방 때문에 아니 그것도 서방을 이눔 저눔 하고 욕까지 퍼부어가면서 울며 밤을 새워보기는 그는 정말 처음이엇다.

공 서방 그놈도 그러치만, 꼽추 그년이 더 미웟고, 그러나 당장 그들 중의 아무나 눈아페 잇다면, 당장 간이래도 내어서 씹고 십도록 용녀는 끗업시 내 신세가 분햇고 원통하엿다.

공 서방인가 그눔하고 살기가 바뻐서, 용녀는 얼마나 알코 잇는 양 서

방의 머리마테서 무서운 소원을 하엿든가.

그리고 양 서방이 짜장 팔다리가 식어갈 때에도, 용녀는 정말이지 얼마나 속으로 앙큼한 생각을 하엿든가.

(아, 제발 어서 죽기나 햇스면——)

이러케 수 업시 한 자기의 말을 혹시 양 서방은 들엇슬지도 모른다 듯고도 가만 잇는 것이 아니엇든가.

그리고 생각을 하니 양 서방을 죽인 것이 아무래도 용녀는 자꾸 자기 자신가티 느껴젓다

"양 서방!"

"양 서방앙——"

용녀는 이러케 소리를 내여 불러보기도 하며 그에게 웨 그런지 용서를 빌고 시퍼 울엇고 또 다시금 그리운 생각도 나서 못 견디게 괴로윗다.

양 서방이 숨을 모으며 마지막 부르던 용녀! 하는 소리가 어디서든지 또 한 번 들릴 것만 가타서 그는 점점 더 서글퍼 갓다.

밤은 그대로 기퍼가고…….

1939년 2월 4일(토) 석간 3면
신춘문예 1등 당선 소복(18) 김영수 작

그 이튼날 새벽.

오래간만에 서울에는 첫눈이 나리엇다.

오늘 낼 오늘 낼 벼르기만 하든 눈이 히끗히끗 나리니, 서울 장안은 별안간 고요해진 것 갓고 오고가는 사람도 수효가 적은 것 가텃다.

두 눈이 퉁퉁 붓도록 고스라니 울어서 밤을 새운 용녀는 휜——히 동이

트자 그냥 머리도 흐터진 채 마치 누구에게 껄려 나오는 사람가티 사직골 막바지를 나섯다.

지내가는 사람들이 힐끔힐끔 돌아보앗지만, 마음이 한껏 슬퍼지고, 눈 아피 흐밋해진 용녀에게는 사실 아무것도 보이지 안헛다.

눈빨이 굵어진다.

함부루 들어내 논 얼굴에, 얼음 가튼 눈빨이 휘익 휘익 몰아와 덥는다.

아피 잘 보이지 안는다.

지적 지적 걸어가는 용녀의 옷고름이 기ㅅ발가티 바람에 펄럭인다.

아무 데도 지향 업시 걸어가는 사람가치 마치 두 다리에다가 왼 몸둥아리를 맛긴 사람가티 치맛자락이, 질질 땅에 껄리어 흙물투성인 길바닥을 휩쓴다.

벌거케 들어내 논 종아리에는 흙이 꺼머타.

발을 듸어 놀 쩍마다 가슴이 이리 비틀 저【리】비틀 간신히 몸을 가누어 가며, 용녀는 어지럽게 길을 휩쓸며 걸어간다

하늘은 자꾸 흐리어오고.

눈은 그대로 퍼붓고…….

이태원 양 서방 무덤 아페 용녀가 나타난 것은, 그가 사직골 집을 나서서 오래지 안헛다.

사람 하나 업는 묘지에는, 소리 업시 함박눈이 나릴 뿐.

수업시 들어안즌 무덤 우에는, 소복소복 싸힌 눈조차 고요하고 아름답다.

용녀는 쉽사리 양 서방의 무덤을 차저내엿다.

새로 깍가 심은 조그만 팻목에도 눈빨은 가리지 안는다.

용녀는 헉 소리를 치고, 양 서방의 무덤 아프로 가서 쓸어젓다.

눈 더핀 무덤으로 기어오르며, 양 서방을 부르며 우는 용녀의 얼굴에는 눈물이 뜨거웁고 바람은 눈보래를 몰아 가슴을 헤치고 들엇다.

"양 서바 — 앙."

"양 서바 — 앙."

용녀는 목을 노코 운다.

마지막 죽을 때까지 그러케도 미웁고 보기 실튼 양 서방이 용녀는 그리웟다.

당장 눈아페 그가 잇다면 덤썩 목이래도 얼싸안고 십도록 용녀는 양 서방이 그리워 갓다.

상고머리 그 녀석 때문에 얼마나 양 서방을 허구헌 날 눈의 가시로 역이어 왓든가 그런 것도 뉘우처젓다.

용녀는 또 양 서방을 소리를 지르며 찻는다.

"양서바 — 앙"

그러나 묘지는 더욱 고요해지고 눈이 아풀 가릴 뿐, 양 서방의 대답은 들려 오지 안는다

용녀는 점점 더 안타까워 갓다. 그냥 무덤을 얼싸안고서, 눈 덥힌 벌판으로 용녀는 한업시 굴르고 십헛다.

용녀는 열 손가락을 펴 가지고 무덤을 쥐어뜨드며 기어오르며 기어오르며 무덤 우에서 수업시 딩굴엇다.

지금 용녀에게는 상고머리도 꼽추도 아무도 소용업섯다. 다만 수염이 덥수룩하고 늘 말이 업고 방 아랫묵에서 담배만 피우든 양 서방이 용녀는 그립고 보고 십헛다.

(죽기 전에 얘기나 실컨 해 볼걸 —)

이런 생각도 낫다.

(그러케 기운이 업담. 상고머리 하나를 못 당허게 —)

이런 쓸데업는 후회도 낫다.

이제 용녀는 갈피를 채릴 수 업는 여러 가지 생각에 마음은 아주 얼키고 눈아픈 캉캄해지고 말앗다.

이젠 울어도 목이 칵 쟁겨서 소리가 안 난다.

"양 서바 — 앙"

"양 서방 양 서바 — 앙"

그러나 이런 소리는 채 입 박그로 나오지 못하고 그냥 목구멍 넘어서 가라안고 가라안고 그랫다.

총총히 들어선 무덤은 제각금 눈에 더피어 크고 작은 것이 보이지 안는다.

"양 서바 — 앙"

눈은 그대로 소리 업시 퍼부엇고……. 게집은 또 게집대로 한창 슬퍼갓고…….

무덤이 잇는 곳은 늘 울기에 참 조핫다. (꼿)

홍수 1940.1.10~1940.1.27

김만선

1940년 1월 10일(수) 조간 5면

2등 당선 단편소설 홍수(1) 김만선 작

이백여 호의 촌락을 단숨에 삼키려던 탁류는 마을에서도 제일 드노픈 장덕수네 중방에서 늠실대다 물러 나갓다. 첫 장마로서는 좀처럼 드문 일로 저으기 초조하엿섯다. 그러나 다행한 일로 비가 멈췃다 언제나 비만 멈추면 마음을 놀 수가 잇섯다.

옷말 너머 사장이 얼굴을 내밀며 이여 탁류는 압강 뒷강으로 갈리엇다. 쇠똥 가튼 거픔도 저으기 가라안고 걸직하게만 된 탁류의 수선도 덜해젓다. 그러고도 한 밤을 지내서야 동네 압뒤로 뻐친 야튼 길이 드러나고 두 길을 읽어맨 새ㅅ길도 티엇다. 가까이 또는 멀리서 대기하고 잇던 피난민들은 푸석한 나츠로 모여 들엇다.

텅 비엇던 집집 마당에 힌옷이 가득 널려지고 울타리마다 벽마다 물거픔으로 허리를 둘러준 탁류는 멀지간이 강변 버드나무 아래로 물러섯다. 동네는 어수선해젓다. 여기 저기 골목에서 헤여지는 여인네들의 치마ㅅ바람에 까라안즈려던 흙냄새는 코를 찌르고 비린내까지 풍긴다 삼대를 두고 코에 익은 향기다 탁류가 침범할 때마다 초조하고 안타까웁던 말사람들의 마음은 이 향기로 말미암아 용궁님(龍宮神)과 조상에 감사를 들어게 되는 것이엇다.

김 씨는 광속 노피 치달은 옷장을 열어 본다 세간은 노피 시렁을 짜코 달어 간수를 하엿스나 물거품은 장 미테 줄을 그엇다 김 씨의 움지김은 바뻐진다 저고리를 끄내고 치마를 집어내고 또 저고리를 꺼낸다. 한 가지 두 가지 꺼낸 옷은 펼처진 채 여폐 싸인다 장속으로 손이 차츰 기퍼진다.

"이를 어째!"

혀를 채인다. 손에 은조사 깨끼저고리를 들고 그의 얼굴은 파라케 질려 오무라진다. 더위 이상으로 등에 땀이 배엿다. 팔의 동작은 더욱 더 바쁘다 밋바닥이 가까워젓다.

"에그머니!"

드디어 어굴함을 혼자서는 견디지 못한다.

"애 이것 좀 봐라"

마루에 말러부튼 탁류의 앙금과 시달리고 잇던 며느리의 거름도 걸레를 쥔 채 광속으로 바쁘다.

"에그머니나!"

며느리의 손으로 옮아간 세루두루마기는 천근이다. 깃쪽은 회색이 초록으로 멍이 들엇다.

"아범꺼지?"

"네"

"빠질까?"

"빠지긴 하겠지만"

"그러키나 햇스면……"

김 씨의 손은 또 하나의 반다지로 옮아간다. 집히는 대로 척척 내놋는다. 또 들어가는 손이 기퍼지자

"에그머니나!"

하는 비명을 연발한다.

"웨들 그래?"

안방에서 나오는 남편은 장판지를 한아름 안엇다. 그도 안방에서 물에 저즌 장판을 거더 내고 잇섯다.

"좀 와봐요"

"왜"

"옷에 무색이 속속드리 들엇구려. 이런 원통할 때가 어디수!"

"빨면 고만일 텐데 웨들 걱정야"

남편은 마루끄테 주저안저 담배만 빤다.

"에그, 속 시원한 소리두 작작하슈. 글세 실어 내갈 때 실엇 냇스면 한시름 이젓죠"

"그럴 줄 누가 알엇서!"

김 씨는 그만 한숨을 짓는다.

"언제나 이 고생을 면헌담……"

"고생이 무슨 고생이야!"

남편의 어조는 심술을 담엇다. 그러나 동네 또 뉘집들과 가치 물이 시렁 위까지 침범하리라고야 누가 예측하엿스랴.

남편 지영호는 가래침을 마당 가운데로 힘차게 날린다. 동시에 그의 눈은 무너진 토담과 부러진 거적 울타리 기동에 머물른다. 두 눈을 사나웁

게 부릅뜬다. 중간 기동의 힘을 일흔 거적 울타리는 박그로 비스듬이 쓰러저 흔들 흔들 위태롭다.

"아범 어디 갓니?"

"글세요. 고대 잇섯는데요"

할 뿐 며느리는 광에서 떠러지질 안는다.

"몰라?"

지영호는 며누리를 흘긴다.

"아버지 말야?"

뒷ㅅ간문을 열어제킨 채 손녀가 안젓다 끙끙 하면서도 빤히 내다보고 참례다.

"너, 봣니"

"저 — 아래ㅅ말루 내려갓서"

대답을 하면서 손녀는 궁둥이를 들엇다 노코 또 들고 한다.

"너, 왜그러니"

"자꾸만 물이 처올러와"

"허, 이놈의 자식! 허란 건 하나두 안쿠……"

울타리도 자빠진 채 똥통의 물도 처내지 안은 채 그대로다. 아래ㅅ말로 갓다니 벌써 노름판을 꾸몃단 말인가.

"냉큼 가 불러와!"

손녀에게 와락 소리를 지른다.

2등 당선 단편소설 홍수(2) 김만선 작

손녀 경히는 목을 옴츠러트린다. 시선을 얼른 뒤ㅅ간 널판으로 떠러트리고 대답을 안는다. 그만 이러서고 시프나 짐즛 더 꿍꿍 한다.

"얼른 가봐!"

"채 뒤나 보거든 야단이슈"

김 씨가 편을 들어준다.

"임자가 좀 데려우우"

"어딧는 줄 내가 아우"

"어디긴 어디야. 늘 파무첫는 데겟지"

"설마 벌써부터 그럴라구. 그놈들도 사람인데"

"흥! 설마……"

그러나 안해는 줄에다 옷을 널기에 분주하다. 줄에 가득해 가는 옷들은 경희를 가려준다 살며시 일어난 경희는 김 씨 할머니만 밋고 살금살금 대문으로 향한다. 그러나 문턱에 이르자 할아버지 호령에 발이 딱 붓는다.

"가니?"

"………"

경희는 마음에 업는 대답을 고개로 한번 끄떡 한다.

대문을 나서 울타리를 끼고 언덕을 단숨에 내려간 경희는 뽕나무 압 갈래길에 이르자 거름을 멈춘다. 아버지가 내려가든 길은 분명 아래ㅅ말로 통한 오른짝이다. 또한 아버지가 잇슬 곳도 짐작에 틀리지 안을 것 갓다. 쇠돌네 집에 분명 잇슬 것이다.

그러나 경희는 몸을 돌려 강변으로 통한 좁은 길을 곳장 달린다 흙투성이가 된 오이바틀 지나고 호박바틀 지나 탁류 속에 익숙지 못해 골고루 자빠진 옥수수바틀 다 가, 수양버들 아페 이르러 숨을 돌린다. 강변길 중간에 의조케 가지를 끌어안은 두 버드나무는 알맛게 서늘한 그늘을 펴고 그 아래에 조무래기들이 모혓다. 경희는 그늘 속에 몸을 감추며 집을 핼끔 돌아다 본다 뽕나무 여프로 할아버지의 머리가 쓰러진 울타리 위에서 어른거릴 뿐이다.

버드나무 상가지에는 쇠돌이가 걸터안저 가지에 걸린 고구마 넝쿨을 떼어 휘저며 까불고 나무를 타지 못하는 남어지 조무래기들은 손을 처들고 목이 말러 조른다. 그러나 좀처럼 던저주지 안흐며

"아 — 맛나"

하고 감질만 북도다 준다. 장마 덕분에 수양버들을 타 본 엄 서방의 고구마 넝쿨도 마지막 하나가 놈의 손에 요리가 되어 간다.

"남 줘"

경히도 손을 벌려 본다. 헤설수로이다. 그러나 뜻하지 안코 고구마 하나가 경히의 이마를 갈기고 땅에 떠러진다. 풋고초만한 놈이다. 조무래기들은 와작 경히를 밀치고 여러 손이 땅을 긁는다. 나무 위에서는 눈을 부라린다.

"경희야, 경희!"

허지만 들은 척들도 안는다. 게집애에 대한 대접도 돌아볼 여유가 업다. 끗끗내 한 놈이 모래고물을 무친 채 입속으로 잽싸게 처녀코 몸을 빼친다. 만족한 우숨까지 띄우며…….

"이 자식 보자"

쇠돌이는 우선 별러만 두고 또 이리저리 넝쿨을 뒤진다. 한 알강이도 업다.

경희를 내려다 보고 민망한 듯 승거운 우슴을 지으며

"업다!"

하고 넝클을 노피 치던지고 내려올 자세를 취한다.

넝쿨은 훨씬 노피서 재주를 넘고 가지에 걸려 춤을 춘다 경희의 고구마를 약탈한 놈이 먼저 강변으로 달아나고 쇠돌이가 잡으러 쫏고 그 뒤를 한 떼가 쫏는다. 망서리든 경희도 쫏는다. 조금 후 꿈틀거린 강변 언덕길에 조무래기들의 경주하는 모양이 베젓다 숨어버린다.

지영호는 쓰러진 울타리에 기동을 바꾸어 대고 잇다. 기동을 새로 세우고 울타리를 당기어 새끼로 바쁘게 얽어맨다. 그의 마음은 초초하다. 그는 뜻하지 안은 소문을 들엇다. 그 소문을 전하고 간 사람들은 용궁당 제사에 쓸 떡쌀을 거드러 왓던 아래ㅅ말 사람들이다.

쌀 한 보시기나 돈 십 전 한 님풀 내노치 안코 용궁님을 저주하드란 엄 서방에 대한 그들의 비방은 오히려 동정을 갓게 한다. 생기는 곳이란 꼬배기 고구마 밧만을 하눌가치 밋는 터에 반년 농사가 불과 사오일 동안에 전멸이 되엇다. 엄 서방이 아니라도 그 지경을 당햇스면 감사를 올리자는 이번 용궁당 제사에 쌀 한 톨이라도 보텔 정성은 가지지 못할 것이다. 하여간 그러한 것은 엄 서방에서 한한 일이겟스나 또 한 가지 떼목을 찾즈러 떼목 주인이 나섯다는 소문은 이마에 피ㅅ대를 세우지 안흘 수 업다.

떼목을 차즈러 다닌다니 뻔뻔스럽다. 위ㅅ강으로부터 탁류 속에 잠겨 흘르는 흐터진 떼목들을 보고만 지내첫드면 어떠케 되엇슬 것인가. 그때는 어디가 찻는단 말인가.

2등 당선 단편소설 홍수(3) 김만선 작

죽엄을 무릅쓰고 그것도 배를 가진 까닭에 건저 내엇다. 탁류 가운대로 배를 저어 떼목보다도 더까불며 가까스로 하나 잡으면 뒤에서 꿈틀거리는 다른 한 개를 욕심만 내며 아래ㅅ강 철교 밋까지 밀러가 겨우 한숨을 돌렷다. 그러한 떼목을 주인에게 빽긴다니 그만큼 어수룩할 수는 업다. 떼목 주인을 동정해야 할 양심을 쫏기에는 너무나 노력이 아가웁다. 남의 불행을 이용해 배를 채운다는 것과는 성질이 달을 것 갓다.

떼ㅅ목을 건진 사람은 한두 사람들이 아니다. 배를 가진 사람이면 누구나 한 개라도 더 탐을 낸다. 그들을 훨신 만히 그보다 극성스럽게 서둘러 강변에 싸 노핫다. 차츰 그의 초조하든 마음은 가라안는다. 혼자만 속을 태울 것은 업슬 것 갓다 무슨 일을 당하든 여러 사람들이 다가치 당할 것이다 하고 생각하니 한편 든든하기도 하다.

그러나 그의 마음은 다른 것으로 인해 또 초조해진다. 아들의 일이 마에 걸린다. 홍수가 난 동안만 잠잠하든 노름을 또 시작한 모양 갓다. "설마" 하고 미드려든 순간만은 마음을 놀 수가 잇섯스나 추측을 그리로 돌리면 금시로 가슴의 피가 파르르 떤다.

일손도 허둥허둥 되는 대로 아무려 노코 그는 손을 턴다.

"요년은 가드니 뭘 해"

울타리 넘어로 강변길을 더듬어 본다. 가까스로 내밀엇든 배를 편 울타리의 키는 발더듬을 하게 한다. 홀죽해진 강물만 느리게 움지길 뿐 그 외는 버드나무들까지도 꼼짝 안는다

그는 마루 아프로 가 기동에 걸린 밀집 벙거지를 왁살스럽게 떼어 쓰며

"돌아오거든 가칠목으로 곳 보내라"

애꾸진 며누리에게 쏘아던지고 집을 나선다

쇠돌네 문 아풀 지내려든 그는 그대로 지내지를 못한다 잠시 인기척을 살핀다 그러나 꼭 다처진 집안은 고요하다 한 거름 두 거름 다거서 문틈으로 엿본다 추측에 어그러저 노름꾼들은 업다 웃통을 버서부친 쇠돌 어머니만 마루에 함부로 자빠젓다 시드른 젓통이 마루에 느러젓다 홋 마만 걸친 아래ㅅ도리는 치마자락이 엽흐로 몰려 허벅다리 궁둥이가 시원스럽게 뵈젓다 용궁당에서는 한참 일이 벌어젓슬 때에 한가하게도 낫잠을 잔다 용궁당이 아니라도 밥술을 어더 먹을 조흔 수라도 생겻단 말인가 노름꾼을 부치는 것쯤으론 그럴 수가 업슬 것이다.

조금도 탐스럽지가 안타. 안해의 마른 몸둥아리를 본 것보다도 더 불쾌해진다. 그는 성큼 물러선다. 아들이 와 잇지 안흔 것만이 다행하다. 그는 긴 한숨을 어깨로 몰아낸다.

아직은 장마 뒤끄치라 판을 차리지 안흔 것 갓다. 그러나 안심을 해서는 안 된다. 철도 체면도 무시하는 그들이다. 이때라고 마음을 놀 수는 업다. 오늘밤부터라도 시작할른지 모른다.

그는 아프로 아들에게 대할 태도를 생각해 본다.

(돈싹만 뵈지 안흐면…)

그러나 그것만을 가지고는 안심할 수가 업다. 일상 되푸리하여 속아온 생각이다. 그 위의 수단을 필 줄을 안다. 걸핏하면 세간사리를 집어내 간다.

(그것을 막을 수만 잇다면…)

그러타. 좀더 감시를 엄하게 해서 그 짓을 막아야 한다. 그러면 이번 장마를 기회로 마음을 잡게 할 수도 잇슬 것 갓다. 저도 별 도리는 업슬 것이다. 자기 친구들 중에서도 돈을 꾸어줄 사람은 업슬 것이고 더구나 한번 속아본 돈노리하는 장 주사가 또 월수를 줄 리는 업다.

다만 겁나는 것은 죽겟다는 발악이다. 톡톡이 나무래면 빌지도 안코 그러타고 거역을 하는 것도 아니다. 다소곳이 귀담어 반성을 하는 것 갓다 그러나 끗끗내는 의례히 죽겟다는 것이다.

"어서 어서 그래나 주엇스면 남이나 속 편히 살겟다!"

하고 소리를 질러 버렷든 것이엇다. 그런 뒤면 그의 마음은 끗업시 슬프다. 아들을 두어보지 못한 고독 이상으로 가슴이 아픈 슬픔이다. 죽을 것까지야 무엇이 잇는가. 죽을 결심까지 한다면 그만한 결심으로 신용을 회복할 수도 잇슬 것이다. 동정도 안 가는 말이다.

지영호는 흥분이 될 대로 되어 아래ㅅ말로 향한다.

아래ㅅ말 웅뎅이에서는 쇠돌이 패의 고기잡이가 한참이다. 장마는 그들에게 또 한 가지의 소일거리를 제공하엿다. 버들 아래ㅅ가지에는 질서 업시 적삼 고이가 함부로 걸렷다.

"휘저라 휘저!"

쇠돌이의 지휘가 떨어지자 벌거숭이들은 팔노 물을 때리고 젓고 발로 짓밟고 법석을 한다. 물속의 진흙이 풀려 웅뎅이의 물은 점점 걸어진다. 얼굴에 틴 흙물이 말러 변양[1]이 된 것들도 모른다. 걸직해진 흙물탕 속에

---

1 변양(變樣) : 모양을 바꿈.

여기 저기서 메기의 큰 입이 들어난다. 숭어의 머리도 베진다. 그러나 새 공기를 마신 고기들은 또 숨어 버린다 조무래기들은 쪼차가다 실망하고 더욱 흙물탕을 맨들어 논다.

경히는 조그마한 복어를 두 손으로 쥐고 가에 서 잇다. 복어의 꺼츠른 배는 공가치 둥글고 바람이 들었다. 복어를 내려다 본 경히는 웅뎅이 속을 내려다 본다. 그러나 복어를 잡던 때와 가치 쉬웁게 고기들은 가스로 나타나지를 안는다.

"뒤에 잇다 뒤에! 아니 쇠돌이 뒤 말야"

경히의 신기한 발견이다. 쇠돌이 뒤에 긴 수염을 단 메기가 큰 입을 벌리고 어름어름한다.

"어디야 어디?"

홱 돌아선 쇠돌이는 잠시 허둥댄다. 그러나 바로 아페 잇는 메기를 발견하고 덥석 두 손으로 잡는다.

"잡엇다!"

노피 처들린 메기는 힘업시 꼬리를 몇 번 휘젓다 잠잠해진다.

"어구—크구나"

다른 놈들은 감탄을 한다. 그러나 그들은 감탄만 하고 잇슬 수가 업다. 제 것은 아니니깐. 더욱 눈을 부릅뜨고 고기를 찻는다.

경히의 눈도 부러움에 가득찬다. 제 것을 내려다 본다. 복어의 배가 꺼젓다. 깜짝 놀라 복어의 홍문에 입을 댄다. 훅훅 바람을 잡아넛는다. 복어의 배는 다시 둥글게 팽팽해진다. 한숨을 가늘게 쉬고 또 눈을 웅뎅이로 보낸다.

그 순간 발미티 뭉클한 게 징그럽다. 무엇인지 발미틀 파고든다.

"엄마!"

놀래 물러선다. 그 바람에 복어를 노첫다. 발미를 본다. 뱀장어다. 그러나 경히는 뱀장어를 잡으려 안코 노친 복어를 찾는다.

물 위에 뜬 복어는 둥근 배를 위로 두고 제처진 채 달아나지를 안헛다. 가에서 조금 밀려나갓다.

"쇠돌아! 내 복 좀 봐!"

경히는 쇠돌이를 부른다.

"잇니? 어딧서?"

반가운 나츠로 쇠돌이는 물속이라 느리게 달려온다.

"여기 이것 좀 봐"

경히는 발을 군다

그러나 쇠돌이가 제켜진 복어를 발견하고 잡으려 할 때 복어의 배는 혹 꺼지고 달아난다. 죽은 줄로 알엇던 복어는 지금까지 죽은 듯 꾸몃던 것이리라. 경히의 호흡은 색색 급해간다

"이놈 자식!"

복어에게 놀림감이 되엇스니 쇠돌이도 화가 낫다.

"난 몰라. 힝……"

경희는 쇠돌이에게 트집을 잡는다.

"왜 날보구 그래"

쇠돌이는 돌아서며 입을 삐죽 내민다.

경히는 눈물 어린 눈으로 이젓던 뱀장어를 내려다 본다. 뱀장어는 아직도 구녕을 찾는지 머리를 진흙에다 비비고 잇다. 경히는 징그러워 잡을 생각을 못 한다. 그러나 쇠돌이에게 알려주기는 실타.

"경히야!"

강 건너에서 부르는 것 갓다. 귀를 의심하고 참어 본다.

1940년 1월 17일(수) 석간 3면
2등 당선 단편소설 홍수(5) 김만선 작

"아, 이년 경히냐!"

재차 버들이페 스처 경히의 귀를 찔른 음파는 강 건너 산허리에 부디처
또 한 번 그러나 가늘게

"아, 이년 경히야!"

하고 울린다.

경히의 가슴은 덜컹 내려안는다. 할아버지의 음성이다. 허지만 또 참는
다. 살그머니 무릅을 꿀코 뱀장어의 허리를 꽉 잡는다. 뱀장어는 쉽사리
잡혓다. 그러나 무릅을 피기도 전에 스르르 손에서 빠저 한손마저 꼬리를
쥐엇스나 꿋꿋내 물속에다 떨어트럿다. 경히는 물속을 내려다보며 아까
운 한숨을 뽑는다.

"경히야!"

할아버지의 성화가 또 귀를 찌른다. 그 자리를 단념할 수박게 업다. 길
로 올러와 할아버지에게로 다름질친다.

"요년! 요 매친년 가트니 거기서 뭘 하는 것야!"

길에 딱 버티고 선 할아버지의 호통은 대단하다. 아무말도 못하고 할아
버지의 때리는 손을 피한 경히는 달아나려 한다.

"어딜 가는 거야?"

"쇠돌이 집"

"쇠돌이 집엔 왜?"

잠시 경히는 멈칫하다.

"아버지 불르러"

"아 인제 겨우——. 다 고만둬……. 고만두구 어서 집으루나 가. 뭐냐 옷을 그러케 적시고 매친년 가트니……"

할아배지는 무섭게 흘기고 쪼차오려고 한다. 그러나 그대로 돌아서 뚝으로 올라간다.

하루가 지나도 떼목은 처치가 못 되엇다. 헐갑스로 팔어 업새려고 하엿스나 마땅한 사람이 나서지를 안는다. 사고는 시퍼들 하나 그들도 떼목 주인이 차즈러 올까를 두려워한다. 그러나 지영호 자신도 집에다 싸 노키는 실타. 그래 그는 동네에서 살 만한 사람을 물색한다. 장 주사 외는 살 만한 사람도 업슬 것 갓다. 그는 어제라도 장 주사를 차저보지 안흔 것을 후회한다.

적은 아궁이에 불을 집핀 안방 건넌방의 새로 발른 새 벽은 누릇누릇 말러간다. 뜨거운 김이 엉기어 반방에 자욱하고 마루로 퍼지고 마당에 선 지영호의 낫까지 훗훗하다. 아들은 마루에 누어서 꼼작도 안는다. 어제스 밤도 새벽에야 들어왓다. 오정이 가까웁도록 조반도 안 뜨고 자빠젓다.

지영호는 장독대에 노힌 빨래방맹이에 눈독을 드린다. 그놈으로 자는 놈의 볼기를 실컷 패고 십다. 그러나 꾹꾹 참는다. 참으려니 눈꼴만 틀려간다. 그는 큰 기침을 청하고 앨써 가래를 모하 대문 박그로 날린다. 그는 가래를 쪼차 박그로 나선다.

마을 한가운데 제일 노픈 곳에 장 주사의 집과 나란히 선 용궁당에서는 제사스떡 반기를 날르기에 여러 여자들이 분주하다. 쇠돌 어머니는 마루에 털석 주저안저 떡함지를 안엇다. 칼로 떡을 썬다. 손바닥만한 것을 여페 싸인 쟁반에다 한 쪼각식 놋눗다.

"어이구 오줌이나 누어야겟다【"】

별안간 쇠돌 어머니는 벌떡 이러난다

"그대루 안저서 싸지 누긴 뭘 눠"

여인 하나가 지긋게 치마ㅅ자락을 부뜬다.

"왜 오즘 떡을 좀 먹구 시퍼서"

모다늘 깔깔 웃는다. 마당 한편 ㄲ태 한 대 뒤ㅅ간으로 쇠돌 어머니는 신을 찍찍 끈다. 그러나 다 가지도 못해 그는 지영호의 시선과 마조친다. 대번에 눈을 아래로 깔고 모르는 체한다.

"쇠돌 어머니 날 좀 보슈"

하고 지영호가 부른다.

"우리 앤 요즘 안 가우?"

가까히 오며 지영호는 은근히 뭇는다.

"언젠 우리집에 왓세요"

쇠돌 어머니는 입을 삐죽 내민다.

"아니, 요 며칠 말요"

"색씨에게 반한 사람이 우리집에 올 턱이 잇서요"

"색씨라니? 누구 말요?"

지영호는 눈을 부릅뜬다.

"흥! 모르시는 모양이군…… 아마 지금두 장덕수 첩집에 잇슬 걸요"

쇠돌 어머니는 어디까지든지 빈정대는 태도다.

그러나 지영호는 아무 말도 못하고 홱 돌아선다. 가슴이 선듯해진다.

그런 줄도 모르고 장 자수【주사】를 차저 떼목을 파러 볼까 햇섯다. 생각만 해도 가슴이 뜨끔한다. 그는 한다름으로 집으로 뛰어간다.

집에 돌어온 지영호는 먼저 장독대로 간다. 방맹이를 집는 손은 떨린다. 다시 마루로 가 신을 신은 채 마루 위로 올라가 방맹이를 쥔 팔이 머리 위로 처들리고 아들의 볼기를 향해 떨어진다. 철석! 누엇던 몸이 발닥 튄다.

"왜 이래요?"

아들은 눈을 흘긴다. 그러나 사정업시 또 철석!

"이놈 자식! 이젠 더 할 것이 업데!"

1940년 1월 18일(목) 석간 3면
2등 당선 단편소설 홍수(6) 김만선 작

이번에는 등에서 또 퍽!

"헐 것이 업서 남의 집 게집을 건드려!"

아들은 대번에 풀이 죽는다 외면을 하고 매를 피할 생각도 안는다.

"이거 미첫수!"

부억에서 튀여나온 안해는 남편의 팔에 매달린다.

"놔! 나두라니깐!"

지영호는 뿌리치려 하고 안해는 작척을 한다.[2]

"미첫수 미첫서! 왜 이러슈"

그래도 안해는 방맹이를 빼스려고 한다. 방맹이 채 안해를 밀친 지영호는 주먹으로 아들의 볼을 지른다. 발로 거더찬다.

---

2 작척(作隻)하다 : 서로 원한을 품고 원수가 되어 시기하고 미워하다. 척을 짓는다는 뜻에서 나온 말이다.

"나가 죽어라 죽어! 너 가튼 놈은 자식이 아니라 원수다 원수야!"

암만 처도 반응이 업다. 주먹만 아프다. 전신은 더욱 와들와들 떨린다 제풀에 지친 지영호는 마루끄테 펄석 주저안는다. 담배를 입에다 물려다 말고 갑짜기 마루를 땅땅 치며 몸부림을 친다 우름이 칵칵 매킨다.

"네놈 때문에 다른 식구들까지 못 산다. 무슨 나츠로 살란 말야…… 얼굴에 똥칠을 해주어두 유만부득³이지 남의 게집을 건드린단 말이 웬 말야!"

영문을 모르든 그의 안해도 눈의 둥그래진다. 광으로 뛰어들어가 숨은 며누리의 어깨도 흔들린다. 아들만 목석가치 꼼짝도 안는다.

"이대론 못 산다. 나가라 나가……. 툭하면 죽겠뎃지 어서 죽든지 나가든지 해!"

아들 점용이는 고개를 홱 처들고 일어선다. 오만상으로 찌프렷다. 잠시 아버지를 무섭게 노리고 섯던 그는 허리춤을 고처 매고 박그로 나간다.

"나갈 테거든 영영 나가! 다시는 내 눈압페 보이지 말어라!"

마지막 다짐을 하듯시 아들의 등에다 씹어 던진다. 광에서는 며누리가 흑륵 늑낀다. 지영호의 입에서도 탄식이 나온다

"집안 꼴은 될 대루 되엇다"

노룸으로 신세를 망치고도 게다가 한술 더 떠, 게집도 하고 만혼 중에 한 동리 게집을 건드린단 말이야. 장덕수가 알면 어찌 될 것일까. 멀지 안어 큰 소동이 나고야 말 것이다.

업서지려거든 멀리 멀리 떠주기나 햇스면 조켓다 언제는 제가 버러 살림을 보탠 것은 아니다. 오히려 지난 일 년 동안은 생각만 해도 지긋지긋

---

3 유만부득(類萬不得) : 여러 가지로 많다 하여도 그것을 얻거나 취할 수는 없음.

하다. 알뜰히도 식구들을 복갔다. 제가 나간다고 눈 하나 거듭떠 볼 식구도 업슬 것 갓다.

"죽은 셈만 치면 고만이다. 죽은 셈만 칠 테야!"

울타리 넘어 허공에다 대고 소리를 치도록 그의 분은 좀처럼 풀리지를 안는다.

강물은 전대로 맑게 개이고 폭양은 아무 일이 업섯던 드시 내리쪼인다. 한낫의 미적지근해진 강물에는 선유객이 차츰 늘고 벌거숭이 수영객들은 가에서 물을 즐기게 되엇다. 수양버들들은 느른하게 매디의 힘을 일헛스나 강변의 풍경은 오히려 풍성하다.

사공으로 돌아간 지영호는 돈버리에 바뻣다. 저녁까지도 경히를 시켜 들어다 먹고 팔이 뻐끈하다. 주머니에는 지전 장수가 늘어가고 잇다. 그러나 그의 마음은 집을 한번 나간 채 소식이 업는 아들을 생각하고 항상 가슴이 뭉쿨하다.

안해는 뒤로 아들의 거처를 수소문하는 눈치다. 잇슴즉한 곳으로 쪼차가고 경히를 풀어놋는 모양이다. 지영호 그도 안해에게 지지 안케 알어볼 만큼 아라보앗다. 만나는 사람마다 번번히들 머리를 젓는다.

며누리의 슬픔보다도 안해의 성화가 더해 간다.

"어서 좀 차저보슈. 가만이만 잇지 말구."

"쓸데업는 소리 말어!"

"그럼 어떠컬라우"

"내버려 둬. 저 아쉬면 어련이 들어올라구"

누구보다도 썰레는 마음을 억제하고 그러나 누구보다도 강경하게 식구들을 나무래는 그다.

아들과 게집과의 정이 얼마나 두터운지는 모른다. 게집은 아직 동리를 뜨지 안엇다. 그러나 그는 아들의 거취를 캐어 볼 용기까지는 안 난다. 혼자 몸을 감춘 것만이 다행【행】이고 또 그러한 동안만 장덕수를 만나도 죄스런 마음이 덜하다. 오히려 잘된 양도 십다.

그러나 또다시 집안을 생각할 때 고독이 가루 걸린다. 나가란 말을 고깝게 드럿다 하드라도 너무나 애비의 진심을 몰라준다. 도망을 하지 안코도 일은 처리할 수가 잇슬 것이고 구지 도망을 해야 할 것은 무엇이냐. 용열한[4] 자식이다. 늙은 애비만을 밋고 다라나다니 원통하기도 하다. 애비를 부려먹는다고만 해서가 아니다. 마음이라도 위로를 해주어야 할 것이 아니냐. 못쓸 버릇만 노아주면 벌어드리지를 안어도 조타. 그것만을 다행으로 감지덕지 마저 들이겟다.

1940년 1월 19일(금) 석간 3면

2등 당선 단편소설 홍수(7) 김만선 작

(애비를 생각지 안는 놈 괘ㅅ심한 놈!)

하고 단렴도 해보려 하나 그럴수록 그의 마음은 도리혀 아쉬어간다. 앨써 건진 떼목만 하여도 아들이 속만 써기지 안엇든 들 진작 땔나무래도 처분이 되엇슬 것이 아니냐. 떼목 주인에게 뺏기고 겨우 품삭으로 십 원을 밧게는 안 되엇든 것이다.

밤늦게야 배를 탄 젊은 남녀는 돌아갈 생각들을 안는다. 쏘군쏘군 애기가 끈치지를 안는다 아래ㅅ강 철교에 기차가 지내간다. 막차인 모양이다.

---

4   용열(容悅)하다 : 남의 마음에 들도록 아첨하여 기쁜 모양을 하다.

간간마다 환한 불비츤 어둔 장막을 통해 아롱아롱 까분다. 기차가 지내가 자 '뽀트' 구락부의 전등이 마지막으로 꺼지고 어둠은 한층 더 지터젓다. 사방은 죽은 듯 고요하다. 배ㅅ머리에 거슬리는 물결 소리만 찰싹 찰싹 가늘게 또렷하다.

"혼자 살자구 이 지랄인가"

혼자 중얼거리고 그는 한숨을 짓고 하눌을 처다본다. 아까보다도 수가 늘어 총총한 별들은 제각금 반짝인다. 하눌이 가깝게 내려 안젓다. 가만 히 부는 바람에도 우수수 쏘다저 강물을 끄려 놀 것만 갓다.

별안간 동쪽 하눌에서 별 하나가 꼬리를 달고 바로 압산 넘어로 떨어진 다. 그 위에는 은하수가 강의 허리를 가로질러 다리를 노앗다.

지영호는 다시 동리로 눈을 돌린다. 캄캄한 속에 흐미하게 번진 다만 하나의 불비치 띠일 뿐이다. 그의 집에서 비치는 전등일 것이다. 불연듯 또 마음이 설랜다. 점룡이가 들어와 잇슬지도 모른다. 그는 가는 기침을 짓들고

"넘어 느젓는뎁쇼"

하고 휘장 안에 말을 건다. 그러나 남녀는 그대로 쏘군대일 뿐 못 들은 모양이다. 또 한 번

"고만 노시죠"

하니 그제서야 휘장 안에서는

"더 놉시다"

"시간이 느젓는뎁쇼"

"느젓스면 상관 잇소"

"제가 재미업스니깐 그럿습죠"

"왜?"

휘장 안의 목소리는 좀 거만해진다.

"순사에게 들키면 혼날 테니간 그럿습죠"

이 말에는 아무 대답이 업다. 여자가 가자고 이러서는 눈치다. 그러나 휘장이 제껴지고 사내만 나오더니 지영호의 손에 무엇을 쥐여 준다.

"저 ― 위로 갑시다"

하고 남자는 다시 휘장으로 들어간다. 끄칠 줄 모르는 남녀의 얘기는 또 계속이 된다. 그러나 그들의 얘기는 영 분간할 수가 업다.

노를 슬슬 저며 지영호는 쥐여운 것을 펴 볼 생각을 안는다 보지 안어도 지전일 것이다. 그는 야금야금 위로 향해 노를 젓는다. 동리에 남은 전등 하나마저 노파지는 강변 언덕 넘어로 숨고 배는 어느듯 은하수 밋까지 왔다.

이때 멀리서 여자의 음성이 들려 온다. 지영호는 귀를 기우린다. 누구를 찾는 모양이다 여자의 부름에 뒤이어 어린애의 부름이 꼬리를 단다.

차츰 가까워지는 것 갓다. 아버지를 부르짓는다. 컴컴한 어둠 속에서 부르지즘은 떨린다. 어린애의 목청은 길게 가련하다 다시 머러진다. 꽤 오래 강변에서 헤메인다 가까워젓다 또 멀어진다.

(누가 물에라도 빠젓나?)

지영호는 쉬엇던 노를 움지긴다. 반동적으로 그는 은하수를 뒤로 더 올라간다. 정말 자살 사건이면 시끄러워진다. 자기의 이러한 꼴을 뵈기도 실타. 은하수도 꽤 멀어진 데서 배를 머【멈】춘다. 아버지를 찾는 애달픈 여인의 부르지즘도 뚝 끄친다.

아침해도 동쪽 산 우에서 머러진 때 밝은 해ㅅ빗을 기하는 듯 말이 업는 남녀를 강 건너 마을로 시러다 주고 천천히 그는 동리로 향해 노를 젓는다.

새 젓독을 실은 늘배에서는 아츰을 짓는 모양이다. 늘배 중간 새 젓독 틈에서 바가지를 쥔 팔이 드나든다. 강물을 퍼들린다. 배에서 솟는 가느다란 연기는 까물까물 흔들리다 곳 지여진다. 그 엽배에서도 상투잽이 사공이 기지게를 피우며 머리를 든다. 퉁 퉁 가칠목에서는 널을 깍는 자귀ㅅ소리가 부즈런하게 들려온다. 비단결 가튼 물결이 파르르 잔주름을 잡는다

동리로 올라가는 길에 지영호는 여러 사람과 마조친다. 물동이를 인 여인을 제치고 물장수와 마조친다. 전에 업든 인사를 주고 밧는다. 그러나 그들은 아무런 눈치도 보이지를 안는다. 그는 새삼스럽게 실망한다. 어제ㅅ밤에도 점용이는 돌아오지를 안흔 모양이다. 영 나간 놈을 기대리는 자신이 우수워도진다.

그러나 집에 들어서자 그는 아들의 일흠을 부를 번 하엿다 아들은 번듯이 제 방에 누어 잇지를 안흔가. 모든 감정이 씨슨듯 사라진다. 다만 반 울 뿐이다. 텅 빈 것 가튼 건넌방이 팔엇든 세간을 다시 작만한 때와도 가치 대번에 마음에 든든해다.

1940년 1월 20일(토) 석간 3면

2등 당선 단편소설 홍수(8) 김만선 작

급한 마음에 재촉을 할 것도 업시 안해는 그에게 전말을 보고한다. 하지만 그 설명은 조곰도 반가울 것이 못 된다. 그의 얼골은 금시로 험악해진다.

급기야 점룡이는 장덕수와 충돌을 하엿다는 것이다. 그것도 게집과 도망을 하려던 즉전에 발각이 되엇다 한다. 장덕수와 싸홈이 벌어지고 장덕수를 대ㅅ돌에다 메어치자 신음하는 소리를 뒤로 어머니는 점룡이를 때

려가며 집으로 끌고 왓다고 한다.

"그런 때면 임자는 집을 비게 된단 말유"

안해는 그를 원망한다. 안해의 말과 가치 그가 어제人밤 집에만 잇섯서도 옷을 가라입으러 잠간 집에 들럿던 아들을 꼭 잡엇슬 것이고 며누리가 강변으로 해매이며 찾는 소리에 쪼처만 왓서도 그런 변은 미연에 막을 수도 잇섯슬 것이다.

그러나 지영호는 어제人밤 일을 후회하기 전에 몃 번이나 벌떡 몸을 일으키려다 주저안는다. 소리도 못 지르고 몸만 와들와들 떤다. 노름꾼 아들을 두엇다 해서 나치 따겁던 것쯤은 문제도 아니다. 이제는 이 동리에서 떠나야만 하게 되엇다. 하지만 그것도 사실은 여차이다. 장덕수의 태도가 어떠케 나올지 알 수 업다. 그는 힘업시 몸을 이르킨다. 얼마 후 지영호는 용궁당 뒤 깨끗한 서슬【솟을】대문 아페서 기웃거린다. 드디어 두려운 마음으로 장덕수를 찾는다. 장덕수 아닌 장 주사가 그를 맛는다. 그러나 장 주사는 인사를 할 여유도 주지 안코 험악한 나츠로 그에게 대든다.

"그놈이 인젠 할 짓이 더 업지! 살인까지도 할려는 게 안야?"

하며 장 주사는 담배人대를 고처 쥐고 한발 닥어선다.

"그럴 리야 잇섯겟습니까"

"아니라니 그럼 뭐시야?"

장 주사의 등 뒤에서 그의 안해가 표독하게 덤벼든다.

"저두 모르구 그럿겟습죠"

"잘못한 게 업단 말이지? 에이 괘人심한 놈들 가트니!"

장 주사는 지영호를 칠 드시 팔을 처들다 놋는다.

지영호는 비는 수박게 업다. 그가 장 주사를 차즌 것은 빌기 위한 것이

다. 불끈하는 욕을 참으며

"안예요 그러게 제가 사과하러 온 것이 아닙니까. 제 놈두 인제 생각이 잇 겟죠. 저 역 그놈을 그대루는 내버려 두질 안켓스니 한번만 용서를 해줍쇼"

"흥! 이런다고 일이 무사할 줄 알어! 고소할 테야!"

"사람을 반쯤 죽여 노코도 빌면 된단 말야? 에이 염치업는 놈들 가트니!"

장 주사의 안해는 이를 악물고 덤빈다. 며누리도 한발 닥어서며 지영호 를 노린다. 그러나 차마 대들지는 안는다.

지영호는 점점 거북하기만 해진다. 그대로 삐저 나오고 십다. 하지만 그는 한 거름 더 닥어서며

"어덧습니까?"

하고 안을 기웃 해본다.

"볼 것도 업서!"

장 주사는 그를 밀친다.

지영호는 도리어 화가 난다. 장 주사의 서두는 품은 고소라도 하고 말 것 갓다. 해볼 때로 해봐라. 나도 모른다.

"고소를 안 할 줄 아니? 고런 놈은 한번 혼이 나봐야 알어!"

장 주사는 더욱 악을 쓴다.

지영호는 슬며시 빠저 나온다. 아니 간 것만 못하게 되엇다. 무엇 때문 에 그 모욕을 당하러 갓섯던가. 이것도 그 잘난 아들로 인해 밧는 욕이다. 그들의 서두는 품은 당연하리라. 그는 생각할수록 치가 떨린다. 점룡이가 업서젓다. 해서 아쉬어하던 자신이 어리석기 짝이 업다.

지영호는 집에 들러서는 길로 곳장 아들의 방으로 뛰어들어간다. 아들 의 멱살을 잡아 일으키고 박그로 껄려 한다.

"무슨 염체로 자빠젓는 거야? 네 집야? 네 애비야? 반갑지 안타. 어서 나가, 어서!"

그들의 소동을 감추어나 주려는 듯 별안간 비가 초마끗 양철을 두다린다. 방안이 컴컴해젓다. 질핏하게 안 껄리려는 점룡의 얼굴은 더 한층 오만상이다.

"콩밥을 먹거나 말거나 난 모른다. 내 눈아페서 보이지만 마라다우"

지영호는 한손으로 문술지를 쥐고 아들을 부득부득 잡어 껀다.

"나가죠, 나가요"

꼼짝도 안턴 아들은 순순히 일어난다.

"일껏 부뜨러 논 걸 더 뜰려 노면 어떠케요! 제발 좀 내버려 두슈"

안해는 발을 굴르며 애원을 한다.

"어머니 고만두세요"

아들은 문지방을 넘어서려 한다.

"글세 년, 가만이만 잇서. 울지만 말구 너두 좀 들어와 부뜨러라!"

김 씨는 아들을 밀치며 며느리를 꾸짓는다. 그래도 며느리는 경히를 부둥켜 안고 울기만 한다. 비는 천둥을 석거 억수가치 쏘다진다.

1940년 1월 23일(화) 석간 3면

2등 당선 단편소설 홍수(9) 김만선 작

점룡이는 다시 펄석 주저안저 울기 시작한다. 한참 만에 그는 벌떡 몸을 일으킨다. 허겁을 해서 김 씨는 아들의 팔을 덥석 부뜬다.

"어딜 가니?"

"……"

아들은 대답을 안는다.

"미친 짓 말구 어서 안저라"

김 씨는 사정업시 힘껏 아들을 떠민다

아들은 힘업시 또 주저안는다.

멍하니 얼이 빠진 눈으로 그러한 꼴을 바라보는 지영호는 더 욕을 해야할지 달래야 할지를 정치 못한다. 전에 죽겟다고 서둘르던 때 이상으로 아들의 표정은 심각해 보인다. 정말 죽으려나 보다. 그러나 그는 아모 말도 업시 방을 피해 마루로 나와 안는다. 애꾸진 담배연기만 뻑뻑 뿜어 논다. 빗바람에 연기는 퍼지지를 못하고 그의 얼굴에서 싸고 돈다.

비는 줄기차게 쏘다진다. 우연히 시작된 비는 밤을 새우고 아침이 되어도 멈출 줄을 모른다. 그러나 장마가 이러케 가까울 수는 업다. 장마는 아니리라. 동리에서는 태평한 나츠로 아직도 궁금한 점룡이의 사건을 조상에 노코 씩뚜거린다. 점룡이가 집에만 파무처 잇는 것두 신기하려니와 게집을 때려만 주고 도망을 하게 내버려 둔 장 주사의 처사도 괴이하다. 정장을 하려면 게집을 쪼츨 리는 업다. 장 주사로서는 아들의 방탕을 막으려 애쓰던 참이니 오히려 이번 기회를 반갑게 마지 햇슬는지도 모른다. 동리ㅅ 사람들의 호기심은 얼마큼 김이 빠젓다. 연놈을 한무끔에 매노코 뚜들겨야 하는 데 그들의 흥미는 잇는 것이다.

모도가 무거운 침묵 가운데 비가 또 한밤을 새우고 나니 동리에서는 남의 일에만 마음을 잼힐 여유가 업서진다. 강의 물은 또 배가 불러지고 벌써 거품이 내려온다. 이틀 만에 강물이 불은 것은 상류 지방에 비가 만히 왔다는 증거이고 거품은 본격적 장마가 될 징조다. 그들은 불안한 마음으로 강변에 나가 밀물을 유삼히 살핀다. 밀물은 바득바득 언덕으로 기어오르기만 한다. 배의 닷을 껄엇다 언덕에 무덧든 것을 다시 언덕 넘어로 옴기게 된다.

그동안 말럿던 뒤ㅅ강에도 물이 티엇다. 잡풀을 쓰러트리고 물ㄲ튼 쏜살가치 달아난다. 그 뒤를 바치는 물결은 점점 범위를 넓게 잡는다. "설마…" 하고 용궁님을 미드려 하던 그들은 완전히 수심에 싸힌다. 올 해는 십이룡치수(十二龍治水)로 가물어야 할 해원이다. 이러케 비가 만코 장마가 자진 것은 어떠한 불길한 징조가 아닐 수 업다.

몃 번이나 몰래 튀어 나가려는 아들을 부뜰기에 지영호는 지첫다. 틈틈이 강변으로 나가 배도 보살펴야 하겟스나 그러할 결을이 업다. 쏘다지는 비는 아들을 감시하는 데 큰 위협이 된다. 그는 수면부족으로 눈꺼풀이 뻣뻣해젓다. 안해가 눈을 뜬 것을 기회로 그는 대신 눕는다. 금새 코를 군다. 그러나 이내 잠이 깨엇다. 악몽에 시달리던 그를 누가 부른다. 깜짝 놀라 눈을 뜬 것이다.

"성님!"

꿈속에서 부르는 것 가치 어렴푸시 들려온다.

"성님! 나오세요!"

뽕나무 압 쯤에서 부른다. 멀리서도 비에 저즌 고함이 수선스럽게 귀에 거슬린다. 전번 장마 때의 광경이 번개가치 지내간다. 정신이 홱 들어 몸을 벌떡 이르킨다.

"성님! 주무시는 게 뭐예요!"

"네 ― 나가우"

그는 당황하게 박그로 튀여나간다. 언덕도 채 못 내려가 그는 주춤한다. 길이 막혓다. 어느새에 언덕 아래까지 밀물은 침범하고 잇다. 강변 언덕을 넘고도 하로는 되어야 탁류는 오이밧까지도 더풀 수가 잇섯다. 이러케 서두는 장마는 난생 처음이다.

"아, 이거!······"

그는 다음 말이 막힌다.

"큰일낫세요······. 지금이라두 피란들을 해야겟는데요"

그러나 피란보다도 지영호는 강변 배들에 매달은 배가 궁금하다.

"배는 어떠케 되엇을까?"

"성님 배두 여기 떼왓세요"

사공인 동료는 친절히도 뒤를 가리친다. 그제서야 동료의 배 뒤에 빈 배를 발견하고 가슴을 쓰다듬는다.

"얼른 준비하세요"

동료는 배를 대어주고 웃말로 저어 간다.

날이 밝기를 기대릴 것도 업시 동리는 떠들석해진다. 서로들 이웃에 소리를 질른다. 별안간 천둥이 창문을 혼든다 뒤바더 번개ㅅ불이 전등을 깜박이게 한다. 비ㅅ발은 더욱 험악하게 퍼붓는다.

지영호는 광에다 시렁을 짠다. 기동의 새끼 자국도 가시지 안은 지금 또 다시 새끼로 오리목을 얽어매야 한다. 그도 진절머리가 난다. 허지만 어쩌는 수가 업다.

"쓸데업는 짓일랑 고만둬요!"

안해의 핀잔은 잠시 그의 손을 쉬게 한다.

"그럼, 어떠케 할 태야"

"지난 번에 속구두 또 쬐만 부려요"

"괜찮허. 두 번째 장만데 큰일은 업겟지"

그는 계속해서 얼거맨다.

"그 집만 불일 께 안예요. 이번 일랑 제 ─ 발 내 말대루 실어 냅시다"

그러나 그는 구지 손을 멈추지 안는다. 세간을 올려 놀 자리를 마련하고 안방으로 들어가 반다지를 둘처가며 안해에게 거들기를 청한다.

"어서 이리 좀 와─. 너두 이리 오너라"

며누리는 거역을 못 하고 방으로 들어오나 안해는

"난 몰르겟수. 어서 재줏것 해보시구료"

하고 영 모르는 체 하려 한다. 점룡이나 일어나 거들엇스면 조흐련만 내다보지도 안는다.

"자니?"

"안 자요"

며누리는 밋망한 나츠로 대답한다. 그도 아들을 불을 생각까지는 못 하고 다시

"어서 이리 와!"

하고 안해를 재촉한다.

날이 밝엇다. 동리는 뻥돌라 탁류에 싸히고 완전히 고도화하고 말엇다. 길마다 막히엇다. 이웃과의 왕래도 끈허젓다.

경히는 대문을 나서 물 아프로 닥어선다. 양산을 어깨에 메고 안는다. 몸통이 전부가 우산 안에 폭 싸힌다. 밀물은 밀려들엇다. 뒷거름질 치고 또 밀려온다. 더 늘지도 안코 그대로만 잇는 것 갓다. 경히는 울타리 미테 젓나무를 꺽거 발 아페 꼬자 본다. 그리고 경히는 청개고리에 눈이 팔린다. 청개고리는 언덕으로 뛰어 올라가다 다시 물로 떠러진다. 물속에서 몸을 발닥 제치고 또 깡충 뛴다.

경히는 잠간 이젓던 꼬즌 젓나무를 내려다본다. 젓나무 가지는 업서젓고 밀물은 발 미테서 닐름거린다. 한 발쯤 뒤로 물러나고 또 젓나무 가지를 꺽그려 한다. 그 순간 짐짓하던 천둥소리가 귀를 찌른다. 경히는 깜짝 놀라 집으로 튀어 들어간다.

1940년 1월 24일(수) 석간 3면
2등 당선 단편소설 홍수(10) 김만선 작

"엄마, 물이 자꾸만 늘어"

"거 참 큰일낫다"

"그럼 가칠목 할먼네로 그전처럼 가나"

"이번두 그러케 될라나 보다"

"그럼 언제? 이따가?"

경히는 무슨 생각을 하는지 박글 유심히 내다본다.

"에그머니나! 뒤ㅅ물이 터젓네!"

뒤ㅅ집에서 놀래는 소리가 들려온다.

이여 마루 미트로부터 탁류는 소리도 업시 압마당으로 퍼진다. 헌 집신이 밀려 나온다. 경히의 꽃나막신이 둥실 떠내려간다.

"엄마! 내 나막신 나막신 봐!"

경히는 마루 우에서 발을 동동 구른다. 나막신은 장독ㅅ대 아프로 가다 슬적 방향을 돌려 대문간으로 쏠려간다.

압강 뒤ㅅ강의 물이 합처진 탁류는 더욱 빠르게 부러만 간다. 지영호네 문턱을 넘어스고 골목 안으로 기퍼간다. 그제서야 피란민들은 급하게 서둔다.

"어서들 나와!"

지영호는 배를 문간에 대이고 식구들을 재촉한다.

"여보! 이리 좀 들어오슈!"

안해는 도리어 그를 찾는다.

"왜 그러는 거야. 어서들 나오라니깐"

쪼차 들어온 지영호는 방안에 번드시 누어 잇는 아들을 재촉한다. 그러나 아들은 들은 척도 안는다.

"어서 나와!"

"난 안 나가요"

아들은 마지못해 대답을 한다.

"남들 기대려!"

박게 배에는 뒷집 식구들이 차지를 하고 기다린다. 그러나 아들은 슬적 둘처 눕는다.

"이거 웨 이러나!"

별안간 장정이 드러덤벼 점룡이를 일으켜 논다.

"죽구 시픈가 죽구시퍼! 물 느는 것 봐!"

점룡이는 도수장으로 껄리는 소가치 거름도 무겁게 껄려 나온다.

"답답한 사람두 —. 어쩔려구 그러는 거야!"

뒷집 젊은이는 점룡이를 업어다까지 주며 또 핀잔을 준다.

노는 뒷집 젊은이가 마텃다. 지영호는 배ㅅ머리에 서서 긴 장ㅅ대를 쥐고 배가 집집의 담에서 멀어지지 안케 하려고 애를 쓴다

배 안에서는 경히 혼자 즐겁다. 늘 다니던 길 우를 배로 가는 맛이 이상하고 기쁘다. 집집마다 손구락질을 하며 뉘 집이라고 재재거린다.

"쇠돌이 집야 쇠돌이 집"

경히는 또 소리친다. 경히 엄마도 쇠돌네를 유심히 본다. 피란한 지도 오래인지 텅 비엇다. 마루 우에 노피 치달린 장농은 더욱 집안이 쓸쓸해 보인다.

"얼른들 나오지 뭣들 해!"

뉘 집에선지 피란을 재촉하는 고함이 들려온다.

쇠돌네를 지나 배는 골목에서 쏠리어 탁류에 복갠다. 골목 안에서 깨진 바가지쪽이 급히 내려오다 배에 부디칠 번하더니 홱 여프로 쏠린다. 배 안의 사람들은 힘찬 탁류의 물결을 돌려 보고 말들이 딱 끄친다. 경히마 저 눈이 둥그래저 할아버지에게서 눈이 떠러지지 못한다.

골목 안의 탁류를 안은 채 배ㅅ머리는 홱 방향을 돌린다. 바로 여픈 거 센 탁류가 지내간다. 지영호는 바쁘게 장ㅅ대를 집어 여프로 돌린다. 장 ㅅ대는 물속에 다 들어가고 손잡이만 남는다. 그는 어프러저 장ㅅ대 끄틀 어깨에 대고 힘껏 배ㅅ머리를 버티며

"안으로 돌려 돌려!"

하고 소리치며 뒤를 돌아본다. 이마에는 피ㅅ대가 불끈 퉁겨젓다.

뒷집 젊은이는 노를 가누지 못한다. 우로 솟는 노를 간우기에만도 오히 려 몸의 중심을 일흘 번한다. 두 사람의 허둥대는 꼴을 보고 배 안의 사람 들은 더욱 불안해간다. 배꽁문이는 거센 탁류 속으로 밀려나간다. 노는 점 점 무거워진다. 탁류는 노의 움지김을 방해하는 것이다. 점룡이는 몃 번이 나 엉덩이를 들먹들먹하나 일어나지는 안코 고개를 더욱 숙인다.

지영호는 장ㅅ대를 물속에서 빼어 배ㅅ머리로 좀더 나가 급히 물속에 처넌다. 땅에 꼬처지자 힘껏 아프로 당기고 또 어프려 장ㅅ대 끄테 어깨

를 대인다 ■로 미는 듯하다 몸째 배를 여프로 밀친다. 배는 조곰 아프로 밀린다. 발버팀을 여프로 고치고 그대로 밀친다. 배는 제법 물결을 헤치고 밀린다. 그는 몸을 일으키고 장ㅅ대를 뺀다. 다시 물속에 잽째게 박는다. 장대 끄튼 배ㅅ전 우에서 머물른다. 뒤에서 노를 젓는 바람에 배는 쑥 거센 물결에서 버서난다. 배는 골목을 건넛다.

1940년 1월 25일(목) 석간 3면
2등 당선 단편소설 홍수(11) 김만선 작

장대를 빼들고 지영호는 가쁜 숨을 돌린다. 남은 사람들도 잇대여 한숨을 짓는다. 배는 밀리고 남은 힘으로 남의 문간을 친다.

"경히 할아버지세요! 우리도 좀 태주세요』

하는 고함이 빈 집인 듯 십던 안에서 들려온다 활작 제켜진 일각대문으로 마루에서 동동 발을 구는 세 식구가 보인다.

"입대 뭣들을 하섯수"

지영호는 문간 기동을 잡으며 외친다

"용궁당으루 가세요"

"용궁당으룬 가 뭘해요. 가만이들 게슈"

지영호는 그대로 배를 마당으로 들이댈까 생각한다. 그러기에는 대문이 좁다. 그는 배의 바ㅅ줄을 집어 기동에 얽는다.

"용궁당으룬 안 가세요?'

---

5   "위 『조선일보』에 게재된 해당 부분의 원문이 훼손되어 단행본을 참고하였다. 참고한 단행본은 다음과 같다. 이근영·김만선·현덕·현경준, 『한국소설문학대계25』, 동아출판사, 1995, 187쪽.

집안의 아낙네는 또 따진다

"쓸데업는 소리 말구, 어서 나와요!"

배 안의 김 씨도 외친다.

지영호는 배에서 물속으로 풍덩 들어간다. 비에 저즌 옷은 새삼스럽게 거더 올릴 필요도 업다. 허벅다리까지 물에 젓는다.

"용궁당으로 가두 금새 쪼껴날 걸 가문 뭘 해요. 이 물 는 것을 보시구료"

마루 아페 이르러 지영호는 돌아서 팔을 제친다. 노파를 먼저 업는다. 그의 뒤를 따른 젊은이는 사내놈을 업는다. 젊은이는 또 한번 아낙네를 업어 오고 세 사람을 더 실은 배는 그만큼 물속에 까라안고 물결은 배ㅅ전에서 찰랑찰랑한다. 그러나 배는 아무런 고장도 업시 뚝에 이른다.

뚝에서는 몃 사람이 와짝 달겨든다. 서로를 헤집고 나선다 김 씨는 그들에게 뺑 돌라 싸힌다.

"어때요?"

"부쩍부쩍 늘어만 가는 걸…… 비가 멈처야만 하지 안우"

김 씨의 한숨을 따라 모두들 한숨을 짓는다.

"우리집은 아직 괜찬허요?"

"압길로 와서 못 봣지만──누님 집이구 물에 안 쟁긴 집은 업스리다"

"압섯 장마에 기우러진 건넌방을 고치지도 못햇는데…… 쓰러지지나 말엇스면……"

젊은 여자는 안타까운 나츠로 힙업시 물러슨다.

뚝 위는 피란한 사람들로 더펏다. 북쪽의 저쪽 끄튼 비ㅅ발에 서리어 또렷하게 보이지도 안는다. 저마다 우산도 다 갓지 못햇다. 비에 저즌 사람들은 전신을 와들와들 떤다. 한군데 부터 잇지를 못 한다. 번차례로 뚝 아래로 달려와 물의 느는 품을 유심히 겨냥댄다.

"훨씬 늘엇서!"

하고 뒷사람에게 알린다 뒤로 그 말이 퍼지고 물이 는 것 이상으로 한숨이 늘어간다 뚝 위는 와글와글 더한층 수선스러워진다

김 씨의 조금 뒤에서 갓난이가 재즈러지게 우름을 터트린다 젊은 어머니는 젓도 안 주고 볼기만 친다

"이 웬수년의 자식! 남의 속도 몰르고 웨 보채는 거냐!"

젊은 어머니는 여페 세간을 끼고 섯다 농장이 잇고 뒤주가 잇고 그 뒤에 찬장이 우뚝하고 오지항아리들 화닥까지도 지키고 섯다 김 씨의 눈에는 점점 그러한 것들만 띠인다. 분한 마음에 가슴을 두근거린다 세간을 실어낸 집은 한두 집이 아니다 세간들은 사람틈에 간간히 넓게 자리를 잡고 잇다.

김 씨는 홱 몸을 돌려 남편에게 급하게 가까이 간다 화가 난 표독한 소리를 와락 지른다.

"임자두 눈이 잇스면 좀 보우 다들 실어내질 안헛나— 어서 가서 실어와요"

"아주머님두— 인젠 안 돼요"

뒷집 젊은이가 질색을 한다 남편도 잠간 흘기고

"실어내다 비에 적시면 날게 뭐야 물은 일상 늘기만 할 줄로 아는 게로군"

하며 오히려 핀잔을 준다 김 씨는 더 조르지를 못 한다.

그러나 물은 줄 줄을 모른다 한업시 늘어만 간다. 비ㅅ발은 바람에 들복겨 이리 저리 헤깔린다, 용궁당 지붕까지만 가까스로 분간할 수 잇고 그 이상은 웃말까지도 비ㅅ발이 겹겹이 줄을 느려 흐미하게만 내려다 뵌

다. 그 뒤는 하늘과 강물이 맞다어 합동이 되엇다. 강변 버드나무들도 띠엄 띠엄 탁류 위로 고개만 처들고 그 빗도 거므스름한 게 울상이 다 된 것도 십다.

1940년 1월 26일(금) 석간 3면

2등 당선 단편소설 홍수(12) 김만선 작

압뒤ㅅ강 탁류의 거품은 북억북억 부프러 노란 꼿바틀 실고 달아난다 떼목이 그 속에 얼마나 파뭇첫는지 누구 하나 차저올 생각들을 못 먹는다. 떼목보다도 버리고 나온 집들이 궁금하다. 뚝 아래 가까운 집들은 집웅만 남기고 아래ㅅ도리는 고시란히 물속에 잠긴 것에 눈이 팔린다. 그 집들과 가리워진 자기네 집들과를 눈어름으로 노피를 재어보고 제각금 한숨을 질 뿐이다.

피란민들은 가득 실은 배가 하나 또 뚝에 닷는다. 그들은 새로운 소식을 퍼트린다. 밀물은 용궁당 마당을 덥기 시작한다고 한다.

"용궁당에? 아이구 그럼 내집은 어떠케 되엇단 말인가!"

용궁당 마당과 초마를 맞대고 사는 사나이의 부르짓슴이다

용궁당에는 그 근방 사람들이 거지반 다 모혀 잇슬 것이다. 빈 배는 자분참 배ㅅ머리를 돌려 마을로 향한다.

지영호는 배에서 벌떡 몸을 일으킨다 수건으로 이마를 질끈 동여맨다. 뚝으로 내려서 닷을 추켜들며

"자네 가치 가보려나?"

하고 뒤ㅅ집 젊은이를 돌아본다. 젊은이는 대답 대신 배로 성큼 뛰어든다.

"어딜 들어가요! 임자는 고만 둬요!"

안해는 달겨들어 지영호의 팔을 잡는다.

"염려 말구 놔 둬"

안해의 팔을 뿌리치고 그도 성큼 배로 올라선다.

"그런 힘으루 세간들이나 날르슈"

"그런 소갈지 업는 소리 좀 봐. 사람들이나 살구 바야지 세간이 그러케 중해!"

그는 안해를 흘기고 장대를 들어 배를 밀친다.

이때 뚝에서는 갑자기 피란민들이 한곳으로 모인다. 점점 엉기어 아우성친다. 노피 처들은 손에 주먹밥이 한 덩이씩 쥐여진다. 누가 주는지도 모르는 주먹밥이다. 그러나 한 덩이라도 더 어드려 극성을 피운다.

"밥이나 어더 먹구 가요!"

김 씨는 아직도 남편의 배에서 눈을 떼지 못하고 외친다. 그러나 아모 대답도 들려오지 안는다. 남편의 배는 좁은 길로 숨어 버린다. 하는 수 업시 김 씨는 몸을 돌려 주먹밥을 어들어 간다.

점룡이는 주먹밥도 먹으려 안는다. 엉거주춤 안즌 대로 꼼짝도 안는다. 그의 눈은 마을에 딱 부터 잇다. 아버지의 배가 사라진 자리에서 피란민을 실은 배가 나타난다. 그 뒤에서 아버지의 배도 딸코 잇다. 점용이는 잠시 외면을 한다. 우산으로 아풀 가리우고 만다. 그러나 우산은 차츰 처들리고 그의 눈에는 아버지의 애쓰는 모양이 들어온다.

탁류에 쏠리는 배는 쉽사리 뚝 가까히 저어 온다. 그러나 물결이 여프로 꺽겨 큰물에 합치려는 곳에 이르러서는 좀처럼 버서나지를 못한다. 배는 뚝으로 머리를 두려 하나 꽁문이는 물결에 쏠려 뒤ㅅ거름질을 치려 한다. 간신히 배는 뚝으로 빠저 나온다. 점용이는 은근히 한숨을 쉬고 또 외면을 한다.

압강 탁류 속에 초가집 한 채가 실려 내려온다. 거품을 헤치지도 안코 누런 꼿바테 싸힌 듯 고시란히 집웅이 둥근 채 밀려온다. 뒤미처 초가집 한 채가 아페집을 쫏는다. 그러나 두 집은 일정한 사이를 둔 채 흐른다. 철교 밋까지 무사히 흘러와 압집은 철석 기동에 부닥친다. 조곰 사이를 두고 또 철석! 뒤ㅅ집마저 산산히 헤친다. 하눌은 그 소리에 성난 듯 별안간 우루루 천둥을 한다. 번개ㅅ불도 업는 마른 천둥이다.

배에서 피란민들이 내리기도 바뿌게 지영호는 장대로 뚝의 언덕을 밀친다. 배는 스르르 뚝에서 물러나간다.

"임자일랑 이제 고만 두지 뭣하러 또 들어가는 거요!"

그의 안해는 발을 동동 굴며 왼【외】친다. 그러나 천둥 소리에 안해의 말은 그 자리에서 지어지고 만다.

별안간 안젓던 점룡이가 벌떡 몸을 일으킨다. 우산도 안해에게 처매끼코 뚝 가로 달려간다.

"아버지! 제가 갈 테니 일이 오세요!"

하고 점룡이는 소리친다. 그의 외침도 끄튼 천둥소리에 지어진다. 그러나 아버지는 무슨 소리를 들엇음인지 뚝을 유심히 돌아다 보고 그대로 집웅 뒤로 사라진다. 점룡이는 시름업시 돌아선다. 천둥은 잠간 멈춘다.

그러나 점룡이가 제 자리로 가기도 전에 동리에서 와르르 소리가 그의 귀를 찌른다. 그는 홱 돌아선다. 눈을 발켜 자기집을 찾는다. 뽕나무 엽의 자기집은 말정하다.

"뉘 집야!"

뚝 사람들은 일제히 뚝 가로 몰려 오며 제 집들을 찾는다.

"어구 일을 어쩌나!"

훨석 뒤에서 여자의 우름 석긴 비명이 들려온다. 우름소리는 사람들을 헤치고 가까워진다. 쇠돌 어머니가 울며 뵈저 나온다.

뚝 사람들은 모다 쇠돌네를 찾는다. 쇠돌네 집은 물 우에 둥실 덧다.

"저거 저거!"

이번은 딴 사람이 조바심친다. 물결에 휩쓸려 내려오는 쇠돌네 집은 한 집의 구퉁이를 툭 건드리고 만다. 거드린 집은 한쪽이 힘업시 문어지며 또 불숙 집웅이 솟는다.

"아이구 큰일낫네. 어떠케 산단 말인가!"

1940년 1월 27일(토) 석간 3면
2등 당선 단편소설 홍수(완) 김만선 작

조바심치든 사나히는 펄석 땅에 주저안는다. 그 집 식구들의 통곡이 터 저 나온다.

또 딴 곳에서 와르르 개와의 부딧는 소리가 들린다. 그러나 집웅은 보 이지를 안는다. 개와집은 그 자리에서 뿔뿔이 헤여진 것이리라. 뉘 집일 까. 저쪽 가에서 우름이 터진다. 세 집 식구들의 우름은 뚝을 차지하고 남 어지 사람들은 더욱 불안한 눈으로 제 집들을 직힌다.

집웅이 솟는 것을 발견하기 전에 뚝에서 사람들은 배들이 사라진 곳에 서 업퍼진 배가 제풀로 흘러 나려오는 것을 발견한다.

"저게 웬일야?"

모다들 불길한 예감에 몸서리친다. 그중에서도 점룡이의 눈은 한층 크 게 떠진다. 가까워질수록 어퍼진 배는 그래도 나치 익다. 아버지의 배인 듯 십다. 그러면 아버지 신상에 무슨 변고가 생겻단 말인가.

"뉘 배야? 사람들을 태워가 주구나 오다 그랫나?"

여페서도 배가! 어퍼진 것으로 인정한다. 점룡이는 뚝 비탈로 급하게 내려간다. 비ㅅ발을 통해 떨리는 마음으로 배를 살핀다. 빈 배는 진정 아버지의 것이다. 배보다도 압서 노ㅅ대가 탁류 속에 잠겨 외로히 내려온다. 그러나 탁류 속에서 잠겻다 솟고 또 잠기고 하는 사람의 머리를 발견한 그는 머리가 앗질해진다 머리는 또 솟는다. 이마에 수건을 동여 매엇다. 탁류 속에서 헤여 나오려는 모양이나 또 물속으로 가라안는다.

점룡이는 정신업시 물속으로 뛰어들어가려 한다.

"이 사람이 정신이 잇나!"

누가 덜미를 잡어 나꾼다.

"급하게 굴지 말어. 가만이 잇서!"

엄 서방은 점룡이를 꼭 잡고

"허리ㅅ띠를 끌러요!"

하고 뚝 위로 소리친다.

"아이구 난 어떠커란 말이냐?"

하며 김 씨는 우름을 터트리고 아들을 잡으나 이끌어 올리지도 못한다.

허리띠는 수업시 뚝 비탈로 떠러진다. 여러 손들은 바쁘게 잇대여 논다. 엄 서방은 그 한 ㄲ틀 점룡의 허리에 둘러맨다. 탁류 속의 머리는 뚝을 향해 솟다 또 여프로 꺽겨 쏠린다. 점룡이는 풍덩 물로 뛰어든다. 두 팔을 갈러 빼내고 탁류를 헤치고 급하게 나간다. 그의 몸도 여프로 쏠리고 움지김이 괴로워진다.

그는 드디어 눈아페 솟는 머리를 휘어 잡으려 한다. 그러나 뒤에서 허리를 잡아대린다. 잇대인 허리끈도 한 뼘쯤 모자라 그는 헷손질을 한 것이다. 머리는 또 탁류 속에 가라안는다. 뚝에서도 허리띠를 잡은 사람들이 여프로 쪼차오며 끈을 느려준다. 점룡의 움지김은 다시 자유러워진다. 급기야 그는 머리를 잡고 만다. 그러나 그는 탁류 속으로 딸곡 가라안는다. 물에 빠진 사람은 점룡의 손이 머리에 닷자 점룡의 몸을 끄러안는다. 점룡이는 위로 솟으려 애를 쓰며 그러나 점점 뚝으로 이끌려 간다.

뚝에 이르럿슬 때에는 점룡이도 구역이 나고 정신이 흐릿하다. 그도 탁류를 마시엇다. 그러나 느러진 아버지를 보고 밧작 정신을 차린다.

"정신 차려요! 여보 정신 차려요!"

김 씨는 남편을 흔들며 소리치는 목소리도 떨린다.

남어 잇던 사람들은 지영호를 바더 대강 물을 토하게 한다. 엄 서방의 무릎에 어프러진 지영호는 걸직한 물을 입으로, 코로 토한다. 엄 서방은 덜 깨인 지영호를 들처업고 철교로 달아난다. 물에 빠젓던 사람은 따듯한 방에다 뉘어 몸을 노켜 주어야 한다. 점룡네 식구들만 그 뒤를 딸은다.

동리에서 배 하나가 나타난다. 피란민들을 실엇다. 사방은 바야흐로 어둠이 더피기 시작한다. 뚝 위에서는 화톳ㅅ불이 여기 저기 일기 시작한다. 배는 뚝에 와닷는다. 마지막 피란민들을 실어 왓다. 뜻박게도 지영호의 뒤ㅅ집 젊은이도 배에서 내린다. 그는 지영호와 동리로 가다 개와집이 쓰러지는 바람에 배가 뒤집피고 자기는 그 엽집을 잡고 잇섯다고 한다. 모두들 다행한 한숨을 짓는다.

그러나 그들은 뚝에서 떠러지지를 못한다. 소리 업서진 동리를 초조한 마음으로 지킨다.

준좌하든[6] 천둥 번개가 또 시작된다. 천둥은 그들의 바로 머리 위에서 귀를 찌른다. 뒤미처 창백한 번개ㅅ불이 어둠을 발켜준다. 와르르 소리가 동리에서 또 난다.

"뉘 집야?"

그러나 어둠에 싸혀 보이지 안는다.

"큰일낫서!"

누가 어둠 속에서 탄식을 한다.

"용이 열둘이나 된다드니 웬 셈야!"

또 한 사람이 한숨을 짓는다.

다시 그들은 입을 다문다. 입을 열면 더욱 마음이 불안해질 것을 두려워 함이다. 그들은 아직도 히망을 버리지 안코 비만 멈추기를 고대한다.

그들은 한밤을 뚝에서 지내엇다. 밤새도록 간간히 요란한 소리를 들은 그들은 히미한 새벽어둠을 통해 집을 찾는다. 그러나 그들의 눈에서는 불이 날 지경이다. 눈을 의심해 본다. 허지만 그런 것도 아니다. 차츰 어둠은 지여지고 그들 아페 드러난 동리는 탁류 뿐이다.

탁류는 싹싹 쓰러갓다. 강변의 그 큰 버드나무들까지도 알뜰히 몰아갓다. 버티엇든 우산을 던지고 그들은 통곡을 한다. 집터조차 짐작할 길이 업다.

날이 밝기도 전에 벌써 돌아와 잇든 지영호의 부자도 어안이 벙벙해진다. 마지막 집웅이 솟는 것도 보지 못한 게 원통하다. 아버지의 임종을 못 본 것 이상으로 슬프다.

아프로 살어나갈 것이 걱정이다. 거처를 어디로 정하고 배까지 일헛스니 미천이 잇서야 버리도 하지 안느냐.

6　준좌(蹲坐)하다 : 사태나 기세 따위가 진정되다.

그러나 지영호만은 그래도 마음이 든든한 듯 십다. 일혼 모든 것에 비해 오히려 남음이 잇는 두 생명을 차즌 것이다.

　　삼대를 두고 살어오든 집과 고향을 일혼 것은 여름마다 고역을 당하면서도 자리를 뜨지 못햇든 미련에 희생된 것박게 업다 언제든지 한번은 이러한 꼴을 당햇을 것이리라.

　　지영호는 아들을 돌아보며 "할 수 잇니. 아프로 살어갈 일이나 생각해 보자!"

　　하니 아들은 눈물 어린 눈으로 아버지의 말을 밧고 시선을 돌려 업서진 동리를 노린다.

우리 연구소는 '근대 한국학의 지적 기반 성찰과 21세기 한국학의 전망'이라는 아젠다로 HK+ 사업을 수행하고 있습니다. '한국학이 무엇인가' 하는 점은 물론 관점에 따라 달라 질 수 있을 것입니다. 하지만 개항과 외세의 유입, 그리고 식민지 강점과 해방, 분단과 전쟁이라는 정치사회적 격변을 겪어온 우리가 스스로를 어떤 존재로 규정해 왔는가의 문제, 즉 '자기 인식'을 둘러싼 지식의 네트워크와 계보를 정리하는 일은 반드시 필요한 작업이라고 생각합니다. '자기 인식'에 대한 탐구가 그동안 없었던 것은 아니지만, 현재 제도화되어 있는 개별 분과학문들의 관심사나 몇몇 지식인들을 대상으로 한 제한적인 논의였음을 부인하기는 어려울 것 같습니다. 이러한 현실에서 '한국학'이라고 불리는 인식 체계에 접속된 다양한 주체와 지식의 흐름, 사상적 자원들을 전면적으로 복원하고자 하는 것이 바로 저희 사업단의 목표입니다.

'한국학'이라는 담론/제도는 출발부터 시대·사회적 영향을 강하게 받아왔습니다. '한국학'이라는 술어가 우리의 입에 오르내리기 시작한 것도 해외에서 진행되던 지역학으로서의 '한국학'이 반향을 불러일으키면서부터였습니다. 그러나 '한국학'이란 것이 과연 하나의 학문으로서 성립할 수 있느냐 하는 질문에 답을 얻기도 전에 '한국학'은 관주도의 '육성' 대상이 되었습니다. 이에 대응하여 실천적이고 주체적인 민족의식을 강조하는 '한국학'은 1930년대의 '조선학'을 호출하였으며 실학과의 관련성과 동아시아적 지평을 강조하기도 하였습니다. 그 가운데 근대화, 혹은 근대성은 서로 다른 맥락에서 '한국학'을 검증하였고, 이른바 '탈근대'의 논의는 의심 없이 받아들여지던 핵심 개념이나 방법론에 문제를 제기하기도 하였습니다.

'한국학'이 이와 같이 다양한 맥락에서 논의되어 온 것은 그것이 우리의 '자기인식', 즉 정체성 문제와 관련되어 있기 때문일 것입니다. 대한제국기의 신구학 논쟁이나 국수보존론, 그리고 식민지 시기의 '조선학 운동'은 물론이고 해방 이후의 '국학'이나 '한국학' 논의 역시 '자기인식'에 대한 시대적 요구에 응답하려는 노력이었을 것입니다. 우리가 '한국학'의 지적 계보를 정리하는 것에 만족하지 않고 21세기의 전망을 제시하고자 하는 이유도, '한국학'이 단순히 학문적 대상에 대한 기술이나 분석에 그치지 않고 우리의 현재를 성찰하며 더 나아가 미래를 구상하고 전망하려는 노력에 직간접적으로 연결된다고 보기 때문입니다. 주지하듯 근대가 이룬 성취 이면에는 깊고 어두운 부면이 있습니다. 그리고 이 명과 암은 어느 것 하나만 따로 떼어서 취할 수 없는 한 덩어리일 가능성이 있습니다. 21세기 한국학은 근대에 대한 성찰을 통해 이 질곡을 해결해야 하는 시대적 요구에 응답해야만 하는 과제를 안고 있습니다.

연세근대한국학 HK+ 학술총서는 이러한 과제를 수행하는 과정에서 나오는 성과물을 학계와 소통하기 위한 시도입니다. 학술총서는 연구총서와, 번역총서, 자료총서로 구성됩니다. 연구총서를 통해 우리 사업단의 학술적인 연구 성과를 학계의 여러 연구자들에게 소개하고 함께 논의를 진정시키고자 합니다. 번역총서는 주로 외국인들에 의해 이루어진 조선/한국 연구를 국내에 소개하려는 목적에서 기획되었습니다. 특히 동아시

아적 학술장에서 '조선학 / 한국학'이 어떻게 구성되고 작동하여 왔는지
를 살펴보려고 합니다. 또한 자료총서를 통해서는 그동안 소개되지 않았
거나 불완전하게 알려진 자료들을 발굴하여 학계에 제공하려고 합니다.
새롭게 시작된 연세근대한국학 HK+ 학술총서가 소기의 목적을 달성할
수 있도록 여러 연구자들의 관심과 격려를 부탁드립니다.

2019년 10월

연세대 근대한국학연구소 인문한국플러스(HK+) 사업단